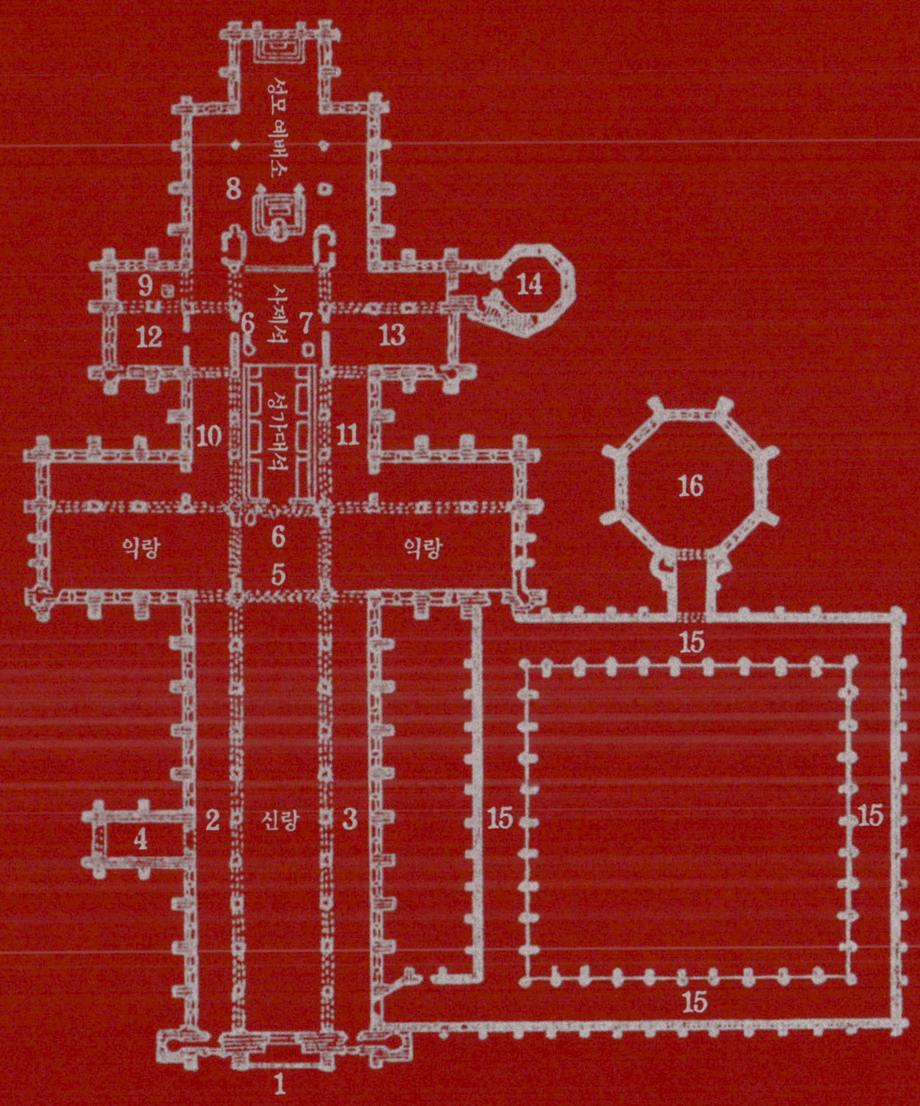

킹스브리지 대성당의 모델이 된 잉글랜드 솔즈베리 대성당 평면도

1. 서쪽 면, 주 출입구
2, 3. 측랑
4. 북쪽 현관
5. 탑
6. 설교단
7. 주교좌
8. 제단
10, 11. 성가대석 측랑
12, 13. 동쪽 익랑 혹은 성가대석 익랑
14. 성구 보관실
15. 클로이스터
16. 참사회 집회소

대지의 기둥

THE PILLARS OF THE EARTH
by Ken Follett

이 도서의 국립중앙도서관 출판예정도서목록(CIP)은
서지정보유통지원시스템 홈페이지(http://seoji.nl.go.kr)와
국가자료종합목록 구축시스템(http://kolis-net.nl.go.kr)에서 이용할 수 있습니다.
(CIP제어번호: CIP2010003310)

대지의 기둥

I

켄 폴릿 장편소설 | 한기찬 옮김

문학동네

장 김펠, 제프리 힌들리, 워런 홀리스터
그리고 마거릿 웨이드 라바지에게 특별한 감사를 드린다.
중세에 대한 그들의 백과사전과도 같은 지식의 덕을 많이 보았다.

그리고 이언 채프먼과 마조리 채프먼에게도 감사드린다.
그들은 인내심을 가지고 나를 지켜봐주었고,
영감과 용기를 북돋워주었다.

차례

일러두기

1. 고딕체는 원서에서 강조한 부분입니다.
2. 본문 중의 주석은 모두 옮긴이주입니다.

들어가기 전에

어떤 일도 계획대로 되는 법은 없다.

나를 포함해 많은 사람들이 『대지의 기둥』에 놀랐다. 나는 스릴러 작가로 알려져 있다. 출판계에서 성공해서 좋은 점은 남은 평생 비슷비슷한 글을 일 년에 한 편씩 써내기만 하면 된다는 것이다. 광대기 햄릿 역을 맡을 필요는 없고 팝스타가 교향곡을 작곡할 필요도 없다. 어울리지도 않고 과욕만 앞선 글을 써서 굳이 명성을 위태롭게 만들 필요가 없었다.

게다가 나는 신을 믿지 않는다. 나는 영적인 인간이라고 할 수 있는 사람이 아니다. 내 저작권 대리인에 따르면, 작가로서 나의 가장 큰 문제는 내가 고뇌하는 영혼의 소유자가 아니라는 것이다. 내가 성당 짓는 이야기 같은 것을 쓰리라고 예상한 사람은 아무도 없었다.

요컨대 『대지의 기둥』은 내가 쓸 법한 책이 아니었고, 실제로 이 책을 쓰지 못할 뻔했다. 처음 이 소설을 쓰기 시작했다가, 도중에 그만두고 십 년 동안 두 번 다시 들여다보지 않은 것이다.

사정은 다음과 같다.

어렸을 때 우리 가족은 플리머스 형제교회라는 청교도적인 종교단체에 소속되어 있었다. 우리 가족에게 교회란 중앙 탁자를 에워싸고 의자들이 줄지어 늘어선 황량한 공간을 의미했다. 그 교파는 성화와 성상을 비롯한 장식 일체를 금지했고, 신도들이 다른 교회에 가는 것도 막았다. 그래서 나는 유럽 어디에서나 볼 수 있는 아름다운 교회 건축에 대해 아무것도 모른 채 성장했다.

그러다 이십대 중반에 런던의 〈이브닝 뉴스〉 지 기자로 일하면서 장편소설을 써보려고 했다. 그제야 내가 그때까지 주변의 도시 풍경에 별다른 관심 없이 지냈고, 등장인물들이 활약하는 무대가 될 건물들을 묘사할 어휘가 전무하다는 걸 깨달았다. 그래서 나는 니콜라우스 페브스너가 쓴 『유럽 건축사 개관』을 샀다. 그 책은 건축 일반, 그중에서도 교회건축을 보는 눈을 갖게 해주었다. 페브스너는 특히 고딕식 성당을 열성적으로 묘사했다. 그는 첨두형 아치의 발명이야말로 역사상 희귀한 사건이며, 더 높은 교회를 건축하기 위한 기술적 문제에 대한 그러한 해결책이 숭고하고 아름답기까지 하다고 썼다.

페브스너의 책을 읽은 후 얼마 지나지 않았을 때, 신문사 일로 이스트 앵글리아 지방의 피터버로 시에 가게 되었다. 당시 무슨 사건을 취재하고 있었는지는 까맣게 잊었지만, 그 기삿거리를 취재하고 난 뒤에 한 일만은 두고두고 기억할 만했다. 런던으로 돌아가는 기차 시간이 한 시간쯤 남자, 중세 건축에 대한 페브스너의 매혹적이고 열정적인 묘사를 상기한 나는 피터버로 대성당을 보러 갔다.

잊지 못할 순간이었다.

피터버로 성당의 서쪽 면*에는 흡사 거인을 위한 출입구라도 되는 것처럼 거대한 세 개의 고딕식 아치가 나 있다. 성당 내부는 외부보다 더

* 성당 서쪽 면은 건물의 주 출입구가 있는 정면이다.

넓었는데, 측랑을 따라 아케이드에는 규칙적으로 반원형 노르만식 아치가 위풍당당하게 늘어서 있었다. 모든 대성당과 마찬가지로 그곳 역시 평화로우면서도 아름답다. 하지만 그 이상의 무언가가 있었다. 페브스너의 책을 읽은 덕분에 나는 이 성당에 얼마나 큰 노고가 투입되었는지 어느 정도 알고 있었다. 더 높고 더 아름다운 교회를 건축하기 위한 인간의 시도에 대해 알고 있었다. 이 건축물이 역사에서 차지하는 위치, 그리고 나의 삶에서 차지하게 될 위치를 이해하게 되었다.

나는 피터버로 대성당을 보고 희열을 느꼈다.

그 뒤로 성당 순례는 나의 취미가 되었다. 몇 달에 한 번씩 차를 몰고 영국의 오랜 도시를 찾아가 호텔을 잡은 다음 그곳에 있는 교회를 연구했다. 이런 식으로 캔터베리와 솔즈베리, 윈체스터, 글로스터, 링컨 성당 등을 보았는데, 하나하나가 독특하고 호기심을 끌 만한 이야깃거리를 간직하고 있었다. 사람들 대부분은 성당을 '보는' 데 한두 시간쯤 걸리지만, 나는 이틀을 잡는다.

석재는 공사의 중단과 개시, 손상과 개축, 번창기의 증축, 대개 비용을 지불한 부자들에게 헌정된 스테인드글라스 같은 이런저런 건축 공사의 사연과 이력을 드러낸다. 도시에서 교회가 자리잡은 위치 역시 역사를 말해준다. 링컨 대성당은 길 하나를 사이에 두고 성과 마주보고 있어서, 종교와 군사 두 권력이 서로 긴밀한 관계였음을 보여준다. 윈체스터 대성당은 스스로를 도시 설계자라고 여긴 중세의 한 주교가 기획한 대로 단정하게 정돈된 체스판 같은 거리 한복판에 자리잡고 있다. 솔즈베리 대성당은 13세기에 방어가 쉬운 언덕 꼭대기(그곳에는 지금도 옛 성당의 폐허가 남아 있다)에서 탁 트인 초원으로 자리를 옮겼는데, 그 사실은 영구적인 평화가 도래했음을 말해주고 있다.

그러는 동안 내내 한 가지 의문이 끊임없이 나를 괴롭혔다. 대체 이런 성당들을 건축한 이유는 무엇일까?

이를테면 신의 영광을 위해서라든지 주교의 허영 때문이라든지 하는 몇 가지 간단한 해답이 있지만 그런 답변으로는 만족할 수 없었다. 중세의 성당 건축은 유럽에서 볼 수 있는 경이로운 현상이다. 건축업자들은 전동식 공구가 없었고 구조공업에 필요한 수학 지식도 없었으며 가난했고, 제아무리 부유한 군주라 해도 이를테면 오늘날 감옥에 갇힌 죄수만큼도 오래 살지 못했다. 그런데도 역사상 가장 아름다운 건물을 세웠는데 그것도 어찌나 잘 지었는지, 수백 년이 지난 지금도 고스란히 남아서 우리의 연구와 경탄의 대상이 되고 있는 것이다.

나는 이 성당들에 관해 쓴 책들을 읽어보았으나 만족하지 못했다. 그 고상함에 대해 온갖 허튼소리만 잔뜩 늘어놓았을 뿐 정작 살아 숨쉬는 건축물에 대해 쓴 글은 별로 없었다. 그러다 우연히 장 김펠이 쓴 『대성당 건축업자들』을 보게 되었다. 프랑스 미술중개상 집안의 말썽꾸러기였던 김펠은 명층明層*이 과연 미학적으로 '효과'가 있는지를 따지는 토론을 나만큼이나 싫어했다. 그가 쓴 책은 이런 엄청난 건축물을 실제로 지은, 저 찢어지게 가난했던 오두막집 거주자들에 관한 것이었다. 프랑스 수도원의 임금지불대장을 본 그는 이 건축업자들이 과연 어떤 사람들이며 그들이 실제로 돈을 얼마나 벌었는지에 관심을 갖게 되었다. 이를테면 임금대장에 적힌 이름들 가운데 소수이기는 하지만 적지 않은 이름이 여자 이름이라는 사실에 처음으로 주목하기도 했다. 중세 교회는 성차별을 두었으나 성당을 짓는 데는 남자 못지않게 여자들도 참여했던 것이다.

김펠의 또다른 저서 『중세의 기계장치들』은 중세가 대대적인 기술혁

* 성당에서 가장 높은 부분으로, 이곳을 통해 들어온 빛이 건물 내부의 중앙을 비춘다.

신이 이루어진 시대였음을 가르쳐주었는데, 실제 산업에서 광범위한 용도로 수차가 동력으로 이용되었다. 얼마 후 나는 중세 생활 일반에 관심을 갖게 되었다. 그리고 중세인들에게는 대성당 건축이 반드시 해야만 하는 일로 여겨졌으리라는 사실도 이해하기 시작했다.

그 점에 대해서는 설명하기가 쉽지 않다. 그것은 20세기 사람들이 우주 개발에 막대한 돈을 쏟아붓는 이유를 이해하려는 것과 비슷한 면이 있다. 두 경우 모두 과학적 호기심이라든가 상업적 이익, 정치적 경쟁, 세속인들의 영적 열망 등 사람들을 설득하기 위한 온갖 명분이 총동원되었다. 나에게 그러한 설득이 사람들에게 먹혀드는 과정을 그려보는 데는 한 가지 길, 즉 소설을 쓰는 일밖에 없어 보였다.

나는 1976년에 소설 줄거리를 작성하고 네 장章 정도를 썼다. 그 원고를 저작권 대리인인 앨 주커먼에게 보냈더니, "태피스트리는 마련되었군요. 여기에 멜로드라마만 짜넣으면 되겠어요"라는 답장이 왔다.

지금 돌이켜보건대, 스물일곱 살의 내겐 이런 장편소설을 쓸 능력이 없었다. 나는 거대한 유화 캔버스를 채우려는 초보 수채화가와도 같았다. 그 주제를 제대로 다루려면 수십 년에 걸쳐 중세 유럽 전체를 생생하게 포괄하는 대하소설이 돼야 할 터였다. 당시 내가 쓰고 있던 소설들은 대작과는 거리가 멀었고, 설혹 그렇지 않다 해도 나는 아직 완전한 기법이라는 것을 익히지 못한 상태였다.

나는 대성당에 대한 소설을 중단했는데, 마침 전시戰時 영국에서 활동한 독일 스파이를 다룬 스릴러물에 대한 착상이 떠올랐다. 다행히 그 소설은 내 능력에 닿아서 『바늘구멍』이라는 제목으로 출간되었고 첫 베스트셀러가 되었다.

그다음 십 년간 스릴러물을 썼지만 그동안에도 대성당 순례는 계속했으며, 대성당에 관한 장편소설 착상이 머릿속에서 떠난 적은 한 번도 없었다. 나는 여섯번째 스릴러 『사자와 함께 눕다』를 끝내고 난 1986년 1월 그 소설을 되살려냈다.

내 책을 내던 출판사들은 불안해했다. 그들이 원한 것은 또하나의 스파이소설이었다. 친구들 역시 걱정했다. 사람들은 내가 성공을 누리고 있다고 여긴다. 나는, 책은 좋은데 독자들이 제대로 적응하지 못했다는 변명이나 늘어놓으면서 실패를 떠넘기는 부류의 작가가 아니다. 나는 사람들을 즐겁게 해주기 위해 글을 쓰고, 또 그렇게 하는 것이 행복하다. 단 한 번의 실패로 나는 비참해질 것이다. 그 일을 하지 말라고 말린 사람은 없었지만 많은 이들이 우려를 표명했다.

하지만 내가 계획한 것이 '까다로운' 책은 아니었다. 나는 야심만만하고 사악하고 성적 매력이 넘치고 용맹스럽고 영리한 온갖 등장인물들이 잔뜩 등장하는 모험소설을 쓸 작정이었다. 평범한 독자들도 나처럼 중세 대성당에 관한 모험소설에서 기쁨을 맛보게 하고 싶었다.

그 무렵에는, 지금까지도 계속 쓰고 있는 작업 방식을 이미 수립한 상태였다. 나는 장마다 일어나는 사건을 적고 등장인물을 대강 서술한 소설 줄거리를 만들면서 작업을 시작한다. 하지만 이 소설은 그동안 써온 다른 소설과 달랐다. 앞부분은 쉽게 썼으나, 몇 십 년에 걸쳐 이야기가 전개되고 등장인물들이 성숙해감에 따라 그들의 삶에 새로운 굴곡을 만들어넣기가 갈수록 어려워졌다. 나는 대하소설 한 편을 쓰기가 짤막한 장편 세 편을 쓰기보다 훨씬 어려운 일임을 깨달았다.

이 소설의 주인공은 '하느님의 사람'에 속하는 부류여야 했다. 이 점은 내게는 까다로운 문제였다. (아마 상당수 독자들도 그럴 테지만) 내세에 초점을 맞추어 살아가는 인물에 흥미를 갖는 일이 내게는 쉽지 않은 일이 될 것 같았다. 필립 수도원장을 좀더 공감할 수 있는 인물로 만들기 위해 그에게 천상뿐 아니라 이승에 살고 있는 인간 영혼에도 관심을 가진 사람이 품음직한 아주 실제적이고 현실적인 종교적 신념을 부여했다.

필립의 성적 관심 역시 문제였다. 중세의 모든 수도승과 사제는 금욕주의자여야 했다. 여기서는 자신의 육욕과 무시무시한 투쟁을 벌이는 한 남자의 이야기야말로 확실한 드라마가 될 터였다. 그러나 그런 주제에는 아무리 해도 열의를 느낄 수가 없었다. 1960년대에 성장한 나는 언제나 유혹에 넘어가는 사람 쪽으로 마음이 기울기 때문이다. 결국 나는 그를 성이 별다른 문제가 되지 않는 예외적인 인물로 그렸다. 그는 내가 그린 인물 중에서 유일하게, 유쾌한 금욕주의자인 셈이다.

십 년 전 내게 영감을 준 장 김펠에게 연락을 취해봤는데 그가 런던에 살고 있을 뿐 아니라 나와 같은 거리에 살고 있다는 사실을 알고 깜짝 놀랐다. 그에게 자문을 부탁하고부터 우리는 친구가 되었고, 그가 세상을 떠날 때까지 서로의 탁구 상대가 되었다.

이듬해인 1987년 3월까지 나는 겨우 소설의 3분의 2 정도만 줄거리를 잡았다. 그 정도로 만족할 수밖에 없었다. 나는 소설을 쓰기 시작했다.

그해 12월까지 200페이지를 썼다.

정말이지 재앙에 가까운 일이었다. 그 이야기에 달라붙은 지 이 년이나 됐는데 내게 있는 거라곤 고작 미완성의 줄거리와 몇 장章의 원고뿐이었다. 이 책을 쓰는 데 모든 여생을 보낼 수는 없었다. 그렇지만 어찌해야 한단 말인가? 이 소설을 잊어버리고 또다른 스릴러를 쓸 수도 있었다. 아니면 좀더 애를 써볼 수도 있었으리라. 그 무렵 나는 보통 월요일에서 금요일까지 글을 쓰고 업무상 서신은 토요일 오전에 처리했다. 1988년 1월경부터는 월요일부터 토요일까지 내리 글을 쓰고 서신은 일요일에 처리하기 시작했다. 그러자 원고량이 극적으로 늘어났는데, 하루를 더 썼기 때문이기도 했지만 주된 이유는 작업에 집중했기 때문이었다. 아직 구상하지 못한 소설 결말부에 관한 문제는 주요 등장인물들을 저 악명 높은 토머스 베켓 살인사건과 관련시키는 섬광 같은 영감이 떠오른 덕분에 해결되었다.

소설의 초고가 완성된 것은 그해 중반이었다. 흥분과 조바심이 추고에 더 열심히 달라붙게 몰아붙였으며, 그때부터 일주일에 칠 일 동안 글을 쓰기 시작했다. 업무상 서신은 아예 무시했지만, 그 덕분에 소설을 쓰기 시작한 지 삼 년 삼 개월 만인 1989년 3월에 마침내 소설이 완성되었다.

녹초가 되었지만 기분은 좋았다. 뭔가 특별한 책, 단순히 또하나의 베스트셀러가 아니라 어쩌면 굉장한 대중소설 한 편을 쓴 것 같은 기분이었다.

내 생각에 공감한 사람은 그리 많지 않았다. 내 책의 미국 측 양장본 출판사인 윌리엄 모로 출판사는 『사자와 함께 눕다』와 비슷한 부수를 인쇄했고, 그 책과 판매부수가 비슷한 데 만족했다. 런던 쪽 출판사들은 좀더 활발하게 움직였고, 그 결과 『대지의 기둥』은 내가 이전에 쓴 어떤 책보다 많이 팔렸다. 그러나 전세계 출판업자들이 보인 최초의 반응은, 폴릿이 이제 미친 짓을 별 탈 없이 끝냈다는 안도의 한숨이었다. 이 소설은 아무 상도 타지 못했고, 수상작 후보로 거론조차 되지 않았다. 몇몇 비평가는 호평을 했으나 대부분은 별다른 반응을 보이지 않았다. 이 소설은 이탈리아에서 베스트셀러 1위에 올랐는데, 그 나라 국민들은 언제나 내게 관대했다. 이 소설의 염가본은 영국에서 일주일 동안 베스트셀러 1위를 차지했다.

내 생각이 틀렸을지도 모르겠다는 생각이 들기 시작했다. 어쩌면 이 책은 그저 또하나의 재미있는 책, 괜찮기는 하지만 훌륭하지는 않은 소설에 불과할지도 몰랐다.

그런데 단 한 사람만은 이 책이 특별하다고 굳게 믿었다. 내 책의 독일 쪽 편집자인 구스타프 뤼베 출판사의 발터 프리체는 대성당 건축에 관한 장편소설을 출판하는 것이 오랜 꿈이었다. 그는 심지어 독일 작가들 몇몇에게 그 구상을 말해보기까지 했지만 아무 소득이 없었다. 그래서 내가 쓰고 있던 글에 열광했으며, 원고를 입수한 다음에는 자신의 오랜 소원이 이루어졌다고 여겼다.

그때까지 내 책이 독일에서 거둔 성과는 미미했다(내 소설들에서 독일인들이 종종 악역을 맡았기 때문에 나로서는 불평할 수 없는 일이지만). 프리체는 열광한 나머지 『대지의 기둥』이 돌파구가 될 수 있다고, 그 책 덕분에 내가 독일에서 가장 대중적인 작가가 될 것이라고 여겼다.

나도 그것까지는 믿지 않았다.

그런데 그의 생각이 맞았다.

뤼베 출판사는 그 책을 눈에 띄게 만들었다. 출판사에서는 젊은 화가 아힘 키일에게 표지 작업을 맡겼는데, 그가 아예 책 전체를 예술 소재로 삼아 디자인하겠다고 하자 뤼베는 대담하게 그 제안을 받아들였다. 그는 몸값이 비싼 화가였지만, 이 책에 뭔가 특별한 것이 있다는 구매자 프리체의 감정을 전달하는 데 성공했다(그는 오랜 세월 동안 내 책의 독일어판을 모두 디자인하여 일종의 룩look을 창조했고, 뤼베 출판사는 그 룩을 반복 사용했다).

나는 처음에, 뤼베 출판사가 10만 부 판매를 축하하는 광고를 하자 '독자들'이 그 책을 뭔가 특별한 것으로 보았다는 인상을 받았다. 그때까지 미국을 제외하면 어느 나라에서도 그렇게 많은 양장본이 팔린 적이 없었다(미국은 독일에 비해 인구가 세 배나 많다).

이 년 뒤 『대지의 기둥』은 독일어 베스트셀러 목록에 무려 80회나 오르면서 롱셀러 목록에도 오르기 시작했다. 그리고 시간이 지나도 거기에서 내려오지 않았다(지금까지 그 책은 무려 300회가 넘게 주간 롱셀러 목록에 올랐다).

어느 날 나는 미국 측 염가본 출판사인 뉴아메리칸 라이브러리에서 보낸 인세 명세서를 확인하고 있었다. 대개 인세 명세서는 저자가 자신의 책이 실제로 얼마나 판매되었는지 정확히 알지 못하도록 조심스럽게 작성되지만, 수십 년 세월이 지나면서 나는 명세서의 이면을 파악하는 법을 익혔다. 나는 『대지의 기둥』이 반년에 5만 부씩 판매되고 있다는 사실에 주목했다. 이와 비교해서 『바늘구멍』은 내 다른 소설들 대부분이 그렇듯이 2만 5천 부 정도씩 팔리고 있었다.

영국의 판매부수를 확인해본 결과 이번에도, 『대지의 기둥』이 두 배가량 팔리는 똑같은 패턴이 반복되었다. 팬레터에서도 『대지의 기둥』이 다른 책보다 많이 언급되었다는 사실도 알아채기 시작했다. 서점에서 사인회를 열 때면 시간이 흐를수록 점점 더 많은 독자들이 『대지의 기둥』을 자신이 좋아하는 작품이라고 말한다는 사실도 알게 되었다. 또 많은 사람들이 내게 속편을 쓰라고 요청하기도 했다(언젠가는 쓸 생각이긴 하다).* 그 작품을 자신이 읽은 것 가운데 최고라고 말한 사람들도 있었는데, 그것은 내가 다른 어떤 책에서도 받아보지 못한 찬사였다. 한 영국 여행사는 『대지의 기둥』을 기념하는 날을 만들자고 내게 제안하기도 했다. 이 책이 문화적 유행이 될 조짐을 보이기 시작했다.

결국 나는 실제로 벌어지고 있는 일을 알게 되었다. 이 책은 입소문을 타고 팔리는 책이었다. 독자가 다른 사람에게 추천하는, 이런 최고의 광고는 돈을 주고도 살 수 없다는 것이 출판계의 공리다. 바로 입소문 때문에 『대지의 기둥』은 팔리고 있었다. 독자들, 바로 여러분이 그 일을

---

* 실제로 켄 폴릿은 『대지의 기둥』 속편인 『끝없는 세상』을 집필했고, 이 책은 전작과 마찬가지로 공전의 히트를 기록했다.

한 것이다. 출판사와 저작권 대리인, 비평가, 그리고 문학상을 수여하는 사람들은 대체로 이 책을 못 본 체했지만, '당신들'은 그러지 않았다. 독자들은 이 책이 여느 책과 다르고 특별하다는 사실을 알아차리고, 친구들에게 그 사실을 말했으며, 결국에는 소문이 돌게 된 것이다.

이것이 이 책을 에워싸고 벌어진 일이다. 이 책은 뭔가 이상한 책처럼 보였으며, 나는 머리가 돈 작가로 간주됐고, 하마터면 이 책을 쓰지 못할 뻔했다. 그러나 이 책은 내가 쓴 최고의 책이고, 독자들은 이 책을 예우해주었다.

정말 감사하는 바이다.

1999년 1월, 하트퍼드셔의 스티버니지에서

켄 폴릿

1120년 11월 25일 밤, 잉글랜드로 항해중이던 화이트 십White Ship이 바플뢰르 연안에서 침몰해 한 사람을 제외하고 전원 사망했다…… 그 선박은 당대 조선업자들에게 알려진 온갖 설비를 갖춘 최신형 해상 운송선이었다…… 이 난파사건이 세상을 떠들썩하게 한 것은 상당수 유명 인사들이 승선해 있었기 때문이다. 거기에는 왕세자 말고도 왕가의 서자 두 사람, 백작과 남작 몇 명, 그리고 대부분의 왕실 사람들이 포함되어 있었다…… 이 사건의 역사적 의미는, 이제 헨리 왕에게는 확실한 후계자가 남지 않게 되었다는 것이다…… 그 결과 헨리 왕의 서거 이후 왕위계승을 둘러싼 분쟁이 야기되었고 한동안 무정부 상태가 이어지게 되었다.

A. L. 풀, 『토지대장에서 대헌장에 이르기까지』

서序 1123년

꼬마들은 일찌감치 교수형장에 나왔다.

털장화를 신은 아이들이 고양이처럼 소리없이 옆걸음치면서 오두막집을 빠져나온 건 어둠이 채 가시기도 전이었다. 내린 지 얼마 안 된 눈이 갓 칠한 물감처럼 작은 마을을 얇게 덮고 있었고, 아이들의 발자국이 그 흠 하나 없는 눈에 첫 얼룩을 남겼다. 아이들은 빽빽이 들어찬 판잣집들을 시나 얼어붙은 진흙길을 거쳐 정적에 싸인 시장으로 들어섰다. 그곳에는 교수대가 설치되어 있었다.

이 꼬마들은 어른들이 소중히 여기는 것은 무엇이든 경멸했다. 아름다운 것은 멸시하고 선한 일에는 조롱을 퍼부었다. 불구자를 보면 깔깔대며 야유하고, 다친 짐승이 눈에 띄기라도 하면 돌을 던져 죽였다. 다치기라도 하면 뻐겨댔고, 흉터를 자랑스러워했고, 몸 어딘가가 잘려나가면 패거리에서 특별히 찬탄의 대상이 되었다. 손가락 하나를 잃은 아이는 왕이 될 수도 있었다. 이 꼬마들은 폭력이라면 사족을 못 써서, 유혈극을 보기 위해서라면 먼 거리도 마다 않고 달려가고 교수형이라면 놓치는 법이 없었다.

아이 하나가 교수대 바닥에 오줌을 갈겼다. 계단을 오른 또다른 아이는 얼굴을 찡그리며 양 엄지로 목을 누른 채 밑으로 쑥 빠지면서 교살 장면을 섬뜩하게 흉내냈다. 그 광경에 나머지 아이들이 와 환성을 질렀고, 그 소리에 개 두 마리가 짖어대며 시장 안으로 뛰어들어왔다. 아주 어린 꼬마 하나가 주위에서 일어나는 일엔 아랑곳 않고 사과를 먹기 시작하자 좀더 나이 든 아이가 꼬마의 코를 쥐어박으며 사과를 빼앗았다. 사과를 빼앗긴 꼬마는 모난 돌을 개에게 던져 화풀이를 했고, 개는 깨갱거리며 집으로 달아나버렸다. 더 할 만한 장난이 떨어지자 아이들은 그곳에서 벌어질 일을 기다리며 커다란 성당 현관의 마른 돌바닥에 쭈그리고 앉았다.

목재와 석재로 지은 광장 주변의 견고한 주택들의 덧문 너머에서 촛불이 깜박거리고 있었다. 그 부유한 장인과 상인들의 주택에서는 식모와 어린 견습공들이 불을 피우고 물을 데워 죽을 끓이는 중이었다. 먹빛이던 하늘이 차츰 잿빛으로 밝아졌다. 올이 성긴 무거운 양모 외투로 몸을 감싼 마을 사람들이 허리를 숙여 야트막한 문간을 빠져나와 물을 길어오기 위해 몸을 떨며 강가로 내려갔다.

얼마 지나지 않아 마부, 인부, 견습공들이 한데 어울린 청년 한 무리가 으스대며 시장으로 들어섰다. 청년들은 꼬마들을 툭툭 차서 성당 현관에서 몰아내고는, 조각된 석조아치에 기대앉아 몸을 긁적이고 바닥에 침을 뱉으며 교수형으로 사람 죽는 걸 좀 아는 양 빼기는 어조로 떠들어댔다. 운이 좋으면 떨어지자마자 목이 부러져 아무 고통도 없이 즉사하거든, 한 청년이 말했다. 하지만 재수 없으면 얼굴이 시뻘게져서는 물밖에 나온 물고기처럼 입을 뻐끔거리며 대롱대롱 매달리게 된단 말씀이야. 그러다 결국 질식해서 죽는 거지. 그러자 또 한 청년이 말하기를, 그런 식으로 숨이 끊어지려면 1킬로미터 걷는 것만큼 시간이 걸릴 수 있어, 라는 것이었다. 이어서 또다른 청년이 말했다. 훨씬 더 지독한 경우도 있어. 언젠가 그런 작자를 봤는데 말이야, 죽고 나니까 목이 30센티미터나 늘어나 있더라고.

나이 지긋한 여인네들은 청년들에게서 되도록이면 멀리 떨어져 있기 위해 시장 반대쪽에 무리 지어 있었다. 청년들은 툭하면 할머니뻘이나 되는 그녀들에게 큰 소리로 상스러운 농담을 던졌다. 이 나이 많은 여인들은 더는 갓난아기나 아이들로 걱정할 일이 없는데도 새벽같이 일어나 집안 누구보다 먼저 불을 피우거나 난로를 청소했다. 이들의 우두머리 격인 힘센 양조장 집 과부가 마치 아이가 굴렁쇠를 굴리듯 힘 하나 들이지 않고 맥주통을 굴리며 걸어왔다. 그녀가 채 마개도 뽑기 전에 단골 몇 사람이 단지나 물통을 들고 몰려들었다.

셰리프* 휘하의 관리인이 커다란 성문을 열어, 성벽에 잇대 지은 달개집에 사는 농부들이 들어올 수 있게 해주었다. 어떤 이들은 내다 팔 달걀이나 우유 혹은 무염 버터를 가지고 왔고, 어떤 이들은 맥주나 빵을 사러 왔고, 몇몇은 시장 안에서 교수형이 집행되기를 기다렸다.

이따금 사람들은 주위를 경계하는 참새처럼 고개를 빼고 도시 위쪽 언덕에 자리잡은 성곽을 바라다보았다. 취사장에서 끊임없이 피어오르는 연기와, 가끔씩 석조성채의 화살창 뒤로 타오르는 횃불 빛이 보였다. 두꺼운 잿빛 구름 뒤로 해가 떠오를 무렵, 나무로 짠 육중한 성문이 열리고 몇 사람이 작은 무리를 이루며 나왔다. 검은 준마를 탄 셰리프가 선두에 섰고, 결박 지은 죄수를 실은 달구지가 그 뒤를 따랐다. 달구지 뒤에는 말을 탄 세 사람이 있었는데, 너무 멀어서 얼굴은 알아볼 수 없었지만 옷차림으로 보아 한 사람은 기사였고 또 한 사람은 사제, 나머지

---

* 카운티(주)의 사법·행정·재정·군사 등 막대한 권한을 한손에 쥔 최고위직 지방관리.

한 사람은 수사였다. 행렬 맨 뒤에는 두 병사가 따르고 있었다.

이들은 모두 전날 성당의 본당 신자석에서 열린 지방법정에 참석했다. 사제는 도둑을 현장에서 잡은 이였고, 수사는 은 성배가 수도원의 재산임을 확인해주었고, 기사는 그 도둑의 영주로서 그자가 도망자임을 확인해주었다. 셰리프는 도둑에게 사형을 선고했다.

행렬이 느린 속도로 언덕을 내려오는 동안 나머지 마을 사람들도 교수대 주위로 모여들었다. 맨 나중에 온 사람들 가운데는 소위 도시의 유지라는 푸주한, 제빵업자, 두 명의 제혁업자, 두 명의 대장장이, 칼붙이장인과 화살제조업자도 있었는데, 이들은 모두 부인을 대동하고 있었다.

군중을 에워싼 분위기는 여느 때와 조금 달랐다. 일반적으로 사람들은 교수형을 무슨 행사처럼 즐겼다. 죄수라면 대개 도둑이었는데, 힘들여 재산을 모은 사람일수록 도둑이라면 격분하고 증오심을 불태웠다. 그러나 이 도둑은 여느 도둑과 달랐다. 그가 누구인지, 어디 출신인지 아는 사람은 아무도 없었다. 그는 마을 사람들의 집이 아니라 30킬로미터나 떨어져 있는 수도원에서 물건을 훔쳤다. 그 물건은 보석으로 장식된 성배였는데, 너무나 값진 것이어서 사실상 팔기가 불가능했다. 햄 조각이라든가 새로 만든 칼, 값진 혁대를 훔칠 때처럼 누군가에게 손해를 입히는 물건이 아니었다. 이런 무의미한 죄를 졌다는 이유로 사람을 증오할 순 없었다. 죄수가 시장에 들어서자 몇 군데서 야유를 퍼붓고 휘파람을 불어댔으나 그것도 마지못해 하는 욕설이었고, 동네 꼬마들만이 열심히 조롱을 퍼부었을 뿐이다.

재판 날이 휴일이 아니었으므로 도시 사람들 대부분은 일을 하느라 법정에 참석하지 못했기에 도둑의 얼굴을 보는 것은 이번이 처음이었다. 그는 스물에서 서른 사이의 꽤 젊은 청년으로, 키와 몸집은 중간 정도였지만 그것 말고는 독특하기 그지없는 외모를 하고 있었다. 피부는 지붕에 쌓인 눈처럼 새하얬고, 툭 튀어나온 눈은 놀랍도록 선명한 녹색이었고, 머리칼은 껍질을 벗긴 당근 빛깔이었다. 그를 보고 처녀들은 못생겼다고 생각했고, 나이 지긋한 여인네들은 가엾게 여겼고, 동네 꼬마들은 배를 잡고 웃어댔다.

셰리프는 낯익었지만 도둑의 운명을 결정지은 다른 세 사람은 낯선 이들이었다. 금발에 뚱뚱한 기사는 목수가 십 년 벌어야 살 수 있을 만큼 값비싸고 거대한 준마를 타고 있는 것으로 보아 유력자임에 틀림없었다. 수사는 그보다 좀더 나이가 들어 보이는 키가 크고 호리호리한 쉰 남짓의 사내였는데, 인생이 지긋지긋한 짐이라는 듯 안장에 거의 파묻히다시피 앉아 있었다. 가장 인상적인 인물은 사제였는데, 오뚝한 콧날에 검고 부드러운 머리칼을 한 그는 검은 옷을 입고 밤색 종마를 타고 있었다. 그의 빈틈없고 위협적인 얼굴은 새앙쥐가 숨어 있는 쥐구멍도 냄새로 찾아낼 수 있는 검은 고양이의 얼굴 같았다.

동네 꼬마 하나가 신중히 거냥하더니 죄수에게 침을 퉤 뱉었다. 침은 죄수의 양미간에 보기 좋게 적중했다. 죄수는 으르렁대고 저주의 말을 퍼부으면서 꼬마에게 달려들려고 했지만, 달구지 양쪽에 잡아맨 밧줄 때문에 뜻대로 되지 않았다. 특별히 주목할 만한 사항은 아니었으나, 덕분에 죄수가 귀족들이 사용하는 노르만 프랑스 말을 쓴다는 사실이 밝혀졌다. 그렇다면 그는 명문가 태생일까? 아니면 단지 고향에서 멀리 떠나온 걸까? 어느 누구도 사실을 알지 못했다.

달구지가 교수대 아래에 멈춰섰다. 셰리프의 관리인이 올가미를 들고 달구지 위로 올라갔다. 죄수가 몸부림을 치기 시작했다. 아이들이 환성을 질렀다. 죄수가 가만있었다면 아이들은 실망했으리라. 사내는 팔목과 발목을 묶은 밧줄 때문에 뜻대로 움직일 수 없었지만, 올가미에서 빠져나가려고 고개를 좌우로 홱홱 흔들어댔다. 그러자 덩치가 커다란 관리인이 몇 걸음 물러서더니 죄수의 배에 일격을 가했다. 죄수가 허리를 꺾고 몸을 둥글게 말자, 그 틈에 관리인은 그의 목에 밧줄을 걸고 단단히 매듭을 지었다. 그런 다음 땅으로 뛰어내려 밧줄을 팽팽히 당기면서 다른 한쪽 끝을 교수대 바닥에 있는 고리에 고정시켰다.

이때가 전환점이었다. 만일 여기서 죄수가 몸부림을 친다면 죽음을 재촉할 뿐이었다.

병사들은 죄수의 다리를 묶었던 밧줄을 풀고 달구지 바닥에 죄수 한 사람만을 세워두고 내려갔다. 그의 두 손은 등 뒤로 결박되어 있었다. 군중 사이에 침묵이 흘렀다.

이 순간이 되면 종종 한바탕 소란이 벌어졌다. 죄수의 어머니가 비명을 지르며 발작을 일으키거나, 죄수의 아내가 남편을 구출하려는 최후의 시도로 칼을 꺼내들고 교수대 위로 돌진하기도 했다. 때로는 죄수가 용서를 빌기 위해 하느님에게 기도를 올리거나, 사형집행인들에게 섬뜩할 만큼 무시무시한 저주를 퍼붓기도 했다. 병사들은 교수대 양쪽에 하나씩 서서 만일의 사태에 대처할 채비를 갖추었다.

죄수가 노래를 부르기 시작한 것은 바로 그 순간이었다.

그의 음성은 맑디맑은 고음의 테너였다. 노래 말은 프랑스어였지만, 프랑스어를 모르더라도 그 구슬픈 선율만으로도 슬픔과 상실감에 관한 노래임을 알 수 있었다.

사냥꾼의 그물에 사로잡힌 종다리 한 마리
그 어느 때보다 감미롭게 노래했네,
흘러나오는 선율이 날갯짓하여
그물을 잘라주기라도 할 듯이.

죄수는 노래를 부르면서 군중 속에 있는 누군가를 똑바로 바라보았다. 그리고, 그 사람 주위로 점차 공간이 생겨나면서 죄수가 보고 있는 이가 누구인지 드러났다.

열다섯 살쯤 된 소녀였다. 그녀를 본 사람들은 어째서 지금껏 소녀의 존재를 알아차리지 못했는지 의아해하지 않을 수 없었다. 길고 숱이 많아 풍성한 암갈색 머리칼이 악마의 점이라 불리는 넓은 이마 위의 점까지 내려와 있었다. 용모는 반듯했고, 통통한 입술은 관능적이었다. 나이 지긋한 여인들은 소녀의 두툼한 허리와 부풀어오른 가슴을 눈여겨보고는 임신중이라는 결론을 내렸고, 십중팔구 죄수가 뱃속에 든 아이의 아버지일 거라고 짐작했다. 그러나 다른 사람들은 소녀의 눈에 정신이 팔려 있었다. 그 눈만 아니라면 소녀는 아름다워 보일 수도 있었으리라. 그러나 움푹 들어간 그녀의 눈은 놀라우리만치 강렬한 금빛이었고, 너무도 환히 빛나 마치 꿰뚫어볼 것만 같아서, 그 시선을 받으면 마음속까지 들여다보이는 듯해 비밀이라도 들킬까 지레 겁을 먹고 피하게 됐다. 소녀는 누더기 옷을 입었고, 그녀의 부드러운 뺨을 타고 눈물이 흘러내렸다.

달구지 몰이꾼은 무언가를 기다리는 눈으로 관리인을 보았다. 관리인은 셰리프가 고개를 끄덕여주기를 기다리며 그쪽을 보고 있었다. 젊은 사제는 사악한 몸짓으로 조바심치며 팔꿈치로 셰리프를 찔러댔지만 셰리프는 신경쓰지 않았다. 그는 도둑이 노래를 계속 부르도록 내버려두었다. 못생긴 남자의 아름다운 음성은 죽음마저도 유예할 듯했고, 그사이 광장엔 무시무시한 정적이 흘렀다.

해질녘 사냥꾼은 희생물을 잡았지.
이제 종다리는 두번 다시 자유를 얻지 못하리.

새도 인간도 언젠가는 죽게 마련
하지만 노래는 영원하리.

노래가 끝나자 셰리프는 관리인에게 고개를 끄덕여 보였다. 관리인은 "이랴!" 하는 외침과 함께 한 발이나 되는 밧줄로 소의 옆구리를 후려쳤다. 그와 동시에 몰이꾼의 채찍도 짝 하는 소리를 냈다. 소가 앞으로 걸음을 내디디자 달구지 위에 서 있던 죄수가 비틀거렸고, 소가 달구지를 잡아끌면서 죄수는 허공으로 떨어졌다. 밧줄이 팽팽히 당겨지고 딱 소리와 함께 도둑의 목이 부러졌다.

그 순간 비명이 울려퍼졌다. 사람들은 일제히 소녀를 바라보았다.

비명을 지른 사람은 소녀가 아니었다. 소녀의 곁에 있던 칼 만드는 장인의 아내였다. 그러나 비명은 소녀 때문에 터져나왔으니, 소녀가 두 팔을 앞으로 쭉 뻗고 저주를 내리는 자세로 교수대 앞에 무릎을 꿇은 것이다. 사람들은 공포에 질려 소녀에게서 물러났다. 억울하게 죽임을 당한 사람의 저주가 특히 효험이 있다는 건 누구나 알고 있는 일이었다. 아닌 게 아니라 그 자리에 있던 사람들 모두 이 교수형에는 어딘가 석연찮은 점이 있지 않나 의심하는 참이었다. 꼬마들은 완전히 겁에 질리고 말았다.

소녀는 강렬한 암시를 품은 금빛 눈을 세 이방인, 즉 기사와 수사와 사제에게로 돌렸다. 이윽고 그녀는 낭랑한 음성으로 끔찍한 말을 내뱉으며 저주를 내렸다.

"그대들에게 병마와 슬픔, 굶주림과 고통이 내리도록 저주하노라. 그대들의 집은 불타고 그대들의 자식은 교수대에서 죽으리라. 그대들의 적은 번성할 것이며, 그대들은 슬픔과 회한으로 노년을 보내다 오욕과 고통에 싸여 죽으리라……"

마지막 말을 마친 소녀는 곁에 놓인 자루 속에 손을 넣더니, 살아 있는 수평아리 한 마리를 꺼냈다. 어디서 났는지 어느새 손에는 칼이 들려 있었다. 소녀는 단칼에 수탉의 목을 쳤다.

잘린 목에서 피가 솟구치는데도 그녀는 머리 없는 수평아리를 검은 머리칼의 사제를 향해 집어던졌다. 거리가 멀어 채 미치지는 못했으나, 수탉의 피가 사제와 그 양쪽에 서 있던 수사와 기사에게도 튀었다. 세 사람은 진저리를 치며 비켜서려 했지만, 이미 피가 세 사람 모두의 얼굴에 튀고 옷을 더럽힌 뒤였다.

소녀는 그대로 몸을 돌려 달아났다.

군중은 소녀의 앞길을 터주는 한편 뒤를 막아주었다. 한순간 그곳은 아수라장이 되고 말았다. 마침내 셰리프는 병사들을 소리쳐 불러 소녀를 쫓아가라고 성난 목소리로 명령했다. 병사들은 남녀노소 할 것 없이 거칠게 밀어붙이며 군중 속을 뚫고 나가기 시작했으나, 소녀는 눈 깜짝할 사이에 사라지고 없었다. 셰리프는 소녀를 수배한다 해도 찾지 못할 것임을 알고 있었다.

그는 분노를 억누른 채 고개를 돌렸다. 기사와 수사와 사제는 달아나는 소녀를 보고 있지 않았다. 그들은 여전히 교수대를 응시하고 있었다. 셰리프도 그들의 시선이 향한 곳으로 눈길을 돌렸다. 죽은 도둑은 밧줄 끝에 매달려 있었다. 창백했던 젊은이의 얼굴은 이미 푸른빛으로 바뀌어가고 있었다. 그리고 천천히 흔들리고 있는 그 시체 아래에는, 머리가 없는데도 숨이 끊어지지 않은 수평아리가 피로 얼룩진 눈 위에 불규칙한 원을 그리며 맴돌고 있었다.

1부 1135~1136년

1장

1

폭이 널찍한 계곡의 경사진 언덕 기슭, 힘차게 흐르는 맑은 개울가에서 톰은 집을 짓고 있었다.

벌써 1미터나 올린 벽 작업은 이제 가속이 붙고 있었다. 톰이 고용한 석공 두 사람은 흙손으로 슥슥 철썩철썩 탁탁 소리를 내며 햇빛 아래 쉬지 않고 일하고 있었고, 석공들이 고용한 인부들은 커다란 건축 석재의 무게에 짓눌린 채 땀을 흘리고 있었다. 톰의 아들 앨프레드는 삽으로 모래를 떠서 판자에 쏟을 때마다 큰 소리로 수를 헤아리며 회반죽을 섞고 있었다. 목수도 한 사람 있었는데, 그는 톰 곁에 놓인 작업대에서 너도밤나무 재목을 자귀로 조심스럽게 다듬고 있었다.

앨프레드는 열네 살인데도 키는 톰만 했다. 소년은 여느 사람에 비해 머리 하나가 더 큰 아버지보다 불과 몇 센티미터 작은데도 계속 자라는 중이었다. 톰과 앨프레드는 생김새도 아주 닮아서, 두 사람 다 밝은 갈색 머리칼에 갈색기가 도는 녹색 눈을 가졌다. 사람들은 이들 부자를 두고 보기 좋은 한 쌍이라고 했다. 가장 큰 차이점이라면, 톰은 텁수룩한 갈색 턱수염이 난 데 반해 앨프레드는 보송보송한 금빛 솜털이 나 있다는 것이다. 한때 저애 머리칼도 솜털처럼 금빛이었지, 톰은 애정 어린 마음으로 생각했다. 이제 클 만큼 컸으니 사리분별을 가지고 자기 일에 좀더 관심을 쏟았으면 좋겠는데 말이야. 앨프레드가 아버지 같은 석공이 되려면 배워야 할 것이 많았다. 하지만 소년은 여전히 건축 원리를 따분한 것으로만 여기고 익히려 들지 않았다.

이 집이 완성되기만 하면 근방에서 가장 호화로운 저택이 된다. 일층은 불이 붙지 않도록 천장을 둥글게 한 저장고였다. 주인이 실제로 거주할 홀은 그 위층에 자리잡을 것이며 외부와는 바깥쪽 층계로 연결된다. 홀을 높게 하면 공격하기는 어렵지만 방어하기는 쉽다. 홀의 벽에는 난로의 연기를 빼내기 위해 굴뚝을 설치할 예정이다. 이것은 혁신적인 구조였다. 톰은 지금까지 굴뚝이 있는 집을 딱 한 번 보았을 뿐인데, 아주 좋은 생각이라고 여겼기에 이 집에도 굴뚝을 세우기로 마음먹었다. 홀 건너편 저택 한쪽 끝에는 작은 침실을 만들 계획이었는데, 요즈음 백작가 딸들이 그런 침실을 갖고 싶어하기 때문이었다. 사내들과 하녀들, 사냥개들과 한데 어울려 홀에서 자기에는 백작의 딸은 너무도 고귀했다. 취사장은 별채에 마련할 생각이었는데, 취사장이란 이르든 늦든 불이 나게 마련이기 때문이었다. 취사장을 다른 건물로부터 떼어 지어놓고, 음식이 좀 미적지근하더라도 참고 견디는 도리 말고는 없었다.

톰은 지금 저택 출입구를 만드는 중이었다. 문설주는 원기둥처럼 보이도록 둥글게 깎을 예정이다. 그러면 이 저택에 살 신혼 귀족의 신분에 어울리는 고귀한 분위기를 풍길 것이다. 톰은 본으로 쓰는 목제 형판에 시선을 둔 채 돌 위에 끌을 비스듬히 올려놓고는 커다란 나무망치로 부드럽게 내리쳤다. 돌의 표면이 좀더 둥근 형태를 띠며 작은 파편들이 사방으로 흩어졌다. 톰은 그 일을 반복했다. 대성당에 어울릴 만큼 매끄럽게 다듬어질 때까지.

톰이 대성당 건축 일을 해본 것은 딱 한 번, 엑시터에서였다. 처음에는 그 일을 여느 건축 일과 똑같이 생각했다. 건축 책임자가 톰의 작업에 불합격 판정을 내렸을 때 그는 내심 몹시 화가 났다. 톰은 자신이 일반 석공들보다 훨씬 조심스럽게 작업하고 있다고 믿었다. 하지만 얼마 안 가 대성당의 벽면은 단순히 훌륭한 데서 그치는 것이 아니라 완벽해야 한다는 걸 깨달았다. 대성당이 하느님을 예배하는 장소인데다 규모가 어마어마해, 벽이 조금이라도 기울거나 정확한 표준에서 약간만 벗어나도 건물 전체가 돌이킬 수 없을 정도로 망가지기 때문이다. 톰의 분노는 황홀감으로 바뀌었다. 가장 작은 세부에도 가혹하리만치 주의를 쏟아야 한다는 점이 야심찬 대건축물 축조 작업과 결합하는 과정에서, 그는 비로소 자신이 가진 기술의 경이로움에 눈뜨게 되었다. 톰은 엑시터의 건축 책임자로부터 비례의 중요성과 여러 수치의 상징성, 벽면의 정확한 너비와 나선형 층계에 쓰일 계단의 각도를 구하는 마법 같은 공식들을 배웠다. 톰은 이런 세부 문제에 심취했다. 그는 다른 석공들이 이런 것들을 이해하지 못한다는 점이 놀라웠다.

얼마 후 톰은 건축 책임자의 오른팔이 되었는데, 톰이 그 책임자라는 이의 결점을 알게 된 것도 바로 그 무렵이었다. 그는 훌륭한 장인이었지만 작업을 조직하는 데는 무능했다. 석공들의 작업에 맞추어 석재 양을 적절하게 확보하는 문제, 필요한 연장을 대장장이에게 충분히 제작하도록 하는 문제, 회반죽 일꾼들이 쓸 석회를 굽고 모래를 운송하는 문제, 목수들이 쓸 나무를 벌목하는 문제, 대성당 참사회參事會에서 모든 비용에 충당할 돈을 충분히 타내는 문제들 앞에서 그는 서투르기 짝이 없었다.

만일 그 책임자가 죽을 때까지 엑시터에 머물기만 했더라면 톰 자신이 그 자리에 오를 수도 있었다. 그러나 참사회의 재정이 바닥나버리자—건축 책임자가 운영을 제대로 하지 못한 탓도 있었지만—장인들은 일자리를 찾아 다른 곳으로 떠나야 했다. 엑시터의 성주는 톰에게 시의 요새를 보수하고 개축하는 건축업자 자리를 제안했다. 별다른 사고만 없으면 평생이 보장되는 자리였다. 그러나 톰은 다른 대성당 건축 일을 해보고 싶었기에 제안을 거절했다.

톰의 아내 애그니스는 남편의 결정을 결코 이해할 수 없었다. 그 자리를 맡기만 하면 그들 가족은 마구간이 딸린 훌륭한 석조주택에 살면서 하인을 부리고 매일 저녁 고기를 먹게 될 터였다. 애그니스는 그런 좋은 기회를 거절한 남편을 도저히 용서할 수 없었다. 그녀는 대성당 건축 일이 얼마나 매력적인지, 그러니까 복잡한 구조에 열중하는 일, 계산에서 맛보는 지적 도전, 벽면의 칼같이 정확한 치수, 완공된 건축물의 숨 막힐 듯한 장엄미 같은 것들을 이해하지 못했다. 한번 그 맛을 본 톰은 다른 일에는 만족할 수 없었다.

그것이 십 년 전의 일이었다. 그후로 톰 일가는 어느 곳이든 한곳에 오래 머물러본 적이 없었다. 톰은 수도원의 신축 참사회 집회소를 설계했고, 어떤 성에서 한두 해 일하기도 했고, 때로는 부유한 상인이 의뢰한 타운하우스를 지어주기도 했다. 하지만 어느 정도 돈을 쥐었다 싶으면 아내와 아이들을 데리고 대성당을 찾아 방랑생활을 시작했다.

작업대에서 고개를 든 톰의 눈에 음식 바구니를 들고 커다란 맥주 항아리를 낀 채 건축 부지 언저리에 서 있는 애그니스가 들어왔다. 정오였다. 톰은 애정 어린 눈길로 그녀를 바라보았다. 애그니스는 결코 예쁘다고는 할 수 없었지만 넓은 이마, 커다란 갈색 눈, 반듯한 코, 강인한 인상을 주는 턱 때문에 얼굴에서 활력이 넘쳤다. 빳빳한 검은 머리칼은 가운데를 갈라 뒤로 묶은 모습이었다. 그녀는 다름 아닌 톰의 천생연분이었다.

애그니스는 톰과 앨프레드에게 맥주를 따라주었다. 건장한 남자 둘과 강인한 여자, 이 세 사람은 나무잔으로 맥주를 마시며 한동안 그 자리에 서 있었다. 이윽고 가족의 네번째 구성원이 밀밭에서 깡총깡총 뛰어왔다. 마사였다. 일곱 살 마사는 수선화처럼 귀여웠지만, 꽃잎 한 장이 없는 수선화였다. 젖니 두 개가 빠졌는데 아직 간니가 나기 전이었다. 마사는 곧장 톰에게 달려오더니 먼지투성이 수염에 입을 맞추고 맥주를 한 모금만 달라고 졸랐다. 톰은 마사의 빼빼 마른 몸을 끌어안았다. "너무 많이 마시면 안 된다. 술에 취해 도랑에 빠질 테니까." 그러자 마사는 취한 시늉을 하면서 갈지자걸음으로 빙빙 돌았다.

가족은 모두 목재 더미 위에 걸터앉았다. 애그니스는 톰에게 큼직한 밀빵 한 덩이와 두툼하게 자른 삶은 베이컨 한 조각과 작은 양파 하나를 건네주었다. 톰은 밀빵을 한입 뜯어문 채 양파 껍질을 벗기기 시작했다. 애그니스는 아이들에게도 음식을 나눠주고 자신도 먹기 시작했다. 엑시터의 따분한 일자리를 거절하고 대성당 건축 일을 찾아나선 건 무책임한 일이었을지도 모르지, 하지만 그런 무모한 짓을 했어도 난 언제나 가족을 먹여살릴 수 있었어, 톰은 생각했다.

그는 가죽 앞치마의 윗주머니에서 꺼낸 식용 나이프로 양파를 한 소각 잘라 빵과 함께 먹었다. 달콤한 양파가 입안을 톡 쏘았다. 애그니스가 말했다. "나 또 임신했어요."

톰은 씹기를 멈추고 아내를 응시했다. 기쁨의 전율이 그를 사로잡았다. 뭐라고 말해야 좋을지 몰라 그는 그저 바보같이 웃기만 했다. 잠시 후 애그니스가 얼굴을 붉히면서 말했다. "그렇게 놀랄 일도 아니잖아요 뭘."

톰은 아내를 껴안았다. "그럼그럼." 그는 기쁜 나머지 여전히 싱글거렸다. "내 수염을 잡아당길 아기란 말이지. 그다음엔 앨프레드 녀석의 수염을 잡아당길 테고 말이야."

"그렇게 좋아하기엔 아직 일러요." 애그니스가 주의를 주었다. "태어나지도 않은 아기를 놓고 이러쿵저러쿵하는 건 좋지 않아요."

톰도 동의한다는 듯 고개를 끄덕였다. 애그니스는 유산을 몇 차례 겪었고 한 번은 사산한 적도 있었으며, 겨우 이 년밖에 살지 못한 마틸다라는 딸도 있었다. "그래도 사내아이라면 좋겠군. 이제 앨프레드도 저렇게 컸으니까 말이야. 예정일이 언제지?"

"크리스마스 지나서예요."

톰은 속으로 따져보았다. 이 집의 뼈대는 첫서리가 내릴 때까지 완성될 것이고, 석조 부분은 겨우내 짚으로 덮어 보호해주어야 한다. 석공들은 추위가 계속되는 몇 달 동안은 창문과 궁륭*, 문틀, 벽난로에 쓸 돌을 깎으며 지내게 될 테고, 목수는 마룻널과 문짝과 덧문을 짜고, 톰은 위층 작업에 쓸 비계**를 만들 것이다. 봄이 오면 아래층에 궁륭을 덮고, 그 위에 홀의 바닥을 깐 다음 지붕을 얹는다. 이 일을 얻었으니 아기가 육 개월이 될 성령강림절 때까지 가족을 부양할 수 있다. 그다음에는 다른 곳으로 옮기면 된다. "좋아." 톰이 느긋한 말투로 말했다. "잘됐어." 그러면서 그는 양파를 한 조각 더 먹었다.

"나도 아기를 낳기엔 너무 나이를 먹었어요. 이번이 마지막이 될 거예요." 애그니스가 말했다.

톰은 생각에 잠겼다. 아내가 몇 살인지 자신 있게 말할 순 없었지만, 애그니스 또래의 여자들도 곧잘 아기를 낳았다. 하지만 나이를 먹어갈수록 그만큼 힘들어지고 튼튼한 아기를 낳기 어렵다는 건 분명했다. 확

* 아치에서 발달된 반원형 천장.

** 높은 곳에서 공사를 할 수 있도록 임시로 설치한 가설물.

실히 아내의 말이 맞았다. 하지만 그렇다고 아이를 더 낳지 않겠다고 단언한단 말인가, 톰은 의아한 생각이 들었다. 잠시 후 그는 아내의 말뜻을 깨달았다. 그의 밝았던 마음에 먹구름이 드리워졌다.

"도시에서 좋은 일자리를 얻을 수 있을 거야." 톰은 아내를 달래려고 입을 열었다. "대성당이든 관저든 말이야. 그러면 나무마루를 깐 넓은 집도 가질 수 있고, 당신과 아기를 돌볼 하녀도 두게 될 거야."

애그니스의 얼굴이 굳어졌다. 그녀는 믿지 않는다는 투로 말했다. "그럴 테죠." 애그니스는 대성당이라는 말만 꺼내도 질색을 했다. 만일 그가 대성당에서 일하지 않았더라면, 지금쯤 자신은 도시의 주택에 살면서 모은 돈을 벽난로 밑에 묻어두고 걱정거리일랑은 없이 지낼 거라고 그 얼굴은 말하고 있었다.

톰은 시선을 돌리고 다시 베이컨을 한입 베어물었다. 그들 부부에겐 함께 축하할 일이 있었으나 그들의 마음은 엇갈려 있었다. 톰은 낭패감을 느꼈다. 얼마 동안 질긴 고기를 씹고 있는데 말발굽 소리가 들려왔다. 톰은 목을 빼고 귀를 기울였다. 말을 탄 사람은 마을을 피해 지름길로, 도로 쪽에서 숲을 가로질러 오고 있었다.

잠시 후 청년 하나가 조랑말을 타고 달려오더니 말에서 내렸다. 일종의 수습 기사인 종자인 듯했다.

"주인님께서 오고 계십니다." 종자가 말했다.

톰은 자리에서 일어났다. "퍼시 경 말이오?" 퍼시 햄리는 이 지방에서 가장 유력한 인물 가운데 한 사람이었다. 이 계곡뿐 아니라 다른 곳에도 많은 토지를 소유하고 있었고, 이 집의 건축비도 그가 지불하고 있었다.

"그분의 아드님이시죠."

"윌리엄 도련님이라고?" 퍼시의 아들 윌리엄은 결혼하고 나서 이 집에 들어와 살기로 되어 있었다. 그는 셔링의 백작 딸 앨리에너 아가씨와 약혼한 상태였다.

"그렇습니다. 그런데 잔뜩 화가 나 계십니다."

톰은 가슴이 철렁 내려앉았다. 기분이 아주 좋을 때라도 건축중인 집주인을 상대하는 건 까다로운 일이었다. 화가 잔뜩 난 집주인이라면 상대하기가 난감했다. "무엇 때문에 화가 났답니까?"

"약혼녀께서 그분을 거절했거든요."

"백작의 따님이?" 톰이 깜짝 놀라 반문했다. 두려움 때문에 거의 고통이 느껴질 지경이었다. 방금까지도 자신의 장래가 얼마나 확실히 보장되어 있는지를 생각하고 있던 참이었다. "이미 확정된 문제인 줄 알았는데."

"우리도 그렇게 생각했죠. 앨리에너 아가씨만 빼놓고요. 아가씨는 그분을 만나서는, 온 세상을 다 주고 거기다 도요새 한 마리를 덤으로 얹어준대도 결혼하지 않겠다고 했답니다."

톰은 근심스러워진 나머지 얼굴을 찌푸렸다. 그 말이 사실이 아니기를 바랐다. "하지만 도련님은 못생긴 것 같지 않았는데."

그러자 애그니스가 끼어들었다. "아가씨 입장에서 그런 게 중요할라고요. 만일 백작의 따님들에게 마음에 드는 사람과 결혼하라고 한다면, 우린 방랑하는 음유시인이나 음산한 눈빛을 한 범법자들의 통치를 받을 거예요."

"아직 아가씨가 마음을 바꿀 기회는 있어." 톰이 희망을 품고 말했다.

"아가씨의 어머니께서 회초리라도 드신다면 그럴지도 모르죠." 애그니스가 말했다.

그러자 종자가 말했다. "아가씨의 어머님은 돌아가셨답니다."

그 말에 애그니스는 고개를 끄덕였다. "그래서 아가씨가 인생이 어떤 건지 모르고 있군요. 그런데 어째서 아가씨의 아버님이 따님을 그대로 내버려두는지 모를 일이네요."

"백작께서 아가씨가 마음에 들어하지 않는 사람과는 결혼시키지 않겠다고 약속한 일이 있나봐요."

"그런 바보 같은 서약을 하다니!" 톰이 분개했다. 어떻게 그런 권력자가 한 소녀의 변덕에 좌지우지될 수 있을까? 그녀의 결혼은 군사동맹이나 가장 지위가 낮은 남작의 재정…… 심지어는 이 집의 건축에도 영향을 미칠 수 있었다.

"아가씨에겐 남동생이 하나 있지요. 그래서 아가씨가 누구와 결혼하든 그건 그리 중요한 문제가 아니랍니다."

"아무리 그래도 그렇지……"

"게다가 백작님은 고집이 센 분이세요. 백작님은 어린아이와 한 약속일지라도 어기지 않는 분이거든요." 종자는 어깨를 으쓱해 보였다. "아무튼 사람들이 그러더라고요."

톰은 다 짓지 못한 저택의 쌓다 만 석벽을 바라보았다. 아직 가족들과 겨울을 날 만큼 돈을 모으지 못했음을 깨닫자 오싹해졌다. "도련님은 이 집에서 함께 살 다른 신붓감을 찾을 테지. 이 지방 어디서든 신붓감을 고를 수 있을 테니까."

앨프레드가 변성기에 접어든 쉰 목소리로 말했다. "저기 오는 사람이 그분 같아요." 그 말에 모두 건너편을 바라보았다. 말 한 마리가 오솔길에서 구름 같은 흙먼지를 일으키며 전속력으로 달려오고 있었다. 앨프레드가 그렇게 단언한 것은 말의 빠르기는 물론이고 그 크기 때문이었다. 정말이지 거대한 말이었다. 톰은 전에도 이런 말을 본 적이 있었지만 앨프레드는 처음이었으리라. 사람 턱 높이의 떡 벌어진 어깨가 균형을 이룬 군마였다. 이런 말은 영국에서는 사육되지 않아 해외에서 들여

와야 했기 때문에 어마어마하게 비쌌다.

톰은 먹다 남은 빵을 앞치마 주머니에 넣고 햇살을 막기 위해 눈을 가늘게 뜬 채 들 건너편을 응시했다. 말은 귀를 뒤로 젖히고 콧구멍을 있는 대로 벌리고 있었지만, 여전히 머리를 곧추세우고 있는 것으로 보아 아직 기운이 다하지 않았음을 알 수 있었다. 이윽고 거리가 점점 가까워져서 고삐를 당기느라 기수가 상체를 뒤로 젖히자, 그 거대한 짐승도 속도를 좀 떨어뜨리는 듯했다. 이제는 발밑에서 쿵쿵 울리는 말발굽의 진동이 느껴졌다. 톰은 마사가 다치지 않도록 안고 있어야겠다고 생각하며 아이를 찾았다. 애그니스도 같은 생각이었다. 하지만 마사가 보이지 않았다.

"밀밭에 있나봐요." 애그니스가 말했다. 이미 그러리라고 짐작한 톰은 건축 부지를 성큼성큼 가로질러 들판 가장자리로 향했다. 공포에 사로잡힌 눈으로 물결치는 밀밭을 샅샅이 훑어보았지만 마사는 보이지 않았다.

톰이 짜낼 수 있는 유일한 방법은 말의 속력을 늦춰보는 것뿐이었다. 그는 오솔길로 들어서서 양팔을 벌린 채, 돌진하는 짐승을 향해 걷기 시작했다. 그를 발견한 말은 좀더 제대로 보기 위해 고개를 치켜들며 눈에 띄게 속도를 늦추었다. 바로 그때 놀랍게도 기수가 말에 박차를 가했다.

"빌어먹을 자식!" 톰이 고함을 쳤지만, 기수에게는 들리지 않은 모양이었다.

그 순간 마사가 밀밭에서 걸어나오더니 톰에게서 불과 몇 미터 떨어진 오솔길로 들어섰다.

한순간 톰은 낭패감에 싸여 그 자리에 우뚝 섰다. 곧 그는 소리를 지르고 두 팔을 흔들어대며 앞으로 뛰쳐나갔다. 하지만 고함치는 무리를 향해 돌진하도록 훈련된 군마였다. 말은 물러서지 않았다. 마사는 자기를 향해 달려드는 어마어마한 짐승을 보고 얼어붙기라도 한 듯, 좁은 오솔길 한가운데 선 채 그쪽을 뚫어져라 보고 있었다. 문득 톰은 자신이 말보다 빨리 마사에게 닿을 수 없으리라는 걸 깨닫고 절망에 빠졌다. 그는 팔에 밀이 닿을 정도로 몸을 돌려 비켜섰고, 마지막 순간 말은 다른 방향으로 몸을 틀었다. 기수의 등자가 마사의 고운 머리카락을 스치며 지나가고, 마사가 맨발로 디디고 선 바로 옆 길바닥에는 말발굽 자국이 움푹 팼다. 다음 순간 말은 두 사람에게 흙먼지를 끼얹으며 지나쳤고, 톰은 마사를 왈칵 끌어당겨 쿵쿵거리는 가슴으로 힘껏 끌어안았다.

톰은 안도감에 싸인 채 한동안 그 자리에 가만히 서 있었다. 사지에서 기운이 빠졌고 속옷은 땀으로 흠뻑 젖어 있었다. 이윽고 덩치 큰 군마를 함부로 다루는 멍청한 애송이에 대한 분노가 치밀어올랐다. 톰은 성난 눈길로 위를 쳐다보았다. 이제 윌리엄 경은 안장에 편안히 앉아, 등자에 얹은 발을 앞으로 쑥 내밀고 고삐를 앞뒤로 움직이며 말의 속도를 줄이고 있었다. 말이 건축 부시를 피하기 위해 방향을 바꿨다. 놈이 고개를 번쩍 쳐들며 껑충 뛰어올랐지만 윌리엄은 떨어지지 않았다. 그는 커다란 원을 그리며 느리게 달리다가 종종걸음으로 말의 속도를 떨어뜨렸다.

마사는 울고 있었다. 톰은 아이를 아내에게 넘겨주고 윌리엄을 맞을 채비를 했다. 스무 살쯤 된 젊은 영주는 금발에 훤칠하니 체격도 좋았으며, 가는 두 눈 때문에 언제나 햇빛을 응시하는 것처럼 보였다. 그는 검은 타이츠에 짧고 검은 튜닉 차림이었고, 무릎까지 십자로 엇갈리게 끈을 묶은 가죽부츠를 신고 있었다. 편안한 자세로 말 등에 앉아 있는 그는 조금 전 일어난 사건 따위에는 개의치 않는 것 같았다. 이 천치 같은 놈팡이는 자기가 무슨 일을 저질렀는지도 모르고 있어, 목을 아주 비틀어버릴까보다, 톰은 이를 갈며 생각했다.

윌리엄은 목재 더미 앞에 말을 멈추고 목수들을 내려다보았다. "여기 책임자가 누구냐?"

'네놈이 내 귀여운 딸의 털끝 하나라도 건드렸다면 너를 죽여버렸을 거다', 톰은 그렇게 말하고 싶었지만 분노를 억눌렀다. 한입 가득 쓰디쓴 음식을 삼키는 기분이었다. 톰은 말에게 다가가 재갈을 잡았다. "제가 건축 책임자입니다." 그가 굳은 목소리로 말했다. "톰이라고 합니다."

"이 집은 이제 필요 없게 됐소. 사람들을 해고하시오." 윌리엄이 말했다.

톰이 두려워하고 있던 말이었다. 그러나 그는 윌리엄이 화가 나서 충동적이 된 것뿐이며, 어쩌면 마음을 바꾸도록 설득할 수 있을지 모른다는 일말의 희망에 매달렸다. 톰은 애써 우호적이고 분별 있게 보이려고 목소리를 가다듬었다. "하지만 벌써 작업이 꽤 진척되었는데요. 어째서 지금까지 쓰신 돈을 아깝게 버리려 하시는지요? 언젠가는 이 저택이 필요하실 텐데요."

"내 일에 간섭할 건 없소, 건축장이 톰. 당신들은 전부 해고요." 그러면서 윌리엄은 고삐를 잡아챘지만 톰이 재갈을 놓지 않았다. "말을 놓아라." 윌리엄이 험악한 어조로 말했다.

톰은 침을 삼켰다. 한동안 윌리엄은 말머리를 치켜세우려고 애를 썼다. 톰은 앞치마 주머니를 더듬어 먹다 남은 빵 껍질을 꺼냈다. 톰이 그것을 내밀자 말은 머리를 들이밀고 한입 깨물었다. "가시기 전에 드릴 말씀이 있습니다, 나리." 톰이 부드럽게 말했다.

"말을 놓아라. 그러지 않으면 목을 베어버리겠다." 톰은 두려움을 드러내지 않으려 애쓰면서 윌리엄을 똑바로 쳐다보았다. 톰은 윌리엄보다 체격이 더 컸지만, 이 젊은 영주가 칼을 뽑는다면 덩치쯤은 문제도 아닐 터였다.

애그니스가 두려움에 떨며 속삭였다. "여보, 나리 말씀대로 해요."

죽음과도 같은 정적이 흘렀다. 다른 일꾼들은 석상처럼 말없이 선 채 지켜보고 있었다. 톰은 이쯤에서 굴복하는 것이 현명한 처사임을 알고 있었다. 하지만 윌리엄이 그의 어린 딸을 짓밟을 뻔했기 때문에 몹시 화가 난 상태였다. 그래서 톰은 그와 겨루는 심정으로 말했다. "나리께서는 저희에게 임금을 지불하셔야 합니다."

윌리엄이 고삐를 잡아당겼지만 톰은 재갈을 단단히 움켜잡고 있었다. 말은 먹이를 좀더 얻으려고 톰의 앞치마 주머니에 코를 비벼대며 안달했다. "임금은 우리 아버지에게 달라고 해!" 윌리엄이 화난 목소리로 말했다.

목수의 공포에 질린 목소리가 들렸다. "그렇게 합지요, 나리. 정말 고마운 말씀입니다."

가련한 겁쟁이 같으니라고, 그렇게 생각하면서도 톰 역시 떨고 있었다. 그럼에도 불구하고 다시 말하지 않을 수 없었다. "나리께서 저희를 해고하시려면 관례에 따라 임금을 지불해주셔야 합니다. 나리의 아버님 댁은 여기서 걸어서 이틀이나 걸리는 곳에 있습니다. 또 저희가 그곳에 당도한다고 해도 그분이 안 계실지도 모르잖습니까."

"이보다 하찮은 일로 죽은 자들도 많다." 윌리엄은 분노로 얼굴이 시뻘게져서 말했다.

톰은 곁눈으로 종자가 칼자루에 손을 갖다대는 것을 보았다. 이제 포기하고 겸허히 물러날 때라는 걸 알았지만 뱃속에 아직 풀리지 않은 분노의 매듭이 있었다. 겁이 났지만 그럴수록 재갈을 놓을 수가 없었다. "먼저 우리에게 임금을 주십시오. 그런 다음 저를 죽이십시오." 톰이 무모하게 말했다. "그 일로 나리께서는 교수형을 당할지도 모릅니다. 아니, 그러지 않을지도 모르죠. 하지만 나리도 언젠가는 죽겠지요. 그러면 저는 천당에 있을 테고 나리는 지옥에 떨어질 겁니다."

냉소를 짓고 있던 윌리엄의 얼굴이 굳어지더니 창백해졌다. 톰은 놀랐다. 무엇 때문에 이 애송이가 겁을 내는 거지? 교수형이라는 말 때문이 아닌 것만은 분명했다. 영주가 일개 장인을 죽인 죄로 교수형을 당한다? 있을 법하지 않은 일이었다. 그렇다면 지옥을 무서워하는 것일까?

얼마 동안 두 사람은 서로를 노려보았다. 윌리엄의 얼굴에서 분노와 경멸이 서서히 사라지고 두려움에 질린 불안이 떠오르는 걸 지켜보면서, 톰은 한편으로는 놀라고 한편으로는 안도했다. 마침내 윌리엄이 혁대에서 가죽지갑을 꺼내 종자에게 던져주며 말했다. "이자들에게 돈을 주어라."

톰은 이 순간의 행운을 좀더 밀어붙였다. 윌리엄이 다시 고삐를 잡아당겨 말이 힘껏 고개를 쳐들며 옆걸음을 치자, 톰은 재갈을 잡은 채 말과 함께 몸을 움직이면서 말했다. "해고할 때는 일주일치 임금을 지불하는 것이 관례입니다." 톰의 귀에 바로 뒤에 서 있는 애그니스가 숨을 급히 들이쉬는 소리가 들렸다. 이 이상 맞서는 건 미친 짓이라고 생각하는 것이리라. 하지만 톰은 계속 밀고나갔다. "인부는 6펜스, 목수와 석공 한 사람당 12펜스, 그리고 저는 24펜스입니다. 합해서 66펜스가 됩니다." 그는 자신이 알고 있는 어느 누구보다도 빨리 돈 계산을 할 수 있었다.

종자가 묻는 듯한 눈으로 주인을 쳐다보았다. 윌리엄이 성난 목소리로 말했다. "흠, 좋다."

그제야 톰은 재갈을 놓으며 뒤로 물러섰다.

윌리엄이 말머리를 돌리며 말의 옆구리를 힘껏 걷어차자, 말은 밀밭 사이의 오솔길로 달려나갔다.

톰은 목재 더미에 털썩 주저앉았다. 자신이 무엇에 씌었던 건지 알 수 없었다. 그런 식으로 덤벼들다니 미친 짓이었다. 목숨을 부지한 것이 행운이었다.

윌리엄이 탄 군마의 발굽 소리가 희미한 진동을 남기며 사라지자, 종자가 널판 위에 지갑을 털었다. 은화가 햇빛에 반짝이며 굴러떨어지는 것을 본 톰은 그제야 솟구쳐오르는 승리감을 맛보았다. 미친 짓이긴 했지만 효과는 있었다. 톰은 자신과 자기 밑에서 일하는 사람들을 위해 임금을 받아낸 것이었다. "아무리 영주라도 관례는 따라야 해." 그는 혼잣말처럼 중얼거렸다.

애그니스가 그 말을 듣고 불퉁하게 말했다. "윌리엄 경에게서 일자리 구하는 일이 없도록 빌기나 해요."

톰은 미소를 지었다. 아내가 너무도 겁에 질린 나머지 그렇게 비딱한 투로 한 말임을 알고 있었다. "너무 그렇게 얼굴을 찌푸리지 마. 안 그러면 아기가 태어나도 당신 젖은 말라붙어 아기를 먹일 수 없게 될 거야."

"당신이 겨울에 일자리를 얻지 못하면 난 우리 가족 아무도 먹일 수 없을 거예요."

"겨울은 아직 멀었어." 톰이 대답했다.

2

톰 일가는 여름을 그 마을에서 보냈다. 이 결정이 큰 실수였음을 나중에 알게 되었지만, 당시에는 상당히 분별 있는 결정처럼 보였다. 톰과 애그니스와 앨프레드가 수확철 동안 들일을 해 날마다 각기 1페니씩을 벌 수 있었기 때문이다. 가을이 오자 그곳을 떠나야 했다. 그들에게는 은화가 든 묵직한 주머니와 살진 돼지 한 마리가 있었다.

첫날 밤은 어느 마을의 성당 현관에서 보냈지만, 이튿날 밤에는 시골 수도원에서 수사들의 자비에 의지했다. 셋째 날이 되자 그들은 덤불이 우거진 광활한 슈트 숲 한가운데, 달구지 하나 겨우 지나다닐 정도의 좁다란 오솔길에 이르렀다. 길 양편의 참나무 숲 사이로 무성했던 여름의 자취도 기울고 있었다.

톰은 조금 작은 연장들은 손가방에 넣고 망치 몇 자루는 혁대에 매달았다. 외투는 둘둘 말아 왼팔에 끼고 오른손에는 지팡이 삼아 기다란 쇠못을 들었다. 또다시 길을 떠나게 되어 행복했다. 다음 일자리는 대성당 건축 일이 될지도 모를 일이었다. 어쩌면 석공장이 되어 여생을 그곳에 머물며 천당행을 보장해줄 만큼 훌륭한 성당을 짓게 될지도 몰랐다.

애그니스는 얼마 안 되는 가재도구들을 솥에 넣은 다음 끈으로 묶어 등에 멨다. 앨프레드는 어디서든 새집을 지을 때 사용할 도끼와 자귀, 톱, 작은 망치, 가죽이나 나무에 구멍을 뚫는 데 쓰는 작은 송곳, 삽 따위의 연장을 맡았다. 마사는 짐을 나르기에는 너무 어렸지만, 그래도 자기 밥그릇과 식사용 나이프를 혁대에 묶고 겨울 외투를 끈으로 묶어 등에 졌다. 아이는 시장에 팔게 될 때까지 돼지를 몰고 가는 일도 맡았다.

끝이 보이지 않는 숲속을 걸어가면서 톰은 아내에게서 눈을 떼지 않았다. 이제 임신 후기에 접어든 그녀의 배는 지고 있는 등짐만큼이나 무거워진 상태였다. 그러나 지쳐 보이지 않았다. 앨프레드 역시 괜찮았다. 그는 써야 할 것보다 훨씬 많은 힘이 샘솟는 나이였다. 마사만이 지쳐 있었다. 아이의 가는 다리는 장난을 치며 달아나는 데나 알맞을 뿐 이런 오랜 행군에는 적합하지 않았다. 마사는 늘 가족들에게서 뒤처졌고, 그럴 때마다 모두 발걸음을 멈추고 마사와 돼지가 따라잡을 때까지 기다렸다.

길을 걸으면서 톰은 언젠가 자신이 짓게 될 대성당에 대해서 생각했다. 늘 그렇듯 먼저 아치 통로를 머릿속에 그렸다. 아주 단순한, 수직 기둥 두 개로 반원을 받치는 구조의 통로였다. 그런 다음에는 첫번째 아치 통로와 똑같이 생긴 두번째 아치 통로를 상상했다. 그러고는 마음속에서 두 아치 통로를 하나로 연결했다. 그런 다음 또 하나, 또 하나, 이런 식으로 아치 통로들을 덧붙여 이어가면 전체가 한데 모여 일렬을 이루며 하나의 터널을 형성하게 된다. 이것이 건물의 핵심인데, 이로부터 빗물을 막을 지붕과 지붕을 떠받칠 벽면 두 개가 생겨나기 때문이다. 성당이란 이렇게 자잘한 세부들을 개량한 터널이나 다름없었다.

터널 안은 어둡게 마련이므로 첫째로 개량해야 할 세부는 창문이다. 벽이 충분히 탄탄하다면 거기에 여러 개의 구멍을 낼 수 있다. 그 구멍은 위로 둥글고 양옆은 직선이며 턱은 평평한 모양으로, 아치 통로와 같은 형태를 취한다. 아치와 창과 문을 비슷한 형태로 만드는 것은 건물을 아름답게 만들기 위한 한 가지 요소다. 여기에 또하나 필요한 요소는 규칙성이다. 톰은 터널의 양쪽 벽면에 일정한 간격으로 나 있는 똑같은 창문 열두 개를 눈앞에 그려보았다.

톰은 창문 위의 쇠시리를 떠올리려고 했지만 누군가 자신을 지켜보고 있다는 느낌에 주의력이 흩어졌다. 무슨 바보 같은 생각이야, 톰은 생각했다. 숲속에 우글거리는 새, 여우, 고양이, 다람쥐, 시궁쥐, 생쥐, 족제비, 담비, 들쥐들이 나를 보고 있는 건 당연하잖아.

정오가 되자 톰의 가족은 냇가에 앉았다. 그들은 맑은 시냇물을 마시고 식어빠진 베이컨과 숲에서 주운 야생능금을 먹었다.

오후에 접어들자 마사가 지쳐버렸다. 어느 지점에 이르러 보니, 마사는 그들로부터 1백 미터나 뒤처져 있었다. 마사가 올 때까지 서서 기다리며, 톰은 마사만 했을 때의 앨프레드를 머릿속에 떠올렸다. 앨프레드는 잘생긴 얼굴에 금발을 한 튼튼하고 대담한 아이였다. 걸음이 늦다고 돼지를 야단치는 마사를 바라보며 톰의 마음에서는 애정과 안타까움이 한데 섞였다. 덤불에서 한 남자가 마사 코앞으로 튀어나온 것은 그 순간이었다. 다음에 일어난 일은 워낙에 삽시간이라 그 일이 정말로 일어났는지조차 믿어지지 않을 정도였다. 갑자기 길에 나타난 사내는 어깨 위로 곤봉을 치켜올렸다. 톰의 목구멍으로 공포에 질린 비명이 치밀어올랐지만, 비명이 채 입 밖으로 나오기도 전에 그자가 마사를 향해 곤봉을 날렸다. 곤봉이 마사의 옆머리에 정통으로 떨어졌다. 곤봉이 내는 끔찍한 소리는 톰에게까지 들렸다. 마사는 떨어뜨린 인형처럼 땅바닥에 풀썩 쓰러졌다.

어느 사이엔가 톰은 오던 길을 되짚어 마사에게로 달려가고 있었다. 그의 두 발은 조금이라도 더 빨리 달리기 위해 윌리엄의 군마처럼 땅을 박차고 있었다. 달려가면서 톰은 눈앞에서 벌어지는 일을 똑똑히 보았다. 흡사 성당 벽면 높은 곳의 벽화를 보는 것 같았다. 눈으로 볼 수는 있었지만 자신의 손으로 바꿀 수는 없는. 마사를 공격한 사람은 의심할 것 없이 범법자였다. 맨발에 갈색 튜닉을 입은 땅딸막한 사내. 한순간 그자가 톰을 똑바로 보았고, 그자의 소름끼치는 얼굴이 톰의 눈에 들어왔다. 입술이 도려내져 있었는데, 십중팔구 거짓말에 관련된 죄로 벌을 받았을 터였다. 그 일그러진 흉터 때문에 그는 언제나 혐오스러운 웃음을 띠고 있는 것처럼 보였다. 땅바닥에 쓰러져 있는 마사에게 가는 중이 아니었다면 톰은 그 끔찍한 얼굴을 보고 그 자리에서 걸음을 멈췄을 것이다.

범법자는 톰에게서 돼지 쪽으로 시선을 돌렸다. 다음 순간 그는 번개처럼 허리를 숙여 허우적거리는 돼지를 집어들고 겨드랑이에 낀 채 무성한 덤불 속으로 뛰어들었다. 톰의 가족에게 유일하게 남은 값진 재산을 가져간 것이다.

톰은 마사 곁에 무릎을 꿇었다. 그러고는 마사의 작은 가슴에 커다란 손바닥을 대고 쉬지 않고 힘차게 뛰는 심장고동을 느꼈다. 최악의 사태에 대한 두려움은 가라앉았다. 하지만 마사는 눈을 뜨지 않았고 금빛 머리칼에는 선홍색 피가 묻어 있었다.

잠시 후 애그니스도 그의 곁에 무릎을 꿇고 앉았다. 애그니스는 마사의 가슴과 팔목과 이마를 만져본 다음 엄숙하고 분별 있는 표정으로 남편을 보았다. "얘는 살아날 거예요." 그녀가 긴장한 목소리로 말했다. "돼지를 찾아와요."

톰은 재빨리 연장가방을 풀어 땅에 내려놓았다. 그런 다음 왼손으로 혁대에서 커다란 쇠망치를 뽑아들었다. 오른손에는 여전히 쇠못이 들려 있었다. 수풀 위에는 강도가 오가며 밟은 자국이 남아 있었고, 숲속에서 꽥꽥거리는 돼지 울음소리가 들려왔다. 톰은 덤불 속으로 뛰어들었다.

강도가 지나간 흔적을 추적하기는 쉬웠다. 다부진 몸집인데다 팔에 버둥거리는 돼지를 낀 채 달아나는 바람에, 꽃이며 수풀, 어린 나무 할 것 없이 납작하게 짓밟아 초목 사이로 넓은 자국이 나 있었다. 톰은 두 손으로 그자를 붙잡아 인사불성이 되도록 두들겨패고 싶은 잔인한 욕망에 휩싸여 돌진했다. 그는 어린 자작나무들을 헤치고 비탈길을 뛰어내려간 후, 습지대를 철벅거리며 가로질러 비좁은 오솔길에 이르렀다. 이윽고 톰은 걸음을 멈추었다. 도둑은 왼쪽 아니면 오른쪽으로 갔을 텐데, 지나간 흔적 없이 나무며 풀들이 온전했다. 톰은 귀를 기울였다. 그러자 왼쪽 어디선가 돼지 우는 소리가 났다. 동시에 등 뒤에서 숲을 헤치며 달려오는 발소리가 들렸다. 앨프레드일 터였다. 톰은 아들을 기다리지 않고 돼지를 추격했다.

내리막을 이루던 길이 급하게 꺾이며 오르막으로 바뀌었다. 이제는 돼지 울음소리가 똑똑히 들렸다. 톰은 거칠게 숨을 몰아쉬며 달려 올라갔다. 오랜 세월 마셔온 돌먼지 때문에 폐가 약해져 있었다. 갑자기 길이 평평해지는 순간, 불과 2, 30미터 앞에 악마에게 쫓기기라도 하듯 달아나는 강도가 보였다. 톰은 더욱더 힘을 내 따라잡기 시작했다. 이대로 조금만 더 가면 따라잡을 수 있었다. 돼지를 안고 달아나는 자가 맨손으로 쫓는 사람보다 빠를 수는 없다. 그때 갑자기 가슴에 통증이 느껴졌다. 도둑은 15미터, 다음엔 20미터 밖으로 달아났다. 톰은 쇠못을 창처럼 머리 위로 치켜들었다. 거리가 조금만 더 좁혀지면 던질 참이었다. 11미터, 10미터……

그가 막 쇠못을 던지려는 찰나, 푸른 모자를 쓴 여윈 얼굴이 길가 덤불에서 불쑥 튀어나왔다. 몸을 피하기에는 늦었다. 톰은 앞에 튀어나온 묵직한 장대에 걸려 바닥에 엎어지고 말았다.

톰은 쇠못은 떨어뜨렸지만 망치는 여전히 놓지 않고 있었다. 그는 재빨리 몸을 굴려 한쪽 무릎을 세우고 일어났다. 상대는 두 명이었다. 하나는 푸른 모자를 쓴 사내였고, 또하나는 흰 턱수염을 텁수룩하게 기른 대머리였다. 두 놈이 동시에 톰에게 달려들었다.

톰은 한옆으로 비켜서면서 푸른 모자를 향해 망치를 휘둘렀다. 몸을 피하려던 놈은 커다란 쇠망치에 어깨를 강타당하고 아픔을 참지 못해 날카로운 비명을 지르며 땅바닥에 주저앉았다. 놈은 팔이 부러졌는지 한쪽 팔을 움켜쥐었다. 톰에게는 대머리가 바짝 다가들기 전에 망치를 다시 치켜들어 결정타를 가할 여유가 없었다. 그래서 상대의 얼굴을 향해 망치를 집어던졌다. 대머리의 뺨이 망치를 맞고 찢어졌다.

두 사람 모두 상처를 움켜쥔 채 물러섰다. 톰은 이제 그들과 더 싸울 필요가 없음을 깨닫고 몸을 돌렸다. 돼지를 훔친 도둑은 여전히 오솔길을 따라 달아나고 있었다. 톰은 가슴의 통증을 무시한 채 다시 도둑을 추격하기 시작했다. 하지만 겨우 몇 미터 못 가 등 뒤에서 귀에 익은 비명 소리가 들려왔다.

앨프레드였다.

톰은 걸음을 멈추고 뒤를 돌아보았다.

앨프레드가 주먹질과 발길질을 하며 조금 전의 두 놈과 맞붙어 싸우고 있었다. 앨프레드는 푸른 모자를 쓴 놈의 머리를 몇 차례 후려친 다음 이번에는 대머리의 정강이를 걷어찼다. 그러나 두 놈이 한꺼번에 달려들자 더는 주먹질이나 발길질을 할 수도, 상대방에게 상처를 입힐 수도 없게 되었다. 톰은 한순간 돼지를 추격해야 할지 아들을 구해야 할지

갈퀴를 잡지 못하고 망설였다. 그때 대머리가 뒤에서 다리를 걸어 앨프레드를 넘어뜨렸다. 앨프레드가 땅바닥에 쓰러지자 두 놈이 달려들어 얼굴이고 몸이고 할 것 없이 구타해대기 시작했다.

톰은 오던 길로 달려갔다. 그는 대머리에게 돌진해 놈을 덤불로 날려버리고 곧바로 몸을 돌려 푸른 모자를 향해 망치를 휘둘렀다. 그놈은 조금 전에 망치를 맞아 한쪽 팔밖에 쓰지 못했다. 첫번째 일격을 재빨리 피한 놈은 톰이 다시 망치를 휘두르기 전에 덤불 속으로 뛰어들어 도망갔다.

고개를 돌려보니 길 아래로 달아나는 대머리가 보였다. 톰은 반대쪽을 바라보았다. 돼지를 훔쳐간 강도는 흔적도 보이지 않았다. 톰은 욕설을 내뱉었다. 지난여름 내내 모은 돈의 절반어치는 족히 나가는 돼지였다. 톰은 거칠게 숨을 몰아쉬며 땅바닥에 주저앉았다.

"우리가 세 놈을 이겼어요!" 앨프레드가 흥분해서 말했다.

톰은 아들을 올려다보았다. "하지만 그자들이 우리 돼지를 가져갔다." 뱃속의 분노가 시큼한 사과술처럼 끓어올랐다. 그들 가족은 봄에 얼마간의 돈이 모이자마자 돼지를 사서 여름내 살찌웠다. 살진 돼지라면 60펜스에 팔 수 있었다. 약간의 양배추와 곡식 한 자루만 있으면 돼지를 잡아 온 식구가 겨우내 먹을 수 있을 뿐 아니라, 가죽구두 한 벌과 지갑 한두 개 정도는 만들 수 있었다. 그런 돼지를 잃었다는 건 파산을 의미했다.

톰은 추격과 싸움으로 잃었던 기운을 벌써 회복한 앨프레드를 부러운 눈으로 보면서, 기운이 회복되기를 초조하게 기다렸다. 바람처럼 달리고도 가슴이 아무렇지도 않았던 때가 대체 언제 적이던가. 내가 저 아이 나이였을 때…… 이십 년 전 일이군, 이십 년이야. 바로 어제 일 같은데.

톰은 일어섰다.

길을 따라 걸으면서 아들의 널찍한 어깨에 한 팔을 둘렀다. 소년은 아직 아버지보다 한 뼘 정도 작았지만, 얼마 안 가 따라잡을 뿐 아니라 훨씬 더 자랄지도 몰랐다. 이 녀석의 꾀도 키처럼 자랐으면 좋겠는데 말이야, 톰은 생각했다. "어떤 바보라도 싸움판에 뛰어들 수는 있다. 하지만 똑똑한 사람이라면 지켜볼 줄도 아는 법이야." 앨프레드는 멍하니 아버지를 쳐다보았다.

두 사람은 도둑이 만들어놓은 흔적을 되짚어 오솔길에서 벗어난 다음, 습지대를 가로질러 비탈길을 오르기 시작했다. 어린 자작나무들을 헤치고 나아가면서 마사를 떠올린 톰은 다시금 뱃속에서 응어리지는 분노를 느꼈다. 그 강도는 전혀 위협적인 존재가 아닌 아이를 때려서 정신을 잃게 했다.

톰은 걸음을 서둘렀다. 얼마 후 그들 부자는 길 위로 모습을 나타냈다. 마사는 아까와 같은 자리에 누워 있었다. 두 눈은 감은 채였고, 머리의 피는 말라붙고 있었다. 애그니스는 마사 곁에 무릎을 꿇고 앉아 있었다. 그리고 놀랍게도 그 두 사람 곁에 낯선 여인과 소년이 있었다. 그날 아침부터 내내 감시당하고 있다고 느낀 게 당연했다는 생각이 톰의 머리를 스치고 지나갔다. 이 숲에는 사람들이 우글거리고 있었다. 톰은 허리를 굽혀 다시 한번 손바닥을 딸의 가슴에 대보았다. 마사는 고르게 숨을 쉬고 있었다.

"아이는 곧 정신을 차릴 거예요." 낯선 여인이 믿음직한 음성으로 말했다. "그런 다음엔 한 차례 토할 거고요. 토하고 나면 괜찮아져요."

톰은 호기심 어린 눈으로 여인을 보았다. 그녀는 마사 곁에 무릎을 꿇은 자세로 앉아 있었다. 아주 젊어 보였는데, 톰보다 열 살은 아래인 듯했다. 짧은 가죽 튜닉 밖으로 유연한 갈색 팔다리가 드러나 보였다. 얼굴은 예뻤고, 암갈색 머리칼이 이마에 있는 악마의 점까지 내려와 있었다. 톰은 고통스러우리만치 급작스러운 욕망을 느꼈다. 문득 그녀가 눈을 들어 자신을 바라보자 그는 흠칫 놀랐다. 움푹 들어간 그녀의 눈은 강렬하고 독특한 금빛이었는데, 얼굴 전체에 매혹적인 분위기를 부여했다. 톰은 방금 자신이 한 생각을 그녀가 알아차렸으리라고 확신했다.

톰은 당황한 심정을 감추려고 눈길을 돌리다 애그니스의 눈과 마주쳤다. 아내는 단단히 화가 난 얼굴이었다. "돼지는 어디 있죠?"

"범법자가 두 놈 더 있었어." 톰이 대꾸했다.

그러자 앨프레드가 말했다. "우리가 놈들을 이겼어요. 그런데 돼지를 가진 놈이 달아나버렸어요."

애그니스는 얼굴을 찌푸렸으나 더는 말이 없었다.

낯선 여인이 말했다. "조심조심 아이를 그늘로 옮기는 게 좋겠어요." 여인이 자리에서 일어서자, 톰은 그녀가 자기보다 적어도 30센티미터 이상 작다는 걸 깨달았다. 톰은 허리를 굽혀 딸을 조심스럽게 들어올렸다. 마사의 조그만 몸은 거의 무게가 느껴지지 않을 정도였다. 톰은 마사를 안고 길을 따라 몇 미터쯤 걸어가다가 늙은 참나무 그늘 밑 풀숲에 내려놓았다. 마사는 여전히 축 늘어져 있었다.

앨프레드는 소란 통에 길에 흩어진 연장들을 챙기고 있었다. 낯선 여인과 함께 온 소년은 눈이 휘둥그레져서는 입을 벌린 채 말없이 앨프레드가 하는 일을 지켜보았다. 앨프레드보다 세 살가량 어린 아이는 생김새가 좀 독특했는데, 엄마의 관능적인 아름다움은 전혀 닮지 않았다. 몹시 창백한 피부에 머리칼은 적황색이었고, 파란 눈은 약간 튀어나와 있었다. 정신을 바짝 차린 바보 같은 표정이로군, 톰은 생각했다. 저런 아이는 일찍 죽거나, 자라더라도 바보가 될 뿐이야. 소년이 뚫어져라 쳐다보자 앨프레드는 눈에 띄게 불편해했다.

톰이 보고 있는 동안 아이는 다짜고짜 앨프레드의 손에서 톱을 잡아

채더니, 놀라운 물건이라도 되는 양 이리저리 살펴보았다. 무례한 행동에 기분이 상한 앨프레드가 톱을 다시 잡아채자, 소년은 순순히 내주었다. 소년의 어머니가 말했다. "잭! 얌전히 있으렴." 아들의 행동에 당황한 모양이었다.

톰은 그녀를 보았다. 소년은 자기 어머니를 전혀 닮지 않았다. "아주머니가 저애의 엄마인가요?" 그가 물었다.

"네. 저는 엘렌이라고 해요."

"남편은 어디 있소?"

"죽었어요."

톰은 깜짝 놀랐다. "그럼 단둘이서 여행중이라고?" 그는 믿기지 않는 듯했다. 이 숲은 자기 같은 남자에게도 위험한 곳이었다. 여자 혼자라면 거의 살아남을 가망이 없었다.

"우린 여행하고 있는 게 아니에요. 이 숲에 살아요." 엘렌이 말했다.

톰은 충격을 받았다. "그럼, 당신은……" 상대의 기분을 상하게 하고 싶지 않아 말을 끊었다.

"범법자지요. 그래요, 범법자들은 모두 저 입술 없는 패러먼드 같을 거라고 생각했나보죠? 당신네 돼지를 훔친 그자 말이에요." 그녀가 말했다.

"그렇소." 그렇지만 그가 정말 하고 싶은 말은, 아름다운 여인이 범법자가 될 수 있으리라는 생각은 한 번도 해본 일이 없다는 것이었다. 톰은 호기심을 억누르지 못하고 물었다. "무슨 죄를 지었소?"

"사제를 저주했지요." 그녀는 시선을 돌렸다.

톰의 생각엔 대단한 죄 같지 않았다. 하지만 그 사제가 대단한 권력자거나 몹시 노여움을 타는 사람이었던 모양이었다. 아니, 어쩌면 엘렌이 사실을 말하고 싶지 않아 둘러댄 것인지도 몰랐다.

톰은 마사를 보았다. 얼마 후 아이가 눈을 떴다. 마사는 어리둥절하고 약간 겁이 난 듯했다. 애그니스가 마사 곁에 무릎을 꿇고 앉았다. "괜찮아. 모든 게 다 잘되었단다."

마사는 일어나 앉더니 토했다. 발작이 멈출 때까지 애그니스가 마사를 껴안고 있었다. 톰은 깊은 인상을 받았다. 엘렌의 예측이 들어맞은 것이었다. 마사가 괜찮아질 거라는 말 역시 믿어도 좋으리라. 안도감이 밀려들었다. 톰은 자신의 격한 감정에 다소 놀라고 있었다. 귀여운 딸을 잃는 일만은 절대로 안 돼, 그는 눈물을 애써 억눌렀다. 엘렌의 동정 어린 시선이 느껴졌고, 그러자 다시 한번 밝은 금빛 눈이 마음속을 꿰뚫어 보는 것 같았다.

톰은 꺾은 참나무 가지에서 나뭇잎을 훑어 딸의 얼굴을 닦아주었다. 마사의 얼굴은 여전히 창백했다.

"그애는 좀 쉬어야 해요. 5킬로미터 걸어갈 시간만큼 아이를 눕혀두세요." 엘렌이 말했다.

톰은 해를 보았다. 일몰까지 아직 시간이 많이 남아 있었다. 그는 딸이 나을 때까지 기다릴 양으로 자리를 잡고 앉았다. 애그니스는 마사를 품에 안고 부드럽게 흔들어주었다. 소년 잭은 이제 마사에게로 주의를 돌려, 아까처럼 백치 같은 집중력으로 응시했다. 톰은 엘렌에 대해 좀더 알고 싶었다. 하지만 조른다고 해서 자기 이야기를 털어놓을지는 알 수 없었다. 톰은 그녀가 가지 않기를 바랐다. "대체 어찌된 일이오?" 그가 모호하게 질문했다.

엘렌은 다시금 그의 눈을 들여다보더니, 이야기를 하기 시작했다.

그녀의 아버지는 기사였다. 기골이 장대하고 강하며 거친 사내였던 아버지는 함께 승마와 사냥과 레슬링을 즐기고, 술을 마시며 밤늦도록 떠들 수 있는 친구 같은 아들을 원했다. 이 점에서 그는 불운하기 짝이 없었다. 엘렌 하나를 얻고 아내가 세상을 떠났기 때문이다. 아버지는 재혼을 했지만 둘째 아내는 아이를 낳지 못했다. 아버지는 엘렌의 계모를 업신여기던 끝에 결국 쫓아내고 말았다. 그는 분명 무자비한 사람이었지만 엘렌만은 그렇게 생각지 않았다. 그녀는 아버지를 숭배하고 그와 마찬가지로 계모를 경멸했다. 계모가 나가자 엘렌만 남게 되어, 그녀는 거의 전부가 남자뿐인 집안에서 자라게 되었다. 그녀는 머리를 짧게 깎고 단검을 지니고 다녔으며, 새끼 고양이와 장난을 친다거나 눈이 먼 늙은 개 돌보는 법 따위는 아예 배우지도 못했다. 마사만 했을 때는 바닥에 침을 뱉고, 씨도 안 발라낸 사과를 먹고, 말의 배를 힘껏 걷어차 말이 숨을 들이마실 때 재빨리 배띠를 한 단 더 조일 줄도 알았다. 그녀는 아버지의 패거리에 끼지 않은 남자들은 모두 좆이나 빨 놈들로, 그들과 어울리지 않는 여자들은 모두 돼지하고 붙어먹을 년들로 불러야 하는 줄 알았다. 사실 이러한 욕이 무슨 뜻인지 거의 알지 못했고 그런 것에 개의치도 않았다.

가을날 오후, 부드러운 대기중에 울려퍼지는 그녀의 음성에 귀를 기울이며 톰은 눈을 감았다. 그리고 꼬질꼬질한 얼굴에 가슴은 납작한 소녀가, 독한 맥주를 마시고 트림을 하면서 전쟁과 약탈과 강간, 말과 성城과 처녀들에 관한 노래를 부르는 아버지의 흉포한 패거리들과 함께 기다란 식탁에 앉아 있는 모습을, 짧게 깎은 자그마한 머리를 딱딱한 식탁에 기댄 채 곯아떨어지는 모습을 그려보았다.

만일 그녀가 영원히 납작한 가슴으로 살 수 있었다면 행복한 인생을 누렸으리라. 하지만 남자들이 그녀를 다른 시선으로 보기 시작하는 때가 왔다. "길 비켜. 그러지 않으면 불알을 까서 돼지한테 던져줄 테니까." 그렇게 말해도 그들은 이제 큰 소리로 웃지 않았다. 몇몇은 그녀가 모직 튜닉을 벗고 기다란 리넨 속옷을 입은 채 잠자리에 드는 모습을 유심히 바라보기도 했다. 그들은 전에 없이 숲속에서 오줌을 눌 때도 그녀에게서 등을 돌리기 시작했다.

어느 날은 아버지가 교구 사제와 심각한 대화를 나누는 것을 보았는데—좀처럼 없던 일이었다—두 사람은 그녀에 대한 이야기라도 하는 듯 자꾸 눈길을 줬다. 다음 날 아침 아버지가 그녀에게 말했다. "헨리와 에버러드를 따라가거라. 그리고 그들이 시키는 대로 하거라." 그런 다음 딸의 이마에 키스를 해주었다. 그녀는 대체 아버지가 갑자기 왜 이러는지 알 수가 없었다. 늙어서 마음이 약해진 걸까? 엘렌은 잿빛 준마에 안장을 얹고—그녀는 여자들이나 타는 작은 승마용 말이나 어린애들이 타는 망아지는 타지 않았다—두 병사와 함께 길을 떠났다.

두 사람은 그녀를 어느 수녀원에 데려다주었다.

두 병사가 말을 타고 가버리자, 그녀는 수녀원 전체가 쩌렁쩌렁 울릴 정도로 음탕한 욕설을 퍼부어댔다. 그리고 수녀원장을 칼로 찌르고, 왔던 길을 도로 되짚어 아버지의 집으로 돌아왔다. 아버지는 딸의 손발을 묶고 안장에 잡아맨 뒤 당나귀에 태워서 수녀원으로 돌려보냈다. 수녀원에서는 수녀원장이 회복할 때까지 그녀를 징계실에 가두었다. 징계실은 춥고 습기 찼으며 칠흑처럼 어두웠다. 마실 물 외에 먹을 거라곤 없었다. 징계실에서 풀려나자 그녀는 다시 걸어서 집으로 돌아왔다. 그러자 아버지는 다시 한번 그녀를 태워 돌려보냈으며, 이번에 그녀는 채찍으로 매질을 당한 다음 징계실에 갇혔다.

결국 그녀도 무릎 꿇지 않을 수 없었다. 마음속으로는 수녀들을 미워하고 성인들을 경멸하고 하느님에 대한 교리를 한마디도 믿지 않았지만, 수련복을 입고 규율에 복종하고 기도하는 법을 배웠다. 읽고 쓰는 법을 배우고, 음악과 산수와 그림을 익히고, 아버지의 집에서 쓰던 프랑스어와 영어 외에 라틴어까지 알게 되었다.

수녀원 생활은 그다지 나쁘지 않았다. 수녀원은 나름의 독특한 규칙과 의식을 지닌 반쪽 성性 집단이 모인 곳인데, 그런 생활은 익숙한 터였다. 수녀들은 누구나 어느 정도의 육체노동을 감수해야 했다. 얼마 지나지 않아 엘렌은 말 돌보는 일을 맡았고 곧이어 마구간을 책임지게 되었다.

가난은 걱정할 일이 아니었다. 복종은 쉽지 않았지만 결국 익숙해졌다. 셋째 규칙인 순결도 그녀를 괴롭히지 못했다. 간혹 오로지 수녀원장을 괴롭히기 위해 다른 수련수녀를 쾌락으로 끌어들이는 일은 있었지만.

이때 애그니스가 엘렌의 말을 중단시키더니, 아이의 얼굴을 씻기고 자신의 튜닉을 빨러 냇가로 가야겠다며 마사를 데려갔다. 그녀는 부르면 들릴 거리에 있겠다면서도 안전을 핑계 삼아 앨프레드도 데려갔다. 잭도 따라나서려 했지만 애그니스는 단호한 어조로, 너는 그 자리에 남아 있으라고 말했다. 잭이 다시 자리에 주저앉는 걸 보니 말귀는 알아듣는 모양이었다. 아이들이 이런 불경하고 외설스러운 이야기를 듣지 못하도록 아내가 손쓴 것임을 톰은 눈치챘다. 애그니스는 톰을 여인의 보호자로 남겨두었다.

엘렌은 이야기를 계속했다. 어느 날, 수녀원장이 말을 타고 길을 나선지 며칠 됐을 때 말이 다리를 절기 시작했다. 마침 가까이에 킹스브리지 수도원이 있어 수녀원장은 그곳에서 말 한 필을 빌렸다. 수녀원으로 돌아온 수녀원장은 엘렌을 킹스브리지 수도원으로 보내 빌려온 말을 돌려주고 다친 말을 데려오게 했다.

허물어질 듯 낡은 성당이 보이는 킹스브리지 수도원 마구간에서 엘렌은 매 맞은 강아지처럼 보이는 한 젊은이를 만났다. 강아지처럼 팔다리가 유연해 움직임이 우아하고 경계하는 듯 코를 씰룩대는 젊은이는 모든 장난기를 빼앗기기라도 한 듯 겁에 질려 두려움에 떨고 있었다. 말을 걸어도 그는 무슨 말인지 이해하지 못했다. 라틴어로도 말해봤지만 수사가 아닌 젊은이는 무슨 말인지 알아듣지 못했다. 마지막으로 그녀는 프랑스어로 말을 걸어보았다. 그러자 젊은이의 얼굴이 환해지면서 같은 프랑스어로 대답했다.

엘렌은 다시 수녀원으로 돌아가지 않았다.

그날부터는 숲속에서 살았다. 처음에는 나뭇가지와 나뭇잎으로 가린 엉성한 은신처에서, 나중에는 마른 동굴에서 살았다. 그녀는 아버지 집에서 살던 시절에 익힌 남자들의 기술을 잊지 않아, 여전히 사슴을 사냥하고 덫을 놓아 토끼를 잡고 화살로 백조를 맞힐 줄 알았다. 잡은 짐승의 내장을 빼내고 깨끗이 씻은 다음 요리할 줄도 알았다. 심지어는 털가죽을 깨끗하게 문지른 후 가공해 옷을 만들 줄도 알았다. 사냥한 짐승은 물론 야생 과일과 견과류와 갖가지 야채도 음식으로 썼다. 그 밖에 필요한 것, 예컨대 소금이나 모직천이나 도끼나 새 칼은 모두 훔쳐야 했다.

가장 힘든 시절은 잭이 태어날 때였다……

하지만 그 프랑스인이 있지 않았느냐고, 톰은 묻고 싶었다. 그 젊은이가 잭의 아버지인가? 그 사람은 죽었는가? 그렇다면 어떻게? 하지만 그녀의 얼굴을 본 톰은 그녀가 그 이야기만은 하지 않으리라는 걸 알았다. 엘렌은 자기 의지에 반하는 일을 하도록 설복당할 사람이 아니었다. 그래서 톰은 이러한 의문들은 가슴속에 묻어두기로 했다.

그때쯤에는 그녀의 아버지도 이미 세상을 떠나고 그의 부하들도 뿔뿔이 흩어졌기 때문에, 이 세상에는 그녀의 친척이나 친구가 한 사람도 남아 있지 않았다. 잭을 낳을 때가 되자 엘렌은 동굴 입구에 밤새도록 화톳불을 피워놓았다. 그리고 음식과 물을 준비하고, 이리와 들개들을 막기 위해 활과 화살과 칼을 손닿는 곳에 두었다. 주교에게서 훔쳐온, 아기를 감쌀 묵직한 붉은 외투도 있었다. 그러나 출산의 고통과 두려움에는 아무런 대비도 하지 못했다. 그래서 한동안 자신이 죽어가고 있는 거라고 여겼다. 그럼에도 불구하고 아기는 건강했고 그녀도 살아남았다.

그뒤 십일 년 동안 엘렌과 잭은 단조롭고 소박한 생활을 영위했다. 숲은 그들에게 필요한 모든 것을 주었다. 겨울철에 먹을 사과와 견과류, 절이거나 훈제한 사슴고기를 충분히 저장해두기만 하면 됐다. 엘렌은 종종 그런 생각이 들었다고 했다. 이 세상에 왕이나 영주, 주교, 셰리프 따위가 없다면 모두가 이처럼 완벽한 행복을 누리며 살아갈 수 있으리라고.

톰은 입술 없는 패러먼드 같은 범법자들과는 어떻게 지냈느냐고 물었다. 만일 그 사람들이 한밤중에 그녀의 동굴로 숨어들거나 겁탈이라도 하려 했다면 어떻게 되었을지 알 수 없는 일이었다. 그런 생각을 하자 문득 사타구니에서 꿈틀거리는 느낌이 왔다. 하지만 톰은 그때까지 강제로 여자를 범한 적이 없었다. 아내한테도 마찬가지였다.

엘렌은 반짝이는 파리한 눈으로 쳐다보면서, 다른 범법자들이 자신을 두려워한다고 말했다. 톰은 그 까닭을 알 것 같았다. 그들은 엘렌을 마녀로 여기고 있었다. 숲을 지나는 일반인들은 범법자를 약탈하고 강간하고 살인하더라도 처벌당하지 않았다. 따라서 엘렌은 그런 일반인들의 눈에 띄지 않게 몸을 감추기만 하면 되었다. 그럼 어째서 톰의 앞에서는 숨지 않았을까? 아마도 상처 입은 아이를 보자 도와주고 싶었기 때문일 것이다. 그녀에게도 아이가 있었으니까.

그녀는 아버지 집에서 익힌 무기와 사냥에 대한 모든 기술을 잭에게 가르쳤다. 그런 다음에는 수녀들에게서 배운 모든 지식, 읽기와 쓰기, 음악과 산수, 프랑스어와 라틴어, 그림 그리는 법, 심지어는 성서 이야기까지 가르쳤다. 마지막으로, 긴긴 겨울밤에는 그 프랑스인에게서 물려받은 것을 가르쳤다. 그는 이야기와 시와 노래를 이 세상 어느 누구보다 많이 알고 있었다.

톰은 잭이 읽고 쓸 수 있다는 걸 믿을 수가 없었다. 톰 자신도 이름과 '펜스' '야드' '부셀' 같은 낱말 몇 개를 겨우 쓸 뿐이었다. 사제의 딸이었던 애그니스는 입 밖으로 혀를 쑥 내민 채 아주 천천히 힘들여가며 쓰기는 했지만 그래도 톰보다는 나았다. 그러나 앨프레드는 한 자도 쓰지 못했으며 가까스로 자기 이름을 알아보는 정도였다. 마사는 그 정도도 안 됐다. 그런데 이 반편같이 보이는 소년이 톰의 가족 모두를 합한 것보다 더 많은 글자를 읽고 쓸 수 있다니, 과연 있을 법한 일인가?

엘렌이 아들에게 무엇이든 써보라고 하자 잭은 땅바닥을 고르더니 그 위에 글자를 썼다. 톰은 처음 단어가 '앨프레드'라는 것은 알았으나 나머지는 무슨 말인지 알 수 없었다. 바보가 된 기분이었다. 그러자 엘렌이 문장을 읽어 그를 곤란에서 구해주었다. "앨프레드는 잭보다 크다." 소년은 재빨리 사람 형체 두 개를 그렸는데, 하나가 다른 하나보다 좀더 컸다. 엉성한 그림이었지만, 하나는 널찍한 어깨와 조금 둔탁한 모습으로 표현되었고 다른 하나는 작은 몸집에 싱긋 웃는 표정을 짓고 있었다. 스케치에 능한 톰은 흙바닥을 긁어 그린 그림이 간결하고 힘찬 데 놀라지 않을 수 없었다.

그럼에도 아이는 천치 같아 보였다.

엘렌은 톰의 생각을 짐작한 듯, 자신도 요즘에 와서야 그 점을 깨닫기 시작했다고 털어놓았다. 잭은 지금껏 다른 아이들, 아니 엄마를 제외한 다른 누구와도 어울려본 적이 없었고, 그 결과 마치 야생동물이나 다름없이 자라고 있었다. 많은 지식을 알고 있으면서도 사람들과 함께 행동하는 법은 알지 못했다. 바로 그 때문에 침묵한 채 상대를 노려보거나 물건을 잡아챘던 것이다.

그런 이야기를 하면서 엘렌은 처음으로 나약한 모습을 보였다. 도저히 무너뜨릴 수 없을 것처럼 자부심에 차 있던 태도는 어디론가 사라져 버렸다. 톰은 고뇌에 빠지고 절망에 찬 그녀의 모습을 보았다. 책을 위해서라면 다시 사회로 돌아갈 필요가 있었다. 하지만 어떻게? 생각건대 그녀가 남자라면 영주를 설득해 소작 농지를 얻어볼 수도 있었다. 이를테면 예루살렘이라든가 산티아고 데 콤포스텔라로 순례여행을 다녀왔다고 거짓말을 하면 넘어갈지도 몰랐다. 여자가 소작농이 되기도 하지만, 그 경우엔 대개 장성한 아들이 딸린 과부이게 마련이었다. 어떤 영주라도 어린애 딸린 여자에게 소작지를 주려고 하지 않을 것이다. 도시에서든 시골에서든 그런 여자를 인부로 고용할 사람도 없었다. 게다가 살 집도 기술도 없는 노동자에게 숙박이 제공될 리도 없었다. 그녀에게서는 취할 것이 아무것도 없었다.

톰은 엘렌에게 동정심이 일었다. 그녀는 자식에게 할 수 있는 모든 것을 다 해주었지만 그것으로 충분치 않았다. 하지만 그 역시 그녀를 궁지에서 구해줄 만한 방법이 없었다. 그녀는 아름답고 영리하고 얕잡아볼 수 없는 여자였지만, 여생을 기묘한 아들과 함께 숲속에 숨어 살 운명이었다.

애그니스와 마사와 앨프레드가 돌아왔다. 톰은 걱정스러운 눈길로 마사를 쳐다보았지만, 아이의 얼굴은 조금 전 일어난 저 끔찍한 사태가 깨끗이 씻겨나간 것처럼 보였다. 한동안 엘렌의 이야기에 빠져 있던 톰은 그제야 자신의 처지가 떠올랐다. 그는 일자리를 잃었고 돼지는 도둑맞았다. 오후 해도 기울어가고 있었다. 톰은 남은 재산을 챙기기 시작했다.

엘렌이 물었다. "어디로 갈 건가요?"

"윈체스터요." 윈체스터는 성과 궁전, 수도원 몇 곳, 무엇보다 대성당이 있는 곳이었다.

"솔즈베리가 훨씬 가까워요. 지난번에 보니까 대성당을 개축하고 있었어요, 좀더 크게요."

톰의 가슴이 뛰었다. 바로 자신이 찾고 있던 정보였다. 대성당 건축장에서 일자리만 얻을 수 있다면 결국 건축 책임자까지 오를 수 있을 거라고 톰은 믿고 있었다. "솔즈베리로 가는 길을 가르쳐줄 수 있겠소?" 톰이 간절한 어조로 물었다.

"온 길을 되짚어 5킬로미터쯤 가야 해요. 갈림길 생각나요? 당신은 아마 거기서 왼쪽 길로 접어들었을 거예요."

"기억나요. 근처에 진창이 있었소."

"거기예요. 거기서 오른쪽 길로 접어들면 솔즈베리로 통하지요."

톰 일가는 그곳을 떠났다. 애그니스는 엘렌이 마음에 들지는 않았지만, 그래도 상냥하게 인사를 건넸다. "마사를 돌봐줘서 고마워요."

엘렌은 미소 지었고, 떠나는 그들을 생각에 잠긴 눈으로 바라보았다.

톰은 길을 따라 몇 분쯤 걷다가 뒤를 돌아보았다. 엘렌은 두 다리로 떡 버티고 서서 한 손으로 눈썹 위에 그늘을 만든 채, 여전히 같은 자리에서 그들을 지켜보고 있었다. 곁에는 그 이상한 소년이 서 있었다. 톰이 손을 흔들어주자 그녀도 손을 흔들었다.

"재미있는 여자야." 그가 아내에게 말했다.

애그니스는 아무 말도 하지 않았다.

그러자 앨프레드가 말했다. "정말 이상한 애였어요."

그들은 기울어가는 가을 햇빛 속을 걸어갔다. 톰은 솔즈베리가 어떤 곳인지 궁금했다. 한 번도 가본 적이 없는 곳이었다. 톰은 흥분해 있었다. 물론 그의 꿈은 완전히 새롭게 대성당을 건축하는 일이었지만, 그런 일은 거의 없었다. 낡은 건물을 개축하거나 확장하거나 아니면 부분적으로 재건하는 일이 훨씬 많았다. 하지만 그런 일이라도 자신이 설계하는 건물에 대한 전망을 제공해주는 한 충분한 의의가 있었다.

마사가 말했다. "그 아저씨가 왜 날 때린 거야?"

"우리 돼지를 훔치고 싶었기 때문이란다." 애그니스가 대답했다.

"남의 돼지를 훔치다니!" 마사는 그제야 그 범법자가 나쁜 짓을 했음을 깨닫기라도 한 듯 새삼스레 화를 냈다.

엘렌에게 기술이라도 있다면 문제는 해결될 텐데, 톰은 곰곰 생각했다. 석공이나 목수, 직공이나 무두장이라면 그녀와 같은 처지에 빠지지는 않았다. 도시에 가기만 하면 언제든 일거리를 구할 수 있었다. 여자 장인도 몇 사람 있기는 했지만 대부분 장인의 아내이거나, 장인의 아내였다가 과부가 된 사람들이었다. "그 여자에겐 남편이 필요해." 톰은 머릿속 생각을 소리 내어 말했다.

그러자 애그니스가 쌀쌀맞게 대답했다. "그래도 내 남편을 차지할 수는 없어요."

3

그들이 돼지를 잃은 날을 마지막으로 온화한 날씨도 끝났다. 톰 일가는 그날 밤을 농가의 헛간에서 보냈다. 이튿날 아침 밖으로 나와보니 하늘은 함석지붕 빛이었고, 돌풍을 동반한 찬바람이 억수 같은 소나기와 함께 몰아치고 있었다. 그들은 펠트 천으로 지은 두툼한 외투를 짐 속에서 꺼내 걸치고 외투 깃을 턱 밑에서 단단히 여미고는 빗줄기가 얼굴에 들이치지 않도록 두건을 앞으로 눌러썼다. 그러고는 마음을 굳게 먹고 폭풍우를 뚫고 나아가는 침울한 네 유령처럼 나막신을 철벅거리며 웅덩이가 파인 진흙길로 나아갔다.

톰은 솔즈베리 대성당이 어떤 형태일지 궁금했다. 원칙적으로는 대성당도 다른 성당과 마찬가지로 하나의 성당일 뿐이다. 다른 점이 있다면 주교가 있는 성당이라는 것뿐이다. 하지만 실제 대성당은 다른 모든 성당들 중에서 가장 크고 화려하고 장엄하고 정교했다. 대성당은 단순히 창문이 달린 하나의 터널에 그치지 않았다. 대개 성당을 이루는 터널은 세 개인데, 큰 터널에 작은 터널 두 개가 머리 밑의 양어깨처럼 연결되어, 큰 터널은 양쪽에 측랑이 딸린 신랑*을 형성한다. 중앙 터널의 양 측벽에 해당하는 것은 아치로 쭉 이어진 두 줄의 기둥이며, 이것이 하나의 회랑을 이룬다. 측랑은 행렬에 쓰이는데—대성당에서 거행되는 이런 행렬은 장관이다—특정 성인에게 헌정된 작은 부속 예배당으로도 쓰였다. 그 덕분에 막대한 기부금이 별도로 모였다. 대성당은 궁전이나 성곽보다 훨씬 많은 비용이 드는, 이 세상에서 가장 값비싼 건물인데 그 유지비용은 자체적으로 부담해야 했다.

솔즈베리는 생각보다 가까웠다. 오전이 반나절쯤 지나고 언덕 꼭대기에 이르자 눈앞에 기다란 곡선을 그리며 완만한 내리막길이 펼쳐졌다. 폭우가 쏟아지는 들판 저편으로, 마치 호수 위의 배처럼, 평평한 들판 위 언덕배기에 솟아오른 솔즈베리 성이 보였다. 그 세부 형태는 빗줄기에 가려 보이지 않았으나, 성 위로 높게 솟아오른 탑 네다섯 개는 알아볼 수 있었다. 그 정도의 석조물만 보고도 톰은 날아갈 듯한 기분이 들었다.

동문東門으로 난 길에 접어드는데, 평원을 가로질러 불어온 찬바람에 얼굴과 손이 땡땡 얼어붙었다. 네거리는 성에서 흘러넘친 듯 언덕발치에 흩어져 있는 집들 한복판에 있었다. 그곳에서 톰 일가는 사나운 날씨에 맞서 몸을 한껏 움츠리고 고개를 숙인 채 성벽 아래 비를 피할 곳을 향해 나아가고 있는 행인들 틈에 섞여들었다.

성문으로 올라가는 비탈길에서 그들은 석재를 잔뜩 실은 달구지와 마주쳤다. 톰에게는 아주 희망적인 표지였다. 마부는 한 발짝씩 힘겹게 언덕을 오르는 소 두 마리의 힘에 자신의 힘을 보태려고 투박한 나무바퀴

* 좌우 측랑 사이에 끼인 중심부로서, 성당 내에서 가장 넓은 부분이며, 보통 예배자를 위한 장소이다.

밑으로 몸을 숙이고 양어깨로 수레를 밀었다. 톰은 사람을 사귈 절호의 기회로 여겼다. 그는 손짓으로 아들을 불러 함께 달구지 뒤에 어깨를 붙이고 밀어주었다.

나무바퀴가 물이 빠진 널찍한 해자 위의 통나무 다리 위를 지나자 덜컥거리는 소리가 요란스레 울렸다. 토루土樓는 어마어마하게 컸다. 저렇게 넓은 해자에서 흙을 파서 그 흙으로 성벽을 쌓으려면 수백 명이 일해야 했을 거야, 톰은 생각했다. 대성당의 기초를 파는 것보다 엄청난 일이었다. 해자 위에 걸친 다리는 달구지와 그것을 끄는 커다란 짐승 두 마리의 무게에 짓눌려 심하게 삐걱거렸다.

성문 가까이에 이르자 경사가 완만해지면서 달구지는 훨씬 수월하게 움직이게 되었다. 마부도 톰 부자도 허리를 폈다. "정말 고맙소." 마부가 말했다.

"이 돌은 무엇에 쓸 겁니까?" 톰이 물었다.

"새로 대성당을 짓는 데 쓴다오."

"새로 짓는다고요? 그저 먼젓번 건물을 좀 크게 짓는다고 들었는데요."

그 말에 마부가 고개를 끄덕였다. "그건 십 년 전에 하던 소리였소. 그런데 이젠 낡은 부분보다 새로 짓는 부분이 훨씬 많다오."

그렇다면 더 좋은 소식이었다. "건축 책임자는 누군가요?"

"섀프츠베리의 존이오. 하지만 설계는 대부분 로저 주교가 관여하고 있소."

흔히 있는 일이었다. 주교가 건축가 마음대로 일을 벌이도록 두는 일은 거의 없었다. 건축가의 고민거리 중 하나는 성직자들의 들뜬 상상을 진정시키고 마구 솟아오르는 공상에 제한을 가하는 일이었다. 하지만 사람을 고용하는 문제는 섀프츠베리의 존이 관장할 터였다.

마부는 톰의 연장가방을 고갯짓으로 가리켰다. "석수시오?"

"그렇소. 일자리를 찾고 있지요."

"곧 찾게 되겠죠." 마부가 애매하게 말했다. "대성당에서 얻지 못하면 성에서라도 얻겠지요."

"성을 다스리는 분은 누군가요?"

"로저랍니다. 주교인 동시에 성주이지요."

물론 그럴 테지, 톰은 생각했다. 그도 솔즈베리의 권력자 로저의 소문은 들은 적이 있었다. 로저는 모든 사람의 머릿속에 새겨질 정도로 오래전부터 왕과 가까운 사이였다.

그들은 성문을 지나 도시 안으로 들어섰다. 성안은 건물과 사람과 가축으로 빽빽이 들어차 있어서 그것들은 금방이라도 둥글게 에워싼 성벽을 무너뜨리며 해자로 흘러넘칠 것 같았다. 목재가옥들은 어깨와 어깨를 맞댄 채 옹기종기 모여 있는 것이, 마치 교수형 구경을 하려고 몰려들어 서로 자리를 차지하겠다고 밀쳐대는 사람들 같았다. 조그만 땅 한 소삭이라도 허투루 쓰이는 법이 없었다. 집 두 채가 들어선 사이에 좁다란 통로라도 생기면 누군가 거기에 그 절반만 한 집을 지었는데, 이런 집에는 출입문이 거의 전면을 차지해서 창문이 하나도 없었다. 아주 작은 집조차 들어설 수 없는 장소는 어김없이 노점이 들어서서 맥주나 빵이나 사과 따위를 팔았다. 그럴 만한 자리도 되지 않으면 축사나 돼지우리, 두엄 더미 혹은 물통이 그곳을 차지했다.

게다가 성안은 몹시 시끄러웠다. 쏟아지는 빗소리도, 공방에서 떠드는 소리, 물건 사라고 외쳐대는 행상인들의 소리, 인사를 나누고 흥정하고 다투는 사람들의 목소리와 울고 짖으며 싸우는 가축들의 왁자지껄한 소리를 죽이는 데는 역부족이었다.

떠들썩한 소리 때문에 마사가 크게 소리 질러 말했다. "이게 무슨 고약한 냄새람?"

톰은 미소를 지었다. 마사는 지난 몇 해 동안 도시에 와본 적이 없었다. "사람들에게서 나는 냄새란다."

거리는 달구지 한 대가 가까스로 지나갈 정도밖에 되지 않았지만, 마부는 한번 멈추면 움직이려 하지 않을까봐 소들을 세우지 않았다. 그래서 온갖 장애물이 눈앞에 있는데도 소들에게 채찍질을 했고, 소들은 잠자코 군중 속으로 돌진해 군마를 탄 기사든, 활을 멘 사냥터지기든, 조랑말을 탄 뚱뚱한 수사든, 병사든, 거지든, 여인네든, 창녀든 가리지 않고 옆으로 밀어붙이며 나아갔다.

달구지는 몇 마리 안 되는 양떼를 몰면서도 쩔쩔 매고 있는 양치기 노인 뒤로 다가섰다. 톰은 그날이 장날임에 틀림없다고 생각했다. 달구지가 지나가자 그 바람에 양 한 마리가 문이 열려 있는 술집 안으로 뛰어들어갔다. 순식간에 양떼가 술집으로 몰려들어가더니 우왕좌왕하며 메에에에 울어대고 식탁이니 의자니 술 항아리를 엎어댔다.

발밑은 진흙과 쓰레기가 바다를 이루고 있었다. 톰은 지붕 위로 떨어지는 비를 눈여겨보았다. 낙수홈통이 빗물을 다른 곳으로 유도하려면 일정한 너비가 되어야 했다. 그런데 이 도시 지붕의 절반은 떨어지는 빗물을 그대로 거리에 쏟아내고 있었다. 폭우라도 쏟아지면 배를 타고 거리를 지나가야겠군, 톰은 생각했다.

언덕 꼭대기에 있는 성곽에 가까이 다가갈수록 거리는 점점 넓어졌다. 군데군데 석조주택들이 있는데 한두 집은 손을 봐야 하는 상태였다. 이런 주택들에는 장인이나 상인들이 살고 있었다. 일층은 작업장이나 점포로, 이층은 살림집으로 쓰이는 집들이었다. 톰은 팔려고 내놓은 물건들을 숙련된 눈으로 보고 이곳이 번성한 도시임을 알아보았다. 칼이나 항아리 같은 물건은 누구나 사야 하는 물건이지만 수놓은 숄이나 장식 혁대, 은제 버클 등은 부자들만이 사는 물건이었다.

성 정면에 이르자 마부는 소를 오른쪽으로 몰았고, 톰의 가족도 그 뒤를 따랐다. 거리는 성벽에 접해 있어서, 원을 4등분한 모양으로 나 있었다. 또하나의 문을 지나 안으로 깊숙이 들어가자 그만큼 도시의 소동으로부터 멀어졌고, 다양할 뿐만 아니라 조금 혼란스러운 광경에 마주치게 되었다. 정신없으면서도 질서가 잡힌 그곳은 바로 주主 건축 부지였다.

그들은 벽으로 에워싸인 대성당 경내에 들어와 있었는데, 이 대성당은 원 모양을 한 도시의 북서부 전체를 차지하고 있었다. 톰은 잠시 그 자리에 서서 성당을 뚫어지게 바라보았다. 그곳을 보고 듣고 냄새를 맡기만 했는데도 날씨가 쾌청할 때처럼 전율이 느껴졌다. 그들이 어느 돌더미 뒤에 이르렀을 때 다른 달구지 두 대가 막 짐을 부리고 떠나고 있었다. 성당 측벽에 잇대어 지은 작업장에서 석공들이 정과 커다란 나무 망치로 기둥받침, 기둥, 기둥머리, 굴뚝, 부벽, 아치, 창틀, 창턱, 첨탑, 지붕난간 등이 될 석재를 다듬고 있었다. 다른 건물들에서 멀리 떨어진 경내 한가운데에는 대장간이 있었다. 대장간의 열린 문 사이로 불꽃이 보였고, 모루에 망치 부딪는 쨍그랑 소리가 경내를 가로질러 들려왔다. 석공들이 닳도록 사용한 연장들을 대신할 새 연장을 만드는 것이었다. 다른 사람들의 눈에는 그저 혼란스러운 풍경에 지나지 않겠지만, 톰에게는 몸소 관장해보고 싶어 몸이 달아오르는 복잡한 대규모 작업과정이었다. 그는 각각의 일이 무엇인지 알았으며, 전체 작업이 어느 정도 진행되었는지 한눈에 파악할 수 있었다. 지금은 동쪽 정면을 잇는 중이었다.

동쪽 끝 전체에 걸쳐 8, 9미터 높이로 비계가 쭉 설치되어 있었다. 석공들은 현관 안에서 빗줄기가 잦아들기를 기다리고 있었지만, 그들이 고용한 인부들은 어깨에 돌덩이를 메고 사다리를 오르내렸다. 훨씬 위쪽, 지붕의 목조뼈대에서는 배관공들이 버팀목에 연판鉛版을 대고 못질

해 배수관과 낙수홈통을 설치하고 있었다. 그 모습이 거대한 거미줄을 가로지르는 거미처럼 보였다.

안타깝게도 톰은 건물이 거의 완성 단계임을 깨달았다. 설령 이곳에 고용된다 하더라도 작업은 앞으로 이삼 년밖에 지속되지 못할 것이다. 건축 책임자는 고사하고 석공장이 되기에도 빠듯한 시간이었다. 그럼에도 할 수만 있다면 일자리를 얻어볼 작정이었다. 겨울이 다가오고 있었다. 돼지가 있다면 톰과 그의 가족은 일하지 않고도 겨울을 날 수 있었다. 하지만 지금은 돼지가 없다.

톰과 그의 가족들은 달구지를 따라 경내를 가로질러 돌을 쌓아둔 곳으로 갔다. 소들이 반갑다는 듯 물통 깊숙이 머리를 들이밀었다. 그때 마부가 지나가던 석공 한 사람을 불러세웠다. "건축 책임자는 지금 어디 계신가?"

"성안에 계시다네." 석공이 대답했다.

마부는 고개를 끄덕이고는 톰을 돌아보았다. "내 생각엔 주교 관저에 가면 건축 책임자를 볼 수 있을 것 같소."

"고맙소."

"내가 할 소리요."

톰은 아내와 아이들과 함께 경내를 나섰다. 그들은 왔던 길을 되짚어 성곽 정면으로 난 복잡하고 비좁은 길을 지났다. 그곳에도 마른 해자와 거대한 두번째 토루가 중앙 성채를 에워싸고 있었다. 성문 한옆에 있는 경비소에서 가죽 튜닉을 입은 땅딸막한 남자가 의자에 앉아 빗속 풍경을 바라보고 있었다. 남자는 칼을 차고 있었다. 톰은 그에게 말을 건넸다. "안녕하시오. 나는 건축장이 톰이라는 사람이오. 건축 책임을 맡으셨다는 섀프츠베리의 존 나리를 뵙고 싶은데요."

"그분은 주교님과 함께 계시오." 보초는 무심하게 대답했다.

그들은 안으로 들어갔다. 대부분의 성이 그렇듯 이 성에도 토벽 안쪽에 자잘한 건물들이 옹기종기 모여 있었다. 안마당은 직경이 대략 1백미터쯤 되었다. 성문 맞은편 멀리 떨어진 곳에, 공격시 최후의 요새가 될 거대한 본성本城이 전망 확보를 위해 성벽 높이 솟아올라 있었다. 그 왼편에는 장방형 마구간, 취사장, 제빵소, 창고처럼 대부분 목재로 지은 야트막한 건물 몇 채가 두서없이 자리잡고 있었다. 그리고 그 한복판에 우물이 있었다. 오른편에는 관저임에 분명한 커다란 석조건물 한 채가 북쪽 지역의 절반쯤을 차지하고 있었다. 신축중인 대성당과 동일한 양식으로 건축된, 위쪽을 둥글린 작은 출입구와 창문을 낸 이층 건물이었다. 지은 지 얼마 안 된 새 건물이었는데, 실제로 한구석에서는 아직도 석공들이 탑이 될 부위를 짓는 중이었다. 비가 쏟아지는데도 안마당에선 병사들과 사제, 상인, 건축 인부, 관저 하인 등 많은 이들이 비를 맞으며 이 건물에서 저 건물로 바삐 건너다녔다.

관저의 모든 출입문은 비가 오고 있는데도 활짝 열려 있었다. 톰은 이제 어떻게 해야 좋을지 아직 마음을 정하지 못했다. 건축 책임자가 주교와 함께 있다면 방해해서는 안 되었다. 그러나 한편으로 생각해보면 주교가 왕은 아니잖은가. 톰은 자유인이고, 합법적인 직업을 가진 석공이었다. 불평거리를 갖고 찾아온 비천한 농노와는 달랐다. 그는 대담하게 행동하기로 마음먹고는 아내와 딸을 남겨둔 채 아들만 데리고 진흙투성이 안마당을 가로질러 관저로 다가가 가장 가까운 출입문으로 들어갔다.

톰과 앨프레드는 천장이 둥글고 제단 너머 저 끝에 창문이 난 조그만 예배당에 들어섰다. 출입구 곁에 있는 높다란 책상에는 한 사제가 앉아 고급 양피지에 무언가를 바삐 쓰고 있었다. 사제가 고개를 들었다.

톰이 활달한 목소리로 물었다. "존 어른께서는 어디 계신가요?"

"부속실에 계시오." 사제는 측면에 난 문을 고갯짓으로 가리켰다.

톰은 건축 책임자를 만나게 해달라고 청하지 않았다. 부름을 받고 온 것처럼 행동하면 기다리느라 시간을 낭비하지 않아도 되리라는 걸 알고 있기 때문이었다. 그는 큰 걸음으로 좁은 예배당을 성큼성큼 가로질러 부속실로 들어갔다.

부속실은 작은 정사각형으로, 방 안에는 촛불이 여러 개 빛나고 있었다. 바닥엔 거의 모래가 얇게 깔려 있었다. 고운 모래는 자로 잰 듯 완벽한 수평을 이루도록 다져져 있었다. 부속실 안에는 두 사람이 있었다. 두 사람 모두 톰에게 잠깐 시선을 주었다가 이내 모래 위로 주의를 돌렸다. 반짝이는 검은 눈에 얼굴이 쭈글쭈글한 주교는 뾰족한 막대기로 모래 위에 그림을 그리고 있었다. 가죽 앞치마를 걸친 건축 책임자는 참을성 있게 주교가 하는 양을 지켜보고 있었지만, 미심쩍은 표정이 역력했다.

톰은 불안한 마음으로 말없이 기다렸다. 좋은 인상을 주어야 했다. 공손하되 비굴하지 않고, 지식을 보여주되 건방지게 보여서는 안 되었다. 우두머리 장인들은 부하들에게 솜씨가 좋은 것은 물론 순종하기를 원한다는 것을, 고용자로서 일한 경험으로 익히 알고 있었다.

로저 주교는 삼면에 커다란 창이 난 이층 건물의 도면을 그리고 있었다. 그는 직선을 제대로 그리고 각도를 정확하게 잡을 줄 아는 훌륭한 제도가였다. 주교는 건물의 평면도와 측면도를 그렸다. 톰은 한눈에 그런 건물을 만들기란 불가능한 일임을 알아보았다.

주교가 그림을 다 그리고는 말했다. "누가 온 모양이오."

존이 톰에게로 시선을 돌렸다. "뭐지?"

톰은 상대방이 그 그림에 대해 의견을 물은 것으로 알아들은 체하고는 대답했다. "지하실에 그렇게 큰 창문을 내는 것은 불가능한 일입니다."

주교가 짜증이 난다는 표정으로 톰을 바라보았다. "지하실이 아니라 필사실일세."

"어느 쪽이든 무너지기는 마찬가지죠."

그러자 존이 말했다. "저 사람 말이 맞습니다."

"하지만 글자를 쓰려면 빛이 있어야 하오."

존은 어깨를 으쓱해 보이고는 톰에게 고개를 돌렸다. "그런데 자넨 누군가?"

"저는 톰이라는 석공입니다."

"나도 그러리라 여겼소. 어떻게 나를 찾아온 거요?"

"일자리를 구하고 있습니다." 톰은 숨을 죽였다.

존은 그 자리에서 고개를 흔들었다. "당신을 고용할 수 없다오."

톰은 가슴이 철렁 내려앉았다. 그대로 몸을 돌려 떠나고 싶었지만, 이유를 알아보기 위해 공손히 다음 말을 기다렸다.

존이 말을 이었다. "우린 십 년 동안 공사를 계속했소. 석공들도 대개 시내에 집을 샀고 있소. 그런데 공사가 거의 마무리 단계에 와 있어서 정작 공사에 필요한 수보다 훨씬 많은 석공을 두고 있는 셈이라오."

톰은 희망이 없다는 것을 알았지만 묻지 않을 수 없었다. "그럼, 관저는 어떤지요?"

"마찬가지지요. 나는 이 공사에 남아도는 사람을 쓰고 있소. 이 공사와 로저 주교님의 다른 성곽 공사만 아니었다면 진작 석공들을 해고했을 거요."

톰은 고개를 끄덕였다. 그리고 절망적인 심정을 감추기 위해 부러 아무렇지도 않은 목소리로 말했다. "그럼, 어디든 일이 있다는 말을 들으신 적은 없는지요?"

"금년 초에 섀프츠베리에서 수도원 공사를 하고 있었소. 아마 아직도 진행중일 거요. 여기서 하루쯤 걸리는 곳이오."

"고맙습니다." 톰은 몸을 돌렸다.

"정말 안됐소. 유능한 사람 같은데." 존이 그의 등에 대고 말했다.

톰은 그 말에 아무런 대꾸도 하지 않고 밖으로 나왔다. 낙심천만이었다. 너무 일찍부터 희망을 품었던 것이 탈이었다. 일자리를 거절당하는 것은 흔히 있는 일이었다. 하지만 톰은 다시 대성당 건축일을 할 수 있을지 모른다는 기대에 부풀어 흥분하고 말았다. 이제는 단조로운 성벽이나 은세공 장인이 쓸 꼴사나운 주택 공사라도 해야 할 판이었다.

톰은 성곽 앞마당을 가로질러 아내와 딸이 기다리고 있는 곳으로 가면서 어깨를 폈다. 지금까지 아내에게 실망한 모습을 보인 적은 한 번도 없었다. 언제나 만사가 잘되어간다는 인상을 주려고 했다. 톰은 상황을 파악했다. 다음 도시나 그다음 도시에서 확실히 일자리를 구할 수 있다면 이곳에 일자리가 없더라도 대수로운 일은 아니었다. 조금이라도 걱정하는 빛을 보이기라도 하면 아내가 정착할 집을 마련하라고 다그치리라는 걸 알고 있었다. 톰은 대성당 건축일이 있는 도시가 아니라면 정착할 생각이 없었다.

"여기에는 일자리가 없어." 그가 아내에게 말했다. "갑시다."

애그니스는 풀이 죽어 보였다. "공사중인 건물이 대성당도 있고 관저도 있잖아요. 석수 한 사람쯤 더 쓸 자리가 있을 거예요."

"두 건물 모두 공사가 끝나가고 있대. 게다가 지금 있는 인원만으로도 남아돌 지경이라는군."

톰의 가족은 다시 도개교를 건너 시내의 북적대는 거리로 돌아왔다. 솔즈베리로 들어올 때는 동문을 지났지만 이번에는 서문으로 나갈 생각이었다. 그 쪽이 섀프츠베리로 가는 길이었다. 톰은 오른쪽으로 방향을 잡고 이 도시에서는 처음 보는 구역으로 가족과 함께 들어섰다.

톰은 시급히 수리할 필요가 있어 보이는 한 석조주택 앞에서 걸음을 멈췄다. 처음에 너무 묽은 걸 쓴 탓에 이제 회반죽은 가루가 되어 부서져나가고 있었다. 회반죽이 떨어져나간 틈으로 서리가 끼어 돌에 금이 가기 시작했다. 이번 겨울에도 방치해둔다면 이 집은 심각할 정도로 손상을 입을 것이다. 톰은 집주인에게 알려줘야겠다고 생각했다.

일층 출입문은 널찍한 아치였다. 나무문은 열려 있었고, 문간에 장인 한 사람이 오른손에 망치를 왼손에는 끝이 날카로운 작은 송곳을 들고 앉아 있었다. 장인은 작업대에 놓인 목재 안장에 복잡한 무늬를 새기고 있었다. 뒤쪽에는 나무와 가죽이 쌓여 있었고, 한 소년이 비로 대팻밥을 쓸어내고 있었다.

톰이 인사를 건넸다.

"안녕하시오, 마구 장인."

마구 장인은 고개를 들더니, 톰도 자기처럼 마구를 제작하는 사람이라고 여겼는지 무뚝뚝하게 고개를 끄덕여 보였다.

"나는 건축장이요. 당신에게 조언을 좀 드리고 싶소."

"무슨 일이오?"

"회반죽이 부서지고 있소. 돌에 금이 가기 시작하면 이 집은 이번 겨울도 버티지 못할 거요."

마구 제조업자는 고개를 저었다. "이 도시에는 석수들이 우글대고 있소. 타지 사람을 고용할 필요가 없소."

"잘 알겠소. 그럼 안녕히 계시오." 톰은 몸을 돌렸다.

"잘 가시오."

"무례한 사람 같으니." 애그니스가 길로 나서며 톰에게 툴툴거렸다.

길은 시장으로 이어졌다. 이곳 6백 제곱미터 정도의 진흙투성이 땅은 인근 촌락에서 올라온 농부들이 고기나 곡식, 우유, 달걀 같은 얼마 되지도 않는 잉여 농산물을 생활필수품이라든가 손수 만들 수 없는 항아리, 보습, 밧줄, 소금 같은 물건들과 교환하는 장소였다. 시장이란 대개 울긋불긋하고 시끄러웠다. 선의의 입씨름, 인근 노점상들끼리 서로 질세라 퍼붓는 조롱, 아이들이 먹는 싸구려 과자, 가끔은 음유시인이나 공중제비를 도는 재주꾼들, 짙게 화장한 창녀들, 그리고 동방의 사막이라든가 사나운 사라센 강도들에 대한 이야기를 품고 있을 법한 상이군인 등, 온갖 것이 있었다. 좋은 값에 흥정을 마친 사람들은 자축하고픈 유혹에 넘어갔고, 번 돈을 술 마시는 데 다 써버리는 바람에 정오쯤이면 소란스러워졌다. 또 노름에서 돈을 잃는 이들도 나오게 마련이라 그럴 때마다 한바탕 싸움판이 벌어졌다. 그러나 우중의 아침인 지금, 한 해의 수확물을 팔거나 저장하고 있는 시장은 착 가라앉아 있었다. 비에 흠뻑 젖은 농부들은 추위에 떠는 노점상들과 묵묵히 흥정했으며, 모두 어서 집으로 돌아가 따뜻한 난롯가에서 몸을 녹이기를 고대하고 있었다.

톰의 가족은 별 성의 없이 호객을 하는 소시지 장수와 칼갈이를 무시한 채 우울한 군중 속을 뚫고 지나갔다. 거의 시장 끝에 이르렀을 때 톰은 그의 돼지를 발견했다.

너무 놀라 처음에는 자신의 눈을 믿을 수가 없었다. 그때 애그니스가 속삭였다. "여보, 저기 좀 봐요!" 톰은 아내도 돼지를 보았다는 것을 알았다.

의심할 여지가 없었다. 톰은 아내나 딸만큼이나 그 돼지를 잘 알고 있었다. 안색이 불그레하고 지나치게 고기를 먹어 뱃살이 두둑한 사내가 전문가다운 솜씨로 돼지를 안고 있었다. 푸주한이 분명했다. 톰과 애그니스는 그자 앞에 서서 상대를 노려보았다. 사내도 길을 막고 선 그들을 보지 않을 도리가 없었다.

"뭐요?" 사내는 부부의 시선에 당황해하며 서둘러 빠져나가려 했다.

침묵을 깬 것은 마사였다. "그건 우리 돼지예요!" 마사가 흥분해서 외쳤다.

"바로 그렇소." 톰은 푸주한을 똑바로 쳐다보며 말했다.

한순간 사내의 얼굴에 수상한 표정이 스쳤다. 톰은 그자도 돼지가 장물이라는 걸 알고 있음을 알아차렸다. 그러나 사내의 말은 달랐다. "나는 방금 이 돼지 값으로 50펜스를 치렀소. 그러니 이건 내 돼지요."

"당신이 누구에게 돈을 주었든, 그 돼지는 그자의 것이 아니었소. 그래서 당신이 그 돼지를 그렇게 싸게 살 수 있었던 거고. 누구에게서 산 거요?"

"어느 농부한테서."

"당신이 아는 사람이오?"

"모르는 사람인데. 이봐, 나는 수비대 소속 푸주한이오. 내게 돼지나 소를 파는 농부들에게 일일이 그 가축이 정말 자기 건지 열두 사람을 증인으로 세워놓고 맹세시킬 순 없잖소?"

사내는 그대로 가버리려는 듯이 옆으로 비켜섰다. 그러나 톰이 사내의 팔을 잡고 걸음을 세웠다. 한순간 사내는 화를 낼 듯이 보였지만, 난투극이라도 벌어지면 돼지를 떨어뜨릴 테고 그러면 톰의 가족 중 한 명이 돼지를 잡을 것이며, 그렇게 되면 이제 입장이 바뀌어 소유권을 입증해야 할 사람은 자기 쪽임을 깨달았다. 사내는 화를 억누르며 말했다. "고소를 하고 싶으면 셰리프에게 가보든지."

톰은 잠깐 생각해보았지만 고소는 않기로 했다. 증거가 없었다. 그래서 톰은 이렇게 물었다. "내 돼지를 판 사람이 어떻게 생겼소?"

푸주한이 뭔가 숨기는 표정으로 대답했다. "뭐, 다른 사람과 똑같았지."

"입을 가리고 있지 않았소?"

"지금 생각해보니 그랬던 것 같구려."

"그자는 범법자요. 잘린 입술을 가린 거라고." 톰이 격한 어조로 말했다. "거기까지는 생각이 미치지 못했나보군."

"비가 쏟아지는 게 보이지 않소? 이런 날엔 누구나 꽁꽁 싸매고 있다고." 푸주한이 항변을 늘어놓았다.

"그럼 그와 헤어진 지 얼마나 됐는지나 말해주시오."

"지금 막 헤어졌소."

"어느 쪽으로 갔소?"

"아마 술집으로 갔을걸."

"내 돈을 쓰려고 말이지." 톰이 성난 어조로 말했다. "이제 가보시오, 내 앞에서 썩 꺼져버리라고. 언젠가 당신도 도둑맞을 때가 있겠지. 그땐 당신도 장물이든 아니든 싸게만 살 수 있다면 물불 안 가리는 사람이 많지 않길 바랄 거요."

푸주한은 화가 나서 뭐라고 더 대꾸하고 싶은 듯 머뭇거렸다. 그러나 생각이 바뀌었는지 이내 사라져버렸다.

애그니스가 물었다. "어째서 그냥 보냈어요?"

"저 사람은 여기 사는 사람이지만, 나는 그렇지 않거든. 내가 저자와 싸우면 오히려 죄를 뒤집어쓰게 돼. 돼지 엉덩이에 내 이름을 써놓은 것도 아니니까. 그러니 그게 내 것인지 아닌지 사람들이 어떻게 알겠어?"

"하지만 그 돼지는 우리가 애써 모은 전재산이에요."

"그래도 돼지 판 돈이라도 찾을 순 있을 것 같아. 그러니 입 좀 다물고 있어. 생각 좀 하게." 푸주한과의 말다툼 후 여전히 화가 풀리지 않은 톰은 화풀이 삼아 애그니스에게 거칠게 말했다. "이 도시 어디엔가 입술이 없고 주머니에 1페니짜리 은화 쉰 닢을 넣어둔 자가 있어. 우리 할 일은 그자를 찾아내 돈을 되찾는 거야."

"옳은 말이에요." 애그니스가 결연히 말했다.

"당신은 우리가 온 길을 되짚어 올라가. 대성당 경내까지 말이야. 나는 이 길로 계속 가서 반대 방향에서 대성당으로 가겠어. 그런 다음 다른 길로 돌아오고, 그다음 거리도 그런 식으로 가면 될 거야. 길거리에 없다면 술집에 있을 테지. 그자를 발견하면 당신은 그자 곁에 남아 있고 마사를 내게 보내구려. 난 앨프레드를 데려가겠어. 그놈 눈에 띄지 않게 조심해야 해."

"걱정 마요. 나도 내 새끼들 먹여 살리려면 그 돈이 필요하니까." 애그니스의 표정은 단호했다.

톰은 아내의 팔에 손을 얹으며 미소 지었다. "애그니스, 당신은 용감한 사람이야."

그녀는 잠시 그의 눈을 바라보더니 갑자기 발꿈치를 들고 그의 입술에 입을 맞췄다. 짧지만 격렬한 키스였다. 그런 다음 곧장 몸을 돌려 마사를 데리고 시장을 거슬러 올라갔다. 애그니스는 용감한 여자였지만 톰은 걱정이 되어 그녀가 시야에서 사라질 때까지 지켜보았다. 이윽고 그는 아들을 데리고 반대 방향으로 걸어갔다.

도둑은 전혀 걱정할 게 없다고 여긴 모양이었다. 그도 그럴 것이, 그가 돼지를 훔쳤을 때 톰은 윈체스터 방향으로 가고 있었다. 그래서 도둑은 정반대에 있는 솔즈베리에 돼지를 팔러 온 것이었다. 하지만 범법자 엘렌이 솔즈베리 대성당이 개축중이라고 말하는 바람에 톰은 계획을 바꿨는데, 자기도 모르게 도둑을 뒤쫓은 셈이 되었다. 도둑이 이제 톰과 마주치지 않으리라 여겨 방심하게 된 것이, 톰에게는 그를 불시에 기습할 기회가 되었다.

톰은 열린 문 안을 엿볼 때마다 무심결에 들여다보는 척, 진흙 길을 따라 천천히 걸어갔다. 사람들의 눈에 띄고 싶지 않았다. 자칫하면 이번 사건이 폭력으로 번질 수도 있기 때문이었다. 그리고 그는 사람들이 이 도시를 뒤지고 다녔던 키 큰 석공을 기억하지 않기를 바랐다. 대부분의 가옥들은 나무와 진흙과 짚으로 지은 평범한 오두막으로, 바닥에는 짚이 깔려 있고, 한가운데는 난로가 있고, 집에서 만든 가구 몇 점이 놓여 있었다. 술통 하나와 등받이 없는 긴 의자 몇 개가 놓여 있으면 술집이었다. 구석에 침대와 커튼이 있으면 갈보집이었고, 사람들이 탁자 주위에 모여 떠들고 있으면 주사위 노름을 하는 곳이었다.

입술을 빨갛게 칠한 여자가 톰에게 가슴을 내보였다. 그는 고개를 저으며 급히 지나쳤다. 대낮에 낯선 여자와 그짓을 하고 돈을 치르는 기분이 어떨지 은밀한 호기심을 느끼긴 했지만, 지금까지 시도한 적은 없었다.

톰은 범법자 엘렌을 떠올렸다. 그녀에게도 호기심을 자아내는 뭔가가 있었다. 엘렌은 굉장히 매력적인 여자였지만 그 움푹 들어간 강렬한 눈은 두려움을 불러일으켰다. 창녀의 유혹은 잠시잠깐의 욕망을 불러일으킬 뿐이지만, 엘렌의 마력은 여전히 지워지지 않고 있었다. 갑자기, 숲으로 돌아가 그녀를 찾아내 정복하고 싶은 어리석은 욕망에 사로잡혔다.

톰은 범법자를 발견하지 못한 채 대성당 경내에 도착했다. 본당 신자석을 덮는 세모꼴 목조지붕 위에서 연판에 못질을 하고 있는 배관공들이 보였다. 아직 측랑 위쪽에 부섭지붕*도 얹지 않은 상태라, 성당 상반부를 지탱하고 중앙 신랑의 벽과 측랑의 외곽 가장자리를 잇는 지지용 반半아치가 들여다보였다. 톰이 그것을 가리키며 앨프레드에게 말했다.

"저런 지지대가 없으면 안쪽에 있는 석조천장의 무게 때문에 신랑의 벽이 밖으로 휘거나 뒤틀리고 말지. 저 반아치들이 측랑 벽의 부벽과 일렬로 배열되어 있는 게 보이지? 저것들은 신랑 통로에 있는 기둥과도 나란히 연결된단다. 바로 저 배열이 건축물을 좌우하는 거야." 앨프레드

---

* 벽이나 물림간에 기대어 만든 지붕.

는 무슨 말인지 알아들을 수가 없어 골이 난 것 같았다. 톰은 한숨을 내쉬었다.

그때 반대편에서 오는 애그니스가 보였다. 톰은 다시 냉엄한 현실로 되돌아왔다. 애그니스는 두건으로 얼굴을 감추고 있었으나, 톰만은 그녀의 튀어나온 턱과 확신에 찬 걸음걸이를 알아볼 수 있었다. 어깨가 떡 벌어진 인부들이 그녀가 지나갈 수 있도록 길을 비켜주었다. 톰은 만일 애그니스가 범법자에게 달려든다면 만만치 않은 싸움이 될 거라고 확신했다.

"그자를 봤어요?" 애그니스가 물었다.

"아니, 당신도 보지 못한 모양이군." 톰은 도둑이 아직 도시를 떠나지 않았기를 바랐다. 그는 조금이라도 돈을 쓰지 않고는 돌아가지 않을 것이 분명했다. 돈이란 숲에서는 소용없는 것이니까.

애그니스도 같은 생각이었다. "아직 이곳 어딘가에 있을 거예요. 계속 찾아봐요."

"이번에는 서로 다른 길로 내려가서 시장에서 만나기로 하지."

톰과 앨프레드는 온 길로 되돌아가 경내를 가로지른 다음 성당 문을 나왔다. 이제 비는 외투 속까지 스며들고 있었다. 한순간 톰은 술집 난롯가에서 먹는 맥주 한 단지와 쇠고기 수프 한 그릇 생각이 간절했다. 그는 돼지를 사기 위해 얼마나 열심히 일했던가를 돌이켜보았다. 그리고 입술이 없는 사내가 곤봉으로 천진한 마사의 머리를 내리치던 장면을 떠올렸다. 그러자 분노로 몸이 뜨겁게 달아올랐다.

거리가 너무 복잡해 체계적으로 수색하기가 어려웠다. 그래서 그들은 집들이 있는 곳을 따라 두서없이 돌아다녔다. 갑자기 모퉁이가 나오는가 하면 안이 들여다보이지 않는 골목과 맞닥뜨리기 일쑤였다. 똑바로 난 도로는 동문에서 성곽의 도개교에 이르는 길뿐이었다. 첫번째 수색에서는 성의 성곽 근방을 맴돌았던 터라 이번에는 도시를 에워싸고 있는 성 안팎을 드나들며 외곽을 뒤지기로 했다. 그 지역은 금방이라도 쓰러질 듯한 집들과 시끄러운 술집들, 늙은 창녀들이 있는 빈민구역으로, 중심가보다 지대가 낮았다. 그래서 부자들이 버린 쓰레기가 길을 타고 빗물에 씻겨내려와 성벽 바로 아래에 위치한 그곳에 들어차고 있었다. 그곳 주민들에게는 어딘가 비슷한 구석이 있었는데, 절름발이, 거지, 배곯는 아이, 멍든 여자, 무기력한 술꾼들이 다른 지역보다 훨씬 많았다.

그러나 어디에도 입술 잘린 사내는 보이지 않았다.

톰은 두 번이나 다부진 몸집에 평범한 외양을 한 남자를 발견하고 자세히 살펴보았으나, 그는 얼굴이 멀쩡했다.

그는 수색을 마치고 시장으로 들어섰다. 애그니스가 시장에서 초조하게 그를 기다리고 있었다. 그녀의 몸은 긴장되어 있었고 눈은 빛났다.
"그자를 찾았어요." 그녀가 소리 죽여 말했다.

톰은 흥분과 불안이 한꺼번에 밀려드는 것을 느꼈다. "어디야?"

"동문 밑에 있는 음식점으로 들어갔어요."

"가봅시다."

그들은 성곽을 돌아 도개교를 지난 다음, 동문으로 난 똑바른 길을 내려가서 성벽 바로 밑에 있는 미로나 다름없는 골목으로 들어섰다. 이윽고 음식점이 보였다. 그 집은 정상적인 주택이라고는 할 수 없었다. 그저 네 기둥 위에 지붕을 얹고 성벽에 잇대어 지은 집이었다. 뒤쪽에서는 쇠꼬챙이에 꿴 양을 장작불에 굽고 있었고, 큰솥에서는 무엇인가 끓고 있었다. 점심 때였다. 비좁은 음식점은 사람들로 북적거렸으며 대부분은 남자들이었다. 고기 냄새를 맡자 톰의 배에서 꾸르륵 소리가 났다. 그는 이곳으로 오는 동안 행여 범법자가 달아났을까 걱정이 되어 사람들을 샅샅이 훑었다. 곧 다른 사람들과 조금 떨어진 의자에 앉아 숟가락으로 수프를 떠먹고 있는 사내를 발견했다. 사내는 얼굴 앞으로 두른 목도리로 입을 가리고 있었다.

톰은 그자가 자기를 보지 못하게 재빨리 돌아섰다. 이제는 이 문제를 어떻게 처리해야 할지 결정해야 했다. 톰은 그 자리에서 그자를 때려눕히고 지갑을 빼앗고 싶을 정도로 화가 나 있었다. 그러나 그런 소동이 벌어지면 사람들이 자신을 그냥 보내지 않을 것이다. 톰은 구경꾼뿐 아니라 셰리프 앞에서도 자기 입장을 해명해야 할 터였다. 톰은 정당했다. 게다가 그 도둑은 범법자였으므로 아무도 그가 정직하리라고는 믿지 않을 것이다. 반면 톰은 한점 부끄럽지 않은 사람이자 석공이었다. 하지만 이 일이 모두 해결되려면 상당한 시간이 걸린다. 셰리프가 다른 지방으로 출장이라도 갔다면 몇 주가 걸릴 수도 있는 일이다. 또, 여기서 싸움을 벌이면 국왕의 화폐를 어지럽혔다는 죄목으로 고발당할 개연성도 있었다.

그럴 수는 없는 노릇이었다. 차라리 도둑이 혼자 있게 될 때까지 기다리는 편이 현명할 터였다.

도둑은 도시에서 밤을 보내지는 못할 것이다. 도시 안에 집이 있을 리 없을뿐더러, 양민 신분이 아니면 여인숙에서 방을 구하지도 못한다. 따라서 성문이 닫히는 해질녘이 되기 전에는 길을 떠나야 한다.

성문은 둘밖에 없었다.

"놈은 아마 왔던 길로 돌아갈 거야." 톰이 애그니스에게 말했다. "나는 동문 밖에서 기다릴게. 앨프레드가 다른 성문을 맡으면 돼. 당신은 여기 남아서 놈이 하는 짓을 살펴봐. 마사는 당신이 데리고 있고. 마사가 놈의 눈에 띄면 안 돼. 당신이 나나 앨프레드에게 전할 말이 있으면 마사를 보내라고."

"알았어요." 애그니스가 야무지게 대답했다.

그러자 앨프레드가 말했다. "그놈이 서문으로 오면 어떻게 할까요?" 목소리는 흥분으로 떨리고 있었다.

"아무 짓도 해서는 안 돼." 톰이 엄하게 말했다. "그저 어느 길로 가는지 지켜만 봐라. 그리고 가만히 기다리고 있어. 마사가 나를 부르러 오면, 그때 함께 놈을 잡도록 하자." 앨프레드는 실망한 것 같았다. 톰이 말했다. "반드시 내 말대로 해야 한다. 나는 돼지도 찾고 싶지만 아들을 잃고 싶지는 않으니까."

앨프레드는 마지못해 알겠다는 듯 고개를 끄덕였다.

"놈이 한데 몰려 있는 우리를 보고 무슨 수를 꾸미기 전에 흩어지자. 자, 어서."

톰은 가족을 남긴 채 뒤도 돌아보지 않고 자리를 떠났다. 그는 애그니스가 계획대로 잘하리라는 것을 알고 있었다. 톰은 빠른 걸음으로 동문까지 간 다음, 그날 아침 달구지를 밀어주었던 무너질 듯한 나무다리를 건너 도시에서 빠져나왔다. 앞쪽은 윈체스터로 가는 길이었는데, 흡사 언덕과 골짜기에 깔아놓은 기다란 양탄자처럼 동쪽을 향해 똑바로 뻗어 있었다. 왼쪽은 톰이 솔즈베리로 올 때 이용한(그리고 아마 그 도둑 역시) 포트웨이라는 길로, 구불구불 이어지는 그 길은 언덕 위에 이르면 더 보이지 않았다. 도둑은 틀림없이 포트웨이를 이용할 것이다.

톰은 언덕을 내려가 가옥들이 모여 있는 네거리에서 포트웨이로 들어섰다. 어딘가에 몸을 숨기고 있어야 했다. 그는 눈으로 적당한 장소를 찾으며 걸어갔다. 2백 미터쯤 걸어갔는데도 마땅한 장소가 눈에 띄지 않았다. 톰은 뒤를 돌아보고 너무 멀리 왔음을 깨달았다. 그곳에서는 네거리에 있는 사람들의 얼굴을 알아볼 수 없었다. 그래서는 도둑이 이 길로 올지 아니면 윈체스터로 가는 길로 접어들지 알 수 없었다. 톰은 주위를 다시 한번 자세히 살펴보았다. 길 양쪽 가장자리로 도랑이 있었다.

맑은 날이면 거기 숨을 수도 있겠지만 오늘은 도랑으로 빗물이 흐르고 있었다. 양쪽 도랑 너머에 둔덕이 있었다. 남쪽 밭에서 소가 몇 마리 풀을 뜯고 있었다. 밭 언저리 둔덕에 몸이 반쯤 가려진 소가 벌렁 누워서 길을 내려다보고 있는 모습이 눈에 들어왔다. 그는 한숨을 내쉬고는 온 길을 몇 걸음 되짚어갔다. 그러고는 도랑을 훌쩍 뛰어넘어 소를 걷어찼다. 소는 자리를 피해 다른 곳으로 갔다. 톰은 방금 소가 떠난 따스하고 물기 없는 자리에 엎드렸다. 그러고는 두건을 앞으로 깊숙이 눌러쓰고, 이럴 줄 알았다면 빵이라도 좀 사올걸 하고 생각하며 자리를 잡고 기다렸다.

톰은 불안하고 좀 두렵기도 했다. 범법자는 비록 톰보다 몸집은 작았지만, 마사를 쓰러뜨리고 돼지를 훔칠 때 본 바로는 재빠르고 악랄한 놈이었다. 그러나 톰은 다칠지 모른다는 것보다는 돈을 찾지 못하게 될까 싶어 걱정스러웠다.

톰은 애그니스와 마사에게 아무 일도 없기를 바랐다. 아내는 자기 몸 하나는 지킬 수 있는 여자였다. 설혹 범법자가 그녀를 보았다 해도 달리 어쩌겠는가? 그저 경계 태세를 취하는 것이 고작일 것이다.

톰이 있는 곳에서 대성당의 탑들이 보였다. 그는 대성당 안을 좀 살펴볼걸 그랬다고 생각했다. 무엇보다도 통로의 기둥을 어떻게 처리했는지 궁금했다. 통로의 기둥은 대개 굵고 바로 그 기둥 상부에서 아치가 시작된다. 두 아치가 남북으로 뻗으면서 이웃의 다른 기둥과 연결되고, 동쪽이나 서쪽으로 뻗는 또하나의 아치는 측랑을 가로지른다. 그럴 경우 모양이 안 나는데, 그것은 원기둥 머리와 그 원기둥에 이어지는 아치가 딱 들어맞지 않기 때문이다. 만약 톰이 대성당을 짓는다면, 하나하나의 기둥을 여러 개의 작은 기둥으로 만들어서 그 작은 기둥에서 아치가 시작되도록 할 것이다. 그러면 정확하고 논리적으로 배열된다.

톰은 아치의 장식을 눈앞에 그려보았다. 아치 장식으로는 기하학적인 형태가 가장 많이 쓰이는데, 그것은 톱니 모양과 마름모 모양을 새기는 데 대단한 기술이 필요하지 않기 때문이다. 하지만 톰은 잎사귀 장식이 좋았다. 그것은 석재의 단단함과 규칙성에 부드러움과 자연미를 더해 준다.

다리를 건너 가옥들 사이로 뛰어오는 마사의 여윈 몸과 금발이 톰의 눈에 띈 것은, 한낮도 거의 기울 무렵이었다. 그때까지 그는 상상으로 지은 대성당에 골몰해 있었다. 마사는 갈림길에서 주저하다가 오른쪽 길로 접어들었다. 톰은 아버지가 있는 곳을 찾느라 얼굴을 찌푸린 채 걸어오는 마사를 지켜보았다. 마사가 자기와 일직선상까지 왔을 때 톰이 낮은 소리로 불렀다. "마사."

깜짝 놀란 마사는 작은 비명을 지르더니 곧 아버지를 발견하고 도랑을 뛰어넘어 달려왔다. "엄마가 이걸 갖다드리라고 했어요." 그러면서 외투 속에서 무엇인가를 꺼냈다.

뜨거운 고기파이였다. "십자가에 맹세하건대, 네 엄마는 좋은 여자야!" 톰은 파이를 한입 큼직하게 베어먹었다. 쇠고기와 양파로 만든 파이였는데, 맛이 아주 기가 막혔다.

마사는 아버지 옆 풀밭에 쪼그리고 앉았다. "우리 돼지를 훔친 그 사람 말인데요." 아이는 자기가 들은 이야기를 기억해내느라 코를 찡그렸다. 그런 딸애의 깜찍한 모습에 톰은 숨이 멎을 것 같았다. "그 사람은 음식점에서 나온 다음 화장한 여자와 만났어요. 그리고 그 여자 집으로 들어갔어요. 그래서 우리는 밖에서 기다렸어요."

그 도둑놈이 창녀에게 우리 돈을 쓰고 있는 동안 말이지, 톰은 침통해졌다. "계속 얘기해보거라."

"그 사람은 그 여자 집에서 오래 있지는 않았어요. 다음에는 술집에 들어갔어요. 지금은 그 술집에 있어요. 술은 거의 마시지 않고 주사위 놀이를 하고 있어요."

"놈이 돈을 따기나 했으면 좋겠구나." 톰이 우울하게 말했다. "그게 전부니?"

"네."

"배고프지 않니?"

"롤빵 먹었어요."

"오빠한테도 이 얘기를 전해줬니?"

"아직 안 했어요. 이제 오빠에게 갈 차례예요."

"오빠에게 비 맞지 말라고 전해라."

"비 맞지 말라고 말하라고요?" 마사는 아버지가 한 말을 반복했다. "우리 돼지를 훔친 사람 얘기를 먼저 하고 나서 그 말은 나중에 해요?"

물론 어떻든 상관없는 일이었다. 그러나 마사가 확실한 대답을 듣고 싶어했으므로 톰은 말했다. "그래, 나중에 하거라." 그는 딸의 얼굴을 보며 미소 지었다. "너는 참 똑똑한 아이다. 자, 어서 가보렴."

"이 놀이 아주 재미있어요."

마사는 손을 흔들어 보이고는 자리를 떠났다. 마사는 어린 여자애답게 두 다리를 경쾌하게 놀리며 앙증맞게 도랑을 건너뛰더니 시내 쪽으로 달려갔다. 뛰어가는 마사를 보고 있던 톰의 가슴에 애정과 함께 분노가 치밀어올랐다. 그와 애그니스는 아이들을 먹일 돈을 장만하느라 얼마나 열심히 일했던가. 톰은 잃은 재산을 되찾기 위해서는 살인이라도 저지를 각오가 되어 있었다.

비 오는 가을날 오후가 대개 그렇듯, 밝은 날빛은 놀랄 만큼 빨리 사라져갔다. 톰은 이렇게 퍼붓는 빗속에서 도둑을 알아볼 수 있을지 걱정이 되기 시작했다. 저녁이 가까워오자 시내를 드나드는 인파는 눈에 띄게 줄었다. 방문객들 대부분은 너무 어두워지기 전에 집에 도착하기 위해 이미 길을 떠났다. 높은 지대에 있는 시내의 집들과 교외 오두막들에서 촛불과 등잔 불빛이 깜박이기 시작했다. 도둑이 혹시 시내에서 밤을 새우려는 것인가 하는 비관적인 생각마저 들었다. 어쩌면 도둑의 불량한 친구들이 시내에 살고 있어서, 그가 범법자라는 것도 개의치 않고 재워줄지 몰랐다. 또 어쩌면……

바로 그 순간 목도리로 입을 가린 사람이 톰의 눈에 들어왔다.

그는 다른 두 사람과 가까이 붙어서서 나무다리를 건너오고 있었다. 그 순간 퍼뜩 톰의 머리에 어떤 생각이 떠올랐다. 어쩌면 도둑이 다른 두 공범인 대머리와 푸른 모자를 쓰고 있던 자와 함께 솔즈베리에 왔을지도 몰랐다. 시내에서는 두 사람을 보지 못했지만 세 사람이 잠시 서로 떨어져 있다가 돌아가는 길에 합류했을 수도 있다. 톰은 입속으로 욕설을 중얼거렸다. 세 놈을 상대해서 싸운다는 건 미처 예상치 못했다. 그런데 점차 가까이 다가오면서 그들이 서로 떨어지기 시작했다. 그제야 톰은 그들이 일행이 아님을 깨닫고 안도의 숨을 내쉬었다.

앞서 오는 두 사람은 검은 눈에 사팔뜨기에다 매부리코를 한 농부들로 부자지간처럼 보였다. 그들이 포트웨이로 접어들자 목도리로 얼굴을 가린 사내도 그 뒤를 따랐다.

톰은 가까이 다가오는 그의 걸음걸이를 주시했다. 술에 취한 것 같지는 않았다. 안타까운 일이었다.

그때 시내 쪽을 바라본 톰은 멀리 다리 위로 걸어오는 여자와 소녀를 보았다. 애그니스와 마사였다. 톰은 조금 당황했다. 가족들 앞에서 도둑과 맞붙으리라고는 생각지 못했다. 물론 톰이 그들에게 이곳으로 오지 말라고 이른 적은 없었다.

도둑과 농부들이 다가옴에 따라 톰은 긴장했다. 톰은 여느 남자보다 몸집이 커서 싸움에 진 적이 거의 없었다. 그러나 범법자라면 필사적이게 마련이고, 그런 싸움에서 예상치 못한 일이 생기지 말라는 법도 없었다.

농부들은 유쾌한 목소리로 말에 대한 이야기를 나누며 톰의 앞을 지나갔다. 톰은 혁대에서 쇠망치를 뽑아 오른손에 들었다. 그는 도둑이라면 치를 떠는 사람이었다. 그들은 일도 하지 않고 양민의 빵을 차지하는 자들이었다. 그런 도둑 한 놈을 망치로 때려눕힌다고 해서 양심의 가책을 느낄 일은 없었다.

도둑은 위험을 감지하기라도 한 듯 점점 걷는 속도를 늦췄다. 톰은 그가 4, 5미터 앞까지 다가오도록 기다렸다. 돌아서서 달아나기에는 너무 가깝고, 그대로 지나쳐서 빠져나가기에는 먼 거리였다. 이윽고 톰은 둔덕을 훌쩍 뛰어넘어 도랑을 건너뛴 다음 길을 막아섰다.

도둑은 그 자리에 우뚝 선 채 톰을 바라보았다. "뭐요?" 도둑이 잔뜩 불안한 어소로 물었다.

나를 알아보지 못하는군, 톰은 생각했다. "네놈이 어제 내게서 훔친 돼지를 오늘 푸주한에게 팔았지."

"난 그런 적—"

"거짓말 마라. 네놈이 받은 돈을 내게 주기만 하면 해치지는 않겠다."

톰은 한순간 도둑이 자기 말에 따를 거라고 생각했다. 사내가 우물쭈물하자 톰은 일이 그리 쉽게 풀리지 않으리라고 직감했다. 다음 순간, 도둑이 몸을 돌리더니 곧장 애그니스 쪽으로 달아났다.

도둑은 그녀를 넘어뜨리고 달아날 만큼 빠르지는 못했다. 게다가 그녀는 단번에 넘어뜨리기엔 만만치 않은 여자였다. 애그니스와 도둑은 서투른 춤이라도 추듯 이리저리 비틀거렸다. 다음 순간 도둑은 그녀가 일부러 자기 앞을 가로막고 있음을 눈치채고 애그니스를 옆으로 밀쳤다. 애그니스는 빠져나가려는 도둑의 다리를 걸었고, 그녀의 발이 그의 무릎과 뒤엉키며 두 사람은 함께 쓰러졌다.

톰은 조마조마한 심정으로 애그니스에게 달려갔다. 도둑은 엎어진 그녀의 등 위에서 한쪽 무릎을 세우며 일어나고 있었다. 톰은 놈의 멱살을 잡아 애그니스에게서 떼어냈다. 그러고 나서 상대가 채 균형을 잡기도 전에 길가로 끌어내 도랑에 내동댕이쳤다.

애그니스가 일어섰다. 마사가 그녀에게로 달려갔다. 톰이 재빨리 물었다. "괜찮아?"

"괜찮아요."

두 농부가 걸음을 멈추고 돌아서서 일이 어떻게 되어가는지 궁금해하며 지켜보고 있었다. 도둑은 도랑에 무릎을 꿇고 앉아 있었다. "저놈은 범법자요." 애그니스는 두 농부가 간섭하지 못하도록 소리쳤다. "저놈이 우리 돼지를 훔쳤다고요." 농부들은 잠자코 다음에 일어날 일을 기다렸다.

톰은 다시 도둑에게 말했다. "돈을 내놓으면 보내주겠다."

도둑이 한 손에 칼을 들고 재빠르게 도랑에서 기어나오더니, 톰의 목을 겨냥하며 달려들었다. 애그니스가 비명을 질렀다. 톰은 날쌔게 허리를 숙였다. 칼이 얼굴을 스치자 턱에 타는 듯한 통증이 느껴졌다.

톰은 뒤로 한 발 물러서며 또다시 칼이 날아오는 순간 망치를 휘둘렀다. 도둑이 펄쩍 뛰어 뒤로 물러났다. 칼과 망치가 축축한 저녁공기를 가르며 엇갈렸다.

한순간 두 사람은 말없이 선 채 숨을 헐떡이며 상대방을 노려보았다. 톰은 뺨에 상처를 입었다. 그는 이제 둘의 힘이 서로 비슷해졌다고 생각했다. 몸집은 톰이 훨씬 컸지만 도둑에게는 칼이 있었고, 칼은 석수의 망치보다 훨씬 치명적인 무기였다. 죽을지도 모른다는 생각에 톰은 싸늘한 공포를 느꼈다. 제대로 숨을 쉴 수도 없을 지경이었다.

그때 문득 곁눈으로 무엇인가 휙 움직이는 것이 보였다. 도둑 역시 그것을 보았는지 애그니스 쪽으로 시선을 돌리면서 얼른 고개를 숙였다. 애그니스가 돌을 던진 것이었다.

그 순간, 톰이 위기에 빠진 사람만이 낼 수 있는 빠른 속도로 수그린 도둑의 머리를 향해 쇠망치를 내리쳤다.

사내는 막 다시 고개를 들려던 참이었고, 쇠망치는 도둑의 이마를 강타했다. 빠르기는 했지만 온힘이 실린 일격은 아니었다. 도둑은 비틀거리긴 했으나 쓰러지지는 않았다.

톰은 다시 한번 그를 내리쳤다.

이번에는 좀더 힘이 실린 일격이었다. 정신이 멍해진 도둑이 다시 정신을 차리려고 애쓰는 동안, 톰은 망치를 겨냥할 시간을 얻었다. 그는 망치를 내리치는 순간 마사를 떠올렸다. 이번 일격에는 온힘이 실려 있었다. 도둑은 떨어뜨린 인형처럼 힘없이 땅에 쓰러졌다.

톰은 너무 긴장한 터라 안도감을 느낄 겨를도 없었다. 그는 도둑 곁에 무릎을 꿇고 앉아 뒤졌다. "지갑이 어디 있지? 대체 어디다 둔 거야? 빌어먹을!" 축 늘어진 시체를 움직이는 건 쉬운 일이 아니었다. 마침내 톰은 놈을 반듯하게 돌려눕힌 다음 외투자락을 벌렸다. 혁대에 커다란 가죽지갑이 달려 있었다. 톰은 지갑의 걸쇠를 풀었다. 안에 부드러운 양모로 만든 돈주머니가 들어 있었다. 톰은 돈주머니를 꺼냈다. 가벼웠다. "비어 있어. 틀림없이 다른 지갑이 있을 거야."

톰은 시체 밑에서 외투를 끌어낸 다음 세심하게 여기저기 살펴보았다. 그러나 비밀 주머니도, 딱딱하게 만져지는 부분도 없었다. 장화도 벗겨보았다. 아무것도 없었다. 톰은 자신의 혁대에서 칼을 뽑아 장화 밑창을 뜯었다. 거기에도 돈은 없었다.

초조해진 톰은 도둑이 입고 있던 양모 튜닉의 목 부분을 칼로 잘라내 단까지 찢었지만, 숨겨놓은 돈주머니는 보이지 않았다.

도둑은 양말만 신은 알몸으로 진흙탕 길 한가운데 누워 있었다. 두 농부는 톰이 미치지나 않았나 하는 표정으로 지켜보고 있었다. 화가 치민 톰이 애그니스에게 말했다. "이놈은 한푼도 갖고 있지 않아!"

"노름으로 몽땅 잃은 게 분명해요." 애그니스가 씁쓸하게 대꾸했다.

"지옥불에나 떨어져버려라." 톰이 말했다.

애그니스는 무릎을 굽히고 도둑의 가슴을 만져보았다. "정말 지옥에 갔군요." 그녀가 말했다. "당신이 그를 죽였어요."

4

크리스마스가 다가오는데 톰의 가족은 굶주리고 있었다.

겨울은 일찍 찾아왔고, 날씨는 석수의 강철 정처럼 차갑고 모질었다. 들에 첫서리가 내렸는데도 나무에는 여전히 사과가 매달려 있었다. 급작스레 찾아온 한파인 만큼 금방 풀릴 거라고 사람들은 생각했지만, 그렇지 않았다. 가을갈이를 미루어왔던 마을에서는 바위처럼 단단해진 땅을 가느라 쟁기들이 부러졌다. 농부들은 겨울을 대비해 서둘러 돼지를 잡아 소금에 절였고, 영주들은 소를 잡았다. 겨울에는 여름보다 가축들을 먹일 목초가 부족해서였다. 얼음 어는 날들이 계속되자 풀들은 말라 죽었고, 결국 남은 가축들마저 죽고 말았다. 굶주려 필사적인 이리들은 어둠이 내릴 무렵이면 마을로 내려와, 뼈만 앙상한 병아리들과 힘없는 어린아이들을 물어갔다.

첫서리가 내리자 온 나라 사람들은 지난여름에 지은 건물을 혹한으로부터 보호하기 위해 벽을 짚과 거름으로 서둘러 덮었다. 채 마르지 않은 회반죽이 얼기라도 하면 갈라질 것이기 때문이었다. 봄이 올 때까지 회반죽 작업을 더 하기는 불가능했다. 여름 한철 고용되었던 석공들 중 일부는 고향으로 돌아갔다. 그곳에서 그들은 석공이 아니라 쟁기, 안장, 마구, 수레, 삽, 문짝처럼 망치와 끌과 톱으로 만들 수 있는 것이면 무엇이든 만드는 숙련된 기능인으로 겨울을 보냈다. 남아 있는 석공들은 공사판에 세운 부섭 움막으로 자리를 옮겨, 해가 나 있는 동안에는 복잡한 형태로 돌 깎는 일을 했다. 그러나 첫서리가 너무 일찍 내린 바람에 작업은 급히 진행되었다. 농부들이 굶주리자 주교와 성주와 영주들은 건축 공사에 쓸 돈이 부족해졌고, 겨울에 접어들면서 석공들 중 일부를 해고했다.

톰과 그의 가족은 솔즈베리에서 섀프츠베리로, 거기서 다시 셔본, 웰스, 배스, 브리스틀, 글로스터, 옥스퍼드, 웰링퍼드, 윈저 등지로 떠돌아다녔다. 어느 도시든 공사장 움막 안에는 장작불이 타올랐고, 성당 경내와 성벽들은 돌을 치는 쇠망치 소리로 울렸고, 건축 책임자들은 벙어리장갑을 끼고도 숙련된 솜씨로 자그맣고 정교한 아치와 궁륭의 모형을 만들었다. 어떤 건축 책임자들은 성급하고 무뚝뚝하고 무례했다. 그렇지 않은 사람들도 한결같이 톰의 여윈 아이들과 임신한 아내를 슬픈 눈으로 바라보며, 친절하지만 안됐다는 어조로 말했다. 당신 자리는 없다고.

톰의 가족은 할 수 있는 한 수도원의 자비에 의탁했다. 수도원에서 여행자들은 언제나 먹을 것과 잠잘 곳(오직 하룻밤뿐이었지만)을 얻을 수 있었다. 딸기나무 덤불에서 블랙베리가 익을 무렵에는 새들처럼 며칠씩 딸기만 따먹으며 지내기도 했다. 숲속에서 애그니스가 불을 지펴 무쇠 냄비에 죽을 끓일 때도 있었다. 그러나 보통은 빵장수에게서 빵을 사고 생선장수에게서 소금에 절인 청어를 사거나 술집과 음식점에서 음식을 사먹어야 했는데, 그 경우엔 직접 해먹을 때보다 더 많은 돈이 들었고, 마침내 그들의 주머니는 사정없이 바닥을 드러내고 말았다.

마사는 본래 마른 편이었는데 점점 더 여위어갔다. 앨프레드는 척박한 땅에서 자라는 잡초처럼 키만 자라서 호리호리했다. 애그니스는 잘 먹으려 하지 않았지만 뱃속에 든 아기의 식욕은 왕성했고, 그 때문에 그녀가 고통스러워한다는 것을 톰은 잘 알고 있었다. 이따금 톰은 아내에게 음식을 좀더 먹였는데, 그녀의 굳은 의지도 남편과 태어날 아기 앞에서는 꺾일 수밖에 없었다. 그래도 지난 임신 때처럼 통통해지지 않고 얼굴빛도 발갛게 상기되지 않아 흡사 기근에 굶주린 아이처럼 배만 불룩하고 수척해 보였다.

솔즈베리를 떠난 이후로 커다란 원의 4분의 3을 돈 셈이었다. 연말 무렵 톰의 가족은 윈저에서 사우샘프턴까지 뻗어 있는 광대한 숲으로 되돌아와 있었다. 그들은 윈체스터로 가는 중이었다. 톰은 갖고 있던 연장을 팔았고, 그 돈도 몇 펜스를 남기고 모두 써버렸다. 이제 일자리를 얻는다면 연장을 빌리거나 연장 살 돈을 빌리는 도리밖에 없었다. 윈체스터에서 일자리를 구하지 못하면 더는 어떻게 해볼 방법이 없었다. 고향에 형제들이 있었지만 그곳은 북쪽이었고, 거기까지 가려면 몇 주가 걸릴지 몰랐다. 고향에 도착하기도 전에 굶어 죽을 것이다. 한겨울에는 농사일도 없었다. 어쩌면 애그니스가 윈체스터에 있는 부잣집에서 가정부로 일하면서 단돈 몇 푼이라도 벌 수 있을지도 몰랐다. 하지만 이제 그녀는 더 걸을 수도 없는 상황이었다. 해산이 다가와 있었다.

윈체스터까지는 꼬박 사흘을 걸어야 할 정도의 거리가 남아 있었다. 그들은 지금 쫄쫄 굶고 있었다. 블랙베리도 이젠 자취를 감추었고, 수도원도 나올 것 같지 않았고, 애그니스가 등에 걸머진 냄비에는 귀리조차 남아 있지 않았다. 어젯밤 그들은 한 농부에게 호밀빵 한 덩어리와 고깃

덩이 하나 없는 묽은 수프 네 그릇, 그리고 움막 안에 피운 불 옆에서 재워주는 대가로 갖고 있던 칼을 내주었다. 그때 이래로 쭉 마을을 보지 못했다. 그러나 오후가 거의 저물 무렵, 숲 위로 피어오르는 연기가 보였다. 그들은 왕의 삼림을 경비하는 산림 관리인의 집을 발견했다. 산림 관리인은 톰에게서 작은 도끼를 받고 순무 한 자루를 주었다.

겨우 5킬로미터쯤 걸었을 때 애그니스가 지쳐서 더는 걷지 못하겠다고 했다. 톰은 깜짝 놀랐다. 지금까지 함께 살아오는 동안 그녀에게서 지쳤다는 말을 들어본 적이 없었다.

그녀는 길가의 커다란 너도밤나무 아래에 주저앉았다. 톰은 불을 피우기 위해 나무로 만든 낡은 삽(아무도 사려고 하지 않아 남게 된 몇 안 되는 연장 중 하나)으로 구덩이를 얕게 팠다. 아이들이 잔가지를 모아오자 톰이 불을 피웠고, 그런 다음 냄비를 들고 개울을 찾아나섰다. 그는 얼음같이 차가운 물을 냄비 가득 담아와 불가에 놓았다. 애그니스는 순무 몇 개를 잘랐다. 마사가 땅에 떨어진 너도밤나무 열매 몇 알을 모아오자, 애그니스는 마사에게 열매 껍질을 벗겨 부드러운 알맹이를 잘게 부순 가루로 걸쭉한 순무 수프를 만드는 방법을 가르쳐주었다. 톰은 앨프레드에게 장작을 더 모아오라고 이른 다음 자신은 나무막대기를 하나 들고, 겨울잠 자는 고슴도치나 다람쥐라도 잡아 수프에 넣을 셈으로 숲에 깔린 낙엽을 찌르고 다녔다. 하지만 운이 따라주질 않았다.

톰이 애그니스 곁에 앉아 있는 사이에 어둠이 깔리고 수프가 끓었다.
"소금이 남아 있소?" 그가 아내에게 물었다.

그녀는 고개를 저었다. "벌써 몇 주 동안 소금기 없는 죽을 먹어왔는데 몰랐어요?"

"몰랐어."

"허기가 가장 좋은 양념이에요."

"글쎄, 그거라면 우리에겐 충분하군." 문득 톰은 자신도 몹시 지쳤음을 깨달았다. 지난 네 달 동안 쌓인 절망감이 무거운 짐이 되어 한꺼번에 엄습하는 느낌이었다. 더는 용기를 낼 수 없을 것 같았다. 침통한 목소리로 톰이 물었다. "뭐가 잘못된 걸까, 애그니스?"

"모든 것이 잘못됐어요." 애그니스가 대답했다. "지난겨울 당신은 일자리가 없었어요. 봄이 되어서야 일자리를 얻었죠. 그런 다음 백작의 딸이 결혼을 취소했고, 윌리엄 경은 집짓기를 포기했어요. 그때 우리는 계속 그곳에 머물면서 추수 일을 하기로 결정했죠. 바로 그것이 잘못이었어요."

"확실히 가을이 아니라 여름에 일거리를 찾았더라면 형편이 더 나았겠지."

"게다가 겨울이 일찍 찾아왔죠. 그래도 돼지를 도둑맞지 않았다면 우린 여전히 괜찮았을 거예요."

톰은 지친 듯이 고개를 끄덕였다. "그 도둑놈이 지금도 지옥의 온갖 고통에 시달리고 있을 거라고 생각하는 게 유일한 위안이지."

"그러길 바랄 뿐이에요."

"당신은 믿지 않는 모양이군?"

"그러는 척할 뿐이지 사제들이 그만큼 아는 건 아니잖아요. 우리 아버지도 그랬고요. 기억 안 나요?"

톰은 아주 잘 기억하고 있었다. 장인이 담당하는 교구의 성당 한쪽 벽이 손쓸 여지도 없이 허물어지자, 톰은 성당 벽을 다시 세우는 데 고용됐다. 사제들에게는 결혼이 허용되지 않았다. 그러나 그 사제는 가정부를 한 명 두고 있었고 그 가정부에게는 딸이 하나 있었는데, 그가 소녀의 아버지라는 건 마을 사람이라면 누구나 알고 있는 비밀이었다. 애그니스는 아름다운 소녀는 아니었다. 그러나 그녀의 피부는 청춘이라 눈부시게 빛났고, 그녀의 몸은 생기로 터져나갈 듯했다. 톰이 일하고 있을 때면 그녀는 곁으로 다가와 말을 걸었다. 바람이 불어 그녀의 옷이 몸에 찰싹 달라붙기라도 하면, 톰은 알몸이라도 보듯 몸의 곡선을, 심지어 배꼽까지 거의 분명히 볼 수 있었다. 어느 날 밤 그녀가 톰이 자고 있는 작은 오두막으로 찾아왔다. 그녀는 그의 입술에 손을 얹어 아무 말도 못하게 한 후 옷을 벗었다. 달빛 아래 애그니스의 발가벗은 몸이 드러났다. 곧 그는 그녀의 탄탄하고 싱싱한 몸을 껴안았고, 그들은 사랑을 나누었다.

"우린 둘 다 동정이었지." 그가 생각을 입 밖에 내어 말했다.

남편이 무슨 생각을 하고 있었는지 깨달은 애그니스는 미소를 지었으나, 다시 슬픈 얼굴이 되었다. "정말이지 오래전 일 같아요."

마사가 물었다. "이제 먹어도 돼요?"

수프의 구수한 냄새를 맡은 톰의 배 속은 요동치고 있었다. 그는 부글부글 끓고 있는 큰 냄비에 자기 그릇을 넣었다. 그리고 묽은 수프 속에서 순무 몇 조각을 건져 무딘 칼끝으로 순무가 익었는지 찔러보았다. 푹 익지는 않았으나 아이들을 더 기다리게 하지 않기로 했다. 그는 아이들에게 수프를 한 그릇씩 떠주고 애그니스에게도 한 그릇 건넸다.

그녀는 얼굴을 찌푸린 채 무엇인가를 생각하는 듯하더니, 입김을 불어 수프를 식혀 입술로 가져갔다.

아이들은 재빨리 그릇을 비우고 더 달라고 했다. 톰은 손이 데지 않도록 외투자락으로 냄비를 잡은 다음 남은 수프를 아이들의 그릇에 부어주었다.

톰이 다시 아내 곁으로 가자 애그니스가 물었다. "당신은 어떻게 하고요?"

"난 내일 먹으면 돼."

그녀는 너무 지쳐서인지 더 따지려 하지 않았다.

톰과 앨프레드는 불길을 한껏 키우고는 밤을 지낼 만큼 나무를 모아 왔다. 그런 다음 온 가족이 잠을 자기 위해 외투를 몸에 둘둘 말고 낙엽 더미 위에 누웠다.

톰은 금방 잠이 들었다가 애그니스의 신음 소리에 벌떡 일어났다.

"왜 그래?" 그가 나지막하게 물었다.

애그니스는 다시 신음 소리를 냈다. 눈을 감은 그녀의 얼굴은 창백했다. 잠시 후 그녀가 말했다. "아기가 나오고 있어요."

톰은 심장이 멎는 듯했다. 여기선 안 돼. 이렇게 깊은 숲속, 얼어붙은 땅바닥에서는 안 된다. "아직 예정일이 아니잖아."

"조산인가봐요."

톰은 목소리를 가라앉혔다. "양수는 터졌어?"

"산림 관리인의 오두막을 떠난 직후에 터졌어요." 애그니스는 눈도 뜨지 않은 채 숨 가쁘게 말했다.

톰은 아내가 소변이 마려운 듯 갑자기 덤불 속으로 뛰어들어갔던 게 떠올랐다. "그럼 진통은?"

"그때부터 시작됐어요."

진통을 조용히 견뎌내다니 그녀다웠다.

앨프레드와 마사도 잠을 깼다.

앨프레드가 물었다. "무슨 일이에요?"

"아기가 태어나려고 해." 톰이 말했다.

그러자 마사가 울음을 터뜨렸다.

톰은 눈살을 찌푸렸다.

"당신, 그 산림 관리인의 오두막까지 돌아갈 수 있겠어?" 톰이 애그니스에게 물었다.

적어도 그곳에는 지붕과 깔고 누울 짚이라도 있고, 누군가의 도움을 받을 수도 있을 것이다.

애그니스는 고개를 저었다. "아기가 이미 아래로 내려왔어요."

"그렇다면 곧 나올 텐데!" 그들은 이 숲에서 가장 황량한 곳에 있었다. 아침 이후로는 마을을 보지 못했다. 산림 관리인은 내일까지도 마을은 눈에 띄지 않을 것이라고 말했다. 산파 역할을 해줄 여인을 찾을 가능성이 전혀 없다는 의미였다. 톰 자신이 직접, 그것도 이런 추위 속에서 아이들의 도움을 받으며 아기를 받아낼 수밖에 없었다. 잘못되기라도 한다면 약도 지식도 없었다……

모든 것이 내 잘못이다, 톰은 생각했다. 그녀에게 임신을 시킨 것은 나고, 그녀를 가난으로 몰아넣은 것도 나다. 내가 자기를 부양해줄 것이라고 굳게 믿어왔건만, 그녀는 지금 한겨울 길바닥에서 아기를 낳아야 한다. 그는 아버지가 되어서 아이를 굶어 죽게 내버려두는 사람들을 경멸해왔다. 그런데 지금 자신은 그들보다 하등 나을 것이 없었다. 그는 수치스러웠다.

"너무 지쳤어요. 아기를 낳을 수 있을지도 잘 모르겠어요. 그냥 쉬고 싶어요." 장작불에 비친 그녀의 얼굴은 엷은 막이라도 쓴 것처럼 땀으로 번들거렸다.

톰은 자신이 해내야 한다는 것을 깨달았다. 애그니스에게 용기를 주어야 했다. "내가 도와줄게." 이제부터 일어날 이 일은 신비로울 것도, 복잡할 것도 없었다. 그는 벌써 몇 아이의 분만 장면을 지켜본 적이 있었다. 본래 그건 여자들의 일이었다. 여자만이 산모가 어떻게 느끼는지 알아서 좀더 도움이 되기 때문이었다. 그러나 남자라고 해서 못할 이유도 없었다. 우선 그녀를 편안하게 해주어야 했다. 그런 다음 분만이 어느 정도 진행되었는가를 알아봐야 했다. 그다음에는 세심하게 준비를 해놓고, 아기가 나올 때까지 그녀를 진정시키고 안심시켜야 했다.

"기분이 어떻소?"

"추워요!"

"불 옆으로 좀더 가까이 와요." 그는 외투를 벗어 불에서 1미터쯤 떨어진 곳에 깔았다. 애그니스는 몸을 일으키기가 힘겨워 보였다. 톰은 아내를 가볍게 들어올려 바닥에 펼쳐놓은 외투 위에 천천히 내려놓았다.

그는 그녀 옆에 무릎을 꿇고 앉았다. 그녀가 외투 속에 입고 있는 모직 튜닉은 항상 맨 밑자락까지 단추가 채워져 있었다. 그는 튜닉 단추 두 개를 풀고 그 안으로 손을 집어넣었다. 애그니스가 깜짝 놀란 듯 숨을 몰아쉬었다.

"내가 아프게 했나?" 톰은 한편 놀라고 한편으로는 걱정이 되어 물었다.

"아니에요." 그녀가 웃음을 지어 보이며 짤막하게 대답했다. "당신 손이 차가워서요."

그는 복부의 윤곽을 느낄 수 있었다. 아내의 배는 그들이 어느 농가의 짚 깔린 바닥에서 잔 날 밤보다 더 부풀고 더 솟아올라 있었다. 톰은 태어날 아기의 모양을 감지하면서 좀더 세게 눌렀다. 애그니스의 배꼽 바로 아래에서 아기 몸의 한쪽 끝부분이 느껴졌다. 그러나 다른 한쪽 끝부분은 어디인지 알 수 없었다. "아기 엉덩이는 만져지는데 머리 부분은 어디 있는지 모르겠군."

"머리는 이미 빠져나오고 있어요."

그는 아내의 몸에 코트를 덮고 잘 여며주었다. 서둘러 준비해야 할 것 같았다. 그는 아이들을 보았다. 마사는 코를 훌쩍이고 있었고, 앨프레드는 겁에 질린 듯했다. 아이들에게 무엇인가 할 일을 주는 게 좋을 것 같았다.

"앨프레드, 저 냄비를 개울로 가지고 가서 깨끗이 씻은 다음 맑은 물을 채워오너라. 마사는 갈대 몇 개를 모아 끈을 두 개 만들어다오. 목걸이를 할 만큼 충분한 길이로 말야. 당장 서둘러라. 새벽녘엔 너희에게 동생이 생길 거야."

아이들이 떠났다. 톰은 칼과 조그만 차돌을 꺼내 칼을 갈기 시작했다. 애그니스가 다시 신음을 했다. 톰은 칼을 내려놓고 그녀의 손을 잡아주었다.

다른 아이들이 태어날 때도 그는 지금처럼 아내 곁에 있었다. 앨프레드와 이 년 후에 죽은 마틸다, 그리고 마사, 톰이 아무도 모르게 헤럴드라는 이름을 지어준 사산된 아이 때도 마찬가지였다. 그러나 어느 경우에도 도와주거나 안심시켜줄 누군가가 있었다. 앨프레드가 태어날 때는 장모가 있었고, 마틸다와 헤럴드의 경우에는 마을 산파가, 그리고 마사의 경우에는 산파나 다름없는 영주의 부인이 있었다. 이번에는 혼자 해내야 했다. 하지만 두려워하는 내색을 보여서는 안 되었다. 아내를 안심시켜주어야 했다.

진통이 지나가자 애그니스는 좀 진정되었다. 톰이 말했다. "마사가 태어날 때를 기억해봐. 이사벨라 마님이 산파 역할을 해주던 때를."

애그니스가 웃음 지었다. "당신이 영주님의 성당을 짓고 있을 때였죠. 그때 당신은 마님께 마을 산파를 불러오도록 하녀를 보내달라고 부탁했어요……"

"그러니까 마님이 이렇게 말했지. '그 주정뱅이 늙은 마녀를 부른다고? 사냥개가 새끼를 낳는다고 해도 그 할망구에게 시키지는 않겠어!' 그리고 우리를 자기 침실로 데려갔지. 마사가 태어날 때까지 로버트 어른은 잠잘 곳도 없었고."

"마님은 너그러운 분이셨어요."

"그만한 어른은 흔치 않을 거요."

앨프레드가 냄비 가득 차가운 물을 담아 돌아왔다. 톰은 그 물이 끓지는 않고 따뜻하게 데워지도록 불 가까이에 내려놓았다. 애그니스는 외투 속에 손을 넣어 미리 준비해둔 깨끗한 헝겊이 든 조그만 리넨 주머니를 꺼냈다.

마사는 갈대를 한 아름 꺾어와 자리에 앉아서 엮기 시작했다. "그건 무엇에 쓰는 거예요?" 마사가 물었다.

"아주 중요한 거란다. 너도 곧 알게 될 거야. 잘 만들어야 한다."

앨프레드는 불안하고 당황한 얼굴이었다. "가서 나뭇가지를 조금 더 모아오려무나. 불을 더 크게 피우자." 소년은 뭔가 할 일이 생겨 기쁜 듯한 표정으로 사라졌다.

애그니스의 얼굴은 아기를 자궁 밖으로 밀어내기 위해 안간힘을 쓰느라 긴장으로 팽팽해졌고, 돌풍에 나무가 뒤틀리는 것 같은 소리가 입에서 작게 새어나왔다. 그러한 노력이 아내의 마지막 남은 힘까지 소모시키는 값진 대가를 치른 것임을 톰은 알 수 있었다. 자기가 대신 힘을 쓰고 긴장을 감내함으로써 아내의 고통을 덜어주고 싶은 마음이 간절했다. 마침내 진통이 잦아들자, 톰은 다시 한숨을 돌렸다. 애그니스는 졸음에 빠져드는 것 같았다.

앨프레드가 나뭇가지를 한 아름 안은 채 돌아왔다.

그때 애그니스가 다시 정신을 차리고 말했다. "너무 추워요."

톰이 말했다. "앨프레드, 불을 더 키워라. 그리고 마사, 너는 엄마 곁에 누워 따뜻하게 해드리렴." 아이들은 걱정스러운 얼굴로 고분고분 따랐다. 애그니스는 떨리는 몸으로 팔을 돌려 마사를 꼭 껴안았다.

톰은 걱정으로 애간장이 타들어가는 듯했다. 불꽃은 거세게 타올랐지만, 공기는 점점 더 차가워졌다. 이런 추위 속이라면 아기는 태어나자마자 죽을지도 몰랐다. 아기가 한데서도 태어날 수 있다는 건 톰도 알고 있었다. 사실 그런 일은 모든 사람들이 너무 바빠 임산부조차 날이 저물도록 일해야 하는 수확기에 종종 일어났다. 그러나 그것도 땅이 건조하고 풀이 부드러우며 공기가 훈훈할 때의 이야기였다. 한겨울에, 그것도 한데서 아이를 낳은 여자가 있다는 말은 들어보지 못했다.

애그니스는 팔꿈치를 세워 몸을 일으키면서 다리를 더 넓게 벌렸다.

"왜 그래?" 톰이 겁에 질린 목소리로 물었다.

그녀는 너무 힘을 준 나머지 대답조차 할 수 없었다.

톰이 말했다. "앨프레드, 엄마 등 뒤에 앉아 엄마가 기대게 해주렴."

앨프레드가 시키는 대로 하자 톰은 애그니스의 외투를 젖히고 치마의 단추를 끌렀다. 그녀의 다리 사이에 무릎을 꿇고 앉은 그는 산문産門이 이미 열리기 시작한 것을 눈으로 확인했다. "이제 얼마 남지 않았어, 여보." 톰이 두려움으로 목소리가 떨리는 것을 애써 억누르며 속삭였다.

그녀는 체중을 앨프레드에게 실은 채 눈을 감고 다시 축 늘어졌다. 산문은 다시 약간 수축되는 듯했다. 커다란 모닥불이 타오르며 내는 탁탁 소리 외에 숲은 고요했다. 문득 톰은 범법자 엘렌이 어떻게 숲속에서 혼자 아기를 낳았을까 생각했다. 무서웠을 것임에 틀림없었다. 그녀는 힘이 빠졌을 때 이리가 들어와 갓 태어난 아기를 물고 갈까 무서웠다고 말했다. 올해에는 이리들이 더 사나워졌다고들 하지만, 네 사람이나 모여 있으니 덤벼들지는 않을 터였다.

애그니스가 다시 힘을 주기 시작하자, 그녀의 찌푸린 얼굴에 새로 땀방울이 맺혔다. 이제 때가 되었어, 톰은 생각했다. 두려웠다. 그는 산문이 다시 열리는 것을 보았다. 바로 그때, 아기의 축축한 검은 머리가 빠져나오는 것이 불빛에 보였다. 그는 기도해야겠다고 생각했지만 그럴 새가 없었다. 애그니스의 호흡은 점점 빨라졌다. 산문은 점점 더 넓게 열렸고, 더는 벌어질 수 없을 정도에 이르렀다. 그 순간 얼굴을 아래로 향한 아기의 머리가 빠져나오기 시작했다. 잠깐 사이에 머리 양옆에 납작하게 붙은 주름진 귀가 보였다. 다음엔 쭈글쭈글한 목이 보였다. 아기가 정상인지 아닌지는 아직 알 수 없었다.

"머리가 나왔어." 톰이 말했다. 물론 애그니스는 이미 알고 있었다. 느낄 수 있기 때문이었다. 그녀는 다시 긴장을 풀었다. 아기가 천천히 몸을 뒤집자, 톰은 피와 자궁의 미끄러운 분비액에 젖은 꼭 감은 눈과 입을 볼 수 있었다.

마사가 소리쳤다. "어머! 저 조그만 얼굴 좀 봐요!"

애그니스는 마사의 말에 잠깐 미소 짓고는 다시 힘을 주기 시작했다. 톰은 아내의 허벅다리 사이로 꾸부정하게 몸을 숙이고, 아기의 양어깨가 차례로 빠져나오자 왼손으로 그 자그마한 머리를 받쳐주었다. 그러자 아기 몸의 나머지 부분이 한꺼번에 쑥 빠져나왔다. 톰은 오른손으로 아기의 엉덩이를 받쳐 조그만 다리가 추운 세상으로 미끄러져 나오도록 도왔다.

곧 애그니스의 산문이 아기의 배꼽에서 나온 맥박 치는 푸른 탯줄을 감싸며 닫히기 시작했다.

톰은 아기를 들어올려 걱정스러운 듯 찬찬히 살펴보았다. 아기의 온몸에 피가 흠뻑 묻어 있어서 처음에는 뭔가 잘못된 줄 알고 두려웠다. 그러나 좀더 살펴보고는 아기에게 아무 상처도 없음을 알았다. 그는 아기의 다리 사이를 보았다. 사내아이였다.

"무섭게 생겼어요!" 마사가 말했다.

"아기는 완벽해." 톰은 이렇게 말하고는 한시름 놓았다. "아주 완벽한 사내아이야."

아기가 입을 벌리고 울음을 터뜨렸다.

톰은 애그니스를 보았다. 두 사람은 눈이 마주치자 함께 미소 지었다.

톰은 조그만 아기를 가슴에 꼭 안았다. "마사, 냄비에서 물 한 그릇 떠오렴." 마사는 벌떡 일어나 아버지가 시키는 대로 했다. "그 헝겊 조각들은 어디 있지, 애그니스?" 애그니스는 자기 곁에 놓인 리넨 주머니를 가리켰다. 앨프레드가 그것을 톰에게 건네주었다. 앨프레드의 얼굴은 온통 눈물투성이였다. 아기가 태어나는 광경을 처음 본 것이었다.

톰은 헝겊을 따뜻한 물에 적셔 아기 얼굴에 묻은 피와 점액질을 부드럽게 닦아냈다. 애그니스가 옷 단추를 풀자, 톰은 그녀의 팔에 아기를 안겨주었다. 아기는 여전히 큰 소리로 울어대고 있었다. 톰이 지켜보는 사이에, 아기의 배에서 애그니스의 두 다리 사이까지 연결된 푸른 탯줄은 고동을 멈추고 하얗게 변해 오그라들었다.

톰이 마사에게 말했다. "아까 만든 끈을 이리 다오. 이제 그 끈이 어디에 쓰이는지 알게 될 거다."

마사는 갈대를 꼬아 만든 끈 두 개를 아버지에게 건넸다. 톰은 탯줄 두 군데를 끈으로 단단히 매듭을 지어 묶고는, 칼로 매듭 사이의 탯줄을 잘라냈다.

그는 바닥에 털썩 주저앉았다. 그들은 해냈다. 최악의 순간은 지나갔고, 아기는 건강했다. 그는 자랑스러웠다.

애그니스는 가슴에 아기 얼굴이 닿도록 안았다. 아기의 자그마한 입이 그녀의 부푼 젖꼭지를 찾더니 이내 울음을 그치고 젖을 빨기 시작했다.

마사가 놀란 목소리로 물었다. "자기가 젖을 빨아야 한다는 걸 어떻게 아는 거예요?"

"신비로운 일이지." 톰이 마사에게 그릇을 넘겨주며 말했다. "엄마에게 마실 물 좀 떠다드리렴."

"그래, 그렇게 해다오." 애그니스는 그제야 갈증을 느끼기라도 한 듯 고마워했다. 마사가 물을 가져오자, 애그니스는 물 한 그릇을 금세 비웠다. "아주 좋아. 고맙구나."

그녀는 젖을 빨고 있는 아기를 내려다본 다음, 톰을 올려다보았다. "당신, 좋은 사람이에요." 그녀가 조용히 말했다. "사랑해요."

톰은 눈물이 쏟아질 것 같았다. 그는 그저 한번 웃어 보이고는 시선을 떨구었다. 그녀의 출혈이 여전히 상당한 듯했다. 천천히 빠져나오고 있는 오그라든 탯줄은 애그니스의 다리 사이에 생긴 피 웅덩이 속에 둥글게 말려 있었다.

톰은 다시 고개를 들었다. 아기는 젖을 빨다 말고 잠들어 있었다. 애그니스는 외투를 끌어당겨 아기를 덮어주고 자신도 눈을 감았다.

잠시 후 마사가 톰에게 물었다. "뭘 기다리고 있는 거예요?"

"후산後産이란다."

"그게 뭔데요?"

"너도 알게 될 거야."

엄마와 아기는 얼마 동안 선잠을 잤고, 곧 애그니스가 다시 눈을 떴다. 그녀의 근육이 다시 긴장되었고, 산문이 조금 열리면서 태반이 빠져나왔다. 톰은 그것을 들어올려 보았다. 마치 푸줏간 작업대 위의 고기 같았다. 좀더 자세히 들여다보니, 한 군데가 떨어져나간 것처럼 찢겨 있는 듯했다. 그는 후산 장면을 지금처럼 가까이서 들여다본 적이 없었다. 늘 이런 모양이겠지, 그는 생각했다. 아무튼 자궁에서 나오려면 찢어진 자국이 있긴 있어야 할 테니. 톰은 태반을 불속에 던졌다. 태반은 지독한 냄새를 풍기면서 타올랐다. 태반을 그냥 어디 던져버리면 여우나 심지어는 이리까지 끌어들이는 수가 있었다.

애그니스의 출혈은 여전히 계속되고 있었다. 후산과 함께 피가 쏟아진다는 건 톰도 알고 있었지만, 이렇게 많이 흘렸던가는 기억나지 않았다. 그는 위기가 아직 끝나지 않았음을 깨달았다. 제대로 먹지도 못한데다 긴장했던 탓인지 잠깐 어지럼증을 느꼈다. 그러나 그 증세가 사라지자 다시 기운을 냈다.

"아직도 피가 좀 나오는걸." 걱정스러웠지만 그걸 내색하지 않으려고 애쓰며 톰이 말했다.

"곧 멈출 거예요. 좀 덮어주세요."

톰은 아내의 치마 단추를 채우고 외투로 다리를 감싸주었다.

앨프레드가 물었다. "이젠 쉬어도 돼요?"

앨프레드는 아직도 무릎을 꿇고 앉아 어머니를 받치고 있었다. 그렇게 똑같은 자세로 오랫동안 앉아 있었으니 발이 저린 것이었다. "내가 대신 하마." 톰이 말했다. 아내가 반쯤 몸을 일으킨 상태로 앉아 있으면 아기를 안고 있기가 더 편할 것 같았다. 게다가 등 뒤에 누가 있으면 등도 따뜻하고 바람도 막아줄 수 있을 터였다. 그는 아들과 교대했다. 앨프레드는 다리를 뻗으며 아픔을 참느라 끙끙거렸다. 톰은 애그니스와 아기에게 팔을 둘렀다. "좀 어떻소?"

"좀 피곤할 뿐이에요."

아기가 울었다. 애그니스는 아기가 젖꼭지를 찾을 수 있도록 아기를 옮겨 안았다. 아기가 젖을 빠는 동안 그녀는 잠이 든 것 같았다.

톰은 불안했다. 아내가 피곤해하는 것은 정상이지만 자꾸 잠에 빠져드는 건 걱정스러웠다. 그녀는 너무나 약해져 있었다.

아기는 잠이 들었고, 잠시 후에는 다른 두 아이들도 잠이 들었다. 마사는 애그니스 옆에서 몸을 구부린 채 잠들었고, 앨프레드는 불에서 멀리 떨어진 곳에 누워 있었다. 톰은 아내를 안고 부드럽게 쓰다듬어주었다. 이따금 그녀의 머리에 입을 맞추기도 했다. 애그니스가 점점 더 깊은 잠에 빠져들자, 그는 그녀의 몸이 이완되는 것을 느꼈다. 어쩌면 이게 이 사람에게 가장 좋을지도 몰라, 톰은 생각했다. 그는 아내의 뺨을 만져보았다. 그녀를 따뜻하게 해주려는 갖은 노력에도 불구하고 살갗은 기분 나쁘게 축축했다. 그는 외투 속으로 손을 넣어 아기의 가슴을 만져보았다. 아기의 몸은 따뜻했고, 심장은 힘차게 뛰고 있었다. 톰은 미소를 지었다. 튼튼한 아기야, 그는 생각했다. 이렇게 살아남다니.

애그니스가 몸을 움직였다. "여보?"

"여기 있소."

"당신이 우리 아버지 성당에서 일했을 때 내가 당신 움막에 갔던 날 밤 기억해요?"

"물론이지." 톰이 그녀를 토닥거리며 대답했다. "내가 어떻게 잊을 수 있겠어."

"당신에게 나 자신을 맡긴 걸 후회한 적은 한 번도 없어요. 결코, 한 순간도요. 그날 밤을 기억할 때마다 나는 너무 기뻐요."

그는 미소 지었다. 그런 사실을 알다니, 기쁜 일이었다. "나 역시 그래. 당신도 그렇다니 기쁜데."

애그니스는 까무룩 선잠에 빠졌다가, 다시 말했다. "당신이 대성당을 짓게 됐으면 좋겠어요."

톰은 깜짝 놀랐다. "당신이 그 일에 반대한다고 생각했는데."

"그랬죠. 하지만 내가 틀렸어요. 당신은 아름다운 무언가에 걸맞은 사람이에요."

톰은 아내가 무슨 말을 하는지 알 수 없었다.

"나를 위해 아름다운 성당을 지어줘요."

애그니스는 횡설수설하고 있었다. 아내가 다시 잠들자 톰은 기뻤다. 이번에는 그녀의 몸이 축 늘어지고 머리도 옆으로 기울어졌다. 아기가 그녀의 가슴에서 떨어지지 않도록 톰이 받쳐줘야 할 정도였다.

한동안 두 사람은 그 자세로 누워 있었다. 마침내 아기가 다시 깨어나 울어대기 시작했다. 그런데도 애그니스는 꼼짝도 하지 않았다. 아기의 울음소리에 앨프레드도 잠에서 깨어났다. 그는 몸을 돌려 새로 태어난 남동생을 보았다.

톰은 애그니스를 조용히 흔들었다. "일어나봐요. 아기가 젖을 먹고 싶어해."

"아버지!" 갑자기 앨프레드가 겁에 질린 목소리로 외쳤다. "엄마 얼굴 좀 보세요!"

톰은 불길한 예감에 휩싸였다. 애그니스의 출혈은 지나치게 심했었다. "여보! 눈을 떠!" 아무런 반응이 없었다. 그녀는 의식을 잃었다. 그는 일어나 아내의 등을 천천히 낮춰 바닥에 반듯이 눕혔다. 애그니스의 얼굴은 소름이 끼칠 정도로 창백했다.

톰은 자신의 눈이 보게 될 장면에 두려워하며 그녀의 허벅지를 덮고 있던 외투를 열어젖혔다.

온통 피범벅이었다.

앨프레드는 기겁하며 고개를 돌렸다.

톰이 나지막하게 중얼거렸다. "주여, 도와주소서."

아기 울음소리에 마사도 잠에서 깼다. 그녀는 피를 보자 비명을 지르기 시작했다. 톰은 딸아이를 들어올려 빰을 한 대 때렸다. 아이는 곧 조용해졌다. "소리치지 마." 톰은 침착하게 말하고는 마사를 내려주었다.

앨프레드가 물었다. "엄마가 죽어가는 거예요?"

톰은 애그니스의 왼쪽 젖가슴 바로 아래에 손을 얹었다. 심장의 고동이 느껴지지 않았다.

심장은 멈춰 있었다.

좀더 세게 눌러보았다. 애그니스의 몸은 아직 따뜻했고 묵직한 젖가슴도 느껴졌지만, 그녀는 숨을 쉬지 않았고 심장 고동도 멈춰 있었다.

얼어붙을 듯 싸늘한 전율이 안개처럼 톰의 온몸을 내리덮었다. 그녀가 가버렸다. 그는 아내의 얼굴을 멍하니 바라보았다. 그녀가 이제 여기 없다니…… 톰은 그녀가 움직이고 눈을 뜨고 숨쉬기를 바랐다. 그는 아내의 가슴 위에 손을 얹었다. 때때로 심장이 다시 뛰는 수도 있다고 하지 않은가. 그러나 그녀는 너무도 많은 피를 흘렸다……

톰은 앨프레드를 보았다. "엄마는 돌아가셨다." 그가 나지막하게 말했다.

앨프레드는 멍하니 아버지의 얼굴을 바라보았다. 마사는 울기 시작했다. 갓 태어난 아기도 울고 있었다. 내가 이 아이들을 돌봐야 해, 톰은 생각했다. 아이들을 위해서 나는 강해져야 해.

그러나 그는 울고 싶었고, 애그니스의 몸이 식을 때까지 껴안고 싶었다. 그렇게 아내를, 소녀였던 애그니스로, 웃고 사랑하던 애그니스로 기억하고 싶었다. 몸부림치고 흐느껴 울면서 잔인한 하늘에 대고 주먹질을 하고 싶었다. 톰은 마음을 굳게 먹었다. 스스로의 감정을 억제해야 하고, 아이들을 위해서 강해져야 했다.

톰은 눈물을 흘리지 않았다.

그는 생각했다. 먼저 해야 할 일은 무엇인가?

무덤을 파는 것이다.

이리들이 접근하지 못하게 하고 마지막 심판 날까지 그녀의 유골을 보존하기 위해, 깊은 구덩이를 파고 그 안에 그녀를 눕혀야 한다. 그런 다음 그녀의 영혼을 위해 기도해야 한다. 아, 애그니스. 당신은 왜 나를 혼자 남겨둔 거요?

갓난아기는 아직도 울고 있었다. 눈은 찌푸린 채 꼭 감고 있었고, 허공에서 먹을 것을 얻을 수 있다는 듯 입을 벌렸다 오므렸다 하고 있었다. 아기에게는 젖이 필요했다. 애그니스의 젖가슴은 따뜻한 젖으로 가득 차 있었다. 안 될 게 무엇인가, 톰은 생각했다. 그는 아기를 애그니스의 젖가슴으로 옮겼다. 아기는 젖꼭지를 찾더니 빨기 시작했다. 톰은 애그니스의 외투를 아기 위에 덮고 좀더 단단히 여며주었다.

마사는 눈을 동그랗게 뜬 채 엄지손가락을 빨며 지켜보고 있었다. 톰은 딸에게 말했다. "떨어지지 않도록 아기를 붙잡아줄 수 있겠지?" 마사는 고개를 끄덕이고는, 죽은 어머니와 아기 옆에 무릎을 꿇고 앉았다.

톰은 삽을 집어들었다. 애그니스는 쉴 곳으로 이 자리를 골랐고, 너도밤나무 가지 아래에 앉았다. 그렇다면 이곳을 아내의 마지막 쉼터로 정하자. 그는 바닥에 주저앉아 울고 싶은 충동을 힘겹게 참아냈다. 그는 나무뿌리가 있을 만한 곳을 피해 나무줄기에서 몇 미터 떨어진 곳에 직사각형을 그리고는, 땅을 파기 시작했다.

톰은 그 일이 도움이 된다는 걸 깨달았다. 딱딱한 땅에 삽질을 해서 흙을 퍼올리는 데 집중하자 마음은 점차 비워지고 마침내 안정이 찾아왔다. 그는 앨프레드와 교대를 해주었다. 아들 역시 반복적인 육체노동으로 위안을 얻을 수 있을 것이기 때문이었다. 그들은 스스로를 혹사해가며 빠르게 땅을 팠으며, 혹독한 추위에도 한낮일 때처럼 땀을 흘렸다.

마침내 앨프레드가 말했다. "이 정도면 충분하지 않아요?"

톰은 자기 키만큼이나 깊게 파인 구덩이 속에 서 있음을 깨달았다. 하지만 이 일을 끝내고 싶지 않았다. 그는 마지못해 고개를 끄덕였다. "이 정도면 되겠지." 그리고 밖으로 기어나왔다.

땅을 파고 있는 동안 동이 트기 시작했다. 마사는 아기를 들어올려 안고는 불가에 앉아 어르고 있었다. 톰은 애그니스에게로 가서 무릎을 꿇고 앉았다. 그는 아내의 얼굴을 밖으로 내놓고 몸은 외투로 단단히 싼 다음 들어올렸다. 그리고 무덤 쪽으로 걸어가 그녀를 무덤가에 내려놓고는 구덩이 속으로 기어내려갔다.

톰은 애그니스를 안아 아래로 내려 흙 위에 가만히 뉘었다. 그리고 차가운 무덤 속에 누워 있는 아내의 옆에 무릎을 꿇고 앉아 한참을 바라보았다. 그녀의 입술에 한 번 부드럽게 키스했다. 그러고는 그녀의 눈을 감겨주었다.

톰은 무덤 밖으로 올라왔다. "애들아, 이리 오렴." 그의 말에 앨프레드와 마사가 아버지 양옆에 나란히 섰다. 마사는 아기를 안은 채였다. 톰은 그들에게 양팔을 둘렀다. 모두 무덤 속을 응시했다. 톰이 입을 열었다. "다같이 이렇게 말하려무나. '하느님, 어머니께 평안을 주소서'."

두 아이가 말했다. "하느님, 어머니께 평안을 주소서."

마사는 흐느껴 울고 있었고, 앨프레드 눈엔 눈물이 그렁그렁했다. 톰은 두 아이를 끌어안으며 눈물을 삼켰다.

잠시 후, 그는 아이들을 놓아준 다음 삽을 집어들었다. 흙을 한 삽 떠서 무덤 안으로 던지자 마사가 비명을 질렀다. 앨프레드가 누이동생의 어깨를 감쌌다. 톰은 계속해서 삽질을 했다. 그러나 도저히 그녀의 얼굴 위로는 흙을 뿌릴 수 없었다. 그래서 먼저 발을 덮었고, 다음에는 다리와 몸을 덮었다. 작은 언덕을 이룰 만큼 흙이 쌓이자, 삽질할 때마다 흙이 아래로 미끄러져 내렸다. 마침내 애그니스의 목 위에도 흙이 덮였고, 그다음엔 그가 키스했던 입에도 흙이 덮였고, 마침내 그녀의 얼굴은 사라져 다시는 볼 수 없게 되었다.

톰은 재빨리 무덤을 메웠다.

일이 다 끝나자, 그는 그 자리에 서서 봉긋 솟아오른 흙무덤을 바라보았다. "잘 자요, 여보." 그가 속삭였다. "당신은 좋은 아내였어. 사랑해."

톰은 애써 고개를 돌렸다.

그의 외투는 여전히 애그니스가 깔고 누워 있던 땅 위에 놓여 있었다. 외투의 아래쪽 절반은 엉기거나 말라붙고 있는 피로 축축했다. 그는 칼을 꺼내 외투를 대강 반으로 잘랐다. 그런 다음 피 묻은 조각을 불 속에 던져버렸다.

마사는 여전히 아기를 안고 있었다. "아기를 이리 다오." 톰이 말했다. 마사는 두려움이 담긴 눈으로 아버지를 쳐다보았다. 그는 깨끗한 외투 조각으로 발가벗은 아기를 감싸더니 무덤 위에 눕혔다. 아기는 마구 울어댔다.

그는 아이들을 돌아보았다. 그들은 말없이 아버지를 응시하고 있었다. 그가 말했다. "우리에겐 아기를 살려낼 우유가 없다. 아기는 엄마와 함께 여기 누워 있어야 해."

마사가 말했다. "그렇지만 그럼 아기가 죽게 되잖아요!"

"그래." 톰은 목소리에 힘을 넣었다. "우리가 어떻게 하든, 결국 아기는 죽을 거다." 그는 아기가 울음을 그치기를 바랐다.

그는 소지품을 챙겨 냄비에 넣은 다음, 애그니스가 그랬던 것처럼 그것을 끈에 매고 등에 짊어졌다.

"가자."

마사가 흐느끼기 시작했다. 앨프레드의 얼굴도 하얗게 질려 있었다. 추운 아침의 희뿌연 여명 속에서 그들은 길을 떠났다. 마침내 아기 울음소리가 더 들리지 않게 되었다.

무덤 곁에서 머뭇거려봤자 좋을 것이 없었다. 아이들은 거기서 잠을 잘 수도 없었고, 밤샘한다는 것도 의미가 없었다. 게다가 끊임없이 움직이는 것이 모두에게 좋았다.

톰은 걸음을 재촉했다. 이제 그의 생각은 자유로웠고, 더는 그 생각을 제어할 필요가 없었다. 걷는 것 말고는 할 일이 없었다. 약속도 해야 할 일도 준비할 것도 없었고, 어둠침침한 숲과 횃불에 어른거리는 그림자 말고는 보이는 것도 없었다. 그는 애그니스를 떠올리며 추억의 자취를 좇다가 혼자 빙그레 웃고는, 방금 떠올린 추억을 아내에게 말해주려고 무심코 옆을 보았다. 그리고 그녀가 죽었음을 깨달았고, 그 충격은 육체적 고통처럼 그를 아프게 후려쳤다. 도저히 이해할 수 없는 일이 일어난 것처럼 그는 어리둥절할 뿐이었다. 물론 아내 또래의 여자가 아기를 낳다 죽는 일이나, 자기 또래 남자가 홀아비가 되는 것은 흔해빠진 일이었다. 그러나 상실감은 상처와도 같았다. 발가락을 잃은 사람이 처음엔 한 발로는 일어설 수 없어 다시 걷는 법을 배울 때까지 수없이 넘어진다는 이야기를 들은 적이 있었다. 그는 자신의 경우가 그와 같다고 느꼈다. 자신의 일부가 잘려나갔는데, 그것이 영영 사라졌다는 생각에는 익숙해질 수 없는 것과도 같았다.

톰은 애그니스를 생각하지 않으려고 애쓰면서도 죽기 직전의 그녀 모습을 계속 떠올렸다. 몇 시간 전까지만 해도 살아 있었던 그녀가 지금은 죽고 없다는 사실이 믿기지 않았다. 그는 아기를 낳기 위해 힘을 쓰는 그녀의 얼굴을 그려보았다. 그다음에는 갓 태어난 사내아이를 바라보는 그녀의 자랑스러운 미소를 떠올렸다. 그런 다음 그녀가 한 말을 상기했다. 당신이 대성당을 지었으면 좋겠어요. 나를 위해 아름다운 성당을 지어줘요. 애그니스는 마치 자신이 죽어가고 있음을 알고 있기라도 한 듯 말했다.

계속 걸어가면서 그는 외투 조각으로 싸서 무덤 꼭대기에 눕혀놓고 온 아기 생각을 점점 더 많이 하게 되었다. 여우가 냄새를 맡지 않았다면 아직 살아 있을 것이다. 그래도 아침이 채 오기도 전에 죽을 것이다. 아기는 한동안 울다가 눈을 감을 테고, 잠결에 몸이 식으면서 그의 생명은 점차 빠져나갈 것이다.

여우가 냄새를 맡지 않는다면.

톰이 아기를 위해 할 수 있는 일이라곤 아무것도 없었다. 아기를 살리기 위해서는 젖이 필요했지만, 톰에게는 아무것도 없었다. 유모를 구할 마을도 없었고, 유모를 대신할 양이나 염소, 젖소도 없었다. 톰이 아기에게 줄 수 있는 것은 순무뿐이었고, 그것은 여우만큼이나 분명히 아기에게 위험했다.

어둠이 걷혀감에 따라, 자신이 아기를 버렸다는 것이 점점 더 끔찍한 일로 다가왔다. 흔히 있는 일이라는 건 톰 자신도 알고 있었다. 식구는 많고 땅은 얼마 안 되는 농부들은 종종 갓난아기를 밖에 버려 죽게 했고, 때로는 사제까지도 그런 아기를 못 본 체하고 지나갔다. 그러나 톰은 그런 사람이 아니었다. 그는 버려진 아기를 보면 죽을 때까지 팔에 안고 있다가 땅에 묻어주는 사람이었다. 물론 그렇게 하는 것이 아무 소용도 없는 일이라는 걸 알고 있었지만, 어느 쪽이든 상관없는 일이라면 그게 옳은 일이라고 생각했다.

그는 새벽이 되었음을 깨달았다.

갑자기 걸음을 멈췄다.

아이들은 아버지를 바라보며 조용히 서서 기다렸다. 그들은 무엇이든 할 준비가 되어 있었다. 요즈음 그들이 겪은 일 가운데 정상은 하나도 없었던 것이다.

"아기를 두고 오지 말았어야 했다." 톰이 말했다.

앨프레드가 말했다. "하지만 우린 아기를 먹여 살릴 수가 없잖아요. 아기는 죽게 되어 있어요."

"그래도 내가 아기를 버리지 말았어야 했어."

그러자 마사가 말했다. "우리, 돌아가요."

톰은 여전히 망설였다. 지금 되돌아간다면 아기를 버린 것이 잘못이었음을 인정하는 것이 될 터였다.

그러나 그것은 사실이었다. 그는 옳지 못했다.

톰은 돌아섰다. "좋아. 우린 돌아가는 거다."

그러자 조금 전까지만 해도 대수롭지 않게 느껴졌던 온갖 위험들이 갑자기 있을 법한 일로 여겨지기 시작했다. 지금쯤 냄새를 맡고 온 여우가 아기를 굴로 질질 끌고 가는 중일 것 같았다. 혹은 이리일지도 몰랐다. 멧돼지도 육식동물은 아니지만, 위험하기는 마찬가지였다. 부엉이는 어떤가? 부엉이는 어린아이를 낚아챌 수는 없지만, 눈을 쫄 수는 있었다.

톰은 심한 피로와 허기로 어지럼증을 느끼면서도 걸음을 서둘렀다. 마사는 아버지 걸음을 따라잡느라 뛰어야 할 지경인데도 불평하지 않았다.

톰은 무덤으로 돌아가서 무엇을 보게 될지 두려웠다. 육식동물들은 무자비했고, 살아 있는 생물이 언제 무력해지는지 잘 알고 있었다.

그는 자신들이 얼마나 멀리까지 왔는지 알 수 없었다. 시간 감각을 잃은 것이었다. 방금 지나쳐온 길이었는데도 길 양편의 숲은 낯설게만 보였다. 그는 무덤이 있는 장소를 열심히 찾았다. 모닥불이 아직 꺼졌을 리는 없었다. 나뭇가지들을 산더미처럼 쌓아두었는데…… 그는 다른 나뭇잎과는 다르게 생긴 너도밤나무 잎을 찾으면서 나무들을 꼼꼼히 살펴보았다. 어떤 갈래 길을 지났는데, 그 길이 기억나지 않았다. 이미 무덤을 지났는데 보지 못했을지도 모른다고 생각하자 미칠 것만 같았다. 그때 앞쪽에서 희미하게나마 오렌지 빛이 보이는 것 같았다.

심장이 오그라드는 듯했다. 톰은 발걸음을 빨리 하면서 눈을 가늘게 떴다. 모닥불이었다. 그는 갑자기 내닫기 시작했다. 마사의 외침 소리가 들렸다. 아버지가 자기를 두고 가버린다고 생각한 것이었다. 그는 어깨 너머로 "저기다!" 하고 소리쳤고, 두 아이가 뒤따라 달려오는 소리를 들었다.

그는 가슴을 두근거리며 너도밤나무 앞에 섰다. 불은 여전히 활활 타고 있었다. 나뭇가지가 많이 쌓여 있었던 것이다. 땅바닥에는 애그니스가 죽어가며 흘린 핏자국이 남아 있었다. 새로 만든 무덤도 있었다. 그 아래 지금 애그니스가 누워 있었다. 그런데 무덤 위에는— 아무것도 없었다.

톰은 혼란스러운 마음으로 미친 듯이 주위를 둘러보았다. 갓난아기의 흔적은 없었다. 그의 눈에서는 절망의 눈물이 흘렀다. 아기를 쌌던 외투 조각마저 사라져버렸다. 그런데 무덤은 아무도 건드리지 않았다. 부드러운 흙 위에는 짐승 발자국도, 핏자국도, 아기가 끌려간 흔적도 없었다……

톰은 사물이 명료하게 보이지 않는 것 같았다. 조리 있게 생각하기도 어려웠다. 그제야 살아 있는 갓난아기를 버리는 끔찍한 일을 저질렀음을 깨달았다. 아기가 죽었다는 걸 알게 된다면 차라리 마음이 편할 것 같았다. 그러나 아직 어딘가에, 그것도 가까운 어딘가에 살아 있을지도 모를 일이었다. 그는 주위를 돌며 찾아보기로 했다.

앨프레드가 물었다. "어디로 가시려고요?"

"아기를 찾아야 해." 톰은 뒤도 돌아보지 않고 대답했다. 그는 여전히 현기증을 느끼면서 덤불 밑을 살피며 숲속의 작은 개간지 주변을 돌아다녔다. 아무것도 보이지 않았다. 이리가 아기를 낚아채갔을 거라는 작은 단서조차 없었다. 하지만 지금 그는 이리가 한 짓이라고 확신하고 있었다. 그렇다면 근처 어딘가에 이리굴이 있을지도 몰랐다.

"좀더 멀리까지 돌아야겠구나." 톰이 아이들에게 말했다.

그는 다시 아이들을 데리고 덤불숲을 헤치며 모닥불에서 멀리 나아가기 시작했다. 혼란스러워지기 시작했지만 단 한 가지, 아기를 찾아야 한다는 절대적 요구에만 정신을 집중했다. 이제 슬픔도 느끼지 못했다. 격렬하게 끓어오르는 결의와, 이 모든 것이 자기 잘못으로 일어났다는 끔찍한 사실만을 마음 한구석에서 느낄 뿐이었다. 그는 눈으로 땅바닥을 샅샅이 훑으면서도, 혹시나 갓난아기의 울음소리를 놓칠까 싶어 숲속을 걷다가도 멈칫거렸다. 그러나 그와 아이들이 조용히 귀를 기울이면 숲은 침묵을 지켰다.

톰은 시간의 흐름을 잃고 말았다. 그는 점점 더 반경을 넓혀 돌고 있었지만, 일정한 시간 간격을 두고 같은 자리를 맴도는 것이었다. 그러나 한참 전에 지났던 장소를 다시 지나고 있음을 깨달은 것은 훨씬 시간이 지나서였다. 어느 지점에 이르렀을 때, 그는 왜 산림관리인의 오두막이 보이지 않는지 의아했다. 그리고 자신이 길을 잃어, 이제는 무덤 주위를 도는 것이 아니라 되는대로 숲속을 헤매고 있음을 희미하게 깨달았다. 그러나 계속 아이를 찾고 있는 한 그런 건 문제가 되지 않았다.

"아버지." 앨프레드가 불렀다.

톰은 집중하고 있는데 방해받아 짜증이 난다는 듯 아들을 보았다. 앨프레드는 마사를 업고 있었다. 마사는 깊이 잠들어 있었다. 톰이 물었다. "왜 그러느냐?"

"좀 쉬어요."

톰은 망설였다. 멈추고 싶지 않았다. 그러나 앨프레드는 금방이라도 주저앉을 것 같았다. "좋아." 톰은 내키지 않는 듯 말했다. "하지만 잠깐 동안만이다."

그들은 비탈진 곳에 앉았다. 아래쪽 어딘가에 개울이 흐를지도 몰랐다. 톰은 목이 말랐다. 그는 앨프레드의 등에서 마사를 내려 팔에 안고, 비탈길 아래로 더듬더듬 내려갔다. 기대한 대로 맑은 개울을 발견할 수 있었다. 가장자리엔 얼음이 얼어 있었다. 그는 마사를 둔덕에 내려놓았지만 아이는 깨지 않았다. 그와 앨프레드는 무릎을 굽히고 두 손으로 차가운 물을 떠 마셨다.

앨프레드는 마사 옆에 누워 눈을 감았다. 톰은 주위를 둘러보았다. 그들은 낙엽으로 온통 뒤덮인 개간지에 있었다. 주위의 나무는 모두 나직하고 튼실한 참나무였는데, 헐벗은 나뭇가지들이 머리 위에서 뒤엉켜 있었다. 톰은 참나무 숲 뒤편에서 아기를 찾아보려고 개간지를 가로질렀다. 그러나 건너편에 다다르자 갑자기 다리에서 힘이 빠져나가 그 자리에 털썩 주저앉았다.

이미 대낮이었다. 그러나 짙은 안개가 끼어 있었고, 한밤중만큼이나 추웠다. 톰은 걷잡을 수 없이 몸을 떨고 있었다. 그제야 자신이 외투도 걸치지 않은 채 돌아다니고 있음을 깨달았다. 외투를 어떻게 했는지 생각해보았지만 기억나지 않았다. 안개가 짙어졌는지 아니면 시력에 이상이 생겼는지, 개간지 저편에 있는 아이들도 보이지 않았다. 그는 일어나 아이들에게 가야겠다고 생각했지만, 다리가 말을 듣지 않았다.

잠시 후 구름 사이로 희미한 햇빛이 비쳤고, 곧이어 천사가 나타났다.

그녀는 동쪽에서 개간지를 가로질러 걸어왔는데, 백색에 가까운 밝은 색의 긴 겨울용 모직 외투를 입고 있었다. 그는 아무런 호기심도 놀라움도 없이 그녀가 다가오는 것을 지켜보았다. 놀라움도 두려움도 없었다. 그저 둘러서 있는 거대한 참나무 줄기들을 바라볼 때처럼 공허하고 감정이 담기지 않은 멍한 시선으로 그녀를 바라볼 뿐이었다. 그녀의 숱 많은 암갈색 머리카락이 달갈형 얼굴을 에워싸고 있었고, 발은 외투자락에 가려져 있어서 마치 낙엽 위로 미끄러져 오는 것처럼 보였다. 그녀는 그의 앞에서 멈춰 섰다. 그녀의 엷은 금빛 눈은 마치 그의 영혼을 들여다보고 그 고통을 이해하는 듯했다. 최근에 들렀던 한 성당에서 바로 이런 모습을 한 천사의 그림을 보기라도 한 듯 그녀의 모습은 낯익었다.

바로 그때, 여자가 외투 앞자락을 열어 젖혔다. 그녀는 외투를 빼곤 아무것도 입지 않고 있었다. 새하얀 피부와 분홍빛 유두를 가진, 20대 중반쯤 된 지상地上의 여자였다. 톰은 천사가 터럭 한 올 없는 순결한 몸을 갖고 있으리라고 상상해왔는데, 이 천사는 그렇지 않았다.

그녀는 참나무 옆에 책상다리를 하고 앉은 톰 앞에서 한쪽 무릎을 꿇었다. 그러고는 몸을 굽혀 톰의 입술에 키스를 했다. 지금까지 겪은 충격으로 얼이 빠져 있었기 때문에, 그는 이런 일에도 놀라지 않았다. 그녀는 그를 부드럽게 밀어 땅바닥에 눕힌 다음, 외투자락을 열고 알몸으로 그의 몸 위로 올라왔다. 그는 옷 사이로 그녀의 체온을 느낄 수 있었다. 잠시 후 그는 몸을 떨지 않게 되었다.

그녀는 수염이 덥수룩한 그의 얼굴을 두 손으로 감싸고는, 마치 오랜 가뭄 끝에 시원한 물을 마시는 사람처럼 갈증을 이기지 못하고 다시 한 번 키스를 했다. 잠시 후 그녀의 손이 그의 팔에서 손목으로 미끄러지더니 그의 손을 잡아 자기 가슴에 올려놓았다. 그는 반사적으로 그녀의 젖가슴을 움켜잡았다. 그 젖가슴은 부드럽고 풍만했다. 그의 손가락 밑에서 젖꼭지가 부풀어올랐다.

톰은 마음속으로 자신이 죽은 거라고 생각했다. 그가 알기로, 천국은 이런 것이 아니었지만, 개의치 않았다. 그의 판단력은 지난 몇 시간 사이에 고삐가 풀려 있었다. 이성적 사고를 위해 남겨진 얼마 안 되는 힘마저 사라져서, 이제는 육체가 하는 대로 내버려두었다. 그는 그녀의 뜨거운 알몸에 힘을 얻어 자신의 몸을 그녀의 몸에 댄 채 위쪽으로 밀어붙였다. 그녀는 입을 벌리고 톰의 입속으로 혀를 밀어넣어 그의 혀를 탐했고, 그는 여기에 뜨겁게 반응했다.

그녀는 잠깐 몸을 일으켰다. 그녀가 그의 겉옷자락을 허리까지 걷어올리는 동안, 톰은 멍하니 지켜보기만 했다. 그런 다음 그녀는 두 다리를 벌리더니, 그의 몸 위에 걸터앉았다. 그녀는 몸을 굽히면서 모든 것을 다 안다는 시선으로 그의 눈을 들여다보았다. 육체가 서로 맞닿는 애가 타는 순간, 그녀는 멈칫했다. 이윽고 그는 자신이 그녀의 몸속으로 들어가는 것을 느꼈다. 너무도 짜릿한 희열에 심장이 터져나갈 것만 같았다. 그녀는 미소 지은 채 그의 얼굴에 키스하면서 엉덩이를 움직이기 시작했다.

얼마 후, 그녀는 눈을 감고 헐떡이기 시작했다. 그는 그녀가 자제력을 잃고 있다는 것을 알았다. 그는 황홀감에 빠진 채 그 모습을 지켜보았다. 그녀는 점점 더 몸을 빨리 움직이면서 낮고 규칙적인 신음 소리를 냈다. 그녀의 황홀감은 톰의 상처받은 영혼 깊숙이까지 옮아왔다. 그는 자신이 절망감으로 울고 싶은 것인지, 아니면 기쁜 나머지 소리를 지르고 싶은 것인지, 광란에 싸여 웃고 싶은 것인지 알 수 없었다. 이윽고 쾌감이 폭발하면서 폭풍에 휩싸인 나무 같은 두 사람을 한 차례, 그리고 또 한 차례 흔들고 지나갔다. 드디어 열정이 가라앉았다. 그녀는 그의 가슴 위에 쓰러졌다.

그들은 한참 동안 그 자세로 누워 있었다. 그녀의 몸에서 나오는 열기는 곧장 그의 몸 안으로 흘러들어 그를 덥혀주었다. 톰은 선잠에 빠졌다. 아주 짧은 시간으로, 실제로 잤다기보다는 백일몽을 꾼 것에 가까웠다. 그러나 눈을 뜨자 그의 정신은 맑게 개어 있었다.

톰은 자신의 몸 위에 누워 있는 젊고 아름다운 여인을 바라보았다. 그리고 그녀가 천사가 아니라 범법자 엘렌이라는 것을 금세 알아차렸다. 그가 돼지를 잃어버렸던 날, 이 부근 숲속에서 만난 여인이었다. 그녀는 그가 움직이는 것을 느끼고 눈을 떴다. 그러고는 애정과 불안이 섞인 눈빛으로 그를 보았다. 톰은 갑자기 아이들에게 생각이 미쳤다. 그는 조심스럽게 엘렌을 바닥에 눕히고 일어나 앉았다. 앨프레드와 마사는 외투로 몸을 둘둘 감싼 채 낙엽 위에 누워 있었고, 잠자는 아이들의 얼굴 위로 햇빛이 비치고 있었다. 그러자 간밤의 사건들이 밀려드는 공포와 함께 되살아나며 애그니스의 죽음과 아기가—그의 아들이!—사라진 일이 떠올랐다. 그는 얼굴을 감쌌다.

두 음이 한데 합쳐진 엘렌의 기묘한 휘파람 소리가 들렸다. 톰은 고개를 들었다. 누군가 숲속에서 나타났다. 톰은 창백한 피부와 오렌지 빛 머리카락, 새처럼 투명한 푸른 눈의, 외양이 독특한 엘렌의 아들 잭을 알았다. 톰은 일어나 옷 매무새를 가다듬었고, 엘렌도 일어나 외투자락을 여몄다.

소년은 손에 들고 있는 것을 톰에게 내밀었다. 톰은 그것을 알아보았다. 그가 애그니스의 무덤 위에 눕히기 전에 아기의 몸을 감싼 외투조각이었다.

톰은 영문을 몰라 소년을 보았고, 다음에는 엘렌을 응시했다. 그녀는 그의 손을 잡고 눈을 들여다보며 입을 열었다. "당신의 아기는 살아 있어요."

톰은 그녀의 말을 믿을 수가 없었다. 그 말이 사실이라면 이 세상은 너무도 아름답고 기쁨이 넘치는 곳일 터였다. "그럴 리가 없소."

"살아 있다니까요."

톰은 희망을 갖기 시작했다. "정말이오? 그게 정말이란 말이오?"

그녀는 고개를 끄덕였다. "정말이에요. 당신을 아기 있는 곳으로 데려다주겠어요."

톰은 그제야 그녀의 말을 실감할 수 있었다. 안도감과 행복감이 물밀듯이 밀려왔다. 그는 땅바닥에 무릎을 꿇고 앉았다. 그러고는 마침내 수문이 열린 듯 울음을 터뜨렸다.

5

"잭이 아기 우는 소리를 들었대요." 엘렌이 말했다. "강가로 가고 있던 중이었나봐요. 솜씨 좋은 사수라면 여기서 돌을 던져 오리를 잡을 정도로 얼마 떨어지지 않은 북쪽이에요. 어떻게 해야 할지 몰라 나를 데리러 집으로 달려왔더군요. 그런데 그 장소로 돌아가는 도중에 말을 탄 사제가 아기를 안고 가는 것을 보았죠."

톰이 말했다. "그를 찾아야 하오……"

"침착하세요. 난 그 사제가 있는 곳을 알아요. 그는 무덤 바로 옆으로 난 갈림길로 갔어요. 숲속 깊은 곳에 있는 작은 수도원으로 통하는 길이에요."

"아기에게는 우유가 있어야 하오."

"수사들에게는 염소가 있어요."

"정말 고마운 일이군." 톰은 뜨거운 것이 울컥 올라오는 걸 느꼈다.

"당신을 그곳에 데려다주겠어요. 하지만 그전에 뭘 좀 먹어야 해요.

그런데……" 그녀는 얼굴을 찌푸렸다. "지금 당장은 아이들에게 수도원 얘기를 하지 말아요."

톰은 개간지 쪽을 보았다. 앨프레드와 마사는 여전히 자고 있었다. 아이들이 누워 있는 쪽으로 건너간 잭이 멍한 시선으로 그들을 바라보고 있었다. "왜 말하면 안 된다는 것이오?"

"나도 잘 모르겠어요…… 다만 기다리는 편이 더 현명할 것 같아서요."

"하지만 당신 아들이 아이들에게 말할 텐데."

그녀는 머리를 가로저었다. "잭도 그 사제를 보긴 했지만 그 일과 관련지어서 생각하지는 못할 거예요."

"알았소." 톰은 차분해졌다. "당신이 근처에 있다는 걸 알았더라면 애그니스를 구할 수도 있었을 텐데."

엘렌은 고개를 저었다. 그녀의 암갈색 머리카락이 얼굴 위에서 춤췄다. "아기를 낳을 땐 산모를 따뜻하게 해주는 것밖엔 달리 할 일이 없어요. 당신은 그렇게 했어요. 산모가 출혈을 하게 되면 출혈이 저절로 멈춰 회복하든가, 그렇지 않으면 죽는 수밖에 없어요."

톰의 눈에서 눈물이 흘러내렸다. 그러자 엘렌이 말했다. "미안해요."

그는 말없이 고개를 끄덕였다.

"그렇지만 산 사람은 살아야지요. 당신에겐 따뜻한 음식과 새 외투가 필요해요." 그녀는 자리에서 일어섰다.

그들은 아이들을 깨웠다. 톰은 아이들에게 아기가 무사하다는 것과, 한 사제가 아기를 데리고 가는 것을 엘렌과 잭이 보았다는 것, 자신과 엘렌이 나중에 그 사제를 찾아나설 거라는 것, 하지만 그전에 우선 엘렌이 그들에게 음식을 줄 거라는 것을 말해주었다. 아이들은 이런 놀라운 소식들을 말없이 받아들였다. 이제는 어떤 일도 그들을 놀라게 할 수 없었다. 톰도 아이들 못지않게 넋을 잃었다. 이런 모든 변화를 수용하기에 삶은 너무도 빠르게 움직였다. 마치 달아나는 말 잔등에 올라탄 것과도 같았다. 모든 일이 너무도 빨리 일어나 대응할 시간조차 없었고, 기껏 할 수 있는 일이란 말고삐를 단단히 붙들고 정신을 놓지 않으려 애쓰는 것뿐이었다. 애그니스가 추운 밤 한데서 아이를 낳았다. 태어난 아기는 신기하게도 건강했다. 모든 것이 잘되어가는 듯한 순간, 톰의 사랑하는 아내 애그니스가 피를 흘리다가 그의 품안에서 죽었다. 그는 정신줄을 놓았다. 그래서 어차피 죽을 목숨이기에 아기를 죽도록 내버려두었다. 그런 다음 그들은 아기를 되찾으려고 했지만 실패했다. 그때 엘렌이 나타났고, 톰은 그녀가 천사인 줄만 알았다. 그들은 마치 꿈결처럼 사랑을 나누었다. 그녀는 아기가 살아 있으며 무사하다고 말했다. 언제쯤 삶은 늦춰져 톰이 이 끔찍한 일들을 곰곰이 생각할 수 있게 될까?

그들은 출발했다. 톰은 언제나 범법자들이 비참하게 살 거라고 생각했다. 그러나 엘렌에게서는 그런 비참함이 느껴지지 않았다. 그래서 그녀가 어떻게 사는지 궁금했다. 그녀는 숲을 이리저리 뚫고 나가며 그들을 인도했다. 길은 나 있지 않았지만, 엘렌은 아무 주저 없이 개울을 건너고, 낮게 드리워진 가지 밑으로 몸을 굽히고 얼어붙은 늪과 관목 숲, 쓰러진 참나무의 거대한 줄기들을 헤치고 나아갔다. 마침내 그녀는 가시나무 덤불로 걸어가더니, 그 속으로 사라진 듯했다. 그녀를 뒤따르던 톰은 밖에서 보기와는 달리, 덤불 속에 구불구불하게 나 있는 좁다란 통로를 보았다. 그는 그녀를 따라갔다. 머리 위에 드리워진 가시나무들이 어렴풋한 어둠을 만들었다. 그는 어둠에 눈이 익을 때까지 잠시 서 있었다. 이윽고 톰은 자신이 동굴 안에 들어와 있음을 깨달았다.

공기는 훈훈했다. 톰의 앞 납작한 돌 위에 불이 지펴져 있었다. 연기는 곧바로 위로 올라가고 있었는데, 어딘가에 자연이 만든 굴뚝이 있는 모양이었다. 한쪽 벽에는 이리와 사슴가죽이 나무못에 걸려 있었다. 머리 위 천장에는 훈제된 사슴고기 한 덩어리가 매달려 있었다. 손으로 만든 상자에는 야생능금이 들어 있었고, 바위 턱에는 골풀 초가 타고 있었고, 바닥에는 마른 갈대가 깔려 있었다. 불가에는 여느 가정집과 마찬가지로 요리용 냄비가 놓여 있었다. 냄새로 짐작건대, 냄비 안에는 여느 사람들이 먹는 것과 똑같은 음식, 즉 고기가 붙은 뼈와 먹을 수 있는 풀을 넣어 끓인 야채수프가 들어 있는 듯했다. 톰은 놀랐다. 이곳은 농노들의 집보다 더 안락했다.

장작불 저편에는 사슴가죽 깔개 두 장이 깔려 있었는데, 속은 갈대로 채운 듯했다. 각 깔개 위에는 이리의 부드러운 털가죽이 말린 채 가지런히 놓여 있었다. 이따가 엘렌 모자는 그 위에서 잠을 잘 것이다. 톰의 가족과는 동굴 입구에 피워놓은 불을 사이에 두고. 동굴 안쪽에는 무기와 사냥도구들이 제법 많이 쌓여 있었다. 활과 화살, 그물, 토끼 덫, 몇 자루의 날카로운 단검들, 나무를 뾰족하게 다듬어 끝을 불에 달구어 만든 창. 그리고 그 원시적인 도구들 사이에 책이 세 권 있었다. 톰은 놀라서 말문이 막혔다. 지금까지 살면서 동굴 안은 말할 것도 없고, 집 안에 책이 있는 것을 본 적이 없었다. 책은 본래 성당에나 있는 물건이었다.

그때 잭이 나무그릇을 집어들더니 냄비 안에 있는 수프를 떠서 먹기 시작했다. 알프레드와 마사가 허기진 눈으로 그를 바라보았다. 엘렌은 톰에게 사과하는 듯한 표정을 지어 보이고는 말했다. "잭, 손님이 계실 때는 손님께 먼저 음식을 드리는 거야."

소년은 어리둥절해서 어머니를 쳐다보았다. "왜요?"

"그렇게 하는 것이 예의이기 때문이지. 자, 다른 아이들에게 수프를 좀 가져다주렴."

잭은 납득이 가지 않았지만 어머니의 말을 따랐다. 엘렌은 톰에게도 수프를 주었다. 그는 바닥에 앉아 수프를 마셨다. 고기 맛 수프를 마시고 나자 속이 든든해졌다. 엘렌이 그의 어깨에 털가죽을 둘러주었다. 그는 국물을 다 마신 다음, 손으로 야채와 고기를 집어먹었다. 고기 맛을 본 지도 벌써 몇 주일이었다. 오리고기 같았는데, 아마도 잭이 새총으로 잡은 것일 터였다.

앨프레드와 마사는 냄비 속에 든 음식을 말끔히 먹어치운 다음 골풀 위에 누웠다. 톰은 아이들이 잠들기 전에 자신과 엘렌이 사제를 찾으러 갈 거라고 말해주었다. 엘렌은 잭에게 돌아올 때까지 동굴 속에서 떠나지 말고 아이들을 돌보아주라고 했다. 지칠 대로 지친 두 아이는 톰의 말에 고개를 끄덕이고 눈을 감았다.

톰과 엘렌은 동굴 밖으로 나왔다. 톰은 여전히 엘렌이 둘러준 털가죽을 걸친 채였다. 가시나무 덤불 밖으로 나오자마자 엘렌은 걸음을 멈추더니 톰의 머리를 끌어당겨 키스를 했다.

"사랑해요." 엘렌이 뜨거운 음성으로 말했다. "처음 본 순간부터 당신을 사랑했어요. 나는 항상 강하고도 부드러운 남자를 원했어요. 하지만 이 세상에 그런 사람은 없다고 생각했어요. 그런데 당신을 보게 된 거예요. 당신을 원했지만, 당신이 아내를 사랑하고 있다는 걸 알았어요. 그녀가 얼마나 부러웠는지. 그녀가 죽은 건 정말 안된 일이에요. 당신 눈엔 아직도 슬픔이 고여 있군요. 금방이라도 눈물이 쏟아질 것 같아요. 그렇게 슬퍼하는 당신을 보니 너무 마음이 아파요. 하지만 그녀가 가버린 지금, 나는 나 자신을 위해 당신을 원해요."

톰은 무슨 말을 해야 할지 알 수 없었다. 그토록 아름답고 재치 있고 자부심이 강한 여인이 첫눈에 자신에게 반했다는 말이 믿기지 않았다. 자신의 감정을 알기는 더더욱 어려웠다. 그는 애그니스를 잃고 마음이 황폐해졌다. 눈물을 흘리지는 않았지만 금방이라도 눈물이 쏟아질 것 같다고 한 엘렌의 말은 옳았다. 하지만 그런 그 역시 아름답고 뜨거운 육체와 금빛 눈, 부끄러움을 모르는 욕망을 지닌 엘렌에 대한 갈망으로 몸이 달아 있었다. 그는 애그니스가 무덤에 누운 지 몇 시간도 안 되어, 이토록 엘렌을 갈망하고 있음에 엄청난 죄책감을 느꼈다.

톰은 엘렌을 다시 한번 바라보았다. 그녀의 눈이 다시 그의 마음을 꿰뚫어보았다. 그녀가 말했다. "아무 말도 하지 마세요. 부끄러워할 필요 없어요. 당신이 그녀를 얼마나 사랑했는지 나는 잘 알아요. 그녀도 알았을 거예요. 당신은 지금도 그녀를 사랑하고 있죠. 당연한 일이에요. 앞으로도 영원히 그럴 거고요."

엘렌이 톰에게 아무 말 마라고 했지만, 아닌 게 아니라 그로서도 할 이야기가 없었다. 그는 이 기이한 여인에게 놀라 말을 잃었다. 그녀는 모든 것을 훌륭하게 바꿔놓을 줄 알았다. 어쩐지 그녀가 자기 마음속을 훤히 들여다보는 것만 같아 그의 기분은 한결 더 편해졌는지도 몰랐다. 이제는 부끄러워할 것이 없는 듯했다. 톰은 한숨을 쉬었다.

"그러는 편이 더 좋아요." 엘렌이 그의 손을 잡았다. 두 사람은 함께 동굴에서 멀어져갔다.

1킬로미터쯤 원시림을 헤치고 나가자 길이 나왔다. 톰은 걸어가면서도 옆에 있는 엘렌의 얼굴에서 눈을 떼지 않았다. 처음 그녀를 만났을 때 그 이상한 눈만 아니라면 아름다운 여자라고 해도 좋으리라 생각한 것이 떠올랐다. 지금은 왜 그런 생각을 했는지 이해할 수가 없었다. 이제는 이 놀라운 두 눈이 그녀 자신의 독특한 자아를 완벽하게 표현하고 있음을 알았다. 이제 그녀는 절대적으로 완벽해 보였다. 그녀가 왜 그와 함께 있는가만이 유일한 수수께끼였다.

그들은 5, 6킬로미터를 걸었다. 톰은 여전히 피곤했지만 수프를 먹은 덕분에 새로운 힘이 솟았다. 그는 엘렌의 말을 완전히 믿고 있었음에도 자기 눈으로 직접 아기를 보고 싶은 열망을 떨쳐낼 수 없었다.

이윽고 숲 사이로 수도원이 보이자 엘렌이 말했다. "무엇보다도 수사들 눈에 띄면 안 돼요."

톰은 어리둥절했다. "무엇 때문에?"

"당신은 아기를 버렸어요. 살인에 해당되는 죄예요. 숲에서 몰래 살펴보면서 그들이 어떤 사람들인지 알아내기로 해요."

톰은 사정을 설명하면 처벌을 면할 거라고 생각했지만 조심해서 나쁠 것은 없었다. 그는 고개를 끄덕이고 엘렌을 따라 덤불 속으로 들어갔다. 얼마 후 두 사람은 개간지 가장자리에 이르렀다.

수도원은 아주 작았다. 톰은 수도원을 지어본 경험이 있었으므로, 그곳이 규모가 큰 수도원이나 대수도원의 분원 또는 지원으로 불리는 작은 수도원일 것이라고 짐작했다. 석조건물은 성당과 숙사뿐이었다. 그 밖에 취사장, 마구간, 헛간, 그리고 줄지어 늘어선 자그마한 재배실들은 나무와 잔가지에 진흙을 바른 벽으로 지어져 있었다. 깨끗하고 손질이 잘된 곳이었다. 톰은 이곳 수사들은 기도하는 것만큼이나 열심히 농사를 짓는다는 인상을 받았다.

사람은 많지 않았다. "대부분의 수사들은 일하러 나갔어요. 언덕 꼭대기에 헛간을 짓는 중이거든요." 그녀는 하늘을 올려다보았다. "정오쯤 되면 모두 식사하러 돌아올 거예요."

톰은 개간지를 훑어보았다. 오른편으로 줄에 맨 염소 몇 마리에 반쯤 가려진 두 사람이 보였다. "저기 좀 보시오." 톰이 그쪽을 가리키며 말했다. 두 사람을 유심히 지켜보다가 그는 무엇인가 더 있음을 알아챘다. "앉아 있는 사람은 사제인데……"

"그 사람이 무릎에 뭔가를 안고 있군요."

"좀더 가까이 가봅시다."

두 사람은 개간지 주변의 숲으로 자리를 옮겨 염소 떼 가까이로 다가갔다. 의자에 앉아 있는 사제를 보는 순간 톰은 심장이 멎는 듯했다. 그의 무릎 위에 아기가, 바로 톰의 아들이 있었다. 톰은 목이 멨다. 엘렌의 말은 사실이었다. 아기는 정말로 살아 있었다. 그는 달려가 그 사제를 껴안고 싶었다.

사제 곁에는 젊은 수사 한 사람이 있었다. 좀더 다가가서 보니 그 젊은이는 아마도 염소젖이 담겨 있는 듯한 우유 통에 헝겊 조각을 담그고 있었다. 그러고는 염소젖에 흠뻑 적신 헝겊 한 귀퉁이를 아기 입에 넣어주었다. 괜찮은 방법이었다.

"그래," 톰이 걱정스럽다는 투로 말했다. "가서 내가 한 짓을 다 털어놓고 내 아들을 찾아오는 게 좋겠소."

엘렌이 그를 똑바로 보았다. "잠깐만 생각해봐요, 톰. 그런 다음에 어떻게 할 건데요?"

그는 그녀가 무슨 말을 하려는 건지 알 수 없었다. "수사들에게 우유를 달라고 청하겠소. 그들은 내가 가난하다는 것을 알 테니까. 수사들은 자선을 베풀지 않소?"

"그리고 그다음은요?"

"글쎄, 윈체스터에 도착할 때까지 사흘간 아기에게 먹일 우유는 얻을 수 있겠지."

"그리고 그런 후에는요?" 그녀가 고집스럽게 다그쳤다. "그다음엔 어떻게 아기를 먹여 살릴 거죠?"

"아마도 일자리를 구하게 될 거요—"

"여름이 끝나갈 무렵 당신을 만난 이래로 당신은 계속 일자리를 찾고 있었어요." 그녀는 톰에게 화를 내고 있는 것 같았다. 톰은 그녀가 왜 그러는지 알 수 없었다. "당신은 지금 돈도 연장도 없어요. 윈체스터에서 일을 구하지 못하면 아기는 어떻게 되죠?"

"나도 모르겠소." 톰은 엘렌이 가혹하게 말하자 마음이 상했다. "그러지 않으면 내가 무엇을 할 수 있단 말이오? 당신처럼 살라는 거요? 나는 돌멩이로 오리를 맞힐 수도 없소. 나는 석수요."

"아기를 그냥 여기에 놔두고 갈 수도 있어요."

톰은 벼락을 맞은 듯했다. "내 아이를 여기에 두고 가라고? 지금 막 그앨 찾았는데?"

"당신은 아들이 여기 있으면 따뜻하게 잠자고 배불리 먹으리라는 걸 알 거예요. 일자리를 구할 때까지 아기를 데리고 다녀서는 안 돼요. 일자리를 구하면 다시 이곳으로 돌아와 아기를 데려가세요."

톰은 이 모든 이야기에 본능적으로 반발했다. "모르겠소. 내가 내 아기를 버린 것을 수도사들이 어떻게 생각할까?"

"그들은 이미 당신이 그렇게 했다는 걸 알고 있어요." 그녀가 참지 못하고 말했다. "지금 고백할 건지, 아니면 나중에 할 건지가 문제일 뿐."

"수사들이 아기를 키울 줄 알까?"

"그들은 당신만큼 잘 알고 있어요."

"그게 못 미덥단 말이오."

"글쎄요. 적어도 그들은 빨 줄밖에 모르는 갓난아이에게 젖먹이는 방법은 알고 있어요."

톰은 그녀의 말이 옳다는 걸 깨달았다. 그래도 자기 팔로 그 조그만 아기를 안아보고 싶어 미칠 지경이었다. 그러나 수사들이 자기보다 아기를 더 잘 돌볼 수 있으리라는 것도 부인할 수 없었다. 그에게는 먹을 것도 돈도, 일자리를 얻으리라는 확실한 보장도 없었다. "아기를 이대로 놔두겠소." 톰이 슬프게 말했다. "그래야 할 것 같소." 그는 자리를 떠나지 않고 개간지 너머 사제의 무릎 위에 있는 조그만 형체를 지켜보았다. 아기의 머리카락은 애그니스의 머리카락과 같은 어두운색이었다. 톰은 이미 결심한 터였지만, 그대로 발길을 떼어놓을 수가 없었다.

그때 멀리 개간지 한편에 열다섯 내지 스무 명 정도 되는 수사들이 도끼와 톱을 들고 나타났다. 거기 계속 있다가는 들킬 위험이 있었다. 덤불숲에 있던 톰과 엘렌은 몸을 낮추었다. 이제 그에게는 아기가 보이지 않았다.

그들은 살금살금 기어 덤불숲을 빠져나왔다. 그리고 길에 도착하자 달리기 시작했다. 두 사람은 손을 잡은 채 3, 4백 미터를 달렸다. 곧 톰은 기진맥진했지만, 이제는 안전한 거리에 있었다. 그들은 길에서 벗어나 사람들 눈에 띄지 않는 장소를 발견했다.

두 사람은 햇빛이 어른거리는 풀밭 위에 앉았다. 톰은 풀밭에 누워 가쁜 숨을 몰아쉬고 있는 엘렌을 바라보았다. 그녀의 볼은 발갛게 상기되어 있었고, 입술은 그를 향해 미소 짓고 있었다. 목덜미의 옷자락이 벌어져 목과 불룩한 한쪽 젖가슴이 보였다. 갑자기 그는 그녀의 벌거벗은 몸을 다시 한번 보고 싶은 충동을 느꼈다. 이 순간 느끼고 있는 죄책감보다 훨씬 더 강한 욕망이었다. 그는 그녀에게 키스를 하기 위해 몸을 굽히다가 잠깐 머뭇거렸다. 바라보는 것만으로도 너무도 사랑스러웠다. 그때 톰이 한 말은 얼결에 나온 말이어서, 그 자신도 깜짝 놀라지 않을 수 없었다. "엘렌, 내 아내가 되어주겠소?"

2장

1

웨어햄의 피터는 타고난 말썽꾼이었다.

그는 킹스브리지의 모원母院에서 숲속의 작은 분원으로 옮겨왔는데, 킹스브리지 수도원장이 그를 수도원에서 내보내고자 전전긍긍했던 이유는 쉽게 알 만했다. 20대 후반인 그는 팔다리가 쭉쭉 뻗은 꺽다리에 굉장한 지성과 냉소적인 태도의 소유자로, 언제나 의로운 분노에 가득 차 있었다. 수도원에 처음 도착해 들에서 일하기 시작했을 때, 그는 무서운 속도로 작업을 마치고는 다른 이들의 게으름을 나무랐다. 하지만 곧 그도 놀라지 않을 수 없었던 것이, 대부분의 수사들이 그의 작업 속도를 따라잡았고 실제로 젊은 수사들은 그를 나가떨어지게도 했던 것이다. 그러자 그는 게으름 대신 다른 결점을 찾아냈는데, 그의 두번째 선택은 탐식이었다.

피터는 자기 몫의 고기에는 손도 대지 않고 배당된 빵을 반만 먹는 것으로 시작했다. 하루 종일 강물을 마시고 맥주에는 물을 타고 포도주는 거절했다. 그러면서 죽을 더 달라는 건장한 젊은 수사를 질책하고, 장난으로 다른 사람의 포도주를 마신 소년을 눈물이 쏙 빠지도록 혼내기도 했다.

수사들이 탐식했다는 증거는 거의 찾아볼 수 없군, 수사들이 저녁식사 시간에 맞춰 언덕에서 수도원으로 돌아올 때 수도원장 필립은 생각했다. 젊은 수사들은 여위고 근육이 단단했고, 나이 든 수사들은 햇볕에 그을린 모습으로 강단 있었다. 수사들 중 어느 누구도 잔뜩 먹기만 하고 아무 일도 하지 않아 안색이 창백하고 나약하고 둥글넓적한 사람은 없었다. 필립은 수사라면 응당 여위어야 한다고 생각했다. 비만한 수사들은 가난한 이들에게 하느님의 종에 대한 질투와 증오를 불러일으켰다.

과연 그답게 피터는 비난을 고해로 위장했다. "저는 탐식의 죄를 저질렀습니다." 그날 아침 그들이 쓰러뜨린 나무둥치에 앉아 호밀 빵과 맥주를 마시며 쉬고 있을 때 피터가 말을 꺼냈다. "수사들이 고기를 먹어서도, 포도주를 마셔서도 안 된다는 성 베네딕투스의 규칙을 어겼습니다." 그는 머리를 꼿꼿이 들어 자만에 찬 어두운 눈을 번득이며 다른 수사들을 둘러보았고, 마지막으로 필립의 눈을 응시했다. "그리고 여기 앉은 모든 사람 역시 같은 죄를 범한 것입니다."

피터의 그릇이 이것밖에 안 되다니 애석한 일이로군, 수도원장 필립은 생각했다. 피터는 하느님의 사업에 바쳐진 사람으로, 건전한 정신과 원대하고 확고한 목표를 갖고 있었다. 그러나 스스로 특별한 존재이고 싶은 참을 수 없는 욕구에 차 있었고, 따라서 언제나 다른 이들의 주목을 받고 싶어했다. 바로 그것이 그가 말썽을 일으키는 이유였다. 성가시기 그지없는 존재였지만, 필립은 다른 수사들과 똑같이 그를 사랑했다. 피터의 오만과 냉소 이면에 존재하는, 누군가 자신을 염려해줄 수도 있음을 확신하지 못하는 불안한 영혼이 그의 눈에는 보였기 때문이다.

이윽고 수도원장 필립은 입을 열었다. "이로써 우리는 그 문제에 대해 성 베네딕투스가 하신 말씀을 돌이켜 생각할 기회를 얻었네. 피터, 그분께서 정확히 어떻게 말했는지 기억하고 있는가?"

"성인께선 말씀하시기를, '병자를 제외한 그 누구도 고기를 먹어서는 안 된다' 고 했습니다. 또 '수사들은 결코 포도주를 마셔서도 안 된다' 고 하셨지요."

필립은 고개를 끄덕였다. 예상대로 피터는 그 규칙을 원장만큼 잘 알고 있지 않았다. "거의 정확하네, 피터. 다만 그분은 고기라고 지칭한 것이 아니라 '네 발 달린 동물의 살' 이라고 말씀하셨지. 또한 그 경우에도 예외를 둬서 병자뿐 아니라 허약한 이들에게도 허락하셨네. 그분이 말한 '허약한 이들' 이란 어떤 뜻이겠는가? 여기 우리 작은 공동체에서는 힘든 들일에 지친 이라면 쇠고기를 먹고 체력을 유지할 필요가 있다는 견해를 취하고 있다네."

피터는 부루퉁해서 입을 꾹 다문 채 듣고만 있었다. 이맛살은 불만스럽게 찌푸려졌고, 구부러진 큰 코 위로 짙고 검은 양 눈썹이 모였고, 얼굴은 반항을 억누르는 표정이었다.

수도원장은 말을 계속했다. "포도주에 관해서는 말씀하기를, '우리가 알고 있는 바로는 수사는 포도주를 결코 마셔서는 안 된다' 고 했네. 우리가 알고 있는 바라는 말을 쓴 데는 그분 자신이 그 금지 사항에 전적으로 찬성하진 않는다는 의미가 내포되어 있지. 그분은 또 누구라도 하루 1파인트 정도의 포도주로 만족해야 한다고 하셨네. 그러면서 우리에게 취하도록 마시지 말 것을 경고하고 있지. 그렇다면 그분께서 수사들에게 철저한 금주를 요구하는 것은 아니라는 건 명백해지네. 안 그런가?"

"그러나 그분께선 말씀하기를, 모든 점에서 검약을 지켜야 한다고 했습니다."

"그렇다면 형제는 여기 우리가 검약을 실천하지 않는다고 생각하는가?"

"그렇습니다." 쩌렁쩌렁한 목소리로 피터가 대답했다.

"하느님께서 절제의 은사를 내리신 사람들로 하여금 그들이 응당 받아야 할 상을 받도록 하라." 필립 원장은 성서를 인용했다. "만약 형제가 이곳 음식이 지나치게 푸짐하다고 느낀다면 덜 먹어도 좋네. 그러나 베네딕투스 성인의 말씀은 기억해두게. 성인께선 사도 바울로가 고린도인에게 보낸 첫번째 편지를 인용하고 계시네. '각각 하느님께 받은 자기 은사가 있으니 이 사람은 이러하고 저 사람은 저러하니라.' 그리고 그분께선 다시 우리에게 말씀하기를, '이러한 이유로 다른 이가 먹을 양식의 양을 상당한 배려 없이 정할 수는 없다' 고 했네. 피터 형제가 단식을 하고 탐식의 죄에 대해 묵상할 때, 그 말을 명심했으면 하네."

그들은 다시 일터로 돌아갔고, 피터는 여전히 순교라도 당한 태도였다. 그가 쉽사리 잠잠해지지는 않으리라는 걸 필립은 알아차렸다. 수사가 지켜야 할 세 가지 서약인 청빈, 순결, 복종 중 피터가 지키기 어려운 것은 복종의 서약이었다.

물론 불복종하는 수사들을 다루는 몇 가지 방법이 있었다. 독방에 감금하거나 빵과 물 이외에는 아무것도 주지 않거나 매질을 하고, 최후의 방법으로는 파문해 내쫓기도 했다. 대개 필립 원장은 그러한 벌을 주저없이 내렸는데, 특히 원장의 권위에 도전하는 경우에는 가차 없었다. 결과적으로 그는 엄격하게 규율을 지키는 사람으로 간주되었다. 그러나 사실 필립 원장은 처벌을 몹시 싫어했다. 벌을 내림으로써 수도원의 형제애를 좀먹는 불협화음이 생기고 모든 사람이 불편해졌기 때문이었다. 어쨌든 피터의 경우에는 벌이 전혀 도움이 되지 않을 터였다. 벌은 분명 그를 더욱더 오만하고 무자비하게 만들 것이었다. 필립은 피터를 제압하는 동시에 순화시킬 방법을 찾아야 했다. 아마도 쉽지 않은 일일 것이다. 그렇지만 모든 일이 쉽기만 하다면 인간에게 하느님의 인도가 필요 없지 않겠는가, 필립은 생각했다.

그들은 수도원이 있는 숲속 개간지에 도착했다. 공터를 가로질러 걷던 필립은 존 형제가 그들을 향해 염소 우리에서 열심히 손짓하는 것을 보았다. 팔푼이 자니라고 불리는 머리가 좀 모자란 수도사였다. 필립은 그가 무엇 때문에 그토록 흥분했는지 의아했다. 자니는 사제복 차림의 누군가와 함께 있었다. 그 사람의 모습이 왠지 낯익어 필립은 걸음을 재촉했다.

20대 중반쯤 되어 보이는 사제는 작은 키에 몸집이 다부졌고, 짧게 깎은 검은 머리칼에 옅은 푸른색 눈은 기민한 지성으로 반짝이고 있었다. 필립은 거울 속의 자신을 보는 느낌이었는데, 곧 그 사제가 동생 프랜시스라는 걸 깨닫고 소스라쳤다.

프랜시스는 갓난아기를 안고 있었다.

필립은 자신이 프랜시스와 아기 둘 중에서 누구 때문에 더 놀랐는지 알 수 없었다. 수사들이 모두 주위에 몰려들었다. 프랜시스가 걸음을 멈추고 아기를 자니에게 넘겨주자, 필립은 동생을 얼싸안았다.

"여기서 뭐 하고 있는 거냐?" 필립이 반갑게 물었다. "그리고 그 아기는 어떻게 된 거지?"

"이곳에 온 이유는 조금 후에 말할게요. 이 아기는 숲속 타오르는 모닥불 옆에서 발견했어요. 아무도 없이 혼자 누워 있더군요."

프랜시스는 말을 멈추었다.

"그래서……" 필립이 그다음 말을 재촉했다.

프랜시스는 어깨를 으쓱했다. "그 이상은 말할 게 없군요. 그게 내가 아는 전부거든요. 어젯밤 이곳에 도착하고 싶었지만 도저히 그럴 수가 없어서 산림 관리인의 오두막에서 밤을 보냈어요. 오늘 새벽 동틀 무렵 그곳을 나서서 길을 따라 말을 달리다가 아기 울음소리를 들었어요. 그 직후 아기를 발견했고 바로 이곳으로 데려왔어요. 그게 전부예요."

필립은 믿기지 않는 듯 자니의 팔에 안겨 있는 조그만 꾸러미를 바라보았다. 그는 주저하며 손을 뻗어 담요 한 귀퉁이를 들쳤다. 쪼글쪼글한 분홍빛 얼굴과 젖니조차 나지 않은 벌린 입, 그리고 머리카락이 거의 없는 작은 머리가 보였다. 나이 든 수사를 축소해놓은 것 같았다. 그는 담요를 조금 더 풀어 조그맣고 연약한 어깨와 바동거리는 팔, 꼭 쥔 주먹을 보았다. 아기의 배꼽에 달려 있는 탯줄 토막을 찬찬히 살펴보았다. 약간 메스꺼운 느낌이 들었다. 원래 그런 건가? 필립은 의아했다. 마치 잘 아물어가는 상처처럼 보이는 것이, 그대로 내버려두는 편이 가장 좋을 것이었다. 담요를 더 아래로 끌어내렸다. "남자 아기로군." 그는 당황해서 헛기침을 한 다음 다시 담요를 끌어올렸다. 수련수사 중 하나가 킥킥거렸다.

수도원장 필립은 갑자기 무력한 느낌에 사로잡혔다. 도대체 내가 이 아기를 데리고 무엇을 할 수 있단 말인가. 아기를 기른다?

아기가 울음을 터뜨리자 그 울음소리가 마음에 드는 성가처럼 그의 심금을 울렸다. "배가 고픈 게로구나." 그렇게 말하고 나니 마음 한구석에서 어떤 생각이 떠올랐다. 그런데 내가 어떻게 그 사실을 알았지?

수사 하나가 말했다. "우리는 아기에게 젖을 먹일 수가 없습니다."

필립은 왜 못하느냐고 말할 뻔했다. 그리고 다음 순간, 왜 안 되는지를 깨달았다. 근처에는 여자가 없었다.

그렇지만 자니가 벌써 그 문제를 해결했음을 그는 그제야 알아차렸다. 자니는 나무둥치에 앉아 무릎에 아기를 뉘었다. 손에는 한 귀퉁이를 나선형으로 꼰 수건을 쥐고 있었다. 그는 그 귀퉁이를 염소젖 통에 넣어 수건에 젖이 담뿍 스미게 한 다음 그것을 아기의 입에 갖다댔다. 아기는 입을 열고 수건에 스민 젖을 빨아먹었다.

필립은 갈채라도 보내고 싶은 기분이었다. "현명한 방법이네, 자니." 그가 놀라서 말했다.

자니는 씩 웃고는 자랑스럽게 말했다. "전에 새끼염소가 젖도 떼기 전에 어미가 죽었을 때 이렇게 한 적이 있지요."

모든 수사들은 자니가 수건에 염소젖을 적셔 아기에게 빨리는 것을 지켜보기에 여념이 없었다. 수건이 아기 입술에 닿을 때면 몇몇 수사들이 자신의 입을 벌리는 모습을 필립은 흐뭇한 마음으로 바라보았다. 그런 식으로 아기에게 젖을 먹이는 것은 더딘 방법이었지만, 어쨌든 아기를 키우는 것은 시간이 걸리는 일이었다.

역시 아기의 매력에 압도되어 한동안 흠잡는 것을 잊고 있었던 웨어햄의 피터는 그제야 제정신이 들었다. "아기 어머니를 찾는 일이 별로 어렵지는 않겠는데요."

프랜시스가 그의 말을 받았다. "그렇지 않을 것 같습니다. 이 아기의 어머니는 아마 결혼도 하지 않고 도덕적인 죄를 범한 것 같습니다. 내 생각엔 어린 소녀 같아요. 아마 임신한 사실을 비밀로 해왔겠지요. 해산할 때가 오자 숲속으로 들어와 불을 피우고 혼자 아기를 낳은 후, 그녀가 왔던 어딘가로 돌아갔을 겁니다. 자신이 발견되지 않으리라고 확신하고 있겠지요."

아기는 잠들어 있었다. 필립은 충동적으로 자니에게서 아기를 받아들었다. 그는 손으로 아기를 떠받쳐 가슴에 안고 흔들었다. "가엾은 것, 가엾은 것 같으니." 이 아기를 보호하고 돌봐줘야 한다는 강렬한 충동이 밀물처럼 밀려들었다. 그는 돌연한 애정 표현에 놀란 수사들이 자신을 응시하고 있음을 알아차렸다. 그들은 원장이 누군가를 쓰다듬거나 어루만지는 것을 한 번도 본 적이 없었다. 물론 수도원에서 육체적인 애정 표현이 엄격하게 금지되어 있기 때문이기도 했다. 분명 그들은 수도원장이 그런 행동을 할 수 없는 사람이라고 생각해왔을 것이다. 좋아, 이제 진실을 알았겠군, 필립은 생각했다.

웨어햄의 피터가 다시 말했다. "이 아기를 윈체스터로 데리고 가서 새어머니를 찾아주어야 합니다."

만약 다른 누군가의 의견이었다면, 필립은 즉각 반론을 제기하지 않았을 것이다. 그러나 그 말을 한 사람이 피터였기에 필립은 서둘러 말했다. 그리고 그 말을 함으로써 이후의 생활은 전과 똑같지 않을 터였다. "우리는 이 아기를 새어머니에게 맡기지 않을걸세." 그는 단호했다. "이 아이는 하느님이 주신 선물이라네." 그는 모인 사람들을 모두 둘러보았다. 수사들은 그의 다음 말을 기다리며 물러서서 휘둥그레진 눈으로 그를 응시했다. "우리 스스로 이 아기를 돌볼걸세." 필립은 말을 이었다. "우리는 하느님의 방식으로 이 아기를 먹이고 가르치고 기를 것이네. 아이가 어른이 되었을 때 그는 스스로 수사가 될 것이며, 그런 방법으로 우린 그를 하느님께로 돌려드리게 될걸세."

모두 충격을 받고 말이 없었다.

이윽고 피터가 화가 난 듯 말했다. "그건 불가능합니다. 수사들이 아이를 기를 순 없어요."

필립은 동생과 눈을 마주쳤고, 그들은 함께 기억을 떠올리며 미소 지었다. 수도원장이 다시 말을 시작했을 때 그의 목소리는 과거의 무게로 가라앉아 있었다. "불가능하다고? 그렇지 않네, 피터. 오히려 난 그렇게 될 수 있다고 확신하는데. 내 동생도 그렇고. 우리는 경험으로 그 사실을 안다네. 그렇잖니, 프랜시스?"

그날, 수도원장 필립은 아버지가 부상을 입고 집으로 돌아오던 날이 마치 어제처럼 떠올랐다.

산이 많은 북 웨일스의 작은 마을. 말을 타고 마을로 통하는 꼬불꼬불한 언덕길을 올라오고 있던 아버지를 제일 먼저 발견한 건 여섯 살의 어린 필립이었다. 필립은 여느 때처럼 달려가 아버지를 맞았지만, 그날 아버지는 어린 아들을 말 위로 안아올려 당신 앞에 앉혀주지 않았다. 그는 안장 속에 푹 파묻혀 오른손으로만 고삐를 잡고 왼팔은 축 늘어뜨린 채 천천히 말을 몰고 있었다. 얼굴은 창백했고 옷은 피에 젖어 있었다. 필립은 곧 당황하고 겁에 질렸다. 그때까지 아버지의 약한 모습은 한 번도 본 적이 없었다.

아버지가 입을 열었다. "가서 엄마를 불러오너라."

필립과 함께 아버지를 집 안으로 데리고 들어온 어머니는 아버지의 셔츠를 잘라냈다. 필립은 소름이 끼쳤다. 검소한 어머니가 주저 없이 좋은 옷을 망가뜨리는 장면은 옷에 묻은 피 이상으로 충격적이었다. "내 걱정은 하지 마." 아버지는 그렇게 말했지만, 평소의 호통 치는 듯한 목소리와 달리 힘없는 중얼거림에 지나지 않았으므로 아무도 그의 말을 들으려고 하지 않았다. 평상시 아버지의 말은 곧 법이었기에 그것 또한 충격적인 사건이 아닐 수 없었다. "날 내버려두고 모두 수도원으로 올라가거라. 그 저주받을 잉글랜드 놈들이 곧 이리로 올 거야." 성당은 수도원과 함께 언덕 꼭대기에 있었지만, 일요일도 아닌데 왜 그곳에 가야 하는지 필립은 이해할 수 없었다. 어머니가 말했다. "피를 더 흘리면 당신은 아무 데도 못 가게 될 거예요. 그것도 영원히." 그러나 그웬 이모는 경종을 울려야겠다며 밖으로 나갔다.

몇 년 후, 그다음에 일어난 사건들을 돌이켜보면서 필립은 깨달았다. 그 순간 모든 사람들이 그와 네 살배기 동생 프랜시스에 관해서는 까맣게 잊고 있었음을, 아무도 그들을 안전한 수도원으로 데려갈 생각을 하지 못하고 있었음을. 사람들은 자기 자식들 생각뿐이었고, 필립과 프랜시스가 부모와 함께 있으니 괜찮으리라고 확신했다. 그러나 아버지는 치명적일 정도로 피를 흘린데다 어머니는 아버지를 구하는 데만 신경 쓰고 있었기에, 그들 네 식구 모두 잉글랜드인들의 포로가 되는 사태가 벌어졌다.

어린 필립으로서는 문을 박차고 단칸방으로 뛰어든 두 무장 괴한을 감당해낼 수가 없었다. 다른 상황이었다면 그렇게까지 섬뜩하고 놀라운 존재들은 아니었을 것이다. 나이 든 여인들을 희롱하고 유대인을 괴롭히고 한밤중이면 선술집 밖에서 주먹다짐이나 벌이는 덩치 큰 애송이들에 불과했기 때문이다. 그러나 그 두 젊은이는 피에 주려 있었다(필립은 몇 년 후, 마침내 그날의 사건을 객관적으로 생각할 수 있게 되었을 때 그렇다는 것을 깨달았다). 그들은 전장에 나가 사람들의 고통스러운 비명을 들었고, 친구들이 고꾸라져 숙는 것을 보았고, 거의 정신이 나갈 정도로 겁에 질린 경험도 있었다. 그 전쟁에서 이기고 살아남아 적을 맹렬히 추격하고 있는 그들에게 더 많은 피와 더 많은 비명, 더 많은 상처와 더 많은 죽음 이외에 만족을 주는 것은 아무것도 없었다. 닭장 안에 뛰어든 여우처럼 그들이 방 안으로 뛰어들었을 때, 이 모든 것이 그들의 일그러진 얼굴 위에 씌어 있었다.

그들의 움직임은 엄청나게 빨랐지만 필립은 마치 오랜 시간에 걸쳐 일어난 일처럼 그들의 몸놀림 하나하나를 기억할 수 있었다. 그들은 둘 다 짧은 쇠사슬 갑옷에 철테를 두른 가죽투구만을 쓴 가벼운 무장을 하고 있었다. 둘 다 칼을 뽑아들고 있었다. 한 사람은 아주 못생겼는데, 커다란 매부리코에 사팔눈을 한 그가 무시무시한 원숭이처럼 웃을 때면 이가 모두 드러났다. 또 한 사람의 무성한 수염에는 피가 엉겨붙어 있었다. 그가 부상당한 것 같진 않은 걸로 미루어 다른 사람의 피인 듯했다. 두 사람은 성큼성큼 방 안으로 들어와 훑어보았다. 그들은 무자비하고 치밀한 눈으로 필립과 프랜시스는 거들떠보지도 않고 곧장 어머니를 바라본 다음 아버지를 뚫어져라 응시했다. 그리고 다른 사람이 움직일 틈도 없이 아버지에게 가까이 다가갔다.

어머니는 아버지의 몸 위로 허리를 숙이고 그의 왼쪽 팔에 붕대를 감고 있었다. 그녀는 허리를 펴고 절망적인 용기로 눈을 번득이며 그들에 맞섰다. 아버지가 벌떡 일어나 성한 손으로 칼자루를 잡았다. 필립은 자기도 모르게 공포의 비명을 질렀다.

못생긴 남자가 머리 위로 칼을 치켜들더니, 칼등을 어머니 머리 위에 댔다가 내리치는가 싶다가 그녀를 옆으로 밀쳤다. 아마도 아버지가 살아 있는 동안에는 자신의 칼로 아버지가 아닌 다른 사람을 내리치는 것이 위험하다고 생각한 듯했다. 몇 년이 지난 후, 필립은 그때 어머니가 더는 그를 지켜줄 수 없다는 걸 깨닫지 못하고 어머니에게로 달려갔던 일을 떠올렸다. 어머니가 몸을 비틀거리다 정신을 잃자 못생긴 남자는 다시 칼을 치켜들고 그녀 곁으로 왔다. 필립은 기절한 어머니의 치맛자락을 붙들었다. 그러나 아버지 쪽을 쳐다보지 않을 수가 없었다.

아버지는 칼집에서 번쩍이는 검을 뽑더니 방어 자세를 취했다. 못생긴 남자가 검을 내리치자 두 개의 칼날이 쩔그렁 소리를 내며 부딪쳤다. 어린아이라면 그렇듯 필립도 아버지가 천하무적이라고 생각해왔다. 그러나 이제 진실을 알아야 할 순간이 온 것이었다. 아버지는 피를 너무 많이 흘려서 힘이 약해져 있었다. 두 개의 검이 부딪치자 아버지의 검이 땅에 떨어졌다. 그러자 공격자는 검을 살짝 들어올리더니 잽싸게 다시 내리쳤다. 그의 칼날이 아버지의 넓은 어깨에서 솟아오른 목의 굵은 힘줄에 일격을 가했다. 날카로운 칼날이 아버지의 몸을 베는 것을 보고 필립은 비명을 지르기 시작했다. 못생긴 남자는 다시 아버지를 찌르기 위해 팔을 뒤로 뺐다가 아버지의 뱃속으로 칼끝을 쑤셔넣었다.

공포로 몸이 마비된 필립은 어머니를 올려다보았다. 그들의 눈길이 마주치는 순간, 수염 기른 남자가 어머니를 때려눕혔다. 그녀는 머리를 다쳐 피를 쏟으며 필립 옆의 바닥으로 쓰러졌다. 그러자 수염 기른 남자는 주먹 대신 검을 뽑아 칼끝이 아래를 향하도록 두 손으로 칼자루를 쥐고는 마치 자신을 찌르려는 듯 높이 들어올리더니 힘차게 내리찍었다. 칼끝이 어머니의 흉부를 관통하며 뼈가 부러지는 소름끼치는 소리가 들렸다. 칼날은 깊이, 너무도 깊이 박힌 나머지 어머니의 등을 뚫고 못처럼 그녀를 바닥에 고정시켰다(앞이 보이지 않는 발작 같은 공포로 분별력을 잃었는데도 필립은 그것을 알 수 있었다).

필립은 미칠 것 같은 기분으로 다시 아버지를 바라보았다. 아버지가 못생긴 남자의 검 위로 엎어져 피를 쏟는 것이 보였다. 살인자는 뒤로 물러났다가 검을 빼내려고 홱 잡아당겼다. 아버지는 비틀거리며 한 설음 움직였지만 그에게서 벗어나지 못했다. 못생긴 남자는 분노의 고함을 지르며 아버지의 뱃속에서 검을 비틀었다. 이번에는 검이 빠져나왔다. 아버지는 바닥으로 쓰러졌고, 그의 두 손은 마치 갈라진 상처를 덮으려는 듯 벌어진 배 위에 얹혀 있었다. 필립은 사람의 몸속은 어느 정도 단단한 것들로 이루어져 있으리라고 생각해왔으므로, 아버지의 뱃속에서 쏟아져나온 끔찍한 모양의 내장들을 보자 당혹스럽고 구역질이 났다. 남자는 칼을 높이 들어올려 아버지의 몸을 겨냥한 다음, 수염 기른 남자가 어머니에게 한 것과 똑같은 방법으로 마지막 일격을 가했다.

두 잉글랜드인은 마주 보았는데, 필립은 전혀 예기치 않게도 그들의 얼굴에서 안도의 표정을 읽었다. 그들은 몸을 돌려 필립과 프랜시스를 바라보았다. 한쪽이 고개를 끄덕이자 다른 한쪽이 어깨를 으쓱했다. 필립은 그들이 날카로운 칼로 그와 동생을 죽이려 한다는 것을 깨달았다. 그것이 얼마나 고통스러울 것인가를 생각하자, 안에서 공포가 끓어올라 머리가 터져나갈 것같이 아팠다.

수염에 피가 묻은 남자가 잽싸게 달려들어 프랜시스의 한쪽 발목을 잡았다. 그가 프랜시스를 공중에서 거꾸로 들어올리자 어린 프랜시스는 어머니가 죽었다는 것도 모르고 비명을 지르며 어머니를 찾았다. 못생긴 남자가 아버지의 몸에서 검을 잡아뺀 다음 프랜시스의 심장을 찌르기 위해 팔을 뒤로 뺐다.

그러나 그는 칼날을 꽂지 못했다. 명령조의 목소리가 울려퍼졌고, 두 남자가 그 자리에 얼어붙고 말았던 것이다. 비명이 멎자 필립은 목소리의 주인공이 누구인지 알 수 있었다. 문 쪽을 본 필립은 대수도원장 피터를 발견했다. 손으로 짠 옷을 입은 수도원장의 두 눈은 하느님의 진노를 담은 듯 불타고 있었고, 손에는 검인 것처럼 나무십자가가 쥐어져 있었다.

그날 일을 다시 겪는 악몽을 꾸다가 어둠 속에서 땀범벅이 된 채 비명을 지르며 깨어날 때면, 필립은 언제나 이 마지막 장면과, 비명과 상처가 무기라고는 없이 십자가만을 든 사람에 의해 사라지던 일을 떠올림으로써 자신을 진정시켰고, 그제야 긴장을 풀고 다시 잠들 수 있었다.

대수도원장 피터는 다시 말했다. 필립은 그가 사용하는 말—당연히 잉글랜드 방언이었다—을 알아듣지는 못했지만 그 의미는 명백했다. 그 두 남자는 수치스러워하는 듯 보였고, 수염 기른 남자가 프랜시스를 조용히 내려놓았기 때문이었다. 수사는 말을 계속하면서 대담하게도 방 안으로 들어왔다. 무장을 한 두 사람은 마치 그가 두려운 존재라도 되는 것처럼 한 걸음 뒤로 물러섰다. 그들은 검과 갑옷으로 무장을 한 채였고 대수도원장은 모직 옷에 십자가만을 지니고 있었음에도 불구하고 그러한 일이 벌어진 것이었다! 수사는 경멸이 담긴 몸짓으로 그들에게 등을 돌리고 몸을 굽혀 필립에게 물었다. 그의 목소리는 사무적이었다. "이름이 뭐지?"

"필립이에요."

"오, 그래. 생각이 나는구나. 그럼 네 동생은?"

"프랜시스."

"좋아." 대수도원장은 바닥의 피투성이 시체들을 바라보았다. "저분은 네 어머니지, 그렇지?"

"맞아요."

필립은 동강난 아버지의 시체를 가리키며 공포가 엄습해오는 것을 느꼈다. "그리고 저분은 아버지예요."

"알고 있다." 수사가 달래는 어조로 말했다. "이젠 더 울면 안 된다. 내 물음에 대답해야 한다. 넌 부모님이 돌아가셨다는 걸 이해할 수 있겠니?"

"모르겠어요." 필립이 가녔은 목소리로 대답했다. 그는 동물들이 죽는다는 것이 무엇인지 알고 있었다. 그러나 그런 일이 어떻게 어머니와 아버지에게 일어날 수 있단 말인가?

대수도원장 피터가 말했다. "죽는다는 건 계속 잠을 자는 것과도 같단다."

"그렇지만 저렇게들 눈을 뜨고 있는데요." 필립이 외쳤다.

"쉿, 그럼 우리가 눈을 감겨드리는 게 좋겠구나."

"예." 필립은 무엇인가 해결될 것 같은 느낌을 받았다. 대수도원장 피터는 몸을 일으켜 필립과 프랜시스의 손을 잡고 바닥을 가로질러 아버지의 시체 옆으로 갔다. 그는 무릎을 꿇고 앉아 필립의 오른손을 잡았다. "어떻게 하는지 보여주마." 그가 필립의 손을 아버지의 얼굴로 가져갔을 때, 갑자기 필립은 아버지를 만진다는 것에 두려움을 느꼈다. 아버지의 몸은 창백했고 살은 늘어졌고 끔찍한 상처를 입어 너무 낯설어 보였기 때문이다. 필립은 손을 잡아뺐다. 그런 다음 걱정스러운 시선으로 대수도원장 피터를 바라보았다. 누구도 그의 말을 거역해서는 안 될 것 같았기 때문이다. 그러나 피터는 필립에게 화내지 않았다. "이리 오너라." 수도원장은 부드럽게 말하고 다시 필립의 손을 잡았다. 필립은 이번에는 저항하지 않았다. 수도원장은 엄지와 다른 손가락들 사이에 필립의 집게손가락을 쥐고 아버지의 눈꺼풀을 쓸어내리면서 무섭게 부릅뜬 눈을 감겨주었다. 그런 다음 필립의 손을 놓아주며 말했다. "다른 쪽 눈도 감겨드려라." 이제 그의 도움 없이 필립은 아버지의 눈꺼풀로 손을 뻗어 눈을 감겨주었다. 그러자 기분이 한결 나아졌다.

대수도원장 피터가 말했다. "이제 어머니의 눈도 감겨드리자꾸나."

"좋아요."

그들은 어머니의 시체 옆에 무릎을 꿇고 앉았다. 대수도원장은 옷소매로 어머니 얼굴의 피를 닦아냈다. "프랜시스가 하면 어떨까요?" 필립이 물었다.

"아마 그애도 도와야 할 거다."

"프랜시스, 내가 한 것처럼 해봐." 필립이 동생에게 말했다. "내가 아버지 눈을 감겨드린 것처럼 어머니 눈을 감겨드려. 그래야 어머니가 잠드실 수 있지."

"엄마 아빠는 잠드신 거야?" 프랜시스가 물었다.

"아냐. 그렇지만 잠자는 것과 비슷해." 필립의 목소리는 엄숙했다. "그러니까 어머니는 눈을 감으셔야 하는 거야."

"알았어, 그럼." 프랜시스는 망설이지 않고 통통한 손을 뻗어 조심스럽게 어머니의 눈을 감겼다.

대수도원장은 그들을 한 팔에 하나씩 안고 남은 두 남자에게는 눈길도 주지 않은 채 집 밖으로 나와 곧장 수도원의 성역으로 통하는 가파른 언덕길을 올랐다.

그는 아이들을 수도원의 취사장으로 데리고 가 음식을 먹인 다음, 수사들의 저녁식사를 준비하는 요리사를 도우라고 했다. 그들이 할 일 없이 방금 겪은 끔찍한 일을 생각하지 않을 수 있도록 배려한 것이었다. 다음 날 수도원장은 그들을 본당 신자석으로 데리고 가 나란히 놓인 관 속에 누워 있는 부모님의 시신을 보여주었다. 상처가 닦이고 꿰매지고 일부는 봉합된 시신들은 말끔히 씻기고 옷이 입혀져 있었다. 몇몇 친척들의 시신도 있었다. 마을 사람 모두가 침략군을 피해 때맞춰 수도원으로 피신한 것은 아니었던 것이다. 대수도원장 피터는 그들을 장례식장으로 데리고 가 두 개의 관이 같은 무덤 속으로 들어가는 것을 보여주었다. 필립이 울음을 터뜨리자 프랜시스도 따라 울었다. 누군가 그들을 쉿, 하고 조용히 시켰지만 대수도원장 피터가 말했다. "울게 두십시다." 필립과 프랜시스가 부모가 정말로 떠나갔고 다시는 돌아오지 않는다는 것을 마음으로 받아들이게 되고 나서야 수도원장은 그들의 장래에 관해 이야기했다.

그들의 친척 중에는 가족을 잃지 않은 집이 없었다. 모든 가정이 아버지나 어머니 중 하나를 잃었다. 그들을 돌봐줄 친척은 없었다. 남은 것은 두 가지 선택뿐이었다. 그들을 어떤 농부에게 주거나 심지어는 팔아넘기면, 그들이 충분히 자라서 도망칠 수 있을 때까지는 노예처럼 혹사당할 수도 있었다. 그게 아니라면 하느님께 봉헌되는 선택이 있었다.

어린 소년들이 수도원에 들어가는 것은 전혀 드문 일이 아니었다. 수도원에 들어가는 소년들은 대개는 열한 살 정도였고, 그보다 더 어릴 경우는 다섯 살 정도로 제한했는데, 수사들이 아기를 돌보기가 용이하지 않기 때문이었다. 때로는 부모 중 한쪽을 잃은 아이가, 때로는 형제가 너무 많은 집의 아이들이 오기도 했다. 대개 아이를 맡기는 집에서는 수도원에 상당한 기부를 했다. 농장이나 성당, 심지어 한 마을 전체를 기부하는 경우도 있었다. 찢어지게 가난한 집의 경우에는 기부가 면제될 수도 있었다. 하지만 필립의 아버지는 언덕에 자그마한 농장을 남겨놓았으므로, 그들은 자선을 구하는 경우는 아니었다. 대수도원장 피터가 수도원에서 아이들과 농장을 떠맡겠다고 제안하자, 남은 친척들은 동의했다. 이 계약은 귀네드의 왕자인 그루피드 압 시낭의 승인을 받았는데, 그는 일시적으로 몰락했지만 필립의 아버지를 죽인 헨리 왕의 침략군에 의해 영원히 폐위되지는 않았던 것이다.

대수도원장은 슬픔에 대해 아는 바가 많았지만, 모든 지혜를 동원해도 필립에게 일어난 일에 대해서는 어떻게 대처해야 할지 알 수 없었다. 일 년 남짓 세월이 흘러 슬픔이 사라진 것처럼 보이고 수도원 생활에서 안정을 찾을 때까지도, 필립의 마음 깊은 곳에는 일종의 분노 같은 것이 응어리져 있었다. 언덕 꼭대기에 있는 공동체의 상황이 소년의 노여움을 정당화할 만큼 나쁜 것은 아니었다. 그곳에는 먹을 음식과 입을 옷이 있었고, 겨울에는 숙소에 불도 피웠으며, 약간의 사랑과 보살핌마저 있었다. 엄격한 수련과 지루한 의식들은 적어도 질서와 안정을 유지시켜 주었다. 그런데 필립이 부당하게 갇혀 지내온 것처럼 행동하기 시작했다. 명령에 불복종했고, 수도원 통솔자들의 권위를 기회가 있을 때마다 무시했고, 음식을 훔치고 달걀을 깨뜨리고 말들을 풀어주고 약한 이들을 놀리고 연장자들에게 무례하게 행동했다. 그가 저지르지 않은 죄는 신성모독뿐이었는데, 그 때문에 대수도원장은 그의 모든 잘못을 용서해 주었다. 결국 그는 그 같은 파행으로부터 간단히 벗어날 수 있었다. 어느 크리스마스 날, 지난 열두 달을 돌아보면서 일 년을 통틀어 단 하루도 독방에 감금되는 벌을 받은 적이 없음을 깨달은 것이었다.

그것이 필립을 다시 정상적인 생활로 이끈 유일한 이유는 아니었다. 아마도 그가 공부에 흥미를 갖게 되었다는 사실 또한 도움이 되었을 것이다. 그는 음악의 엄정한 이론에 매혹됐고, 심지어 라틴어 동사 변형법에서조차 자신을 만족시키는 논리를 찾아냈다. 그는 저장실 관리 수사인 존을 도와 일하게 되었다. 샌들에서 씨앗에 이르기까지 수도원에 필요한 모든 물품들을 조달할 책임을 맡는 일이었다. 그 일 또한 필립의 흥미를 자극했다. 그는 학식과 청렴과 지혜와 친절의 전형처럼 보이는 그 잘생기고 건장한 젊은 수사에게 영웅 숭배에 가까운 애착을 품게 되었다. 존을 본받기 위해서였든 본래의 성향 덕분이었든 간에 필립은 매일 정해진 기도와 미사에서 일종의 위안을 발견하기 시작했다. 그렇게 그는 정신적으로는 수도원의 조직에 익숙해지고, 두 귀로는 성스러운 화음을 들으면서 사춘기로 접어들었다.

필립과 프랜시스는 학업에서 또래의 누구보다도 앞서 있었지만, 그들은 그것이 수도원에서 자라 좀더 철저한 교육을 받았기 때문이라고만 생각했다. 그들은 자신들이 뛰어나다는 걸 깨닫지 못했다. 심지어 그 작은 학교에서 아이들을 가르치고, 지나치게 규칙에 얽매이는 늙다리 교육 담당 수사 대신 대수도원장에게 직접 교육받기 시작했을 때조차, 단지 일찍 시작했기 때문에 앞서는 거라고만 생각했다.

이제 와서 어린 시절을 돌아보건대, 그에게는 반항이 끝나던 때와 육체적 욕망이 끓어오르던 시기 사이에 일 년 남짓한 짧은 황금기가 있었던 것 같다. 그리고 이어 부도덕한 생각들과 몽정, 고해신부(그는 바로 대수도원장이었다)와의 끔찍하게 난처했던 시간들, 끝없는 회개와 매질이라는 육체적 고행으로 고통스럽던 시기가 있었다.

욕욕은 계속해서 그를 괴롭혔지만 점차 사소해졌고, 아주 드물게 마음과 몸이 나태해지는 때에만 날씨가 궂으면 쑤시는 오랜 상처처럼 그를 괴롭혔다.

프랜시스는 필립보다 조금 늦게 이런 욕망과의 싸움에 접어들었다. 그 문제에 대해서 형에게 털어놓고 얘기하지는 않았지만, 필립은 동생이 사악한 욕망에 그다지 용감하게 맞서지 않고 너무 쉽게 패배를 인정하고 있다는 인상을 받았다. 어쨌든 중요한 것은 그들 둘 다 수도원 생활에서 가장 큰 적인 욕정과의 싸움에서 평정을 얻었다는 것이다.

필립이 저장실 관리 수사의 일을 돕고 있을 때, 프랜시스는 대수도원장 피터의 대리로 일했다. 저장실 관리 수사가 세상을 떠나자, 필립은 스물한 살이라는 어린 나이에도 불구하고 저장실 일을 맡게 되었다. 프랜시스가 스물한 살이 되자, 대수도원장은 프랜시스를 위해 부수도원장이라는 새로운 직위를 마련하겠다고 제안했다. 그러나 이 제안은 필립과 프랜시스를 서둘러 갈라놓는 결과를 불러왔다. 프랜시스는 그 책임을 면제해달라고 대수도원장에게 간청했고, 내친 김에 수도원을 떠나게 해달라고까지 요청했다. 그는 사제 서품을 받아 바깥세상에서 하느님께 봉사하기를 원했다.

필립은 놀랍고 두려웠다. 그들 중 하나가 수도원을 떠날 수 있다는 생각은 한 번도 해본 적이 없었기에, 자신이 다음 교황으로 내정되었다는 소식을 듣기라도 한 것처럼 당혹스러워했다. 그러나 수많은 갈등과 심사숙고 끝에 일은 벌어져 프랜시스는 바깥세상으로 떠났고, 얼마 지나지 않아 글로스터 백작의 영지를 관할하는 사제가 되었다.

이 일이 있기 전까지 필립은 자신의 미래를 극히 단순하게 생각해왔다. 미래에 대해서 그가 한 생각이라고는, 그저 자신은 수사가 되어 겸소하고 복종하는 삶을 살 것이고, 노년에는 아마도 대수도원장이 되어 피터 수도원장의 본을 따라 살아가려고 노력하리라는 것뿐이었다. 그러나 이제는 하느님께서 자신에게 어떤 운명을 예비해놓은 것은 아닌가 하는 의문이 생겼다. 그는 달란트에 대한 비유를 떠올렸다. 하느님께서는 그의 종들이 하느님 왕국을 보존하는 데 그치지 않고 그것을 더욱 확장하기를 바라고 바랐다. 얼마간의 두려움을 가지고 필립은 대수도원장 피터와 이러한 생각들에 관해 이야기를 나누었다. 자신의 이야기가 자만으로 받아들여져 질책을 받을 위험이 있다는 건 충분히 알고 있었다.

그런데 놀랍게도 대수도원장은 다음과 같이 말하는 것이었다. "난 네가 그 사실을 깨닫는 데 얼마나 오랜 세월이 걸릴까 생각해왔다. 물론 너는 다른 일을 하도록 예정되어 있는 사람이다. 너는 수도원이 보이는 곳에서 태어나 여섯 살에 고아가 되어 수사들 손에서 자라 스물한 살에 저장실 관리인이 되었지. 하느님께서는 외딴 산간지방의 황폐한 언덕 꼭대기에 있는 작은 수도원에서 일생을 보낼 사람을 만드시기 위해 그렇게 많은 고난을 겪게 하시지는 않는다. 이곳은 네 능력을 펼치기에 충분한 영역이 못 된다. 넌 이곳을 떠나야 해."

필립은 깜짝 놀랐다. 대수도원장 앞을 물러나려 할 때 그의 머릿속에 문득 한 가지 의문이 떠올랐고, 그 질문이 불쑥 입 밖으로 나오고 말았다. "만약 이 수도원이 그렇게 중요하지 않은 곳이라면, 하느님께서는 왜 원장님을 이곳에 두셨을까요?"

대수도원장 피터는 빙긋 웃었다. "아마도 널 돌보게 하시기 위해서였겠지."

그해 말 대수도원장은 대주교에게 문안을 드리기 위해 캔터베리에 다녀와서 필립에게 말했다. "너를 킹스브리지 수도원의 원장으로 보내기로 했다."

필립은 긴장하지 않을 수 없었다. 킹스브리지 수도원은 전국에서 가장 크고 가장 중요한 수도원 중 하나였다. 그곳은 대성당이 있는 수도원이었다. 그리고 그 대성당에는 주교좌가 있었고, 실제로 수도원을 수도원장이 통솔한다 하더라도 엄밀히 말하면 주교가 대수도원장직을 맡고 있었다.

"제임스 원장은 내 오랜 친구지." 대수도원장 피터가 말했다. "지난 몇 년 동안 그 친구가 다소 의기소침해졌는데, 나도 그 이유를 모르겠구나. 어쨌든 킹스브리지에는 혈기 왕성한 젊은 사람이 필요하다. 특히나 제임스는 관할 수도원 중에 숲속에 있는 분원 때문에 골치를 앓고 있지. 그 수도원을 맡아 신성한 길로 다시 이끌어줄, 전적으로 신뢰할 만한 사람이 절실히 필요한 상황이야."

"그럼 제가 그 분원의 원장이 되는 건가요?" 필립이 놀라서 물었다.

대수도원장은 고개를 끄덕였다. "만약 하느님께서 네가 할 많은 일을 예비해두셨다는 우리의 생각이 맞다면, 그 수도원의 문제가 어떤 것이든 네가 해결하도록 그분께서 도와주실 거다."

"만약 우리의 생각이 틀렸다면요?"

"그럼 넌 다시 이곳으로 돌아와 저장실 관리 일을 계속하면 된다. 하지만 우리는 틀리지 않았단다, 아들아. 곧 알게 될 거다."

수도원을 떠나는 건 눈물겨운 일이었다. 필립은 이곳에서 십칠 년을 보냈고, 이제 수사들은 무참히 그의 곁을 떠난 친부모보다 더 진실한 가족이나 다름없었다. 이 수사들을 다시는 만나지 못할 것이었기에 무척이나 슬펐다.

킹스브리지에 도착한 처음 얼마 동안 필립은 압도되어 있었다. 담장으로 둘러싸인 수도원은 마을 여러 개를 합한 것보다도 컸고, 대성당은 광대하고 어두운 동굴 같았고, 수도원장의 사택은 작은 궁전 같았다. 그러나 일단 그 거대한 규모에 익숙해지자 대수도원장 피터가 그의 오랜 친구에게서 감지한 쇠퇴의 기운이 느껴졌다. 성당은 눈에 띌 정도로 대대적인 손질이 필요한 상태였고, 기도는 내용을 알아듣지 못할 정도로 빨랐고, 침묵의 규율은 부단히 깨지고 있었다. 또한 하인들이 너무 많아 수사들보다 많을 지경이었다. 위압감에서 벗어나자마자 필립은 화가 치밀었다. 제임스 원장의 멱살을 잡고 흔들며 말하고 싶었다. '어떻게 감히 이럴 수 있습니까? 어떻게 하느님께 그리 성의 없는 기도를 드릴 수 있습니까? 하느님의 성전이 폐허가 되어가고 있는데, 당신은 하인들에게 둘러싸여 궁전 같은 집에서 살 수 있단 말입니까?' 물론 그런 말은 입 밖에도 내지 않았다. 그는 제임스 원장과 간단하고 형식적인 면담을 했다. 수도원장은 키가 크고 비썩 마른 사람으로, 구부정한 어깨 위에 세상의 모든 근심거리를 짊어지고 있는 듯했다. 면담을 마친 필립은 부수도원장인 레미기우스와 이야기를 나누었다. 서두를 떼며 그는 수도원이 얼마간 바뀌어야 하고 수도원장을 대신해 성심껏 그 일에 동참해주었으면 한다는 뜻을 넌지시 비쳤지만, 레미기우스는 당신이 뭐나 된다고 생각하시오? 라는 듯 깔보며 화제를 바꿨다.

레미기우스의 말에 따르면 숲속의 성 요한 수도원은 삼 년 전 얼마간의 땅과 자산으로 설립되었고, 지금까지 당연히 독립적으로 운영되어왔어야 마땅했지만 실은 아직도 본당의 보급물자에 의존한다는 것이었다. 수도원의 문제는 그뿐이 아니었다. 그곳에서 우연히 하룻밤을 보내게 된 한 부제副祭는 미사 운영에 대해 강하게 비판했고, 여행자들은 그 지역에서 수사들에게 강탈당했다고 주장했고, 그 밖에도 추잡한 소문이 꼬리에 꼬리를 물었다…… 레미기우스가 세세하게 이야기해주지 못하고 그러고 싶어하지도 않는다는 사실 또한 조직이 방만하게 운영되고 있다는 또다른 증거였다. 필립은 분노로 몸을 떨며 물러났다. 수도원이란 하느님을 영광되게 하기 위해 만든 곳이었다. 만약 그 소명을 다하지 못한다면 그곳은 아무것도 아니었다. 킹스브리지 수도원은 없느니만 못했다. 그곳은 나태로 하느님을 욕되게 하고 있었다. 그러나 필립은 그것에 관해 할 수 있는 일이 없었다. 그가 희망을 품을 수 있는 유일한 길은 킹스브리지 수도원들 중 하나를 개혁하는 것뿐이었다.

숲속의 수도원을 향해 이틀 동안 말을 달리면서, 그는 자신이 얻은 빈약한 정보들에 관해 깊이 생각하고 그 문제들에 어떻게 접근할 것인지 기도하는 심정으로 숙고했다. 처음에는 부드럽게 처신하는 것이 좋겠다고 결론지었다. 대개 수도원장은 수사들이 선거로 선출하게 되어 있었지만, 분원의 경우에는 모원의 수도원장이 간단히 임명할 수도 있었다. 필립의 경우도 투표에는 부쳐지지 않았는데, 그것은 그가 수사들의 호의를 기대할 수 없다는 의미이기도 했다. 그는 조심스럽게 일을 해나가야 했다. 그곳의 여러 골칫거리들을 해결할 최선의 방법을 결정하기에 앞서 그러한 문제들에 대해 더 많은 것을 알 필요가 있었다. 그는 수사들, 특히 그의 지위에 반감을 가지고 있을지도 모르는 노老 수사들의 존경과 신뢰를 얻어내야 했다. 그렇게 완벽한 정보들을 얻고 지도력이 확고해졌을 때, 결정적인 행동을 취해야 할 것이었다.

그러나 일은 그런 식으로 풀리지 않았다.

다음 날 땅거미가 질 무렵, 필립은 개간지 끝에 조랑말을 매놓고 그의 새로운 거주지를 살펴보았다. 당시 그곳에는 석조건물이라고는 성당 하나뿐이었다. (다음 해 필립은 석조로 된 숙사를 새로 지었다.) 다른 목조건물들은 금방이라도 쓰러질 듯했다. 수사들이 지은 것이라면 오두막집도 대성당만큼 오래 버틴다는 말에 필립은 동의할 수 없었다. 주위를 살펴보면서 그는 킹스브리지에서 그에게 충격을 준 나태의 증거를 더 발견해낼 수 있었다. 담장이라고는 없었고, 헛간문 밖에는 건초가 흩어져 있었고, 양어지養魚池 옆에는 거름 더미가 쌓여 있었다. 치밀어오르는 분노를 억제한 나머지 얼굴이 굳는 것을 느낀 필립은 자신에게 다짐했다. 부드럽게, 부드럽게 해야 해.

처음에는 아무도 눈에 띄지 않았다. 마침 저녁기도 때문에 수사들은 대부분 성당 안에 있어야 할 시간이라 당연한 일이었다. 그는 채찍으로 조랑말의 옆구리를 때리고는 개간지를 가로질러 마구간처럼 보이는 오두막으로 갔다. 머리카락에 밀짚이 묻은 멍청한 표정의 젊은이가 문밖으로 머리를 내밀고 놀라서 필립을 빤히 쳐다보았다.

"이름이 뭐지?" 필립이 물었다. 그러고는 잠시 멋쩍어하다가 덧붙였다. "내 아들아."

"사람들이 저를 팔푼이 자니라고 부르지요." 젊은이가 대답했다.

필립은 말에서 내려 그에게 고삐를 넘겨주었다. "좋다, 팔푼이 자니. 내 말에서 안장을 내려줄 수 있겠지?"

"예, 신부님." 그는 고삐를 울타리에 매어놓고 그대로 가버리려고 했다.

"어딜 가는 거지?" 필립이 날카롭게 물었다.

"형제님들에게 손님 오셨다고 말하려요."

"내 말에 복종해라, 자니. 내 말의 안장을 내리도록 해. 내가 여기 왔다는 건 내가 직접 형제들에게 말할 거다."

"알았습니다, 신부님." 자니는 놀란 눈으로 필립을 바라보다가 그의 말을 따랐다.

필립은 주위를 둘러보았다. 개간지 한가운데에 기숙사인 듯한 커다란 건물이 서 있었다. 그 옆에 있는 작은 건물의 둥근 지붕 구멍에서는 연기가 피어오르고 있었다. 취사장일 터였다. 그는 저녁으로 무엇을 먹는지 알아보기로 했다. 엄격한 수도원에서는 매일 정오에 한 끼의 식사만이 나왔지만 이곳에는 그런 엄격한 규율 따위는 없을 것이 분명했으므로, 저녁기도 후에 치즈나 절인 생선이 곁들여진 약간의 빵이나 허브를 넣은 묽은 보리죽 같은 가벼운 식사가 나올 터였다. 그런데 취사장으로 다가가는 그의 코에 군침 돌게 하는 고기 굽는 냄새가 와 닿았다. 그는 눈살을 찌푸린 채 그 자리에서 발을 멈추었다가, 이윽고 안으로 들어갔다.

두 명의 수사와 소년 하나가 중앙의 난로를 둘러싸고 앉아 있었다. 필립은 한 수사가 다른 수사에게서 넘겨받은 항아리 안에 든 것을 마시는 장면을 지켜보았다. 소년은 쇠꼬챙이를 돌리고 있었는데, 거기에는 작은 돼지 한 마리가 꿰여 있었다.

필립이 불빛 가운데로 나서자 그들은 놀라서 그를 올려다보았다. 아무 말도 하지 않고 그는 수사에게서 항아리를 빼앗아 냄새를 맡았다. "왜 당신은 포도주를 마시고 있습니까?"

"내 마음을 기쁘게 해주기 때문이라오, 낯선 형제여." 수사가 대답했다. "조금 마시면, 흠뻑 취하지요."

확실히 그들은 새 수도원장이 온다는 소식을 듣지 못한 듯했다. 또한 지나가는 수사가 그들의 행동을 킹스브리지 모원에 보고한다 해도, 그 결과에 대해 아무 두려움도 갖고 있지 않은 것이 분명했다. 필립은 술항아리로 수사의 머리를 내리치고 싶은 충동을 느꼈지만, 깊이 숨을 들이쉰 다음 부드럽게 말했다. "우리에게 고기와 마실 것을 주느라 가난한 이들의 아이들은 굶주리고 있습니다. 그들이 그러는 것은 우리의 마음을 즐겁게 해주기 위해서가 아니라 하느님의 영광을 위해서입니다. 오늘 밤 당신이 마실 포도주는 이게 끝입니다." 그는 항아리를 들고 몸을 돌렸다.

밖으로 걸어나오는데 수사가 말하는 것이 들렸다. "도대체 당신은 누구인데 이러는 겁니까?" 필립은 대답하지 않았다. 그들은 곧 그가 누구인지 알게 될 터였다.

필립은 항아리를 취사장 밖 바닥에 내려놓고, 화를 억누르기 위해 주먹을 꼭 쥐었다 폈다 하며 개간지를 지나 성당으로 향했다. 조급하게 생각해선 안 된다, 그는 자신을 타일렀다. 신중해야 한다. 차근히 해나가야 한다.

필립은 성당의 작은 현관에서 잠시 멈춰 서서 마음을 가라앉힌 다음 커다란 참나무 문을 살며시 열고 소리 없이 안으로 들어갔다.

열두어 명의 수사와 몇 안 되는 수련수사들이 그에게 등을 보인 채 제멋대로 줄지어 서 있었고, 성구 관리 수사가 그들과 마주 본 채 펼쳐진 책을 읽고 있었다. 그가 기도문을 읽는 소리는 너무 빨랐고, 수사들은 기계적으로 웅얼거릴 뿐이었다. 더러운 제대보 위에 놓인 들쭉날쭉한 초 세 개가 부지직 소리를 내며 타들어가고 있었다.

뒤에서는 두 명의 수사가 미사중인 것도 무시하고 요란스레 무언가에 대해 토론을 벌이고 있었다. 필립이 곧바로 다가갔을 때, 그중 한 수사가 뭐라고 우스갯소리라도 했는지 다른 수사가 성구 관리 수사의 빠른 기도 소리가 들리지 않을 정도로 큰 소리로 웃어댔다. 필립은 마지막 지푸라기까지 놓친 기분이었다. 그의 마음속에서 부드럽게 일을 처리해야겠다는 생각이 모두 사라지고 말았다. 그는 입을 열어 목청껏 소리쳤다.

"조용히 하시오!"

수사가 돌연 웃음을 멈췄다. 성구 관리 수사도 읽기를 멈췄다. 성당 안에는 침묵이 흘렀다. 이윽고 수사들은 뒤를 돌아보고 필립을 빤히 쳐다보았다.

그는 웃고 있던 수사에게 손을 뻗어 그의 귀를 움켜잡았다. 그 수사는 필립의 또래로 그보다 키가 컸지만 너무 놀란 나머지 그가 머리를 끌어내려도 반항하지 못했다. "무릎을 꿇으시오." 필립이 소리쳤다. 잠시 후 그는 몸을 버둥거려 빠져나갈 듯이 보였지만 자신의 잘못을 알고 있었으므로, 필립의 예상대로 그의 저항은 양심의 가책에 의해 점차 수그러들었다. 필립이 그의 귀를 더 세게 잡아당기자 그는 무릎을 꿇었다.

"당신들 모두, 무릎을 꿇으시오." 필립이 명령했다.

그들은 모두 복종의 서약을 한 사람들이었고, 최근 수치스러운 무질서 아래서 살기는 했지만 여러 해 동안 몸에 익은 습관을 잊은 것까지는 아니었다. 반 정도의 수사들과 수련수사 모두가 무릎을 꿇었다.

"당신들은 모두 서약을 깨뜨렸습니다." 필립은 경멸 섞인 어조로 말했다. "당신들은 모두 다 신성모독죄를 범했습니다." 그는 그들의 눈을 마주하며 주위를 둘러보고는 말을 마쳤다. "지금 당장 회개를 시작하시오."

수사들은 하나둘씩 천천히 무릎을 꿇었고, 결국 서 있는 사람은 성구 관리 수사 외에는 없게 되었다. 성구 관리 수사는 졸린 눈을 한 뚱뚱한 사람으로, 필립보다 스무 살은 더 많아 보였다. 필립은 무릎을 꿇고 있는 수사들을 빙 돌아 그에게로 다가갔다. "책을 내게 주시오."

성구 관리 수사는 도전적인 시선으로 그를 노려보며 아무 대답도 하지 않았다.

필립은 손을 뻗어 커다란 책을 살짝 쥐었다. 성구 관리 수사가 책을 쥐고 있던 손에 힘을 주었다. 필립은 망설였다. 그는 이틀 동안 생각한 끝에 신중한 태도로 천천히 움직여야겠다고 결심했었다. 그런데 길의 먼지를 발에서 채 털어내기도 전에 생면부지인 사람과 선 채로 다툼을 벌여 모든 것을 위태롭게 하고 있는 것이었다. "그 책을 내게 주고, 당신도 무릎을 꿇으시오." 그가 되풀이해서 말했다.

성구 관리 수사의 얼굴에 빈정대는 표정이 떠올랐다. "당신은 누구요?"

필립은 다시 망설였다. 옷과 머리 모양으로 보아 그는 수사임이 분명했고, 그의 행동으로 미루어 권위 있는 위치에 있다는 것쯤은 누구라도 짐작할 수 있었다. 그러나 그의 지위가 성구 관리인 이상인지 아닌지는 분명치 않았다. 필립은 내가 바로 당신의 새 수도원장이오, 라고 말하면 됐지만 그러고 싶지 않았다. 문득 순수한 도덕적 권위만으로 설복한다는 것이 극히 중요하게 느껴졌던 것이다.

성구 관리인은 필립의 망설임을 눈치채고 그것을 이용했다. "우리 모두에게 말해주시지요." 그는 일부러 공손을 가장했다. "하느님 앞에서 우리에게 무릎을 꿇으라고 명령하는 당신은 누구신지요?"

문득 필립은 모든 망설임이 사라지는 것을 느꼈다. 하느님께서 나와 함께 계시는데 무엇이 두려우랴? 그는 숨을 깊이 들이쉬고는 벽력같이 소리쳤다. "당신들에게 자신의 면전에 무릎 꿇으라 명령하시는 분은 바로 하느님이시오." 그의 목소리가 돌을 깐 바닥에서부터 둥근 석조천장까지 쩌렁쩌렁 울려퍼졌다.

성구 관리인은 조금 자신을 잃은 것 같았다. 필립은 그 순간을 놓치지 않고 책을 잡아챘다. 그제야 성구 관리인은 모든 권위를 잃고 마지못해 무릎을 꿇었다.

안도의 표정을 감추고 필립은 모두를 둘러보았다. "나는 여러분의 새로운 수도원장입니다."

필립은 기도문을 읽는 내내 그들이 꿇어앉아 있게 했다. 그들이 완전히 한목소리로 제창할 때까지 응답을 되풀이하게 했으므로 미사는 꽤 오랜 시간이 걸렸다. 그런 다음 그는 그들을 이끌고 조용히 성당을 나와 개간지를 가로질러 식당으로 갔다. 그는 구운 돼지고기를 취사장으로 돌려보내고 빵과 묽은 맥주를 가져오게 한 후, 수사 하나를 지명해 식사를 하는 동안 큰 소리로 성경을 읽도록 했다.

필립은 따로 마련된 수도원장의 사택에서 침구를 가져오도록 했다. 수사들과 한방에서 잘 생각이었다. 그것은 순결의 맹세를 어기는 죄를 방지하는 가장 간단하고도 효과적인 방법이었다.

수도원에 도착한 그 첫날 밤, 그는 한잠도 자지 않고 한밤중이 되어 수사들이 조과朝課를 드리기 위해 일어날 때까지 촛불 아래 앉아 침묵중에 기도하고 있었다. 그는 자신이 마냥 가혹한 사람은 아님을 알리기 위해 빠른 시간 내에 기도를 전부 끝냈다. 수사들은 다시 잠자리에 들었고, 필립은 이번에도 자지 않았다.

새벽녘, 수사들이 잠에서 깨기 전에 그는 밖으로 나가 다가올 하루를 생각하며 주위를 둘러보았다. 밭의 일부분은 최근에 숲을 개간한 것으로, 한가운데에는 커다란 참나무였음에 틀림없는 거대한 그루터기가 남아 있었다. 그것을 본 그의 뇌리에 한 가지 좋은 생각이 떠올랐다.

제1과 후 아침식사를 마치고 나서 그는 수사들에게 밧줄과 도끼를 들려 밭으로 데리고 나왔다. 반수는 밧줄을 매어 끌어당기고 나머지 반수는 도끼로 나무뿌리를 찍었다. 그들은 모두 "영차, 영차"를 합창하며 나무뿌리를 캐내는 데 오전을 보냈다. 드디어 그루터기가 뽑혀나오자 필립은 그들 모두에게 맥주와 빵, 그리고 엊저녁 그가 취사장으로 돌려보냈던 돼지고기를 한 조각씩 나누어주었다.

그것은 문제의 끝이 아니라 해결의 시작이었다. 처음부터 그는 빵을 만들 곡식과 성당에서 필요한 양초 이외에는 아무것도 모원에 요청하지 않았다. 그들이 직접 기르거나 덫을 놓아 잡지 않고는 어떤 고기도 먹을 수 없으리라는 걸 알게 되자, 수사들은 세심하게 가축을 돌보는 농부가 되었고 노련한 새잡이로 바뀌었다. 예전에 그들은 미사 의식을 일하지 않으려는 방편으로 간주했지만, 이제 필립이 밭에서 더 많이 일할 수 있도록 성당에서 보내는 시간을 줄이자 모두 기뻐했다.

이 년이 지나자 그들은 자급자족이 가능해졌고, 다시 이 년이 지나자 킹스브리지 수도원에 고기와 사냥감, 그리고 염소젖으로 만든 맛있는 치즈를 공급하기에 이르렀다. 수도원은 번창했고 미사 의식은 나무랄

데 없었고 형제들은 건강하고 행복했다.

이것만이라면 필립은 만족했을 것이다. 그러나 모원인 킹스브리지 수도원은 악화일로를 걷고 있었다.

킹스브리지 수도원은 활기로 가득 찬, 전국에서 으뜸가는 종교 중심지여야 마땅했다. 도서관은 방문한 외국 학자들로 붐비고, 수도원장은 귀족들을 접견하고, 성당에는 전국 각지에서 찾아오는 순례자들의 발길이 끊이지 않고, 귀족들에게는 융숭한 대접으로 명성을 얻고, 가난한 이들 사이에서는 자비롭기로 유명한 그런 곳이어야 했다. 그러나 성당은 폐허가 되어가고 있었고, 수도원 건물의 반은 비어 있었고, 수도원장은 대금업자에게 빚을 지고 있었다. 필립은 적어도 일 년에 한 번 킹스브리지에 다녀올 때마다, 독실한 신자들이 기부해 헌신적인 수사들이 불려놓은 재산이 방탕한 자식에게 맡겨진 유산처럼 경솔하게 탕진되는 것에 속을 끓이며 돌아왔다.

문제의 일단은 수도원의 위치에도 있었다. 킹스브리지는 아무 데로도 통하지 않는 외딴길에 있는 작은 마을이었다. 윌리엄 1세—그는 말하는 사람에 따라서 정복자로도, 사생아로도 불렸다—시대 이후, 대부분의 대성당은 대도시로 이전했다. 그러나 킹스브리지는 그 대이동에 함께하지 않았다. 그렇지만 필립이 보기에 그것은 대처 불가능한 문제는 아니었다. 오히려 그는 대성당이 딸린 분주한 수도원은 그 자체로 하나의 도시가 되어야 한다고 생각했다.

문제의 본질은 늙은 수도원장 제임스의 무기력에 있었다. 그의 맥없는 손에 키를 맡긴 채, 킹스브리지 대수도원이라는 배는 되는 대로 흔들리다가 아무 곳에도 가지 못하고 있었다.

그러므로 필립이 아무리 비통한 마음으로 안타까워해도 제임스 원장이 살아 있는 한 킹스브리지 수도원은 쇠퇴일로에 있을 것이었다.

그들은 깨끗한 리넨 천으로 아기를 싸서 요람 대신 커다란 빵 바구니 속에 뉘었다. 염소젖으로 조그만 배를 불린 아기는 잠들어 있었다. 필립은 팔푼이 자니에게 아기 돌보는 일을 맡겼다. 어딘지 얼빠진 듯해도 자니는 작고 연약한 생명을 돌보는 데 적당한 부드러운 감각을 가지고 있었다.

필립은 프랜시스가 무슨 일 때문에 이곳에 왔는지 무척 궁금했다. 그는 저녁식사 때 그런 마음을 넌지시 비쳤으나 프랜시스는 아무 대답도 하지 않았고, 그래서 그는 호기심을 억눌러야 했다.

식사시간 다음은 공부시간이었다. 이곳에는 따로 클로이스터*가 없었지만, 수사들은 성당 현관에 앉아 책을 읽거나 개간지를 오르내리며 산책을 할 수 있었다. 때때로 불 옆에서 몸을 녹이기 위해 취사장에 들어가는 것이 관례처럼 허용되기도 했다. 필립과 프랜시스는 웨일스의 수도원에서 클로이스터를 자주 거닐었던 것처럼 나란히 개간지 경계를 따라 걸었다. 이윽고 프랜시스가 입을 열었다.

"헨리 왕은 언제나 교회가 자기 왕국의 종속물인 것처럼 다루었죠. 그는 주교님에게 명령을 내리고 세금을 부과하고 교황님의 권위가 직접적으로 행사되지 못하게 막았어요."

"알고 있다. 그래서 어쨌단 말이냐?"

"그런데 헨리 왕이 서거했어요."

필립은 걸음을 멈추었다. 생각할 수조차 없던 일이었다.

프랜시스는 말을 계속했다. "노르망디의 리옹 숲에 있는 자신의 사냥 숙사에서 장어요리를 먹고 죽었어요. 장어를 좋아했지만 체질과 맞지

* 지붕으로 덮인 긴 복도. 중세 수도원에서는 네모꼴을 이루는 중정(中庭)을 둘러싼 형태로, 수사들의 명상, 사색, 독서와 관계가 깊은 생활공간이었다.

않았거든요."

"그게 언제지?"

"오늘이 올해 첫날이니까 꼭 한 달 전의 일이군요."

필립은 충격을 받았다. 헨리는 필립이 태어나기 이전부터 왕이었다. 그는 왕의 죽음이라는 사건을 경험해보지 못했지만 그것이 분쟁, 어쩌면 전쟁을 의미한다는 것은 알고 있었다. "지금 무슨 일이 일어나고 있는 거냐?" 그가 걱정스럽게 물었다.

그들은 다시 걷기 시작했다. 프랜시스가 말했다. "문제는 왕의 후계자가 오래전 바다에서 죽었다는 데 있어요. 형님도 그 사건 기억하죠?"

"기억하지." 그때 필립은 열두 살이었다. 그에게 그것은 유년의 의식을 관통할 정도로 국가적 중요성을 지닌 첫 사건이자, 수도원 밖의 세상을 의식하게 해준 사건이었다. 왕의 아들은 '화이트 십'이라는 범선이 셰르부르 항에서 출항하자마자 난파되어 죽었다. 필립에게 이 모든 사실을 알려준 대수도원장 피터는 후계자의 죽음이 몰고 올 전쟁과 혼란을 염려했다. 그러나 결국 헨리 왕은 지배권을 잃지 않았고, 그 결과 필립과 프랜시스는 평온한 생활을 계속할 수 있었다.

"왕에게는 물론 많은 아이들이 있지요." 프랜시스가 말을 이었다. "제가 모시고 있는 글로스터의 로버트 백작을 포함해 적어도 스무 명은 될 거예요. 하지만 형님도 알다시피 그들은 모두 서자거든요. 넘치는 정력에도 불구하고 그는 겨우 적자를 한 명 더 두었을 뿐이죠. 그리고 그건 딸인 모드예요. 서자는 왕위를 물려받을 수 없지만, 여자 역시 부적격이기는 거의 마찬가지거든요."

"헨리 왕이 후계자를 지명하지 않은 거냐?"

"했어요. 모드를 택했죠. 그녀에게는 아들이 하나 있는데 역시 헨리라는 이름이에요. 그 손자에게 왕위를 물려주는 것이야말로 늙은 왕의 간절한 소원이었어요. 그러나 그 아이는 아직 세 살밖에 안 된걸요. 그래서 왕은 봉신들에게 모드에 대한 충성을 맹세시켰어요."

필립은 혼란스러웠다. "왕이 모드를 후계자로 지명했고, 봉신들이 이미 그녀에게 충성을 맹세했다면…… 문제가 뭐지?"

"왕실생활이 그리 간단치 않다는 게 문제죠. 모드는 앙주의 조프루아와 혼인한 사이예요. 앙주와 노르망디는 누대를 두고 내려오는 숙적이고요. 우리 노르만 대군주들은 앙주 왕가를 증오해요. 솔직히 말하자면, 대다수의 노르만계 잉글랜드 봉신들이 잉글랜드와 노르망디를 앙주 왕가에 넘겨주리라고 기대했다니 늙은 왕이 지나치게 낙관적이었던 거죠. 그들에게 맹세를 시켰든 안 시켰든."

필립은 동생이 알고 있는 사실과, 이 나라에서 가장 중요한 사람에게 그렇게 불손한 태도를 취하는 것에 어안이 벙벙했다. "어떻게 이 모든 사실을 알게 된 거냐?"

"봉신들은 어떻게 할지 결정하기 위해 뇌부르에 모였어요. 말할 필요도 없이 우리 영주님 로버트 백작도 그곳에 있었고요. 나도 백작의 편지를 대리 작성하기 위해 동행했어요."

필립은 프랜시스의 삶이 자신의 삶과 얼마나 다른가를 생각하며 놀란 표정으로 동생을 바라보았다. 그러자 기억나는 것이 있었다. "로버트 백작은 선왕의 맏아들이지 않나?"

"맞아요. 그리고 그는 굉장한 야심가죠. 하지만 일반론에 수긍하고 있는 입장이에요. 서자는 왕국을 물려받는 것이 아니라 정복해야 한다는."

"그곳에 또 누가 와 있었지?"

"헨리 왕에게는 여동생의 아들인 세 조카가 있지요. 제일 맏이가 블루아의 테오볼드, 그리고 선왕에게 각별한 사랑을 받아 이곳 잉글랜드의 광대한 토지를 물려받은 스티븐이 있고요. 막내는, 형님도 알다시피,

윈체스터의 주교 헨리예요. 봉신들은 전례에 따라 제일 맏이인 테오볼드를 지지했지요. 아마도 형님이 극히 합리적이라고 생각할 전통에 따라서." 프랜시스는 필립을 바라보며 씩 웃었다.

"극히 합리적이라." 필립은 미소를 지었다. "그러면 테오볼드가 우리의 새 왕이 되는 거냐?"

프랜시스는 고개를 저었다. "그 자신은 그렇게 생각하고 있지만, 그의 동생들은 전면으로 나서는 걸 좋아하거든요." 그들은 개간지의 모퉁이에 이르러 방향을 돌렸다. "테오볼드가 정중하게 봉신들의 예를 받고 있는 동안, 스티븐은 영국해협을 건너 윈체스터로 밀고 들어와서는 주교인 막내 헨리의 도움으로 그곳의 성城과 그중에서도 가장 중요한 왕실의 보물을 손에 넣었어요."

필립의 입에서 다음과 같은 말이 튀어나올 뻔했다. 그렇다면 스티븐이 우리의 새 통치자가 되겠군. 하지만 그는 혀를 깨물었다. 모드와 테오볼드에 대해서도 그같이 말했지만 두 번 다 틀렸던 것이다.

프랜시스는 이야기를 계속했다. "스티븐이 자신의 승리를 굳히기 위해 필요한 것은 오직 한 가지뿐이에요. 바로 교회의 지지죠. 웨스트민스터에서 대주교가 왕관을 씌워주기 전까지는 진짜 왕이 될 수 없으니까요."

"하지만 그 일은 어려운 일도 아니잖아. 윈체스터의 주교이자 글래스톤베리의 수도원장인 동생 헨리는 솔로몬만큼이나 부유하고 캔터베리 대주교만큼이나 힘 있는, 이 나라에서 가장 중요한 사제 중 하나라고. 그런 헨리 주교가 그를 지지하지 않는다면, 왜 그가 윈체스터를 장악하도록 도와주었겠어?"

프랜시스가 고개를 끄덕였다. "이번 위기를 통틀어 헨리 주교의 활동은 그야말로 눈부셨죠. 그렇지만 그는 형님이 생각하는 것처럼 형제애로 스티븐을 도운 게 아니에요."

"그렇다면 그의 동기는 뭐지?"

"조금 전 내가 형님에게, 선왕 헨리가 교회를 자기 왕국의 일부처럼 취급했다고 말했잖아요. 헨리 주교는 우리의 새 왕이 누가 되든지 간에 교회에 더 정중해야 한다는 걸 확고히 하고 싶은 거예요. 그래서 스티븐에 대한 지지를 천명하기 전에 스티븐으로 하여금 교회의 권리와 특권을 보장하겠다는 엄숙한 맹세를 하도록 했죠."

필립은 감동했다. 교회와 스티븐이 맺은 관계는 그의 집권 시작부터 교회의 언어를 통해 널리 천명되었다. 그러나 아마도 더 중요한 것은 전례일 터였다. 그동안 교회는 왕에게 왕관을 씌워줄 권리를 갖고 있음에도 여태껏 그 조항을 주장하지 못하는 상황이었다. 이제는 그 어떤 왕도 교회와 먼저 협정을 타결하지 않고는 권력을 잡을 수 없는 시대가 오게 될 것이다. "우리에겐 중대한 의미를 가지는 사건이로구나." 필립이 말했다.

"물론 스티븐이 약속을 깨뜨릴 수도 있어요. 하지만 그럼에도 불구하고, 형님 말이 맞아요. 그는 결코 헨리 왕처럼 교회에 가혹할 수는 없을 거예요. 그러나 또다른 위험이 있어요. 봉신 중 두 사람이 스티븐이 한 일을 신랄하게 비판했다는 거죠. 그중 한 사람이 셔링의 백작 바살러뮤예요."

"나도 알고 있는 사람이지. 셔링은 여기서 하루 정도의 거리밖에 안 되니까. 바살러뮤는 독실한 사람이라고 하더군."

"아마 그럴 거예요. 아는 바로 그는 독선적이고 완고한 사람으로, 사면 약속에도 불구하고 모드에 대한 충성의 맹세를 파기하지 않을 거예요."

"그리고 또 한 사람의 불만 있는 봉신이란 누구지?"

"우리 영주님인 글로스터의 로버트 백작이죠. 굉장한 야심가라고 내가 말했잖아요. 그의 영혼은 자신이 적자로 태어났더라면 왕이 되었으리라는 생각에 괴로워하고 있어요. 그는 자신의 이복누이에게 왕위가 돌아가기를 바라고 있죠. 그녀를 그의 인도와 충고에 전적으로 의존하게 함으로써, 그 자신이 이름을 제외한 모든 면에서 왕이나 다름없게 될 거라고 믿고 있거든요."

"그렇게 하기 위해 무언가를 하려는 거고?"

"내가 두려워하는 것이 바로 그거예요." 주위에 아무도 없는데도 프랜시스는 목소리를 낮췄다. "로버트와 바살러뮤는 모드와 그의 남편과 함께 모반을 획책하고 있어요. 그들은 스티븐을 폐위시키고 모드를 그 자리에 앉히려고 해요."

필립은 걸음을 멈췄다. "윈체스터의 주교가 이룩해놓은 모든 것을 망치려고 하다니!" 그는 동생의 팔을 붙들었다. "그렇지만, 프랜시스……"

"형님이 무슨 생각을 하고 있는지 나도 알아요." 갑자기 프랜시스에게서 보는 자신감이 사라졌고, 그의 표정에는 불안과 두려움이 떠올라 있었다. "만약 로버트 백작이 내가 이런 얘기까지 형님에게 했다는 걸 알면 날 목매달아 죽일 거예요. 그는 나를 전적으로 믿고 있거든요. 하지만 나의 궁극적 충성은 교회를 향해 있어요. 그래야 하고요."

"하지만 네가 무슨 일을 할 수 있단 말이냐?"

"새 왕을 알현해 모든 것을 말씀드릴까 생각했어요. 물론 반역한 두 백작은 모두 부인할 테고, 나는 배반죄로 교수형에 처해지겠지만요. 하지만 반역 음모는 저지되고 나는 천당에 갈 거예요."

필립은 고개를 저었다. "순교를 자초하는 건 쓸데없는 일이라고 우리는 배웠다."

"하느님께서 이 지상에서 내가 해야 할 일을 아직 많이 남겨두셨다고 생각해요. 나는 지금 대 백작가家에서 신뢰받는 위치에 있고, 그곳에 머물면서 열심히 일해 성공하면 교회의 권리와 법규를 드높이기 위해 많은 일을 할 수 있을 거예요."

"다른 방법이 있을까……?"

프랜시스는 필립의 눈을 응시했다. "바로 그 때문에 내가 여기 온 거예요."

필립은 공포로 몸이 떨리는 것을 느꼈다. 말할 것도 없이 프랜시스는 그에게 이 일에 가담할 것을 요구할 것이다. 그렇지 않다면 이런 무서운 비밀을 털어놓을 이유가 없었다.

프랜시스는 계속했다. "나는 모반을 폭로할 수 없지만, 형님이라면 할 수 있어요."

"예수 그리스도와 모든 성인들이여, 저를 지켜주소서."

"음모가 이곳 남부에서 폭로된다면 글로스터가에 있는 사람들은 아무 의심도 받지 않게 될 거예요. 아무도 내가 이곳에 온 것을 모르고 있고, 심지어는 우리가 형제라는 것조차 몰라요. 형님이라면 어떻게 그런 정보를 알게 되었는지 그럴싸한 설명을 생각해낼 수 있을 거예요. 군사들을 모으는 것을 봤다고 할 수도 있고, 바살러뮤 백작가의 누군가 형님이 아는 사제에게 고해중에 음모를 누설했다고 할 수도 있고요."

필립은 몸을 떨며 외투자락을 바짝 여몄다. 갑자기 더 추워진 듯했다. 이것은 위험한, 지극히 위험한 일이었다. 그들은 왕실 정치에 관해 간섭하려는 것이었다. 노련한 정치꾼조차 자주 죽음으로 최후를 맞이하는. 필립 같은 문외한이 그런 일에 개입한다는 것은 어리석은 일이었다.

그러나 사태가 너무도 위태로웠다. 필립으로서는 자신에게 저지할 기회가 주어지지 않았더라도, 교회가 선택한 왕에 대한 반역을 방관만 하고 있을 입장은 아니었다. 그리고 그 음모를 폭로한다는 것은 필립에게는 위험한 일에 그치겠지만, 프랜시스에게는 자살 행위나 다름없었다.

필립이 말했다. "반역자들의 계획은 어떠냐?"

"바살러뮤 백작은 지금 셔링으로 돌아가는 중이에요. 성에 도착하면 잉글랜드 남부 전역에 있는 자신의 추종자들에게 전갈을 보낼 거예요. 로버트 백작은 하루나 이틀쯤 후에 글로스터에 도착해 서부 지방에 있는 자신의 군대를 소집할 거고요. 마지막으로 웰링퍼드 성의 주인인 백작의 아들 브라이언은 성문을 폐쇄할 겁니다. 그렇게 되면 잉글랜드 남서부 전체가 싸움 한 번 없이 반역자들의 수중에 들어가게 되는 거죠."

"그렇다면 이미 너무 늦었구나."

"그렇지는 않아요. 우리에겐 약 일주일 정도의 시간이 있어요. 그래도 형님은 신속히 움직여야 합니다."

필립은 허탈감을 느끼며 자신이 그 일을 하기 위해서 어느 정도 결심을 해야 한다는 걸 깨달았다. "누구에게 말해야 할지 모르겠구나. 보통 때라면 백작에게 가야겠지만 이번 경우 백작은 죄인이고. 셰리프 역시 아마도 백작의 편이겠지. 확실하게 우리 편이 되어줄 사람을 생각해내야 해."

"킹스브리지의 수도원장은 어때요?"

"우리 수도원장은 늙고 지쳤어. 그가 무언가를 할 수 있는 가능성은 없어."

"누군가 그럴 만한 사람이 틀림없이 있을 거예요."

"주교님이 있기는 하지." 필립은 킹스브리지의 주교와 한 번도 직접 얘기를 나눠본 적은 없었지만, 그라면 자신을 맞아들여 이야기에 귀 기울여주리라는 걸 확신할 수 있었다. 스티븐은 교회에서 선택한 왕이었으므로 주교는 자동적으로 스티븐의 편에 설 것이고, 어떤 행동을 취할 만한 권력을 갖고 있었다.

프랜시스가 물었다. "주교님께서는 어디에 사시죠?"

"여기서 한나절 반 정도 걸리는 곳에."

"형님은 오늘 출발하는 편이 낫겠군요."

"그래." 필립은 무거운 마음으로 대답했다.

프랜시스는 후회하고 있는 듯했다. "다른 누군가 이 일을 했으면 좋겠어요."

"나도 그렇단다." 필립은 동감이라는 듯 말했다. "나도 그래."

필립은 수사들을 작은 성당에 불러모아 왕의 서거 소식을 알렸다. "평화로운 왕위계승과 새로운 왕이 선왕 헨리보다 더 교회를 사랑하도록 기도합시다." 그는 평화로운 왕위계승의 열쇠가 어느 정도는 자신의 손에 달려 있다는 말은 하지 않았다. 대신 그는 이렇게 말했다. "또다른 소식은 내가 킹스브리지 본당을 방문해야 한다는 것입니다. 오늘 당장 출발합니다."

기도문은 부수도원장이 읽을 것이고, 농장은 저장실 관리인이 돌볼 테지만, 그 누구도 웨어햄의 피터를 당해내진 못했다. 필립은 자신이 오래 수도원을 떠나 있으면 피터가 너무 말썽을 부린 나머지, 다시 돌아올 때쯤에는 수도원에 아무것도 남아 있지 않게 될까 걱정스러웠다. 그는 피터의 자존심에 상처를 입히지 않고 그를 제압할 방법을 생각해낼 수 없었고 또 지금은 그럴 만한 시간 여유도 없었으므로, 할 수 있는 최선을 다하기로 했다.

"오늘 아침 우리는 탐식에 대한 이야기를 나누었습니다." 그는 잠시 말을 쉬었다가 다시 이었다. "피터 형제는 우리의 감사를 받을 자격이 있습니다. 형제는 하느님께서 우리 농장을 축복하시고 우리에게 부富를 내리신 것이 우리를 살찌우고 만족시키기 위해서가 아니라, 그분의 영광을 더욱 드높이기 위해서라는 걸 우리에게 깨닫게 해주었습니다. 재물을 가난한 이들과 함께 나누는 것은 우리의 신성한 의무 중의 하나입니다. 지금까지 우리는 그 의무를 소홀히 해왔습니다. 이곳 숲속에는 우리와 재물을 함께 나눌 만한 사람이 없었기 때문입니다. 피터 형제는 우리에게 가난한 이들을 구제하기 위해 밖으로 나가 그들을 찾아다녀야 하는 것이 우리의 의무임을 일깨워주었습니다."

수사들은 놀라지 않을 수 없었다. 탐식의 문제는 일단락되었다고 생각하고 있었던 것이다. 당사자 피터는 불안한 표정을 짓고 있었다. 그는 다시 관심의 초점이 되는 것이 기쁘긴 했지만, 수도원장이 무슨 복안이라도 가지고 있는 건지 마음을 놓을 수가 없었다. 그리고, 그의 불안한 예감은 맞아떨어졌다.

"나는 결심했습니다." 필립은 계속했다. "매주 우리 공동체의 수사들은 각자 1페니씩 가난한 이들에게 나누어줄 것입니다. 그러기 위해서 우리 모두 조금씩 덜 먹어야 한다면, 우리는 천국에서의 보상을 기대하며 기꺼이 그렇게 할 것입니다. 중요한 것은 그렇게 모인 돈이 제대로 쓰일 수 있도록 해야 한다는 것입니다. 우리가 어떤 가난한 이에게 가족을 위해 빵을 사라고 1페니를 주었을 때, 그는 곧장 선술집으로 가 취하도록 마신 다음 집으로 돌아가 아내를 때릴지도 모릅니다. 그런 사람에게는 여러분의 자선이 없는 편이 나을 겁니다. 그에게는 빵을 주는 편이 더 낫습니다. 그보다는 그의 아이들에게 빵을 주는 편이 더 낫고요. 자선은 환자를 돌보거나 젊은이들을 교육하는 것만큼이나 주의를 기울여 행해야 할 신성한 일입니다. 이러한 이유에서 많은 수도원들이 자선에 관한 일을 책임지고 관리하는 자선금 분배관을 두고 있습니다. 우리도 그렇게 할까 합니다."

필립은 성당 안을 둘러보았다. 모두 정신을 바짝 차리고 관심을 기울이고 있었다. 피터는 자신의 승리를 확신하고 의기양양한 표정을 지었다. 다음에 무슨 일이 일어날지는 아무도 예측하지 못했다.

"자선금 분배관의 직무는 무척 고됩니다. 그는 가까운 도시와 마을들, 때로는 윈체스터까지도 걸어다녀야 할 것입니다. 그리고 그곳에서 가장 남루하고 가장 더럽고 가장 추하고 가장 사악한 부류의 사람들 가운데 들어가야 할 것입니다. 왜냐하면, 그런 사람들이야말로 가난한 이들이기 때문입니다. 그들이 신성을 모독할 때면 그들을 위하여 기도해야 하고, 그들이 아플 때면 그들을 방문하고, 그들이 속이고 약탈할 때도 그들을 용서해야 합니다. 그에게는 힘과 겸손, 그리고 끝없는 인내가 필요할 것입니다. 그는 우리와 함께하는 시간보다 나가 있는 시간이 더 많을 것이므로, 이 공동체의 안락을 그리워하게 될 것입니다."

필립은 다시 주위를 둘러보았다. 이제 그들은 모두 불안한 얼굴을 하고 있었다. 아무도 그 일을 하고 싶어하지 않았다. 그의 시선이 웨어햄의 피터에게 가 머물렀다. 피터는 무슨 일이 일어나리라는 걸 깨닫고 고개를 떨어뜨렸다.

"이 부분에 대해 우리의 부족함을 일깨워준 사람은 피터입니다." 필립이 천천히 말했다. "그래서 나는 우리의 자선금 분배관이 될 영광을 차지할 사람은 피터여야 한다고 결정을 내렸습니다." 필립은 미소를 지었다. "형제여, 오늘부터 일을 시작할 수 있습니다."

피터의 얼굴은 벼락이라도 맞은 것처럼 질려 있었다.

이제 이곳에서 떨어져 살게 될 테니 더는 문제들을 일으키지 못할 것이야, 필립은 생각했다. 윈체스터의 악취 나는 뒷골목에서 벌레 같은 가난한 사람들과 접촉하면 안락한 생활에 대한 그의 경멸 역시 누그러질 것이었다.

피터는 이것이 완벽하고 간단한 벌이라는 걸 분명히 깨닫고는 증오에 찬 얼굴로 필립을 노려보았다. 그 시선에 필립도 잠시나마 움찔하지 않을 수 없었다.

그는 노려보는 피터의 시선에서 눈을 떼고 다른 사람들을 둘러보았다. "왕이 돌아가시면 위험한 일들과 불확실한 일들이 있기 마련입니다." 그가 말했다. "떠나 있는 동안 나를 위해 기도해주십시오."

2

길을 떠난 지 이틀째 되는 날 정오, 수도원장 필립은 주교 관저에서 얼마 떨어지지 않은 곳에 이르렀다. 관저에 가까워질수록 그는 몸에 기운이 빠지는 것을 느꼈다. 그는 어떻게 그 반역 음모를 알게 되었는지를 설명할지 생각해냈다. 그러나 주교는 그의 이야기를 믿지 않을지도 몰랐고, 믿는다고 하더라도 증거를 요구할지도 몰랐다. 더 나쁜 것은—필립은 프랜시스와 헤어질 때까지만 해도 그런 가능성을 생각하지 못했는데—주교 역시 공모자 중 하나로 반역을 지원하는 경우로, 가능성은 희박했지만 있을 수 있는 일이었다. 어쩌면 주교는 셔링의 백작과 오랜 친구 사이일 수도 있었다. 주교가 교회의 이익보다 자신의 이익을 앞세우는 것은 드문 일이 아니었다.

주교는 정보의 진원을 밝혀내기 위해 필립을 고문할 수도 있었다. 물론 그에게는 그럴 권리가 없었지만, 그렇게 말하자면 왕에 대항해 음모를 꾸밀 권리 또한 없었다. 필립은 지옥도 속에 그려져 있는 고문도구들을 떠올렸다. 그런 그림들은 주교나 귀족들의 감옥에서 일어나는 일들에 영감을 받고 그린 것이었다. 필립은 자신에겐 순교자적인 죽음을 감당할 힘이 없음을 느꼈다.

앞서 걸어가고 있는 한 무리의 여행자들을 발견했을 때, 그는 본능적으로 그들과 마주치지 않기 위해 고삐를 늦췄다. 왜냐하면 그는 혼자였고, 아무 가책도 없이 수사를 강탈하는 노상강도들이 많았기 때문이다. 그러나 곧 그들 중 두 명은 어린아이이고 한 사람은 여자라는 걸 알 수 있었다. 가족이라면 대개 안심할 수 있었다. 그는 그들을 따라잡기 위해 말을 빨리 몰았다.

점점 다가갈수록 그들이 좀더 분명히 보였다. 키 큰 남자 하나와 거의 비슷한 체구의 청년, 작은 여자 하나, 그리고 아이들 둘이었다. 그들은 눈에 띄게 가난해 보였다. 작은 귀중품 보따리 따위는 아예 없었고, 옷은 다 해진 누더기였다. 남자는 기골만 장대했지 결핵 같은 병으로 죽어가고 있거나 굶주림 때문인 듯 형편없이 여위어 있었다. 남자는 주의 깊게 필립을 바라보고는, 손짓과 속삭임으로 아이들을 가까이 오게 했다. 필립은 처음에 그의 나이를 쉰 살 정도로 짐작했지만, 이제는 남자의 얼굴이 걱정으로 주름져 있다고는 해도 아직 30대라는 걸 알 수 있었다.

여자가 말했다. "어, 수사잖아."

필립은 날카로운 시선으로 그녀를 바라보았다. 남편이 말하기도 전에 여자가 앞서 말을 꺼내는 것도 심상찮았고, '수사'라는 말이 반드시 불손하다고는 할 수 없어도 '형제님'이나 '신부님'이라고 예의 바르게 불렀으면 좋았을 것이다. 여자는 남자보다 열 살가량 젊어 보였고, 움푹 들어간 범상치 않은 엷은 금빛 눈 때문에 눈에 띄는 얼굴이었다. 필립은 그녀가 위험스러운 존재임을 감지했다.

"안녕하십니까, 신부님." 남자가 아내의 무례함을 사과라도 하듯 인사를 건넸다.

"하느님의 축복이 있기를." 필립이 암말의 속도를 천천히 줄이면서 말했다. "당신은 누구시오?"

"톰이라고 합니다. 건축 장인입지요. 일을 찾으러 다니는 중입니다."

"짐작건대 아직 찾지 못한 모양이군요."

"사실 그렇습니다."

필립은 고개를 끄덕였다. 흔한 일이었다. 건축 장인들은 대개 일을 찾아 돌아다녔는데, 때때로 운이 없어서든 경기가 좋지 않아서든 일을 찾지 못하는 경우도 있었다. 그런 사람들은 종종 수도원의 호의를 이용하기도 했다. 최근에 일했던 사람들은 떠날 때 후한 기부금을 바쳤다. 그러나 한동안 노숙한 끝이라 수도원에 바칠 것이 전혀 없는 경우도 있었다. 이러한 두 종류의 사람들을 똑같이 따뜻하게 맞아들이는 것은 수도원의 자선에 대한 시험이 되기도 했다.

건축가는 아무리 그의 아내가 건강해 보인다고 해도 돈 한푼 없는 것이 분명했다. 필립이 말했다. "자, 내 말의 안장 주머니에 음식이 있어요. 마침 식사시간이고, 자선은 신성한 의무지요. 그러니 당신과 당신 가족이 나와 함께 식사를 한다면, 나는 내게 대접을 받은 사람들처럼 천국에서 보상받게 될 것입니다."

"정말 친절하시군요." 톰이 말하고는 여자를 바라보았다. 그녀는 보일 듯 말 듯 어깨를 으쓱하더니 살짝 고개를 끄덕였다. 그와 동시에 거의 사이를 두지 않고 남자가 대답했다. "친절을 받아들이지요. 고맙습니다."

"내가 아닌 하느님께 감사하십시오." 필립의 입에서 습관처럼 대답이 나왔다.

그러자 여자가 말했다. "십일조를 내서 수도원에서 음식을 마련할 수 있게 해준 농부들에게 감사해요."

제법 매운 말인걸, 필립은 생각했지만 아무 말도 하지 않았다.

그들은 작은 공터에서 걸음을 멈췄고, 필립은 조랑말에게 시든 겨울 풀을 뜯게 했다. 필립은 도착시간을 늦춰서 주교와의 끔찍한 면담을 연기할 구실이 생긴 것에 은밀한 기쁨을 느꼈다. 건축장이 역시 주교가 혹시 건물 보수나 증축을 하고 싶어할지도 모른다는 희망을 품고 주교 관저로 가는 길이라고 했다. 이야기를 나누면서 필립은 그 가족을 은밀히 관찰했다. 여자는 다 큰 아이의 어머니라기에는 너무 젊어 보였다. 큰아들은 마치 송아지처럼 강하고 미숙하고 우둔해 보였다. 다른 남자아이는 작은 키에 독특한 외양을 하고 있었는데, 당근 빛 머리카락과 눈처럼 새하얀 피부, 튀어나온 연푸른 눈을 갖고 있었다. 아이는 무심한 표정으로 사물을 골똘히 응시하는 습관을 가지고 있었는데, 그 표정을 보니 필립은 가엾은 팔푼이 자니가 떠올랐다. 그 점을 제외하면 소년은 자니와는 달리 상대가 언제 자신을 보고 있는지 알고 있는, 아주 어른스러운 인상이었다. 이 아이 역시 나름대로 어머니만큼이나 불온해 보이는군, 필립은 생각했다. 셋째 아이는 여자아이로, 여섯 살가량 되어 보였다. 그 아이는 때때로 울었는데, 그러면 아이의 아버지는 애정 어린 관심으로 끊임없이 아이를 돌보아주었고, 간간이 아무 말 없이 아이를 토닥여주었다. 그 아이를 무척이나 사랑하는 것이 분명했다. 또 그는 딱 한 번 아내를 어루만졌는데, 필립은 그들의 눈길 속에서 이글거리는 욕정의 불꽃을 보았다.

여자가 아이들에게 접시로 쓸 만한 넓은 나뭇잎을 주워오라고 했다. 필립은 안장 주머니를 열었다. 그때 톰이 물었다. "신부님의 수도원은 어딘지요?"

"여기서 서쪽으로 하루 정도 걸리는 숲속에 있는 수도원이지요." 그러자 여자가 날카로운 시선으로 올려다보았고 톰은 눈썹을 치켜올렸다.

"그곳을 아십니까?" 필립이 물었다.

어떤 이유에서인지 톰은 어색한 표정을 지었다. "우리가 솔즈베리에서 오는 길에 틀림없이 그 근처를 지나쳤을 겁니다."

"아, 네. 그랬겠군요. 하지만 큰길에서 멀리 떨어진 곳이기 때문에, 당신이 그곳을 알고 일부러 찾아가지 않았다면 보지 못했을 겁니다."

"아, 그렇겠군요." 그렇게 대꾸했으나 톰의 마음은 다른 곳에 가 있는 듯했다.

필립은 한 가지 생각이 떠올랐다. "물어볼 것이 있는데, 혹시 도중에 여자 하나를 보지 못했습니까? 아마도 매우 젊고 혼자이거나, 아니면 아기를 데리고 있는 여자 말입니다."

"못 봤습니다." 톰이 대답했다. 그의 어조는 평소와 다름이 없었지만, 필립은 그의 강한 관심을 느낄 수 있었다. "그런데 왜 그런 걸 물으시지요?"

필립은 미소 지었다. "말씀드리지요. 어제 아침 일찍 숲속에서 아기 하나를 발견해 우리 수도원으로 데리고 갔습니다. 남자 아기였는데 태어난 지 하루밖에 안 된 것 같더군요. 아기는 전날 밤에 태어난 것이 틀림없어요. 그러니 그 아기의 어머니는 분명 당신들과 같은 시간에 그 지역에 있었을 겁니다."

"우리는 아무도 보지 못했는데요." 톰이 거듭 말했다. "그래서 그 아기를 어떻게 하셨습니까?"

"염소젖을 먹였지요. 아기는 그것으로도 잘 자랄 것 같아요."

그들은 둘 다 필립을 뚫어지게 바라보았다. 이런 이야기는 누구라도 감동시키는군, 필립은 생각했다. 잠시 후 톰이 말했다. "신부님은 그 아기의 어머니를 찾고 계십니까?"

"오, 아닙니다. 그저 물어본 것뿐이에요. 만약 아기 어머니를 만나면 물론 아기를 돌려줄 겁니다. 하지만 그녀는 그러기를 바라지 않는 것이 분명해요. 아마도 발견되지 않도록 숨었을 겁니다."

"그렇다면 그 아기는 어떻게 되는 겁니까?"

"수도원에서 키울 생각입니다. 그 아기는 하느님의 아이가 되는 거지요. 나 자신도 그렇게 자랐고 내 동생 역시 그랬습니다. 부모님은 우리가 어렸을 때 돌아가셨고, 그후로는 대수도원장님이 우리의 아버지가 되어주셨고, 수사들이 우리 가족이었지요. 우리는 그곳에서 부족하지 않게 먹었고 따뜻하게 지냈고 공부도 했답니다."

여자가 말했다. "그리고 둘 다 수사가 됐고요." 그녀의 어조에서는 비꼬는 기미가 느껴졌다. 그 사실이야말로, 수도원의 자선이 궁극적으로 수도원의 이익이라는 증거이기라도 한 것처럼.

필립은 그녀의 말에 다음과 같이 반박할 수 있다는 것이 기뻤다. "그렇지 않습니다. 내 동생은 수도회를 떠났답니다."

아이들이 돌아왔다. 넓은 나뭇잎을 하나도 찾지 못한 채였다. 겨울에 그런 나뭇잎을 찾는다는 것은 쉬운 일이 아니었다. 그래서 그들은 접시 없이 식사를 했다. 필립은 그들에게 빵과 치즈를 전부 나눠주었다. 그들은 게걸들린 짐승처럼 음식에 달려들었다. "이 치즈는 우리 수도원에서 만든 것입니다. 사람들은 이처럼 갓 만든 것을 좋아하지요. 하지만 숙성시키면 더 맛있답니다." 그러나 그들은 너무 배가 고팠기에 그런 말에는 신경 쓸 여유가 없었다. 순식간에 빵과 치즈가 동났다. 필립은 가지고 있던 배 세 개를 주머니에서 꺼내 톰에게 주었다. 톰은 배를 하나씩 아이들에게 나눠주었다.

필립이 자리에서 일어섰다. "당신에게 일거리가 생기도록 기도하겠습니다."

"그러시다면 신부님, 주교님께 제 얘기를 좀 해주십시오. 신부님께서는 우리가 곤경에 처해 있다는 것과 우리가 정직하다는 것을 아실 테니까요."

"그렇게 하지요."

필립이 말에 오르는 동안 톰은 말을 붙들어주었다. "신부님은 정말 좋은 분이로군요." 놀랍게도 필립은 톰의 눈에서 눈물을 보았다.

"하느님께서 함께 하시기를." 필립이 축복했다.

톰은 잠시 더 말머리를 잡고 있었다. "신부님께서 말씀하신 아기 말인데요, 길에서 주운 아기요." 그는 마치 아이들이 듣지 않았으면 하는 듯 나지막하게 말했다. "신부님께서는…… 벌써 그 아기의 이름을 지으셨나요?"

"예, 지었지요. 우리는 그 아기를 조너선이라고 부른답니다. 하느님의 선물이라는 뜻이지요."

"조너선이라, 좋은 이름이군요." 톰은 말머리를 놓았다.

필립은 잠시 그를 호기심 어린 눈빛으로 바라보고는, 말에 박차를 가해 달려갔다.

킹스브리지의 주교는 킹스브리지에 살고 있지 않았다. 그의 관저는 차가운 석조 대성당과 음산한 수사들의 거처에서 꼬박 하루 걸리는 울창한 계곡, 남쪽이 트인 언덕 중턱에 자리잡고 있었다. 주교는 이렇게 성당에서 멀리 떨어진 곳에서 지내는 것을 좋아했는데, 성당에 너무 자주 가게 되면 소작료를 거두고 재판을 하고 궁정에서 모종의 조치를 취하는 업무에 방해가 되기 때문이었다. 그러는 것은 수사들에게도 좋은 일이었다. 주교가 떨어져 있을수록 그들에 대한 간섭도 줄어들기 때문이었다.

필립이 도착한 오후 무렵에는 눈이라도 쏟아질 것처럼 추웠고, 회색 구름이 언덕 중턱의 주교 관저 위로 낮게 드리워져 있었다. 그곳은 성은 아니었지만 그럼에도 불구하고 방비가 철저했다. 삼림은 사방 1백 미터까지 말끔히 벌목되어 있었다. 저택은 한 길 정도의 단단한 나무 울타리로 둘러쳐져 있었고, 밖으로는 빗물이 빠질 수 있도록 배수시설이 되어 있었다. 정문의 문지기는 일견 느슨해 보였으나 무거운 칼을 차고 있었다.

관저는 E자형으로 지은 멋진 석조저택이었다. 일층은 저장고로 쓰였는데, 단단한 벽에는 몇 개의 육중한 문이 나 있을 뿐 창문이라고는 없었다. 열린 문 사이로 어둠에 잠긴 통과 자루들이 보였다. 나머지 문들은 모두 닫혀 사슬로 잠겨 있었다. 필립은 그 안에 무엇이 있는지 궁금했다. 주교가 그곳에 죄인을 가둔다면, 그 죄인은 엄청나게 고통스러울 것이 뻔했다.

E자의 가운데 짧은 획 부분은 일층 위에 있는 거실로 통하는 외부 층계였다. E자의 수직 획에 해당하는 내실內室은 홀에 해당되는 공간인 듯했다. E자의 위와 아래를 이루는 두 공간은 예배당과 침실일 거라고 필립은 추측했다. 그곳에는 덧창이 달린 작은 창문들이 있었는데, 의심에 차 바깥세상을 내다보는 눈동자와도 같았다.

구내에는 목조 마구간과 헛간은 물론, 석조 취사장과 제빵소까지 있었다. 모든 건물들은 잘 정비된 모습이었다. 건축장이 톰에게는 안된 일이로군, 필립은 생각했다.

마구간에는 군마 두 마리를 포함해 준마 몇 필이 있었고, 무장한 군사 몇몇이 서성거리며 시간을 죽이고 있었다. 아마도 주교에게 방문객이 온 모양이었다.

필립은 마부에게 말을 맡기고 불길한 예감 속에 계단을 오르기 시작했다. 모든 장소에서 지나칠 정도로 군대에 온 것 같은 느낌이 들었다. 억울함을 호소하는 청원자들의 줄이나, 아기에게 축복을 받게 하려는 어머니들의 모습은 어디 있는 것인가? 필립은 전혀 낯선 세계로 발을 들여놓고 있는데다, 위험하기 짝이 없는 비밀을 품고 있었다. 어쩌면 오랫동안 이곳에서 나가지 못할지도 모른다, 필립은 두려운 심정으로 생각했다. 프랜시스가 날 찾아오지 않았더라면 좋았을 텐데.

그는 층계 꼭대기에 이르렀다. 쓸데없는 생각이야, 그는 자신을 타일렀다. 여기서 나는 하느님과 교회를 위해 봉사할 기회를 갖는 것이다. 그런데 나 자신의 안위만을 걱정하다니. 어떤 이들은 매일 전장에서, 바다에서, 위험천만한 순례길이나 성전聖戰에서 위험에 직면하지 않는가. 한낱 수사라도 때때로 약간의 공포나 불안은 견뎌내야 하지 않겠는가.

필립은 심호흡을 한 후 안으로 들어갔다.

홀 안은 흐릿했고 연기로 가득 차 있었다. 필립은 찬 공기가 들어오지 않도록 재빨리 문을 닫은 다음, 어둑한 주위를 둘러보았다. 방 저편에서 커다란 난로가 타오르고 있었다. 난로 주위에는 일단의 사람들이 모여 있었는데 그중 몇몇은 성직복을, 나머지 사람들은 값비싸긴 했지만 하층 귀족임을 한눈에 알 수 있는 복장을 하고 있었다. 그들은 심각한 토론을 하는 듯 목소리가 낮았고 사무적이었다. 그들이 앉은 자리는 되는 대로 흩어져 있었지만, 그들 모두는 거미집 중앙에 자리잡은 거미처럼 무리 한가운데 앉아 있는 사제를 향하고 있었다. 사제는 몸피가 여윈 사람으로, 다리를 쩍 벌리고 긴 팔을 의자 팔걸이에 걸친 것이 금방이라도 자리에서 벌떡 일어날 것만 같았다. 뻣뻣한 검은 머리카락, 창백한 안색, 날카로운 콧날, 그리고 검은 옷 때문에 한눈에도 미남이고 위협적으로 보였다.

그는 주교가 아니었다.

문 옆의 자리에서 집사가 일어나 필립에게 물었다. "어서 오십시오, 신부님. 누구를 만나러 오셨는지요?" 바로 그때 난로 곁에 누워 있던 사냥개가 머리를 들고 으르렁거렸다. 검은 옷의 남자가 재빨리 고개를 들고 필립을 발견했고, 즉각 손을 들어 대화를 중단시켰다. "무슨 일이오?" 그의 목소리는 퉁명스러웠다.

"안녕하십니까?" 필립이 예의 바르게 인사했다. "주교님을 뵈러 왔습니다."

"지금 안 계시오." 사제는 단호한 목소리로 대답했다. 필립은 가슴이 철렁 내려앉았다. 주교와의 면담과 그 위험에 떨고 있었건만 이제는 오히려 실망감이 밀려왔다. 이 엄청난 비밀을 어떻게 해야 할 것인가? 그는 사제에게 물었다. "언제쯤 돌아오실까요?"

"모르겠소. 그런데 주교님은 무슨 일로 뵈려고 하는 거요?"

사제의 어조가 다소 퉁명스러워 필립도 쏘아붙였다. "하느님의 일로 뵈려고 합니다." 그의 어조는 날카로웠다. "그러는 당신은 누구신지요?"

사제는 필립의 반격에 놀란 듯 눈썹을 치켜세웠고, 다른 사람들은 뭐라도 폭발하길 기대하듯 갑자기 숨을 죽였다. 그러나 사제는 한결 부드러워진 목소리로 대답했다. "나는 이곳의 부주교요. 이름은 웨일런 바이가드라고 하오."

사제에게 적당한 이름이라고 필립은 생각했다.* "제 이름은 필립입니다. 숲속에 있는 성 요한 수도원의 원장이지요. 그곳은 킹스브리지 수도원의 분원입니다."

"익히 얘기는 들어 알고 있소. 그러니까 당신이 귀네드의 필립이로군."

필립은 깜짝 놀랐다. 현직 부주교가 자기처럼 보잘것없는 사람의 이

---

* 바이가드(Bigod)라는 이름 안에 '하느님'이라는 뜻이 들어 있다.

름까지 알고 있어야 할 이유를 상상할 수 없었다. 그러나 아무리 보잘것없다 하더라도 그의 지위는 웨일런이 태도를 바꾸게 하기에 충분했다. 당황한 표정이 부주교의 얼굴에 떠올랐다. "난로 가까이 오시오. 따끈한 포도주 한잔으로 몸을 녹이지 않으시려오?" 부주교가 벽에 기대놓은 긴 의자에 앉아 있던 사람에게 손짓을 하자, 수염이 덥수룩한 남자가 지시에 따르기 위해 벌떡 일어났다.

필립은 난로 곁으로 다가갔다. 웨일런이 낮은 목소리로 뭐라고 말하자 다른 사람들은 자리에서 일어나 떠날 준비를 했다. 필립이 자리에 앉아 손을 녹이고 있는 동안 웨일런은 손님들과 함께 문 쪽으로 갔다. 필립은 그들이 무슨 토론을 하고 있었는지, 왜 부주교가 기도도 하지 않고 모임을 끝냈는지 의아했다.

수염이 덥수룩한 하인이 필립에게 나무잔을 내밀었다. 그는 뜨겁고 진한 포도주를 홀짝거리며 다음에 취할 행동을 생각했다. 주교에게 도움을 청할 수 없다면 누구에게 갈 것인가? 그는 바살러뮤 백작에게 가서 반역 음모를 재고해줄 것을 간청해보면 어떨까 생각했다. 어리석은 생각이었다. 백작은 그를 지하감옥에 감금하고 열쇠를 던져버릴 것이다. 이제 남은 건 원칙적으로 지방에서 왕의 대리자 역할을 하는 셰리프뿐이었다. 그러나 누가 왕위에 오를지 아직 불확실한 상황에서, 셰리프가 어느 쪽에 가담할지는 알 수 없는 일이었다. 하지만 결국 그런 위험을 피해갈 순 없겠지, 필립은 생각했다. 그는 수도원의 단순한 생활로 돌아가고 싶은 마음이 간절했다. 그곳에선 가장 위험한 적이라고 해도 고작 웨어햄의 피터 정도였다.

웨일런의 손님들이 떠나고 문이 닫히자, 안뜰에 있는 말들이 내는 소리도 들리지 않았다. 웨일런은 불가로 돌아와 커다란 의자를 끌어당겼다.

필립은 자신의 문제에 온통 마음을 빼앗겨 있어 부주교와 이야기하고 싶지 않았지만, 예의 바르게 처신해야겠다고 생각했다. "제가 모임을 방해하지나 않았는지요?"

웨일런은 아니라는 몸짓을 했다. "끝날 때가 됐던 것뿐이오. 이런 일들은 언제나 쓸데없이 시간을 잡아먹는 법이지. 우리는 주교 관구管區 토지의 권리갱신 문제를 의논하고 있었소. 이런 종류의 일은 사람들이 단호한 태도를 취하기만 한다면 짧은 시간 내에 결정될 수 있는데 말이오." 그는 마치 주교 관구의 모든 계약을 파기하고 소작인들을 내쫓기라도 하듯 뼈가 불거진 손을 내저었다. "자, 나는 당신이 숲속의 작은 수도원에서 멋진 일을 해냈다고 들었소."

"부주교께서 그런 것까지 아시다니 놀랍습니다."

"주교는 직무상으로 보자면 킹스브리지의 대수도원장이오. 그러니 관심을 갖는 것이 당연하지 않겠소?"

그게 아니라면 주교에게 정보에 밝은 부주교가 있는 셈이지, 필립은 생각했다. "하느님께서 축복을 내려주신 거지요."

"물론 그렇소."

그들은 행정어인 프랑스의 노르망디 방언으로 대화를 나눴는데, 웨일런과 그의 손님들이 대화를 나누던 언어이기도 했다. 웨일런의 억양에는 약간 이상한 점이 있었는데, 잠시 후 필립은 영어를 사용하며 자란 사람에게서 나타나는 특이한 억양이 웨일런에게 있음을 깨달았다. 그것은 웨일런이 노르만 귀족계급 출신이 아니라 보잘것없는 집안 태생으로, 자신의 힘으로 출세했음을 의미했다. 필립이 그런 것처럼.

잠시 후 웨일런이 영어로 말하기 시작하자 그 사실은 명확해졌다. "하느님께서 킹스브리지 수도원에도 그와 같은 축복을 내려주시기를 바랍니다."

킹스브리지의 문제로 고민하는 것은 필립 혼자만이 아니었다. 그렇다면 웨일런은 그곳의 사정을 필립보다 더 많이 알고 있을지도 몰랐다. 필립이 물었다. "제임스 수도원장님은 어떻게 지내시는지요?"

"병중이오." 웨일런의 대답은 짤막했다.

그렇다면 바살러뮤 백작의 반란 음모에 어떠한 조치도 취하실 수 없겠군, 필립은 우울한 마음으로 생각했다. 이제 셔링으로 가서 셰리프에게 운을 걸어보는 수밖에 없었다.

문득 필립은 웨일런이라면 이 지방의 요직에 있는 사람들에 대해 알고 있을 거라는 생각이 들었다. "셔링의 셰리프는 어떤 분인가요?"

웨일런은 어깨를 으쓱했다. "신앙심 없고 오만하고 욕심 많고 부패한 자요. 셰리프가 다 그렇듯이 말이오. 그런데 그건 왜 묻는 거요?"

"주교님과 얘기를 나눌 수 없다면 셰리프를 찾아가봐야 할 것 같아서지요."

"보다시피, 나는 주교의 신임을 받고 있는 몸이오." 웨일런이 살짝 미소를 띠었다. "내가 도움이 될 수 있다면……" 그는 아량이 있으면서도 거절당할 수도 있음을 아는 사람처럼 관대한 태도를 취했다.

위기의 순간이 하루나 이틀 연기되었다고 생각하고 잠깐 마음을 놓았던 필립은 다시 불안에 휩싸였다. 부주교 웨일런을 믿을 수 있을까? 그는 웨일런의 무관심이 의도적인 것이라고 생각했다. 부주교는 삼가는 듯한 태도를 취하고 있었지만, 사실 그는 필립이 할 이야기가 얼마나 중요한 것인지 알고 싶어 안달이 나 있는 것 같았다. 그러나 그를 믿지 못할 이유는 없었다. 그는 분별 있는 상대처럼 보였다. 반역 음모에 어떠한 조치를 취할 만큼 권력을 갖고 있을까? 만약 그 혼자의 힘으로 불가능하다면 주교를 찾아낼 수라도 있을 것이다. 필립은 문득 웨일런에게 비밀을 털어놓는 것에 중요한 이점이 있다는 생각이 들었다. 주교는 정보의 진원을 한사코 캐내려고 할지도 모르지만 부주교에게는 그럴 권한이 없고, 필립의 이야기가 믿기든 믿기지 않든 만족할 터였다.

웨일런은 예의 그 미소를 지었다. "당신이 더 오래 생각해야 한다면, 나로서는 당신이 날 믿지 못한다고 생각하게 될 거요."

필립은 웨일런의 기분을 이해할 수 있었다. 웨일런에게는 필립 자신과 비슷한 점이 있었다. 젊고, 수준 높은 교육을 받았고, 낮은 계급 출신이고, 머리가 뛰어났다. 그는 필립의 취향으로는 다소 지나치게 세속적이었지만, 이는 귀족들과 많은 시간을 보내야 하고 수사처럼 보호받는 삶의 이점을 누리지 못하는 사제에게는 용서될 수 있음직한 면이었다. 필립은 웨일런이 마음속으로는 독실한 사람일 거라고 생각했다. 그는 교회를 위하여 옳은 일을 할 것이었다.

필립은 결정을 내리기 직전 망설였다. 여태까지는 오직 그와 프랜시스만이 이 비밀을 알고 있었다. 일단 제삼자에게 말하고 나면 무슨 일이 일어날지 몰랐다. 그는 심호흡을 했다.

"사흘 전 부상을 입은 한 사람이 숲속의 제 수도원으로 찾아왔습니다." 그는 속으로 거짓말에 대해 용서를 빌면서 말을 시작했다. "그는 무장을 하고 멋지고 날랜 말을 타고 있었는데, 그곳에서 2, 3킬로미터 떨어진 곳에서 그만 말에서 떨어졌다더군요. 떨어질 때 굉장히 빠른 속도로 달리고 있었음이 분명한 것이, 팔이 부러지고 갈비뼈가 부서지는 부상을 입었습니다. 우리는 그의 팔은 치료했지만 갈비뼈에 대해서는 속수무책이었는데, 내상이 심했는지 그는 피를 토하고 있었습니다." 말을 하면서 필립은 웨일런의 표정을 살폈다. 그때까지 웨일런에게는 의례적인 관심 말고는 아무 표정도 떠오르지 않고 있었다. "저는 그에게 상처로 죽게 될지도 모르니 마지막으로 죄를 고해하라고 했습니다. 그랬더니 한 가지 비밀을 털어놓더군요."

그는 웨일런이 정치 쪽 소식을 어느 정도나 알고 있는지 잘 알 수 없었기에 주저했다. "부주교님께서는 블루아의 스티븐이 교회의 축복 속에 잉글랜드의 왕위를 요구하고 있다는 걸 알고 계시겠지요."

웨일런은 필립보다 더 많은 것을 알고 있었다. "그는 크리스마스 사흘 전에 웨스트민스터 사원에서 대관식을 올렸소."

"벌써!" 프랜시스도 그 사실은 모르고 있었다.

"그 비밀이란 게 뭐요?" 웨일런이 조급한 기색으로 물었다.

필립은 모험을 하기로 했다. "죽기 전에 그 사람이 제게 고백하기를, 자신의 영주인 셔링의 백작 바살러뮤가 글로스터의 로버트와 함께 스티븐에 대항해 반란을 공모하고 있다는 것이었습니다." 그는 숨을 죽이고 웨일런의 표정을 살폈다.

웨일런의 창백한 뺨은 더욱 새하얗게 질렸다. 그가 의자에 앉은 채 몸을 앞으로 쑥 내밀었다. "그 말이 사실이라고 생각하시오?" 그의 목소리는 다급했다.

"죽어가는 사람은 대개 진실을 말하는 법이지요."

"어쩌면 그는 백작가에 떠도는 소문을 옮겨놓은 것일지도 모르오."

필립은 웨일런이 의심하리라고는 생각지 못했다. 그는 서둘러 즉흥적으로 말을 꾸몄다. "오, 그렇지 않습니다. 그는 바살러뮤 백작이 햄프셔에 있는 자기 군대를 불러모으기 위해 보낸 전령이었습니다."

웨일런의 지적인 눈빛이 필립의 표정을 살폈다. "그가 문서를 가지고 있었소?"

"아니오."

"그럼 백작의 권위를 나타내는 다른 표시나 증거 같은 것은?"

"전혀 없었습니다."

필립은 조금씩 진땀이 나기 시작했다. "제 추측으로 그는 백작의 권한 대행자로서, 소식을 들을 사람들 편에 잘 알려진 사람 같았습니다."

"그의 이름이 무엇이오?"

"프랜시스." 필립은 어리석게도 이렇게 대답했다. 자기 혀를 깨물어 버리고 싶었다.

"그뿐이오?"

"다른 이름 같은 것은 제게 말하지 않았습니다." 필립은 웨일런이 자기 이야기를 심문으로 마구 파헤치는 느낌이 들었다.

"그의 무기나 갑옷으로 신분을 짐작할 수는 있잖소."

"그는 갑옷을 입고 있지 않았습니다." 필립의 심정은 이제 절망적이 되었다. "우리는 그의 무기를 시신과 함께 매장했습니다. 수사들에게 칼은 아무 소용이 없으니까요. 무덤을 파볼 수는 있겠지만 그 무기들이 평범하고 아무 특징도 없었다는 것만은 분명히 말씀드릴 수 있습니다. 거기에서 실마리를 찾을 수 있다고는 생각하지 않습니다……" 이제 웨일런의 관심을 이 조사에서 다른 데로 돌려야 했다. "이제 어떻게 해야 한다고 생각하십니까?"

웨일런은 얼굴을 찌푸렸다. "증거 없이 무슨 일을 할 수 있을지 모르겠소. 반역 공모자들은 간단하게 죄과를 부정할 거고, 그러면 고발자가 벌을 받는 입장에 서게 될 거요." 특히나 그 정보가 거짓으로 판명난다면, 웨일런이 그렇게 말한 건 아니었지만 필립은 그의 생각을 짐작할 수 있었다. 웨일런은 말을 계속했다. "이 이야기를 다른 사람에게도 했소?"

필립은 고개를 저었다.

"이곳에서 나가 어디로 갈 거요?"

"킹스브리지로 갈 겁니다. 길을 떠나는 이유가 있어야 했기에 그곳 수도원을 방문할 거라고 얘기해두었거든요. 그러니 이제 그 말을 사실로 만들기 위해 그곳에 가야지요."

"이 말을 그곳의 어느 누구에게도 하지 마시오."

"그러겠습니다." 필립 역시 그럴 생각이었지만, 웨일런이 왜 그 점을 강조하는지 의아했다. 아마도 이기적인 이유에서일 터였다. 만약 웨일런이 위험을 감수하고 음모를 폭로한다면, 그 대가로 영예를 보장받고 싶어서일 것이다. 그는 야심가였다. 그 점이 필립으로서는 더 좋았다.

"이 일은 내게 맡겨주시오." 갑자기 웨일런이 퉁명스럽게 말했다. 이전의 태도와는 완전히 달라진 그 모습에 필립은 그의 친절이 외투처럼 입었다 벗었다 할 수 있는 것임을 깨달았다. 웨일런은 말을 계속했다. "이제 킹스브리지 수도원으로 가시오. 셰리프에게 가겠다는 생각은 잊어버리고. 알았소?"

"그렇게 하지요." 필립은 적어도 잠시 동안은 일이 잘되어가리라는 것과, 무거운 짐이 그의 어깨에서 내려졌음을 깨달았다. 그는 지하감옥에 강제 투옥되지도 않았고, 고문관에게 심문을 당하지도 않았고, 반란 선동죄로 기소되지도 않았다. 게다가 그 책임을 다른 누군가에게 넘겼고, 그 사람은 그 일을 기꺼이 떠맡은 것 같았다.

필립은 일어나 가까운 창가로 갔다. 아직 이른 오후라 햇빛은 많이 남아 있었다. 그는 당장 이곳을 나가 그 비밀에서 멀어지고 싶은 충동을 느꼈다. "지금 출발하면 저녁때까지는 12에서 16킬로미터는 갈 수 있겠지요?"

웨일런은 굳이 그를 붙들지 않았다. "그럼 베싱본 마을에 도착할 수 있지요. 거기서 잘 곳을 찾아 쉬시오. 그다음 날 아침 일찍 출발하면 정오쯤에는 킹스브리지에 닿을 거요."

"그렇겠군요." 필립은 창문에서 몸을 돌려 웨일런을 바라보았다. 부주교는 인상을 쓴 채 난로를 바라보며 깊은 생각에 잠겨 있었다. 필립은 잠시 그를 지켜보았다. 웨일런은 자신의 생각을 필립에게 이야기하려

하지 않았다. 그의 영리한 머릿속에서 무슨 생각이 진행되고 있는지 궁금했다. "저는 바로 출발하겠습니다."

웨일런은 생각에서 빠져나와 다시 매력적인 모습을 되찾았다. 그는 웃으며 일어났다. "좋습니다." 그는 문까지 필립을 따라와 뜰로 통하는 계단을 함께 내려왔다.

마부가 필립의 말을 가져와 안장을 얹었다. 웨일런은 인사를 하고 난롯가로 되돌아갈 수도 있었으나 여전히 그 자리에 서 있었다. 자신이 셔링으로 가지 않고 킹스브리지로 가는 길로 접어드는 것을 확인하고 싶어서라고 필립은 생각했다.

필립은 왔을 때보다 훨씬 기쁜 마음으로 말에 올랐다. 막 출발하려고 하는데, 건축장이 톰이 가족을 이끌고 문에 들어서는 것이 보였다. 필립은 웨일런에게 말했다. "저 사람은 길에서 만난 건축장이입니다. 정직한 사람 같은데 어려운 지경에 처해 있지요. 건물을 손볼 데가 있다면 무척 기뻐할 것입니다."

웨일런은 대답하지 않았다. 그는 톰의 가족들이 구내를 가로질러 오는 것을 뚫어져라 바라보고 있었다. 모든 침착과 평정을 잃은 모습이었다. 입은 벌어졌고 눈동자는 고정되어 있었다. 마치 커다란 충격이라도 받은 사람 같았다.

"왜 그러십니까?" 필립이 걱정스럽게 물었다.

"저 여자!" 웨일런의 목소리는 꺼져가는 속삭임 같았다.

필립이 그녀를 바라보았다. "무척 아름다운 여자로군요." 그는 그 사실을 처음으로 깨달았다. "하지만 우리 사제들은 정숙하게 행동해야 한다고 배웠습니다. 눈길을 돌리시지요, 부주교님."

웨일런은 그 말을 듣고 있지 않았다. "그녀가 죽었다고 생각했는데." 그가 중얼거렸다. 그러다 문득 필립을 의식한 듯, 그는 여자에게서 눈을 떼고 정신을 수습하며 말등에 오른 필립을 올려다보았다. "킹스브리지 수도원장에게 안부 전해주시오." 그러고는 필립이 탄 말의 엉덩이를 때렸다. 말은 앞으로 뛰쳐나가 빠른 걸음으로 정문을 통과했다. 필립이 고삐를 짧게 쥐고 말을 조종할 수 있었을 때는 이미 너무 멀리 와버려서 부주교에게 인사조차 할 수 없었다.

3

웨일런 부주교의 말대로 필립은 다음 날 정오 무렵 킹스브리지가 바라다보이는 곳에 이르렀다. 그는 나무가 무성한 인딕 중턱에서 빠져나와, 앙상한 나무만 눈에 띄는 생기 없고 얼어붙은 들판을 둘러보았다. 밭일이 없는 한겨울이라 아무도 눈에 띄지 않았다. 킹스브리지 대성당은 얼어붙은 전원을 가로질러 몇 킬로미터 떨어진 언덕 위에 서 있었다. 흙무덤 위에 세운 묘석처럼 웅크려 앉은 형세의 거대한 건물이었다.

경사로를 따라 내려가자 대성당은 시야에서 사라졌다. 그의 침착한 조랑말은 언 바퀴자국만을 골라 밟으며 조심스럽게 나아갔다. 필립은 웨일런 부주교에 대해 생각하고 있었다. 나이차가 얼마 나지 않았음에도 너무도 침착하고 자신이 넘치고 유능해 보였기에, 필립으로서는 자신이 미숙하고 순진하다는 느낌이 들지 않을 수 없었다. 웨일런은 전체 집회를 크게 힘들이지 않고 통솔하고 있었다. 그는 정중하게 손님들을 돌려보냈고, 필립의 이야기를 주의 깊게 들었고, 즉각 증거가 결여되어 있다는 결정적인 문제에 다다랐고, 조사해봐야 아무 소득이 없다는 것을 재빨리 깨닫고 즉시 필립을 자기 갈 길로 보냈다. 그제야 필립은 웨일런이 어떤 행동을 취하겠다는 아무런 보장도 하지 않았음을 깨달았다.

자신이 얼마나 쉽게 조종당했던가를 생각하자 씁쓸한 웃음이 나왔다. 웨일런은 심지어 필립이 보고한 내용을 주교에게 말하겠다는 약속조차 하지 않았다. 그러나 필립은 웨일런에게서 간파해낸 그의 야심가적 기질로 미루어 분명 그 정보를 어떤 식으로든 이용하리라는 것을 확신했다. 그는 웨일런이 어느 정도 자신에게 빚을 졌다고 느끼리라는 것까지도 짐작할 수 있었다.

웨일런에게서 깊은 인상을 받은 까닭에, 필립은 그의 유일한 약점에 한층 더 흥미를 느꼈다. 바로 건축장이 톰의 아내를 보고 그가 보인 반응이었다. 필립은 그녀가 어딘지 모르게 위험스럽게 보였다. 분명 웨일런은 그녀가 탐나는—그것 역시 위험스러울 터였다—여자라고 생각했으리라. 그렇지만 웨일런의 태도에는 그 이상의 무언가가 있었다. '그녀가 죽은 줄 알았다' 라고 한 말로 보아 전에 그녀를 만난 적이 있음에 틀림없었다. 마치 아득한 과거에 그녀에게 죄를 지었다는 말처럼 들렸다. 필립이 주변에 머물면서 좀더 알아내지 못하게 한 그의 행동으로 보건대, 분명 그녀에 대해 '어떤' 죄의식을 느끼고 있는 듯했다.

심지어 이런 죄스러운 비밀까지도 웨일런에 대한 필립의 생각을 그리 훼손시키지는 못했다. 웨일런은 수사가 아니라 사제였다. 순결이란 수도원 생활에서는 본질적인 부분이었지만, 사제들에게까지 강요되지는 않았다. 주교들은 정부情婦를 거느리고 있었고, 교구 사제들은 가정부를 두고 있었다. 사악한 생각에 대한 금기와 마찬가지로 금욕은 너무도 가혹한 것이라 성직자들은 이를 제대로 지키지 못했다. 만약 하느님이 음탕한 사제들을 용서하지 않는다면, 하늘나라에는 성직자가 거의 없을 것이다.

다음 언덕을 오르자 킹스브리지 대성당이 다시 모습을 드러냈다. 머릿부분에 둥근 아치들과 작고 깊숙한 창이 난 장중한 대성당은 수도원이 온 마을을 제압하고 있는 것처럼 주위 풍경을 압도하고 있었다. 필립이 마주 보는 성당의 서쪽 끝에는 한 쌍의 땅딸막한 탑이 있었는데, 그중 하나는 사 년 전 폭풍우에 쓰러졌다. 쓰러진 탑은 여전히 재건되지 않아 볼썽사나운 인상을 주고 있었다. 이러한 광경에 필립은 화가 나지 않을 수 없었다. 성당 입구에 쌓여 있는 그 돌더미들이 수치스럽게도 수도원의 정직성이 무너졌음을 상기시켜주기 때문이었다. 똑같이 엷은 색 석회석으로 지은 수도원 건물들이 왕위를 넘보는 음모자들처럼 성당의 옆쪽에 모여 있었다. 수도원을 둘러싼 낮은 담장 밖에는 나무와 진흙으로 짓고 초가지붕을 얹은 평범한 오두막들이 흩어져 있었다. 주위의 밭을 경작하는 농부들과 수도원에서 일하는 하인들이 사는 곳이었다. 마을의 남서쪽 모퉁이를 가로지르며 흐르는 좁고 물살이 빠른 강이 물을 공급해주고 있었다.

오래된 나무다리 위로 강을 건너기 전부터 필립은 신경이 날카로워져 있었다. 킹스브리지 수도원이 하느님의 교회와 수도원 활동을 수치스럽게 하고 있는데도 필립이 할 수 있는 일은 아무것도 없었다. 분노와 무력감 때문에 속이 쓰렸나.

다리는 수도원 소유였으므로 통행세를 내야 했다. 필립과 말의 무게로 다리의 나무 널이 삐걱거리자 나이 든 수사가 반대쪽 둑에 있는 움막에서 가로대로 쓰는 버들가지를 흔들며 다가왔다. 그는 필립을 알아보고 손을 흔들었다. 노수사가 다리를 저는 것을 알아차리고는 필립이 물었다. "폴 형제, 발을 다친 건가요?"

"동상에 걸렸을 뿐이에요. 봄이 되면 낫겠지요."

필립은 그가 달랑 샌들만 신은 것을 보았다. 폴은 건장한 노인이었지만 최근 몇 년 새에 몹시 늙었으므로 이런 날씨에 하루 종일 바깥에서 보내는 건 무리였다. "불을 좀 피워야죠." 필립이 말했다.

"그렇게만 된다면 고마운 일이지만 레미기우스 형제가 불을 피우면 통행세를 받는 것보다 더 많은 돈이 든다고 그랬는걸요."

"통행세가 얼마지요?"

"말은 한 필에 1페니, 한 사람에 1파딩*씩이죠."

"이 다리를 이용하는 사람들이 많나요?"

"아, 그럼요, 많지요."

"그렇다면 어째서 불을 피울 수 없다는 거죠?"

"글쎄요. 하지만 수사들은 물론이고, 수도원의 하인이나 마을 사람들도 통행세를 내지 않는걸요. 그래서 고작 하루나 이틀에 한 번 여행중인 기사나 직공이 낸답니다. 축일에 대성당의 미사에 참례하기 위해 지방 각처에서 사람들이 올 때는 통행세가 많이 걷히지만요."

"그렇다면 축일에만 다리에 사람을 배치하고, 그 수익금 중에서 당신에게 불 피울 경비를 주면 되겠군요."

그러자 폴은 걱정스러운 표정을 지었다. "레미기우스 형제에게 아무 말도 마세요. 내가 불평하는 줄 알면 별로 좋아하지 않을 거예요."

"걱정 말아요." 필립은 폴이 자기 표정을 보지 못하게 하려고 말을 재촉해 속력을 높였다. 그는 이런 종류의 어리석음에 극도로 화가 났다. 폴은 하느님과 수도원에 대한 봉사에 일생을 바쳐왔건만 말년에 하루 동전 한두 푼 때문에 고통과 추위에 시달리고 있었다. 잔인한 일일뿐더러 낭비였다. 폴처럼 부지런한 노인에게 닭을 키우는 일 같은 생산적인 일

---

* 구舊 페니의 4분의 1페니에 해당하는 영국의 옛 화폐.

을 시킨다면 수도원은 동전 몇 푼보다 더 많은 이익을 볼 것이다. 그러나 킹스브리지 수도원장은 너무 늙고 무기력해서 그런 일을 해낼 수 없었고, 그 점은 부원장인 레미기우스 역시 마찬가지인 듯했다. 독실한 신앙심으로 하느님께 봉헌된 인적, 물적 자원들을 그런 식으로 경솔하게 낭비한다는 것은 커다란 죄악이다, 필립은 비통한 심정으로 생각했다.

오두막 사이를 지나 수도원 정문을 향해 조랑말을 몰던 필립은 도저히 용서할 수 없는 기분에 빠져 있었다. 수도원은 가운데 성당을 두고 직사각형의 구내로 이루어져 있었다. 건물 배치는 성당 북쪽과 서쪽으로는 공식적이고 세속적이며 종교적이고 현실적인 모든 설비가 있고, 반면 남쪽과 동쪽에는 내밀하고 영적이며 신성한 설비가 자리잡고 있었다.

경내 입구는 직사각형의 서북쪽 모퉁이에 있었다. 정문은 열린 채였고, 필립이 말을 몰며 지나가자 수위실에 있던 젊은 수사가 손을 흔들었다. 마구간은 정문 바로 안쪽, 경내의 서쪽 벽에 면해 있었는데, 그 단단한 목조건물이 벽의 다른 쪽에 있는 주거용 건물보다 오히려 더 잘 지어진 것 같았다. 마구간 안 건초 더미 위에 마부 두 사람이 앉아 있었다. 그들은 수사가 아니라 수도원의 고용인들이었는데, 방문객이 와서 일거리가 늘어난 데 골이 난 듯 마지못해 일어섰다. 코를 찌르는 지독한 냄새로 미루어보아 적어도 삼사 주 동안 축사를 청소하지 않았음을 알 수 있었나. 오늘만은 그들의 게으름을 눈감아주고 싶지 않았다. 말고삐를 넘겨주면서 필립이 말했다. "내 말을 마구간에 넣기 전에 축사 하나를 깨끗이 청소하고 새 짚을 깔게. 그런 다음 다른 말들의 축사도 그렇게 하게. 잠자리 짚이 계속 젖어 있으면 말발굽이 썩게 되네. 자네들이 이 축사를 깨끗이 유지할 수 없을 정도로 일이 많다고는 할 수 없을걸세." 둘 다 부루퉁한 표정인 걸 보고 필립은 덧붙였다. "내 말대로 하게. 그러지 않으면 반드시 자네들 둘 다 게으름의 대가로 하루치 품삯을 받지 못하게 할 테니까." 자리를 뜨려던 필립은 문득 생각나 덧붙였다. "내 말 안장 주머니에 치즈가 있네. 그것을 취사장의 밀리우스 형제에게 가져다주게."

그는 대답을 기다리지 않고 밖으로 나갔다. 수도원에는 마흔다섯 명의 수사들을 돕기 위해서 예순 명가량의 고용인이 있었는데, 필립의 생각으로는 부끄러울 정도로 많은 수였다. 할 일이 별로 없는 사람들은 쉽사리 게을러져서 꼭 해야 하는 사소한 일조차 건성으로 하기 마련인데, 이 마부들도 그렇게 된 것이 분명했다. 그것은 수도원장 제임스의 무능함을 드러내는 또다른 예였다.

필립은 수도원에 혹시 방문객이 있을까 궁금해 수도원 경내의 서쪽 담장을 따라 걸어가 객사客舍에 들렀다. 그러나 한 칸으로 된 커다란 건물은 사용하지 않는 듯 썰렁했고, 문지방은 바람에 날아온 해 지난 낙엽들에 덮여 있었다. 그는 왼편으로 돌아가 성당과 객사(때때로 신앙을 가지지 않은 사람이나 심지어 여자들까지도 객사에서 묵었다)를 분리하는, 듬성듬성 잔디가 깔린 넓은 공터를 가로질러 걷기 시작했다. 그는 성당의 서편 끝에 있는 신자 출입구로 다가갔다. 무너진 탑에서 나온 부서진 돌들이 탑이 쓰러진 장소에 큰 더미를 이루며 두 길이 넘는 높이로 쌓여 있었다.

대부분의 성당들처럼 킹스브리지 대성당도 십자가형으로 지어졌다. 본당 신자석으로 통하는 서쪽 끝은 십자가의 기다란 축을 이루었다. 십자가의 가로대 부분은 제단 남쪽과 북쪽으로 튀어나온 두 개의 익랑翼廊* 을 이루고 있었다. 교차부 너머의 성당 동쪽 끝은 성단소聖壇所**라 불렸

---

* 십자가 형태의 라틴식 교회 건물에서 신랑(신자석)을 가로지르는 부분. 익랑을 통해 신자석과 성가대석이 구분된다.

** 미사 때 성직자와 성가대원들이 앉는 제단 옆 자리.

는데, 주로 수사들을 위한 장소였다. 동쪽의 맨 끝은 성 아돌푸스의 무덤으로, 여전히 이따금 순례자들의 발길이 찾아들고 있었다.

필립은 신랑으로 들어가 둥근 아치 통로와 거대한 기둥들을 굽어보았다. 그 광경에 기분은 한층 우울해졌다. 습하고 어둠침침한 건물은 지난번 보았을 때보다 더 퇴락해 있었다. 신랑 양편에 있는 낮은 측랑의 창문들은 엄청나게 두꺼운 벽에 뚫린 좁은 터널 같았다. 지붕과 가까운 높은 곳, 명층의 커다란 창문들은 그림이 그려진 목조천장이 얼마나 퇴색했는지를 비춰줄 뿐, 사도와 성인, 예언자들의 모습은 점점 희미해져 배경과 뒤섞인 채 분간이 안 됐다. 찬 공기가 들어오는데도—창문에 유리라고는 없었으므로—옷 썩는 듯한 희미한 냄새가 주위 공기를 오염시키고 있었다. 성당의 다른 편 끝에서 장엄미사를 드리는지 단조로운 음의 라틴어 구절과 응답송이 들려왔다. 필립은 아래층 신랑으로 걸어 내려갔다. 바닥은 한 번도 포장된 적이 없어 농부들의 나막신과 수사들의 샌들이 거의 닿지 않는 구석의 맨땅에는 이끼가 끼어 있었다. 거대한 기둥에 조각된 나선과 둥근 홈, 그리고 기둥 사이의 아치에 새겨진 브이자 무늬 장식들은 한때는 칠을 하고 도금되었던 것들이었다. 그러나 지금 남아 있는 거라고는 종이처럼 얇게 벗겨진 금박 조각들과, 그림이 있었음을 알려주는 물감 얼룩뿐이었다. 돌 틈의 회반죽은 부스러져 벽 앞에 작은 더미를 이루며 쌓여 있었다. 필립은 또다시 낯설지 않은 분노가 끓어오르는 것을 느꼈다. 사람들이 이곳에 올 때는 전지전능하신 하느님의 위엄에 경외감을 느끼기를 기대할 터였다. 농부들은 모든 것을 겉모습으로 판단하는 단순한 사람들이라 이런 모습을 보고 하느님을 태평하고 무관심한 신으로 간주하고는, 그들이 올리는 경배를 헤아려주고 혹여 죄를 짓지나 않는지 지켜보지 않을 거라고 생각할 수도 있었다. 결국 농부들은 이마의 땀을 성당에 바치는데, 그 대가가 이 무너져내리는 음침한 건물이라는 건 말도 안 되는 일이었다.

필립은 제단 앞에 무릎을 꿇고, 아무리 정당한 분노라 할지라도 미사에 참례하는 사람의 바람직한 마음가짐은 아님을 의식하고 잠시 묵상했다. 마음이 좀 가라앉자 그는 일어서서 그곳을 지나쳤다.

성당의 동쪽 팔에 해당하는 성단소는 둘로 분리되어 있었다. 교차부에 가장 가까운 곳은 성가대석으로, 수사들이 미사중에 앉고 설 수 있는 나무 좌석이 놓여 있었다. 성가대석 너머는 성인들의 무덤을 안장한 성역이었다. 필립은 성가대석에 자리를 잡으려고 제단 뒤로 옮겨갔다. 그러다가 관 옆에서 황급히 걸음을 멈췄다.

필립은 놀란 채 그 자리에 멈춰 섰다. 그에게 수사 중 죽은 이가 있다는 사실을 말한 사람은 아무도 없었다. 물론 그가 이야기를 나눈 사람은 단 세 사람뿐이었다. 폴은 늙은데다 약간 얼이 빠져 있는 노인이고, 마부 두 사람에게는 이야기를 나눌 기회조차 주지 않았다. 그는 누가 죽었는지 알아보기 위해 관 옆으로 다가갔다. 안을 들여다본 필립은 심장이 멎는 것 같았다.

수도원장 제임스였다.

필립은 입을 벌린 채 멍하니 바라보았다. 이제 모든 것이 변한 것이었다. 새로운 수도원장과 새로운 희망.

이런 환호가 존경해야 할 형제의 죽음에 대한 옳은 반응이라고는 할 수 없었다. 그 형제가 아무리 잘못을 범했더라도. 필립은 애도하는 태도로 표정과 마음을 가다듬었다. 그는 죽은 사람을 살펴보았다. 수도원장은 머리가 하얗게 세고 얼굴이 야위었으며 허리가 구부정했다. 그러나 이젠 항상 지쳐 있는 듯한 표정은 사라지고, 어찌할 바 모르고 수심에 잠겨 있는 듯한 표정 대신 평화가 깃들어 있었다. 필립은 관 옆에 무릎을 꿇고 기도를 하면서, 말년에 이 노인의 마음이 어떤 커다란 고뇌에 짓눌려 있었던 것은 아닐까 생각했다. 고해하지 못한 죄나 가슴 아프게 떠오르는 회한의 여인이 있을지도 몰랐고, 죄 없는 사람에게 잘못을 저질렀을 수도 있었다. 그것이 무엇이든 이제 그는 최후의 심판 날까지는 말하지 못하리라.

다짐에도 불구하고 필립은 자꾸만 마음이 미래로 쏠리는 걸 막을 수 없었다. 우유부단하고 매사에 초조해하고 줏대 없는 수도원장 제임스는 수도원 일에 무능했다. 이제 새로운 사람, 게으른 하인들을 교육시키고, 쓰러져가는 교회를 수리하고, 수도원이 선善을 위한 강력한 힘이 될 수 있도록 막대한 자산을 관리할 사람이 올 것이다. 필립은 너무 흥분되어 가만히 앉아 있을 수가 없었다. 관 옆에서 일어난 그는 새로운 경쾌함이 깃든 발걸음으로 성가대석으로 걸어가 뒷좌석 빈자리에 앉았다.

미사는 성구 관리인인 요크의 앤드루가 집전하고 있었는데, 그는 붉은 얼굴에 성미가 급해 항상 뇌일혈로 쓰러질 것처럼 보였다. 앤드루는 수도원의 장로 가운데 하나이자 선임 임원이었다. 그의 책임은 성스러운 모든 것을 관리하는 것이었다. 그는 미사와 서적, 성물, 제의祭衣와 미사도구, 그리고 성당 건물 안의 모든 직물을 관리했다. 음악을 담당하는 성가대 지휘자와, 보석이 박힌 금 촛대나 은 촛대, 성배 및 기타 신성한 집기들을 관리하는 보물 관리인이 그의 지휘를 받았다. 수도원장과, 부수도원장이자 오래전부터 앤드루와 절친한 친구인 레미기우스를 제외하고 이 수도원에서 그보다 더 큰 권위를 가진 사람은 없었다.

앤드루는 평상시처럼 가까스로 화를 억제하고 있는 듯한 어조로 기도문을 봉독하고 있었다. 필립의 마음은 혼란에 빠졌다. 잠시 후 그는 미사가 제대로 집전되지 않고 있음을 알 수 있었다. 한 떼의 젊은 수사들이 소란을 피우며 웃으면서 떠들어대고 있었다. 필립은 그들이 까무룩 잠이 든 늙은 수련수사 교사를 놀리고 있음을 눈치챘다. 그 젊은 수사들—대부분 최근까지만 해도 그 늙은 교사 밑에서 공부하던 수련수사들로, 그에게 회초리를 맞은 일에 아직도 분개하고 있는 듯했다—은 그를 향해 작게 덩어리진 무언가를 튕기고 있었다. 그것이 얼굴에 맞을 때마다 늙은 수련수사 교사는 얼굴을 찡그리고 움찔거렸지만 잠에서 깨지는 않았다. 앤드루는 무슨 일이 벌어지고 있는지 전혀 신경 쓰지 않는 듯했다. 필립은 규율 담당 수사를 찾아 주위를 둘러보았다. 그는 성가대석 한쪽 옆에 앉아 미사나 젊은 수사들의 행동에는 전혀 상관 않고 한 수사와 대화에 빠져 있었다.

필립은 조금 더 지켜보았다. 한창때는 이런 일을 참을 수가 없었다. 수사들 중 하나가 주모자인 듯했는데, 그는 스물한 살가량의 잘생긴 수사로 꼬마 악마처럼 이를 드러내며 웃고 있었다. 필립은 그가 타고 있는 양초 위의 촛농을 나이프 끝으로 떠서 늙은 교사의 벗어진 머리를 향해 튕기는 것을 보았다. 뜨거운 촛농이 머리에 떨어지자, 늙은 수사는 외마디 비명을 지르며 잠에서 깼고, 젊은 수사들은 한바탕 웃어댔다.

한숨을 쉬며 필립은 자리에서 일어났다. 그리고 젊은 수사 뒤로 다가가 그의 귀를 잡고 성가대석 밖으로 거칠게 끌고 나와 남쪽 익랑으로 데리고 갔다. 앤드루는 미사 책에서 눈을 떼고 필립이 그 젊은 수사를 데리고 나가는 것을 보고 눈살을 찌푸렸다. 소동을 보지 못한 것이었다.

다른 수사들에게 들리지 않을 거리까지 오자 필립은 걸음을 멈추고 그의 귀를 놓아주면서 물었다. "이름은?"

"윌리엄 보비스입니다."

"장엄미사 중에 무슨 악마에 홀린 거지요?"

윌리엄은 부루퉁해 보였다. "미사가 지루해서요."

필립은 자기 운명을 불평하는 수사에게 아무런 동정도 느낄 수 없었다. "지루하다고요?" 그가 목소리를 약간 높여 되물었다. "당신은 오늘 무슨 일을 했습니까?"

"한밤중에 조과와 찬송을 드렸고, 아침식사 전에 제1과를 드린 다음, 참사회 미사, 공부시간을 거쳐 지금 장엄미사를 드리고 있습니다." 윌리엄의 목소리에는 반항심이 깃들어 있었다.

"식사는 했습니까?"

"아침은 먹었습니다."

"그렇다면 저녁식사를 기다리고 있겠군요."

"그렇습니다."

"당신 나이의 청년들 대부분은 아침식사와 저녁식사를 먹기 위해 해 뜰 때부터 해질 때까지 들에서 허리가 휘도록 일을 하고 있습니다. 그들은 또 그렇게 일해서 얻은 빵의 얼마간을 당신에게 주고 있어요! 그것이 무엇 때문인지 알고 있습니까?"

"알고 있습니다." 윌리엄은 대답하고는 시선을 아래로 떨군 채 발을 이리저리 움지였다.

"말해보시오."

"수사들이 자신들을 위해 미사를 드려주길 원하기 때문입니다."

"맞습니다. 농부들은 허리가 휘도록 일을 해서 당신에게 빵과 고기, 그리고 겨울이면 돌로 된 숙사에 따뜻한 난로를 피워주는 겁니다. 그런데 당신은 그들을 위해 장엄미사를 드리는 중에 너무 지루해서 가만히 앉아 있을 수가 없었다니요!"

"잘못했습니다, 형제님."

필립은 조금 더 윌리엄을 바라보았다. 그에게 큰 잘못이 있는 것은 아니었다. 진짜 잘못은 성당 안에서 소란스러운 장난을 허용할 정도로 게으른 연장자들에게 있었다. 필립은 부드럽게 물었다. "미사가 지루하다면 당신은 왜 수사가 됐지요?"

"저는 다섯 형제 중 막내입니다."

필립은 고개를 끄덕였다. "그렇다면 틀림없이 수도원에 맡긴다는 조건으로 부친은 얼마간의 토지를 기부했겠군요."

"예. 농장이었습니다."

흔히 있는 일이었다. 아들을 지나치게 많이 둔 사람이라면 그중 한 명을 하느님께 바치고 싶어했는데, 가난한 수도원에 그 아들을 기르기에 충분한 물질을 기부함으로써, 하느님께서 그 선물을 거절하지 않으리라고 확신했다. 그런 식으로 신의 부르심을 받지 않은 많은 사람들이 순종하지 않는 수사들이 되었다.

필립이 물었다. "만일 다른 곳, 농장이나, 말하자면 내가 소속되어 있는 작은 성 요한 수도원처럼 밖에 할 일이 많고 미사시간이 적은 곳으로 간다면 경건한 태도로 미사에 참례할 수 있을 것 같습니까?"

윌리엄의 얼굴이 밝아졌다. "그렇습니다, 형제님. 그럴 거라고 생각합니다."

"나도 그럴 거라고 생각했습니다. 한번 해보기로 하죠. 하지만 너무 흥분하지는 말아요. 새로 온 수도원장이 당신을 전출시켜줄 때까지 기다려야 합니다."

"어쨌든 감사합니다!"

미사가 끝나고, 수사들이 줄을 지어 성당을 나오기 시작했다. 필립은 대화가 끝났다는 표시로 손가락을 입에 댔다. 수사들이 남쪽 익랑을 통해 줄지어 나오자, 필립과 윌리엄도 그 줄에 끼어들어 신랑 남쪽에 인접한 지붕 덮인 클로이스터로 나왔다. 그곳에서 대열은 흩어졌다. 필립이 취사장 쪽으로 돌아서자, 성구 관리인이 다리를 벌리고 손을 엉덩이에 짚은 공격적인 자세로 그의 앞을 막아섰다. "필립 형제."

"앤드루 형제." 필립은 그가 왜 그러는지 의아했다.

"대체 무슨 이유로 장엄미사 집전을 방해한 겁니까?"

필립은 놀라서 말문이 막혔다. "미사를 방해했다니요?" 그가 믿을 수 없다는 듯 되물었다. "그 젊은이는 장난을 치고 있었습니다. 그는—"

"내 미사 중의 버릇없는 행동 정도는 내가 처리할 수 있습니다!" 앤드루가 격앙된 목소리로 응수했다. 그러자 흩어지던 수사들이 모두 멈추고 무슨 말을 하는지 들으려고 근처를 떠나지 않았다.

필립은 이런 소란을 이해할 수가 없었다. 젊은 수사들과 수련수사들은 때때로 미사중에 연장자로부터 훈계를 들을 수도 있었지만, 그 일을 반드시 성구 관리인이 해야 한다는 법은 없었다. 필립이 말했다. "하지만 형제는 무슨 일이 벌어졌는지 보지 못했잖습니까—"

"오, 글쎄요. 나도 봤지만, 나중에 처리하기로 마음먹었던 겁니다."

필립은 그가 아무것도 보지 못했다고 장담할 수 있었다. "그럼, 형제가 본 것을 말해보십시오." 필립이 도전적으로 말했다.

"당신은 감히 내게 그런 질문을 할 수 없소!" 앤드루가 소리쳤다. 붉은 얼굴은 자줏빛으로 변해 있었다. "형제가 숲속에 있는 작은 수도원의 원장일지는 모르지만, 나는 이곳의 성구 관리인으로 십이 년 동안 일해왔소. 그래서 내가 적합하다고 생각하는 방식으로 장엄미사를 집전할 수 있는 거요. 내 나이 반도 안 되는 외부인의 참견 없이도 말이오!"

이제 필립은 자신이 정말로 잘못을 저지른 것이 아닌가 하고 생각할 정도에 이르렀다. 그렇지 않다면 왜 앤드루가 저렇게 격분하는 것인가? 그러나 더 중요하게는 클로이스터에서 하는 이런 말다툼이 다른 수사들에게 유익할 리 없으므로, 싸움을 끝내야 했다. 필립은 이를 악물며 자존심을 억누르고 공손하게 머리를 숙였다. "시정하겠습니다, 형제님. 겸손하게 형제의 용서를 구합니다."

앤드루는 목소리를 높여 싸울 생각으로 바짝 긴장해 있었으므로, 상대방이 이렇게 물러서는 것이 달갑지 않았다. "그럼 다시는 그런 일이 일어나지 않도록 하시오." 그가 탐탁지 않은 듯 말했다.

필립은 대답하지 않았다. 앤드루는 말꼬리를 잡으려 할 것이고, 그렇게 되면 필립이 어떻게 대답하더라도 또다른 응수를 해올 것이었다. 필립이 입술을 깨물고 바닥을 내려다보며 서 있자, 앤드루는 잠시 그를 노려보았다. 마침내 성구 관리인은 홱 돌아서고는, 고개를 높이 쳐든 채 가버렸다.

다른 수사들은 필립을 응시하고 있었다. 앤드루에게 모욕을 당하는 것은 괴로운 일이었지만, 그는 그것을 감수해야 했다. 자존심이 강한 수사는 결코 좋은 수사라고 할 수 없었다. 아무에게도 말을 건네지 않은 채 그는 클로이스터를 떠났다.

수사들의 생활공간은 클로이스터의 남쪽 부분에 있었는데, 숙사는 남동쪽 모퉁이에, 식당은 남서쪽에 있었다. 필립은 서쪽을 향해 식당을 지난 후, 수도원의 공적 영역이자 객사와 마구간이 내다보이는 경내의 끝부분에 해당하는 곳으로 다시 나왔다. 경내의 남서쪽 모퉁이인 이곳은 취사장의 뜰로, 삼면이 식당과 취사장과 본채, 제빵소, 양조장 등으로 둘러싸여 있었다. 뜰에는 순무를 가득 실은 마차 한 대가 짐을 부리기 위해 대기하고 있었다. 필립은 취사장으로 통하는 계단을 올라 안으로 들어섰다.

그곳의 상황이 강한 타격처럼 그를 압도했다. 생선 굽는 냄새로 공기는 후텁지근하니 답답했고, 덜컥거리는 냄비 소리와 외쳐대는 주문들로 아수라장이었다. 뜨거운 불 가까이서 바쁘게 일하느라 얼굴이 빨갛게 달아오른 요리사 셋이 예닐곱 명의 젊은 조수들의 도움을 받으며 식사를 준비하고 있었다. 커다란 두 개의 화덕이 취사장 양끝에서 활활 타오르고 있었고, 각각 그 앞에서 소년 하나가 땀을 뻘뻘 흘리며 쇠꼬챙이에 꽂힌 스무 마리가 넘는 생선을 돌려 굽고 있었다. 생선 냄새에 필립의 입 안에 군침이 돌았다. 화덕 위에 놓인 커다란 무쇠냄비 안에서는 당근들을 통째로 삶고 있었다. 두 젊은이가 도마 앞에 서서 기다란 흰 빵을 먹기 좋게 두꺼운 조각으로 자르고 있었다. 그리고 누가 봐도 아수라장이 명백한 이 현장을 감독하는 수사가 있었다. 요리장 밀리우스 형제는 필립 또래였다. 그는 등 없는 높은 의자에 걸터앉아 분주하게 돌아가는 주위를 지켜보면서, 모든 일이 순서대로 완벽하게 되어가고 있다는 듯 침착한 미소를 띠고 있었다. 아마도 노련한 안목에서 나오는 여유일 터였다. 필립을 보자 그는 미소를 지으며 말했다. "치즈를 보내줘서 고맙습니다."

"아, 예." 도착한 이래로 너무 많은 일이 일어서 필립은 까맣게 잊고 있던 일이었다. "아침에 짠 젖으로만 만든 거지요. 아마 좀 색다른 맛일 겁니다."

"벌써부터 군침이 도는군요. 그런데 표정이 어두워 보이는데 뭐가 잘못됐나요?"

"아닙니다. 앤드루 형제와 좀 심한 말이 오간 것뿐입니다." 필립은 마치 앤드루를 쫓아버리기라도 하듯 손을 내저었다. "화덕에서 뜨거운 돌을 하나 가져가도 될까요?"

"물론이지요."

취사장 화덕에는 금방 꺼내 소량의 물이나 수프를 데우는 데 사용할 수 있도록 언제나 몇 개의 돌이 달구어져 있었다. 필립은 돌이 필요한 이유를 설명했다. "다리 위에서 일하는 폴 형제가 동상에 걸렸는데, 레미기우스 형제가 그에게 불을 피워줄 수 없다고 했다는군요." 그는 긴 손잡이가 달린 집게로 달구어진 돌을 하나 꺼냈다.

밀리우스는 찬장을 열고 옛날에 앞치마로 쓰인 듯한 낡은 가죽 조각을 꺼냈다. "여기 이걸로 돌을 싸요."

"고맙습니다." 필립은 가죽 한가운데에 돌을 올려놓고 귀퉁이를 조심스럽게 들어올렸다.

"서두르십시오." 밀리우스가 말했다. "식사 준비가 다 됐어요."

필립은 그에게 손을 흔들며 취사장에서 나왔다. 그는 취사장 뜰을 지나 정문을 향해 걸었다. 왼쪽에 있는 서쪽 담장 바로 안쪽은 제분소였다. 물방아를 돌리기 위해 만든 저수지로 강물을 끌어들이기 위해 오래전부터 수도원 상류에는 수로가 설치되어 있었다. 물방아를 돌리고 난 강물은 지하 수로를 통해 양조장과 취사장, 그리고 수사들이 식사 전에 손을 씻는 클로이스터의 샘을 거쳐 마지막으로 숙사 옆의 화장실로 흘러들어갔고, 그런 다음 남쪽을 돌아 다시 강으로 합류했다. 초기 수도원장 중에 명민한 설계자가 있었던 것이다.

마구간 밖에 더러운 짚이 한 무더기 쌓여 있는 것을 필립은 눈여겨보았다. 일꾼들이 그의 지시에 따라 축사를 치우고 있었다. 그는 정문을 지나 마을을 가로질러 다리를 향해 걸어갔다.

젊은 윌리엄 보비스를 꾸짖은 것이 주제넘은 일이었을까? 그는 오두막들 사이를 지나면서 스스로에게 물었다. 그리고 심사숙고한 끝에 그렇지 않다는 결론을 내렸다. 미사를 방해하는 행동을 눈감아주는 것이 오히려 잘못일 것이다.

다리에 도착한 필립은 폴 형제가 있는 작은 움막 안으로 고개를 들이밀었다. "이 위에 발을 놓고 좀 녹이세요." 그는 가죽에 싼 뜨거운 돌을 건네주었다. "돌이 좀 식으면 가죽을 벗겨내고 맨 돌 위에 발을 올려놓으세요. 땅거미가 질 때까지는 따뜻할 거예요."

폴 형제는 눈물을 글썽이며 고마워했다. 그는 그 자리에서 샌들을 벗고 돌 위에 발을 올려놓았다. "벌써 통증이 가시는 것 같은데요."

"밤에 취사장에 있는 화덕에 그 돌을 넣어두면 아침 무렵에는 다시 뜨거워질 겁니다."

"밀리우스 형제가 싫어하지는 않을까요?" 폴이 걱정스럽게 물었다.

"그러지 않으리라고 제가 장담하죠."

"필립 형제, 당신은 제게 매우 친절하시군요."

"별거 아닌걸요." 폴의 고맙다는 인사말로 더 당황하기 전에 필립은 그곳을 떠났다. 그가 한 일이라고는 고작 뜨거운 돌 하나 가져다준 것뿐이었다.

수도원으로 돌아온 그는 클로이스터로 가 남쪽 산책로에 있는 석수반石水盤에서 손을 씻고 식당으로 들어갔다. 수사들 중 하나가 성서대에서 기도문을 낭독하고 있었다. 성경 봉독을 제외하고는 식사중에는 침묵을 지켜야 한다는 규칙이 있었지만, 사십여 명의 수사들이 식사하는 소리는 마치 낮은 목소리로 끊임없이 얘기하는 것처럼 소란스러웠고 여기저기에서 속삭이는 소리까지 들려왔다. 필립은 조용히 기다란 식탁의 빈자리로 갔다. 옆 자리에서 한 수사가 굉장히 맛있게 음식을 먹고 있었다. 그는 필립과 눈이 마주치자 우물거리며 말했다. "오늘은 신선한 생선입니다."

필립은 고개를 끄덕였다. 그도 취사장에서 보았다. 배에서 꼬르륵 소리가 났다.

"당신이 있는 숲속 수도원에서는 매일 신선한 생선을 먹는다고 들었어요." 수사의 목소리에는 부러워하는 기색이 역력했다.

필립은 고개를 저으며 낮은 목소리로 대답했다. "우리는 이틀에 한 번씩 닭고기를 먹지요."

수사는 더더욱 부러운 표정이 되었다. "여기서는 일주일에 여섯 번 절인 생선이 나오죠."

하인 하나가 두툼한 빵이 담긴 나무접시를 필립 앞에 가져다놓았고, 이어 밀리우스 형제가 허브를 곁들여 요리한 생선 한 마리를 가져다주었다. 필립의 입 속에 침이 돌았다. 그가 막 생선에 나이프를 가져다 대려고 할 때, 식탁의 맨 끝에 있던 한 수사가 일어나 손가락으로 필립을 가리켰다. 규율 담당 수사였다. 필립은 생각했다. 도대체 무슨 일일까?

규율 담당 수사는 자기만은 예외라는 듯 침묵의 규율을 깨뜨렸다.

"필립 형제!"

다른 수사들은 식사를 멈췄고 식당 안은 조용해졌다.

필립은 나이프를 생선 위에 둔 채, 의아한 시선으로 그를 올려다보았다.

규율 담당 수사가 말했다. "규칙에 의하면 늦게 온 사람은 식사를 할 수 없습니다."

필립은 한숨을 쉬었다. 오늘은 제대로 되는 일이 없는 것 같았다. 그는 나이프를 치우고 빵 접시와 생선을 하인에게 물린 다음 봉독 소리를 듣기 위해 고개를 숙였다.

남은 식사시간 동안 필립은 저장실 관리인인 흰머리 커스버트와 이야기를 나누기 위해 취사장 밑에 있는 저장실로 갔다. 저장실은 짤막한 굵은 기둥들과 작은 창문들이 있는, 크고 어두운 동굴 같은 곳이었다. 저장실 안의 건조한 공기는 홉 열매와 꿀, 오래된 사과와 말린 허브들, 치즈와 식초 같은 저장식품 냄새로 가득 차 있었다. 커스버트 형제는 대개 그곳에 머물러 있었는데, 일의 성격상 미사처럼 시간이 오래 걸리는 일에는 자리를 비울 수 없기 때문이었다. 그 일은 그의 성향에도 잘 맞았다. 그는 영적 생활에는 거의 관심이 없는, 영리하고 현실적인 사람이었다. 저장실 관리인은 물질적인 영역에서 성구 관리인과 같은 역할을 했다. 커스버트는 수도원 농장의 생산물을 거두고 시장에 가서 수사들과 하인들이 자급할 수 없는 물건들을 사옴으로써, 모든 수사들의 생활에 불편이 없도록 해야 했다. 그 일에는 세심한 예측과 계산이 필요했다. 커스버트 혼자서 그 일을 도맡아하는 것은 아니었다. 요리장인 밀리우스는 식사를 책임졌고, 의복 관리인은 수사들의 의복을 관리하고 있었다. 이 두 사람은 커스버트의 지시하에 일했고 명목상으로는 그의 통제 아래 있었지만, 독립된 지위를 갖는 세 사람의 임원이 더 있었다. 객실 담당자와 별채에서 병든 노수사들을 돌보는 진료인, 그리고 자선금 분배관이 그들이었다. 밑에서 일하는 사람들이 있다 하더라도 커스버트의 일은 힘에 부치는 것이었다. 그런데도 그는 양피지와 잉크를 낭비하는 것은 부끄러운 일이라면서 이 모든 일들을 머릿속에만 넣어두고 있었다. 필립은 커스버트가 읽고 쓰는 법을 제대로 배운 적이 없는 건 아닐까 생각했다. 커스버트는 어렸을 때부터 머리가 하얗게 세어서 '흰머리'라는 별명으로 불렸는데, 이제 예순이 넘은 그에게 남은 털이라고는 그의 대머리를 보상하기라도 하듯 귓구멍과 콧구멍에 무성히 자라는 희끗희끗한 털뿐이었다. 필립은 고향 수도원에서 저장실 관리인을 맡은 경험이 있기에 커스버트의 문제들을 이해하고 그의 불평에 공감해주었다. 필립이 마음에 든 커스버트는 그가 식사를 걸렀다는 걸 알자 통 속에서 대여섯 개의 배를 꺼냈다. 필립은 약간 시들기는 했지만 맛 좋은 배들을 감사한 마음으로 먹었고, 그동안 커스버트는 수도원의 재정 상태에 대해 불평을 늘어놓았다.

"수도원장이 어떻게 빚을 질 수 있는지 도저히 이해할 수 없군요." 필립이 배를 한 입 베어물며 말했다.

"그래서는 안 되는 거죠. 수도원은 많은 토지를 갖고 있고, 산하의 많은 교구 성당에서 과거 그 어느 때보다도 많은 십일조를 모아들이고 있거든요."

"그런데 왜 풍족하지 않은 거죠?"

"형제님도 이곳 체제를 알겠지만, 수도원의 재산은 대부분 관할구역 담당자들에게 분할되잖습니까. 성구 관리인은 자기 소유의 토지를 갖고 있고, 나도 그렇고, 수련수사를 가르치는 교사와 객실 담당자, 진료인, 자선금 분배관에게도 그 지위에 걸맞은 자산을 분배해주죠. 나머지는 수도원장에게 속하는 겁니다. 그리고 각자 자기 의무를 수행하기 위해 자기 재산에서 나오는 수입을 사용합니다."

"그 제도가 잘못되었다는 건가요?"

"글쎄요. 어쨌든 이 모든 재산은 제대로 관리되어야 합니다. 예를 들어, 우리가 갖고 있는 얼마간의 토지를 지대를 받고 빌려준다고 가정합시다. 그저 토지를 최고 입찰자에게 넘겨주고 돈을 받아선 안 됩니다. 적합한 소작인을 신중히 찾아서 그가 농장을 잘 경영하는지 감독해야죠. 그렇게 하지 않으면 목초지는 물에 잠기고, 토양은 황폐해지고, 소작인은 지대를 낼 수 없게 될 것입니다. 그러면 결국 그 땅은 척박한 상태로 우리에게 되돌아올 거고요. 또 우리가 농장을 세내어 고용인들이 경작하도록 하고 수사들이 관리한다고 합시다. 생산물을 가져갈 때 말고는 아무도 농장을 방문하지 않는다면, 수사들은 게으르고 부패할 것이고 고용인들은 수확물을 훔치게 될 것입니다. 그러면 결국 해가 갈수록 생산물이 줄어들게 되겠지요. 아무리 성당이라 해도 관리는 필요합니다. 우리는 십일조를 받기만 해서는 안 됩니다. 우리는 그들에게, 라틴어를 알고 그들을 성스러운 생활로 이끌어줄 사제를 보내주어야 합니다. 그러지 않으면 사람들은 신앙 없는 삶으로 전락할 것이고, 교회의 축복 없이 결혼해 자식을 낳고 임종을 맞고, 또한 십일조를 속이는 일도 일어나겠지요."

"관할구역 담당자들이 자기 자산을 신경써서 관리해야겠군요." 마지막 한 입 남은 배를 깨물며 필립이 말했다.

커스버트는 통에서 포도주 한 잔을 따랐다. "하지만 마음속으로는 딴 생각을 품고들 있죠. 어쨌든 수련수사의 교사가 농사에 대해 뭘 알겠습니까? 진료인이 왜 수완 있는 토지 관리인이 되어야 합니까? 물론 강력한 권위를 지닌 수도원장이라면 그들에게 자원을 절약하라고 요구할 수도 있겠지요. 어느 정도까지는요. 하지만 이 수도원은 십삼 년 동안이나 나약한 수도원장의 관리하에 있었기 때문에 이젠 대성당을 수리할 돈도 없고, 일주일에 여섯 번은 절인 생선을 먹어야 하는 형편이고, 학교에는 수련수사가 거의 없고, 객사엔 아무도 찾아오지 않고 있어요."

필립은 우울한 기분으로 말없이 포도주를 마셨다. 하느님의 재산이 그처럼 어이없이 낭비되고 있는 상황에 대해 냉정하게 생각하는 게 쉽지 않았다. 그는 누구든 책임자를 붙잡고 정신을 차릴 때까지 흔들어주고 싶었다. 그러나 이번 경우에 책임을 져야 할 사람은 이미 제단 뒤의 관 속에 누워 있었다. 그러나 적어도 한 가닥 희망은 있었다. "곧 새로운 수도원장이 선출될 겁니다." 필립이 말했다. "그분이 사태를 수습해야겠죠."

커스버트는 필립에게 묘한 시선을 던졌다. "레미기우스 말인가요? 사태를 수습한다고요?"

필립은 커스버트가 무슨 말을 하고 있는지 이해할 수 없었다. "레미기우스가 새 수도원장이 된다는 말은 아니겠지요?"

"그럴 가능성이 높습니다."

필립은 낙담하지 않을 수 없었다. "하지만 그는 제임스 수도원장보다 나을 게 없는 사람이잖습니까! 형제들이 왜 그에게 투표하겠어요?"

"글쎄요. 그들은 낯선 사람을 경계하기 때문에, 누구든 모르는 사람에게는 투표하지 않을 겁니다. 그건 바로 우리 중 하나가 수도원장이 되어야 한다는 뜻이지요. 그리고 레미기우스는 부수도원장으로, 이곳에서 가장 오래 일한 선임 수사거든요."

"가장 오래 일한 수사를 선택해야 한다는 규정은 없습니다." 필립이 항의했다. "관할구역 담당자들 중 어느 한 사람이 수도원장이 될 수 있습니다. 당신일 수도 있고요."

커스버트는 고개를 끄덕였다. "내게도 이미 의사를 물어왔더군요. 하지만 거절했습니다." 커스버트가 말했다.

"왜죠?"

"난 늙어가고 있어요, 필립 형제. 지금 맡고 있는 이 일 때문에 자주 좌절하지만, 그나마도 익숙해져 있기 때문에 자동적으로 할 수 있을 뿐이라오. 이 이상의 책임은 너무 벅차요. 나는 침체된 수도원을 맡아 개혁할 만한 힘을 갖고 있지 않습니다. 결국 나도 레미기우스 형제보다 나을 게 없는 거죠."

필립은 여전히 레미기우스가 수도원장이 될 것이라는 사실을 믿을 수 없었다. "다른 사람들도 있잖아요. 성구 관리인이나 규율 담당 수사, 수련수사들을 가르치는 교사……"

"수련수사들을 담당하는 교사는 늙었고, 나보다 더 지쳐 있어요. 객실 담당자는 폭음과 폭식을 일삼고요. 성구 관리인과 규율 담당 수사는 레미기우스에게 투표하기로 약속했어요. 왜냐고요? 정확히는 모르지만 짐작은 할 수 있지요. 레미기우스가 지지의 대가로 성구 관리인을 부수도원장으로, 규율 담당 수사는 성구 관리인으로 진급시켜주겠다고 약속했을 겁니다."

필립은 놀라서 밀가루 포대 위에 털썩 주저앉고 말았다. "형제님은 지금 내게 레미기우스가 이미 표를 거의 확보했다고 말하고 있는 거로군요."

커스버트는 곧바로 대답하지 않고 자리에서 일어나 저장실의 다른 편으로 갔다. 거기에는 살아 있는 장어가 가득 들어 있는 나무통과 깨끗한 물이 담긴 양동이, 그리고 소금물이 3분의 1가량 차 있는 통들이 늘어서 있었다. "좀 거들어주세요." 커스버트가 말했다. 그러고는 칼을 꺼내 나무통에서 장어 한 마리를 꺼내 돌바닥 위에 머리를 내리친 다음 칼로 배를 갈라 내장을 빼냈다. 그는 아직도 꿈틀거리고 있는 생선을 필립에게 건넸다. "양동이에 넣어 씻은 다음 소금물 통에 넣으세요. 이놈들이 사순절 기간에 우리의 식욕을 떨어뜨려줄 겁니다."

필립은 반쯤 죽은 장어를 가능한 한 조심스레 양동이 물에 씻은 다음, 소금물 통에 가볍게 던져넣었다.

커스버트는 또다른 장어의 내장을 빼내며 말했다. "한 가지 다른 가능성이 있어요. 비록 부수도원장보다는 낮지만 성구 관리인이나 저장실 관리인 정도의 지위에 있으면서 개혁을 훌륭히 완수할 만한 후보자가 한 명 있습니다."

필립은 장어를 양동이 속에 집어넣었다. "그게 누구죠?"

"바로 형제님입니다."

"저라고요!" 필립은 너무 놀라 장어를 바닥에 떨어뜨렸다. 원칙적으로 그는 수도원의 관할구역 담당자의 지위에 있었지만, 자신이 성구 관리인이나 다른 사람들과 동등한 위치에 있다고는 한 번도 생각해본 적이 없었다. 그들 모두가 필립 자신보다 나이가 훨씬 많았기 때문이었다. "저는 그 일을 맡기에는 너무 어린걸요—"

"한번 생각해보십시오. 형제님은 아주 어려서부터 수도원에서 살았어요. 스물한 살의 나이에 저장실 관리인이 됐고요. 그런 다음에는 사오년 동안 조그만 수도원의 원장직을 맡았지요. 형제님은 그곳을 개혁했습니다. 하느님께서 형제님 편이라는 건 누구나 알 수 있는 일이지요."

필립은 떨어진 장어를 소금물 통에 넣으며 얼버무리듯 대답했다. "하느님은 우리 모두의 편이십니다." 그는 커스버트의 제안에 어안이 벙벙했다. 킹스브리지를 위해 활력 있는 새 수도원장이 나오기를 원했지만, 그 일을 자신이 맡을 수도 있다는 생각은 전혀 하지 못했던 것이다. "제가 레미기우스보다 더 나은 수도원장이 될 수 있다는 게 사실일지도 모르겠군요." 그는 한참 생각한 다음 말했다.

커스버트는 그 말에 흡족해하는 것 같았다. "필립 형제님에게 흠이 있다면, 그것은 형제님이 순진하다는 겁니다."

필립은 자신이 순진하다고는 생각지 않았다. "무슨 뜻이지요?"

"형제님은 사람들에게서 비열한 동기를 찾지 않으니까요. 우리 대부분은 그렇거든요. 이를테면 우리 수도원 사람들은 모두 이미 형제님이 후보자로 나섰고, 그래서 표를 부탁하러 이곳에 왔다고 생각하고 있어요."

필립은 분개했다. "도대체 무슨 근거로 그런 말을 하는 거죠?"

"형제님 자신의 행동을 보세요. 조금이라도 의혹을 가진 사람이라면 그렇게 생각하리라는 건 자명하지 않습니까. 형제님은 제임스 수도원장이 임종한 지 얼마 안 되어 이곳에 도착했어요. 마치 이곳 누군가 형제님에게 비밀 전갈이라도 보낸 것처럼 말입니다."

"하지만 내가 어떻게 그렇게 교묘한 일을 할 거라고 생각한 걸까요?"

"그들은 그 방법은 몰라요— 하지만 형제님이 자신들보다 더 영리하다고 생각하고 있답니다." 커스버트는 장어의 내장을 발라내는 일을 계속했다. "게다가 형제님의 오늘 행동을 한번 돌아봅시다. 형제님은 우리 수도원에 들어오면서부터 축사를 치우라고 명령했어요. 그런 다음 장엄미사 중에 장난을 치는 젊은 수사를 꾸중했지요. 그리고 그 젊은이, 윌리엄 보비스에게 다른 수도원으로 옮겨주겠다는 말까지 했는데, 수사를 이동시키는 것은 수도원장만의 특권이라는 것쯤은 누구나 알고 있는 일이지요. 그리고 다리 위에 있는 폴 형제에게 뜨거운 돌을 가져다주면서, 은근히 레미기우스 형제를 비난했어요. 마지막으로, 형제님이 취사장에 맛있는 치즈를 가져다줘서 우리 모두 식사 후에 한 조각씩 나눠먹을 수 있었지요. 그 치즈가 어디서 난 것인지 아무도 말하지는 않았지만, 우리 중 숲속 성 요한 수도원에서 만드는 치즈의 독특한 맛을 모르는 사람은 없지요."

필립은 자신의 행동들이 오해를 불러일으켰을 수도 있겠다는 생각에 당황하지 않을 수 없었다. "그렇지만 그런 일들은 누구라도 할 수 있지 않나요?"

"선임 수사라면 그런 일들 중 한 가지는 할지도 모르지요. 하지만 그 모든 일을 할 수는 없습니다. 형제님은 수도원에 들어오자마자 명령을 했습니다! 벌써부터 이곳을 개혁하기 시작한 겁니다. 그리고 당연하게도 레미기우스 형제의 오랜 친구들이 이미 뒤에서 싸움을 시작했습니다. 성구 관리인 앤드루 형제가 클로이스터에서 형제님을 질책한 것도 그래서였죠."

"그렇다면 설명이 되는군요! 나는 그 형제의 머리가 어떻게 된 건 아닌가 하는 생각까지 했습니다." 필립은 생각에 잠긴 채 장어를 헹궜다. "규율 담당 수사가 내 식사를 중지시킨 것 역시 같은 이유라고 봐야겠군요."

"바로 그렇습니다. 수사들 앞에서 형제님을 모욕하는 것도 한 방법이니까요. 그런데 내 생각으론, 그 두 가지 일 모두가 역작용을 할 것 같습니다. 두 번의 힐책 그 어느 것도 정당화될 수 없는데다 형제님은 지극히 품위 있는 태도로 대처했으니까요. 결국 형제님은 성인聖人처럼 처신한 셈이죠."

"효과를 노리고 한 일은 아닙니다."

“성인들 역시 그런 것은 아니지요. 아홉시 기도시간을 알리는 종소리가 들리는군요. 나머지 장어들은 내게 맡기는 것이 좋겠어요. 미사 후엔 공부시간이고, 클로이스터에서의 토론은 허용되어 있어요. 많은 형제들이 형제님과 대화를 나누고 싶어할 겁니다.”

“너무 빠른데요!” 필립이 걱정스럽게 말했다. “사람들이 내가 수도원장이 되고 싶어한다고 생각한다는 이유만으로 내가 입후보해야 하는 것은 아닙니다.” 그는 선거전을 생각하자 어깨가 움츠러드는 것을 느꼈고, 자신이 애써 정비해놓은 숲속의 수도원을 내버려두고 이 킹스브리지 수도원의 산적한 문제들을 떠맡고 싶은지도 아직 확신할 수 없었다. “생각할 시간이 필요해요.” 그의 목소리는 간절했다.

“알았어요.” 커스버트는 몸을 일으켜세우고 필립의 눈을 바라보았다. “형제님이 그것에 대해 생각할 때 부디 이 말을 기억해주십시오. 지나친 자만은 죄악이지만, 어떤 이들은 지나친 겸손으로 하느님의 뜻을 마음 편히 거스를 수도 있다는 것을.”

필립은 고개를 끄덕였다. “기억하겠습니다. 고맙습니다.”

그는 저장실을 나와 서둘러 클로이스터로 갔다. 다른 수사들과 함께 줄지어 성당 안으로 들어가는 필립의 마음속은 혼란스러웠다. 그는 킹스브리지의 수도원장이 된다는 기대감으로 몹시 흥분하고 있었다. 여러 해 동안 이 수도원의 불합리한 운영 방식에 화가 나 있었는데, 이제 그 자신이 직접 모든 것을 시정할 기회를 얻은 것이다. 문득 자신이 그 일을 해낼 수 있을지 확신할 수 없었다. 단순히 해야 할 일을 찾고, 그 일이 그렇게 되도록 명령하는 데서 그치는 것이 아니었다. 사람들을 설득하고, 재산을 관리하고, 수익을 얻을 방법을 찾아야 했다. 그것은 지혜로운 사람의 일이었다. 막중한 책임이 요구되는 일이기도 했다.

언제나 그랬던 것처럼 성당에서의 시간은 마음을 가라앉혀주었다. 아침의 소란 이후 수사들은 조용하고 사뭇 경건해져 있었다. 친숙한 미사 전례문을 듣고 수년 동안 해온 대로 응답기도를 하면서 필립은 다시 한 번 모든 것을 분명하게 생각할 수 있었다.

나는 킹스브리지의 수도원장이 되기를 원하는가? 그는 스스로에게 물었고, 그 대답은 즉시 되돌아왔다. 그렇다! 이 허물어져가는 성당을 맡아서 수리하고 다시 칠하고, 그 안을 백 명의 수사들의 노랫소리와 천 명의 신도들이 하느님 아버지께 드리는 기도 소리로 가득 채우기 위하여. 그 이유 하나로 필립은 이 일을 원했다. 그다음에는 수도원의 재산을 재분배하고 관리해 안정적으로 이익을 내도록 할 것이다. 그는 많은 어린아이들이 클로이스터 한 모퉁이에서 읽고 쓰는 법을 배우는 모습을 보고 싶었고, 객사를 따스한 불빛과 온정으로 가득 채워 귀족들과 주교들이 묵고 떠날 때면 정성 어린 선물을 수도원에 기부하게 되기를 바랐다. 그는 특별한 방을 도서관으로 따로 만들어 그곳을 지혜와 아름다움에 관한 책들로 채우고 싶었다. 그렇다. 그는 킹스브리지의 수도원장이 되기를 원하고 있었다.

그 밖에 다른 이유가 있는 것은 아닌가? 그는 자문했다. 하느님의 영광을 드러내기 위해 이런 개혁을 단행하는 수도원장으로서의 내 모습을 그려볼 때, 내 마음속에 어떤 자만심이라도 있는 것은 아닐까?

아, 그렇다.

필립은 춥고 성스러운 성당의 공기 속에서 자신을 속일 수가 없었다. 그는 오직 하느님께 영광을 돌리려 했지만, 자신이 얻게 될 영광 자체가 만족스러운 것 또한 사실이었다. 그는 아무도 뒤집지 못할 명령을 내리고 싶었다. 그는 직접 결정을 내리고, 정의를 베풀고, 조언과 용기를 주고, 오직 자신이 적절하다고 판단할 때만 회개와 용서를 내리는 자신의 모습을 그려보았다. 그는 사람들이 다음과 같이 말하는 모습을 상상했다. "귀네드의 필립이 그 수도원을 개혁했다는군. 맡을 당시만 해도 그곳은 망신거리였는데, 이제 그 바뀐 모습 좀 보라고!"

나는 분명 잘해낼 수 있을 거야, 필립은 생각했다. 하느님께서는 내게 재산을 관리할 두뇌와 많은 사람들을 이끌 능력을 주셨다. 나는 귀네드의 저장실 관리인으로서, 그리고 숲속에 있는 성 요한 수도원의 원장으로서 이미 그것을 증명했다. 내가 어느 곳을 운영하든 수사들은 행복해했다. 내 수도원에서는 나이 든 사람이 동상에 걸리지도 않았고, 젊은 사람들이 할 일이 없어 좌절하지도 않았다. 나는 사람들에게 관심을 기울이고 있다.

다른 관점에서 보자면, 귀네드와 성 요한 수도원은 둘 다 킹스브리지 수도원에 비해 수월한 편이었다. 귀네드의 수도원은 언제나 제대로 운영되어왔던 곳이었다. 숲속의 수도원은 처음 맡을 당시에는 어려운 상황이었지만 규모가 작아서 통제하기가 쉬웠다. 킹스브리지 수도원을 개혁하는 일은 일생을 건 도전이었다. 수도원의 자산—토지는 얼마나 되며 또 어디에 있는지, 그 땅에서 무엇이 나는지, 숲인지 목초지인지 아니면 밀밭인지—을 파악하는 데만도 여러 주가 걸릴 수 있었다. 흩어진 재산들을 관리하고, 잘못된 점을 발견해 시정하고, 부서진 조각들을 모아 하나로 만드는 일만 해도 여러 해가 걸리는 작업이었다. 필립이 숲속의 수도원에서 한 일이라고는 열두어 명가량의 젊은 수사들로 하여금 밭에서는 열심히 일하고 성당에서는 경건하게 기도하도록 한 것뿐이었다.

그렇다, 나의 동기는 불순하고 나의 능력은 회의적이다, 필립은 자인했다. 그러니 나는 입후보를 거절해야 하리라. 그럼으로써 최소한 자만의 죄는 피할 수 있으리라. 하지만 커스버트의 말은 무슨 뜻이었을까? '어떤 이들은 지나친 겸손으로써 하느님의 뜻을 마음 편히 거스를 수도 있다.'

하느님께서는 무엇을 원하는가? 그는 마지막으로 자문했다. 하느님께서는 레미기우스를 원하는가? 레미기우스는 나보다 못하고, 그의 동기는 좀더 불순할 것이다. 그 밖에 다른 후보자가 있는가? 현재로서는 없다. 하느님께서 세번째 가능성을 드러내 보여주실 때까지 우리의 선택은 나와 레미기우스 중 하나라고 가정해야 한다. 레미기우스가 병석에 누워 있던 수도원장 제임스의 방식에 따라 수도원을 운영하리라는 것은 자명했고, 결국 게으르고 무관심하게 수도원이 계속 쇠퇴일로를 걷도록 방치할 게 뻔했다. 그렇다면 나는 어떤가? 나 역시 자만으로 차 있고, 나의 능력은 증명되지 않았다. 그러나 나는 수도원을 개혁하기 위해 애쓸 것이다. 그리고 하느님께서 내게 힘을 준다면, 나는 성공할 것이다.

미사가 끝날 무렵, 필립은 하느님께 기도했다. 좋습니다. 추천을 받아들이고, 선거에서 이기기 위해 온힘을 다해 싸우겠습니다. 그러니 만일 당신께서 제게 드러내고 싶지 않은 이유로 저를 원치 않으신다면, 그때는 어떤 방법으로든 제 행동을 멈추어주십시오.

필립은 수도원에서 스물두 해를 살아왔지만, 오랫동안 자리를 지킨 수도원장들 밑에서 봉사해왔기 때문에 선거에 대해서는 전혀 알지 못했다. 선거는 수도원 생활에서는 이례적인 사건인데, 투표를 할 때는 복종의 의무가 없어지기 때문이었다. 갑작스레 모든 수사들은 직위에 상관없이 동등해졌다.

『성도전聖徒傳』의 내용이 사실이라면, 저 옛날 수사들은 모든 일에서 동등했다. 한 무리의 사람들이 육욕의 세계에 등을 돌리고 신앙과 극기의 삶을 살기 위해서 황야에 성역을 세웠다. 그들은 숲을 개간하고 수렁을 메워 얼마간의 황량한 땅을 마련했고, 그 땅을 일구어 성당을 지었다. 당시에 그들은 친형제와 다를 바 없었다. 수도원장이란, 그 칭호가 의미하듯 동등한 사람들 가운데 맨 앞에 있는 사람일 뿐이었다.* 그들은 수도원의 임원들이 아닌 성 베네딕투스의 규율에 순종할 것을 서약했다. 하지만 초기의 민주주의에서 지금까지 남아 있는 거라고는 수도원장이나 대수도원장 선출 선거뿐이었다.

몇몇 수사는 자신들의 이러한 권한에 거북함을 느꼈다. 누구한테 표를 던질지 누가 자신들에게 말해주기를 바라거나, 선임 수사 위원회에 결정을 일임하기도 했다. 또 어떤 수사들은 그 특권을 남용해서 거드럭거리거나, 지지의 대가로 특별대우를 요구하기도 했다. 대다수의 수사들은 그저 불안한 심정으로 공정한 결정을 내렸다.

그날 오후 클로이스터에서 필립은 한 번에 한 사람 혹은 여러 명과 시간을 보낸 결과 대부분의 수사들과 대화를 나누게 되었다. 그는 자신이 수도원장 자리를 원하고, 나이는 어리지만 레미기우스보다 그 일을 더 잘해낼 수 있을 것 같다고 솔직히 이야기했다. 그들의 질문에 대답하기도 했는데, 대부분은 음식의 배급량에 관한 것이었다. 그는 누구에게나 다음과 같은 말로 대화를 마쳤다. "우리 각자가 신중하고 기도하는 자세로 결정한다면, 하느님께서는 분명 그 결과에 축복을 내릴 겁니다." 필립은 그것이 분별 있는 말이라고 믿었다.

"우리가 이기고 있어요." 다음 날 아침 취사장에서 밀리우스와 함께 호스브레드horsebread**와 약간의 맥주로 아침식사를 하고 있을 때 밀리우스가 말했다. 취사장 일꾼들은 화덕에 불을 지피고 있었다.

필립은 먼저 딱딱하고 검은 빵을 한 입 베어문 다음 맥주를 한 모금 마셔서 빵을 부드럽게 불렸다. 밀리우스는 영민하고 원기 왕성한 젊은이로, 커스버트의 아랫사람이자 필립의 찬미자였다. 그는 짙은 빛깔의

---

* 수도원장을 뜻하는 단어(prior)에는 '앞에 있는 사람'이라는 의미가 있다.

** 중세시대에 먹던 빵으로, 최소한의 곡물과 야채 등으로 만든 질 낮은 빵.

뻣뻣한 머리카락과 작은 얼굴에 단정하고 반듯한 용모를 하고 있었다. 커스버트처럼 그도 현실적인 방법으로 하느님께 봉사함으로써 대부분의 미사를 빠지는 것에 안도했다. 그의 낙관론에 의아해진 필립이 회의적으로 물었다. "어떻게 해서 그런 결론이 나왔지요?"

"수도원 내의 커스버트 편은 모두 형제님을 지지해요. 의복 관리인, 진료인, 수련수사를 가르치는 교사, 그리고 나도요. 형제님이 음식물 배급에 너그러운 분이라는 것과 현 체제하에서는 식량 문제가 가장 크다는 걸 알고 있기 때문이지요. 많은 평수사들도 이와 비슷한 이유로 형제님에게 투표할 겁니다. 형제님이 수도원의 재산을 더 잘 관리할 거고, 그 결과 생활이 더 편해지고 음식도 나아지리라고 생각하고 있거든요."

필립은 얼굴을 찌푸렸다. "난 사람들을 오해하게 하고 싶지 않습니다. 수도원장으로서 내가 제일 먼저 할 일은 성당을 수리하고 미사를 제대로 올리게 하는 것입니다. 그 문제가 음식보다 우선입니다."

"맞아요, 그들도 알고 있어요." 밀리우스가 약간 서둘러 덧붙였다. "바로 그 때문에 객실 담당자와 한두 명의 다른 수사는 레미기우스 형제에게 투표하겠죠. 그들은 느슨한 체제와 한가한 생활을 더 좋아하니까요. 그 외에 그를 지지하는 다른 형제들은 모두 레미기우스 형제가 원장이 된다면 특권을 기대할 수 있는 그의 오랜 친구들, 그러니까 성구 관리인, 규율 담당 수사, 회계 담당인 등이죠. 성가대 지휘자는 성구 관리인의 친구이지만, 나는 그 형제가 우리 편으로 들어올 수도 있다고 생각해요. 형제님이 그를 도서관 담당자로 임명해줄 것을 약속한다면요."

필립은 고개를 끄덕였다. 성가대 지휘자는 음악을 담당하고 있으니 책을 관리하는 것은 그의 의무를 소홀히 하지 않고도 할 수 있는 일이었다. "어쨌든 좋은 생각이군요." 필립이 말했다. "우리에겐 소장하고 있는 책들을 정리할 도서관 담당자가 필요하니까요."

밀리우스는 의자에서 내려와 부엌칼을 갈기 시작했다. 늘 활력이 넘쳐 무슨 일이든 손에 잡고 있어야만 직성이 풀리는 사람이로군, 필립은 단정했다. "투표권이 있는 수사는 모두 마흔네 명입니다." 밀리우스가 말했다. 본래는 마흔다섯 명이었지만, 그중 한 사람이 죽은 것이었다. "제가 할 수 있는 한 어림잡아보건대, 열여덟 명은 우리 편이고 열 명은 레미기우스 형제 편이죠. 나머지 열여섯 명은 아직 결정하지 않은 상태고요. 과반수가 되려면 우리에게는 최소한 스물세 명이 필요합니다. 망설이고 있는 사람들 중 다섯 이상을 우리 편으로 끌어들여야 한다는 뜻이지요."

"그렇게 설명하니까 아주 간단해 보이는군요. 결정이 나기까지 얼마나 걸릴까요?"

"알 수 없습니다. 선거를 소집하는 것은 형제들이지만, 너무 일찍 하면 주교님께서 우리의 선택을 비준해주지 않을지도 모르죠. 그렇다고 해서 너무 지체한다면 주교님 쪽에서 선거를 소집하라고 지시할 수도 있어요. 주교님 역시 후보자를 지명할 권리를 갖고 있습니다. 지금 주교님께서는 늙은 수도원장이 임종했다는 소식조차 모르고 있을 겁니다."

"그렇다면 오래 걸릴 수도 있겠군요."

"그렇죠. 그러니 우리가 과반수를 얻으리라는 것이 확실시되는 대로 형제님은 바로 숲속의 수도원으로 돌아가 모든 일이 끝날 때까지 여기서 멀리 떨어져 있어야 합니다."

필립은 그 말에 어리둥절했다. "왜죠?"

"너무 가까우면 경멸하게 될 수도 있거든요." 밀리우스는 날카롭게 벼린 칼을 허공에 힘차게 휘둘렀다. "제 말이 무례하게 들렸다면 용서하십시오. 하지만 정말이지 부탁드립니다. 지금 형제님에게는 일종의 영기靈氣가 있어요. 형제님은 외딴곳에 사는 성스러운 인물입니다. 특히 우리 젊은 수사들에게는요. 형제님은 그 작은 수도원을 개혁하고 자급자족시키는 기적을 행했어요. 형제님은 고집 있는 규율가이지만 음식에는 너그럽습니다. 또 타고난 지도자이지만 가장 어린 수련수사처럼 머리를 숙이고 질책을 받을 줄도 압니다. 그리고 성서를 이해하는 동시에 전국에서 가장 맛있는 치즈를 만들 줄도 아는 분이지요."

"형제님이 지나치게 과장하는군요."

"지나치지 않아요."

"사람들이 나를 그렇게 생각하다니 믿을 수가 없군요. 자연스럽지 못해요."

"그렇긴 하죠." 밀리우스는 어깨를 가볍게 으쓱하며 필립의 말을 인정했다. "하지만 그런 평판도 오래가진 못할 겁니다. 형제님이 이곳에 계속 머무른다면 그 영기를 잃을 거라는 얘기입니다. 그들은 형제님이 이를 쑤시고 엉덩이를 긁적거리는 모습을 보게 될 것이고, 코를 골고 방귀 뀌는 소리를 듣게 될 것이고, 기분이 좋지 않거나 사존심이 상했을 때, 또는 두통이 있을 때의 모습을 낱낱이 알게 될 것입니다. 우리는 그들에게 그런 것을 알게 하고 싶지 않습니다. 레미기우스 형제가 날마다 실수하고 서투른 짓을 하는 모습을 그들이 지켜보는 동안 형제님의 이미지는 그들의 마음속에 완벽하고 빛나는 인물로 남아 있어야 합니다."

"난 그런 일이 내키지 않아요." 필립의 목소리는 걱정스러웠다. "뭔가 속인다는 느낌이 들어요."

"하지만 그렇다고 부정직한 구석이 있는 것도 아니잖습니까." 밀리우스가 반박했다. "형제님이 수도원장이 되면 하느님과 이 수도원을 위해 얼마나 훌륭하게 봉사할지 사실적으로 반영하는 것뿐입니다. 반면 레미기우스 형제가 얼마나 형편없이 관리하게 될 것인가도요."

필립은 고개를 저었다. "난 천사로 가장하고 싶지 않아요. 물론 이곳에 머무르진 않을 겁니다. 어쨌든 숲으로 돌아가야 하니까요. 그러나 우리는 형제들을 정직하게 대해야만 합니다. 우리는 그들의 도움과 기도가 필요한, 잘못을 저지르기 쉽고 불완전한 사람을 뽑아달라고 청하고 있으니까요."

"바로 그렇게 얘기하세요!" 밀리우스가 열광했다. "완벽해요. 형제들은 그 말을 좋아할 겁니다."

어쩔 수 없는 사람이로군, 필립은 생각했다. 그는 화제를 바꿨다. "흔들리고 있는 사람들, 아직 마음의 결정을 하지 못하는 형제들은 어떻게 생각하십니까?"

"그들은 보수적인 사람들입니다." 밀리우스가 주저 없이 말했다. "그들은 레미기우스 형제를 연장자이며 급격한 변화를 꾀하지 않는 사람, 예측 가능한 사람, 그리고 현재 실제적인 책임을 맡고 있는 사람으로 생각하고 있어요."

필립은 그 말에 고개를 끄덕였다. "반면 나는 물지도 모르는 낯선 개라도 되는 것처럼 의혹을 갖고 바라보겠군요."

참사회를 알리는 종소리가 울렸다. 밀리우스는 마지막 남은 맥주 한 모금을 삼켰다. "이제 형제님에 대한 공격이 있을 겁니다. 필립 형제님, 그것이 어떤 형태가 될지는 나도 예측할 수 없지만, 그들은 형제님을 나이 어리고 경험 없고 고집 세고 의지할 수 없는 사람으로 보이게 하려고 애쓸 거예요. 침착하고 신중하고 사리를 분별하는 사람답게 처신해야 합니다. 하지만 형제님을 변호하는 일은 나와 커스버트에게 맡기세요."

필립은 걱정이 되기 시작했다. 자신의 일거일동을 다른 사람들이 어떻게 해석하고 판단할 것인가를 재고 계산해야 한다는 것은 새로운 사고방식이었다. 그는 다소 마땅치 않은 어조로 말했다. "평소에 나는 단지 하느님께서 내 행동을 어떻게 볼지에 대해서만 생각합니다."

"저도 압니다, 안다고요." 밀리우스가 성급하게 말했다. "하지만 단순한 사람들이 형제님의 행동을 올바른 견지에서 보도록 하는 것이 죄는 아니지요."

필립은 얼굴을 찌푸렸다. 밀리우스는 말을 지나치게 그럴싸하게 하고 있었다.

그들은 취사장에서 나와 식당을 지나 클로이스터로 갔다. 필립은 몹시 불안했다. 공격이라니? 공격한다니 대체 무엇을 뜻하는 걸까? 그들이 나에 대해 거짓말이라도 꾸며댄다는 말인가? 그러면 어떻게 응수해야 하는가? 사람들이 그에 대해 거짓말을 꾸며댄다면 화가 날 것이다. 침착하고 신중하고 또 이러저러하게 보이기 위해서 화를 억제해야 할까? 하지만 그렇게 하면 형제들은 그 거짓말들이 사실이라고 생각하게 될지도 모른다. 필립은 평상시대로 행동하기로 결심했다. 아마도 조금쯤은 더 신중하고 품위 있게 행동하게 될 것이다.

참사회 집회소는 클로이스터의 동쪽 산책로에 면해 있는 작고 둥근 건물이었다. 그곳에는 중앙을 보고 둥글게 둘러앉도록 긴 의자들이 배치되어 있었다. 집회소 안에 난로가 없는데다 취사장에서 바로 나온 터라 추웠다. 눈높이 바로 위에 난 높은 창문들을 통해 빛이 들어와 주위에 둘러앉은 다른 수사들 외에는 아무것도 보이지 않았다.

필립도 다른 수사들처럼 자리에 앉았다. 거의 모든 수사들이 와 있었다. 열일곱에서 일흔 살까지 다양한 연령층에 키가 큰 사람과 작은 사람, 살결이 검은 사람과 흰 사람 등 각기 다른 모습이었지만, 모두 손으로 짠 거친 모직 수도복에 가죽 샌들을 신고 있었다. 객실 담당자도 있었는데, 둥근 배와 빨간 코는 그의 못된 습관을 잘 보여주었다. 방문객이라도 맞이하면 저 못된 습관을 용서받을 수도 있으련만, 필립은 생각했다. 크리스마스나 성령강림절이면 수사들이 옷을 갈아입고 면도를 하도록 감독하는 의복 관리인도 와 있었다(그와 동시에 목욕도 권했지만, 그것은 의무 사항은 아니었다). 멀리 벽에 몸을 기대고 앉은 이는 이 수도원에서 가장 나이가 많은 수사로, 몸집이 호리호리하고 머리칼이 희기보다는 회색에 가까운 그 노인은 사려 깊고 어떤 일에도 흔들림이 없을 것처럼 보였다. 그는 좀체로 말을 하지 않지만 이따금 던지는 말의 영향력은 상당했다. 앞에 나서기를 꺼리지만 않았더라도 수도원장이 됨직한 인물이었다. 수상한 표정으로 항상 손을 불안하게 움직여대는 사이먼 형제도 있었다. 그는 음란한 생각을 했다는 죄를 너무 자주 고해했기 때문에, 밀리우스의 이야기에 따르면, 실제로 죄를 지은 것이 아니라 그런 고해를 즐기는 듯했다. 점잖은 표정을 짓고 있는 윌리엄 보비스, 이제는 거의 다리를 절지 않게 된 폴 형제, 침착해 보이는 흰머리 커스버트, 키가 아주 작은 회계 담당인 난쟁이 존, 그리고 어제 필립이 저녁식사를 하지 못하도록 막은, 입이 거친 규율 담당 수사 피에르도 있었다. 필립은 주위를 둘러보다가 그들이 모두 자기를 바라보고 있음을 깨닫고는 당황해서 시선을 떨궜다.

레미기우스가 성구 관리인인 앤드루와 함께 들어와서 난쟁이 존과 피에르 옆에 앉았다. 그런 거로군, 필립은 생각했다. 그들은 다름 아닌 분파를 형성하려 하고 있었다.

참사회는 오늘로 축일을 맞은 성 시메온에 관해 봉독하는 것으로 시작되었다. 성 시메온은 일생을 기둥 위에서 살았던 고행자로, 그의 극기력은 의심의 여지가 없었지만 그의 행적이 갖는 진정한 가치에 대해서 필립은 언제나 마음속으로 의문을 품고 있었다. 사람들이 성인을 보기 위해 떼지어 모여들었다지만, 과연 그들이 정신적으로 앙양되었을까. 혹시 색다른 구경에 그쳤던 건 아닐까?

기도가 끝나자 성 베네딕투스 규율서 중 한 장章을 봉독하는 차례가 되었다. 이 모임과 이 작은 건물의 이름은 이렇게 날마다 한 장씩 봉독하는 데서 유래한 것이었다.* 레미기우스가 봉독을 위해 앞에서 일어나 책을 펼치자, 필립은 처음으로 그의 옆모습을 경쟁자의 관점에서 골똘히 바라보았다. 레미기우스의 기운차고 민첩한 동작과 말하는 태도는 그의 본래 성격과는 완전히 다르게 유능해 보였다. 좀더 자세히 관찰하자, 그의 겉모습 안에 감춰진 내면을 드러내주는 실마리가 드러났다. 약간 튀어나온 푸른 눈동자는 불안한 듯 쉴 새 없이 움직였고, 얇은 입술은 말할 때마다 두세 번씩 머뭇거렸고, 긴장하고 있을 때가 아니더라도 계속해서 주먹을 쥐었다 폈다 하고 있었다. 레기미우스의 권위란 오만하고 까다롭고 아랫사람을 멸시하듯 대하는 태도에서 나오는 것이었다.

필립은 왜 그가 유독 그 장을 선택해 직접 봉독하는지 의아했지만, 잠시 후 그 이유를 알 수 있었다. "겸손의 첫째 단계는 기꺼이 복종하는 것입니다." 레미기우스가 읽어나갔다. 그는 모든 사람들에게 그의 지위와 그에 대한 복종을 상기시키기 위해 복종에 관한 제5장을 선택한 것이었다. 그것은 협박 전술이었다. 레미기우스는 마땅히 부끄러워해야 할 일을 하고 있었다. "그들은 자신이 원하는 대로 살아서는 안 되며, 자신의 욕망과 쾌락을 따라서도 안 됩니다. 다른 사람의 명령과 지시에 따르며 수도원에 머물러, 대수도원장으로 하여금 그들의 욕망을 다스리게 해야 합니다. 의심할 여지도 없이 이와 같은 일은 다음과 같은 우리 주님의 말씀에도 잘 나타나 있습니다. 나는 내 뜻대로 하기 위해서가 아니라 나를 보내신 그분의 뜻대로 하기 위해 온 것이다." 예상대로 레미기우스는 전선戰線을 만들어나가고 있었다. 이번 경쟁에서 기존 권위를 내세우려는 것이었다.

* '참사회'를 뜻하는 영단어 chapter는 책의 한 장을 의미하기도 한다.

봉독에 이어 사망자 발표가 있었는데, 오늘의 모든 기도는 당연히 수도원장 제임스의 영혼을 위해 바쳐지는 것이었다. 가장 활기찬 시간은 참사회의 마지막으로, 업무에 관해 논의하고 잘못을 뉘우치며 그릇된 행동을 지적하는 시간이었다.

레미기우스는 말을 시작했다. "어제 장엄미사 중에 소란이 있었습니다."

순간 필립은 어느 정도 마음이 놓이는 것을 느꼈다. 이제 자신이 어떻게 공격당하리라는 걸 알 수 있을 터였다. 그는 어제 자신의 행동이 옳았다고 확신하지는 못했지만, 자신이 왜 그렇게 했는지는 알았고 자신을 방어할 준비가 되어 있었다.

레미기우스는 말을 계속했다. "저 자신은 참석하지 못했습니다. 그때 중요한 업무를 처리하느라 수도원장 사택에 있었지요. 그러나 성구 관리인이 무슨 일이 있었는지 제게 얘기해주었습니다."

그때였다. 흰머리 커스버트가 그의 말을 중단시켰다. "그러한 이유로 너무 자신을 책하지는 마십시오, 레미기우스 형제." 그가 달래는 목소리로 말을 시작했다. "원칙적으로 수도원의 업무가 장엄미사보다 우선이어서는 안 된다는 걸 우리는 알고 있지만, 친애하는 수도원장님의 죽음 때문에 형제님이 평소 능력을 초과하는 많은 문제들을 처리하지 않을 수 없었다는 것도 이해합니다. 그 문제에 대해서는 속죄하지 않아도 된다는 데 모두가 동의하리라 생각합니다."

역시 꾀 많은 늙은 여우 같군, 필립은 생각했다. 물론 레미기우스에게는 잘못을 속죄할 의도가 전혀 없었다. 그럼에도 불구하고 커스버트는 그를 용서함으로써 모든 사람으로 하여금 그가 실제로 잘못을 자인했다고 느끼게 한 것이었다. 이제 필립이 실수했다는 것이 입증된다 할지라도 그는 기껏해야 레미기우스와 대등한 잘못을 저지른 정도가 될 것이었다. 게다가 커스버트는 레미기우스가 수도원장의 의무를 수행하는 데 어려움을 느끼고 있다는 암시를 심어놓았다. 커스버트의 인정 어린 몇 마디 말로 레미기우스의 권위는 완전히 훼손되고 말았다. 레미기우스는 불같이 화가 난 듯했다. 필립은 승리의 전율이 목을 조여오는 것을 느꼈다.

성구 관리인 앤드루는 비난의 눈길로 커스버트를 노려보며 말했다. "나는 우리 중 그 누구도 존경하는 부수도원장님을 비난하고 싶어하지 않으리라 확신하는 바입니다. 그 소동은 숲속에 있는 성 요한 수도원에서 우리를 방문한 필립 형제에 의해 벌어졌습니다. 필립 형제는 내가 미사를 집전하고 있는 동안, 성가대석에 앉아 있던 젊은 수사 윌리엄 보비스를 자리에서 끌어내 남쪽 익랑으로 끌고 가 꾸짖었습니다."

레미기우스는 짐짓 문책을 하게 되어 애석하다는 표정을 지어 보였다. "여러분 모두는 필립 형제가 미사가 끝날 때까지 기다려야 했다는 데 동의할 것입니다."

필립은 다른 수사들의 표정을 살폈다. 모두 그 이야기에 찬성도 반대도 하지 않는 것 같았다. 그들은 경기를 지켜보는 구경꾼의 태도로 일이 진행되는 절차를 따르고 있었을 뿐, 옳거나 그르거나 하는 판단을 내리지 않고 오직 누가 이길 것인가에 관심을 둘 뿐이었다.

만약 내가 미사가 끝날 때까지 기다렸다면 그 버릇없는 장난은 미사시간 내내 계속되었을지도 모릅니다, 필립은 항변하고 싶었지만 밀리우스의 충고를 기억하고 침묵을 지켰다. 그때 밀리우스가 그를 위해 나섰다. "저 역시 운 나쁘게도 종종 장엄미사에 참례하지 못하고 있습니다. 장엄미사는 식사 직전에 시작되기 때문이죠. 그러니 앤드루 형제님, 필립 형제님이 그런 행동을 하기 전에 성가대석에서 무슨 일이 있었는지에 대해 말씀해주실 수 있겠지요? 모든 것이 질서 정연하게 진행되고 있었나요?"

"젊은 형제들이 좀 안정을 잃었을 뿐입니다." 성구 관리인이 부루퉁하게 대답했다. "미사가 끝난 후에 직접 주의를 줄 작정이었습니다."

"형제님이 자세한 내용을 모른다는 것은 이해할 만하군요. 형제님의 마음은 온통 미사에 집중되어 있었을 테니 말입니다." 밀리우스가 너그럽게 말했다. "다행히도 우리에겐 우리의 잘못된 행동에 주의를 기울이는 것을 의무로 하는 규율 담당 수사가 있잖습니까. 피에르 형제님, 형제님이 지켜본 것을 우리에게 말해주십시오."

규율 담당 수사는 적대적인 표정을 지었다. "성구 관리를 담당하는 형제님이 이미 말한 그대로요."

"그렇다면 우리는 자세한 얘기를 필립 형제님에게 직접 물어봐야 할 것 같군요."

밀리우스는 정말 영리한 자로군, 필립은 생각했다. 그는 미사중에 젊은 수사들이 무엇을 하고 있었는지에 성구 관리인과 규율 담당 수사가 모르고 있음을 확실히 했다. 그러나 필립은 밀리우스의 능란한 변론 솜씨에는 탄복했지만, 이러한 게임에는 마음이 내키지 않았다. 수도원장을 선출하는 것은 재치를 겨루는 일이 아니라, 하느님의 뜻이 무엇인지를 알아내는 문제였다. 그는 망설였다. 밀리우스가 그에게 눈짓으로 지금이 바로 기회라고 말하고 있었다. 그러나 필립의 성격에는 완고한 면이 있었고, 그것은 누군가 도덕적으로 판가름하기 힘든 상황으로 그를 몰아넣을 때 가장 분명하게 나타났다. 그는 밀리우스의 눈을 바라보며 말했다. "나의 형제들이 말한 그대로입니다."

밀리우스의 표정은 침울해졌다. 그는 믿을 수 없다는 듯이 필립을 응시했다. 그리고 입을 열었지만, 뭐라고 말해야 할지 모르는 것 같았다. 필립은 그를 실망시킨 데 대해 죄책감을 느꼈다. 그가 지나치게 화가 나지 않았다면, 나중에 그에게 자기 마음을 털어놓아야겠다고 생각했다.

레미기우스가 서둘러 죄과를 지적하려고 할 때 또다른 목소리가 들려왔다. "참회하고 싶습니다."

모두 목소리가 들려온 쪽으로 고개를 돌렸다. 잘못을 범한 장본인 윌리엄 보비스가 스스로를 부끄러워하는 표정으로 서 있었다. "저는 미사 중에 수련수사들을 가르치시는 교사께 촛농을 던지며 웃었습니다." 그는 나직했지만 분명한 목소리로 말했다. "필립 형제님은 제가 그 일을 부끄럽게 여기도록 해주셨습니다. 저는 하느님께 용서를 빌고 형제들에게 속죄를 구합니다." 그는 황급히 자리에 주저앉았다.

레미기우스가 뭐라고 말하기도 전에 또다른 젊은 수사가 일어나서 말했다. "저도 고백합니다. 저도 똑같은 짓을 했습니다. 속죄를 구합니다." 그도 다시 자리에 앉았다. 이 돌연한 양심의 가책은 다른 사람에게도 전염되었다. 세번째 수사가 일어나 고백을 했고, 그것은 네번째, 다섯번째로 이어졌다.

필립이 삼갔음에도 불구하고 진실이 밝혀져 그는 기뻐하지 않을 수 없었다. 그는 밀리우스가 승리의 미소를 자제하느라 애쓰고 있는 것을 보았다. 그 참회는 분명 성구 관리인과 규율 담당 수사의 면전에서 소동이 있었다는 사실을 의심할 여지없이 확인시켜주었다.

극도로 불쾌해진 레미기우스는 죄인들에게 일주일간의 절대 침묵이라는 벌을 내렸다. 그 기간에 그들은 말을 해서는 안 됐고, 누구도 그들에게 말을 걸어서도 안 됐다. 생각보다 훨씬 가혹한 벌이었다. 필립은 어렸을 때 그 고통을 경험한 적이 있었다. 단 하루 동안이었는데도 고립감으로 숨이 막힐 것만 같았다. 그러므로 일주일 동안의 침묵이라는 선고는 너무도 가혹한 것이었다.

그러나 레미기우스는 오직 상대가 자신의 책략을 뒤집은 것에 분개하고 있을 따름이었다. 그들에게 벌을 주는 것이 필립의 처신이 옳았음을 인정하는 조치라 할지라도, 일단 참회를 한 이상 레미기우스로서는 벌을 주는 것 외에 달리 선택의 여지가 없었다. 필립에 대한 그의 공격은 완전히 어긋나버렸고, 필립은 승리했다. 일말의 죄책감에도 불구하고, 필립은 그 순간을 즐겼다.

그러나 레미기우스의 굴욕은 아직 끝난 것이 아니었다.

커스버트가 말을 시작했다. "우리가 논의해야 할 또다른 소동이 있었습니다. 그 소동은 장엄미사 직후에 클로이스터에서 일어났습니다." 도대체 다음엔 무슨 일이 일어날지 필립은 짐작할 수조차 없었다. "앤드루 형제님은 필립 형제님을 맞대놓고 그의 잘못된 행동을 비난했습니다." 그건 사실이지, 필립은 생각했다. 모두 그 사실을 알고 있었다. 커스버트는 말을 이었다. "우리 모두는 그러한 비난을 할 수 있는 시간과 장소는 지금 바로, 이 참사회뿐이라는 걸 알고 있습니다. 그리고 왜 우리의 선조들이 그렇게 정했는지를 알게 해주는 좋은 근거들이 있습니다. 하룻밤 사이에 노기가 가라앉아, 다음 날 아침 침착하고 온건한 분위기에서 불만을 거론할 수 있기 때문이지요. 그리고 전체 공동체는 공동의 지혜를 모아 그 문제를 해결할 수 있을 겁니다. 그러나 유감스럽게도 앤드루 형제님은 이 분별 있는 규율을 우롱하고, 모든 사람을 혼란시키고 절제 없이 함부로 클로이스터에서 소동을 피웠습니다. 그러한 그릇된 행동을 눈감아준다면, 자신들이 한 일로 벌을 받은 어린 형제들에게는 불공정한 일이 될 것입니다."

무자비하면서도 재기에 넘치는 말이로군, 필립은 흐뭇한 마음으로 생각했다. 결국 필립이 미사중에 윌리엄을 성가대석 밖으로 데리고 나간 것이 옳은가 하는 문제는 한 번도 논의되지 않았다. 문제를 야기하려 할 때마다 오히려 고발한 사람의 행동을 탐문하는 쪽으로 바뀌고 말았던 것이다. 그것은 당연한 일로, 필립에 대한 앤드루의 불만 자체가 진실되지 못한 것이기 때문이었다. 커스버트와 밀리우스는 힘을 모아 이제 레미기우스와 그의 주요 동맹자인 앤드루와 피에르 두 사람의 평판을 떨어뜨렸다.

평상시에도 붉은 앤드루의 얼굴빛은 격분해서 자줏빛이 되었고, 레미기우스의 안색은 거의 공포에 질린 것 같았다. 필립은 기뻤다. 그들은 마땅히 받아야 할 벌을 받은 것이었다. 그러나 이제는 그들의 굴욕이 지나치게 위험할 지경에 이르게 된 것이 걱정스러웠다. "아래 형제들이 손위 형제들을 벌하는 문제를 논의한다는 것은 부당한 일입니다." 필립이 말했다. "이 문제는 부수도원장이 사적으로 처리하도록 합시다." 주위를 둘러보며 그는 수사들이 그의 관대함에 찬성했음을 알았고, 또한 뜻하지 않게 또 점수를 얻었음을 깨달았다.

모든 것이 끝난 듯했다. 회의의 분위기는 필립에게 유리했고, 그는 결정을 못 내리고 있는 수사들의 대다수를 자기편으로 끌어들였다고 확신했다. 그때 레미기우스가 말했다. "제기해야 할 또다른 문제가 있습니다."

필립은 부수도원장의 표정을 살펴보았다. 그의 태도는 필사적이었다. 필립은 성구 관리인 앤드루와 규율 담당 수사 피에르 두 사람도 놀라고 있는 것을 보았다. 그렇다면, 이것은 사전에 계획되지 않은 일이었다. 혹시 레미기우스가 수도원장직을 날라고 간청하는 건 아닐까?

"여러분이 알다시피 주교님께서는 우리가 심사할 후보자를 추천할 권리를 갖고 있습니다." 레미기우스가 말을 시작했다. "주교님께서는 우리의 선택을 인정할 수도 있고 거부할 수도 있습니다. 나이 든 형제들은 경험으로 알고 있겠지만, 세력의 분리는 주교님과 수도원 사이에 분쟁을 야기할 수도 있지요. 결국 주교님은 당신의 후보자를 받아들이라고 우리에게 압력을 가할 수 없고, 우리 역시 우리의 후보자를 고집할 수만은 없게 되는 겁니다. 갈등이 생긴다면 논의를 통해 풀어야 합니다. 그럴 경우, 결과는 형제들의 결정과 단합이 잘되느냐에 달려 있습니다. 특히, 손위 형제들의 단합에 말입니다."

필립은 좋지 않은 예감이 들었다. 레미기우스는 분노를 억제하고 다시 침착하고 거만한 모습으로 돌아가 있었다. 필립은 여전히 일이 어떻게 돼가고 있는지 알 수 없었지만, 승리감은 이미 자취를 감춘 뒤였다.

"내가 오늘 이 모든 이야기를 하게 된 이유는 내게 들어온 두 가지 중요한 정보 때문입니다."

레미기우스는 말을 계속했다.

"첫째는, 여기 모인 우리 중 한 명 이상이 후보자로 지명될지도 모른다는 것이었습니다."

이 말에 아무도 놀라지 않는군, 필립은 생각했다.

"두번째 정보는 주교님 역시 후보자를 지명할 것이라는 사실입니다."

레미기우스는 의미심장하게 말을 끊었다. 양측 모두에게 좋지 않은 소식이었다. 누군가 물었다.

"형제님은 주교님께서 누구를 추천할지 알고 있습니까?"

"물론입니다."

레미기우스의 대답을 듣는 순간, 필립은 그가 거짓말을 하고 있음을 확신할 수 있었다.

"주교님이 추천할 사람은 뉴베리의 오스버트 형제입니다."

이 말에 수사들 중 한두 명이 숨을 몰아쉬었다. 모두 경악했다. 그들은 한동안 킹스브리지의 규율 담당 수사였던 오스버트라는 인물을 알고 있었다. 그는 주교의 사생아로, 성당을 안락하고 나태하게 살 수 있는 거처 이상으로 여기지 않는 인물이었다. 그리고 서약을 지키기 위해 그 어떤 진지한 노력도 하지 않았고, 반쯤 속이 들여다보이는 사기를 일삼았고, 시끄러운 일이 생기면 부자관계에 의존했다. 그가 수도원장이 될 수도 있다는 예상에 심지어 레미기우스의 친구들까지 경악하고 있었다. 객실 담당자와 구제할 길 없이 타락한 그의 친구들 한두 명만이 태만한 규율과 너저분한 방종이 판치는 체제를 기대하며 오스버트를 지지할 것이었다.

레미기우스는 계속했다. "형제 여러분, 만약 우리가 두 후보자를 추천한다면, 주교님은 우리가 분열되어 하나된 결정을 내리지 못한다고 할지도 모릅니다. 그분은 틀림없이 우리를 위한답시고 당신 스스로 결정할 것이고, 그렇게 되면 우리는 결국 그분의 선택을 받아들여야만 하는 거지요. 만약 오스버트가 수도원장이 되는 것을 막고 싶다면, 우리 중에서 오직 한 사람의 후보자만을 내세워야 합니다. 그리고 한마디 부언하자면, 결코 경솔하게 후보자를 내지 말아야 한다는 겁니다. 이를테면 나이가 어리거나 경험이 없는 사람이 그렇습니다."

좌중에서 동의하는 웅성거림이 일었다. 필립은 유린당한 것이나 다름없었다. 조금 전까지만 해도 그는 자신의 승리를 확신했지만, 상대는 그의 손에서 승리를 잡아채버렸다. 이제 모든 수사들은 레미기우스의 편이 되어, 레미기우스가 그들이 내세운 안전하고 유일한 후보자이자 오스버트를 이길 사람이라고 생각했다. 필립은 레미기우스가 오스버트에 관해 거짓말을 하고 있다고 확신했지만 그렇다고 해도 상황은 달라질 것이 없었다. 겁에 질린 수사들은 레미기우스 편으로 돌아설 것이다. 그리고 그것은 앞으로 킹스브리지 수도원의 계속적인 쇠퇴를 의미했다.

다른 사람이 의견을 말하기도 전에 레미기우스가 말했다. "이제 그만 모임을 끝내고, 오늘 우리가 하느님의 일을 행했을 때처럼 이 문제에 대해 묵상하고 기도합시다." 그는 자리에서 일어나 밖으로 나갔고, 그의 뒤를 앤드루와 피에르, 난쟁이 존이 따랐다. 세 사람 모두 얼떨떨한 듯했으나 승리에 찬 표정이었다.

그들이 나가자마자 수사들 사이에 소란이 일어났다. 밀리우스가 필립에게 말했다. "레미기우스가 이런 계략을 준비하고 있으리라고는 생각도 못했어요."

"그는 거짓말을 하고 있습니다." 필립이 쓰라린 심정으로 말했다. "확실해요."

커스버트가 그들 곁으로 와 필립의 말을 들었다. "그가 거짓말을 한다는 건 전혀 문제되지 않을 겁니다. 위협만으로도 충분하니까요."

"진실은 결국 밝혀지겠지요." 필립이 말했다.

"반드시 그렇지도 않죠." 밀리우스가 대꾸했다. "주교님이 오스버트를 추천하지 않는다고 가정해봐요. 레미기우스는 주교님이 단합된 수도원을 상대로 싸우기를 지레 포기했다고 말할 겁니다."

"나는 아직 물러서지 않을 것이오." 필립이 완강한 어조로 말했다.

밀리우스가 물었다. "이제 어떻게 해야 할까요?"

"진실을 밝혀야지요."

"우리에겐 불가능한 일입니다."

필립은 방법을 생각해내려고 고심했다. 좌절감 때문에 고통스러웠다. "당장 물어봅시다."

"묻다니요? 무슨 말씀을 하는 겁니까?"

"주교님께 그분의 의향을 물어보자는 겁니다."

"어떻게요?"

"주교 관저에 전갈을 보낼 수 있지 않을까요?" 필립이 생각에 잠겨 혼자 중얼거렸다. 그는 커스버트를 바라보았다.

커스버트는 생각에 잠겼다. "그래요. 이제까지 줄곧 인편을 이용했지요. 인편을 주교 관저에 보낼 수 있어요."

그러자 밀리우스가 회의적으로 말했다. "그래서 주교님께 당신의 의도를 묻겠다는 건가요?"

필립은 얼굴을 찌푸렸다. 바로 그 점이 문제였다.

커스버트가 밀리우스의 말에 동의했다. "주교님은 우리에게 당신의 의중을 말해주지 않을 겁니다."

필립의 머리에 영감이 떠올랐다. 그는 얼굴을 펴고 해결책을 찾았다는 듯 손뼉을 쳤다. "그래요. 주교님께서는 말해주지 않겠지요. 하지만 부주교님은 말해줄 겁니다."

그날 밤 필립은 버려진 아기 조너선의 꿈을 꾸었다. 꿈속에서 아이는 숲속의 성 요한 수도원의 성당 현관에 있었는데, 필립이 안에서 제1과를 드리고 있을 때 숲에서 살며시 빠져나온 이리 한 마리가 들을 가로질러 뱀처럼 미끄러지듯 아이에게 다가가는 것이었다. 필립은 미사중에 소란을 피워 레미기우스와 앤드루에게 실책을 당할까 두려워 움직일 수가 없었다. 그들이 둘 다 그곳에 있었던 것이다(레미기우스와 앤드루가 숲속의 수도원에 온 일은 한 번도 없었다). 필립은 결심을 하고 소리치려 했으나 꿈속에서 종종 그렇듯 아무리 애를 써도 목소리가 나오지 않았다. 마침내 필립은 소리를 지르려 애쓴 끝에 소스라쳐 잠에서 깨어났다. 그는 주위에서 자고 있는 수사들의 숨소리를 들으며 어둠 속에 누워 몸을 떨다가, 이윽고 그건 생시의 이리가 아니라고 자신을 납득시켰다.

킹스브리지에 도착한 이후로 아기 생각은 거의 하지 않았다. 필립은 수도원장이 되면 그 아기는 어떻게 할 것인가 생각해보았다. 모든 것이 달라질 것이었다. 깊은 숲속의 작은 수도원에서는 아기가 있다는 것이 일상적인 일은 아니라 하더라도 커다란 문젯거리는 아니었다. 하지만 킹스브리지 수도원에서라면 아기가 큰 소동을 야기할 수도 있었다. 다른 한편으로 생각하면, 버려진 아이를 기르는 것이 뭐가 잘못인가? 사람들에게 어떤 이야깃거리를 주는 것이 죄라고는 할 수 없었다. 수도원장이 된다면 자신의 뜻대로 할 수 있을 것이다. 팔푼이 자니를 킹스브리지로 데려와 그 아기를 돌보게 할 수도 있었다. 그렇게 생각하자 무척이나 기뻤다. 그것이야말로 내가 할 일이지, 필립은 생각했다. 그렇지만 모든 가능성을 고려해볼 때 그는 킹스브리지의 수도원장이 되지 못할 것이었다.

그는 조바심으로 흥분한 나머지 새벽녘까지 잠을 이루지 못하고 누워 있었다. 자신의 입장을 밀고 나가기 위해 더 할 수 있는 일은 아무것도 없었다. 수사들과 이야기해도 소용없는 일이었다. 그들은 오스버트에 대한 걱정에 움츠러들어 있었다. 심지어 수사 한둘은 벌써 선거가 끝난 것처럼 필립에게 다가와 그의 패배에 유감을 표하기까지 했다. 필립은 그들을 신념 없는 겁쟁이라 부르고 싶은 유혹을 억눌렀다. 다만 웃으며 그들이 조만간 놀라게 될 거라고만 했다. 그러나 자신의 신념 역시 그리 확고하지는 않았다. 웨일런 부주교는 주교 관저에 있지 않을지도 몰랐다. 또 있다 하더라도, 어떤 이유로 주교의 계획을 필립에게 말해주지 않을지도 몰랐다. 또는, 웨일런의 성격으로 보건대, 그중에서도 가장 가능성이 높은 것은 그가 독자적인 계획을 품고 있을 수도 있다는 가정이었다.

필립은 다른 수사들과 같이 새벽에 일어나 제1과를 드리기 위하여 성당으로 갔다. 그리고 미사 후 다른 사람들과 함께 아침식사를 하기 위해 식당으로 향하는데, 밀리우스가 은밀한 몸짓으로 그를 취사장으로 불러들였다. 필립은 신경을 바짝 곤두세운 채 그를 따라갔다. 인편이 돌아온 것이 분명했다. 이렇게 빨리 온 것을 보니 회답을 받자마자 어제 오후 귀로에 오른 것이 틀림없었다. 필립은 수도원 마구간에 그렇게 빨리 달리는 말이 있다는 것을 모르고 있었다. 어쨌든 회답의 내용은 무엇일까?

취사장에서 기다리고 있던 사람은 인편이 아니었다. 부주교인 웨일런 바이가드였다.

필립은 놀라서 그를 응시했다. 여위고 주름진데다 검은 옷을 입은 부주교는 나무 그루터기에 올라앉은 까마귀처럼, 등받이 없는 의자에 걸터앉아 있었다. 새의 부리 같은 코끝은 추위 때문에 빨개져 있었다. 그는 앙상한 흰 손으로 뜨겁고 향기로운 포도주가 담긴 잔을 어루만지며 손을 녹이고 있었다.

"부주교께서 오시다니 잘됐습니다." 필립이 엉겁결에 말했다.

"내게 보낸 편지 잘 받아보았소." 웨일런이 냉랭하게 대답했다.

"그게 사실입니까?" 필립이 조급하게 물었다. "주교님께서 오스버트를 천거할 건가요?"

웨일런이 손을 들어 그의 말을 막았다. "그 문제는 잠시 후에 거론합시다. 지금은 여기 커스버트가 어제의 사건을 내게 말해주고 있는 중이오."

필립은 애써 실망감을 감추었다. 그것은 직접적인 대답이 아니었다. 그는 웨일런의 표정을 살피며 그의 마음을 읽으려 애썼다. 부주교는 분명 자기 나름의 계획을 가지고 있었지만, 필립은 그것을 짐작할 수가 없었다.

그제야 필립은 불 옆에 앉아 있는 커스버트를 발견했다. 그는 약해진 치아 때문에 딱딱한 검은 빵을 부드럽게 하려고 맥주에 적시며 어제 참사회에서 일어난 일을 다시 말하기 시작했다. 필립은 웨일런의 생각을 읽으려고 애쓰느라 안절부절못하고 있었다. 빵을 한 조각 베어물었으나, 너무 긴장한 나머지 삼킬 수가 없었다. 그래도 무슨 행동이든 해야 했기에 물탄 맥주를 조금 마셨다.

"그러니까 말입니다." 이윽고 커스버트가 말했다. "주교님의 의도를 알아보는 것이야말로 우리에게 남은 유일한 기회인 것 같았습니다. 다행히 필립 형제님이 부주교님을 알고 있더군요. 그래서 우리는 부주교님께 인편을 보낸 겁니다."

필립은 더 참지 못하고 말했다. "그러니 이제 우리가 알고 싶어하는 것을 말해주시겠죠?"

"물론 얘기하겠소." 웨일런은 한 모금도 마시지 않고 포도주잔을 내려놓았다. "주교님께서는 당신 아드님이 킹스브리지의 수도원장이 되기를 바라고 있소."

필립은 가슴이 철렁했다. "그렇다면 레미기우스 형제의 말이 사실이었군요."

웨일런은 말을 계속했다. "하지만 주교님께선 수사들과의 분쟁 역시 원하지 않소."

필립은 얼굴을 찌푸렸다. 다소 차이는 있지만 이미 레미기우스가 예측했던 바였다. 그런데 어딘가 석연치 않은 점이 있었다. 필립이 웨일런에게 말했다. "부주교님께서 단지 그 말을 하시려고 여기까지 왕림하신 것 같지는 않군요."

웨일런이 필립을 경탄의 시선으로 바라보자 필립은 자신의 추측이 맞았음을 알았다. "그렇소. 주교님께서는 내게 수도원의 분위기를 알아보라고 했소. 그분께선 내게 당신을 대신해 추천할 권한을 주었소. 물론 내겐 주교님의 인장이 있으니 이 문제를 공식적이고 구속력 있는 것으로 만들 추천서를 쓸 수 있소."

필립은 잠시 그 말을 곱씹어보았다. 웨일런은 주교의 추천권과 인장 사용권을 위임받았다. 그것은 주교가 이 모든 문제를 웨일런의 손에 맡겼다는 뜻이었다. 그는 지금 주교의 권위를 가지고 말하고 있었다.

필립은 숨을 깊이 들이쉬고 말했다. "부주교님께서는 커스버트 형제가 한 말의 의미를 아셨겠지요? 오스버트가 추천된다면, 주교님께서 피하고 싶어하는 분쟁이 야기될 겁니다."

"그렇소, 알고 있소."

"그렇다면 부주교님께서는 오스버트를 추천하지 않으실 겁니까?"

"그렇소."

필립은 너무 긴장되어 가슴이 터질 것만 같았다. 수사들은 오스버트가 수도원장이 된다는 우려에서 벗어나게 된 것이 너무 기쁜 나머지 웨일런이 추천하는 사람에게 기꺼이 표를 던질 것이었다.

이제 웨일런은 신임 수도원장을 선택할 권리를 갖고 있었다.

필립이 물었다. "그러면 부주교님께서는 누구를 추천하실 겁니까?"

"당신…… 또는 레미기우스일지도 모르겠소."

"수도원을 운영하는 데 레미기우스의 능력은……"

"나도 그의 능력을 알고 있소. 그리고 당신의 능력도." 웨일런은 앙상한 흰 손을 다시 들어올리며 말을 가로챘다. "나는 두 사람 모두 훌륭한 수도원장이 될 수 있으리라 생각하오." 그는 잠시 말을 끊었다. "그러나 다른 문제가 있소."

이제 와서 무슨 문제일까? 필립은 의아했다. 최고의 수도원을 만들 수 있는 사람인가, 그것 외에 고려해야 할 다른 문제가 있단 말인가? 그는 다른 사람들을 바라보았다. 밀리우스 역시 의아해하는 것 같았지만, 나이가 있는 커스버트는 무슨 말이 나올지 알겠다는 듯 엷은 미소를 짓고 있었다.

웨일런이 말했다. "나 역시 당신과 마찬가지로 교회의 요직을 단순히 교회에 오랫동안 봉사한 보답으로 연장자에게 주기보다는 나이를 불문하고 정열적이고 유능한 인물에게 주어야 한다고 생각하오. 그런 연장자들은 행정 능력은 없는 대신 영적으로 드높은 분들일 테지만."

"물론입니다." 필립은 주저 없이 대답했다. 그는 이 말에 깔려 있는 복선을 알아채지 못하고 있었다.

"우리는 이 목적을 향해 함께 일할 거요. 당신들 세 형제와 나는."

밀리우스가 말했다. "저는 무슨 말인지 모르겠습니다."

"나는 알겠는걸." 커스버트가 말했다.

웨일런은 커스버트에게 희미한 미소를 보낸 뒤, 필립에게 주의를 돌렸다. "쉽게 생각합시다." 그가 말했다. "주교님께서는 늙었소. 언젠가 그분이 돌아가시면, 우리에게는 새 주교가 필요하게 될 거요. 마치 지금 새 수도원장을 필요로 하는 것처럼. 킹스브리지의 수사들에게는 새 주교를 선출할 권리가 있소. 킹스브리지의 주교는 이 수도원의 대수도원장이기도 하니까."

필립은 얼굴을 찌푸렸다. 서로 관계가 없는 이야기들이었다. 지금 그들은 주교가 아니라 수도원장을 선출하려는 것이었다.

그러나 웨일런은 계속했다. "물론 수사들에게 그들이 원하는 주교를 선택할 전적인 권리는 없소. 대주교와 왕에게도 나름대로 견해가 있을 것이기 때문이오. 그러나 결국 그 임명을 합법화하는 것은 수사들이오. 그때가 되면 당신들 셋이 그 결정에 강력한 영향력을 행사할 수 있을 거요."

커스버트는 자신의 추측이 맞았다는 듯 고개를 끄덕였고, 이제는 필립 역시 그가 무슨 말을 하는지 어렴풋이 눈치챘다.

웨일런은 마지막으로 말했다. "형제는 내가 형제를 킹스브리지의 수도원장으로 만들어주길 원하고 있소. 그리고 나는 형제가 나를 주교로 만들어주기를 원하고 있는 것이오."

바로 그것이었다.

필립은 말없이 웨일런을 응시했다. 매우 간단했다. 부주교는 협상을 원하고 있었다.

필립은 충격을 받았다. 이것은 성직 매매 죄에 해당되는 것은 아니었지만, 흥정을 한다는 달갑지 않은 느낌이 내포되어 있었다.

그는 웨일런의 제안을 객관적으로 생각해보려 애썼다. 그 제안은 필립이 수도원장이 되는 것을 의미했다. 그렇게 생각하자 그는 가슴이 빠르게 뛰는 것을 느꼈다. 그러나 그는 어떤 구차한 조건하에 자신에게 수도원이 주어진다는 것이 마음에 내키지 않았다.

그것은 어떤 점에서 웨일런이 주교가 될지도 모른다는 뜻이었다. 그가 훌륭한 주교가 될 수 있을 것인가? 그는 분명히 유능할 것이다. 그가 심각한 악덕을 지니고 있는 것 같지는 않았다. 그가 하느님에 대한 봉사에 좀더 세속적이고 현실적인 접근을 하리라는 것은 분명했고, 그 점은 자신도 마찬가지일 터였다. 필립은 웨일런에게 자신과는 달리 가차 없는 면이 있음을 감지했지만, 그런 면이 교회의 이익을 보호하고 육성하려는 순수한 결심에 근거하고 있다는 것 또한 알 수 있었다.

실제로 주교가 죽고 나면 그 말고 누가 후보자가 될 것인가? 아마도 오스버트이리라. 성직자에게는 공식적으로 독신이 요구됨에도 불구하고 종교상의 직책이 아버지에게서 아들로 이어진다는 것은 전혀 의외의 일은 아니었다. 물론 오스버트가 주교가 된다는 것은 그가 수도원장이 되는 것 이상으로 교회에 불리할 것이다. 오직 오스버트를 막기 위해 웨일런보다 훨씬 못한 후보자를 지지할 수도 있었다.

또다른 누군가 경선에 나서게 될 것인가? 지금으로선 추측이 불가능했다. 주교는 몇 년 후에야 죽을 것이다.

커스버트가 웨일런에게 말했다. "우리는 부주교님께서 선출된다는 것을 보증드릴 수는 없소."

"알고 있소." 웨일런이 말했다. "나는 단지 형제들의 추천을 바라는 것뿐이오. 좀더 정확히 말해 그것은 내가 형제들에게 보답으로 제공하는 것과 똑같은 것이오. 바로 추천이오."

커스버트는 고개를 끄덕였다. "나는 동의하오." 그가 엄숙히 말했다.

"나도 그렇소." 밀리우스가 말했다.

부주교와 두 명의 수사는 필립을 바라보았다. 필립은 고통스럽게 망설였다. 이것이 주교를 선출하는 정당한 방식이 아니라는 것은 알고 있었지만, 수도원장직은 부주교의 손에 달려 있었다. 마치 말을 사고파는 상인들처럼 이런 식으로 성직을 교환하는 것이 옳은 일이라고는 할 수 없었다. 그러나 만약 이 제안을 거절한다면 레미기우스가 수도원장이 되고 오스버트가 주교가 되는 결과를 초래할지도 몰랐다.

그렇지만 이제 그런 이성적 논리들은 비현실적으로 보였다. 수도원장이 되고 싶은 욕망이 그의 내부에서 저항할 수 없는 힘으로 자라고 있었으므로, 그는 찬부에 관계없이 거부할 수가 없었다. 그는 그 일을 위해 싸우겠노라고 하느님께 말하던 어제의 기도를 되새겼다. 이윽고 그가 눈을 들고 다른 사람들을 보았다. '만약 하느님께서 이 일이 일어나지 않기를 바라신다면 내 목과 입을 마비시키고 숨을 멎게 하셔 이 말을 삼가게 하소서.' 그는 마음속으로 기도를 올렸다.

그런 다음 필립은 웨일런을 바라보고 말했다. "받아들이겠습니다."

수도원장의 침대는 필립이 전에 쓰던 것보다 폭이 세 배가 넘는 거대한 크기였다. 나무받침은 반 길 정도의 높이로, 그 위에는 깃털 요가 깔려 있었다. 침대 주위에는 외풍을 막기 위한 커튼이 드리워져 있었는데, 성서의 한 장면이 독실한 여인의 꼼꼼한 솜씨로 수놓여 있었다. 필립은 약간 불안한 마음으로 그것을 살펴보았다. 그는 수도원장이 자신만의 침실을 갖는다는 것조차 사치스럽게 여겼다. 필립은 이제까지 자기만의 침실을 가져본 적이 없었으므로, 오늘 밤이 그가 혼자 자는 첫날이 될 것이었다. 침대는 너무 호화로웠다. 지난날 숙사에서 밀짚을 넣은 요를 가져다 몸이 불편한 늙은 수사의 앙상한 몸을 편안하게 해주기 위해 진료실 침대에 깔았던 일이 생각났다. 물론 이 침대는 필립 혼자만을 위한 것이 아니었다. 주교나 대영주 또는 왕과 같은 특별 손님이 있을 때에는 방문객이 이 침실을 사용하고, 수도원장은 그에 버금가는 다른 침실로 방을 옮겼다. 그런 이유로 이 침대를 치워버릴 수는 없었다.

"오늘 푹 잘 수 있겠군요." 웨일런 바이가드가 부러운 기색을 감추지 않고 말했다.

"그렇겠지요." 필립은 모호하게 대답했다.

모든 일은 순식간에 진행되었다. 취사장에서 웨일런은 수도원 앞으로 즉각 선거를 실시하라는 명령과 함께 필립을 추천했다는 내용의 편지를 썼다. 그는 그 편지에 주교의 이름을 쓰고 그의 인장으로 봉인했다. 그런 다음 그들 네 사람은 참사회 집회소로 갔다.

레미기우스는 그들이 함께 들어오는 것을 보자마자 이미 싸움이 끝났음을 알아차렸다. 웨일런은 편지를 읽었고, 수사들은 그가 필립의 이름을 호명하자 환호했다. 레미기우스는 선거의 공식 절차를 문제 삼지 않고 패배를 시인할 정도의 분별력은 갖고 있었다.

필립은 이제 수도원장이 된 것이다.

그는 약간 멍한 상태에서 참사회의 남은 절차를 관장했고, 수도원 경내의 남동쪽 모퉁이에 있는 수도원장의 사택으로 걸어왔다.

수도원장의 침대를 본 필립은 자기의 생이 완전히, 결정적으로 바뀌었음을 깨달았다. 그는 이제 다른 수사들과는 다른 특별한 존재였다. 그는 권력과 특권을 갖고 있었다. 또한 책임도 져야 했다. 그는 마흔다섯 명으로 구성된 이 작은 공동체의 생존과 번영을 보장해야 했다. 만약 그들이 굶주린다면 그것은 그의 잘못이었고, 그들이 타락한다면 그가 비난을 받아야 할 것이었다. 만약 그들이 하느님의 교회를 불명예스럽게 한다면, 하느님께서는 필립에게 그 책임을 물으실 것이었다. 그는 스스로 이러한 짐을 원했다는 것을 자신에게 환기시켰다. 이제는 그것을 감당해야만 했다.

수도원장으로서 그의 첫 의무는 장엄미사를 드리기 위하여 수사들을 성당으로 인도하는 일이었다. 오늘은 크리스마스로부터 열이틀째 되는 날인 주현절主顯節 축일이었다. 모든 마을 사람들이 미사에 참례하는 것은 물론, 더 많은 사람들이 인근 지역에서 몰려들 것이었다. 장엄한 미사 의식으로 명성이 높고 강력한 수사단이 있는 훌륭한 대성당은 수천 명 이상의 사람들을 끌어모을 수 있었다. 황량한 킹스브리지에도 많은 지방 귀족들이 모여들었다. 왜냐하면 미사 역시 좋은 사교의 기회라, 이웃을 만나고 업무에 관한 이야기를 할 수 있었기 때문이다.

필립은 미사 전에 웨일런과 의논해야 할 일이 있었다. 마침내 그들만의 자리가 마련됐다. "셔링에서 드렸던 정보 말인데요." 필립이 말을 시작했다. "셔링의 백작에 관한……"

웨일런은 고개를 끄덕였다. "물론 그 문제를 잊지 않고 있소. 그것은 누가 수도원장이나 주교가 되는가 하는 문제보다 훨씬 더 중요한 일이오, 바살러뮤 백작은 이미 잉글랜드에 도착했소. 내일쯤에는 셔링에 당도할 것이오."

"부주교님께서는 어떻게 할 작정입니까?" 필립이 불안스럽게 물었다.

"나는 퍼시 햄리 경을 이용하려고 하오. 사실은 오늘 미사에 그가 참석하기를 바라고 있소."

"소문을 들은 적은 있지만, 그를 본 적은 없습니다."

"못생긴 아내와 잘생긴 아들을 데리고 온 뚱뚱한 영주를 찾아보시오. 당신이 그의 아내를 못 찾아낼 리가 없소. 그녀는 눈뜨고 볼 수 없을 정도니까."

"부주교님께선 무슨 이유로 그들이 바살러뮤 백작을 반대하고 스티븐 왕 편에 가담하리라고 보십니까?"

"그들이 그 백작을 아주 싫어하니까."

"왜죠?"

"아들 윌리엄이 백작의 딸과 약혼했는데, 그 여자가 그를 거절했소. 결국 결혼은 취소되었고 햄리가는 큰 수치를 입었소. 그들은 아직도 그 모욕을 잊지 않고 있으니 바살러뮤를 등 뒤에서 칠 기회만 생기면 언제라도 뛰어들 거요."

필립은 그제야 납득을 하고 고개를 끄덕였다. 그는 그 책임에서 벗어나게 되어 기뻤다. 그에게는 할 일이 너무 많았던 것이다. 킹스브리지 수도원 하나만으로도 벅찼다. 세속의 일은 웨일런이 처리할 것이었다.

그들은 수도원 사택을 떠나 클로이스터로 돌아갔다. 수사들이 기다리고 있었다. 필립이 맨 앞에 서자 의식 행렬이 움직이기 시작했다.

뒤에서 부르는 수사들의 노랫소리에 싸여 성당으로 들어가는 것은 멋진 순간이었다. 필립은 기대했던 것 이상으로 그 일에 즐거움을 느꼈다. 그는 자신의 새로운 지위가 권력을 상징한다는 것을 알고 있었다. 이제 그는 선행을 베풀 수 있었고, 그것이야말로 그토록 마음 깊이 감동하고 있는 이유였다. 그는 귀네드의 대수도원장 피터가 자신을 본다면 얼마나 좋을까 생각했다. 그 노인은 아주 자랑스러워할 것이었다.

필립은 수사들을 성가대석으로 인도했다. 오늘처럼 중요한 미사는 종종 주교가 집전했다. 오늘은 주교 대리인인 웨일런 부주교가 미사를 주재할 예정이었다. 웨일런이 미사를 시작하자, 필립은 웨일런이 말한 그

가족을 찾아보려고 회중을 찬찬히 살펴보았다. 본당 신자석에는 백오십 명가량의 사람들이 있었는데, 부유한 사람들은 두터운 겨울 외투에 가죽신을 신고 있었고, 농부들은 거친 덧옷에 털장화나 나막신 차림이었다. 필립은 힘들이지 않고 햄리 일가를 찾아낼 수 있었다. 그들은 제단 가까이, 앞쪽에 있었다. 그는 우선 퍼시 햄리 경의 아내를 보았다. 웨일런의 말은 과장이 아니었다. 정말 불쾌할 정도로 못생겼던 것이다. 그녀는 두건을 쓰고 있었지만 얼굴 대부분은 볼 수 있었는데, 피부가 온통 흉한 부스럼에 덮여 있었다. 그녀는 시종 신경질적으로 부스럼들을 긁어댔다. 그 옆에는 살진 40대 남자가 있었다. 아마 퍼시일 터였다. 옷차림은 그가 상당한 부와 권력을 지닌 인물임을 나타내고 있었지만, 백작이나 남작 같은 높은 신분은 아니라는 것 역시 드러내고 있었다. 그의 아들은 본당 신자석의 거대한 기둥에 몸을 기대고 있었다. 그는 잘생긴 얼굴에 샛노란 머리카락과 거만한 눈빛을 한 작은 눈을 갖고 있었다. 백작 집안과의 혼인은 햄리가로 하여금 중앙 귀족과 지방 하층 귀족을 가르는 선을 뛰어넘게 해주는 것이었다. 그 결혼을 취소당해 그들이 원한을 품었다고 해도 전혀 이상한 일이 아니었다.

필립은 다시 미사에 주의를 돌렸다. 필립의 취향에 비하면 웨일런은 미사를 너무 빨리 진행하고 있었다. 그는 현재의 주교가 타계할 경우 웨일런을 주교로 추천하겠다고 동의한 것이 과연 옳은 결정이었는지를 다시 한번 생각해보았다. 웨일런은 헌신적인 사람이었으나 미사의 중요성을 낮게 평가하고 있는 듯했다. 교회의 번영이나 권력은 결국 목적을 위한 수단일 뿐, 궁극적 목표는 영혼의 구원이었다. 필립은 웨일런에 대해 지나치게 걱정하지 않기로 했다. 이제 일은 벌어졌고, 주교는 어쩌면 이십 년은 더 살아 웨일런의 야망을 좌절시킬지도 모르는 일이었다.

신자들은 소란스러웠다. 물론 그들은 아주 익숙한 기도들이나 아멘을 제외하고는 응답기도를 알지 못했다. 오직 사제와 수사들만이 미사에 직접 참여할 수 있게 되어 있었다. 신자들 가운데 몇몇은 경건한 침묵으로 지켜보고 있었지만, 다른 사람들은 서로 인사를 나누고 잡담을 하며 주위를 두리번거렸다. 저들은 단순한 사람들이야, 필립은 생각했다. 나는 저 단순한 사람들이 미사에 주의를 기울이도록 해야 한다.

미사가 끝나가고 있었다. 웨일런 부주교가 그들에게 말했다. "여러분 가운데 많은 분들이 아시다시피, 친애하는 킹스브리지 수도원장께서 돌아가셨습니다. 지금 우리와 함께 이곳 성당 안에 누워 있는 그의 시신은 오늘 저녁식사 후 수도원의 장지에 묻혀 안식을 취하게 될 것입니다. 주교와 수사들은 그분의 후임으로 귀네드의 필립 형제를 선택했습니다. 오늘 아침에 우리를 인도한 분입니다."

그가 말을 끝냈다. 필립은 행렬을 이끌고 나가기 위해 일어섰다. 웨일런이 다시 입을 열었다. "또하나의 슬픈 소식이 있습니다."

필립은 깜짝 놀랐다. 그는 재빨리 자리에 앉았다.

"지금 막 전갈을 받았습니다." 웨일런이 말했다. 그가 어떤 전갈도 받지 않았다는 것을 필립은 알고 있었다. 그들은 아침 내내 함께 있었다. 이제 교활한 부주교가 무슨 짓을 하려는 것일까?

"그 전갈은 우리를 깊은 비탄에 빠뜨리기에 충분한 것이었습니다." 웨일런은 다시 말을 멈췄다.

누군가 죽었다. 그러나 누구인가? 웨일런은 이곳에 도착하기 전부터 그것을 알고 있었음이 분명했다. 그러나 내내 비밀로 하다가 이제야 막 그 소식을 들은 것처럼 꾸미는 것이었다. 도대체 무엇 때문일까?

필립이 생각할 수 있는 가능성은 하나뿐이었다. 만약 필립의 의심이 맞는다면, 웨일런은 필립이 생각했던 것보다 훨씬 더 야심차고 파렴치한 인물일 것이었다. 그는 정말 그들 모두를 속이고 조종한 것일까? 필립은 단지 웨일런의 게임에 이용당한 노리개에 불과했던 것일까?

웨일런의 마지막 말로 그의 행위는 명백해졌다. 그는 엄숙하게 선언했다. "존경하는 킹스브리지의 주교님께서 서거하셨습니다."

3장

1

"그 요망한 년도 거기 있을 거다." 윌리엄의 어머니가 말했다. "내 장담한다니까."

윌리엄은 두려움과 갈망이 섞인 시선으로 어렴풋이 떠오르는 킹스브리지 대성당이 전면을 바라보았다. 만약 앨리에너가 주현절 미사에 참례한다면, 그들 모두는 고통스러울 정도로 당황스러울 것이다. 그러나 그럼에도 불구하고 그의 가슴은 그녀를 다시 보게 된다는 생각으로 두근거렸다.

그들은 킹스브리지로 향하는 길 위로 말을 달리고 있었다. 윌리엄과 그의 아버지는 군마를 타고, 어머니는 훌륭한 준마를 타고 있었다. 그 뒤로 기사와 하인이 각각 세 사람씩 따랐다. 그들 일행은 인상적일뿐 아니라 위협적이기까지 했다. 그래서 윌리엄은 기뻤다. 길을 걷던 농부들이 그들의 사나운 말들 앞에서 흩어졌다. 어머니는 여전히 소리를 질러대고 있었다.

"사람들이 모두 알 거야. 심지어 저 비천한 농노들조차도." 그녀가 이를 악물면서 말했다. "저놈들은 우리 일을 가지고 농담까지 하고 있어. '신부가 신부가 아닐 때는 언제게? 윌 햄리가 신랑일 때지!' 이딴 말들을 하고 있다니까. 그런 놈들을 잡아다 매질을 해봤지만 아무 소용이 없었다. 그년을 잡아다가 산 채로 껍질을 벗겨 못에 걸어놓고, 새들이 살을 파먹게 해도 시원찮겠어!"

윌리엄은 이제 어머니가 그 사건에 대해 그만 떠들었으면 싶었다. 어머니는 가문이 수치를 당했고 모든 것이 윌리엄의 잘못이라고 했다. 윌리엄은 그 일을 기억하고 싶지도 않았다.

그들 가족은 킹스브리지 마을로 통하는 흔들거리는 나무다리 위를 덜커덩덜커덩 요란하게 건넌 다음 경사진 중심가를 지나 수도원으로 말을 몰았다. 성당 북쪽에 있는 묘지에는 벌써 2, 30마리의 말들이 드문드문 돋은 풀을 뜯어먹고 있었다. 하지만 햄리가의 말처럼 훌륭한 말은 없었다. 그들은 마구간으로 가 수도원의 마부들에게 말을 맡겼다.

그들은 나란히 풀밭을 가로질렀다. 그의 어머니 양옆에 윌리엄과 그의 아버지가 서고, 기사들은 그들 뒤를, 하인들은 맨 뒤를 따랐다. 사람들은 그들이 지나가도록 옆으로 비켜서주었지만, 윌리엄은 그들이 서로 팔꿈치를 찔러가며 손가락질을 하고 있음을 알 수 있었다. 틀림없이 파혼사건에 대해 수군거리고 있음이 분명했다. 그는 어머니를 힐끗 보았다. 어머니도 자신과 똑같은 생각을 하고 있는 게 분명했다. 그녀의 표정은 험악하기 그지없었다.

그들은 성당 안으로 들어갔다.

윌리엄은 성당이 마음에 들지 않았다. 날씨가 좋을 때도 성당 안은 춥고 침침했고, 어두운 구석이나 움푹 들어간 측랑 통로에서는 항상 썩은 내가 감돌았다. 무엇보다 싫은 것은 성당이 지옥의 고통을 상기시킨다는 것이었다. 그는 지옥을 두려워했다.

윌리엄은 신자석에 앉은 이들을 샅샅이 훑어보았다. 처음에는 어둠침침해서 얼굴들을 분간하기가 어려웠다. 얼마 후 그의 눈은 어둠에 익숙해졌다. 앨리에너는 보이지 않았다. 그들은 측랑을 걸어 앞으로 나아갔다. 그녀는 성당에 오지 않은 듯했다. 안도감과 함께 실망을 느낀 순간, 윌리엄은 그녀를 발견했다. 심장이 멎는 것 같았다.

그녀는 윌리엄이 알지 못하는 한 기사의 호위를 받으며 앞쪽에 가까운 신자석의 남쪽에, 병사와 시녀들에 둘러싸인 채 앉아 있었다. 그에게 등을 돌리고 있었지만, 그는 그녀의 어두운 빛을 띤 풍성한 곱슬머리를 알아볼 수 있었다. 그가 앨리에너를 발견한 순간 그녀가 고개를 돌렸고, 부드러운 곡선을 그린 뺨과 오뚝 솟아 거만해 보이는 코가 보였다. 너무 짙어 까만색에 가까운 앨리에너의 눈이 윌리엄의 눈과 마주쳤다. 그는 숨을 멈췄다. 그를 보자 그렇잖아도 커다란 그녀의 검은 눈이 더 둥그레졌나. 그는 그녀를 보지 못한 것처럼 무심히 그 곁을 지나가는 것으로 보이기를 바랐다. 그러나 그녀의 얼굴에서 눈을 뗄 수가 없었다. 그는 그녀가 자기를 향해 미소 짓기를 바랐다. 단지 예의로 알은 체하는 데 그친다 해도, 그녀의 도톰한 입술이 조금만이라도 움직이기를 바랐다. 그는 그녀에게 고개를 약간 숙여 보였다. 인사라기보다는 끄덕임에 더 가까운 것이었다. 그러자 그녀의 얼굴이 굳어졌다. 그녀는 고개를 돌려 버렸다.

윌리엄은 고통으로 몸을 움찔했다. 자신이 마치 길 밖으로 걷어차인 강아지처럼 느껴졌다. 그는 아무도 보지 못하도록 한쪽 구석에 웅크리고 앉아 있고 싶었다. 혹시 누군가 자신들이 주고받은 표정을 훔쳐보지나 않았을까 염려되어 양옆을 흘깃거렸다. 그는 부모와 함께 측랑을 걸어가면서, 사람들이 서로 팔꿈치로 찌르고 수군거리며 자신과 앨리에너를 번갈아 보고 있다는 걸 알아차렸다. 윌리엄은 사람들과 시선을 마주치지 않도록 똑바로 앞만 바라보고 걸었다. 고개를 치켜들기 위해 안간힘을 써야 했다. 어떻게 그녀가 우리에게 그런 짓을 할 수 있단 말인가. 우리는 잉글랜드 남부에서 가장 명망 있는 가문 중 하나다. 그런데 그녀는 우리 가문을 우습게 만들어버렸다. 그는 화가 치밀었다. 칼을 빼들고 아무나 찌르고 싶었다.

셔링의 셰리프가 윌리엄의 아버지에게 인사를 하고 두 사람은 악수를 나눴다. 사람들은 뭔가 수군거릴 새로운 소재를 찾느라 고개를 돌렸다. 윌리엄은 아직도 울분이 가라앉지 않았다. 젊은 귀족들이 줄지어 앨리에너에게 다가가 정중하게 무릎을 굽혀 인사했다. 그녀는 그들에게 일일이 미소로 화답했다.

미사가 시작되었다. 대체 어떻게 해서 모든 일이 이처럼 엉망이 되어버린 건지 윌리엄은 이해할 수가 없었다. 바살러뮤 백작에게는 자신의 직위와 재산을 물려줄 아들이 있었다. 그래서 그가 딸을 통해 꾀할 일이 있다면 결연을 맺는 정도였다. 열여섯 살의 처녀인 앨리에너는 수녀가 될 뜻을 비치지 않았다. 그래서 사람들은 그녀가 열아홉 살의 건장한 귀족 청년과의 결혼을 기뻐하리라고 여겼다. 어쨌든 정략적 목적을 위해서라면 그녀의 아버지는 아무 거리낌 없이 통풍에 걸린 뚱뚱한 마흔 살의 백작이나, 예순 살이나 먹은 대머리 남작과 딸을 혼인시킬 수도 있었다.

일단 거래가 성사되자, 윌리엄과 그의 부모는 그 문제에 관해서는 입을 다물었다. 그들은 그 소식을 주위 모든 이들에게 자랑스럽게 알렸다. 윌리엄과 앨리에너의 만남은 모든 사람에게 공식적인 것으로 간주되었다. 당사자인 앨리에너 자신에게만은 그렇지 않았다는 것이 나중에 드러났지만.

물론 그들은 서로 모르는 사이가 아니었다. 윌리엄은 앨리에너가 어린 소녀였을 때를 기억하고 있었다. 그때 소녀 앨리에너는 들창코를 한 말괄량이였으며, 빳빳한 머리칼은 늘 짧았다. 그녀는 잘난 체하고 고집이 세고 공격적이고 대담했다. 어떤 놀이를 할 것인지, 누가 어느 팀에 들어갈 것인지를 결정하고, 싸움을 재판하고 점수를 매기고 아이들의 놀이를 짜는 것은 언제나 그녀였다. 윌리엄은 앨리에너가 아이들의 놀이를 제멋대로 장악하자 분개했지만, 동시에 그런 그녀에게 매혹되었다. 싸움을 걸어 놀이를 망치면 언제나 잠시 동안 그녀의 주의를 끌 수 있었다. 그러나 그런 일은 오래가지 않았다. 그녀는 금세 자제력을 되찾았는데, 그때마다 윌리엄은 좌절과 패배감을 맛보았고 내쫓긴 듯한 기분이 되어 화가 치밀었다. 그래도 그는 여전히 그녀에게 홀딱 반했다. 바로 지금처럼.

어머니가 죽은 후 그녀는 아버지와 함께 자주 여행을 떠났기 때문에, 윌리엄은 이따금밖에 그녀의 얼굴을 볼 수 없었다. 그러나 그녀가 황홀하리만치 아름다운 젊은 숙녀로 성장해가고 있다는 것을 알 수 있을 만큼은 그녀와 마주칠 수 있었다. 결국 앨리에너가 자신의 신부가 될 거라는 말을 들었을 때, 윌리엄은 뛸 듯이 기뻤다. 그는 그녀가 자신을 좋아하든 좋아하지 않든 자신과 결혼해야 한다고 생각했다. 그럼에도 그녀와의 결혼이 순조롭게 이루어지도록 가능한 한 모든 것을 그녀에게 맞춰갔다.

앨리에너는 처녀일지도 몰랐지만, 윌리엄은 아니었다. 그가 매혹되었던 소녀들 중 몇몇은(비록 그중 좋은 가문의 소녀는 한 명도 없었지만) 거의 모두 앨리에너만큼이나 예뻤다. 그가 경험한 바에 의하면, 대부분의 소녀들은 그의 훌륭한 옷차림과 혈기왕성한 말馬, 그리고 향기로운 포도주와 리본 같은 것에 호기롭게 돈을 쓰는 태도에 홀딱 반했다. 그래서 헛간에 단둘이 남을 수 있도록 꾸미기만 하면, 결국에는 거의 자발적으로 무릎을 꿇었다.

윌리엄이 소녀들에게 접근하는 방식은 대개 다소 무뚝뚝했다. 그는 처음에는 그녀들에게 특별한 관심이 없는 것처럼 행동했다. 그러나 앨리에너와 단둘이 있게 되었을 때는 그런 숫된 태도를 취할 수가 없었다. 그녀가 연푸른 비단 가운을 헐렁하니 늘어뜨린 채 입고 있을 때면 가운 속에 있는 그녀의 육체밖에 떠오르지 않았다. 이제 곧 그가 원하기만 하면 언제든 볼 수 있게 될 그녀의 나체밖에는. 한번은 책을 읽고 있는 앨리에너를 본 적이 있었다. 책을 읽는다는 것은 수녀가 아닌 여자로서는 특이한 일이었다. 그는 무슨 책을 읽고 있느냐고 물었다. 푸른 비단 가운 속에서 움직이는 그녀의 젖가슴을 머릿속에서 떨쳐버리기 위해서였다.

"『알렉산드로스 대왕 이야기』라는 책이에요. 알렉산드로스 대왕이라 불리는 왕의 이야기인데, 포도나무에서 보석들이 열리고 식물이 말을 하는 동방의 경이로운 나라를 그 왕이 어떻게 정복했는가에 관한 것이죠."

윌리엄은 사람들이 왜 그런 어리석은 일로 시간을 낭비하는지 이해할 수 없었지만, 그렇게 말하지는 않았다. 그는 앨리에너에게 자신의 말과 개에 대해서, 그리고 사냥과 레슬링, 창 시합 등에서 자신이 달성한 위업에 대해 말해주었다. 그녀는 그가 기대했던 것만큼 감명받은 것 같지 않았다. 그는 아버지가 그들에게 주려고 건축중인 저택에 관해 말했고, 또한 그녀가 그의 가정에서 살림을 맡을 때를 대비할 수 있도록 자신이 원하는 바를 대략 설명해주었다. 이유는 알 수 없었지만 어쩐지 그녀는 그의 말에 주의를 기울이지 않는 것 같았다. 윌리엄은 가능한 한 앨리에너에게로 가까이 다가앉았다. 그녀와 격렬한 포옹을 하며 그녀가 흥분하는 것을 느끼고, 또 그녀의 젖가슴이 상상하는 것만큼 큰지 알아보고 싶었다. 그러나 그녀는 그에게서 떨어져 팔짱을 낀 채 다리를 꼬고 앉았다. 그 태도는 그가 어쩔 수 없이 본래의 계획을 포기하고, 오래지 않아 그녀를 마음대로 할 수 있으리라고 스스로를 위로할 수밖에 없을 만큼 단호했다.

하지만 그와 함께 있을 때 그녀는 훗날 그녀가 피우게 될 소동을 암시하지는 않았다. 그녀는 조용한 음성으로 이렇게 말했을 뿐이었다. "우리가 잘 어울린다고는 생각지 않아요." 그러나 그는 그 말이 그녀의 겸손에서 나온 매력적인 표현이라고 간주했고, 그녀와 자신이 서로 잘 어울리는 한 쌍이라고 확신했다. 자신이 그곳을 떠나자마자 앨리에너가 아버지에게로 달려가 윌리엄과 결혼하지 않을 것이고, 아무리 설득하더라도 마음을 바꾸지 않을 것이고, 차라리 수녀원에 들어가는 편이 낫고, 억지로 제단 앞에 세울 수 있을지는 몰라도 절대로 결혼 서약은 하지 않겠다고 선언할 줄은 꿈에도 몰랐던 것이다. 빌어먹을, 윌리엄은 중얼거렸다. 그러나 그의 어머니가 앨리에너에게 퍼붓던 악의에 찬 욕설은 차마 입에 담을 수 없었다. 그는 산 채로 앨리에너의 가죽을 벗기고 싶진 않았다. 대신 그녀의 뜨거운 육체 위에 엎드려 입술에 키스하고 싶었다.

주현절 미사는 주교의 서거를 알리는 것으로 끝났다. 윌리엄은 이 새로운 소식이 결국 파혼사건을 가려주기를 바랄 뿐이었다. 수사들이 행렬을 이루며 자리를 떠나자, 출구로 나가던 사람들이 흥분한 목소리로 웅성거렸다. 그들 대부분은 주교와 영적靈的 관계뿐 아니라 그의 토지에 대한 소작인이나 전차인轉借人, 혹은 고용인으로서 물질적 유대도 맺고 있었기에 누가 새 주교가 될 것인지, 또 그 후계자가 옴으로써 어떤 변화가 생길지에 대해 관심이 많았다. 대영주의 죽음은 항상 그의 지배를 받던 이들에게는 위험이 따르는 사건이었다.

부모를 따라 본당 신자석으로 가던 윌리엄은 웨일런 부주교가 이쪽을 향해 다가오는 것을 보고 깜짝 놀랐다. 부주교는 들판의 소떼 속에 있는 커다란 검은 개처럼 기운차게 사람들 사이를 뚫고 오고 있었다. 사람들 역시 소들처럼 어깨 너머로 그에게 신경질적인 시선을 던지고는 길을 터주느라 한두 걸음씩 비켜섰다. 부주교는 농부들은 무시했지만 상류계급 사람들에게는 몇 마디씩 말을 건넸다. 햄리 가족들에게 다가선 그는 윌리엄 쪽은 보지도 않은 채 그의 아버지에게 인사를 하고는 어머니에게로 주의를 돌렸다. "결혼 문제로 그처럼 수치스러운 일을 당하시다니 유감입니다." 그가 말을 꺼냈다.

윌리엄은 얼굴을 붉히며 생각했다. 이 멍청이는 동정심을 보이는 게 예의라고 여기는 모양이군!

어머니 역시 그 사건에 대해서는 윌리엄만큼 예민했다. "저는 앙심을 품을 사람은 아니랍니다." 그녀는 거짓말을 했다.

웨일런은 그 말을 무시했다. "여러분께서 흥미 있어할 얘기를 들었지요. 바살러뮤 백작에 관한 얘기랍니다." 그의 목소리는 점점 낮아져 윌리엄이 엿들을 수 없을 정도였다. 윌리엄은 그의 말을 알아듣기 위해 잔뜩 신경을 곤두세워야 했다. "백작이 선왕先王에 대한 서약을 파기할 것 같지는 않더군요."

그 말에 윌리엄의 아버지가 대꾸했다. "바살러뮤는 언제나 완고한 위선자였지요."

웨일런은 감정이 상한 듯했다. 그는 상대방의 평가 따윈 필요 없이 잠자코 귀 기울여주기를 원하고 있었던 것이다. "바살러뮤와 글로스터의 로버트 백작은 스티븐 왕을 인정하지 않을 거요. 스티븐 왕은 여러분도 알다시피 교회와 봉신들이 추대한 분이지요."

왜 부주교가 귀족들의 일상적인 언쟁에 관해 일개 영주에게 이야기하고 있는지 윌리엄은 의아했다. 아버지도 같은 생각을 하고 있는 듯했다. "그러나 그렇다고 해도 백작들이 할 수 있는 일은 아무것도 없습니다."

어머니는 아버지가 불쑥 던진 말에 웨일런처럼 애가 타는 것 같았다. 그녀는 아버지에게 나지막하게 말했다. "좀 가만히 들어보세요."

웨일런이 말했다. "내가 들은 바에 의하면, 그들은 반란을 일으켜 모드를 여왕으로 추대할 계략을 꾸미고 있습니다."

윌리엄은 자신의 귀를 믿을 수가 없었다. 부주교가 바로 이곳 킹스브리지 대성당의 본당 신자석에서, 나지막하지만 아무렇지도 않은 목소리로 그렇게 무모한 이야기를 하다니 과연 있을 법한 일인가? 그 말이 사실이든 아니든 그 말 하나로 교수형을 당할 수도 있었다.

아버지 역시 깜짝 놀랐지만, 어머니는 신중하게 말했다. "글로스터의 로버트는 모드와 이복남매지간이니…… 있을 수 있는 일이지요."

윌리엄은 어머니가 어떻게 그렇게 중상모략에 가까운 소식에 현실적으로 대응할 수 있는지 의아했다. 그러나 그의 어머니는 매우 영리했고, 대개 사리 판단이 정확했다.

웨일런이 말했다. "반란 전에 바살러뮤 백작을 제거하고 반란을 진압하기만 하면 누구든 스티븐 왕과 '성모聖母의 교회'의 영원한 칭송을 받게 될 것이오."

"정말 그럴까요?" 아버지가 어리둥절한 목소리로 물었다. 그러나 어머니는 눈치 빠르게 고개를 끄덕이고 있었다.

"바살러뮤는 내일 집으로 돌아올 예정입니다." 그 말을 하면서 고개를 든 웨일런은 누군가와 시선이 마주쳤다. 그는 윌리엄의 어머니를 돌아보며 말했다. "저는 부인께서 어느 누구보다도 흥미 있어 할 거라고 생각했지요." 그런 다음 그는 물러나 누군가와 인사를 나누었다.

윌리엄은 계속 눈으로 부주교를 좇았다. 그가 말하고자 한 것은 그게 다일까?

윌리엄의 부모는 계속 걸어나아갔다. 윌리엄은 그들을 따라 커다란 아치형 출입구를 통해 밖으로 나왔다. 그들 세 사람은 모두 말이 없었다. 윌리엄은 지난 오 주 내내 누가 왕이 될 것인가에 대해 구구한 소문을 들어왔다. 그런 다음 스티븐이 크리스마스 사흘 전에 웨스트민스터에서 왕위에 오르게 되자 그 문제는 일단락된 줄로만 알았다. 이제 웨일런의 이야기가 맞는다면 그 문제는 또다시 미해결 상태로 남게 되는 것이었다. 그런데 왜 웨일런은 햄리가 사람들에게 그 이야기를 한 걸까?

그들은 마구간으로 가기 위해 풀밭을 가로지르기 시작했다. 성당 현관 밖의 군중을 피해 이제 아무도 그들의 말을 엿듣지 못할 곳에 다다르자, 아버지가 흥분해서 말했다. "이런 행운이 있나, 가문을 모욕한 바로 그자가 대역죄를 꾸미다 들통 나다니!"

윌리엄은 왜 그것이 행운인지 알 수 없었지만, 어머니는 분명 아는 것 같았다. 어머니는 그 말에 동의한다는 듯 고개를 끄덕였다.

아버지가 계속 말했다. "우리는 그자를 체포해 가장 가까운 곳에 있는 나무에 목을 매달 수도 있다."

윌리엄은 거기까지는 미처 생각하지 못했다. 그러나 이제 순식간에 모든 것을 이해하게 되었다. 바살러뮤가 반역자라면 그를 죽여도 아무 탈이 없을 터였다. "드디어 복수를 할 수 있게 됐군요." 윌리엄이 불쑥 말했다. "게다가 왕에게서 벌 대신 상을 받을 테고요!" 그들은 다시 고개를 들고 다닐 수 있게 될 것이었고, 그렇게만 된다면—

"이런 빙충이 같은 사람들을 봤나." 어머니가 갑자기 거칠게 말했다. "아주 한치 앞도 내다보지 못하는 바보들 났구랴. 그런 식으로 나무에 바살러뮤를 매단다고 칩시다. 그다음엔 무슨 일이 벌어질지 내 입으로 말해줄까요?"

두 사람 모두 입을 다물었다. 그녀가 그런 기분일 때는 질문에 대답하지 않는 편이 현명했다.

그녀가 말했다. "글로스터의 로버트는 음모 꾸민 걸 부인하고 스티븐 왕을 포옹하며 충성을 맹세하겠죠. 그러면 당신이랑 윌리엄은 살인죄로 교수형을 당할 테고, 그것으로 사건은 마무리될 거예요."

윌리엄은 몸서리쳤다. 교수형을 당한다니, 생각만 해도 등골이 오싹했다. 그에겐 교수형에 관한 악몽 같은 기억이 있었다. 그러나 어머니의 말이 옳다는 건 알 수 있었다. 왕은 어느 누구도 감히 자기를 배반하지 못한다고 믿고 있거나, 혹은 그렇게 믿는 척할 수도 있었다. 그러한 믿음을 확실히 하기 위해서라면 몇 사람의 목숨을 희생하는 것쯤은 아무것도 아니라고 생각하리라.

아버지가 말했다. "당신이 옳소. 우리는 도살할 돼지처럼 그의 손발을 꽁꽁 묶어 산 채로 윈체스터에 있는 왕에게 끌고 가서 그를 고발하고 보상을 요구해야 해."

"당신은 왜 그다지도 생각이라는 걸 못해요?" 어머니가 경멸조로 말했다. 그녀는 몹시 긴장하고 있었다. 어머니 역시 아버지만큼 이 일에 흥분하고 있기는 했지만, 그녀에게선 어딘가 다른 점이 느껴졌다. "웨일런 부주교라고 해서 반역자를 꽁꽁 묶어 왕한테 데려가고 싶지 않을 리 있겠어요? 자기 혼자서 보상을 독차지하고 싶지 않겠냐고요? 그가 얼마나 킹스브리지의 주교가 되고 싶어하는지 모르세요? 그런데 어째서 그런 그가 당신에게 반역자를 체포할 특권을 줬을까요? 그가 왜 햄리가로 직접 찾아오지 않고, 마치 우연히 만난 것처럼 성당에서 우리를 만나려고 꾸몄을까요? 왜 우리의 대화가 그토록 간단하고 간접적이었을까요?"

어머니는 마치 대답을 기다리기라도 하듯 잠시 말을 멈췄지만, 윌리엄과 아버지 두 사람 모두 그녀가 대답을 바라는 게 아님을 알고 있었다. 사제들은 유혈극을 보고 싶어하지 않을 테니 웨일런 역시 바살러뮤를 체포하는 데 연루되고 싶지 않은 건 아닐까, 윌리엄은 가정해보았다. 그러나 좀더 곰곰 생각해본 그는 웨일런이 그런 일에 주저할 사람이 아니라는 결론을 얻었다.

"그 이유를 말해보죠. 부주교는 바살러뮤가 진짜 반역자인지 확신할 수 없는 거예요. 그가 갖고 있는 정보는 믿을 만한 게 아닐 거예요. 그가 어디서 정보를 알아냈는지는 알 수 없어요. 어쩌면 사람들이 술김에 떠드는 소리를 엿들었거나, 모호한 서신을 도중에 가로챘거나, 아니면 믿을 수 없는 첩자와 밀담을 나누었을지도 모르죠. 어떤 경우든 이 상황에서 위험을 자초할 생각은 없는 거예요. 반역 혐의가 거짓으로 밝혀지고, 웨일런 자신이 모반죄로 낙인찍힐 경우를 대비해 자기 입으로 바살러뮤 백작의 반역죄를 공공연하게 고발하지는 않을 거라고요. 그는 자기 대신 누군가 위험을 무릅쓰고 더러운 짓을 해주길 바라고 있는 거예요. 그래서 결국 반역이 입증되면, 앞으로 나서서 공로의 일부를 나눠갖자고 하겠죠. 그러나 바살러뮤의 결백이 입증된다면, 웨일런은 오늘 우리에게 그런 말을 한 적이 없다고 잡아떼기만 하면 되는 거죠."

어머니의 설명을 듣고 나자 비로소 사태가 명확해졌다. 그녀가 아니었다면 윌리엄과 아버지는 웨일런의 함정에 빠졌을지도 모르는 일이었다. 그들은 웨일런의 하수인을 자청하고 그를 위해 위험을 감수했을 터였다. 어머니의 정치적 판단은 예리했다.

아버지가 물었다. "그럼 이제 우리는 이 일을 잊어버려야 한다는 거요?"

"물론 그건 아니에요." 어머니의 눈이 빛났다. "여전히 이 일은 우리를 모욕한 사람들을 파멸시킬 절호의 기회예요." 마부가 그녀의 말을 대기시켜놓았다. 그녀는 고삐를 받아 쥐고는 손을 흔들어 마부를 보냈지만 곧장 말에 올라타지는 않았다. 그녀는 생각에 잠긴 듯한 손길로 말의 목덜미를 쓰다듬다가 목소리를 낮춰 말했다. "우리에겐 음모의 증거가 필요해요. 그래야 고발 후에 아무도 부인할 수 없거든요. 그 증거는 비밀리에 구해야 해요. 우리가 무엇을 찾는지 아무도 모르게요. 일단 증거를 손에 넣으면, 바살러뮤 백작을 체포해 왕 앞에 대령하면 되는 거죠. 증거를 대면 바살러뮤는 자기 죄를 고백하고 용서를 구하겠죠. 그런 다음 우린 보상을 요구하는 거예요."

"그리고 웨일런이 우리를 도왔다는 사실은 부인하고 말이지." 아버지가 덧붙였다.

어머니는 고개를 저었다. "그에게도 영광의 일부를 나눠줘야 해요. 보상을 받도록. 그러면 그는 우리에게 빚을 지게 되는 셈이죠. 그러면 우리는 손해볼 게 없어요."

"그런데 어떻게 음모의 증거를 찾아낸다는 거요?" 아버지가 걱정스럽게 물었다.

"바살러뮤 성을 조사할 방도를 찾아야죠." 어머니가 눈살을 찌푸렸다. "쉽지는 않을 거예요. 우리가 사교상 방문을 한다면 아무도 믿지 않겠죠. 우리가 바살러뮤를 미워하는 것은 세상 사람 모두가 알고 있으니까요."

그때 윌리엄에게 한 가지 묘안이 떠올랐다. "저라면 갈 수 있어요."

그의 부모는 조금 놀란 듯했다. 어머니가 말했다. "내 생각에도 네가 네 아버지보다는 의심을 덜 받을 것 같구나. 하지만 무슨 구실을 댈 수 있을까?"

윌리엄은 생각해둔 것이 있었다. "앨리에너를 만나러 갈 수도 있잖아요." 생각만 해도 가슴 설레는 일이었다. "그녀에게 다시 한번 생각해보라고 간청하겠어요. 결국 앨리에너는 제가 어떤 사람인지 모르고 있는 거예요. 저를 잘못 판단한 거라고요. 저는 그녀에게 좋은 남편이 될 수 있어요. 어쩌면 앨리에너는 좀더 뜨거운 구애를 받고 싶은 건지도 몰라요." 그는 부모가 방금 자신이 한 말이 어떤 의미를 갖는지 알아채지 못하도록 일부러 냉소적인 미소를 지어 보였다.

"완벽하게 믿을 만한 구실이 되겠어요." 어머니가 말했다. 그러고는 아들을 뚫어지게 바라보았다. "마냥 어린아인 줄 알았더니 결국 이 어미의 머리를 닮아가는구나."

윌리엄은 다음 날 백작의 성으로 출발하면서 몇 달 만에 처음으로 낙관적인 기분이 들었다. 맑게 갠 날씨였지만 몹시 추웠다. 북풍에 귀가 얼얼했고, 서리 앉은 풀들이 군마의 발굽 아래 서걱거렸다. 그는 주홍색 튜닉 위에 토끼털로 가두리를 장식한 플랑드르산 고급 회색 외투를 입고 있었다.

윌리엄은 하인인 월터를 동반하고 있었다. 열두 살 때부터 월터는 무술 교사로서 승마, 사냥, 펜싱, 레슬링 들을 가르쳐주었다. 이제 월터는 하인이자 친구였으며 경호원이기도 했다. 그는 윌리엄만큼이나 키가 컸지만, 가슴이 딱 벌어진 것이 만만치 않은 체격을 하고 있었다. 윌리엄보다 아홉 살이나 열 살가량 위였고, 아직 술을 마시거나 여자들을 쫓아다닐 만큼 젊었지만 위급한 상황에서 윌리엄을 지켜주기에는 다소 나이가 많은 편이었다. 그는 윌리엄의 가장 친한 친구이기도 했다.

윌리엄은 또 한 차례 거절당하고 모욕받으리라는 걸 잘 알면서도, 앨리에너를 만날 수 있다는 기대로 이상할 정도로 흥분해 있었다. 킹스브리지 성당에서 잠깐 스치듯 바라보았던 그녀의 짙은 눈동자는 그의 갈망에 다시금 불을 붙였다. 그는 그녀에게 말을 걸고, 그녀 가까이 가고, 그녀가 말을 할 때면 물결치는 그 풍성한 곱슬머리를 보고, 옷 속의 육체가 움직이는 모습을 간절히 보고 싶었다.

동시에, 복수의 기회라는 생각이 윌리엄의 증오심을 벼려주었다. 드디어 자신과 가족들이 당한 수모를 씻을 기회가 왔다고 생각하자, 그는 흥분으로 온몸이 팽팽하게 긴장됐다.

윌리엄은 자신이 무엇을 찾아낼 수 있을지 좀더 구체적으로 생각하고 싶었다. 그는 웨일런의 이야기가 사실인지 아닌지 밝혀낼 수 있으리라고 자신했다. 뜻밖의 감시자를 속이기 위해, 이를테면 원정에 대비하는 것처럼 가장했다 하더라도 분명 성안에는 전쟁 준비의 표시들—훈련된 군마들, 번쩍번쩍하게 닦아놓은 무기, 잔뜩 쌓아놓은 식량 따위가 있을 것이다. 그러나 모종의 음모가 있다는 것을 확신하는 것과, 증거를 확보하는 것은 별개 문제였다. 윌리엄은 대체 어떤 것이 증거로 채택될 수 있을 것인지 알 수 없었다. 그는 눈을 크게 뜨고 뭐든 나타나기를 바라며 그걸 놓치지 않기로 계획을 세웠다. 하지만 그것은 대단한 계획이라고는 볼 수 없었다. 어쩌면 복수할 기회가 손가락 사이로 빠져나갈지도 모른다는 걱정이 끊임없이 그를 괴롭혔다.

성이 점점 가까워지자 윌리엄은 긴장을 느끼기 시작했다. 혹시 자기를 성안으로 들여놓지 않을지도 모른다는 생각에 당황스럽기도 했다. 이윽고 그는 그런 일은 있을 수 없음을 깨달았다. 성은 공공장소였고, 백작이 지방 귀족의 출입을 막는다는 것은 곧 반역이 진행중임을 알리는 것이나 다름없었다.

바살러뮤 백작은 셔링 시市에서 몇 킬로미터 떨어진 곳에 살고 있었다. 셔링의 성은 지방 셰리프가 차지하고 있었기 때문에 백작은 도시 외곽에 별도로 자신의 성을 가지고 있었다. 성벽 주변에 형성된 작은 마을은 '얼즈캐슬(백작의 성)'로 알려졌다. 예전에도 가본 적이 있는 곳이었지만, 지금 그는 공격자의 눈으로 그곳을 바라보고 있었다.

성 주위로 8자 모양의 넓고 깊은 해자가 파여 있었는데, 위쪽 원이 아래쪽 원보다 작았다. 그리고 해자를 팔 때 나온 흙더미가 해자 안쪽으로 두 개의 원을 그리며 성벽을 이루었다.

8자의 맨 밑 부분에는 해자를 건너는 다리 하나가 놓여 있었고, 흙으로 쌓아올린 성벽에는 아래쪽 원으로 통하는 빈 공간이 하나 나 있었다. 이것이 유일한 출입구였다. 이 아래쪽 원을 통과해 두 개의 원을 나누는 해자 위에 걸친 또하나의 다리를 건너지 않고는 위쪽 원으로 들어갈 방법이 없었다. 그 위쪽 원이 안채였다.

윌리엄과 월터는 성을 에워싸고 있는 탁 트인 들판으로 말을 달리면서 오가는 사람들을 보았다. 두 명의 병사가 말을 빨리 달려 다리를 건너더니 각기 다른 방향으로 가는가 하면, 윌리엄과 월터가 들어서려는데 기수 네 사람이 무리를 이루며 그들을 앞질러 갔다.

윌리엄은 다리의 끝 부분이 성의 출입구를 이루는 거대한 석조건물 안으로 들어올릴 수 있도록 만들어져 있음을 주의 깊게 살펴보았다. 토벽을 에둘러 일정한 간격을 두고 석탑이 있어서 사방 어느 곳이든 사수가 방어할 수 있도록 되어 있었다. 정면공격으로 이 성을 차지하는 것은 시간도 오래 걸릴뿐더러 혈전을 각오해야 할 것이었고, 햄리 측에서 성공을 장담할 수 있을 만큼 병력을 모은다는 것은 불가능한 일이라고 윌리엄은 우울한 심정으로 결론을 내렸다.

물론 오늘은 용무를 볼 수 있도록 성이 열려 있었다. 윌리엄이 성문의 파수에게 이름을 말하자 두말없이 통과시켜주었다. 토벽으로 외부세계와 차단된 바깥채 안에는 마구간, 취사장, 작업장, 옥외변소, 성당 같은 일상적인 건물들이 늘어서 있었다. 그 안의 공기에는 들뜬 기운이 감돌았다. 마부와 종자, 하인, 하녀들 모두가 서로 인사말을 주고받고 농담을 던지고 큰 소리로 떠들어대며 활기 넘치는 모습으로 걸어다녔다. 무심한 이에게는 이런 들뜬 분위기와 분주하게 오가는 사람들의 모습이 주인이 돌아온 데 대한 정상적인 반응으로 보이겠지만, 윌리엄에게는 그 이상의 의미가 있는 것처럼 느껴졌다.

그는 월터를 말들과 함께 마구간에 남겨두고는 성문 정반대편, 안채로 이어지는 다리가 해자 위에 걸려 있는 구내 저쪽으로 건너갔다. 그 다리를 건너자 또하나의 성문에서 보초가 검문을 했다. 이번에는 용무를 물었으므로 윌리엄은 대답했다. "앨리에너 아가씨를 뵈러 왔소."

보초는 윌리엄이 누구인지 알지 못했지만, 그를 위아래로 훑으며 좋은 외투와 붉은 튜닉 차림을 유심히 보더니 기대에 차 있는 구혼자라고 짐작했다. "저택 홀 안으로 가시면 아가씨를 만나실 수 있을 겁니다." 보초가 능글맞게 웃으면서 말했다.

안채 중앙에는 삼층 높이의, 벽이 두꺼운 네모난 석조건물 한 채가 있었다. 이것이 본성本城이었다. 여느 건물과 마찬가지로 일층은 창고였다. 저택의 홀은 창고 위층에 있었는데, 건물 안으로 들어올릴 수 있게 만들어진 외부의 목재층계로 올라가도록 되어 있었다. 맨 꼭대기 층은 백작의 방일 것이며, 그곳에서 백작은 햄리 측 병사가 잡으러 왔을 때 최후의 저항을 하게 될 것이었다.

전체의 구조가 공격자에게는 만만치 않은 장애가 되도록 지어져 있었다. 물론 그것은 의도적인 것이었다. 그러나 이 장애물들을 뚫고 나갈 방법을 짜내고 있는 윌리엄의 눈에 이 설계의 각기 다른 부위들의 기능은 명확히 보였다. 설혹 공격자가 바깥채를 장악한다 해도 또하나의 다리와 성문을 통과해야만 견고한 본성을 공격할 수 있었다. 어쨌든 그들은 직접 층계를 만들어서라도 위층에 올라가야 할지도 몰랐다. 이 성을 탈취하는 단 한 가지 방법은 은밀히 공격하는 길밖에 없음을 윌리엄은 깨달았다. 그는 은밀히 잠입할 방법을 이리저리 궁리해보기 시작했다.

윌리엄은 층계를 올라가 홀 안으로 들어갔다. 그곳은 사람들로 북적댔지만, 백작은 그 속에 없었다. 맨 왼쪽 구석에 백작의 방으로 오르는 층계가 있었는데, 그 발치에 열다섯에서 스무 명가량의 기사와 군사들이 낮은 목소리로 이야기를 나누며 앉아 있었다. 예사롭지 않은 광경이었다. 기사와 군사는 계급이 각각 달랐다. 기사는 지대地代를 받고 살아가는 독립적인 지주인 반면, 군사들은 일급을 받았다. 이 두 계층은 전운戰雲이 감돌 때에만 동지가 될 수 있었다.

윌리엄은 그 가운데서 몇 사람을 알아보았다. 구식 턱수염에 구레나룻을 길게 기른 성미 고약한 노전사老戰士, 고양이 얼굴 길버트는 마흔이 넘었지만 여전히 강건했다. 부인보다 자기 옷에 더 많은 돈을 쓴다는 라임의 랠프는 오늘은 붉은 비단 안감을 댄 푸른 외투 차림이었다. 윌리엄보다 나이도 몇 살 많지 않은데 벌써 기사가 된 기욤의 아들 잭도 보였다. 그 밖에 몇몇은 얼굴은 익었지만 정확히 누구인지 기억나지 않았다. 윌리엄이 누구랄 것 없이 그들이 있는 쪽을 향해 고개를 끄덕이며 인사를 보냈지만 거들떠보는 사람은 거의 없었다. 윌리엄의 이름은 알려져 있었지만 중요 인물로 대접받기엔 아직 나이가 너무 어렸던 것이다.

고개를 돌려 홀의 다른 쪽을 둘러보던 윌리엄의 눈에 곧 앨리에너가 들어왔다.

오늘 그녀는 전혀 다른 사람처럼 보였다. 어제 대성당에서는 비단에 질 좋은 양모와 리넨으로 차려입고, 반지를 끼고 리본을 묶고 뾰족한 부츠를 신은 성장 차림이었다. 그런데 오늘 그녀는 농부의 아내나 아이들이 입는 것 같은 짧은 튜닉 차림에 맨발이었다. 그녀는 긴 의자에 앉아 알록달록한 패가 놓인 게임판에 열중하고 있었다. 윌리엄이 보고 있는 동안 그녀는 튜닉 자락을 끌어올리고 다리를 꼬아 무릎을 드러내고 얼굴을 찡그려 코에 주름을 잡았다. 어제는 무척 세련된 모습이었는데, 오늘은 상처 입기 쉬운 어린아이 같은 모습이었다. 그런 모습은 윌리엄에게 더 큰 욕망을 불러일으켰다. 윌리엄은 문득 이런 어린아이가 자기를 그토록 고통스럽게 할 수 있었다는 것에 수치를 느꼈다. 그는 자신이 그녀를 정복할 수 있다는 사실을 과시할 방법이 있기를 바랐다. 그 감정은 거의 육욕에 가까운 것이었다.

앨리에너는 자기보다 서너 살쯤 어린 소년과 게임을 하고 있었다. 소년은 들뜨고 조급한 표정을 짓고 있었다. 게임을 좋아하지 않았던 것이다. 윌리엄은 두 사람 사이에 한 가족처럼 닮은 점이 있다는 걸 알아차렸다. 이 소년은 바로 백작 영지의 상속자이자 앨리에너의 남동생 리처드임에 틀림없었다.

윌리엄은 그들 가까이 다가갔다. 리처드는 그를 힐끗 쳐다보고 나서 다시 게임판으로 주의를 돌렸다. 앨리에너는 게임에 정신을 집중하고 있었다. 그들이 게임을 하고 있는 나무판은 십자 모양으로, 서로 다른 색으로 칠한 정사각형들로 이루어져 있었다. 흰색과 검은색으로 된 패는 상아로 만든 것 같았다. 이 게임은 분명 9인 모리스 게임의 변형이었는데, 아마 앨리에너의 아버지가 노르망디에서 선물로 가져온 것 같았다. 윌리엄은 앨리에너 쪽에 더 관심이 있었다. 그녀가 게임판 위로 몸을 기울이자 튜닉의 목덜미 부분이 활처럼 휘어지며 늘어졌다. 윌리엄의 눈에 그녀의 유두가 들어왔다. 그가 상상했던 것만큼이나 컸다. 그는 입안이 타들어가는 것만 같았다.

리처드가 패 하나를 게임판 위에 올려놓자 앨리에너가 말했다. "안 돼. 그렇게 할 순 없어."

그러자 소년이 짜증을 냈다. "왜 안 된다는 거야?"

"규칙에 어긋나거든."

"난 규칙 따위 싫어." 리처드가 화를 냈다.

그러자 앨리에너도 성을 냈다. "규칙에 따라야 해!"

"왜 그렇게 해야 하는데?"

"그렇게 하는 거니까. 그게 이유야!"

"난 싫어." 리처드가 이렇게 말하고는 게임판을 긴 의자에서 밀쳐냈다. 게임판이 바닥에 떨어지고 패가 사방에 흩어졌다.

그 순간 앨리에너가 번개처럼 리처드의 뺨을 때렸다.

리처드는 울음을 터뜨렸다. 얼굴은 물론 자존심까지 따끔했던 것이다. "누난—" 여기까지 말한 리처드는 머뭇거렸다. "악마 같은 계집애야." 그러고는 달아났지만, 세 걸음 만에 윌리엄에게 부딪혔다.

윌리엄은 한 손으로 리처드를 번쩍 들어올렸다. "누나에게 그런 식으로 말하면 못써."

리처드는 몸부림을 치며 비명을 질러댔다. "아파, 이것 놓지 못해!"

윌리엄은 아이를 좀더 들고 있었다. 그러자 리처드는 몸부림을 멈추고 울음을 터뜨렸다. 윌리엄이 내려주자 리처드는 눈물을 흘리며 달려가버렸다.

앨리에너는 게임도 잊어버리고 영문을 모르겠다는 듯 이마를 찌푸린 채 윌리엄을 노려보고 있었다. "무슨 일로 왔죠?" 그녀의 음성은 나지막하고 침착했다. 좀더 어른스러운 음성이었다.

윌리엄은 자신이 리처드를 능숙하게 다루었다는 것에 만족스러운 기분으로 긴 의자에 앉았다. "당신을 만나러 왔소."

그러자 그녀의 얼굴에 경계하는 표정이 떠올랐다. "무엇 때문에요?"

윌리엄은 층계가 보이도록 자리를 잡고 있었다. 둥근 모자에 좋은 옷감으로 지은 짧은 튜닉을 입은, 고참 하인처럼 보이는 40대 남자 하나가 홀로 내려오는 것이 보였다. 하인이 손짓을 하자 기사 하나와 군사 하나가 층계로 올라갔다. 윌리엄은 다시 앨리에너에게로 눈길을 돌렸다. "당신과 얘기를 하고 싶소."

"무엇에 관해서요?"

"당신과 나에 관해서." 그녀의 어깨 너머로 조금 전의 그 하인이 다가오는 것이 보였다. 남자의 걸음걸이에는 어딘지 여자 같은 구석이 있었다. 그는 한 손에는 옥수수 알처럼 생긴 칙칙한 색의 흑설탕 한 덩어리를, 다른 손에는 생강처럼 보이는 얽힌 뿌리 하나를 들고 있었다. 집사가 틀림없었다. 그는 백작의 방에 있는 자물쇠 달린 양념 찬장에서 그날 쓸 값비싼 요리 재료를 들고 나오는 중이었다. 집사는 그것을 요리사에게 가져다주어 설탕으로는 시큼한 능금파이를 달게, 생강으로는 칠성장어의 맛을 돋우는 데 쓰도록 할 것이다.

앨리에너는 윌리엄의 시선을 따라 시선을 돌렸다. "안녕, 매슈."

집사는 미소를 지으며 앨리에너에게 설탕을 한 조각 쪼개주었다. 윌리엄은 매슈가 앨리에너를 매우 좋아한다는 느낌을 받았다. 매슈는 앨리에너의 태도에서 그녀가 어딘가 불편해하고 있음을 알아차렸음에 틀림없었다. 그의 미소가 걱정스러운 표정으로 바뀌어 있었다. "괜찮으세요?" 그의 음성은 부드러웠다.

"네, 고마워요."

매슈는 윌리엄을 발견하더니 깜짝 놀라는 표정이 되었다. "윌리엄 햄리 도련님 아니십니까?"

당연한 일이기는 했지만, 윌리엄은 상대가 자기를 알아보자 당황했다. "그 설탕은 어린애들에게나 주시오." 그에게 권한 것도 아니었는데 윌리엄은 사양했다. "난 괜찮으니까."

"예, 알았습니다, 나리." 매슈는 오늘만은 귀족의 아들 따위로 말썽을 일으킬 생각이 없다는 표정을 지었다. 그는 앨리에너 쪽으로 고개를 돌렸다. "아버님께서 고운 비단을 가져오셨습니다. 나중에 보여드리죠."

"고마워요."

매슈는 저쪽으로 사라졌다.

그러자 윌리엄이 말했다. "계집애 같은 녀석."

앨리에너가 말했다. "어째서 집사를 욕하는 거죠?"

"난 하인 녀석들이 날 '윌리엄 도련님'이라고 부르도록 내버려두지 않소." 이런 식의 대화는 숙녀에게 구혼을 시작하기에는 적절치 않았다. 윌리엄은 출발부터 잡쳤음을 깨닫자 맥이 풀리고 말았다. 매력 있게 보이지 않으면 안 된다. 그는 웃으면서 말했다. "당신이 내 아내가 된다면 우리집 하인들은 당신을 마님이라고 부를 것이오."

"결혼 얘기를 하려고 여기 왔나요?" 그녀가 어처구니없다는 투로 물었다.

"당신은 날 잘못 봤소." 윌리엄이 따지듯이 말했다. 이런 식의 대화는 삼가려고 했는데, 이미 억누를 길이 없게 되자 비참한 기분이 들었다. 처음에는 본론으로 들어가기 전에 이런저런 사소한 이야기부터 할 계획이었으나, 그녀가 너무 직설적이고 솔직하게 나오는 바람에 그도 불쑥 본론부터 꺼내게 된 것이었다. "날 잘못 봤소. 지난번 만났을 때 나의 어떤 행동이 마음에 들지 않았는지 모르겠지만, 어쨌든 당신은 너무 성급한 판단을 내렸소."

그녀는 대꾸할 말을 찾느라 고개를 돌리고 있었다. 윌리엄은 그녀의 어깨 너머로 아까 올라갔던 기사와 군사가 심각한 표정으로 계단을 내려와 밖으로 나가는 것을 보았다. 얼마 후 서기복 차림을 한 사내(백작의 서기일 것이다)가 위층에서 손짓을 하자 두 명의 기사가 앉아 있던 자리에서 일어나 위로 올라갔다. 붉은 안감이 보이는 외투 차림을 한 라임의 랠프와 나이가 좀 들어 보이는 대머리였다. 그들은 큰 홀에서 대기하고 있다가 한두 명씩 백작의 방에서 백작과 면담하는 것이 분명했다. 하지만 무슨 이유에서일까?

"결국 이번에도 마찬가지로군요." 앨리에너가 입을 열었다. 그녀는 감정을 억누르고 있었다. 아마도 분노였을 테지만, 윌리엄은 그녀가 웃음을 참고 있는 거라고 착각하고 있었다. "그 모든 분란과 추문을 일으키고 이제 가까스로 가라앉을 만하니 다시 나타나서 내가 잘못했다는 건가요?"

그녀가 그런 식으로 말하자 그 사건이 실제로 일어나지 않은 것처럼 느껴졌다. "그 소문은 아직도 사라지지 않았소. 사람들은 요즘도 그 이야기뿐이오. 그래서 어머니는 화가 나셨고 아버님은 사람들 앞에서 고개도 들 수 없게 되었소." 윌리엄이 거칠게 말했다. "우리 사이는 끝난 게 아니오."

"당신에게는 가문의 명예가 제일 중요한가보죠?"

그녀의 말은 험악했지만 윌리엄은 모른 척해버렸다. 방금 그는 백작이 여기 있는 모든 기사와 군사들과 무슨 일을 꾸미고 있는지 알아차렸던 것이다. 백작은 각지에 전갈을 보내고 있었다. "가문의 명예라고 했소?" 윌리엄은 속으로 계속 다른 생각을 하면서 반문했다. "바로 그렇소."

"나도 가문의 명예라든가 가문 간의 동맹이 중요하다고 생각해요. 하지만 결혼은 그게 전부가 아니에요." 그녀는 말을 끊고 잠시 생각하다가 이윽고 무슨 결심을 한 듯했다. "어머니 얘기를 좀 해야겠군요. 어머니는 아버지를 증오했어요. 아버지는 나쁜 사람이 아니에요. 오히려 위대한 분이죠. 난 아버지를 사랑해요. 하지만 아버지는 너무 근엄하고 빈틈없는 성격이라 어머니를 이해하지 못하셨어요. 어머니는 잘 웃고, 이야기와 음악을 즐기는 명랑한 분이셨는데, 아버지가 그런 어머니를 비참하게 만든 거예요." 앨리에너의 눈에 눈물이 그렁그렁한 걸 어렴풋이 눈치챘지만, 윌리엄은 여전히 전갈 생각을 하고 있었다. "아버지가 어머니를 행복하게 해주지 못했기 때문에 어머니는 돌아가신 거예요. 난 그걸 알아요. 물론 아버지도 내가 그 사실을 안다는 것을 알고 계시지요. 그래서 아버지는 내가 좋아하지 않는 사람과는 결코 혼인시키지 않겠다고 약속했어요. 이제 알아듣겠어요?"

그 전갈은 명령일 것이다. 바살러뮤 백작이 친구와 동맹자들에게 전투 준비를 갖추도록 하는 명령. 전령들이 그 증거야, 윌리엄은 생각하고 있었다.

그는 문득 앨리에너가 자기를 쏘아보고 있는 걸 알아챘다. "당신이 좋아하지 않는 사람과의 결혼을 말이오?" 윌리엄은 그녀의 마지막 말을 되뇌었다. "당신은 날 좋아하지 않소?"

그러자 그녀의 눈이 분노로 이글거렸다. "내 말을 듣고 있지 않았군요. 당신은 너무도 자기중심적이라 잠시도 남의 감정을 생각하지 못해요. 지난번 여기 왔을 때 당신이 어떻게 했는지 알아요? 끊임없이 자기 이야기만 하고 나한테는 한마디도 물어보지 않았다고요!"

앨리에너의 목소리는 점점 커져서 이제 그녀는 거의 고함치다시피 하고 있었다. 그녀가 잠시 말을 끊었을 때, 윌리엄은 방 저편에 있는 사람들이 이쪽에 조용히 귀를 기울이고 있다는 걸 깨닫고는 당황했다. "그렇게 소리 지르지 마시오."

그녀는 그의 말을 들은 척도 하지 않고 계속했다. "당신은 왜 내가 당신을 싫어하는지 알고 싶다고 했죠? 좋아요, 말하죠. 나는 당신이 세련되지 않아서 싫어요. 당신이 글도 읽을 줄 모르기 때문에 싫어요. 당신이 당신의 개와 말, 그리고 그 알량한 당신 자신밖에 모르는 사람이라서 싫어요."

고양이 얼굴 길버트와 기욤의 아들 잭이 큰 소리로 웃음을 터뜨렸다. 윌리엄의 얼굴이 시뻘게졌다. 아무것도 아닌 것들이, 기사 주제에 감히 퍼시 햄리 경의 아들인 나를 비웃다니, 그는 자리에서 벌떡 일어섰다. "알았소." 그는 앨리에너의 입을 막으려고 황급히 말했다.

하지만 소용이 없었다. "난, 당신이 이기적이고 우둔하고 멍청해서 싫어요." 그녀는 고함을 치다시피 말했다. 이번엔 그곳에 있던 모든 기사들이 웃어댔다. "나는 당신을 싫어하고 경멸하고 증오하고 혐오해요. 이것이 내가 당신과 결혼하지 않으려는 이유예요!"

기사들이 소리를 질러 응원하며 박수를 쳤다. 윌리엄은 질겁했다. 비웃음을 받은 그는 자신이 어린아이처럼 왜소하고 약하고 의지할 곳 없다는 느낌이 들었다. 어렸을 때 그는 늘 겁에 질려 있는 아이였다. 그는 아무렇지도 않은 표정으로 감정을 나타내지 않으려 애쓰면서 앨리에너에게서 돌아섰다. 웃음소리가 점점 커지는 동안, 그는 뛰지는 않고 빠른 걸음으로 방을 가로질렀다. 그러는 동안에도 웃음소리는 점점 더 커졌다. 마침내 문가에 이르자 그는 문을 확 열어젖히고 비틀비틀 밖으로 나갔다. 그러고는 등 뒤로 문을 쾅 닫고 수치심으로 질식할 것 같은 심정으로 계단을 달려내려갔다. 희미해져가는 그들의 비웃음 소리는 진흙부성이 안마당을 지나 성문에 이를 때까지 내내 그의 귀에서 울리고 있었다.

1킬로미터쯤 가니 '얼즈캐슬'에서 셔링으로 가는 도로와 주도로가 만나는 길이 나왔다. 네거리에서 북쪽으로 가면 글로스터와 웰스 지방의 경계선이었고, 남쪽으로 가면 윈체스터와 해안이 나왔다. 윌리엄과 월터는 남쪽으로 방향을 잡았다.

윌리엄의 고통은 마침내 분노로 변했다. 너무 화가 치밀어 말도 나오지 않았다. 앨리에너에게 상해를 가하고 그 자리에 있던 기사들을 모두 죽이고 싶었다. 그들의 웃는 입 속으로 칼을 쑤셔넣어 목구멍 깊숙이 찔러주고 싶었다. 그는 최소한 그중 한 명에게라도 복수할 방법을 생각해냈다. 성공만 한다면 동시에 필요한 증거까지 확보할 수 있으리라. 그 기대는 씁쓸하나마 위안이 되었다.

우선 그들 중 하나를 잡아야 했다. 길이 삼림지로 접어들자마자 윌리엄은 말에서 내려 걷기 시작했다. 월터는 그의 기분이 나쁘다는 걸 알고 말없이 따라오기만 했다. 좁은 오솔길에 이르자 윌리엄이 걸음을 멈췄다. 그는 월터를 돌아보며 말했다. "우리 두 사람 중 누가 더 단검을 잘 쓰지?"

"가까운 데서 싸울 때는 제가 좀 낫지요." 월터가 조심스럽게 말했다. "하지만 나리께서는 더 정확하게 던지시죠." 그는 윌리엄이 화가 나 있을 때는 '나리'라는 호칭을 썼다.

"놀란 말에 딴죽을 걸어 쓰러뜨릴 수 있겠지?"

"단단한 장대 하나만 있으면 가능하지요."

"작은 나무를 하나 뽑아내서 가지를 쳐라. 그럼 장대가 하나 생길 테니."

월터는 나무를 찾으러 갔다.

윌리엄은 두 마리의 말을 숲으로 끌고 가서, 길에서 들어오기 쉬운 개간지에 매두었다. 그는 안장을 내린 다음, 마구에서 손발을 묶기에 충분할 만큼 끈을 벗겨냈다. 엉성한 계획이었지만 달리 뾰족한 방법을 궁리할 시간이 없었다. 그저 뜻대로 잘 풀리기만 바랄 뿐이었다.

윌리엄은 길을 돌아나오다 몽둥이로 쓸 만한 단단하고 잘 마른 참나무 가지를 발견했다.

월터는 벌써 장대를 들고 기다리고 있었다. 윌리엄은 잠복 장소로 길 가까이 있는 큼직한 너도밤나무 뒤쪽을 정했다. "장대를 너무 빨리 내밀어서는 안 된다. 말이 뛰어넘어버리면 곤란해." 그는 월터에게 주의를 주었다. "하지만 너무 늦어도 안 돼. 뒷다리에 걸면 넘어뜨릴 수 없게 되거든. 가장 좋은 건 앞다리 사이에 장대를 밀어넣는 거야. 그런 다음 말이 옆으로 차내지 못하도록 장대 끝을 땅에 찔러박아야 해."

월터는 고개를 끄덕였다. "전에도 그런 걸 본 적이 있습지요."

윌리엄은 얼즈캐슬 쪽으로 30미터쯤 걸어 올라갔다. 그가 할 일은 말을 놀래서 월터가 내밀 장대를 피하지 못할 만큼 빨리 뛰어가게 하는 것이었다. 그는 길에서 가장 가까운 곳에 숨었다. 머지않아 바살러뮤 백작의 전령이 이리로 지날 것이다. 윌리엄은 그 순간이 어서 오길 고대했다. 계획대로 잘될지 걱정되었고, 이 일을 빨리 끝내버리고 싶었다.

날 비웃던 기사 녀석들은 자기들이 감시당하고 있는 줄은 몰랐겠지. 그렇게 생각하니 조금 위안이 되었다. 이제 곧 그중 한 놈이 깨닫게 될 것이다. 그리고 웃었던 것을 뉘우치게 되겠지. 웃기는커녕 내 앞에 무릎을 꿇고 잘못했다고 빌며 내 발에 키스를 하게 될 것이다. 아무리 울고 불고 용서를 빌어도 소용없을걸. 그럴수록 더 본때를 보여줘야지.

위안 삼을 일은 또 있었다. 계획대로 잘만 되면 결과적으로 바살러뮤 백작가는 몰락하고 헨리가는 재기할 것이다. 청혼이 거절당하는 걸 보고 웃던 녀석들은 공포로 떨게 될 거고 그들 중 몇몇은 그 이상의 대가를 치르게 될 것이다.

바살러뮤 가문의 몰락은 바로 앨리에너의 몰락이기도 했다. 그것은 윌리엄에게 가장 큰 위로가 될 것이다. 아무리 콧대 높고 오만한 여자라도, 아버지가 반역자로 몰려 교수형을 당하고 나면 변하지 않을 수 없을 것이다. 부드러운 비단 옷을 입고 설탕을 먹으려면 윌리엄과 결혼해야 했다. 죄를 뉘우치고 얌전해진 앨리에너가 취사장에서 뜨거운 패스트리를 가져오는 모습, 그 크고 검은 눈으로 자기를 기쁘게 해주려고 올려다보는 모습, 애무를 받으려고 부드러운 입술을 살짝 벌리고 키스해달라고 조르는 모습을 윌리엄은 상상해보았다.

그의 환상은 겨울이라 꽁꽁 언 진흙길을 박차는 말발굽 소리에 흩어졌다. 윌리엄은 단도를 뽑아들고 그 무게와 균형을 가늠해보았다. 칼의 끝부분은 더 잘 들도록 양날이 예리하게 벼려져 있었다. 그는 똑바로 서서 나무에 등을 바짝 붙여 몸을 숨기고 칼날을 위로 한 채 숨을 죽이고 기다렸다. 신경이 있는 대로 곤두섰다. 일이 잘못되어 단도가 빗나가거나 말이 쓰러지지 않거나, 기수가 일격에 월터를 죽여 윌리엄 혼자서 그자를 상대하게 되지나 않을까 두려웠다…… 가까이 다가올수록 어쩐지 말발굽 소리에 신경이 쓰이기 시작했다. 힐끗 보니 저쪽 수풀 사이에서 월터 역시 걱정스러운 듯 잔뜩 찌푸린 얼굴을 하고 있었다. 월터도 말발굽 소리가 심상치 않다는 걸 알아차린 것이다. 말은 한 마리가 아니었다. 윌리엄은 재빨리 결단을 내렸다. 두 사람을 공격한다? 하지만 그럴 경우 무난히 싸우기가 어려웠다. 윌리엄은 이번은 그냥 보내고 혼자 오는 사람을 기다리기로 했다. 그는 다소 실망스럽기는 했지만 현명한 결정이라고 생각했다. 윌리엄은 월터에게 그냥 보내라는 손짓을 했다. 월터는 알았다는 듯 고개를 끄덕이고 엄폐물 뒤로 몸을 숨겼다.

잠시 후 두 마리의 말이 시야에 들어왔다. 윌리엄은 붉은 외투자락을 보았다. 라임의 랠프였다. 다음에는 랠프의 친구인 대머리가 보였다. 두 사람은 금방 지나쳐 곧 보이지 않게 되었다.

맥이 좀 빠졌지만 백작이 사람들을 심부름 보내고 있다는 자신의 추측을 확인했다는 것에 만족스러웠다. 그들이 백작의 명령을 전달하러 간다는 사실은 확인한 셈이었다. 그런데 바살러뮤가 짝을 지워 전령을 보낸다는 방침이라도 세운 건 아닌지 걱정이 되었다. 당연히 취할 법한 예방책이었다. 안전을 위해 사람들은 가능한 한 무리를 이루어 여행했다. 다른 한편으로, 보낼 전갈은 많고 부하의 수는 한정되어 있었기 때문에, 명령 하나를 전하려고 두 명의 기사를 쓴다는 것은 낭비라는 것을 바살러뮤 자신도 알고 있을 것이었다. 게다가 기사들은 싸움에 능해 웬

만한 범법자 정도는 간단히 해치울 수 있었다. 범법자로서도 기사와 싸워봐야 얻을 것이 거의 없었다. 왜냐하면 기사에게서 쓸 만한 물건이라고는 칼밖에 없는데다 그것을 시장에서 팔려고 해도 귀찮은 질문에 대답해야 하고, 말은 습격을 받으면 십중팔구 다리를 다치기 때문이었다. 그러므로 기사들은 숲속에서 어느 누구보다도 안전했다.

윌리엄은 칼자루로 머리를 긁었다. 어느 쪽으로 생각하든 그럴듯해 보였다.

그는 다시 자리를 잡고 기다렸다. 숲은 고요했고, 희미한 겨울 태양이 나오나 싶더니 잠시 푸른 수풀 사이를 비추다 사라졌다. 윌리엄의 배가 저녁식사 때가 이미 지났음을 알려주었다. 배고픈 사람이 보고 있는 줄도 모르고 몇 미터 떨어진 곳에서 사슴 한 마리가 뛰어갔다. 그는 점점 초조해졌다.

다음에는 두 명이 같이 오더라도 공격해야겠다고 그는 마음먹었다. 좀 위험하기는 할 테지만 습격이라는 이점과 만만치 않은 전사 월터가 있었다. 게다가 어쩌면 마지막 기회일지도 몰랐다. 죽을지도 모른다는 게 두렵기는 했지만 수치스럽게 사느니 차라리 죽어버리는 편이 나았다. 최소한 싸우다가 죽는 것은 명예로운 최후였다.

가장 바람직한 것은 앨리에너가 혼자서 하얀 조랑말을 타고 나타나는 거라고 그는 생각했다. 그녀는 말에서 떨어져 팔다리에 멍이 들고 가시덤불 위로 쓰러질 것이다. 그러면 부드럽고 하얀 피부는 가시에 찔려 피를 흘릴 것이다. 그리고 윌리엄은 그녀의 위로 뛰어올라 땅바닥에서 꼼짝 못하도록 누르리라. 그녀는 치를 떨 것이다.

윌리엄은 상상 속에서 앨리에너의 상처를 상세히 떠올리고 그가 올라탔을 때 그녀의 가슴이 오르내리는 모습을 음미하면서, 완전히 그의 손아귀에 들었음을 깨달은 그녀가 지을 형언할 수 없는 공포의 표정을 그려보고 있었다. 그때 다시 말발굽 소리가 들렸다.

이번에는 한 마리였다.

그는 벌떡 일어서서 칼을 빼들고 나무에 바짝 등을 댄 채 다시 한번 귀를 기울였다. 군마는 아니었지만 매우 날쌔고 훌륭한 말로, 튼튼한 준마 정도는 될 것 같았다. 말은 갑옷을 입지 않은 사람이라도 태운 듯 가벼운 걸음이었으며, 하루 종일이라도 똑같이 달릴 만한 꾸준한 걸음걸이로 숨도 헐떡이지 않고 달려오고 있었다. 윌리엄은 월터에게 눈짓을 하며 고개를 끄덕였다. 이번에는 확실히 한 명이었고, 바로 '증거'가 오고 있는 것이었다. 그는 단검의 끝을 잡고 오른팔을 올렸다.

그 순간 조금 떨어진 곳에 있던 윌리엄의 말이 울었다.

조용한 숲속이었으므로 그 소리는 달려오던 말의 경쾌한 발굽 소리보다 또렷하게 들렸다. 그 소리를 듣고 달려오던 말의 보조가 흐트러졌다. 기수는 "워!" 소리를 내며 말을 천천히 걷게 했다. 윌리엄은 속으로 욕설을 퍼부었다. 기수가 이제 경계태세를 취하면 일은 훨씬 어렵게 될 것이었다. 너무 늦었어. 윌리엄은 말을 좀더 멀리 데려다놓을걸 그랬다고 후회했다.

그는 상대방의 말이 지금 어디쯤 오고 있는지 알 수 없었다. 모든 일이 뒤엉키고 있었다. 그는 나무 뒤에서 고개를 빼고 내다보고 싶은 유혹을 억눌렀다. 윌리엄은 잔뜩 긴장해 귀를 기울였다. 갑자기 바로 코앞에서 말이 콧김을 부는 소리가 들렸다. 깜짝 놀랄 만큼 가까운 거리였다. 다음 순간 그가 서 있는 자리에서 1미터쯤 떨어진 곳에 말이 나타났다. 그가 말을 본 직후, 말도 그를 보았다. 말이 움찔하며 뒷걸음치자 기수가 놀라 투덜대는 소리가 들렸다.

윌리엄은 욕설을 퍼부었다. 순간적으로 말이 그대로 머리를 돌려 엉뚱한 방향으로 달아날지도 모른다는 생각이 들었다. 그는 나무 뒤로 몸을 숨기면서 말의 뒤쪽인 반대쪽으로 나와 오른팔을 치켜들었다. 윌리엄은 흘낏 기수를 보았다. 턱수염이 난 기수는 얼굴을 찌푸리며 황급히 고삐를 잡아당겼다. 지독한 늙은이, 고양이 얼굴 길버트였다. 윌리엄은 단검을 던졌다.

단검은 명중했다. 칼끝은 말 엉덩이 살에 박혀 2센티미터 이상 파고들었다.

말은 사람이 놀랐을 때 그러는 것처럼 움찔하는 것 같았다. 그러더니 당황해 길버트가 손쓸 사이도 없이 전속력으로 월터가 잠복해 있는 곳을 향해 똑바로 질주했다.

윌리엄은 그 뒤를 쫓아 달려갔다. 말은 이제 곧 월터가 있는 장소에 이를 것이다. 길버트는 자기가 타고 있는 말을 제어해볼 겨를도 없었다. 안장에 몸을 붙이고 있기도 바빴던 것이다. 그들이 월터가 있는 장소에 이르렀을 때 윌리엄은 마음속으로 외쳤다. 자, 월터, 바로 지금이야!

월터가 어찌나 민첩하게 시간을 맞춰 움직였는지 윌리엄조차 나무 뒤에서 튀어나오는 장대를 보지 못했다. 그가 본 건 갑자기 온 힘이 빠져나간 듯 꺾어지는 말의 앞다리뿐이었다. 이어서 말의 뒷다리가 앞다리를 뒤따르자 다리 네 개는 한데 뒤엉켰다. 결국 말은 머리를 아래로 내리고 엉덩이 부분을 위로 치켜든 채 고꾸라지듯 쓰러지고 말았다.

길버트는 공중으로 내팽개쳐졌다. 그의 뒤를 따르던 윌리엄은 쓰러진 말에 걸려 잠깐 발을 멈췄다.

길버트는 제대로 착지해 한 바퀴 구르면서 무릎 꿇은 자세가 되었다. 한순간 윌리엄은 그가 그대로 달아나지 않을까 걱정스러웠다. 그때 월터가 덤불 속에서 나오더니 몸을 날려 길버트의 등에 부딪치면서 그를 땅에 쓰러뜨렸다.

두 사람은 땅바닥에 나가떨어졌다. 그들은 거의 동시에 균형을 찾았다. 윌리엄은 놀랍게도 교활한 길버트가 어느 틈에 칼을 뽑아들고 있는 것을 보았다. 윌리엄은 쓰러진 말을 훌쩍 뛰어넘어, 길버트가 칼을 치켜드는 바로 그 순간 참나무 몽둥이를 휘둘렀다. 몽둥이는 길버트의 옆머리에 명중했다.

길버트는 비틀거리기는 했지만 쓰러지지는 않았다. 이름대로 지독한 놈이로군, 윌리엄은 속으로 욕지거리를 내뱉었다. 윌리엄은 또 한 차례 몽둥이를 휘두르려 했으나 길버트가 칼을 겨누고 한 발 먼저 윌리엄에게 달려들었다. 윌리엄은 구혼자의 복장을 하고 있었을 뿐 싸우기 위한 옷차림은 아니었다. 그의 질 좋은 모직 외투가 날카로운 칼날에 스치며 찢어졌다. 그러나 그 순간 윌리엄이 재빨리 뒤로 물러서며 몸을 피했기 때문에 상처는 입지 않았다. 그러나 길버트가 제대로 균형을 잡을 수도 없을 만큼 틈을 주지 않고 잇달아 덤벼드는 바람에 윌리엄은 몽둥이를 휘두를 수가 없었다. 길버트가 돌진할 때마다 윌리엄은 뒤로 물러섰다. 윌리엄은 만회할 틈을 찾을 수가 없었고, 길버트는 순식간에 바짝 다가들었다. 문득 윌리엄은 목숨이 위태롭다는 걸 깨달았다. 그때 월터가 길버트 등 뒤로 다가서며 그의 다리를 걷어찼다.

윌리엄은 안도감으로 맥이 풀렸다. 한순간 자신이 곧 죽게 되리라고 생각한 것이었다. 그는 월터에게 고마움을 느꼈다.

일어나려는 길버트의 얼굴을 월터가 다시 걷어찼다. 그 위에 윌리엄이 몽둥이질을 두 차례 하자, 길버트는 그대로 축 늘어지고 말았다.

길버트를 엎어놓고 월터가 그의 머리를 깔고 앉아 있는 동안, 윌리엄은 길버트의 두 손을 등 뒤로 묶었다. 그런 다음 그의 검은 부츠를 벗기고는 마구馬具의 단단한 가죽띠로 그의 발목도 묶었다.

윌리엄은 일어서면서 월터에게 씩 웃어 보였다. 월터도 미소를 지었다. 이 교활한 전사는 꽁꽁 묶어놓아야 마음을 놓았다.

다음에 할 일은 길버트에게 자백을 받아내는 것이었다.

길버트가 정신을 차리기 시작했다. 월터는 그의 몸을 뒤집었다. 윌리엄을 본 길버트는 그를 알아보자 깜짝 놀라며 겁에 질렸다. 윌리엄은 만족스러웠다. 벌써 자기가 웃은 걸 후회하고 있어, 윌리엄은 생각했다. 이제 곧 그 일을 훨씬 더 후회하게 될걸.

놀랍게도 길버트가 타고 왔던 말이 일어섰다. 그런 다음 몇 미터쯤 달리다 걸음을 멈추고는 뒤돌아보더니, 거친 숨을 몰아쉬며 바스락거리는 바람 소리가 날 때마다 몸을 움찔거렸다. 윌리엄의 단검은 이미 말의 엉덩이에서 빠져나와 땅에 떨어져 있었다. 윌리엄은 자신의 단검을 집어 들었고, 월터는 말을 붙잡으러 갔다.

윌리엄은 다른 말이 달려오는 소리가 나지 않는지 귀를 기울여보았다. 언제 전령이 이 길을 지날지 알 수 없는 일이었다. 그런 경우에 대비해 길버트를 눈에 띄지 않는 곳으로 끌어다놓고, 다른 전령이 무슨 소리를 듣지 못하게 해야 했다. 그러나 말이 달려오는 소리는 들리지 않았다. 월터는 그다지 힘들이지 않고 길버트의 말을 잡아왔다.

그들은 말 등에 길버트를 휙 던져올린 다음 숲속을 헤치고 윌리엄이 말을 매어둔 곳으로 끌고 갔다. 다른 말들이 길버트의 말에서 나는 피 냄새를 맡고 심하게 동요했기 때문에, 윌리엄은 길버트의 말을 조금 떨어진 곳에 매두었다.

윌리엄은 목적에 맞는 쓸 만한 나무가 없는지 주위를 둘러보았다. 지상에서 2, 3미터쯤 높이에 단단한 가지가 뻗어 있는 느릅나무가 보였다. 그는 월터에게 그 나무를 가리켜 보였다. "길버트를 이 가지에 매달았으면 좋겠는데."

그 말에 월터가 사디스트 같은 표정으로 이를 드러내고 웃었다. "저자를 어떻게 하시려고요, 나리?"

"곧 알게 될 거다."

가죽처럼 적갈색이던 길버트의 얼굴이 공포로 창백해졌다. 윌리엄은 길버트의 겨드랑이 아래로 밧줄을 넣어 등 뒤에서 매듭을 지은 다음, 느릅나무 가지에 밧줄을 걸었다.

"들어올려라." 윌리엄이 월터에게 명령했다.

월터가 길버트를 안아올렸다. 그 순간 길버트가 몸부림을 치는 바람에 월터는 그를 놓치고 말았다. 길버트는 땅 위로 떨어졌다. 그러자 월터는 윌리엄이 쓰던 몽둥이를 집어들었고, 길버트의 머리를 후려쳐 정신을 잃게 한 다음 다시 안아올렸다. 윌리엄은 밧줄의 한 끝을 나뭇가지에 몇 번이나 감은 다음 팽팽하게 잡아당겼다. 월터가 길버트를 놓자 그의 몸은 나뭇가지에 매달린 채 땅에서 1미터 떨어진 공중에서 천천히 흔들렸다.

"장작감을 모아와라." 윌리엄이 명령했다.

길버트의 발밑에 장작을 쌓은 다음, 윌리엄은 부싯돌로 불을 붙였다. 잠시 후 불꽃이 일기 시작했다. 뜨거운 열기 때문에 길버트가 깨어났다.

사태를 알아차린 길버트는 두려움에 찬 신음 소리를 내기 시작했다. "제발 나를 내려주시오. 당신을 비웃었던 일은 미안하게 됐소. 용서해 주시오."

윌리엄은 아무 말도 하지 않았다. 길버트가 비굴하게 비는 꼴을 보니 속이 후련했지만, 윌리엄이 노리는 것은 그게 아니었다.

뜨거운 열기가 맨발에 닿자 길버트는 불을 피하려고 무릎을 굽혀 두 다리를 올렸다. 그의 얼굴에서는 땀이 흘렀고, 뜨거워진 옷에서는 희미한 탄내가 났다. 이제 심문을 시작할 때가 되었다고 윌리엄은 판단했다. 그가 물었다. "오늘 무슨 일로 백작의 성에 갔나?"

길버트는 눈을 둥그렇게 뜨고 윌리엄의 얼굴을 내려다보았다. "문안을 드리러 간 것이오. 그게 잘못이오?"

"어째서 문안을 드리러 갔지?"

"백작께서 노르망디에서 돌아오셨기 때문이오."

"별도로 호출 받은 게 아니었나?"

"그렇소."

그 말이 사실일지도 모른다고 윌리엄은 생각했다. 죄인을 심문한다는 것은 생각만큼 간단하지 않았다. 그는 다시 심문을 시작했다. "백작의 방에 갔을 때 그가 네게 뭐라고 했느냐?"

"그분은 나를 맞아주시고는, 인사하러 찾아와주어 고맙다고 했소."

길버트의 눈에 경계하는 기색이 떠올랐는지 윌리엄은 확실히 알 수가 없었다. 윌리엄은 다시 물었다. "그 밖에 다른 말은?"

"나의 가족과 마을의 안부를 물으셨소."

"그것이 전부인가?"

"그렇소. 어째서 백작께서 한 말에 신경을 쓰는 것이오?"

"백작이 스티븐 왕과 모드 황후에 대해 무슨 말을 하지 않았나?"

"정말, 그런 말은 하지 않았소!"

길버트는 더 무릎을 굽히고 있을 수가 없었다. 그의 두 발이, 점점 크게 이는 불길 속으로 떨어졌다. 그 순간 길버트는 고통스러운 비명을 지르며 몸부림쳤다. 그 발작 같은 몸부림 덕분에 두 발이 순간적으로 불길에서 벗어났다. 길버트는 몸을 앞뒤로 흔들면 고통을 줄일 수 있다는 것을 깨달았다. 하지만 한 번 왕복할 때마다 불꽃 속을 지나게 되어 그는 다시 비명을 질러대기 시작했다.

또다시 윌리엄은 길버트가 사실을 얘기하고 있는 건지 의심스러웠지만 알아볼 길이 없었다. 한편으로는 저렇게 괴로우니 고통을 좀 덜어보려는 절망적인 시도에서 윌리엄이 듣고 싶어하는 말이면 뭐라도 하려들 터였다. 따라서 그가 무엇을 원하는지 너무 명확히 알려주어서는 안 된다고, 윌리엄은 걱정스러운 마음으로 생각했다. 고문이 이렇게 어려울 줄 누가 알았겠는가?

윌리엄은 차분한 어조로 바꾸고는 거의 대화라도 나누듯 말했다. "어디로 가는 중이었나?"

길버트는 고통과 절망 속에서 소리를 질렀다. "대체 그게 무슨 상관이란 말이오?"

"어디로 가고 있었지?"

"집이오."

길버트는 마침내 자제력을 잃고 말았다. 윌리엄은 길버트가 사는 곳을 알고 있었다. 그곳은 북쪽이었다. 그런데 길버트는 엉뚱한 방향으로 가고 있었다.

"어디로 가고 있었냐고?" 윌리엄이 다시 한번 물었다.

"나한테 원하는 게 무엇이오?"

"네가 거짓말을 하고 있다는 걸 난 알고 있어. 사실대로만 말해." 월터가 심문을 하고 싶어 투덜대는 소리가 들렸다. 내 솜씨도 점점 괜찮아지고 있어, 윌리엄은 속으로 생각했다. "어디 가고 있었지?" 윌리엄은 네번째로 똑같은 질문을 했다.

길버트는 이제 너무 지쳐 몸을 흔들지도 못했다. 고통스러운 신음을 내면서 그의 몸이 바로 불 위에서 멈췄다. 그 순간, 그는 불길을 피하기 위해 다시 한번 무릎을 구부렸다. 하지만 이제 불길은 무릎 높이까지 타오르고 있었다. 윌리엄은 어디선가 맡은 적이 있는 역겨운 냄새를 맡았다. 잠시 후 그것이 사람 살이 타는 냄새라는 걸 깨달았다. 그 냄새가 낯설지 않았던 것은, 그것이 바로 고기 타는 냄새이기 때문이었다. 길버트의 다리와 발의 살갗은 갈색으로 변해 쭈글쭈글해졌고, 정강이에 난 털은 시커멓게 그을었다. 살이 타면서 지방이 불 위로 떨어져 지글거렸다. 고통스러워하는 길버트의 모습을 보면서 윌리엄은 최면에라도 걸린 기분이었다. 비명 소리를 들을 때마다 그는 몸속 깊이 전율을 느꼈다. 자신에게 남을 괴롭힐 힘이 있다는 생각에 흥분이 됐다. 아무리 저항해도 듣는 사람 없는 외딴곳으로 여자를 끌고 가 꼼짝 못하게 해놓고 치마를 허리까지 걷어올리고는, 이제 그녀를 정복하려는 자신을 아무것도 가로막지 못한다는 걸 알고 있을 때의 기분이었다.

윌리엄은 이제 지겹다는 듯이 다시 한번 물었다. "어디 가고 있었지?"

터져나오려는 비명을 참으며 길버트가 대답했다. "셔본이오."

"왜?"

"제발 날 좀 내려주시오. 모두 말하겠소."

이제 승리는 손아귀에 들어온 셈이었다. 윌리엄은 흡족했다. 하지만 아직 완전한 승리는 아니었다. 그는 월터에게 지시했다. "저자의 발이 불에 닿지 않도록 잡고 있어라."

월터는 길버트의 다리가 불에서 떨어지도록 그의 옷자락을 잡았다.

"자, 이제 말해라."

"셔본과 그 부근에 바살러뮤 백작의 기사가 오십 명 있소." 길버트가 목 졸리는 목소리로 흐느끼듯 말했다. "나는 그들을 소집해 얼즈캐슬로 데려오라는 임무를 띠고 있었소."

윌리엄은 씩 웃었다. 그의 추측이 사실로 증명된 것이다. "백작은 그 기사들과 무슨 일을 꾸미려고 했지?"

"나에겐 말해주지 않았소."

윌리엄은 월터에게 명령했다. "조금 더 태워라."

"오, 제발!" 길버트는 비명을 질렀다. "다 말하겠소."

월터는 머뭇거렸다.

"빨리 말해라." 윌리엄은 길버트를 재촉했다.

"그들은 스티븐 왕에 맞서 모드 황후를 위해 싸우기로 결의했소." 마침내 길버트가 자백했다.

바로 이것이었다. 이것이 기대하던 그 증거였다. 윌리엄은 그제야 성공했다는 느낌이 들었다. "우리 아버지 앞에서 내가 같은 질문을 해도 똑같이 대답하겠느냐?"

"네, 네."

"국왕 폐하 앞에서 우리 아버지께서 물어도 사실대로 말하겠느냐?"

"네!"

"십자가에 맹세해라."

"십자가에 맹세코 사실대로 말하겠소."

"아멘." 윌리엄은 만족스럽게 말한 다음, 불을 밟아 끄기 시작했다.

그들은 길버트를 안장에 묶고 그의 말을 끌며 보통 속도로 말을 달렸다. 길버트는 똑바로 앉아 있지도 못했다. 그가 죽으면 여태까지의 수고가 아무 소용도 없게 될 것이기에 윌리엄은 그를 거칠게 다루지 않았다. 개울가를 지날 때는 화상 입은 발에 찬물을 끼얹어주기도 했다. 길버트는 질겁을 하고 비명을 질렀지만 화상에는 찬물이 효과가 있었다.

윌리엄은 승리감에도 불구하고 뭔가 미진함을 느꼈다. 한 번도 살인을 한 적이 없는 그는 길버트를 죽이고 싶었다. 사람을 죽이지는 않고 고문만 한다는 것은, 여자를 발가벗겨놓고 겁탈하지 않는 것과도 같았다. 그런 생각을 할수록 여자 생각이 간절해졌다.

집에 도착하고 나서…… 그때도 시간이 없을 것이다. 부모님께 이 사실을 보고해야 할 테고, 그러면 그들은 사제와 증인 여러 사람을 불러놓고 다시 길버트에게 자백을 종용할 것이다. 그런 다음에는 바살러뮤를 공략할 계획을 세워야 할 것이다. 그 일은 필시 내일 있을 것이다. 바살러뮤가 더 많은 전사들을 모으기 전에 일을 벌여야 하기 때문이었다. 그런데 윌리엄은 아직도 장기전이 될 포위 작전을 쓰지 않고 적의 성을 은밀히 탈취할 방법을 생각해내지 못한 채였다……

매력적인 여인을 보는 일조차 오랫동안 불가능하리라고 그가 실망에 차 생각하고 있을 때였다. 길 앞쪽에 누군가 나타났다.

다섯 사람으로 이루어진 일행이 윌리엄 쪽으로 걸어오고 있었다. 그 중에는 스물다섯 살쯤으로 보이는 암갈색 머리칼의 젊은 여인이 있었는데, 소녀라고는 할 수 없었지만 상당히 젊었다. 그녀가 점점 가까이 다가오자 윌리엄은 그녀에게 더욱 관심이 쏠렸다. 악마의 점까지 흘러내려온 암갈색 머리칼에 움푹 들어간 강렬한 금빛 눈을 한 아주 아름다운 여자였다. 말쑥하고 유연한 몸매에 햇볕에 그을린 피부가 매력적이었다.

"좀 뒤처져 오너라." 윌리엄이 월터에게 말했다. "저 사람들과 얘기를 좀 할 동안 네 뒤에 있는 너석을 잘 지키고 있어."

그들은 걸음을 멈추고 경계의 눈으로 윌리엄을 보았다. 그들은 한 가족임에 틀림없었다. 키 큰 사람이 가장이었고, 덩치는 크지만 수염이 안 난 젊은이가 하나, 아이가 둘 있었다. 사내가 낯익다는 것을 알고 윌리엄은 조금 움찔했다. "나를 아시오?"

"압니다. 나리 말도 알지요. 제 딸을 죽일 뻔했죠."

그제야 윌리엄도 기억이 났다. 말이 아이를 다치게 하지는 않았지만 거의 그럴 뻔했다. "아, 우리 집을 짓던 사람이군. 당신을 해고하자 돈을 내놓으라고 나를 협박하다시피 했지."

사내는 도전적인 표정을 짓기만 할 뿐 부정하지 않았다.

"지금은 그때만큼 건방져 보이지는 않는군." 윌리엄은 코웃음을 쳤다. 이 가족은 모두 굶주리고 있는 것 같았다. 오늘은 윌리엄 햄리의 기분을 거스른 자들과 거래를 청산하는 날인 모양이었다. "배가 고프오?"

"그래요, 우리는 배가 고픕니다." 사내가 화가 난 어조로 찌무룩하게 대답했다.

윌리엄은 다시 여자를 보았다. 그녀는 조금 떨어진 곳에서 고개를 치켜든 채 두려운 기색 없이 쳐다보고 있었다. 그는 앨리에너 생각에 달아오른 몸의 불길을 지금 이 여자로 끄고 싶었다. 그녀가 팔팔하리라고 확신할 수 있었다. 그녀는 몸부림을 치며 할퀴려 들 것이다. 그럴수록 좋았다.

"이봐, 건축가 양반, 당신 이 여자하고 결혼한 거 아니지? 난 당신 마누라를 알지. 못생긴 여편네잖아."

그러자 고통스러운 그림자가 건축장이의 얼굴을 스쳤다. "제 아내는 죽었습니다."

"당신은 이 여자와 성당에 가서 결혼 선서도 안 했겠지? 사제한테 줄 돈도 없었을 테니까." 윌리엄 뒤에 서 있던 월터가 헛기침을 했고, 말들은 조바심을 내며 이리저리 움직였다. "내가 당신에게 음식을 사먹도록 돈을 준다면 어떻게 하겠나?" 윌리엄은 그를 감질나게 하려고 말했다.

"감사히 받겠습니다." 사내는 분명 굴욕감을 느꼈을 텐데도 조용히 대답했다.

"그냥 선물을 하겠다는 게 아니라 당신 여자를 사겠단 말이야."

그러자 이번에는 여자가 직접 말했다. "이봐요, 도령. 난 사고파는 물건이 아니야."

그녀의 조롱은 적중했다. 윌리엄은 화가 치밀었다. 흥, 너와 단둘이 있게 되면 내가 어른인지 아인지 보여주지, 그렇게 생각한 윌리엄은 건축장이에게 말했다. "저 여자의 값으로 은 1파운드를 쳐주겠다."

"그녀는 파는 물건이 아닙니다."

윌리엄은 더욱 화가 났다. 굶어 죽어가는 사람에게 돈을 주겠다는데 거절당하다니 격분할 만한 일이었다. "이런 바보 같은 놈, 돈을 받지 않으면 이 칼로 너를 없애버리고 아이들 앞에서 저 여자를 해치우겠다!"

건축장이의 한 팔이 외투 속으로 들어갔다. 무기가 있는 것이 분명하다고 윌리엄은 생각했다. 비록 칼처럼 마르기는 했지만 기골이 장대한 사람이었으므로, 자기 여자를 구하기 위해서라면 끔찍한 싸움을 불사할지도 몰랐다. 여자도 외투자락을 옆으로 벌리더니, 한 손을 혁대에 꽂힌 길쭉한 단검 자루에 갖다댔다. 나이가 조금 든 소년도 적잖이 말썽을 피울 만큼 체구가 컸다.

월터가 나지막하면서도 또렷한 목소리로 재촉했다. "나리, 이러고 있을 시간이 없습니다."

윌리엄은 마지못해 고개를 끄덕였다. 한시 바삐 길버트를 햄리가의 영주 저택으로 데려가야 하는 건 사실이었다. 여자 하나로 소동을 일으켜 지체해서는 안 되는 중대한 일이었다. 이대로 감수할 수밖에 없을 것이다

그는 말과 칼을 지닌 건장한 두 장정에게 죽을 각오로 덤벼들 태세가 되어 있는 굶주린 다섯 가족을 내려다보았다. 그들을 이해할 수가 없었다. "좋아, 그럼 굶어 죽어라." 윌리엄은 이렇게 내뱉고 말에 박차를 가해 달리기 시작했다. 얼마 후 그들은 시야에서 사라졌다.

2

윌리엄 햄리를 만났던 장소에서 1킬로미터쯤 떠나왔을 때, 엘렌이 말했다. "이제는 좀 천천히 가도 되지 않아요?"

톰은 자신이 너무 빨리 걷고 있음을 깨달았다. 겁에 질렸던 것이다. 얼마 동안 그는 아들과 단둘이서 그곳에서 말을 탔을 뿐 아니라 무장까지 한 사람과 싸워야 할 거라고 생각하고 있었다. 게다가 톰에게는 무기조차 없었다. 석수 망치에 생각이 미쳐 외투 속으로 손을 넣기는 했지만, 그 순간 안타깝게도 몇 주 전에 귀리 한 자루에 그것을 팔아버렸다는 생각이 났다. 왜 윌리엄이 그대로 가버리기로 했는지는 모르겠지만, 그 젊은 영주가 사악하기 짝이 없는 좁은 소견으로 생각을 바꿀 경우에 대비해 가능한 한 그들과의 거리를 벌려두고 싶었다.

톰은 킹스브리지 주교 관저에서도, 또 그가 찾아가본 다른 곳들에서도 일자리를 얻지 못했다. 그런데 셔링 근처에 채석장이 하나 있었다. 채석장은 건축 공사장과 달리 겨울에도 여름과 다름없이 많은 사람들을 고용했다. 물론 톰의 기술은 돌을 캐는 것보다 전문적이고 보수도 더 받아야 마땅했지만, 이것저것 가릴 처지가 아니었다. 우선 식구들 밥을 굶기지 않을 수만 있다면 감지덕지해야 할 형편이었다. 셔링에 있는 채석장은 바살러뮤 백작 소유였는데, 그를 만나려면 도시의 서쪽으로 몇 킬로미터 떨어진 백작의 성에 가야 한다고 했다.

이제는 엘렌도 곁에 있었으므로, 그는 전보다 더 필사적이 되었다. 톰에 대한 사랑만으로 그녀가 결과를 신중히 따져보지도 않고 자신의 운명을 맡겼다는 걸 톰은 알고 있었다. 무엇보다도 그녀는 톰이 일자리를 얻는다는 게 얼마나 어려운지 잘 모르고 있었다. 그녀는 사실상 그들이 이번 겨울을 무사히 넘길 수 없을지도 모른다는 개연성은 생각지도 않았고, 톰도 엘렌에게 그렇다는 걸 굳이 깨우쳐주고 싶지 않았다. 그녀가 함께 있어주기를 원해서였다. 그러나 여자란 어느 누구보다 자기 자식부터 챙기게 마련이었다. 톰은 그녀가 떠나버릴까봐 두려웠다.

그들이 함께 지낸 지 일주일이 흘렀다. 낮의 절망과 밤의 환희가 거듭된 일주일이었다. 아침에는 언제나 만사가 잘될 것 같은 기분으로 일어났지만, 낮이 되면 허기가 찾아들어 아이들은 지치고 엘렌은 시무룩해졌다. 며칠은 수사를 만나 치즈를 얻었던 때처럼 얻어먹어가면서, 또 며칠은 엘렌이 저장해놓은 말린 사슴고기 조각을 씹어 먹으면서 지냈다. 말린 사슴고기는 가죽을 씹는 것 같았지만, 그래도 아무것도 먹지 않고 있는 것보다는 나았다. 그러나 날이 어두워지면 그들은 춥고 비참한 기분으로 자리에 누워 몸을 따뜻하게 하려고 서로 껴안았다. 그러다 얼마 후 톰과 엘렌은 서로 몸을 어루만지면서 키스하기 시작했다. 처음에 톰은 언제나 다짜고짜 삽입부터 하려고 들었으나 그럴 때마다 그녀는 부드럽게 거절했다. 그녀는 좀더 애무와 입맞춤을 즐기고 싶어했다. 그녀가 하자는 대로 하자 톰은 황홀한 기분을 느낄 수 있었다. 그는 엘렌의 겨드랑이와 귀, 엉덩이의 갈라진 틈에 이르기까지 애그니스의 경우에는 한 번도 만져본 적이 없던 곳들을 애무하면서 그녀의 몸을 대담하게 탐험했다. 어느 날 밤에는 외투 밑에서 머리를 맞댄 채 킥킥거리며 웃기도 했고, 또 어느 날 밤에는 아주 포근한 기분을 느끼기도 했다. 한번은 수도원의 객사에 그들 가족만 묵게 되었는데, 그날 밤 피곤에 지친 아이들이 먼저 잠들자 엘렌은 고압적이고 완강하게 톰의 손가락으로 어떻게 그녀를 흥분시킬 수 있는지를 보여주면서 그대로 해달라고 요구했다. 톰은 그녀의 요구대로 해주면서, 그녀의 음란한 자세에 정신이 멍해질 정도로 자극을 받았다. 그 일이 끝나자 그들은 그날 하루의 두려움과 분노를 사랑으로 씻어내고 깊고 편안한 잠에 빠져들 수 있었다.

정오가 되었다. 톰은 윌리엄 햄리에게서 충분히 떨어졌다고 판단하고 잠시 걸음을 멈추고 휴식을 취하기로 했다. 먹을 것이라곤 말린 사슴고기밖에 없었다. 그러나 오늘 아침 외딴 농가에서 얼마간의 빵을 얻었을 때, 농부의 아내가 마개 없는 맥주통에 든 맥주를 통째로 내주었다. 그때 엘렌은 저녁때를 위해 맥주를 절반가량 남겨놓았다.

톰이 고목 그루터기에 앉자 엘렌도 곁에 앉았다. 엘렌은 맥주 한 모금을 한참 들이켠 다음, 톰에게 맥주통을 넘겨주었다. "고기도 좀 들겠어요?"

그는 고개를 젓고 맥주로 입만 축였다. 한 번에 다 마셔버릴 수 있을 정도였지만, 나머지는 아이들 몫으로 남겨두었다. "고기는 아껴둬요. 성에 도착하면 음식을 얻을 수 있을 테니까."

앨프레드는 맥주통에 입을 대고 그대로 다 마셔버렸다.

그러자 잭은 풀이 죽고 마사는 울음을 터뜨렸다. 앨프레드는 짓궂게 미소를 지었다.

엘렌은 톰을 바라보고 있다가 얼마 후 입을 열었다. "저런 짓을 한 앨프레드를 야단치지 않고 그냥 넘어가면 안 돼요."

톰은 어깨를 으쓱했다. "저애는 다른 애들보다 덩치가 크지 않소? 그러니까 좀더 먹어야 할 거요."

"앨프레드는 언제나 큰 몫을 차지해요. 다른 애들도 뭔가는 먹어야죠."

"아이들 싸움에 끼어드는 건 시간 낭비야."

그러자 엘렌의 목소리가 날카로워졌다. "당신은 앨프레드가 동생들을 제멋대로 못살게 구는데도 말 한마디 않겠다는 건가요?"

"못살게 구는 게 아냐. 애들은 원래 싸우면서 크는 거야."

그녀는 어이가 없다는 표정으로 고개를 흔들었다. "당신을 이해할 수가 없어요. 당신같이 사려 깊은 사람이 어떻게 앨프레드에 대해서는 그렇게 맹목적이에요?"

톰은 별일도 아닌 데 흥분한다는 생각이 들었지만, 그녀의 기분을 상하게 하고 싶지 않았다. 그래서 이렇게 말했다. "그럼 아이들에게는 고기를 좀 나눠주구려."

엘렌은 자루를 열었다. 여전히 시무룩한 표정이었다. 그녀는 마사와 잭에게 각각 말린 사슴고기를 한 조각씩 나눠주었다. 앨프레드도 고기를 얻으려고 손을 내밀었지만 엘렌은 모르는 척했다. 톰은 앨프레드에게도 고기를 나눠주어야 옳다고 생각했다. 앨프레드에게는 아무 잘못도 없었다. 엘렌은 단지 그 아이들을 이해하지 못하고 있을 뿐이었다. 앨프레드는 어른이야, 톰은 자랑스럽게 생각했다. 녀석은 대식가에다 참을성이 모자라지. 그게 죄라면 이 세상의 사춘기 소년들의 절반은 비난받게 될 것이다.

한동안 쉬고 나서 그들은 다시 걷기 시작했다. 잭과 마사는 아직도 가죽처럼 질긴 고기를 질겅질겅 씹으면서 앞서갔다. 두 아이는 나이 차가 있는데도 사이가 좋았다. 마사는 여섯 살이고 잭은 열하나 아니면 열두 살이었다. 마사는 잭에게 완전히 매료되었고, 잭은 다른 아이와 어울려 노는 새로운 경험을 즐기고 있는 듯했다. 앨프레드가 잭을 좋아하지 않는 것은 안타까운 일이었다. 아직 어린아이 티를 벗지 못한 잭이 앨프레드에게 꼼짝 못할 줄 알았는데, 사실은 그렇지 않은 것을 보고 톰은 놀랐다. 물론 앨프레드는 힘이 셌지만, 어린 잭은 영리했다.

톰은 그 문제에 대한 걱정을 떨쳐냈다. 그들은 아이들이었다. 아이들 싸움에 애를 태우며 낭비할 시간이 없었다. 그에게는 걱정할 일이 태산이었다. 이따금 톰은 마음속으로 자신이 다시 일자리를 얻게 될 것인지 곰곰이 생각했다. 매일 이렇게 걷다가는 가족들이 하나씩 죽어가게 될지도 몰랐다. 어느 추운 날 아침 일어나보면 한 아이는 숨이 끊어진 차가운 몸으로, 또 한 아이는 허약한 몸에 열병이 걸린 채, 그리고 엘렌은 길을 지나던 저 윌리엄 햄리 같은 악당에게 겁탈당한 뒤 살해된 시체로 발견될지도 모르는 일이었다. 그리고 톰 자신은 야윌 대로 야위어 더 일어설 기운도 없이 숲속 땅바닥에 누워 있다가 정신을 잃고 말지도 몰랐다.

물론 엘렌은 그런 일이 일어나기 전에 그의 곁을 떠나 그녀가 살았던 동굴로 돌아갈 것이다. 그곳에는 아직도 능금 한 통과 견과 한 자루가 남아 있었고, 그 정도면 두 사람이 봄이 올 때까지 살아가기에 충분했다. 하지만 다섯 사람에게는 어림도 없는 양식이었다. 만일 엘렌이 정말로 자기 곁을 떠난다면 톰의 가슴은 터지고 말 것 같았다.

톰은 아기가 어떻게 되었을지 궁금했다. 수사들은 아기에게 조너선이라는 이름을 지어주었다고 했다. 그는 그 이름이 마음에 들었다. 치즈를 준 수사의 말에 의하면 그건 하느님의 선물이라는 뜻이었다. 톰은 발갛고 쪼글쪼글하고 머리털도 없는 갓난아기 조너선을 눈앞에 그려보았다. 조너선은 지금쯤 모습이 달라졌을 것이다. 일주일이란 갓난아기에게는 긴 시간일 터였다. 아기는 벌써 꽤 컸을 테고, 눈도 크게 뜨고 있을 것이다. 이제는 자기 주위의 세상에도 무감각하지 않을 것이다. 시끄러운 소리에 깜짝 놀라다가도 자장가를 들으면 누그러질 줄도 알 것이다. 트림이 나올 때에는 입 가장자리가 말려 올라갈 것이다. 아마 수사들은 그것이 의미 없는 시늉이라는 것도 모르고 아기가 미소 짓고 있다고 생각하리라.

톰은 수사들이 아기를 잘 돌봐주기를 바랐다. 치즈를 준 수사를 보건대, 수사들은 친절하고 훌륭한 사람들인 듯했다. 아무튼 집도 없고 돈도 없는 톰보다는 수사들이 아기를 더 잘 돌볼 수 있으리라는 것은 분명했다. 아주 큰 건설 공사의 책임자가 되어 일주일에 수당까지 합해 48펜스를 받게 되면 그 수도원에 돈을 보내야지, 톰은 생각했다.

숲을 벗어나자 얼마 후 성이 시야에 들어왔다.

톰은 날아갈 듯했지만 흥분을 가라앉히려고 애썼다. 그는 지난 몇 달 동안 수없이 실망해왔고, 희망에 부풀어오를수록 그만큼 거절당했을 때의 고통도 크다는 걸 알게 되었다.

그들은 텅 빈 들판에 난 길을 따라 성에 다가갔다. 그때 마사와 잭이 상처 입은 새 한 마리를 발견해서 그들은 모두 걸음을 멈췄다. 굴뚝새였는데, 너무 작아서 자칫 보지 못하고 지나칠 뻔했다. 마사가 그쪽으로 몸을 굽히자 새는 깡충거리며 뛰어갔는데, 날지는 못하는 것 같았다. 마사는 두 손을 오므려 그 작은 생명체를 손바닥 위에 올려놓고는 살며시 흔들어주었다.

"떨고 있어요! 느껴져요. 무서운 모양이에요."

굴뚝새는 이제 달아나려 하지 않고 마사의 손안에 가만히 앉은 채, 밝은 눈빛으로 주위에 있는 사람들을 응시했다. 잭이 말했다. "날개가 부러진 거야."

그때 앨프레드가 나섰다. "나도 좀 보자." 그는 마사의 손에서 새를 가져갔다.

"우리가 새를 돌봐주자. 아마 얼마 있으면 나을 거야." 마사가 말했다.

"아냐, 이건 낫지 않아." 앨프레드는 이렇게 말하고는 커다란 두 손을 잽싸게 움직여 새의 목을 비틀어버렸다.

엘렌이 말했다. "저런, 제발."

마사가 그날 두번째로 울음을 터뜨렸다.

앨프레드는 웃으며 새를 땅에 버렸다.

잭이 그것을 집어들었다. "죽었어."

그때 엘렌이 말했다. "대체 넌 왜 그러니, 앨프레드?"

그러자 톰이 말했다. "그애 잘못이 아니오. 그 새는 죽게 돼 있었어."

톰이 다시 걷기 시작하자 다른 식구들도 그 뒤를 따랐다. 엘렌은 또다시 앨프레드에게 화가 나 있었다. 그것 때문에 톰은 울적했다. 저 망할 놈의 굴뚝새 한 마리 때문에 이게 무슨 소란이란 말인가? 몸은 어른인데 마음은 아직 어린아이인 열네 살짜리 소년의 기분이 어떤지를 톰은 기억하고 있었다. 그 당시 삶은 좌절의 연속이었다. 엘렌은 '당신은 앨프레드에 대해서는 맹목적이에요'라고 말했지만, 그녀는 그 기분을 이해하지 못하는 것이었다.

해자 위에 걸려 있는, 성문으로 통하는 나무다리는 약하고 흔들거렸다. 그러나 어쩌면 백작이 좋아하는 방식인지도 몰랐다. 다리란 공격자가 접근하는 수단이기 때문에 무너지기 쉬울수록 성은 그만큼 안전할 수 있다. 흙을 쌓아 만든 성벽에는 일정한 간격으로 석탑이 서 있었다. 다리를 건너는 톰의 가족 앞에 두 개의 탑이 하나의 길로 연결된 것 같은 모양의, 석재로 지은 경비소가 있었다. 여기는 석조물이 많군, 톰은 생각했다. 이들 성곽의 어느 하나도 순전히 진흙과 목재만 가지고 만들지는 않았어. 내일부터는 일을 할 수 있겠군. 그는 좋은 연장의 감촉, 옆을 직각으로 깎고 표면을 매끄럽게 할 때 석재를 가로질러 나타나는 정자국, 콧구멍에 닿는 마른 돌먼지의 감촉 등을 떠올려보았다. 내일 밤이면 구걸한 것이 아니라 내 손으로 번 음식이 내 배를 채우게 될 거야.

가까이 다가가면서 톰은 석수의 눈으로 초소 상부의, 총안이 뚫린 흉장胸牆의 상태가 나쁘다는 걸 눈여겨보았다. 큰 돌이 몇 개 떨어져나가서 흉장 일부가 평평해져 있었다. 성문 아치에도 흔들리는 돌들이 있었다.

성문에는 보초가 두 사람 있었는데 둘 다 경계 태세를 갖추고 있었다. 아마 무슨 일인가에 대비하고 있는 듯했다. 보초 하나가 톰의 용건을 물었다.

"백작님의 채석장에서 일자리를 구하는 석공이라오."

"그럼, 백작님의 집사를 찾아가시오." 보초가 도움을 주려는 의도에서 말했다. "집사의 이름은 매슈라오. 저택 홀에 가면 만날 수 있을 거요."

"고맙소. 그 집사는 어떤 사람이오?" 톰이 물었다.

보초는 자기 동료에게 씩 웃어 보이면서 말했다. "남자다운 남자라곤 할 수 없죠." 그러면서 그들은 웃었다.

톰은 곧 그 말뜻을 알게 되리라고 생각했다. 그가 성안으로 들어가자 엘렌과 아이들도 뒤따라 들어왔다. 성안의 건물들은 대개 목조였지만, 이따금 밑동 언저리가 석재인 것도 있었다. 완전히 돌로 된 건물은 하나뿐이었는데, 아마도 성당일 것이었다. 구내를 가로질러가면서 톰은 성벽 탑들의 돌이 모두 헐거워져 있고 흉장이 손상되어 있음을 유심히 보았다. 그들은 안채로 가는 두번째 해자를 건너 두번째 경비소 앞에서 걸음을 멈췄다. 톰은 보초에게 매슈 집사를 만나러 왔다고 말했다. 그들은 모두 안채의 구내로 들어가 네모반듯한 석조 본성으로 다가갔다. 일층의 목제 출입문은 지하실로 나 있었다. 톰의 일행은 나무 층계를 통해 홀로 올라갔다.

안에 들어서자마자 집사와 백작이 보였다. 누가 집사이고 누가 백작인지 옷차림으로 알 수 있었다. 바살러뮤 백작은 자락 끝이 나팔꽃처럼 벌어지고 소매 가장자리에 수가 놓인 기다란 튜닉 차림이었다. 매슈 집사는 톰이 입고 있는 것과 같은 모양이지만 훨씬 부드러운 천으로 지은 짧은 튜닉을 입고, 조그마한 둥근 모자를 쓰고 있었다. 그들은 난롯가에 있었는데, 백작은 앉고 집사는 서 있었다. 톰은 두 사람 쪽으로 다가가 말소리가 들리지 않을 정도의 거리를 두고 서서 그들이 이쪽을 주목해 주기를 기다렸다. 바살러뮤 백작은 쉰 남짓의 키가 큰 인물로, 백발에 창백하고 여위었으며 거만해 보이는 인상이었다. 너그러운 품성을 갖고 있을 것 같지는 않았다. 집사는 백작보다는 나이가 적어 보였다. 집사가 서 있는 모습을 본 톰은 보초가 한 말을 떠올렸다. 집사의 자세는 여자처럼 나긋나긋해 보였다. 톰은 집사를 어떻게 상대해야 좋을지 알 수 없었다.

홀에는 그들 말고도 몇 사람이 더 있었지만, 톰에게 주의를 기울이는 사람은 아무도 없었다. 톰은 희망과 두려움을 번갈아 느끼며 기다렸다. 백작과 집사의 대화는 끝없이 이어질 것 같았다. 마침내 이야기가 끝나자 집사는 절을 하고 나서 옆을 돌아보았다. 톰은 조마조마한 심정으로 몇 걸음 앞으로 나섰다. "집사님이신지요?"

"그렇습니다만."

"저로 말할 것 같으면, 톰이라는 석공입니다. 저는 솜씨 좋은 장인인데, 제 아이들이 굶주리고 있습니다. 백작님께는 채석장이 있다고 들었지요." 톰은 숨을 죽였다.

"우리에게 채석장이 있긴 합니다만, 채석공은 더 필요 없을 것 같습니다." 매슈는 이렇게 말하며 백작 쪽을 흘깃 바라보았다. 백작은 거의 알아차릴 수 없을 정도로 고개를 저었다. "그렇다네, 자네를 고용할 수가 없어."

이렇게 순식간에 결정이 내려지자 톰은 가슴이 찢어지는 것만 같았다. 만일 사람들이 진지한 태도로 이 문제를 숙고하고 난 뒤 유감스럽다는 태도로 거절했다면, 한결 견디기 쉬웠을 것이다. 매슈는 무자비한 사람이 아닐 거라고 톰은 장담할 수 있었다. 그는 단지 바빴던 것이다. 그래서 톰과 그의 가족이 아무리 굶주렸다 해도 그건 가능한 한 빨리 처리해야 할 사무적인 문제에 지나지 않았다.

톰은 절망에 차서 말했다. "저는 이 성을 수리할 수도 있습니다만."

"이미 그 일을 맡은 제작자가 있어요."

그런 제작자란 대개 목수 훈련을 받은 팔방미인에 불과하게 마련이었다. "저는 석수입니다. 튼튼한 벽을 쌓을 수 있습니다."

매슈는 톰이 자꾸 이런저런 말을 하는 것이 성가셨는지 조금 심한 말을 할 듯했다. 그러나 톰의 아이들을 바라본 집사는 다시 부드러운 표정을 지었다. "나도 일을 드리고 싶지만 당신이 필요하지 않아요."

톰은 고개를 끄덕였다. 이젠 집사의 말을 공손하게 받아들이고, 가련한 표정을 지으며 한 끼 식사와 하룻밤 묵어갈 곳을 구걸할 도리밖에 없었다. 하지만 엘렌이 곁에 서 있었다. 그는 그녀가 자기 곁을 떠날까봐 두려웠다. 그래서 한 번만 더 시도해보기로 했다. 톰은 백작의 귀에까지 들리도록 큰 소리로 말했다. "조만간 전투나 치르게 되지 않기만 바라야겠군요."

그 말의 효과는 톰이 예상했던 것보다 훨씬 더 극적으로 나타났다. 매슈는 몸을 움찔했고, 백작은 벌떡 일어나더니 날카롭게 물었다. "무슨 이유에서 그런 말을 하는가?"

톰은 자신이 정곡을 찔렀다는 것을 알았다. "성의 방어설비가 심하게 손상돼 있기 때문이지요."

"어떻게 손상됐다는 건가? 구체적으로 말하라!"

톰은 숨을 한 번 깊이 들이쉬었다. 백작은 초조해하며 주의를 기울이고 있었다. 톰에게는 이것이 마지막 기회가 될 것이었다. "초소 벽면의 회반죽이 여러 군데 벗겨져 있습니다. 이런 곳에는 지렛대를 꽂을 만한 틈이 생깁니다. 적은 돌 한두 개쯤은 간단히 빼낼 수 있을 테고, 일단 구멍이 생기면 성벽을 무너뜨리는 건 시간문제지요. 또……" 톰은 다른 사람이 뭐라고 말하기 전에 숨 쉴 겨를도 없이 말을 이었다. "또 흉장 전부가 훼손돼 있습니다. 여러 군데가 평평해져 있습니다. 그러면 사수와 기사들은 무방비 상태가 되고……"

"흉장이 어디에 쓰이는지는 나도 아네." 백작은 성마르게 말을 끊었다. "그 밖에 다른 이유가 있는가?"

"예, 본성에는 나무문이 달린 지하실이 있습니다. 제가 이 본성을 공격한다면 저는 그 문으로 들어가 저장실에 불을 지를 겁니다."

"그럼, 자네가 백작이라면 어떻게 막겠는가?"

"제가 백작님이라면, 미리 다듬어놓은 돌을 쌓아놓고 회반죽을 섞을 모래와 석회를 마련해놓은 다음, 석수를 한 사람 대기시켜놓았다가 위험이 닥치면 출입구를 봉쇄할 준비를 갖추겠습니다."

바살러뮤 백작은 톰의 얼굴을 뚫어져라 바라보았다. 그의 연푸른 눈은 가늘어지고 창백한 이마에는 주름이 잡혔다. 톰은 그의 표정을 읽을 수 없었다. 그가 성의 방어설비를 비판해서 화가 난 걸까? 영주들이 비판에 어떤 반응을 보일지는 아무도 예측할 수 없었다. 대개 영주들이 실수를 저지르도록 내버려두는 것이 상책이었다. 하지만 톰은 필사적으로 덤빌 수밖에 없었다.

마침내 백작은 결론을 내린 것 같았다. 그가 매슈를 돌아보며 말했다. "이 사람을 고용하게."

톰은 터져나오려는 환호성을 가까스로 억눌렀다. 자신이 고용되었다는 게 믿기지 않았다. 톰은 엘렌을 보았다. 두 사람은 함께 행복한 미소를 지었다. 어른들의 제지를 받은 적이 없던 마사가 외쳤다. "만세!"

바살러뮤 백작은 몸을 돌리고 곁에 서 있던 기사에게 말을 걸었다. 매슈는 톰에게 미소를 지었다. "오늘 저녁식사는 했나요?"

톰은 침을 삼켰다. 너무도 행복해서 금방이라도 눈물이 쏟아질 것 같았다. "아뇨, 아직 먹지 않았습니다."

"당신들을 취사장에 데려다주지요."

톰 일행은 집사를 따라 홀을 나가서 다리를 건넌 다음 바깥채 구내로 들어갔다. 취사장은 밑동 언저리를 돌로 지은 커다란 목조건물이었다. 매슈는 그들에게 밖에서 기다리라고 일렀다. 공기중에 달콤한 냄새가 풍겼다. 취사장에서는 패스트리를 굽는 중이었다. 톰의 배에서 꼬르륵 소리가 났고, 입안이 아플 정도로 갈증이 심했다. 얼마 후 매슈가 커다란 맥주 항아리를 가지고 나와 톰에게 건네주었다. "조금 있으면 빵과 차가운 베이컨을 갖다줄 겁니다." 매슈는 그렇게 말하고는 그들 곁을 떠났다.

톰은 맥주를 한 모금 마신 다음 엘렌에게 항아리를 넘겨주었다. 엘렌은 마사에게 조금 마시게 하고 나서 자신도 한 모금 마신 후 항아리를 잭에게 넘겨주었다. 잭이 채 마시기도 전에 앨프레드가 항아리를 잡아채려고 했다. 잭은 앨프레드가 항아리를 잡지 못하게 몸을 돌렸다. 톰은 아이들이 또다시 다투지 않기를 바랐다. 더구나 만사가 잘된 지금은 더욱 그랬다. 톰이 아이들 싸움에는 간섭 않는다는 자기 규칙을 깨고 막말을 하려고 할 때였다. 잭이 다시 몸을 돌리더니 앨프레드에게 순순히 항아리를 넘겨주었다.

앨프레드는 항아리를 입에 대고 마시기 시작했다. 톰은 겨우 한 모금을 마셨을 뿐이라 항아리가 한 차례 돌고 다시 자기에게 돌아오리라고 생각했다. 하지만 앨프레드는 한 방울도 남기지 않고 다 마셔버리는 듯했다. 그때 이상한 일이 일어났다. 앨프레드가 항아리를 거꾸로 세워 마지막 한 방울까지 마시려고 했을 때, 조그만 동물 같은 것이 그의 얼굴로 떨어졌다.

앨프레드는 기겁을 해서 소리를 지르며 항아리를 떨어뜨렸다. 그리고 펄쩍 뛰면서 자기 얼굴에서 그 털뭉치를 털어냈다. "이게 뭐야?" 앨프레드가 날카롭게 외쳤다. 그 물체는 땅에 떨어졌다. 앨프레드는 얼굴이 하얗게 질려 진저리를 치며 그것을 내려다보았다.

그들도 모두 그것을 바라보았다. 죽은 굴뚝새였다.

톰은 엘렌과 시선이 마주쳤다. 두 사람은 잭을 보았다. 잭은 엘렌에게서 항아리를 넘겨받은 다음 마치 앨프레드를 피하는 것처럼 잠시 등을 돌렸다. 그런 다음 놀랍게도 순순히 앨프레드에게 항아리를 넘겨주었다……

잭은 애어른 같은 영악한 얼굴에 희미하게 만족스러운 미소를 띤 채 겁에 질린 앨프레드를 쳐다보며 말없이 서 있었다.

잭은 자신이 대가를 치르게 되리라는 걸 알고 있었다.

어떤 식으로든 앨프레드는 복수를 할 것이다. 아마 다른 사람들이 보지 않는 틈을 타서 배에 주먹질을 할지도 몰랐다. 아주 적절한 방법이었다. 지독하게 아프면서도 아무 흔적도 남지 않기 때문이었다. 잭은 앨프레드가 마사에게 그렇게 하는 광경을 몇 번이나 목격했다.

하지만 맥주 항아리에서 죽은 새가 떨어졌을 때 앨프레드의 얼굴에 나타난 충격과 공포를 본 것만으로도, 주먹으로 배를 얻어맞을 만큼의 가치가 있었다.

앨프레드는 잭을 미워했다. 이것은 잭에게는 전혀 새로운 경험이었다. 어머니는 언제나 그를 사랑해주었고, 그에게 어떤 것이든 감정을 품을 만한 사람도 달리 없었다. 앨프레드의 적개심에는 뚜렷한 이유가 없었다. 앨프레드는 마사에게도 거의 비슷한 적개심을 품고 있는 것 같았다. 그는 언제나 마사를 꼬집고 머리카락을 잡아당기는가 하면 발을 걸어 넘어뜨리기도 했다. 또 언제나 마사가 소중히 여기는 것을 망칠 기회만을 노리고 있었다. 잭의 어머니는 무슨 일이 벌어지는지 알고 앨프레드를 좋지 않게 생각했다. 앨프레드의 아버지는 분명 마사를 사랑하고 있었고 또 친절하고 자상한 사람이었지만, 이런 일을 아주 정상적인 일이라고 여기고 있는 것 같았다. 만사를 이해할 수는 없었지만 그럼에도 불구하고 잭은 황홀했다.

모든 것이 황홀했다. 잭은 전 생애를 통해 이처럼 흥분에 찬 시절을 보낸 적이 없었다. 앨프레드와, 거의 언제나 느껴야 하는 배고픔, 어머니가 이제는 잭 자신이 아니라 톰에게만 주의를 기울인다는 것 때문에 받는 마음의 상처에도 불구하고, 잭은 끊임없이 이어지는 낯선 사건과 새로운 경험에 마법이라도 걸린 듯 황홀했다.

성城은 이런 경이로운 일 가운데 가장 신선한 것이었다. 잭은 성에 관한 이야기를 들은 일이 있었다. 숲속에 기나긴 겨울밤이 찾아오면 어머니는 기사와 마법사들에 관해 노래한 프랑스의 설화시 '샹송'을 읊어주었다. 대부분 수천 행이나 될 정도로 긴 것이었다. 이 이야기에 나오는 성은 은신과 연애의 장소였다. 성을 한 번도 보지 못한 잭은 그곳이 자기가 살고 있는 동굴보다 조금 큰 것이라고 상상하고 있었다. 그러나 진짜 성은 어마어마했다. 크기도 엄청났고 수많은 건물이 있었고 수많은 사람들로 북적댔는데, 이들 모두는 말에 편자를 박거나 물을 긷고 병아리에 모이를 주고 빵을 굽고 물건을 나르느라 정신없이 바빴다. 사람들은 언제나 바닥에 깔 짚이나 난로에 넣을 장작, 밀가루 포대, 옷감 꾸러미, 칼과 안장과 쇠미늘 갑옷 같은 물건들을 나르고 있었다. 해자와 성벽은 자연적으로 이루어진 것이 아니라 수많은 사람들이 힘을 모아 땅을 파고 쌓은 것이라고 톰이 말해주었다. 잭은 톰의 말이 믿기지 않았지만, 그러지 않고는 저렇게 어마어마한 일이 어떻게 일어날 수 있는지 소년으로서는 도저히 상상할 수가 없었다.

오후가 기울고 일하기에는 너무 어두워지자, 그렇게 바쁘게 일하던 사람들이 모두 자석에 끌리기라도 한 것처럼 본성에 있는 저택 홀로 모여들었다. 골풀 초가 밝혀지고 난로불이 한층 더 지펴졌으며, 개들도 추위를 피해 홀 안으로 들어왔다. 남자와 여자들 몇몇이 방 한쪽에 쌓여 있던 널판과 버팀 다리를 날라 오더니 T자 모양으로 식탁을 조립했다. 그러고는 T자 식탁의 위쪽에는 의자를, 아래쪽 양편으로는 긴 의자를 늘어놓았다. 잭은 지금까지 한 번도 이렇게 많은 사람들이 협동해서 일하는 광경을 본 적이 없었다. 그는 사람들이 그 일을 즐겁게 하는 것을 보고 깜짝 놀랐다. 그들은 무거운 널을 나르며 "영차!" "자, 이리이리!" "천천히 내려놔!" 외쳐대면서 미소를 짓기도 하고 웃음을 터뜨리기도 했다. 잭은 그런 동지애가 부러워서, 언제 자기도 그 속에 끼게 될까 생각했다.

얼마 후 사람들은 모두 긴 의자에 앉았다. 성의 하인 한 사람이 큰 소리로 수를 헤아리며 커다란 나무그릇과 나무숟가락을 나눠주었다. 그런 다음 그는 한 차례 더 돌면서 두툼하게 썬 곰팡내 나는 갈색 빵 한 조각씩을 그릇에 놓아주었다. 또 한 사람의 하인이 나무 잔을 가져와 손잡이가 달린 큼직한 항아리에서 맥주를 부어주었다. 잭과 마사와 앨프레드는 함께 T자 식탁의 맨 끝에 앉아 맥주를 한 잔씩 받았다. 그렇게 하니 다툴 필요가 없었다. 잭이 대뜸 잔을 집어들려고 하자 그의 어머니가 기다리라고 했다.

맥주를 모두 따르고 나자 홀 안은 조용해졌다. 잭은 언제나처럼 홀린 듯한 눈으로 다음에 일어날 일을 기다렸다. 얼마 후 바살러뮤 백작이 백작의 방으로 통하는 층계에 모습을 나타냈다. 홀로 내려오는 백작의 뒤로 매슈 집사와 옷을 잘 차려입은 서너 명의 남자, 소년 하나, 그리고 잭이 세상에서 본 가장 아름다운 소녀가 따라왔다.

그녀가 어린아이인지 어른인지 잭은 알 수가 없었다. 그녀는 하얀 옷을 입고 있었는데, 튜닉의 소맷부리가 어찌나 넓은지, 미끄러지듯 계단을 내려오는 그녀의 뒤로 끌릴 정도였다. 풍성하고 어두운색의 곱슬머리가 그녀의 얼굴 주위에서 물결치고 있었고, 눈동자는 까맣게 보일 정도로 색이 짙었다. 잭은 그야말로 '샹송'에 나오는 성안의 아름다운 공주라고 생각했다. 공주가 죽으면 모든 기사들이 우는 것도 놀랄 일이 아니었다.

그녀가 층계 밑에 이르렀을 때, 잭은 그녀가 잭보다 겨우 몇 살 정도 많은 아이라는 걸 알았다. 하지만 그녀는 여왕처럼 고개를 높이 치켜들고 식탁의 상석으로 걸어갔다. 그녀는 바살러뮤 백작의 옆자리에 앉았다.

"저애가 누구야?" 잭이 낮은 소리로 물었다.

마사가 대답했다. "아마 백작의 딸일 거야."

"이름이 뭘까?"

마사가 어깨를 으쓱하자, 잭의 곁에 앉아 있던 지저분한 얼굴을 한 소녀가 말해주었다. "저애의 이름은 앨리에너야. 아주 멋지지 않니?"

백작은 앨리에너를 향해 자기 술잔을 들어 보이고 나서 천천히 식탁을 한번 둘러보고는 술을 마셨다. 모두가 기다리고 있던 신호였다. 사람들은 모두 백작을 따라 마시기 전에 잔을 들어올렸다.

김이 무럭무럭 나는 커다란 솥에 저녁식사가 담겨 나왔다. 백작이 첫번째로 식사를 받았고, 다음에는 백작의 딸, 소년, 그리고 상석에 앉은 남자들 순으로 식사를 받았다. 그런 뒤에 나머지 사람들도 자기 몫의 식사를 덜어갔다. 절인 생선을 넣은 양념 스튜였다. 잭은 자기 그릇에 음식을 담아 모두 먹은 다음, 그릇 바닥에 묻어 있는 기름기를 빵으로 닦아 먹었다. 그는 한입 가득 음식을 문 채, 사이사이 앨리에너가 나이프 끝으로 생선살을 찔러 하얀 이 사이로 가져가는 우아하고 섬세한 동작과 하인을 불러 이것저것 지시를 하는 것에 이르기까지, 그녀가 하는 모든 동작을 낱낱이 지켜보았다. 하인들은 모두 그녀를 좋아하는 것 같았다. 그녀가 부르면 재빨리 달려왔고, 그녀가 말할 때면 미소를 지었고, 그녀가 지시한 일을 즉시 시행했다. 잭은 상석에 있는 젊은이들이 종종 그녀 쪽으로 눈길을 던지고, 그녀가 저희 쪽을 본다 싶으면 그들 중 몇몇은 자기를 드러내 보이려 애쓴다는 걸 눈치챘다. 하지만 그녀는 주로 아버지와 함께 있는 나이 든 사람에게 관심을 쏟으며, 그들의 빵이나 포도주가 충분한지 살피기도 하고 질문을 던지고 그들의 대답에 주의 깊게 귀를 기울였다. 잭은 아름다운 공주가 말을 걸고 또 그 말에 대답하는 동안 그 커다랗고 검은 눈을 바라보는 기분이 어떨까 궁금했다.

저녁식사가 끝나고 나서는 음악시간이었다. 남자 두 명과 여자 한 사람이 양羊 방울들과 북 그리고 동물 뼈로 만든 피리로 음악을 연주했다. 백작은 눈을 감은 채 음악에 푹 빠져 있는 듯 보였지만, 잭은 그 늘어지는 울적한 멜로디가 마음에 들지 않았다. 그는 어머니가 부르는 경쾌한 노래가 더 좋았다. 홀 안에 있는 나머지 사람들도 잭과 같은 생각인 듯했다. 그들은 안절부절못하며 몸을 움직이다가 음악이 끝나자 일제히 안도의 숨을 내쉬었다.

잭은 좀더 가까이에서 앨리에너를 보고 싶었지만, 실망스럽게도 그녀는 음악이 끝나자 홀을 떠나 층계를 올라가버렸다. 위층에 그녀 방이 따로 있는 모양이라고 잭은 생각했다.

아이들과 몇몇 어른은 장기를 두거나 9인 모리스 게임을 하며 저녁시간을 보냈다. 부지런한 사람들은 혁대와 모자, 양말, 장갑, 그릇, 호각, 주사위, 삽, 말채찍 따위를 만들었다. 잭도 장기를 몇 판 두어 모조리 이겼다. 그러나 아이에게 진 병사 하나가 벌컥 화를 내자, 잭의 어머니는 그에게 더 장기를 두지 못하게 했다. 잭은 이런저런 대화들에 귀를 기울이면서 홀 안을 돌아다녔다. 어떤 이들은 실속 있게 밭이라든가 가축, 아니면 주교와 왕에 대한 이야기를 나누고 있었고, 또 어떤 이들은 그저 서로 놀려대거나 허풍을 떨거나 익살스러운 재담을 나누고 있었다. 잭은 그런 사람들 모두에게 똑같이 흥미가 일었다.

이윽고 골풀 초가 다 타고 백작이 올라가자, 홀에 있는 육칠십 명쯤 되는 사람들은 몸에 외투를 두르고 짚이 깔린 바닥에 누워 잠을 청했다.

엘렌과 톰도 여느 때와 마찬가지로 톰의 큼직한 외투를 덮고 자리에 누웠다. 그녀는 어렸을 때 잭을 안아주던 것처럼 톰을 껴안았다. 잭은 부러운 눈길로 그것을 바라보았다. 그는 두 사람이 나누는 나직나직한 이야기 소리와 작고 친근한 어머니의 웃음소리를 들었다. 얼마 후 두 사람의 몸이 외투 속에서 규칙적으로 움직이기 시작했다. 처음 이 광경을 보았을 때 잭은 그 동작이 어떤 것이든 상대방을 다치게 하는 것이라 여기고 몹시 걱정했다. 그러나 두 사람은 그런 일을 하면서 서로 키스를 주고받았고, 이따금 어머니가 신음 소리를 내기는 했지만 그것이 즐거움의 소리라는 걸 잭은 장담할 수 있었다. 그 이유는 알 수 없었지만, 왠지 그 일에 관해서 어머니에게 묻기가 어려웠다. 그런데 난롯불도 사위어가는 지금, 잭은 다른 사람들도 똑같은 일을 하고 있다는 것을 알 수 있었다. 결국 이것이 누구나 하는 정상적인 일이라고 결론지을 수밖에 없었다. 단지 또하나의 수수께끼일 뿐이야, 잭은 그렇게 생각하면서 이 웃고 잠속으로 빠져들었다.

아이들은 다음 날 아침 일찍 일어났다. 그러나 아침식사는 미사가 끝나야 주었고, 미사는 백작이 일어나야 시작되기 때문에 기다려야 했다. 일찍 일어난 하인 한 사람이 그들을 불러 그날 쓸 장작을 날라오게 했다. 어른들은 차가운 아침 공기가 문 안으로 들어올 때쯤 잠에서 깨어나기 시작했다. 장작을 모두 날랐을 때, 그들은 앨리에너와 마주쳤다.

앨리에너는 지난밤과 똑같이 층계를 내려왔으나 전혀 다른 사람처럼 보였다. 그녀는 짧은 튜닉 차림에 펠트 부츠를 신고 있었다. 풍성한 곱슬머리를 뒤로 묶어 리본으로 장식해 턱의 우아한 곡선과 작은 귀와 하얀 목이 드러났다. 지난밤에는 근엄하고 어른스러워 보였던 커다란 검은 눈은 장난기로 반짝이고 있었다. 앨리에너는 미소를 짓고 있었다. 그녀의 뒤로 어젯밤 그녀와 백작과 함께 상석에 앉았던 소년이 따라오고 있었다. 그는 잭보다 한두 살 정도 나이가 많아 보였지만 앨프레드처럼 크지는 않았다. 소년은 호기심 어린 눈으로 잭과 마사와 앨프레드를 바라보았다. 하지만 입을 연 쪽은 앨리에너였다. "너희는 누구니?"

앨프레드가 대답했다. "우리 아버지는 이 성을 수리할 석공이야. 난 앨프레드야. 이애는 내 동생이고 이름은 마사, 그리고 저애는 잭이지."

그녀가 다가오는 순간 잭은 라벤더 향기를 맡고 두려움을 느꼈다. 어떻게 사람한테서 꽃향기가 날 수 있지?

"넌 몇 살이니?" 앨리에너가 앨프레드에게 말했다.

"열네 살." 잭은 앨프레드 역시 그녀에게 위압되었음을 느꼈다. 얼마 후 앨프레드가 불쑥 물었다. "넌 몇 살인데?"

"열여섯 살. 너희 뭐 좀 먹고 싶니?"

"응."

"날 따라와."

그들은 앨리에너를 따라 홀에서 계단으로 내려갔다. 그때 앨프레드가 말했다. "하지만 미사 전에는 아침을 주지 않는다던데."

"내가 말하면 줄 거야." 앨리에너가 고개를 치켜세우며 말했다.

그녀는 그들을 데리고 다리를 건너 바깥채 구내로 갔다. 그런 다음 그들에게 밖에서 기다리라고 한 뒤 취사장 안으로 들어갔다. 마사가 잭에게 속삭였다. "예쁘지?" 잭은 말없이 고개만 끄덕였다. 얼마 후 앨리에너는 맥주 한 항아리와 밀빵 한 덩어리를 갖고 나왔다. 그녀는 빵을 큼직한 조각으로 잘라 내밀었다. 그런 다음 항아리를 돌렸다.

얼마 후 마사가 수줍게 물었다. "엄마는 어디 계셔?"

"우리 엄마는 돌아가셨어." 앨리에너가 가벼운 어조로 대답했다.

"슬프지 않아?"

"전에는 슬펐지. 하지만 오래전 일이야." 앨리에너는 곁에 있는 소년을 턱으로 가리켰다. "리처드는 기억도 못 할걸."

이 리처드라는 소년은 그녀의 남동생인 모양이라고 잭은 결론 내렸다.

"우리 엄마도 돌아가셨어." 마사의 눈에 눈물이 고였다.

"언제 돌아가셨는데?"

"지난주에."

앨리에너는 마사의 눈물에도 별로 개의치 않는 것 같았다. 아니면 슬픔을 감추기 위해 일부러 아무렇지도 않은 얼굴을 하고 있는지도 모른다고 잭은 생각했다. 그때 앨리에너가 무뚝뚝하게 물었다. "그럼 너희와 함께 있던 아줌마는 누구니?"

"우리 엄마야." 잭은 할 말이 생기자 기쁨으로 몸이 떨렸다.

앨리에너는 그의 존재를 처음 알아차렸다는 듯이 잭에게로 고개를 돌렸다. "그럼 네 아버지는 어디 계셔?"

"아버지는 없어." 잭은 그녀가 자기를 보는 것만으로도 흥분할 지경이었다.

"돌아가셨니?"

"아니, 원래 아버지는 없었어."

일순 침묵이 흘렀다. 이윽고 앨리에너와 리처드와 앨프레드 모두 웃음을 터뜨렸다. 잭은 당황해서 멍청한 시선으로 그들을 바라보았다. 그들의 웃음소리가 점점 더 커지자, 잭은 약이 오르기 시작했다. 아버지가 없었다는 게 뭐가 그렇게 우스울까? 마사까지도 언제 눈물을 흘렸느냐는 듯이 웃음을 짓고 있었다.

그때 앨프레드가 조롱하는 투로 말했다. "아버지가 없다면 넌 어디서 생겼는데?"

"엄마한테서. 아이들은 모두 엄마한테서 생기잖아." 잭이 어리둥절한 얼굴로 말했다. "아버지가 무슨 상관이야?"

그러자 그들은 훨씬 더 큰 소리로 웃어댔다. 리처드는 조롱하듯 잭을 손가락질하면서 펄쩍펄쩍 뛰었다. 앨프레드가 앨리에너에게 말했다. "저앤 아무것도 몰라. 우린 저애를 숲속에서 데려왔어."

잭의 뺨은 수치로 달아올랐다. 앨리에너와 이야기를 하게 되어 그렇게 행복했는데, 이제 그녀는 자기를 지독한 바보, 숲에서 데려온 촌뜨기라고 생각하고 있었다. 더욱 나쁜 것은 대체 자기가 뭘 잘못했는지 아직도 알 수 없다는 것이었다. 잭은 울고 싶었다. 그리고 그것이 사태를 악화시켰다. 빵이 목에 걸려 도저히 삼킬 수 없게 되고 만 것이다. 잭은 앨리에너를 쳐다보았다. 그녀의 아름다운 얼굴은 재미있다는 듯 생기를 띠고 있었다. 잭은 더 참을 수가 없었다. 그는 빵을 땅바닥에 팽개치고 그 자리에서 달아났다.

어디로 가는지도 모르고 하염없이 걷던 잭은 성벽의 경사로에 이르렀고, 가파른 비탈을 기어 꼭대기까지 올라갔다. 그는 낙담한 채 성벽 꼭대기의 차가운 바닥에 앉아 바깥쪽을 내다보았다. 앨프레드와 리처드, 심지어는 마사와 앨리에너까지도 미웠다. 공주들은 인정이 없는 사람들이야, 잭은 생각했다.

미사를 알리는 종이 울렸다. 종교의식은 잭에게는 또하나의 불가사의였다. 사제는 영어도 프랑스어도 아닌 말로 노래를 부르는가 하면, 석상과 그림, 심지어는 눈에 전혀 보이지 않는 존재들에게도 말을 했다. 잭의 어머니도 가능한 한 미사에 참석하지 않으려 했다. 성안의 주민들이 성당으로 향하는 것을 보고 잭은 성벽 꼭대기를 훌쩍 뛰어넘어, 눈에 띄지 않는 반대쪽에 자리를 잡았다.

성은 평평하고 헐벗은 들판과 멀리 떨어진 삼림으로 에워싸여 있었다. 이른 시각인데 방문객 두 사람이 평지를 가로질러 성을 향해 걸어오고 있었다. 하늘에는 잿빛 구름이 낮게 깔려 있었다. 어쩌면 눈이 올지도 몰라, 잭은 생각했다.

또다른 방문객 두 사람이 잭의 시야에 들어왔다. 그들은 첫번째로 도착한 두 사람을 앞질러 성을 향해 말을 몰고 있었다. 그들은 말의 속도를 늦추면서 성문으로 난 나무다리를 건넜다. 네 사람의 방문객은 무슨 용무로 왔든 미사가 끝날 때까지 기다려야 할 터였다. 근무중인 보초를 제외한 나머지 사람들이 모두 미사에 참석하고 있기 때문이었다.

곁에서 문득 사람 목소리가 들리자 잭은 펄쩍 뛸 정도로 놀랐다. "여기에 있었구나." 잭의 어머니였다. 그는 어머니 쪽으로 고개를 돌렸다. 그녀는 아들의 기분이 아주 나쁘다는 것을 눈치챘다. "무슨 일 있었니?"

잭은 어머니에게 위로라도 받고 싶었지만 마음을 단단히 먹었다. "나도 아버지가 있었나요?"

"그럼, 누구나 아버지는 있단다." 어머니는 잭의 곁에 무릎을 꿇고 앉왔다.

그는 얼굴을 돌렸다. 그가 모욕당한 것은 어머니 때문이었다. 어머니는 그에게 아버지 이야기를 해준 적이 없었다. "아버진 어떻게 됐나요?"

"돌아가셨어."

"내가 어렸을 때요?"

"네가 태어나기도 전이란다."

"내가 태어나기 전에 돌아가셨다면 어떻게 나의 아버지라고 할 수 있어요?"

"아기는 씨앗에서 자라는 거란다. 그 씨앗은 남자의 몸에서 나와 여자의 몸에 심기지. 그런 다음 여자의 뱃속에서 아기로 자라나는 거야. 그리고 나올 준비가 되면 바깥세상으로 나온단다."

잭은 이 새로운 지식을 곰곰 생각해보며 얼마 동안 잠자코 있었다. 그는 그 일과 사람들이 밤에 하는 일이 관련 있을지도 모른다고 생각했다. "톰 아저씨도 엄마에게 씨를 심고 있어요?"

"그럴 거야."

"그럼 엄마도 아기를 갖겠군요."

그녀는 고개를 끄덕였다. "네 동생이란다. 동생이 생기면 좋겠지?"

"난 상관없어요. 톰 아저씨는 벌써 내게서 엄마를 빼앗아갔어요. 동생이 생기더라도 달라질 게 없어요."

그녀는 팔을 둘러 잭을 껴안아주었다. "아무도 네게서 엄마를 빼앗지 않을 거야."

그 말을 듣자 잭의 기분도 좀 나아졌다.

모자는 얼마간 그렇게 함께 앉아 있었다. 얼마 후 그녀가 말했다. "여긴 춥구나. 자, 이제 가자. 아침식사 때까지 난롯가에 앉아 있자."

잭은 고개를 끄덕였다. 그들은 일어나서 성벽 뒤로 넘어갔다. 성벽은 경사를 이루며 구내까지 이어져 있었다. 네 사람의 방문객은 어디에도 보이지 않았다. 아마 성당으로 들어갔을 터였다.

어머니와 함께 안채 구내로 통하는 다리를 건너면서 잭이 물었다. "아버지의 이름은 뭐였어요?"

"잭이란다. 네 이름과 똑같지. 사람들은 그분을 잭 셰어버그라고 불렀어."

그 말을 듣자 잭은 기뻤다. 그는 아버지와 이름이 같았던 것이다. "그럼, 잭이라는 사람이 또 있으면, 나는 잭 잭슨*이라고 하면 되겠네요?"

"그럼. 하지만 사람들은 네가 불러주기를 바란다고 해서 그렇게 부르지는 않는단다. 그러나 노력해볼 수는 있겠지."

잭은 고개를 끄덕였다. 이제 한결 기분이 좋아졌다. 이제부터 자신을 잭 잭슨이라고 생각하리라. 이제는 부끄러울 것이 없었다. 적어도 그는 세상의 아버지가 무엇을 하는 사람들인지 알게 되었을 뿐 아니라, 자기 아버지의 이름도 알게 되었다.

모자는 안채 구내의 초소에 이르렀다. 그런데 그곳에 보초들이 서 있지 않았다. 잭의 어머니가 걸음을 멈추고 이맛살을 찌푸렸다. "뭔가 이상한 일이 벌어지고 있는 것 같구나." 어머니의 음성은 차분하고 평온했지만 두려움이 깃들어 있었다. 잭은 오싹했다. 재난의 징조를 느꼈던 것이다.

잭의 어머니는 초소 아래에 있는 작은 위병실로 내려갔다. 잠시 후 어머니가 놀라서 숨을 몰아쉬는 소리가 들렸다. 잭은 어머니의 등 뒤로 갔다. 어머니는 한 손으로 입을 가리고 선 채 바닥을 응시하고 있었다.

---

* '잭의 아들 잭'이라는 뜻.

보초는 등을 바닥에 대고 양팔을 축 늘어뜨린 채 반듯이 누워 있었다. 그의 목은 잘려 있었고, 옆에는 금방 흘러나온 피가 웅덩이를 이루고 있었다. 죽은 것이 분명했다.

3

윌리엄 햄리와 그의 아버지는 한밤중에 거의 1백 명에 이르는 기마기사와 군사들을 이끌고 출발했다. 어머니는 후진을 맡았다. 싸늘한 밤공기를 막기 위해 얼굴을 가리고 횃불을 밝힌 군대가 지축을 흔들며 얼즈캐슬로 향했기 때문에 인근 주민들은 분명 공포에 질렸을 터였다. 그들이 갈림길에 이르렀을 때까지도 주위는 칠흑처럼 어두웠다. 그곳에서부터 그들은 말을 쉬게 하고 소리도 최소한도로 줄일 겸 말의 속도를 늦췄다. 동이 트자 그들은 바살러뮤 백작의 성에서 보지 못하도록 들판에 펼쳐진 숲에 몸을 숨겼다.

윌리엄은 백작의 성에서 그가 본 전사들이 몇 사람이었는지 헤아려두지 않았다. 그 점을 소홀히 한 것에 대해 어머니는 아들을 호되게 나무랐다. 하지만 윌리엄이 변명한 바, 그가 본 사람들은 대부분 심부름을 하기 위해 대기중이었고, 윌리엄이 떠나고 나서 다른 사람들이 도착했을 수도 있었기 때문에, 설혹 전사의 수를 헤아렸다고 해도 믿을 만한 것은 되지 못했을 것이다. 하지만 그렇다 해도 아버지의 말처럼 헤아리지 않는 것보다는 나았을 것이다. 윌리엄은 자신이 본 전사가 대략 마흔 명쯤 된다고 판단했다. 따라서 지난 몇 시간 사이에 큰 변화가 없다면, 햄리 측은 2대 1 이상으로 유리했다.

물론 부근에는 성을 포위 공격할 만한 곳이 없었다. 그러나 그들은 포위하지 않고 성을 차지할 수 있는 한 가지 계책을 세워놓았다. 문제는 공격군이 망루지기에게 발각되면 그들이 성에 도착하기 훨씬 전에 성문이 닫혀버릴 거라는 데 있었다. 그 해답은 군대가 숲속의 매복 장소에서 성까지 이르는 시간 동안 성문이 열려 있도록 할 방법을 찾는 것이었다.

문제를 해결한 것은 물론 어머니였다.

"우리에게 필요한 건 양동작전이에요." 어머니가 턱에 난 부스럼을 긁으며 말했다. "적들을 당황시킬 작전이 필요해요. 그래서 그들이 군대를 발견했을 때는 손쓸 여지도 없게 해야 해요. 이를테면, 화재 같은 거요."

그러자 아버지가 말했다. "어쨌든 낯선 사람이 들어가 불을 지른다면 그들의 정신을 교란시킬 수 있겠지."

"감쪽같이 해야 해요." 윌리엄이 말했다.

"물론 그래야지." 어머니가 초조해하며 말했다. "저들이 미사를 보는 동안 네가 그 일을 해치워야 해."

"제가요?"

이렇게 해서 윌리엄에게 선발대의 책임이 주어졌다.

아침하늘은 고통스러우리만치 천천히 밝아왔다. 윌리엄은 신경이 곤두설 정도로 초조했다. 그와 어머니와 아버지는 밤새 기본 계획에 세부 계획까지 더했지만, 그래도 일이 잘못될 여지는 많았다. 일이 꼬여 선발대가 성안으로 들어가지 못할 수도 있었고, 의심을 사서 은밀하게 작전을 수행할 수 없을 수도 있었고, 일을 시작해보기도 전에 체포될 수도 있었다. 계획대로 된다고 해도 한바탕 싸움을 치러야 할 텐데, 그것은 윌리엄으로서는 최초로 경험하는 실전이 될 것이었다. 사람들이 부상당하거나 죽을 것이고, 윌리엄 역시 그런 재수 없는 사람 중 하나가 될 수도 있었다. 그는 공포로 창자가 죄어드는 듯했다. 앨리에너도 그곳에 있을 것이므로, 그가 싸움에 지게 되면 그녀도 알게 될 것이다. 반대로 그가 승리한다면 그 광경 또한 보게 될 터였다. 그는 피 묻은 칼을 손에 들고 그녀의 침실로 뛰어드는 자신의 모습을 떠올려보았다. 그때는 그녀도 그를 비웃었던 일을 후회하게 되리라.

성에서 아침 미사를 알리는 종소리가 들렸다.

윌리엄이 고개를 끄덕여 신호를 보내자, 무리에서 두 명이 나서서 들판을 가로질러 성을 향해 걷기 시작했다. 레이먼드와 라눌프라는 험상궂게 생긴 건장한 병사들로, 나이는 윌리엄보다 조금 많았다. 윌리엄이 그들을 직접 선발했다. 아버지에게서 선발대에 관한 한 절대적인 지휘권을 받은 것이었다. 아버지는 공격 부대를 지휘하기로 되어 있었다.

윌리엄은 레이먼드와 라눌프가 힘찬 걸음으로 얼어붙은 들판을 걸어가는 것을 지켜보았다. 두 사람이 성에 도착하기 전에, 윌리엄은 월터를 한번 돌아보고 나서 말의 옆구리를 걷어찼다. 그들은 말을 달리며 들판을 가로지르기 시작했다. 초소 위에 있는 보초는 아침 일찍 성을 향해 다가오는 서로 다른 두 사람의 행인과 두 사람의 기수를 볼 테지만, 결코 경계할 만한 사람으로 생각지는 않을 것이다.

윌리엄이 둔 시간 간격은 정확했다. 그와 월터는 성에서 약 1백 미터쯤 떨어진 곳에서 레이먼드와 라눌프를 지나쳤다. 두 사람은 다리에 이르자 말에서 내렸다. 윌리엄은 가슴이 조마조마했다. 만일 이 단계에서 실패한다면 공격 전체가 틀어지고 말 것이다.

성문에는 보초 두 명이 있었다. 윌리엄은 금방이라도 십여 명의 복병이 은신처에서 튀어나와 자기를 토막 낼 것 같은 악몽 같은 의구심을 떨쳐버릴 수가 없었다. 보초들은 경계하는 표정이었으나 불안한 얼굴은 아니었다. 그들은 갑옷을 입지 않고 있었다. 윌리엄과 월터는 외투 밑에 쇠사슬 갑옷을 입고 있었다.

윌리엄의 배짱은 모조리 물로 변하기라도 한 것 같았다. 침을 삼킬 수조차 없었다. 보초 가운데 하나가 그를 알아보았다. "안녕하십니까, 윌리엄 경." 보초가 쾌활하게 말했다. "또다시 구혼하러 오신 건가요?"

윌리엄은 작은 소리로 "이런, 빌어먹을" 하고 말하고는, 그 보초의 배에 단검을 푹 찔러넣은 다음 갈비뼈 밑에서부터 심장까지 쑤셔올렸다.

보초는 숨을 헐떡이며 축 늘어지더니 비명이라도 지를 것처럼 입을 벌렸다. 한마디만 소리를 질러도 만사는 끝장이었다. 윌리엄은 당황해 엉겁결에 그의 배에 꽂았던 단검을 뽑아 그의 입 속 깊숙이 찔러넣었다. 비명 대신 피가 낭자하게 흘러나왔다. 보초의 눈은 감겼다. 그가 바닥에 쓰러지자 윌리엄은 단검을 빼냈다.

윌리엄의 말은 갑작스러운 사태에 놀라 옆으로 비칠비칠 움직였다. 윌리엄은 말의 굴레를 단단히 붙잡고, 이미 다른 보초를 처치한 월터 쪽을 보았다. 월터는 더 간단하게 해치웠다. 소리 안 나게 목을 베어버린 것이었다. 다음번에 소리 없이 처치해야 할 때는 저 방법을 기억해야겠다고 윌리엄은 생각했다. 그리고 마음속으로 외쳤다. 난 해냈어! 사람을 죽였다고!

이제 아무 두려움도 느끼지 않았다.

그는 말고삐를 월터에게 맡기고 경비소의 탑으로 통하는 나선형 층계를 뛰어올라갔다. 위층에는 도개교에 묶여 있는 밧줄을 감아 다리를 끌어올리는 로프실이 있었다. 윌리엄은 긴 칼을 뽑아 굵은 밧줄을 토막냈다. 두 번 후려치자 밧줄이 끊어졌다. 그는 끊은 밧줄 한쪽을 창밖으로 떨어뜨렸다. 밧줄은 둑 위로 떨어지더니 첨벙 소리도 없이 해자 속으로 부드럽게 미끄러져 들어갔다. 이제 그의 아버지의 공격 부대가 들어올 때 성안에서 도개교를 들어올리지 못할 것이었다. 이것은 어젯밤에 세운 계획 중 하나였다.

윌리엄이 층계 아래로 내려섰을 때 레이먼드와 라눌프가 막 성문에 도착했다. 그들의 첫 임무는 쇠를 두른 거대한 참나무 성문을 못 쓰게 만드는 일이었다. 다리에서 성의 구내로 이르는 아치 통로를 가로막고 있는 성문이었다. 그들은 각자 준비해온 나무망치와 끌을 꺼내 단단한 쇠 경첩 주위에 붙어 있는 회반죽을 깎아내기 시작했다. 윌리엄의 귀에는 끌을 내리치는 나무망치의 둔탁한 소리가 끔찍스러울 정도로 크게 울렸다.

윌리엄은 재빨리 보초 두 명의 시체를 위병실 안으로 끌어넣었다. 지금은 모두 미사에 참석중이라 시체가 발견될 리는 없을 것이고, 발견되었을 때는 이미 손쓸 여지가 없을 터였다.

그는 월터에게서 고삐를 넘겨받았다. 그들 두 사람은 아치 통로를 지나 구내를 가로질러 마구간으로 향했다. 윌리엄은 서두르지 않고 정상적인 보폭으로 걸으려 애쓰면서, 망루에 있는 보초들을 힐끗 보았다. 그들 중 하나가 해자로 떨어지는 밧줄을 보지나 않았을까? 망치 소리가 들려 이상하다고 여기고 있는 건 아닐까? 그들 중 몇몇은 윌리엄과 월터를 보고 있었지만, 별다른 눈치를 챈 것 같지는 않았다. 윌리엄의 귀에도 들리지 않게 된 망치 소리가 높은 망루까지 들릴 리도 만무했다. 윌리엄은 안도의 숨을 내쉬었다. 계획대로 되어가고 있었다.

윌리엄과 월터는 마구간 안으로 들어갔다. 그들은 나중에 말들이 달아날 수 있도록 고삐를 느슨하게 풀어놓았다. 그런 다음 부싯돌로 바닥에 깔린 짚에 불을 붙였다. 바닥은 더러운데다 군데군데 축축하게 젖어 있었지만, 그럼에도 불구하고 연기가 피어오르기 시작했다. 윌리엄과 월터는 각각 세 군데에 더 불을 붙였다. 그리고 잠깐 그 광경을 지켜보며 서 있었다. 방화가 진행되고 있었고, 그것 역시 계획된 것이었다.

둘은 마구간에서 나와 탁 트인 구내로 나섰다. 여전히 성문에서는 아치 통로에 몸을 숨긴 레이먼드와 라눌프가 경첩에서 회반죽을 깎아내고 있었다. 윌리엄과 월터는 먹을 것이라도 얻으러 가는 양 취사장 쪽을 향해 걸어갔다. 그건 자연스러워 보일 것이었다. 구내에는 그들 둘 말고는 아무도 없었다. 모두가 미사에 참례중이었다. 무심한 척 초소를 올려다보니, 보초들은 예상대로 성안이 아니라 바깥 들판을 내다보고 있었다. 그럼에도 불구하고 윌리엄은 누군가 건물에서 불쑥 튀어나와 덤벼들 것 같은 생각이 들었다. 그러면 그놈을 이 탁 트인 구내에서 죽여야 할 터였다. 그리고 그 장면이 발각되기만 하면 게임은 끝이다.

그들은 취사장을 돌아 안채 구내로 통하는 다리로 향했다. 성당 곁을 지나치는데 미사를 드리는 나지막한 웅얼거림이 들렸다. 바살러뮤 백작이 아무 낌새도 못 챈 채 그곳에 있을 거라고 생각하자, 윌리엄은 전율을 느꼈다. 그는 1킬로미터 밖에 적군이 있으며, 그중 네 사람이 이미 자기 요새에 들어와 있고, 마구간이 불타고 있다는 것은 꿈에도 생각지 못하고 있으리라. 앨리에너 역시 저 성당 안에서 무릎을 꿇고 기도하고 있을 터였다. 이제 조금만 있으면 그녀가 자기 발아래 무릎을 꿇으리라고 윌리엄은 생각했다. 그러자 피가 머리로 솟구쳐 현기증이 날 것만 같았다.

두 사람은 다리를 건너기 시작했다. 첫번째 다리의 밧줄을 끊어버리고 성문을 망가뜨려 놓았기 때문에 아군은 성안으로 들어올 수 있을 것이다. 하지만 백작은 여전히 이 두번째 다리로 달아나 안채로 피신할 수 있었다. 윌리엄의 다음번 임무는 도개교를 들어올려 두번째 다리를 통과할 수 없도록 해 백작이 달아날 수 없게 하는 일이었다. 그러면 꼼짝 없이 바깥채에 고립된 백작을 손쉽게 사로잡을 수 있을 터였다.

그들이 두번째 성루에 도착하자 보초가 위병실에서 걸어나왔다. "이른 시각인데 오셨군요." 보초가 말했다.

"백작의 부름을 받고 왔소." 윌리엄이 이렇게 말하며 다가서자 보초는 한 걸음 뒤로 물러났다. 윌리엄은 그가 더 물러나지 않기를 바랐다. 만일 그가 아치 통로 밖으로 나선다면 안채의 망루에 있는 보초들의 눈에 띌 터였다.

"백작님은 성당에 계십니다."

"그럼 기다려야겠군." 이 보초를 소리 없이 재빨리 해치워야 했다. 하지만 그러기 위해서 어느 정도까지 접근해야 할지 판단이 서지 않았다. 윌리엄은 월터 쪽을 힐끗 보았지만, 그는 태연한 자세로 참을성 있게 기다리고 있기만 했다.

"본성에 난로가 있으니 가서 몸을 좀 녹이시죠."

윌리엄이 선뜻 대답하지 않고 머뭇거리자 보초는 경계하기 시작했다. "왜 그러십니까?" 보초가 이상하다는 듯이 물었다.

할 말을 찾아내려고 윌리엄은 필사적으로 머리를 쥐어짰다. "먹을 것 좀 얻을 수 있겠나?"

"미사가 끝나야 합니다. 그후에야 본성에 아침식사가 준비될 겁니다."

그때 윌리엄은 월터가 알아차릴 수 없을 만큼 조금씩 옆으로 움직이는 것을 보았다. 보초가 조금만 몸을 돌리면 월터는 그의 등 뒤에 다가설 수 있었다. 윌리엄은 무심한 듯 보초 곁을 지나 반대 방향으로 몇 걸음 옮기면서 말했다. "백작의 손님 접대가 말이 아니군." 보초가 몸을 돌리기 시작했다. 윌리엄이 계속해서 말했다. "우린 먼 곳에서 왔단 말이야."

그 순간 월터가 몸을 날렸다.

월터는 보초의 등 뒤에서 어깨 너머로 두 팔을 불쑥 내밀어 왼손으로 보초의 턱을 뒤로 젖히는 동시에 오른손에 든 칼로 목을 베었다. 윌리엄은 가슴을 쓸어내렸다. 순식간의 일이었다.

윌리엄과 월터는 둘이 힘을 모아 아침도 먹기 전에 벌써 세 사람을 해치웠다. 윌리엄은 무력이 가져다주는 전율을 맛보았다. 오늘부터는 아무도 나를 비웃지 못할 거다! 그는 마음속으로 생각했다.

월터는 시체를 위병실에 끌어다놓았다. 이곳 초소 역시 첫번째 것과 똑같이 나선형 층계를 통해 위층의 로프실로 올라가는 구조로 되어 있었다. 윌리엄이 먼저 계단을 오르고, 그 뒤를 월터가 따랐다.

여기서 뜻밖의 사태가 발생했다. 어제 이 성에 들렀을 때 그는 로프실을 미리 정찰해두지 못했다. 거기까지는 생각이 미치지 못했던 것이다. 하지만 설혹 생각이 미쳤다 하더라도 로프실에 들어갈 적당한 구실을 생각해낼 수는 없었을 것이다. 그곳에는 밧줄을 감아올릴 바퀴장치 대신, 밧줄과 밧줄이 감겨 있는 간단한 기구 하나가 있을 뿐이었다. 도개교를 들어올리려면 밧줄을 당길 도리밖에 없었다. 윌리엄과 월터는 밧줄을 잡고 힘껏 당겨보았지만, 다리에서는 삐걱거리는 소리조차 나지 않았다. 그것은 장정 열 사람은 달라붙어야 할 일이었다.

윌리엄은 잠시 당황했다. 성의 출입문으로 난 첫 도개교에는 커다란 바퀴가 달려 있었다. 그래서 그와 월터의 힘만으로도 도개교를 들어올릴 수 있을 것이었다. 이윽고 윌리엄은 바깥쪽 도개교는 매일 밤 들어올리는 것인 반면 이 도개교는 위급할 때나 들어올리는 거라는 데 생각이 미쳤다.

아무튼 궁리만 하고 있어서는 얻을 것이 없었다. 이제 어떻게 할지 결정을 내려야 했다. 설혹 도개교를 들어올릴 수 없다 해도 최소한 문을 닫아걸 수는 있을 것이다. 그러면 분명 백작이 안으로 달아날 시간은 늦출 수 있었다.

윌리엄은 계단을 달려 내려갔다. 월터도 바짝 따랐다. 밑에 이른 순간 윌리엄은 질겁했다. 모두가 미사에 참석한 건 아닌 모양이었다. 그는 한 여인과 어린아이가 위병실 밖으로 나오는 것을 보았다.

윌리엄은 주춤했다. 한눈에 그 여자가 누군지 알아보았다. 바로 어제 1파운드를 주고 사려고 했던 건축장이의 아내였다. 그녀도 꿰뚫어보는 듯한 금빛 눈동자로 그를 똑바로 쳐다보았다. 이제 윌리엄은 백작을 기다리는 순진한 손님 행세를 할 수도 없었다. 그녀가 속을 여자가 아니라는 걸 깨달은 것이다. 우선 그녀가 사람들에게 위험을 알리지 못하도록 해야 했다. 이제 할 일은 보초를 해치웠듯 조용하고 신속하게 그녀를 죽이는 것뿐이었다.

상대방의 마음속을 꿰뚫어보는 눈길로 그녀는 이미 그의 얼굴에서 속마음을 읽고 아이의 손을 잡고 몸을 돌렸다. 윌리엄이 붙잡으려 했으나 그녀는 재빨리 몸을 피했다. 그녀는 구내로 뛰어들더니 본성을 향해 치달았다. 윌리엄과 월터가 그 뒤를 쫓았다.

그녀의 발걸음은 몹시 빨랐다. 그들은 쇠사슬 갑옷을 입고 있는데다 무거운 무기까지 들고 있었다. 그녀는 커다란 홀로 오르는 층계에 이르자, 계단을 뛰어오르며 비명을 질러댔다. 윌리엄은 성벽을 둘러보았다. 그녀가 지른 비명은 적어도 그 위에 있는 두 명의 보초에게 위험을 알렸을 것이었다. 게임은 끝났다. 윌리엄은 달리던 것을 멈추고 숨을 몰아쉬며 층계 밑에 우뚝 섰다. 월터 역시 그의 곁에 섰다. 두 명, 세 명, 다음에는 네 명의 보초가 성벽에서 구내로 달려 내려오고 있었다. 여자는 아이의 손을 잡은 채 본성 안으로 사라져버렸다. 이제 여자가 문제가 아니었다. 보초들이 위험을 알아챘으므로 여자를 없애는 것은 무의미한 일이었다.

그와 월터는 함께 칼을 빼들고 죽기살기로 싸울 각오를 하고 바짝 붙어섰다.

사제가 제단에서 성체를 올리는 순간 톰은 말들에게 무슨 일이 일어났음을 알았다. 말들은 여느 때보다 더 많이 콧김을 불면서 발을 굴러대고 있었다. 잠시 후 나지막한 소리로 라틴어 찬송을 부르는 사제의 목소리를 중간에서 가로채는 큰 목소리가 들렸다. "연기 냄새가 난다!"

톰도 그 냄새를 맡았고, 그 자리에 있던 다른 사람들도 마찬가지였다. 톰은 다른 누구보다도 키가 컸으므로 발끝으로 서면 창밖을 볼 수 있었다. 톰은 창가로 가서 밖을 내다보았다. 마구간이 화염에 싸여 있었다.

"불이다!" 그는 사람들의 아우성 속에 자기 목소리가 묻혀버리기 전에 재빨리 소리를 질렀다. 사람들이 출구로 몰려들었다. 이미 미사 따위는 안중에도 없었다. 톰은 마사가 사람들 틈에 끼어 다칠까봐 꼭 붙들며 앨프레드도 자기와 함께 있도록 했다. 엘렌과 잭이 어디 있는지 걱정이 되었다.

잠시 후 성당 안에는 그들 세 사람과 화가 난 사제밖에 남지 않았다.

톰은 아이들을 데리고 밖으로 나왔다. 어떤 사람은 말이 다치지 않도록 풀어주고 있었고, 어떤 이들은 우물에서 물을 길어다 불이 난 곳에 끼얹고 있었다. 어디에도 엘렌의 모습은 보이지 않았다. 구내는 마구간에서 풀려나 우왕좌왕하며, 사람들의 외침 소리와 불 때문에 겁에 질린 말들로 가득 차 있었다. 말발굽 소리가 어마어마했다. 톰은 잠깐 귀를 기울여보고는 이마를 찡그렸다. 성안의 말들이 내는 소리치고는 너무 커다란 소리였다. 그것은 2, 30마리 정도가 아니라 1백 마리쯤 되는 엄청난 말들이 내는 발굽 소리였다. 그는 문득 두려움을 느꼈다. "마사, 여기서 꼼짝 말고 있어라. 앨프레드, 너는 마사를 돌봐라." 톰은 성벽 꼭대기로 이르는 토벽을 뛰어올라갔다. 경사가 몹시 가팔랐기 때문에 단숨에 꼭대기에 이를 수가 없었다. 정상에 올라 숨을 헐떡이며 톰은 아래를 내려다보았다.

자신의 불길한 예감이 적중하자, 톰은 가슴을 싸늘하게 옥죄어오는 공포로 몸을 떨었다. 여든 명에서 1백 명은 될 것 같은 기마대가 갈색 들판을 가득 메운 채 성을 향해 다가오고 있었다. 무시무시한 광경이었다. 톰은 쇠사슬 갑옷과 뽑아든 칼이 내뿜는 금속의 광택을 보았다. 말들은 전력으로 질주하고 있었고, 코에서는 뜨거운 콧김이 안개처럼 피어올랐다. 기수들은 험악한 자세로 안장에 몸을 구부리고 있었다. 외치는 소리나 함성은 전혀 들리지 않았다. 귀청이 터질 것처럼 지축을 울려대는 말발굽 소리뿐이었다.

톰은 성의 구내를 돌아보았다. 왜 아무도 적군이 몰려오는 소리를 듣지 못하는 걸까? 아마 두터운 성벽이 가로막고 있는데다 성안의 소동에 묻혀버렸기 때문일 것이었다. 하지만 보초들은 어째서 아무것도 보지 못했을까? 그들도 불을 끄려고 자리를 이탈했기 때문일 것이었다. 이 공격은 교활한 자가 치밀하게 계획한 것이었다. 사람들에게 위험을 알리는 일은 이제 톰의 손에 달려 있었다.

그런데 엘렌은 대체 어디 있는 걸까?

톰은 구내를 샅샅이 훑어보았다. 그러는 동안에도 적군은 점점 가까이 다가오고 있었다. 불타는 마구간에서 흘러나온 자욱한 연기로 앞이 제대로 보이지 않았다. 그의 눈에는 엘렌이 보이지 않았다.

그때 톰은 우물가에서 진화 작업을 지휘하고 있는 바살러뮤 백작을 발견했다. 그는 얼른 성벽을 달려내려와 구내를 가로질러 우물가로 뛰어갔다. 그는 백작의 어깨를 함부로 움켜쥐고, 떠들썩한 소음 속에서도

들을 수 있도록 백작의 귀에 대고 소리를 질렀다. "기습입니다!"

"뭐라고?"

"우리가 기습당하고 있습니다!"

백작은 화재 생각만 하고 있었다. "기습당하다니? 누구한테서?"

"이봐요, 말이 백 마리라고요!" 톰이 버럭 소리를 질렀다.

백작은 고개를 기울이며 귀를 세웠다. 그제야 백작의 창백하고 귀족적인 얼굴에 무엇인가 깨달은 듯한 기색이 떠올랐다. "그래, 맞아. 맙소사!" 문득 백작의 얼굴에 두려운 빛이 나타났다. "자네 눈으로 보았나?"

"예."

"누가— 아니, 그런 건 중요치 않다. 말이 백 마리라고?"

"예—"

"피터! 랠프!" 백작은 톰에게서 몸을 돌리며 그의 종자들을 불렀다. "습격이다. 화재는 속임수야. 우리는 습격당하고 있어!" 그들도 백작처럼 처음엔 무슨 말인지 몰라 어리둥절해하다가 다음 순간 말귀를 알아듣고 겁에 질린 표정이 되었다. 백작이 고함을 쳤다. "남자들은 칼을 잡도록 하라. 빨리빨리!" 그는 톰에게로 몸을 돌렸다. "석수, 자네는 나와 함께 가세. 자넨 힘이 세니까, 함께 성문을 닫을 수 있을 거야." 백작은 구내를 가로질러 뛰어갔다. 톰도 그를 따라갔다. 만일 제때에 성문을 닫고 도개교를 올릴 수만 있다면 백 명의 군사라도 막아낼 수 있었다.

두 사람은 성문에 도착했다. 아치 통로 저편으로 적군이 보였다. 이제 거리는 채 1킬로미터도 남지 않았다. 빠른 말은 선두에 서고, 느린 말은 후미로 처지면서 대형을 벌리고 있었다. "성문을 봐!" 백작이 외쳤다.

톰이 성문을 보니, 쇠테를 둘렀던 거대한 참나무 성문 두 짝이 바닥에 넘어져 있었다. 경첩이 벽에서 떨어져나와 있는 게 보였다. 적의 일부는 벌써 성안에 들어와 있어, 톰은 생각했다. 그러자 공포로 배 속이 조여드는 것만 같았다.

그는 여전히 엘렌을 찾으면서 구내를 돌아보았지만, 그녀는 눈에 띄지 않았다. 그녀에게 무슨 일이 생긴 걸까? 지금은 어떤 끔찍한 일이라도 생길 수 있는 상황이었다. 그는 그녀 곁에서 그녀를 지켜주고 싶었다.

"도개교를 올리자!" 백작이 말했다.

이제 엘렌을 보호하는 최선의 방법은 적군이 들어오지 못하도록 막는 것임을 톰은 깨달았다. 백작은 로프실로 오르는 층계를 뛰어올라갔다. 톰 역시 있는 힘을 다해 그 뒤를 따랐다. 도개교를 올리기만 하면 몇 안 되는 군사로도 성을 지킬 수 있었다. 하지만 로프실에 도착한 톰은 가슴이 철렁 내려앉았다. 밧줄은 이미 끊어져 있었다. 이제 도개교를 들어올릴 방도가 없었다.

바살러뮤 백작이 욕설을 퍼부었다. "어떤 놈이 꾸민 짓인지, 정말 악마같이 교활한 놈이군."

문을 부수고 밧줄을 자르고 불을 지른 것이 누구든 그는 아직도 성안 어딘가에 있는 것이 틀림없었다. 톰은 침입자가 어디 있을는지 알 수 없어 두려운 눈길로 주위를 둘러보았다.

백작은 화살창을 통해 밖을 내다보았다. "맙소사, 이제 다 왔군." 그는 계단을 뛰어내려갔다.

톰도 그 뒤를 바짝 따랐다. 입구에는 몇 명의 기사들이 황급히 검대劍帶를 매거나 투구를 쓰고 있었다. 바살러뮤 백작은 명령을 내리기 시작했다. "랠프와 존, 너희는 마구간에서 나온 말들을 적이 들어오는 다리 위로 몰아라. 리처드와 피터, 로빈, 너희는 몇 사람을 데리고 이곳을 지켜라." 입구가 좁아서 적은 수로 얼마간은 적을 저지할 수 있을 것이다. "석수, 자네는 하인과 아이들을 데리고 다리를 건너 안채 구내로 가게."

톰은 엘렌을 찾아볼 구실이 생겨 기뻤다. 앨프레드와 마사는 조금 전에 톰이 있으라고 한 자리에 겁에 질린 표정으로 서 있었다. "어서 본성으로 가!" 톰이 아이들에게 외쳤다. "가다가 아이들이나 여자가 있으면 같이 본성으로 가자고 해. 백작님의 명령이다. 자, 어서 뛰어라!" 아이들은 곧 뛰어갔다.

톰은 주위를 둘러보았다. 이제 곧 그도 아이들 뒤를 따라갈 것이다. 무슨 일이 있어도 그 자리에서 머뭇대다 적의 손에 잡히지는 않을 작정이었다. 하지만 백작의 명령을 수행할 얼마간의 시간이 필요했다. 톰은 마구간으로 달려가, 아직도 불 위에 물을 퍼붓고 있는 사람들에게 큰 소리로 외쳤다. "지금 불이 문제가 아니오! 성이 공격당하고 있어요. 본성으로 아이들을 피신시키시오!"

연기 때문에 눈물이 나서 시야가 흐려졌다. 그는 눈을 비비며 마구간의 불을 지켜보고 있는 사람들과, 풀려서 돌아다니는 말들을 모으고 있는 인부들에게도 같은 말을 반복했다. 그러나 엘렌은 어디에도 보이지 않았다.

톰은 연기 때문에 기침이 나고 질식할 것 같아 안채로 통하는 다리 위를 뛰어가다가 멈추고 숨을 들이쉬며 뒤를 돌아보았다. 많은 사람들이 우왕좌왕 다리를 건너고 있었다. 엘렌과 잭이 이미 본능적으로 몸을 피했으리라는 걸 거의 확신할 수 있었지만, 혹시 그들을 보지 못한 채 지나오지나 않았을까 두려웠다. 바깥채 성문에서 기사들이 한 덩어리로 뒤엉켜 격렬한 백병전을 벌이는 광경이 보였다. 그것 말고는 연기 때문에 아무것도 보이지 않았다. 갑자기 바살러뮤 백작이 피 묻은 칼을 손에 든 채, 연기 때문에 눈물을 흘리며 톰의 곁에 나타났다. "어서, 몸을 피하라!" 백작이 톰에게 외쳤다. 바로 그 순간 공격군이 수비하는 기사들을 제치고 바깥채 성문의 아치를 지나 쏟아져들어왔다. 톰은 몸을 돌려 다리 위를 뛰어갔다.

백작의 부하 십여 명이 안채 구내를 방어할 자세를 갖추고 두번째 경비소 앞에 서 있었다. 그들은 톰과 백작이 지나가도록 길을 열어주었다. 그들이 다시 대열을 좁히는 순간, 나무다리를 뒤흔들어대는 말발굽 소리가 들렸다. 이제 수비군은 가망이 없었다. 톰은 이것이 치밀한 계획에 따라 완벽하게 수행된 습격임을 직감했다. 하지만 그의 마음은 엘렌과 아이들에 대한 불안으로 가득 차 있었다. 피에 굶주린 백 명의 병사들이 이제 막 그들을 덮치려 하고 있었다. 톰은 안채 구내를 가로질러 본성으로 달려갔다.

톰은 홀로 통하는 나무층계를 반쯤 오르다 말고 힐끗 뒤를 돌아보았다. 두번째 초소의 수비군은 말을 타고 쇄도해오는 적군에게 처음부터 밀리고 있었다. 바살러뮤 백작은 톰의 등 뒤에 있었다. 이제 그들 두 사람이 본성으로 뛰어들어 층계를 안으로 들어올려야 할 순간이었다. 톰은 남은 계단을 달려올라가 홀 안으로 뛰어들었다. 그리고 그 순간, 공격자들이 벌써 선수를 쳤음을 깨달았다.

성문을 못 쓰게 만들고 도개교의 밧줄을 끊고 마구간에 불을 지른 공격군의 선발대는 한 가지 임무를 더 해치웠다. 그들은 본성에 들어가 잠복해 있으면서 그곳으로 피신하는 사람들을 기다리고 있었다.

쇠사슬 갑옷을 입은 험상궂은 사내 넷이 커다란 홀 바로 안쪽에 서 있었다. 그들 주위에는 피 흘리는 시체와 부상당한 백작의 기사들이 있었는데, 안에 들어서자마자 당한 것이었다. 공격군 선발대 대장은 놀랍게도 윌리엄 햄리였다.

톰은 너무 놀라 어리둥절한 표정으로 눈이 휘둥그레졌다. 윌리엄의 눈은 살의로 번득였다. 톰은 윌리엄이 자기를 죽일 거라고 생각했지만, 채 겁을 먹기도 전에 윌리엄의 부하 한 사람이 톰의 팔을 잡아 길에서 비키라고 안쪽으로 밀어붙였다.

결국 바살러뮤 백작의 성을 습격한 것은 햄리가였다. 하지만 무슨 이유에서일까?

하인과 아이들은 모두 겁에 질린 채 홀 한구석에 몰려 있었다. 무장한 사람들만 살해되고 있었다. 톰은 홀 안에 있는 사람들의 얼굴을 샅샅이 훑어보았다. 그리고 안도감과 고마움에 휩싸였다. 그의 눈에 한데 모여 있는 앨프레드와 마사와 엘렌과 잭이 들어왔다. 그들은 겁에 질려 있긴 했지만 살아 있었고, 더구나 상처 하나 없이 무사했다.

톰이 가족들 곁으로 가려고 하는데 문간에서 싸움이 벌어졌다. 바살러뮤 백작과 두 명의 기사가 안으로 뛰어들어왔다가 기다리고 있던 햄리 측 기사들의 공격을 받은 것이었다. 백작의 기사 한 사람이 그 자리에서 검을 맞고 쓰러졌지만, 다른 기사가 검을 치켜들고 백작을 엄호했다. 그때 백작의 기사 몇 명이 백작의 등 뒤로 들어왔다. 그러자 갑자기 비좁은 공간에서 무시무시한 접전이 벌어졌다. 그들은 긴 검을 휘두를 공간이 모자라자 주먹과 단검으로 싸웠다. 한동안 백작의 부하들이 윌리엄의 부하들을 이길 것처럼 보였다. 갑자기 백작의 부하 몇이 몸을 돌리고 뒤를 막기 시작했다. 안채 구내를 뚫고 들어온 공격군이 이제 계단을 오르며 본성을 공격하고 있었던 것이다.

그 순간 누군가 큰 소리로 고함을 쳤다. "멈춰라!"

양쪽 군사들은 수비자세를 취하며 싸움을 멈췄다.

똑같은 목소리가 다시 외쳤다. "셔링의 바살러뮤, 항복하겠는가?"

톰은 백작이 몸을 돌려 문 밖을 내다보는 것을 보았다. 그의 시야를 틔워주려고 기사들이 양옆으로 비켜섰다. "햄리." 백작이 믿기지 않는다는 듯 작은 목소리로 중얼거렸다. 이윽고 백작은 목청을 높여 물었다. "내 가족과 하인들을 다치게 하지 않겠는가?"

"그렇게 하겠다."

"맹세하겠는가?"

"십자가에 맹세코 손대지 않겠다. 그대가 항복하기만 한다면."

"항복하겠다."

밖에서 우렁찬 환호성이 일어났다.

톰은 몸을 돌렸다. 마사가 방을 가로질러 뛰어왔다. 톰은 마사를 번쩍 들어올리고는 엘렌을 껴안았다.

"우린 무사해요." 엘렌의 눈에 눈물이 고였다. "우리 모두가 무사해요."

"무사해." 톰이 씁쓸하게 말했다. "하지만 다시 빈털터리가 됐어."

윌리엄은 문득 환호를 멈췄다. 그는 퍼시 경의 아들이었다. 그런 그가 군사들과 똑같이 소리치며 법석을 떤다는 것은 품위 없는 짓이었다. 그는 영주다운 만족이 깃든 표정을 떠올렸다.

그들이 이긴 것이었다. 몇 가지 차질이 없었던 것은 아니지만, 그는 계획을 실행에 옮겼고 훌륭한 성과를 거두었다. 공격이 성공한 것은 대부분 윌리엄이 이끈 선발대의 공작 덕분이었다. 그가 자기 손으로 죽이고 상처 입힌 자들은 헤아릴 수 없을 정도로 많았다. 그럼에도 그는 털끝 하나 다치지 않았다. 그때 문득 상처 하나 없는 사람 치고는 자신의 얼굴에 피가 많이 묻어 있다는 생각이 들었다. 손으로 얼굴을 닦자 더 많은 피가 나왔다. 그의 피가 틀림없었다. 그는 손으로 얼굴을, 다음에는 머리를 만져보았다. 머리카락이 일부분 잘려나가 있었다. 손이 머리가죽에 닿자 불에 덴 것처럼 아팠다. 의심을 받을까 투구를 쓰지 않은 탓이었다. 부상당했다는 사실을 알게 되자 비로소 아픔이 느껴졌다. 그러나 개의치 않았다. 상처는 용맹의 상징이었다.

윌리엄의 아버지가 계단을 올라 문간에서 바살러뮤 백작과 마주섰다. 바살러뮤가 항복의 표시로 칼자루를 앞쪽으로 돌려 자신의 칼을 내밀었다. 퍼시가 그 칼을 받자, 아버지의 부하들이 다시금 환성을 질렀다.

소란이 가라앉자 윌리엄은 바살러뮤가 말하는 소리를 들었다. "왜 이런 짓을 했는가?"

"그대는 국왕 폐하를 배신하고 음모를 꾸몄잖은가?"

바살러뮤는 윌리엄의 아버지가 그 사실을 알고 있다는 것에 깜짝 놀랐다. 바살러뮤의 얼굴에 충격의 표정이 떠올랐다. 윌리엄은 자포자기 상태에 빠진 바살러뮤가 이 모든 사람들 앞에서 모반을 인정할지도 모른다고 생각하고는 숨을 죽였다. 하지만 바살러뮤는 냉정을 되찾고 몸을 똑바로 세우며 말했다. "나는 이 자리가 아니라, 국왕 폐하 앞에서 내 명예를 지키겠다."

아버지는 고개를 끄덕였다. "그건 마음대로 하라. 그대의 부하들에게 무기를 내려놓고 이 성을 떠나도록 명령하라."

백작이 작은 소리로 자신의 기사들에게 명령을 내리자, 그들은 한 사람씩 윌리엄의 아버지 앞으로 와 바닥에 무기를 내려놓았다. 윌리엄은 즐거운 마음으로 그 광경을 지켜보았다. 아버지 앞에서 공손하게 구는 저 꼴들 좀 봐, 그는 자랑스러운 마음으로 생각했다. 햄리 경은 자신의 기사들 가운데 한 사람에게 명령했다. "풀린 말을 한데 모아 마구간에 몰아넣어라. 그리고 몇 사람을 시켜 성안을 돌며 죽은 자와 부상자들에게서 무기를 거두도록 하라." 패자의 무기와 말은 당연히 승자의 것이었다. 바살러뮤의 기사들은 무장해제를 당한 채 걸어서 뿔뿔이 흩어져야 했다. 햄리 측 군사들은 성의 창고도 털 것이다. 징발한 말에 전리품을 싣고, 그들 가문의 이름을 딴 햄리 마을로 돌아가게 될 것이다. 햄리 경은 또 한 사람의 기사를 불러 말했다. "취사장에서 일하는 하인을 가려내 점심을 짓도록 하라. 그리고 나머지 하인들은 모두 내쫓아라." 전투는 끝났고 모두 배가 고플 터이니, 이제 잔치판이 벌어질 것이다. 군대는 철수하기 전에 백작이 갖고 있는 최상의 음식과 포도주를 배불리 먹게 될 것이다.

얼마 후 헨리 경과 바살러뮤를 에워싸고 있던 기사들이 양편으로 갈라서며 길을 내주자, 윌리엄의 어머니가 옷자락을 끌며 나타났다.

그녀는 억센 무사들 틈에 끼어 아주 작아 보였다. 그녀가 얼굴을 가리고 있던 목도리를 풀자, 언제나 그랬듯 그녀를 한 번도 본 적이 없던 사람들은 그 추한 얼굴에 흠칫 놀라며 뒷걸음질했다. 그녀가 남편을 바라보았다. "굉장한 승리로군요." 만족스러운 어조였다.

그러나 윌리엄은 '선발대가 훌륭하게 임무를 완수한 덕분이라고요' 라고 말하고 싶었다.

윌리엄이 가까스로 입을 다물고 있는데, 그의 아버지가 그를 대신해 말했다. "우리가 성안으로 진입할 수 있었던 건 윌리엄 덕분이라오."

어머니가 아들에게로 고개를 돌렸다. 윌리엄은 어머니가 칭찬해주기를 고대하고 있었다. "정말인가요?"

"그렇소. 이 아이는 아주 훌륭하게 임무를 수행했소."

그러자 어머니가 고개를 끄덕였다. "능히 그럴 수 있는 아이지요."

윌리엄은 어머니의 칭찬을 듣자 마음이 풀려 바보처럼 히죽 웃었다.

그때 어머니가 바살러뮤 백작을 돌아보았다. "백작은 내게 절을 해야 할 것이오."

그러자 백작이 말했다. "싫소."

그 말에 어머니가 말했다. "백작의 딸을 데려오너라."

윌리엄은 주위를 돌아보았다. 한동안 앨리에너를 깜빡 잊고 있었다. 그는 하인과 아이들의 얼굴을 훑어나가다가 곧 계집애 같은 집사 매슈와 함께 서 있는 앨리에너를 발견했다. 윌리엄은 앨리에너에게 가서 팔을 잡고 그녀를 어머니 앞으로 끌고 왔다. 매슈가 그 뒤를 따라왔다.

어머니가 말했다. "이 아이의 귀를 잘라라."

앨리에너가 비명을 질렀다.

윌리엄은 사타구니 쪽에서 꿈틀하는 것을 느꼈다.

바살러뮤의 얼굴이 잿빛으로 변했다. "내가 항복하면 그애에게 손대지 않겠다고 약속하지 않았소? 맹세를 했잖소?"

그러자 어머니가 말했다. "그대의 항복이 확실해질 때 우리의 보호도 확실해질 것이오."

아주 훌륭한 대답인걸, 윌리엄은 생각했다.

바살러뮤의 표정은 여전히 오만했다.

윌리엄은 앨리에너의 귀를 자르도록 누가 뽑히게 될지 궁금했다. 어머니는 필시 자신에게 그 일을 맡길 것이다. 그렇게 생각하자 묘한 흥분이 일었다.

어머니가 바살러뮤에게 말했다. "무릎을 꿇으시오."

천천히 바살러뮤는 한쪽 무릎을 꿇고 앉으며 고개를 숙였다.

윌리엄은 조금 실망했다.

그때 어머니가 목청을 높였다. "자, 이 꼴을 보시오!" 어머니는 그곳에 모인 사람들을 향해 외쳤다. "햄리가를 모욕한 자의 운명이 어떤 것인지 똑바로 봐두기 바라오!" 그녀는 거만한 태도로 사방을 둘러보았다. 윌리엄의 가슴은 긍지로 부풀어올랐다. 가문의 명예는 회복되었다.

어머니가 몸을 돌리자, 이번에는 아버지가 나섰다. "백작을 그의 방으로 데려가도록 하라. 그리고 철저히 감시하라."

바살러뮤는 자리에서 일어섰다.

아버지는 윌리엄에게 말했다. "저애도 데려가라."

윌리엄은 앨리에너의 팔을 꽉 움켜쥐었다. 감촉이 좋았다. 그는 그녀를 침실로 데려갈 작정이었다. 그다음에 무슨 일이 벌어질는지는 아무도 장담할 수 없을 것이다. 그녀와 단둘이 남게 되기만 하면, 하고 싶은 일은 무엇이든 할 수 있을 것이다. 그녀의 옷을 벗기고 알몸을 볼 수도 있으리라. 그리고 또—

그때 백작이 말했다. "내 딸을 돌보도록 매슈 집사도 함께 데리고 가도록 해주오."

아버지는 매슈 쪽을 힐끗 보고는 씩 웃었다. "말썽을 부릴 것 같지는 않군. 좋아."

윌리엄은 앨리에너의 얼굴을 바라보았다. 그녀의 얼굴은 여전히 창백했지만, 겁에 질리자 훨씬 더 아름다워 보였다. 이런 약한 모습의 그녀는 보기만 해도 흥분을 불러일으켰다. 윌리엄은 그녀의 성숙한 육체를 깔아뭉개고 허벅지를 벌릴 때 그녀의 얼굴에 떠오를 공포의 표정을 보고 싶었다. 그는 충동적으로 자기 얼굴을 그녀의 얼굴 가까이 갖다대면서 작은 소리로 속삭였다. "난 아직도 당신과 결혼하고 싶소."

앨리에너는 그에게서 몸을 떼며 말했다. "결혼이라고?" 그녀가 비웃음이 잔뜩 묻은 커다란 목소리로 말했다. "당신과 결혼하느니 죽는 편이 낫지. 이 징그럽고 뻔뻔한 두꺼비 같으니라고!"

그 자리에 있던 기사들은 모두 웃음을 감추려 하지 않았고, 몇몇 하인은 키득거리기까지 했다. 윌리엄은 얼굴이 새빨개졌다.

그의 어머니가 갑자기 몇 걸음 앞으로 나서며 앨리에너의 뺨을 후려쳤다. 바살러뮤가 딸을 지키려고 몸을 움직였지만, 기사들이 그를 제지했다. "닥쳐." 그녀가 앨리에너에게 말했다. "넌 이제 귀족이 아냐. 반역자의 딸이라고. 이제 곧 너는 빈털터리가 되어 굶주리게 될 거야. 이젠 내 아들의 상대도 되지 못해. 두말 말고 썩 꺼져버려."

앨리에너는 몸을 돌렸다. 윌리엄은 그녀의 팔을 놓아주었다. 그녀는 자기 아버지의 뒤를 따라갔다. 그녀가 가는 모습을 지켜보면서, 윌리엄은 복수의 달콤함이 사라지고 입안에 쓴 맛만 남았음을 깨달았다.

그녀는 시詩에 등장하는 공주처럼 진짜 여장부야, 잭은 생각했다. 그는 앨리에너가 머리를 치켜들고 계단을 오르는 것을 위엄에 압도된 눈으로 지켜보았다. 홀 안은 그녀가 시야에서 완전히 사라질 때까지 쥐 죽은 듯이 조용했다. 그녀가 가버리자 등불이 꺼지기라도 한 것 같았다. 잭은 그녀가 있던 자리를 응시했다.

그때 기사 하나가 다가오더니 물었다. "누가 요리사냐?"

요리사가 몸을 사리느라 선뜻 나서지 못하자 다른 사람이 그를 가리켰다.

"너는 가서 음식을 만들어라. 조수 몇 사람을 데리고 어서 취사장으로 가." 요리사는 사람들 틈에서 대여섯 사람을 뽑았다. 그러자 기사가 목소리를 높여 말했다. "나머지는 이 자리를 떠나도록 하라. 성을 떠나란 말이다. 지금 당장 가되, 목숨을 건지고 싶으면 물건에는 손대지 말도록 하라. 이제 너희 것이 아니니까. 우린 모두 피 맛을 본 사람들이다. 조금 더 피를 보는 것쯤은 아무렇지도 않단 말이다. 자, 어서 움직여!"

사람들은 문 쪽으로 걸음을 떼어놓았다. 엘렌은 잭의 손을, 톰은 마사의 손을 잡았다. 앨프레드는 가까이에서 따라왔다. 그들은 모두 외투를 입고 있었고, 입고 있는 옷과 나이프 말고는 다른 짐도 없었다. 그들은 사람들 틈에 섞여 계단을 내려와 다리를 건너고 바깥채 안마당을 가로지른 다음 못 쓰게 된 성문을 밟고 초소를 지나 한 번도 걸음을 멈추지 않고 성을 떠났다. 다리를 건너 맞은편 해자 가장자리와 이어진 들판에 발을 내딛는 순간, 마치 끊어진 활줄처럼 긴장이 풀어진 사람들은 흥분한 목소리로 자신들이 겪은 모진 시련에 관해 큰 소리로 떠들어대기 시작했다. 잭은 걸어가는 동안 하릴없이 사람들이 떠드는 말에 귀를 기울였다. 모두 자기가 얼마나 용감했는지를 돌이켜보고 있었다. 그러나 그들은 용감하지 않았다. 그저 달아나기에 바빴을 뿐.

앨리에너는 용감했던 단 한 사람이었다. 그녀는 본성에 들어와 그곳이 안전한 장소가 아니라 함정임을 알게 되자 하인과 아이들을 떠맡았다. 그녀는 그들에게 자리에 앉아 떠들지 말고 싸우는 사람들 쪽으로 가지 말라고 일렀고, 햄리 측 기사들이 포로들을 함부로 다루거나 무기도 없는 사람들에게 칼을 치켜들기라도 하면 날카롭게 소리쳤다. 그녀는 마치 불사신이기라도 한 것처럼 행동했다.

그때 어머니가 잭의 머리를 헝클며 물었다. "무슨 생각을 그렇게 하고 있니?"

"공주가 어떻게 될지 생각하고 있었어요."

어머니는 아들이 누구 얘기를 하고 있는 건지 알았다. "앨리에너 아가씨 말이구나."

"그애는 시에 나오는 공주처럼 성에서 살고 있잖아요. 그런데 기사들은 시에서처럼 좋은 사람들 같지 않았어요."

"네 말이 맞다." 어머니가 우울하게 말했다.

"그애는 어떻게 될까요?"

그러자 어머니는 고개를 저었다. "그건 나도 정말 모르겠구나."

"그애 어머니는 죽었대요."

"그러면 앞으로 견디기 쉽지 않겠구나."

"나도 그렇게 생각했어요." 잭은 잠시 말을 끊었다. "그애는 내가 아버지들이 뭐 하는 사람인지 모른다고 날 비웃었어요. 그래도 그애가 좋아요."

어머니는 잭에게 팔을 둘렀다. "진작 네게 아버지에 관해 말해주지 않아 미안하구나."

잭은 어머니의 사과를 받아들이며 그녀의 손을 만졌다. 모자는 묵묵히 걸어갔다. 때때로 한 가족씩 친척이나 친구들의 집을 향해 다른 길로 갈라져 갔다. 그들은 그곳에서 아침을 얻어먹으며 앞으로 어떻게 할 것인지 생각해보리라. 대부분의 사람들은 갈림길에 이를 때까지 함께 간 다음 그곳에서 헤어졌다. 어떤 이들은 북쪽이나 남쪽으로, 또 어떤 이들은 장이 서는 셔링 시로 가기 위해 곧장 걸어갔다. 어머니는 잭의 곁을 떠나 톰의 팔에 한 손을 얹어 그의 걸음을 멈췄다. "우린 어디로 가죠?"

톰은 자기가 어디로 가든 아무 말 없이 따라올 줄 알았던 모양으로 그런 질문을 받자 조금 놀란 표정을 지었다. 잭은 어머니 때문에 톰의 얼굴에 종종 그런 표정이 떠오르는 것을 보았다. 아마 그의 전처는 그렇지 않은 사람이었던 모양이었다.

"우리는 킹스브리지 수도원으로 가는 길이오."

"킹스브리지라고요?" 엘렌은 놀란 것 같았다. 잭은 그 이유를 알 수 없었다.

톰은 그런 그녀의 기색을 알아차리지 못했다. "어젯밤 새 수도원장이 부임했다는 소식을 들었소. 대개 새로 온 사람은 성당을 수리하거나 바꿔보려고 하거든."

"지난번 수도원장은 죽었나요?"

"그렇소."

어떤 이유에서인지 엘렌은 그 소식에 마음을 놓는 것 같았다. 어머니는 지난번 수도원장을 알고 있는 게 틀림없어. 게다가 그 사람을 싫어하고 있는 거야, 잭은 생각했다.

톰도 마침내 그녀의 음성에서 당황해하는 기색을 알아차렸다. "킹스브리지로 가면 무슨 문제라도 있소?"

"전에 거기에 간 적이 있어요. 하루도 더 걸리는 길이죠."

잭은 어머니가 걱정하는 것이 여행길이 얼마나 될까 하는 문제가 아니라는 걸 알았다. 하지만 톰은 여전히 알아차리지 못하고 있었다. "그보다는 좀더 걸릴 거요. 내일 정오쯤에야 거기에 도착하게 될 테니."

"좋아요."

그들은 계속해서 걸어갔다.

얼마 후 잭은 배에 통증을 느꼈다. 한동안 배가 왜 아픈지 그 이유를 알 수 없었다. 성에서 다친 일도 없었고, 지난 이틀 동안 앨프레드에게 맞은 일도 없었다. 그러다 결국 잭은 그 이유를 깨달았다.

또다시 배가 고픈 것이었다.

4장

1

킹스브리지 대성당은 썩 보기 좋은 모습은 아니었다. 나지막하게 웅크리고 앉은 것 같은 육중한 구조물로, 벽은 두껍고 창문은 작았다. 그 건물은 톰의 세대보다 훨씬 이전에 건축된 것이었는데, 그 시대의 건축가들은 비례의 중요성을 깨닫지 못했다. 두꺼운 벽보다는 반듯하고 정확한 벽이 더 견고하다는 것, 그리고 아치형 창문이 완전한 반원형을 이루기만 하면 커다란 창문을 낼 수 있다는 것을 톰의 세대는 알고 있었다. 멀찍이 떨어져서 보자 성당은 한쪽으로 기울어진 것처럼 보였는데, 좀더 가까이 다가갔을 때에야 톰은 비로소 그 이유를 알 수 있었다. 서쪽 끝에 있는 한 쌍의 탑 중 하나가 쓰러져 있었던 것이다. 그는 기뻤다. 새로 부임한 수도원장은 십중팔구 그 탑을 개축하려 할 것이었다. 그런 희망은 그의 발걸음을 재촉했다. 얼즈캐슬에서 고용되었다가, 고용주가 전투에서 패하여 포로가 되는 것을 보고 톰은 무척이나 낙담했다. 그는 그때와 같은 실망을 다시 맛볼 순 없다고 생각했다.

그는 엘렌을 힐끗 바라보았다. 톰이 일자리를 구하기 전에 그들 모두가 굶어 죽고 말 거라고 단정하고 그녀가 떠나지나 않을까 두려웠다. 엘렌은 그에게 미소를 지어 보이고는, 고개를 돌려 어렴풋이 나타나는 거대한 성당을 보며 얼굴을 찌푸렸다. 그녀가 사제와 수사들을 언짢아한다는 것을 톰은 알고 있었다. 그들이 교회 측에서 보면 실제로 혼인한 관계가 아니기 때문에 혹시 그녀가 죄의식을 느끼는 건가, 하고 톰은 생각했다.

수도원 경내는 사람들로 북적거리고 있었고 왠지 활기가 감돌았다. 톰은 잠이라도 자는 듯 활기 없는 수도원도 보았고 분주한 수도원도 보아왔지만, 킹스브리지는 그 어느 곳과도 달랐다. 그곳은 마치 서너 달 일찍 봄맞이 대청소라도 하고 있는 것처럼 보였다. 마구간 밖에서는 수사들이 말을 손질하고 있었고, 수사 하나는 수련수사들이 축사 속의 오물을 비우는 동안 마구간을 청소하고 있었다. 마구간 바로 옆에 있는 객사에서는 훨씬 많은 수사들이 방을 쓸고 닦는 일을 했다. 객사 밖에는 말끔히 청소가 끝난 바닥에 깔 한 짐의 짚더미가 놓여 있었다.

그러나 허물어진 탑을 손보는 사람은 아무도 없었다. 톰은 그곳에 남아 있는 탑의 잔해인 돌 무더기를 유심히 살펴보았다. 깨진 돌의 모서리가 비바람에 씻기고, 바스러진 회반죽도 비에 씻겨 내려갔고, 돌더미들도 몇 센티미터 정도 부드러운 흙 속에 파묻힌 것으로 미루어 무너진 지 벌써 몇 해는 지난 것이 분명했다. 성당이 세력을 떨칠 때였으므로, 탑이 그렇게 오랫동안 보수되지 않은 채 방치되고 있다는 것이 톰으로서는 더더욱 놀라웠다. 지난번 수도원장은 게으르거나 무능하거나, 아니면 그 둘 모두에 해당되는 사람이었음이 분명했다. 아마도 톰은 수사들이 무너진 탑을 개축할 계획을 세우고 있는 때에 맞추어 도착했는지도 몰랐다. 하긴 그도 너무 오랫동안 운이 따라주질 않았다.

"아무도 저를 알아보지 못하는군요." 엘렌이 말했다.

"언제 이곳에 있었소?" 톰이 물었다.

"십삼 년 전에요."

"사람들이 당신을 기억 못하는 것도 당연하군."

성당의 서쪽 정면을 지나면서 톰은 육중한 나무문 하나를 열고 안을 들여다보았다. 굵은 기둥과 고풍스러운 목조천장으로 이루어진 본당 신랑 안은 어둠침침했다. 그러나 몇몇 수사들이 긴 손잡이가 달린 페인트 솔로 벽을 하얗게 칠하고 있었고, 또 몇몇은 잘 다져진 흙바닥을 쓸고 있었다. 새 수도원장은 수도원 구석구석을 말끔하게 단장하려는 것이 분명했다. 그것은 희망적인 징조였다. 톰은 문을 닫았다.

성당 저편에 있는 취사장 안뜰에서는, 한 무리의 수련수사들이 더러운 물이 담긴 커다란 물통 주위에 둘러서서 냄비와 주방기구에 눌어붙은 검댕과 기름기를 거친 돌로 긁어내고 있었다. 그들의 손마디는 얼음처럼 차가운 물속을 들락거리느라 살갗이 벗겨지고 빨갛게 얼어 있었다. 그들은 엘렌을 보자 킥킥 웃으며 이내 눈을 돌렸다.

톰은 얼굴을 붉히고 있는 한 수련수사에게 어디로 가면 저장실 관리인을 찾을 수 있는지 물었다. 엄격히 말해 성당의 건물은 성구 관리인 소관이었기 때문에, 톰이 물어야 했던 사람은 성구 관리인이었다. 하지만 직위상 저장실 관리인에게 말을 건네기가 더 쉬웠다. 어쨌든 결정을 내리는 사람은 결국 수도원장일 터였다. 수련수사는 그에게 안뜰을 에워싼 건물들 중 하나를 가리키며, 건물 지하실로 가보라고 가르쳐주었다. 톰은 열린 문 안으로 들어갔다. 엘렌과 아이들도 뒤따라 들어왔다. 그들은 모두 문 안으로 들어서서 어둠에 눈이 익을 때까지 잠시 멈춰서야 했다.

톰은 이 건물이 성당보다는 지은 지 오래되지 않았고 좀더 제대로 지어졌음을 한눈에 알 수 있었다. 공기는 건조했고, 썩은 냄새는 나지 않았다. 사실 저장된 식품들이 한데 섞여 나는 냄새에도 역겨움을 느끼지 않은 까닭은 이틀 동안이나 아무것도 먹지 않았기 때문이었다. 눈이 어둠에 익음에 따라 톰은 저장실 바닥에 질 좋은 판석板石이 깔려 있고, 기둥은 뭉툭하고, 천장이 아치형으로 되어 있다는 걸 알 수 있었다. 잠시 후 그는 키 큰 대머리 남자가 커다란 통에서 소금을 떠서 항아리에 넣고 있는 걸 보았다. "저장실 관리인이신지요?" 톰이 물었지만 남자는 아무 말 없이 한 손을 들어 보였다. 톰은 그가 숫자를 헤아리고 있음을 알아챘다. 톰 일행은 남자가 일을 끝마치기를 조용히 기다렸다. 드디어 남자가 입을 열었다. "쉰아홉에 예순이군." 그런 다음 그는 숟가락을 내려놓았다.

톰이 말했다. "저는 건축장이 톰입니다. 이 성당의 북서쪽에 있는 무너진 탑을 다시 짓고 싶습니다."

"난 커스버트라오. 사람들은 흰머리라고 부르지요. 저장실 관리인이오. 나도 그 탑을 다시 짓게 되기를 바라고 있소. 하지만 먼저 필립 수도원장님께 물어봐야 합니다. 새 수도원장님이 부임했다는 소식은 당신도 들었겠지요?"

"예."

이 커스버트라는 인물은 처세에 능하고 태평스러우면서도 사근사근한 성품을 가진 수사일 거라고 톰은 단정했다. 그런 사람이라면 잡담을 나누고 싶어하리라. "새 수도원장님이라면 수도원의 외관을 개선하고 싶어하시지 않을까요?"

커스버트는 고개를 끄덕였다. "하지만 탑을 보수하는 데 돈이 들어가는 건 원치 않아하시죠. 당신도 모든 작업이 수사들의 손으로 이루어지고 있다는 걸 눈치챘겠죠? 그분께선 일꾼을 고용하려고 하지 않을 겁니다. 그분 말이, 이 수도원에는 이미 차고 넘칠 정도로 하인이 많다는 겁니다."

좋지 않은 소식이었다. "수사들은 그 점에 대해 어떻게 생각하나요?" 톰이 미묘한 질문을 던졌다.

커스버트는 웃었다. 그러자 주름진 얼굴이 더 자글자글해졌다. "건축가 양반, 꽤나 영리한 사람이군요. 당신 말은 수사들도 그렇게 열심히 일할 수 있다는 걸 알지 못한다는 투로군요. 그래요, 새 수도원장님은 아무에게도 강요는 하지 않습니다. 하지만 그분은 묵상과 기도로만 지내는 수시들은 절인 생선과 묽은 맥주로 살아야 하지만, 육체노동을 하는 수사들은 고기와 포도주를 마셔도 된다는 식으로 성 베네딕투스의 규율을 해석하는 분이거든요. 그분이라면 그 문제에 대해 이론적인 정당성을 자세히 설명해줄 수도 있을 테지만, 중요한 건 그 힘든 일을 하려는 지원자가, 특히 젊은 수사들 중 상당히 많다는 겁니다." 커스버트는 마땅치 않게 생각한다기보다는 그저 좀 곤혹스럽다는 투였다.

"하지만 아무리 잘 먹게 된다 해도 수사들이 돌벽을 쌓을 수는 없습니다." 그때 아기 우는 소리가 들려왔다. 그 소리에 톰의 가슴 한구석이 빼근해졌다. 그가 수도원 안에 갓난아기가 있다는 것이 얼마나 이상한 일인가를 깨닫기까지는 얼마간의 시간이 걸렸다.

"수도원장님께 물어봅시다." 커스버트가 그렇게 말했지만 톰의 귀에는 그 말이 거의 들리지 않았다. 그건 태어난 지 일이 주밖에 되지 않은 갓난아기의 울음소리 같았고, 점점 가까이 다가오고 있었다. 톰은 아기의 얼굴을 바라보았다. 바로 그의 아이였다.

톰은 가까스로 침을 삼켰다. 아기의 얼굴은 발갛고, 주먹을 꼭 쥔 채이 없는 잇몸을 드러내 보이며 입을 벌리고 있었다. 아이는 아픔을 느껴서가 아니라 오로지 먹을 것을 달라고 보채며 울었다. 정상적인 아기가 내는 건강하고 활기찬 외침이었다. 톰은 그토록 건강해 보이는 아들을 보자 안도감과 함께 마음의 동요를 느꼈다.

아기를 안고 있는 수사는 명랑해 보이는 스무 살가량의 젊은이였는데, 머리칼이 제멋대로 자랐고 좀 멍청해 보일 정도로 함빡 웃었다. 다른 수사들과는 달리 그는, 여자가 있다는 사실에도 아무런 반응을 보이지 않았다. 그는 모두를 향해 미소를 짓더니, 커스버트에게 말을 걸었다. "조너선이 우유가 모자란가봐요."

톰은 아기를 안아보고 싶었다. 그는 감정을 나타내지 않으려고 애써 표정을 굳혔다. 앨프레드와 마사 쪽을 슬쩍 엿보았다. 아이들이 알고 있는 것은 지나가던 사제가 버려진 아기를 발견했다는 것이 전부였다. 아이들은 사제가 아기를 숲속에 있는 작은 수도원으로 데려갔다는 사실조차 알지 못했다. 지금 그들의 얼굴에는 약간의 호기심만 어려 있었다. 이 아기가 바로 자신들이 버렸던 그 아기라고는 생각하지 못하는 것이었다.

커스버트는 국자와 작은 주전자를 집어들더니, 우유통에서 우유를 퍼서 주전자에 가득 담았다. 엘렌이 젊은 수사에게 말을 걸었다. "아기를 안아봐도 될까요?" 그녀가 팔을 내밀자 젊은 수사는 아기를 건네주었다. 톰은 그녀가 부러웠다. 자신의 가슴으로 그 조그만 아기의 따뜻한 체온을 느껴보고 싶었다. 엘렌이 아기를 얼러주자 아기는 잠시 조용해졌다.

커스버트가 고개를 들고 말했다. "팔푼이 자니가 꽤 괜찮은 유모인데도 여자만 한 감촉은 갖고 있지 않은가보군."

엘렌이 젊은이를 보고 미소 지었다. "왜 당신을 팔푼이 자니라고 부르나요?"

커스버트가 대신 대답했다. "저 친구는 1실링에 약간 모자라는 8펜스거든요." 그는 자니가 약간 모자라다는 걸 나타내기 위해 자신의 옆머리를 툭툭 치며 말했다. "하지만 이 말 못하는 가엾은 생명체가 무엇 때문에 보채는지, 현명하다는 우리보다 더 잘 아는 것 같더군요. 저는 이 모두가 하느님의 넓은 뜻이라고 생각합니다." 그는 조금 막연하게 말을 마쳤다.

엘렌은 톰에게 아기를 비스듬히 기울여 보여주다가 그대로 건네주었다. 그의 마음속을 환히 읽고 있었던 것이다. 그는 고맙다는 표정을 지어 보이고 그 조막만 한 아기를 큼직한 손으로 받아들었다. 포대기를 통해 아기의 심장 고동이 느껴졌다. 포대기는 훌륭한 것이었다. 그렇게 부드러운 모직을 수사들이 어떻게 구했는지 잠시 의아했다. 그는 아기를 가슴에 안고 얼렀다. 솜씨가 엘렌보다 서툴렀는지, 아기가 다시 울기 시작했다. 하지만 톰은 개의치 않았다. 그의 귀에는 아기의 크고 우렁찬 울음소리가 마치 음악처럼 들렸다. 그가 버린 이 아기가 튼튼하고 강하다는 뜻이기 때문이었다. 무척 힘든 결정이긴 했지만 아기를 수도원에 맡겨두기로 한 게 옳았다고 그는 생각했다.

엘렌이 자니에게 물었다. "아기는 어디서 자죠?"

이번에는 자니가 직접 대답했다. "숙사에 있는 작은 요람에서 우리와 같이 잡니다."

"아기 때문에 수사님들은 모두 한밤중에도 깨어 있어야겠네요."

"우린 어차피 아침 기도를 위해 한밤중에 일어나야 해요."

"그렇군요! 수사님들도 어머니들만큼이나 밤잠을 못 잔다는 사실을 깜박했어요."

커스버트는 자니에게 우유 주전자를 건네주었다. 자니는 능숙하게 한 팔로 톰에게서 아기를 받아 안았다. 톰은 아기를 내어주고 싶은 생각이 요만큼도 없었다. 그러나 수사들의 눈으로 볼 때 그에게는 그럴 권리가 없었다. 톰은 아기를 그대로 데려가도록 내버려둘 수밖에 없었다. 얼마 후 자니가 아기를 안고 나가자, 톰은 그 뒤를 따라가며 '기다려요. 멈추란 말이오. 그 아긴 내 아들이오. 그러니 그 아기를 내게 돌려주시오' 라고 말하고 싶은 충동과 싸워야 했다. 톰의 곁에 서 있던 엘렌이 조심스러운 동정의 몸짓으로 그의 팔을 잡았다.

톰은 희망을 걸 만한 새로운 이유가 생겼음을 깨달았다. 만일 여기에서 일자리를 얻을 수 있다면, 아들 조너선을 언제든 볼 수 있게 될 것이다. 그것은 너무도 가슴 벅찬 일이라 실현될 것 같지도 않았고, 감히 그렇게 되도록 바랄 용기조차 나지 않았다.

커스버트는 빈틈없는 눈길로 마사와 잭을 살펴보았다. 자니가 방금 들고 간, 크림색 우유로 가득 찬 주전자를 보는 순간 두 아이의 눈이 휘둥그레졌던 것이다. "아이들에게 우유를 좀 줄까요?" 그가 물었다.

"예, 그렇게 해주세요, 수사님. 아마 마시고 싶어할 겁니다." 톰이 말했다. 실은 그 자신도 마시고 싶었다.

커스버트는 국자로 나무그릇 두 개에 우유를 담아 마사와 잭에게 주었다. 그들은 입 주위에 큼직하고 하얀 동그라미를 남기면서 단숨에 마셨다. "더 줄까?" 커스버트가 물었다.

"예, 더 주세요." 아이들이 합창하듯 대답했다. 톰은 엘렌을 바라보았다. 그녀도 톰과 마찬가지로 마침내 아이들이 음식을 먹게 된 데 대해 마음속 깊이 고마움을 느끼는 듯했다.

커스버트가 그릇에 다시 우유를 가득 채우면서 무심히 물었다. "여러분은 어디에서 오셨소?"

"셔링 근처의 얼즈캐슬에서 왔습니다. 어제 아침 그곳을 떠났지요."

"그때 이후로 뭘 좀 먹었소?"

"아뇨." 톰이 무뚝뚝하게 대답했다. 커스버트의 질문이 친절에서 우러나온 것임을 알았지만, 자신이 아이들을 먹이지 못했다는 사실을 인정하고 싶지 않았다.

"그럼 저녁시간까지 버틸 수 있게 사과를 몇 개 드시지요." 커스버트는 문 옆에 있는 통 하나를 가리키며 말했다.

앨프레드와 엘렌, 톰은 마사와 잭이 우유를 두 그릇째 마시는 동안 그쪽으로 걸어갔다. 앨프레드가 있는 대로 사과를 움켜쥐려고 하자 톰은 아들의 손에서 사과를 쳐내고 목소리를 낮추어 말했다. "두세 개만 집어라." 그는 사과 세 알을 집었다.

톰은 고마운 마음으로 사과를 먹으며 이제 배 속이 좀 편안해지는 것을 느꼈다. 그래도 저녁식사가 얼마나 일찍 나올 것인지 생각하지 않을 수 없었다. 수사들은 대개 양초를 아끼기 위해 어두워지기 전에 저녁을 먹는다는 걸 그는 흡족한 기분으로 떠올렸다.

커스버트는 엘렌을 뚫어지게 보고 있었다. "전에 어디선가 당신을 본 적이 있는 것 같군요." 이윽고 그가 말을 걸었다.

그녀의 얼굴에 불안이 떠올랐다. "그럴 리가 없어요."

"꽤 낯이 익은 것 같아서요." 그의 말투는 분명치 않다는 투였다.

"어렸을 때 이 근처에 산 적이 있어요."

"아, 그랬군요. 그래서 당신이 실제보다 더 나이 들어 보인다는 느낌을 받은 거군요."

"기억력이 상당히 좋으신가봐요."

그는 그녀를 보고 얼굴을 찌푸렸다. "뭐 그렇지도 않습니다. 무슨 일인가 있었던 것 같기도 하고…… 그건 그렇고, 왜 얼즈캐슬을 떠났소?"

"성이 어제 새벽에 공격을 받아 함락됐거든요." 톰이 대답했다. "바살러뮤 백작은 역모죄로 체포됐습니다."

그 말에 커스버트는 심한 충격을 받은 것 같았다. "성인들이여, 저희를 굽어 살피소서!" 그러고는 갑자기 황소를 보고 놀란 늙은 하녀처럼 말했다. "역모라니!"

그때 밖에서 발소리가 들렸다. 톰은 뒤를 돌아보았다. 한 수사가 걸어들어오고 있었다. 커스버트가 말했다. "새로 부임하신 수도원장님입니다."

톰은 수도원장의 얼굴을 알아보았다. 그들이 주교 관저로 가는 도중에 만났던 필립 수사였다. 그때 그는 그들에게 맛있는 치즈를 주었다. 이제 모든 것이 분명해졌다. 킹스브리지의 새 수도원장은 숲속에 있는 작은 수도원장의 전임 원장으로, 이곳으로 부임하게 되자 조너선도 함께 데리고 온 것이었다. 톰의 가슴은 기대감으로 부풀었다. 필립은 친절한 사람이었고, 톰을 좋아하고 믿어줄 것 같았다. 그러면 그에게 일자리도 주리라.

필립도 톰을 알아보았다. "반갑군요. 건축가 양반." 수도원장이 말했다. "그런데 주교 관저에서 일거리를 얻지 못했나보군요?"

"그렇습니다, 원장님. 부주교님께서는 저를 고용하지 않았습니다. 게다가 주교님은 거기 안 계셨거든요."

"그럴 수밖에. 그분은 천국에 계십니다. 우리도 당시엔 몰랐지요."

"주교님이 돌아가셨다고요?"

"그래요."

"그것도 이미 오래된 소식이라오." 커스버트가 참지 못하고 중간에 끼어들었다. "이들은 방금 얼즈캐슬에서 왔답니다. 그런데 바살러뮤 백작이 체포되고 그의 성은 함락되었다고 하는군요!"

필립은 조금도 놀라지 않았다. "벌써 일이 벌어졌군." 그가 혼잣말처럼 중얼거렸다.

"벌써라니요?" 커스버트가 필립의 말을 반복했다. "'벌써' 라고 말씀하시는 이유가 무엇인지요?" 그는 필립을 좋아하면서도 조심스럽게 대하는 것처럼 보였다. 그의 태도는 마치 허리에 칼을 차고 거친 눈빛으로 싸움터에서 돌아온 아들을 맞이하는 아버지 같았다. "이런 일이 일어날 거라는 걸 원장님은 알고 계셨나요?"

필립은 조금 당황했다. "아니오, 정확히는 알지 못했소." 그는 말끝을 흐렸다. "바살러뮤 백작이 스티븐 왕에게 맞선다는 소문을 들었을 뿐입니다." 그는 냉정을 되찾았다. "우리는 모두 이 일에 감사해야 합니다. 모드 황후는 죽은 아버지만큼이나 교회를 박해할 수 있는 사람이지만, 스티븐 왕은 교회를 보호해준다고 약속했습니다. 그래요, 사실입니다. 이건 좋은 소식이죠." 그는 마치 자기 손으로 그 일을 하기라도 한 듯 흡족해했다.

톰은 바살러뮤 백작에 관한 얘기는 하고 싶지 않았다. "제겐 그리 좋은 소식만은 아닙니다. 백작님은 바로 그 전날, 성의 방어를 강화하기 위해 저를 고용했지요. 저는 단 하루치의 임금조차 받지 못했습니다."

"그건 안됐군요. 성을 공격한 게 누구입니까?"

"퍼시 햄리 경입니다."

"아, 그랬군요." 필립은 고개를 끄덕였다. 톰은 이번에도 자기가 전한 소식이 필립의 예상을 확인해준 데 불과하다는 걸 알 수 있었다.

"그런데 원장님께서는 이곳을 좀 손질할 생각인 모양입니다." 톰은 화제를 자기 관심사로 끌어들이려고 애쓰면서 말했다.

"그럴 생각입니다."

"탑을 다시 세우고 싶으시겠군요."

"탑도 다시 세워야 하고 지붕도 수리해야 합니다. 바닥도 포장해야 하고요. 그렇소. 이 모든 것을 하고 싶습니다. 그리고 물론 당신은 그 일을 원하겠지요?" 그는 톰이 이곳에 온 이유를 이제야 분명하게 깨달았다는 듯 덧붙여 말했다. "미처 생각해보지는 못했지만, 나도 당신을 고용할 수 있었으면 좋겠군요. 하지만 유감스럽게도 당신에게 보수를 지불할 수가 없어요. 이 수도원에는 돈이라고는 한푼도 없으니까요."

순간 톰은 주먹으로 한 대 얻어맞은 것 같았다. 모든 상황으로 미루어 자신이 여기에서 일자리를 구할 거라고 확신하고 있었던 것이다. 자신의 귀를 의심하지 않을 수 없었다. 그는 필립을 뚫어지게 바라보았다. 수도원에 돈이 없다니, 정말이지 믿을 수 없는 일이었다. 저장실 관리인은 모든 일을 수사들이 맡아서 하고 있다고 말했다. 하지만 그렇다고 해도 수도원은 언제나 대금업자들에게서 돈을 빌릴 수 있었다. 톰은 막다른 골목에 다다른 것만 같았다. 그것이 무엇이었든 겨우내 그를 지탱해주던 것이 이제는 고갈되어버린 것 같았다. 그는 무력감을 느꼈으며, 어찌해야 할지 알 수 없었다. 이제 더 버틸 수 없어, 난 끝장이야, 톰은 생각했다.

필립은 톰이 얼마나 어려운 형편에 있는지를 눈치챘다. "저녁식사와 잠잘 곳, 그리고 아침에는 식사도 드릴 수 있습니다."

톰은 몹시 화가 났다. "고마운 말씀입니다만 제 힘으로 벌고 싶습니다."

필립은 화가 난 듯 눈썹을 치켜세웠으나 말투만은 온화했다. "하느님께 구하십시오. 그건 구걸이 아닙니다. 기도입니다." 그렇게 말한 다음 필립 수도원장은 밖으로 나갔다.

안에 있던 사람들은 약간 겁에 질린 표정이었다. 그래서 톰은 자신이 분노를 겉으로 드러내 보였음을 깨달았다. 그들의 시선이 느껴지자 괴로웠다. 그는 몇 걸음 뒤처진 채 필립을 따라 저장실 밖으로 나왔다. 그리고 안뜰에 서서 감정을 누그러뜨리려 애쓰면서 낡고 거대한 성당을 바라보았다.

얼마 후, 엘렌과 아이들이 뒤따라 나왔다. 엘렌이 그를 위로하려는 듯 그의 허리에 팔을 두르자, 이 광경을 본 수련수사들이 휘파람을 불어대고 팔꿈치로 서로를 쿡쿡 찔러댔다. 톰은 그들을 개의치 않았다. "기도하겠소." 그가 심술궂게 말했다. "벼락이 떨어져 성당을 무너뜨리도록."

지난 이틀 사이에 잭은 미래의 두려움을 알게 되었다.

짧은 인생 동안 그는 한 번도 내일보다 더 먼 미래를 생각할 필요가 없었다. 그러나 만약 그랬다면 앞으로 무슨 일이 일어날 것인지도 알 수 있었을 것이다. 숲에서는 하루하루가 다른 날들과 별로 다르지 않았고, 계절은 천천히 바뀌어갔다. 그런데 지금은 매일같이 자신이 어디에 있게 되고 무엇을 하게 될지, 혹은 밥을 먹게 될 것인지 굶을 것인지를 알 수 없었다.

가장 참기 어려운 것은 배고픔이었다. 잭은 허기를 달래기 위해 아무도 모르게 풀과 나뭇잎들을 씹어먹었지만, 그것은 배고픔과는 또다른 고통을 안겨주었고 묘한 기분만 들게 했다. 마사는 너무 배가 고픈 나머지 가끔 훌쩍거렸다. 잭과 마사는 언제나 같이 다녔다. 그녀는 잭을 믿고 따랐다. 전에는 어느 누구도 그렇게 잭을 따른 사람이 없었다. 마사의 고통스러운 허기를 덜어주기 위해 어떻게도 해볼 수 없다는 것이 잭 자신의 배고픔보다 더 참기 힘들었다.

그들이 여전히 동굴 안에서 살고 있었더라면, 잭은 오리를 잡고 견과를 찾아내고 달걀을 훔칠 곳을 알고 있었을 것이다. 하지만 도시와 마을들, 그리고 그 사이를 잇는 낯선 길거리에서는 어찌할 바를 몰랐다. 그가 알고 있는 것은 톰이 일자리를 구해야 한다는 것뿐이었다.

그들은 객사에서 오후를 보냈다. 그곳은 농부들이 사는 집과 똑같았다. 바닥은 더럽고 한복판에 난로가 놓여 있는, 방 한 칸짜리 단순한 건물이었다. 하지만 줄곧 동굴에서만 살아왔던 잭의 눈에는 굉장하게 보였다. 그는 그 집을 어떻게 지었는지 궁금해했고, 톰이 그것을 설명해주었다. 먼저 어린 나무 두 그루를 베어 다듬은 다음 서로 각을 이루도록 기대어 세운다. 그런 다음 또다른 두 그루의 나무를 4미터쯤 간격을 두고 똑같은 방법으로 세운다. 이 두 개의 삼각형을 꼭대기에서 들보로 연결시킨다. 그런 다음 들보와 평행을 이루도록 나무를 연결시키고, 바닥까지 내려오는 경사진 지붕이 되도록 얇은 판석을 고정시킨다. 이번에는 갈대로 짠, 바자라고 불리는 직사각형의 틀을 함석 위에 깔고 진흙을 발라 비가 새지 않게 한다. 박공벽은 땅에 말뚝을 박아서 만드는데, 그 틈새는 진흙으로 메운다. 이 집은 한쪽 벽에 문을 만들고 창은 내지 않았다고 톰이 말해주었다.

잭의 어머니가 바닥에 깨끗한 밀짚을 깔자, 잭은 항상 지니고 다니는 부싯돌로 불을 피웠다. 다른 사람들이 듣지 못할 거리에 있게 되자, 잭은 어머니에게 수도원장이 왜 톰을 고용하려고 하지 않는지, 언제쯤 확실히 일자리를 얻게 될지를 물어보았다. "성당이 아직은 쓸 만하기 때문에 수도원장님은 돈을 아끼는 편이 낫다고 여기는 모양이더구나. 성당이 완전히 허물어진다면 다시 짓지 않을 수 없겠지. 하지만 탑 하나가 무너졌다고 해서 불편한 건 아니니 고치려고 하지 않는 거란다."

해가 기울고 땅거미가 지기 시작했을 때, 취사장의 일꾼 하나가 수프 한 솥과 사람 키만큼이나 기다란 빵 한 덩어리를 들고 객사로 왔다. 수프는 야채와 양념, 고기 뼈를 넣고 요리한 것으로 기름이 둥둥 떠 있었다. 빵은 호스브레드라고 불리는 것으로 호밀, 보리, 귀리에 말린 완두콩과 강낭콩 같은 온갖 곡식을 섞어 만든 것이었다. 앨프레드는 그것이 제일 싸구려 빵일 거라고 했지만, 겨우 며칠 전에야 생전 처음 그 빵을 먹어본 잭에게는 기막히게 맛있었다. 잭은 배가 아플 정도로 과식했다. 앨프레드는 음식이 바닥이 날 때까지 먹어치웠다.

불가에 둘러앉아 소화를 시키면서 잭이 앨프레드에게 물었다. "그런데 탑은 왜 무너진 거지?"

"아마 벼락이라도 떨어진 모양이야. 아니면 불이 났던 건지도 모르지."

"하지만 불이 붙을 리가 없잖아. 전부 돌로 만들었는데."

"이 바보야. 지붕은 돌로 만들지 않아!" 앨프레드가 깔보듯 말했다. "지붕은 나무로 만드는 거야."

잭은 한동안 생각하더니 말했다. "그럼 지붕이 타면 건물이 무너지게 되는 거야?"

앨프레드는 어깨를 으쓱했다. "때로는 그러기도 하지."

그런 다음 두 아이는 얼마 동안 입을 다물고 있었다. 톰과 잭의 어머니가 난로 저편에서 목소리를 낮춰 이야기를 하는 것이 보였다. 잭이 말했다. "그 아기 말인데, 좀 재미있지 않아?"

"뭐가 재미있다는 거지?" 잠시 후 앨프레드가 말했다.

"아저씨는 아기를 몇 킬로미터 떨어진 숲에서 잃어버렸는데, 지금 이 수도원에도 아기가 있잖아."

그러나 앨프레드도 마사도 그런 우연의 일치를 별다르게 생각지 않는 듯했고, 잭도 곧 그 일을 잊어버렸다.

수사들은 식사를 마친 후 곧바로 잠자리에 들었다. 객사에 묵고 있는 초라한 손님들에게는 초를 주지 않았기 때문에, 톰의 가족들은 사그라드는 불꽃을 지켜보면서 불가에 앉아 있었다. 이윽고 난롯불이 꺼지자 그들은 밀짚 위에 누웠다.

잭은 무언가를 곰곰이 생각하면서 잠을 자지 않고 있었다. 만일 오늘 밤 성당이 불에 타 무너진다면 모든 문제가 해결되리라는 생각이 떠올랐던 것이다. 그렇게 되면 수도원장은 성당을 다시 짓기 위해 톰을 고용할 것이고, 그들은 계속해서 이렇게 좋은 집에서 살 수 있을 것이다. 그리고 고기와 뼈를 고아서 끓인 수프와 호스브레드도 언제까지든 먹을 수 있으리라.

내가 톰 아저씨라면 직접 성당에다 불을 지르겠어. 모두가 잠자고 있는 동안 조용히 일어나서 살짝 성당 안으로 숨어드는 거야. 그런 다음 내가 갖고 있는 부싯돌로 불을 붙여놓고 그 불이 퍼지는 동안 몰래 돌아오면 되지. 사람들이 놀라서 소리를 지르더라도 그냥 자고 있는 척하면 될 거야. 바살러뮤 백작의 성에 있는 마구간에 불이 났을 때처럼 사람들이 물을 퍼다가 불을 끄기 시작하면, 나도 함께 불을 끄는 거야. 나도 다른 사람들만큼이나 불을 끄고 싶다는 듯이 말이지.

숨소리를 들어보니 앨프레드와 마사는 이미 잠든 듯했다. 톰과 엘렌은 톰의 외투를 뒤집어쓴 채 밤마다 하던 일을 했다(앨프레드는 그 일을 '성교'라고 불렀다). 그런 다음 두 사람도 곯아떨어졌다. 톰이 자다가 일어나 성당에 불을 지를 것 같지는 않았다.

그런데 톰 아저씨는 대체 어쩌자는 걸까? 우리 모두 길거리를 헤매다 굶어 죽지나 않을까?

모두가 잠들고 네 사람이 깊이 잠들었음을 알려주는 느리고 규칙적인 숨소리가 들리자, 잭은 자기 손으로 대성당에 불을 지를 수도 있다는 생각이 떠올랐다.

그런 생각을 하자 그의 가슴은 두려움으로 쿵쾅대기 시작했다.

소리를 내지 않고 살며시 자리에서 일어나야 했다. 그러면 아무도 깨우지 않고 문의 빗장을 열고 밖으로 빠져나갈 수 있을 것이다. 성당 문은 잠겨 있을 테지만, 나처럼 조그만 아이라면 안으로 들어갈 방법이 있을 것이다.

일단 성당 안에 들어가기만 하면, 지붕에 올라가는 방법은 이미 알고 있었다. 그는 지난 이 주 동안 톰에게서 많은 것을 배웠다. 톰은 대개는 앨프레드에게 들려주기 위해 늘 건축에 관한 이야기를 했다. 앨프레드는 그런 이야기에 별로 흥미가 없었지만, 잭은 그렇지 않았다. 잭은 톰의 이야기를 듣는 동안 대부분의 커다란 성당에는 보수공사를 할 수 있도록 벽 안쪽에 맨 꼭대기로 통하는 계단을 만들어둔다는 사실을 알게 되었다. 그는 그 계단을 찾아 지붕으로 올라갈 것이다.

잭은 고른 숨소리에 귀를 기울이며 어둠 속에서 조용히 일어나 앉았다. 그는 약간 헐떡이는 듯한 톰의 숨소리를 구별할 수 있었다. 그것은 (어머니가 말해준 바에 의하면) 오랫동안 돌먼지를 들이마셨기 때문이었다. 앨프레드는 한번 코를 크게 골더니, 몸을 뒤집고 나서 다시 잠잠해졌다.

일단 불을 놓으면 즉시 객사로 돌아와야 한다. 수사들에게 잡힌다면 어떻게 될까? 잭은 셔링에서 자기 또래의 한 소년이 양념가게에서 설탕 한 통을 훔쳤다는 이유로 온몸이 꽁꽁 묶인 채 땅바닥 위를 질질 끌려가는 광경을 본 적이 있었다. 소년은 비명을 질러댔고 엉덩이는 질긴 회초리에 맞아 피투성이가 되었다. 차라리 그것보다는 얼즈캐슬에서처럼 전투에서 싸우다 죽는 편이 나을 것 같았다. 피를 흘리던 소년의 모습이 잭의 머리에서 떠나지 않았다. 그는 자신에게도 똑같은 일이 일어나지 않을까 두려웠다.

내가 이 일을 한다면 내 영혼은 결코 구원받지 못할 거야, 그는 생각했다.

그는 다시 자리에 누워 외투자락을 끌어올리고 눈을 감았다.

성당 문이 잠겨 있을지 어떨지 생각해보았다. 만약 잠겨 있다면 창문으로 들어갈 수 있다. 그가 구내의 북쪽 측면에 있기만 하면 아무도 볼 수 없을 것이다. 수사들의 숙사는 남쪽에 있는데다 클로이스터로 막혀 있었고, 북쪽에는 묘지 외에는 아무것도 없었다.

잭은 이 일이 가능할지 알아보기 위해 한번 둘러보기만 하자고 결심했다.

그는 상당히 오랫동안 망설였다. 그러다 이윽고 자리에서 일어났다.

새로 깐 밀짚이 발밑에서 바삭거렸다. 그는 다시 한번 네 사람의 숨소리에 귀를 기울였다. 아주 고요했다. 쥐들도 밀짚 속에서 움직임을 멈췄다. 그는 한 걸음 내딛고 나서 다시 한번 귀를 기울였다. 사람들은 계속 자고 있었다. 그는 참을성을 잃고 문까지 급히 세 걸음을 걸었다. 그가 걸음을 멈추자, 이제는 겁낼 게 없다고 생각했는지 쥐들이 다시 짚더미를 헤집기 시작했다. 사람들은 여전히 자고 있었다.

잭은 손끝으로 문을 더듬었다. 그런 다음 빗장 쪽으로 손을 내렸다. 두 개의 까치발 위에 참나무로 만든 가로막대가 얹혀 있었다. 그는 가로막대 아래로 손을 넣어 위로 들어올렸다. 생각보다 훨씬 무거웠다. 그래서 3센티미터도 채 들지 못하고 그것을 떨어뜨리고 말았다. 가로막대가 까치발에 쿵 부딪치는 소리가 꽤 크게 들렸다. 그는 꼼짝도 못한 채 귀를 기울였다. 톰의 씩씩거리던 숨소리가 움찔하듯 멈췄다. 들키면 뭐라고 해야 하지, 그는 절망적으로 생각했다. 밖에 나가려고 했다고 하자…… 왜 나가려고 했냐고 하면…… 그래, 소변을 보러 가는 중이었다고 말하는 거야. 변명거리를 찾아내자 마음이 가라앉았다. 톰이 돌아눕는 소리가 들렸다. 뒤이어 굵직하고 건조한 목소리가 들리기를 기다렸지만, 아무 소리도 나지 않았다. 톰은 다시 고르게 숨쉬기 시작했다.

문 가장자리는 희미한 은빛 윤곽을 그리고 있었다. 달빛이구나, 잭은 생각했다. 그는 다시 빗장을 거머쥐고 깊이 숨을 들이쉰 다음, 들어올리기 위해 힘을 모았다. 이번에는 빗장의 무게를 미리 예상하고 있었다. 그는 빗장을 들어올려 앞쪽으로 당겼으나, 높이가 맞지 않아 까치발에 걸리고 말았다. 3센티미터 정도 더 들어올리자 그제야 빗장이 열렸다.

그는 빗장을 가슴께에 걸친 채, 팔에서 약간 힘을 뺐다. 그런 다음 천천히 한쪽 무릎을 꿇고, 이어서 두 무릎을 완전히 꿇고 앉은 다음 빗장을 바닥에 내려놓았다. 그러고는 한동안 그 자세로 숨소리를 내지 않으려고 애쓰면서 팔의 아픔이 잦아들기를 기다렸다. 잠자는 소리 외에는 아무 소리도 들리지 않았다.

잭이 살며시 문을 열었는데도 삐걱 소리가 났다. 경첩이 삐걱거리면서 열린 문 사이로 찬바람이 들어왔다. 몸이 오싹했다. 잭은 외투자락을 바짝 여민 다음 문을 좀더 열었다. 그리고 밖으로 빠져나온 다음 문을 닫았다.

구름이 흩어지면서 달이 나타나는가 싶다가 끊임없이 바뀌는 하늘 속으로 다시 사라졌다. 바람이 차가웠다. 그 순간 잭은 바람이 들지 않는 따뜻한 객사로 돌아가고 싶은 유혹을 느꼈다. 수도원의 다른 건물들 위로, 탑 하나가 무너진 거대한 성당이 달빛을 받아 거뭇거뭇한 은빛을 발산하며 떠올라 있었다. 거대한 벽면과 작은 창 때문에 더더욱 성채처럼 보였다. 추한 모습이었다.

사방은 고요했다. 수도원 담장 저편의 마을에는 난롯가에서 맥주를 마시거나 골풀 초 불빛 아래 바느질을 하느라 밤늦도록 깨어 있는 사람들도 몇몇 있을 테지만, 이곳 수도원에는 움직임 하나 찾아볼 수 없었다. 잭은 성당을 바라보면서 여전히 머뭇거렸다. 성당은 마치 그의 마음을 훤히 알고 있기라도 한 것처럼, 나무라듯 그를 내려다보고 있었다. 그는 어깨를 으쓱 추켜올려 무서운 느낌을 떨쳐내고는, 넓은 잔디밭을 가로질러 건물 전면까지 걸어갔다.

문은 잠겨 있었다.

그는 북쪽 측면으로 돌아가 성당 창문들을 바라보았다. 어떤 성당에서는 찬바람을 막기 위해 창문에 반투명 리넨 천을 길게 늘어뜨리기도

했지만, 이 성당의 창문에는 아무것도 없어 보였다. 창문은 그가 기어들기에 충분할 만큼 컸지만 너무 높아서 팔조차 닿지 않았다. 그는 석조건물을 손으로 더듬어가면서 벽 사이에 회반죽이 떨어져나간 틈이 없는지 찾아보았지만, 발끝을 디딜 만한 틈새도 없었다. 사다리로 쓸 것이 필요했다.

허물어진 탑에서 돌을 가져다가 즉석에서 계단을 만들까도 생각해봤지만, 깨지지 않은 돌은 너무 무거웠고 깨진 돌들은 울퉁불퉁했다. 아까 낮에 이곳을 지나치면서 분명 받침으로 쓸 만한 물건을 본 것 같다는 생각이 들었다. 잭은 그것을 기억해내려고 애썼다. 마치 시야를 벗어나 있는 물체를 보려고 아무리 애를 써도 그 물체가 시야 언저리에서만 빙빙 돌고 있는 것 같았다. 그는 달빛을 받고 있는 묘지를 가로질러 마구간까지 죽 훑어보았다. 드디어 생각이 났다. 키 작은 사람들이 커다란 말에 오를 때 쓸 수 있도록 만든, 두세 계단으로 된 작은 나무 받침대였다. 한 수사가 그 위에 서서 말갈기를 빗질하고 있는 장면을 보았던 것이다.

잭은 마구간으로 갔다. 훔쳐갈 만한 물건이 아니었기 때문에 밤에도 치워놓지 않았을 터였다. 살금살금 걸었는데도 말들은 인기척을 느끼고 한두 마리가 콧김을 불며 킁킁거렸다. 잭은 깜짝 놀라 멈춰섰다. 어쩌면 마부들이 마구간 안에서 자고 있을지도 몰랐다. 그는 한동안 가만히 선 채로 인기척에 귀를 기울였지만 아무 소리도 들리지 않았다. 말들도 잠잠해졌다.

그런데 받침대가 눈에 띄지 않았다. 아마 벽에 기대어놓은 듯했다. 그는 어스름 달빛 속을 자세히 살펴보았지만 물체를 구분할 수가 없었다. 그는 조심스레 마구간 위쪽으로 간 후 길게 뻗은 통로를 따라 걸었다. 말들이 인기척을 느끼고 그가 가까이 다가서자 불안해했다. 그중 한 마리가 힝힝 울었다. 잭의 몸이 굳어졌다. 그때 한 남자가 외치는 소리가 들렸다. "제발, 조용히 해." 겁을 잔뜩 집어먹고 엉거주춤 서 있는 잭의 코앞에 받침대가 있었다. 한 발만 더 내디디면 그것에 걸려 넘어질 만큼 가까운 거리였다. 그래도 잭은 얼마간 기다렸다. 마구간에서는 더 아무 소리도 들리지 않았다. 그는 몸을 굽혀 받침대를 들어 어깨에 들쳐메고는 풀밭을 가로질러 천천히 성당 쪽으로 걸어갔다. 마구간에서는 아무 소리도 나지 않았다.

잭은 받침대 마지막 단까지 올라갔지만, 그래도 창문에 팔이 닿지 않았다. 초조해졌다. 안을 들여다볼 수조차 없었다. 사실 그때까지 자기가 정말로 그 일을 할 것인지 결정하지 못하고 있었다. 하지만 이런 실제적인 문제에 부딪쳐 일이 불가능해지는 건 싫었다. 스스로 결정을 내리고 싶었다. 그는 앨프레드만큼 키가 컸으면 얼마나 좋을까 생각했다.

해볼 만한 방법이 한 가지 더 있었다. 그는 몇 걸음 뒤로 물러선 다음, 달려가 한 발로 받침대를 구르며 순간적으로 뛰어올랐다. 팔이 창턱에 닿는 순간, 석재창틀을 꽉 잡았다. 그러고는 배를 튕겨 몸을 위로 끌어올려 창턱에 걸터앉았다. 그러나 창문으로 들어가려던 그는 깜짝 놀랐다. 창에 쇠창살이 쳐져 있었던 것이다. 아마도 검은색이라 밖에서는 보이지 않았던 듯했다. 잭은 창턱에 무릎을 꿇고 앉아 두 손으로 쇠창살을 더듬어보았지만, 들어갈 방법이 없었다. 성당 문이 닫혔을 때 사람들이 들어오지 못하도록 특별히 설치해놓은 것 같았다.

실망한 잭은 땅으로 뛰어내렸다. 받침대를 원래 있던 곳에 가져다놓았다. 이번에는 말들도 조용히 있었다.

그는 정문 왼편으로 무너져 있는 북서쪽 탑을 쳐다보았다. 그는 무너진 탑의 가장자리에 있는 돌무더기 위로 조심스럽게 기어올라가, 교회 안쪽을 기웃거리며 깨진 틈으로 들어갈 만한 데가 있는지 살펴보았다. 그때 달이 구름 뒤로 숨어버렸다. 잭은 추위에 떨면서 다시 달이 나오기를 기다렸다. 자신의 몸무게가 아무리 가볍다 해도 균형을 잡고 쌓여 있는 돌무더기를 무너뜨리지나 않을까 걱정스러웠다. 그렇게 되면 그가 죽지는 않는다 해도 사람들을 전부 깨우게 될 터였다. 달이 다시 나오자 돌무더기를 꼼꼼히 살펴본 그는 모험을 해보기로 마음먹었다. 그는 간이 콩알만 해진 채 기어오르기 시작했다. 대부분은 꿈쩍도 하지 않았지만 이따금 그의 몸무게 때문에 심하게 흔들리는 돌도 있었다. 대낮이라면 놀이 삼아 아무런 양심의 가책 없이 다른 사람의 도움을 받으며 한번 해볼 만한 일이었다. 그러나 지금은 너무도 불안했기 때문에 평소의 안정된 발걸음은 사라지고 없었다. 그는 매끈한 돌을 밟고 죽 미끄러져 하마터면 떨어질 뻔했다. 그래서 더는 오르지 않기로 했다.

잭은 신랑 북쪽 측면을 따라 난 측랑의 지붕이 내려다보일 정도의 높이까지 올라와 있었다. 지붕이나, 지붕과 깨진 기와 더미 사이에 구멍이나 틈이 있기를 바랐지만 그런 곳은 없었다. 지붕은 탑의 잔해가 있는 곳까지 손상되지 않은 채 이어져 있어, 기어들어갈 만한 곳은 아무 데도 없었다. 잭은 반은 실망하고 반은 안도했다.

그는 발 디딜 곳을 찾기 위해 어깨 너머로 아래를 내려다보며 다시 기어내려갔다. 땅바닥에 점점 가까워질수록 마음이 점차 편안해졌다. 그는 마지막 몇 걸음을 남기고 그대로 펄쩍 뛰어내렸는데, 다행히 그곳은 풀밭 위였다.

그는 성당 북쪽 측면으로 돌아가 주위를 서성거렸다. 최근 이 주 동안 많은 성당을 보았는데, 대체로 똑같은 형태를 취하고 있었다. 가장 큰 부분은 신랑으로, 항상 서쪽에 위치하고 있었다. 그다음엔 톰이 익랑이라고 부르는 두 개의 팔이 남북으로 튀어나와 있었다. 동쪽 끝은 성단소라고 불리며 그 길이는 신랑보다는 짧았다. 킹스브리지는 서쪽 끝 정문 양편에 각각 하나씩 두 개의 탑이 익랑과 조화를 이루며 서 있다는 점만 다른 성당과 달랐다.

북쪽 익랑에는 문이 하나 나 있었다. 잭은 그 문을 열어보려고 했지만 잠겨 있었다. 동쪽 끝을 빙 돌며 계속 걸어갔지만 문은 보이지 않았다. 그는 잠시 멈춰서서 풀이 돋아 있는 안마당 건너편을 바라보았다. 수도원 경내 남동쪽 안쪽 모퉁이에는 진료소와 수도원장 사택이 있었다. 두 건물 모두 어둠 속에 고요히 서 있었다. 동쪽 끝을 돌아 성단소의 남쪽 측면을 따라가자 남쪽 익랑이 돌출된 모습으로 나타났다. 마치 팔에 달린 손처럼, 익랑 끝에는 참사회 집회소라 불리는 둥근 건물이 있었다. 그리고 익랑과 집회소 사이에는 클로이스터로 통하는 좁은 통로가 있었다. 잭은 그 통로를 따라 걸어갔다.

그러자 네모반듯한 광장이 나왔다. 한복판에는 잔디가 깔려 있었고, 포장된 보도가 사방으로 나 있었다. 어슴푸레한 석조아치는 달빛을 받아 으스스해 보였고, 짙은 그늘이 깔린 보도는 지나갈 수 없을 정도로 캄캄했다. 잭은 눈이 어둠에 익을 때까지 잠시 기다렸다.

그는 광장의 동쪽 측면으로 빠져나왔다. 그러자 왼쪽으로 집회소에 이르는 문이 보였다. 좀더 왼편으로 걸어간 그는 동쪽 보도의 남쪽 끝에서 또하나의 문을 발견했다. 아마도 수사들의 숙사로 통하는 문 같았다. 오른편에는 성당의 남쪽 익랑으로 통하는 또다른 문이 있었다. 그는 그 문을 열어보려 했지만 역시 허사였다.

잭은 북쪽 보도를 따라 걸었다. 거기서 본당 신자석으로 통하는 문을 발견했지만, 그 문 역시 잠겨 있었다.

서쪽 보도에서는 아무것도 발견할 수 없었고, 남서쪽 모퉁이까지 가서야 식당으로 통하는 문을 하나 찾을 수 있었다. 거기에는 그 많은 수사들이 매일같이 배불리 먹을 수 있는 음식이 저장되어 있을 것이라고 그는 생각했다. 근처에는 수반이 놓인 샘이 있었는데, 수사들은 그곳에서 식사 전에 손을 씻었다.

그는 남쪽 보도를 따라 계속 걸어갔다. 반쯤 걸어가자 아치가 나왔다. 잭은 아치를 지나 방향을 틀어 오른쪽의 식당과 왼쪽의 숙사 사이의 작은 통로로 나서게 되었다. 그는 돌벽 저편에 수사들이 잠들어 있으리라 생각했다. 통로의 끝에는 강으로 향하는 진흙투성이 비탈이 있을 뿐이었다. 잭은 거기 잠시 멈춰서서 1백 미터 정도 떨어져 있는 강물을 바라보았다. 별다른 이유도 없이 머리가 잘려나가고도 살아난 기사의 이야기가 떠올랐다. 잭은 무심결에 그 머리 없는 기사가 강물에서 나와 자기를 향해 언덕을 올라오고 있다고 상상했다. 그곳에는 분명 아무도 없었는데도 겁이 났다. 그는 몸을 돌려 빠른 걸음으로 클로이스터로 돌아왔다. 그곳에 이르자 어느 정도 마음이 놓였다.

그는 아치 아래 선 채 달빛 비치는 광장을 바라보며 머뭇거렸다. 저렇게 큰 건물이라면 어딘가 들어갈 만한 길이 분명 있을 것 같은데, 대체 어느 곳을 더 찾아야 할지 알 수 없었다. 어떤 점에서는 기쁘기도 했다. 섬뜩할 만큼 위험한 짓을 저지를 작정이었는데, 그 일이 불가능하다는 걸 알았으니 오히려 잘된 일이었다. 그러나 한편으로는, 아침이 되면 이 수도원을 떠나 다시 길을 떠나야 한다는 생각을 하니 두렵기 그지없었다. 그것은 바로 끝없이 걸어야 한다는 것, 배고픔, 톰의 실망과 분개, 그리고 마사의 눈물을 뜻했다. 혁대에 달린 작은 주머니에 넣고 다니는 부싯돌로 살짝 불꽃을 일으키는 것만으로도 그 모든 일을 피할 수 있는데!

그때 무엇인가 움직이는 것이 시야 끝에 들어왔다. 잭은 움찔했다. 심장이 점점 빨리 뛰기 시작했다. 고개를 돌린 그는 놀랍게도 유령 같은 그림자 하나가 촛불을 든 채, 동쪽 보도를 따라 성당을 향해 소리없이 미끄러지듯 나아가고 있는 것을 보았다. 그는 너무 무서워 하마터면 비명을 지를 뻔했다. 잇달아 또하나의 형체가 뒤따랐다. 잭은 다른 사람들의 눈에 띄지 않도록 아치 통로 밑으로 뒷걸음을 치며 주먹으로 입을 틀어막고 살을 깨물며 터져나오려는 소리를 막았다. 기분 나쁜 울음소리 같은 것이 들렸다. 잭은 공포에 사로잡힌 채 그 광경을 지켜보았다. 그제야 그것이 무엇인지 알아차릴 수 있었다. 그가 보고 있는 것은 자정미사를 드리기 위해 숙사에서 성당으로 향하고 있는 수사들의 행렬이었다. 그들은 걸어가면서 성가를 부르고 있었다. 자신이 보고 있는 것이 무엇인지를 알고 나서도, 공포는 얼마간 가시지 않고 남아 있었다. 이윽고 긴장이 탁 풀어지자, 그는 주체할 수 없이 몸을 떨기 시작했다.

행렬 선두에 선 수사가 쇠로 만든 커다란 열쇠로 성당 문을 열었다. 수사들은 줄지어 안으로 들어갔다. 한 사람도 잭이 서 있는 쪽으로 눈길을 보내지 않았다. 그들 대부분은 반쯤 졸고 있는 것 같았다. 그들은 성당 문을 열어둔 채 안으로 들어갔다.

침착함을 되찾은 잭은 지금 이 순간이야말로 성당 안으로 들어갈 수 있는 절호의 기회임을 깨달았다.

그러나 다리가 풀려 도저히 걸을 수 없을 것 같았다.

일단 들어가기만 하면 돼, 그는 생각했다. 안에 들어가서는 아무것도 할 필요가 없다. 지붕까지 올라갈 수 있는지만 알아볼 거야. 불을 지르지는 않겠어. 그냥 한번 둘러보기만 한다고.

그는 깊이 숨을 들이쉬고, 아치 통로에서 나와 광장을 가로질러 천천히 걸어갔다. 열린 문 앞에 이르자 머뭇거리며 안의 동정을 살폈다. 제단과 수사들이 서 있는 성가대석에는 촛불이 밝혀져 있었다. 그러나 불빛은 텅 비어 있는 커다란 공간 한가운데 작은 빛 웅덩이를 이루고 있을 뿐, 벽과 측랑은 여전히 짙은 어둠에 싸여 있었다. 수사들 중 하나가 제단에서 무엇인지 알 수 없는 일을 하고 있었고, 나머지 수사들은 가끔 뜻 모를 구절들을 읊었다. 사람들이 이런 일을 하기 위해 한밤중에 따뜻한 잠자리에서 일어나야 한다는 것이 잭은 믿기지 않았다.

그는 문 안으로 숨어들어 벽 가까이 붙어섰다.

그는 성당 안에 있었다. 어둠은 그의 모습을 감춰주었다. 그러나 그 자리에 가만히 있어서는 안 될 일이었다. 수사들이 나가다가 볼 수도 있었으니까. 그는 옆걸음을 치며 좀더 안쪽으로 들어갔다. 깜빡이는 촛불이 어지러운 그림자를 던지고 있었다. 제단에 있는 수사가 고개를 든다면 잭을 볼 수도 있겠지만, 그 수사는 자기 일에 몰두하고 있는 듯했다. 잭은 자신의 움직임이 그림자의 흔들림처럼 보이도록 사이사이 걸음을 멈추면서 커다란 기둥 뒤에 몸을 숨겼다가 재빨리 다음 기둥 뒤로 움직였다. 교차부에 가까이 다가갈수록 불빛은 점점 더 밝아졌다. 금방이라도 제단에 있는 수사가 갑자기 고개를 들어 자기를 발견하고, 익랑으로 달려와 목덜미를 움켜잡을 것 같은 생각이 들었는데—

한구석에 이르자 그는 들키지 않은 것에 감사하며 신랑의 좀더 어두운 곳으로 들어갔다.

그러고는 마음을 가라앉히기 위해 잠시 멈춰섰다. 잠시 후 그는 사슴을 추적할 때처럼 이따금 발걸음을 멈추면서 성당 서쪽 끝으로 난 측랑을 따라 뒷걸음질쳤다. 성당의 맨 안쪽 어두운 구석에 다다른 그는 기둥 밑돌에 걸터앉아 미사가 끝나기를 기다렸다.

그는 외투 속에 턱을 파묻고 입김을 불어 몸을 덥혔다. 그의 삶은 지난 이 주 동안 너무 크게 바뀌어서, 어머니와 함께 숲속에서 행복하게 살았던 게 몇 년 전 같았다. 그는 이제 다시 그때처럼 안락한 삶을 누리지 못하리라는 걸 깨달았다. 배고픔과 추위, 위험과 절망을 알게 된 잭은 언제까지나 그런 것들을 두려워하게 될 것이었다.

그는 기둥에서 고개를 내밀고 슬쩍 주위를 엿보았다. 촛불이 가장 밝은 제단 위쪽 높다란 천장이 나무로 되어 있다는 것을 가까스로 알 수 있었다. 최근에 지은 성당 천장은 대개 석재로 둥글게 지어졌으므로, 그는 킹스브리지 대성당이 오래된 건물이라는 걸 깨달았다. 목조천장이라면 불에 잘 탈 것이었다.

난 불 안 질러, 그는 생각했다.

대성당이 불타서 무너져버리면 톰은 무척 기뻐할 것이다. 잭은 자신이 톰을 좋아하는지 알 수 없었다. 톰은 너무나 강하고 위엄 있는데다 거칠었다. 잭은 그보다 훨씬 부드러운 어머니에게 익숙했다. 그러나 잭은 톰에게 깊은 인상을 받았고, 때로는 놀라움까지 느꼈다. 잭이 과거에 마주쳤던 사람들은 모두가 범법자들이었다. 오로지 폭력과 교활함을 받드는 험악하고 잔인한 사람들, 자기 목적을 달성하기 위해서라면 누구의 등에든 칼을 꽂을 수 있는 사람들이었다. 톰은 무기 없이도 당당하고 두려움을 느낄 줄 모르는 새로운 부류의 사람이었다. 윌리엄 햄리가 1파운드에 어머니를 사겠다고 제의했을 때, 톰이 그와 의연히 맞서던 모습을 잭은 결코 잊지 못할 것이다. 잭이 그 장면에서 그토록 생생한 인상을 받은 까닭은, 윌리엄 경이 겁을 먹었기 때문이었다. 잭은 어머니에게 톰만큼 용감한 사람이 있으리라고는 상상조차 못했다고 말했다. 그러자 어머니가 말했다. "우리가 숲을 떠나야 하는 이유가 바로 그거란다. 네게는 존경해야 할 남자가 필요하지."

잭은 그 말의 뜻을 잘 이해할 수 없었지만, 톰에게 인상을 남길 만한 일을 하고 싶은 것은 사실이었다. 그렇다 해도 성당에 불을 지르는 것은 그럴 만한 일은 아니었다. 아무도 그 일에 대해 모르는 편이 나았다. 적어도 몇 년 동안만이라도. 그러나 언젠가 잭이 톰에게 모든 사실을 털어놓게 될 날이 올 것이다. "킹스브리지 대성당이 불타 쓰러지던 날 밤을 기억하시죠? 수도원장님이 성당을 다시 짓기 위해 아저씨를 고용했고, 그래서 결국 우리 모두 먹을 것과 잠잘 곳을 구하고 안락하게 지내게 되었던 일이요. 저, 그때 어떻게 해서 불이 나게 되었는지에 대해 말씀드릴 게 있어요……" 실로 극적인 순간이리라.

하지만 나는 그런 일을 할 용기가 없어, 그는 생각했다.

찬송이 끝나자, 수사들이 자리를 뜨는지 신발 끄는 소리가 났다. 미사가 끝난 것이었다. 수사들이 줄지어 나가는 동안 잭은 그들 눈에 띄지 않도록 자리를 옮겼다.

그들은 나갈 때 성가대석에 있는 촛불은 껐지만, 제단 위에 초 하나를 켜놓은 채 두었다. 문이 쾅 소리를 내며 닫혔다. 아직 성당 안에 누군가 남아 있을지 몰랐으므로, 잭은 얼마 동안 그대로 있었다. 한참 지나도록 아무 소리도 들리지 않았다. 이윽고 잭은 기둥 뒤에서 나왔다.

그는 신랑을 걸어올라갔다. 이렇게 크고, 춥고, 텅 빈 건물 안에 혼자 있게 되자 이상한 느낌이 들었다. 많은 사람들이 있을 때는 구석에 숨어 있다가, 사람들이 가버리면 그제야 기어나오는 생쥐라도 된 기분이었다. 잭은 제단으로 가서 밝게 빛나는 굵직한 초를 집어들었다. 그러자 기분이 한결 나아졌다.

잭은 초를 든 채 성당 안을 살피기 시작했다. 신랑과 남쪽 익랑이 만나는 모퉁이, 그가 제단에 있는 수사에게 발각될까봐 가장 조마조마했던 그 구석에 간단한 빗장이 걸린 문이 하나 나 있었다. 잭이 빗장을 벗기자 문이 열렸다.

그가 들고 있는 초에서 번져나온 불빛이 나선형 층계를 비추었다. 층계는 너무 좁아 뚱뚱한 사람은 지나갈 수 없을 것 같았고, 톰처럼 키가 큰 사람은 몸을 반쯤 굽혀야 가까스로 지나갈 수 있을 정도로 천장이 낮았다. 잭은 계단을 올라갔다.

그러자 좁은 통로가 나타났다. 한쪽으로 신랑을 내려다보는 작은 아치들이 일렬로 늘어서 있었다. 천장은 아치 꼭대기에서 비스듬히 내려와 반대편 바닥까지 이어져 있었다. 바닥 자체는 평평하지 않고 양쪽으로 굽어져 있었다. 얼마 후에야 잭은 자신이 서 있는 곳이 어디인지를 알았다. 그는 신랑 남쪽 측랑 위에 있었다. 터널 같은 측랑의 둥근 천장이 잭이 밟고 서 있는 구부러진 바닥이었다. 외부에서 보면 측랑에 부섭지붕이 있는 것처럼 보였는데, 그것이 잭이 지금 서 있는 곳 위쪽의 경사진 천장이었다. 측랑은 신랑보다 훨씬 낮았다. 그래서 성당의 주主 지붕까지는 아직도 한참을 가야 했다.

그는 조심조심 통로를 따라 서쪽으로 걸어갔다. 수사들이 모두 가버려 다른 사람 눈에 띌 염려가 없이지지 짜릿한 전율마저 느껴졌다. 나무를 타고 올라가보니, 나뭇가지들에 가려 안 보여서 몰랐는데 모든 나무들의 꼭대기가 이어져 있어서 땅에서 몇 미터 떨어진 그 은밀한 세계를 자유로이 활보하는 것 같은 느낌이었다.

통로 끝에는 또하나의 작은 문이 있었다. 그 문으로 들어가자, 남서쪽에 있는 무너지지 않은 탑의 내부로 들어서게 되었다. 그가 서 있는 공간은 외부인에게 보일 필요가 없는 장소여서인지 날림으로 지어진데다 손질도 제대로 되지 않았고, 마룻바닥 대신 사이사이 넓게 벌어진 서까래로 이루어져 있었다. 그런데, 안쪽 벽을 둘러 난간 없는 나무층계가 나 있었다. 잭은 그 위로 올라갔다.

반쯤 올라가자 한쪽 벽면에 작은 아치문이 나타났다. 층계는 문을 지나 오른쪽으로 이어져 있었다. 잭은 문 안으로 고개를 들이밀고 촛불을 높이 들었다. 위는 목조천장이고 아래는 함석으로 된 지붕 사이의 빈 공간이었다.

처음에는 나무들보가 어떤 식으로 얽혀 있는지 알 수 없었지만, 이윽고 그 구조를 파악할 수 있었다. 폭 30센티미터에 두께 60센티미터의 거대한 참나무 목재들이 북쪽에서 남쪽으로 신랑의 너비 길이만큼 걸쳐 있었다. 각각의 들보 위에는 튼튼해 보이는 두 개의 서까래가 삼각형을 이루고 있었다. 규칙적으로 배열된 삼각형들이 초의 불빛이 닿지 않는 저편까지 이어져 있었다. 들보 사이로 내려다보자 신랑의 채색된 목조 천장의 뒷면이 보였는데, 그 천장은 들보들의 아래쪽 가장자리에 고정되어 있었다.

지붕 공간의 가장자리, 삼각형의 바닥 쪽 구석에 좁디좁은 통로가 있었다. 잭은 작은 문을 지나 좁은 통로로 기어나갔다. 머리 위의 공간은 어른이라면 몸을 구부려야 했을 테지만 잭은 그대로 서도 될 정도였다. 그는 좁은 통로를 따라 얼마간 걸어갔다. 그곳에는 큰불을 낼 만큼 충분한 목재가 있었다. 그는 이상한 냄새가 나서 무슨 냄새인지 알기 위해서 코를 킁킁거렸다. 송진 냄새 같았다. 지붕 목재에는 타르가 칠해져 있었다. 이 나무들은 짚처럼 잘 탈 것이었다.

그때 갑자기 바닥에서 무엇인가 움직여 가슴이 철렁 내려앉았다. 강에서 올라온 머리 없는 기사와 유령 같은 모습으로 클로이스터를 지나던 수사들이 떠올랐다. 다음 순간 그는 그것이 쥐들일 거라고 생각하고는 마음을 놓았다. 그러니 자세히 들여다보니 그것은 새였다. 처마 밑에 새둥지가 있었다.

지붕의 공간은 아래에 있는 성당의 형태를 따라 양쪽 익랑 위에서 갈라지고 있었다. 잭은 교차지점의 모퉁이까지 간 다음 걸음을 멈췄다. 그는 아까 성당 밑에서 통로로 올라온 그 작은 나선형 층계 바로 위에 서 있다는 걸 깨달았다. 만약 불을 놓기로 마음먹는다면 이곳이 가장 적당했다. 여기에서부터 길이 네 갈래, 즉 서쪽으로는 신랑으로, 남쪽으로는 남쪽 익랑으로, 교차지점 저편으로 성단소 그리고 북쪽 익랑으로 갈라지고 있었다.

지붕에 쓰인 목재는 주로 참나무의 중심부였기 때문에, 설혹 표면에 타르가 칠해져 있다 하더라도 촛불로는 불이 붙지 않을지 몰랐다. 하지만 처마 밑에는 오래된 나무 부스러기나 대팻밥, 버려진 밧줄 토막이나 마대 조각, 빈 새둥지 따위가 있어서, 그 정도면 완벽한 불쏘시개감이었다. 그것들을 한데 모아서 쌓아놓기만 하면 되었다.

초는 점점 타들어가고 있었다.

일은 너무 쉬워 보였다. 잡동사니들을 모아다가 촛불로 불을 붙여놓고 그 자리를 떠난다. 그런 다음 유령처럼 경내를 가로질러 살그머니 객사로 들어간 다음, 문에 빗장을 걸고 밀짚 속에 웅크린 채 소동이 일어나기만 기다리면 되는 것이다.

그러나 누군가에게 들키기라도 한다면……

만약 지금 이 순간 붙잡히게 되면, 그저 성당 안을 한번 돌아보고 있었노라고 말할 수도 있고, 그렇게 되면 따귀를 한 대 얻어맞고 끝날 것이다. 하지만 성당에 불을 지르다가 잡힌다면 따귀를 맞는 것으로 그치지 않을 것이었다. 그는 셔링에서 설탕을 훔친 소년이 피를 흘리던 모습을 떠올렸다. 범법자들이 받은 벌도 떠올려보았다. 입술 없는 패러먼드는 입술이 도려내졌고, 고양이 얼굴 앨런은 차꼬에 갇힌 채 돌에 눌려 그 이후부터는 제대로 말도 할 수 없게 되었다. 더 끔찍한 건 형벌을 받고 목숨을 잃은 사람들의 이야기였다. 어떤 살인자를 큰못을 박은 통에 묶고 비탈 아래로 굴려 못이 그의 온몸을 뚫었다든가, 말 도둑을 산 채로 불 태웠다든가, 도둑질한 매춘부를 끝이 뾰족한 말뚝에 꿰었다는 이야기 등이었다. 성당에 불을 지른 소년에게는 어떤 벌이 주어질까?

잭은 조심스럽게 처마 밑에서 불이 잘 붙을 만한 것들을 끌어모아 큼직한 서까래 바로 아래로 난 좁은 통로에 쌓았다.

30센티미터 정도 쌓아올린 다음 잭은 바닥에 앉아 바라보았다.

촛농이 흘러내렸다. 잠시 뒤면 기회를 놓치게 될지도 몰랐다.

그는 잽싸게 마대 조각에 촛불을 갖다댔다. 불이 붙었다. 불꽃은 순식간에 나무 부스러기들로 옮겨붙었고, 그다음에는 바싹 마른 새둥지에 옮겨붙어 이내 작은 불길을 이루며 거침없이 타올랐다.

지금이라도 불을 끌 수 있어, 잭은 생각했다.

불쏘시개감은 조금씩, 그렇지만 빠르게 타들어가고 있었다. 이런 속도라면 천장 목재에 불이 붙기도 전에 다 타버릴지도 몰랐다. 잭은 서둘러 잡동사니를 더 긁어모아 그 위에 얹었다. 불꽃은 더 높이 타올랐다. 지금이라도 불을 끄기엔 늦지 않아, 그는 생각했다. 들보에 입힌 송진이 검게 그을더니 이윽고 연기를 내기 시작했다. 잡동사니들은 계속 타올랐다. 지금이라도 불을 끌 수 있어, 그는 생각했다. 그때 그는 좁은 통로 자체에 불이 붙었음을 깨달았다. 지금이라도 외투를 벗어 불을 덮어 끌 수 있어, 아직은, 그는 생각했다. 하지만 그것은 생각뿐이었고, 그는 오히려 부스러기들을 더 불속에 던져넣으며 더더욱 기세 좋게 타오르는 불을 바라보았다.

지붕과 불과 2센티미터밖에 떨어지지 않은 밖의 밤공기는 얼어붙을 듯 차가웠지만, 처마 밑의 비좁은 공간은 온통 뜨거운 열기와 연기로 가득했다. 지붕의 연판을 못 박아 고정시킨 작은 목재에도 불이 붙기 시작했다. 그리고 드디어 중심에 있는 거대한 들보에서 작은 불꽃이 탁탁 튀기 시작했다.

대성당에 불이 난 것이다.

이제 일은 벌어졌다. 돌이킬 수 없었다.

잭은 와락 겁이 났다. 갑자기 이곳을 어서 빠져나가 객사로 돌아가고 싶었다. 외투를 둘둘 말고 눈을 꼭 감은 채 우묵한 짚더미 속에 편안히 누워 다른 사람들이 내는 고른 숨소리를 듣고 싶었다.

그는 좁은 통로를 따라 뒷걸음질했다.

통로 끝에 다다른 잭은 뒤를 돌아다보았다. 나무에 입힌 송진 때문인지 불길은 놀랍도록 빠른 기세로 번지고 있었다. 작은 목재들은 모두 불길에 휩싸여 있었고, 큰 들보들도 타오르기 시작했다. 불길은 좁은 통로를 따라 번지고 있었다. 잭은 불길에서 등을 돌렸다.

그는 탑 속으로 머리를 들이민 다음 계단을 내려와, 측랑 위의 통로를 따라 뛰어갔다. 그런 다음 빠른 걸음으로 나선형 층계를 내려갔다. 그는 들어왔던 문으로 달려갔다.

문은 잠겨 있었다.

잭은 자신이 어리석었다는 것을 깨달았다. 수사들은 들어올 때는 문을 잠그지 않았다. 하지만 나갈 때 다시 문을 잠그는 것은 당연했다.

공포가 담즙처럼 목구멍으로 솟구쳐올라왔다. 그는 성당에 불을 질렀고, 지금 그 안에 갇혀 있는 것이었다.

그는 갑작스레 밀려온 공포와 싸우며 생각을 모아보았다. 처음에 바깥에서 모든 문을 다 열어보려 했지만 모두 잠겨 있었다. 그러나 안에서 열 수 있도록 자물쇠로 잠그지 않고 그저 빗장만 질러놓은 문이 있을지도 몰랐다.

그는 서둘러 교차부를 지나 북쪽 익랑으로 가 북쪽 현관문을 살펴보았다. 자물쇠가 채워져 있었다.

어두컴컴한 신랑을 달려내려가 신자들이 드나드는 커다란 출입문들을 하나씩 열어보았지만, 세 개의 문 모두 자물쇠가 채워져 있었다. 마지막으로 클로이스터가 있는 광장 북쪽 보도에서 남쪽 익랑으로 통하는 작은 문도 열어보았지만 역시 잠겨 있었다.

잭은 울고 싶었다. 그러나 운다고 해결될 일이 아니었다. 목조천장을 올려다보았다. 그의 상상일까, 아니면 희미한 달빛 때문이었을까? 남쪽 익랑 가까운 천장에서 연기가 조금씩 피어오르고 있는 것 같았다.

그는 생각했다. 이제 난 어떻게 해야 하지?

만약 수사들이 잠에서 깨어 불을 끄려고 허둥지둥 달려왔지만 너무나 당황한 나머지 조그만 소년이 문으로 빠져나가는 걸 거의 눈치채지 못한다면? 아니면 그 자리에서 그를 붙잡아 지독한 욕설을 퍼부을까? 그것도 아니면, 전체 건물이 전소해서 무너져내릴 때까지 수사들은 아무것도 모른 채 곯아떨어져 있고, 그는 엄청난 돌더미 아래 깔리게 될까?

눈에 눈물이 고였다. 그는 나무 부스러기에 촛불을 갖다대지 말아야 했다고 후회했다.

다급하게 주위를 둘러보았다. 만약 창문으로 가서 소리를 지르면 누군가 들을 수 있을까?

위쪽에서 무엇인가 와르르 무너지는 소리가 들렸다. 위를 올려다본 그는 목조천장에 난 구멍을 보았다. 들보 하나가 무너지면서 천장을 꿰뚫은 것이다. 그 구멍은 마치 검은 바탕에 난 붉은 천조각처럼 보였다. 얼마 뒤에도 또 한번 요란한 소리가 나면서 커다란 목재 하나가 천장을 부수고 떨어지며 공중에서 곤두박질치며 곧장 바닥으로 떨어졌다. 신랑의 거대한 기둥들이 흔들릴 정도로 쿵 하는 소리가 났다. 그 뒤를 이어 불꽃과 타다 남은 재가 떨어져내렸다. 잭은 외침이나 도움을 청하는 울부짖음, 혹은 종소리가 나지 않을까 귀를 기울였다. 그러나 아무 소리도 들리지 않았다. 아무도 무너져내리는 소리를 듣지 못한 것이었다. 그렇게 요란한 소리도 수사들을 깨우지 못한다면, 그가 지르는 소리도 듣지 못할 것이 분명했다.

난 여기서 죽을지도 몰라, 그는 거의 광란 상태에 빠져 생각했다. 빠져나갈 방법을 찾지 못한다면 타죽거나 깔려 죽을지도 모른다!

그는 무너진 탑을 생각해보았다. 밖에서 살펴보았을 땐 안으로 들어갈 수 있는 길을 보지 못했다. 그는 자기가 떨어지거나 돌무더기를 무너뜨리게 될까 마음을 졸이고 있었다. 안에서 다시 살펴보면, 아까는 보지 못한 통로를 찾을 수 있을지도 몰랐다. 필사적으로 찾아보면 어딘가 빠져나갈 구멍이 있을지도 몰랐다.

그는 건물 전면 쪽으로 달려갔다. 천장에 뚫린 구멍에서 내뿜는 불길과 신랑 바닥에 떨어진 들보에서 날름거리는 불꽃이 어우러져 달빛보다 더 밝은 빛을 발하고 있었고, 줄지어 있는 신랑 아치들은 이제 은빛이 아닌 금빛 테를 두르고 있었다. 잭은 한때 북서쪽의 탑을 이루었던 돌무더기를 살펴보았다. 그것은 단단한 벽을 이루고 있었다. 이제 빠져나갈 길은 없었다. 어리석게도 그는 들을 수 없다는 것을 알면서도 "어머니!" 하고 목청껏 외쳤다.

또다시 엄습해오는 공포를 가까스로 억눌렀다. 그러자 이 무너진 탑에서 마음 한구석에 짚이는 무언가가 있었다. 아까 남쪽 익랑 위의 통로를 따라갔을 때, 그는 아직 건재한 다른 편 탑 안으로 들어갈 수 있었다. 그렇다면 이제 그가 북쪽 익랑 바로 위의 통로를 따라 걸어가면 아래쪽에서는 볼 수 없었던 어떤 틈이 돌무더기 안에 나 있을지도 몰랐다.

그는 불에 타고 있는 들보가 천장에서 또다시 와르르 무너져내릴 경우를 대비해 북쪽 측랑을 엄폐물로 삼아 그 아래를 통해 교차부로 다시 달려갔다. 이쪽에도 반대쪽과 마찬가지로 작은 문과 나선형 층계가 있어야 했다. 그는 신랑 모퉁이에 있는 북쪽 측랑으로 갔다. 문은 없었다. 모퉁이 주위를 둘러보았다. 이쪽은 구조가 달랐다. 자신이 그토록 운이 없다니 믿을 수가 없었다. 미칠 것 같았다. 통로로 가는 길이 분명 있어야 하는데!

그는 마음을 가라앉히려고 필사적으로 노력하면서 생각을 쥐어짰다. 무너진 탑으로 들어가는 길은 있다. 그것을 찾기만 하면 된다. 남서쪽의 성한 탑을 거쳐 지붕 밑으로 갈 수만 있다면 반대쪽 지붕 밑으로 건너갈 수 있을 거야, 그는 생각했다. 그쪽에 작은 입구가 있어서 무너진 북서쪽 탑으로 갈 수 있어야 해. 그렇게 되면 빠져나갈 길을 찾을 수 있을 거야.

그는 두려움에 찬 눈길로 천장을 올려다보았다. 이제 그 안의 불길은 지옥불처럼 타오르고 있을 것이다. 하지만 그는 더 좋은 생각을 해낼 수 없었다.

우선 신랑을 가로질러야 했다. 다시 한번 위를 올려다보았다. 그가 보기에는 금방 내려앉을 만한 것은 없었다. 그는 숨을 깊이 들이쉰 다음 맞은편을 향해 내달았다.

그는 남쪽 측랑에 있는 작은 문을 힘껏 잡아당겨 열었고, 나선형 층계를 올라갔다. 맨 꼭대기까지 올라 통로로 들어서자, 위쪽에서 타오르는 불길의 열기가 느껴졌다. 그는 통로를 따라 뛰어가 성한 탑 안으로 들어갔고, 단숨에 계단을 달려올라갔다.

고개를 들이밀고 조그만 아치를 통해 지붕 밑으로 기어들어갔다. 뜨거운 연기가 가득했다. 맨 위에 있는 목재는 모두 화염에 휩싸였고, 맨 끝의 가장 커다란 들보들도 무섭게 불타고 있었다. 타르 냄새 때문에 연거푸 기침이 나왔다. 그는 한순간 멈칫했을 뿐, 곧이어 신랑을 가로지르는 커다란 들보 위로 올라선 다음 걸어가기 시작했다. 뜨거운 열기 때문에 땀으로 흠뻑 젖었고, 눈에 땀이 흘러들기 시작하자 어디를 걷고 있는 건지 분간하기가 힘들었다. 그는 콜록거리다가 발이 미끄러지는 바람에 옆으로 넘어지고 말았다. 한쪽 발은 들보 위에 걸쳐 있었지만 다른 한 발은 들보를 벗어났다. 그는 오른발로 천장을 딛고 있었는데, 놀랍게도 오른발이 천장의 썩은 나무를 뚫고 푹 빠져버렸다. 신랑의 높다란 천장이 섬광처럼 떠올랐다. 천장을 뚫고 곧바로 떨어진다면, 대체 얼마나 높은 곳에서 떨어지게 되는 것일까? 순간 그는 불붙은 들보가 떨어질 때처럼 공중제비를 도는 자신의 모습을 상상하고 비명을 지르면서 두 팔을 앞으로 뻗으며 엎어졌다. 다행히도 목재가 그의 몸무게를 지탱해주었다.

한쪽 다리는 천장에 박힌 채 양손과 한쪽 무릎에 체중을 실은 그는 미처 충격에서 벗어나지 못해 손끝 하나 움직이지 못하고 뻣뻣이 굳어 있었다. 이윽고 불길이 내뿜는 지독한 열기 때문에 그는 충격에서 빠져나왔다. 천천히 구멍에서 한쪽 발을 빼냈다. 그런 다음 양손과 무릎을 바닥에 대고 앞으로 기어가기 시작했다.

거의 맞은편에 다다랐을 때, 커다란 들보 몇 개가 신랑 바닥으로 떨어져내렸다. 그 충격으로 건물 전체가 뒤흔들리는 듯했다. 잭의 바로 밑에 있는 들보가 팽팽하게 당긴 활시위처럼 무섭게 떨리고 있었다. 그는 기어가던 것을 멈추고 바닥에 달라붙었다. 이윽고 진동이 멈추자 그는 다시 기어가기 시작했다. 얼마 후 북쪽에 있는 좁은 통로에 이르렀다.

만약 그의 예상이 빗나가 이곳에 북서쪽 탑의 잔해로 통하는 통로가 없었다면, 그는 다시 되돌아가야 했을 것이었다.

똑바로 몸을 일으키자 차가운 밤공기가 코끝에 닿았다. 분명히 어딘가 틈이 있었다. 하지만 그 틈새가 조그만 소년이 빠져나갈 크기가 될 것인가?

그는 서쪽으로 세 걸음을 옮기다가 우뚝 멈춰섰다. 하마터면 그대로 허공을 밟을 뻔했던 것이다.

커다란 구멍을 통해 달빛에 비친 무너진 탑의 잔해가 보였다. 갑자기 긴장이 풀리고 무릎에 힘이 빠졌다. 지옥불에서 벗어난 것이다.

그러나 그는 지붕 높이만큼 올라와 있었고, 돌무더기 꼭대기까지 뛰어내린다는 것은 불가능했다. 가까스로 불길을 피할 수는 있었지만, 목을 부러뜨리지 않고 바닥까지 내려갈 수 있을지는 알 수 없었다. 등 뒤로는 불길이 빠르게 다가오고 있었고, 그가 서 있는 구멍으로 연기가 굽이치며 빠져나가고 있었다.

다른 쪽 탑과 마찬가지로 이 탑에도 한때 내부 벽에 층계가 있었지만, 탑이 무너지면서 층계의 대부분이 부서져버렸다. 벽에 나무 발판을 회반죽으로 고정했던 자리는 아직도 2센티미터나 4센티미터 정도의 나뭇조각이 붙어 있었다. 잭은 그 나뭇조각을 딛고 내려갈 수 있을지 생각해보았다. 위험한 일이었다. 그 순간 옷 타는 냄새가 났다. 그의 외투가 눋고 있었다. 잠시 후면 불이 붙을지도 몰랐다. 이제 다른 길은 없었다.

잭은 바닥에 앉은 채 가장 가까이에 있는 나뭇조각을 두 손으로 움켜쥐고 한쪽 다리를 조심스럽게 내려 발판 위에 올려놓았다. 그런 다음 다른 쪽 다리도 내려놓았다. 그는 발끝으로 발판을 더듬으며 천천히 한 계단을 내려갔다. 나뭇조각들은 단단히 고정되어 있었다. 그는 몸무게를 싣기 전에 다음 발판이 얼마나 단단한지 시험하면서 또 한번 아래로 발을 뻗었다. 이번 것은 좀 헐거웠다. 허공에 매달리게 될 경우를 대비해 두 손으로 위쪽 발판을 움켜잡은 채 조심스럽게 발을 내디뎠다. 이렇게 한 걸음씩 위태롭게 내디디면서 그는 조금씩 돌더미 위로 다가갔다. 아래쪽으로 내려감에 따라 발판들이 점점 작아지는 느낌이었다. 아래쪽이 좀더 심하게 부서진 모양이었다. 이번에는 털장화를 신은 자신의 발끝보다도 좁은 발판에 한 발을 올려놓았다. 발판에 몸을 싣는 순간 발이 미끄러졌다. 다른 한 발은 좀더 큰 발판을 딛고 있었지만, 갑자기 몸무게가 그쪽으로 쏠리게 되자 그만 부러지고 말았다. 그는 두 손으로 몸을 지탱하려고 했지만, 그쪽 발판은 너무 작아서 힘껏 움켜쥘 수가 없었다. 그는 겁에 질린 채 그 높고 위태로운 곳에서 미끄러져 허공으로 떨어졌다.

그는 돌무더기 꼭대기를 두 손과 무릎으로 짚는 자세로 떨어졌다. 한동안 갑작스런 충격에 너무도 놀라서 자기가 죽은 게 분명하다고 생각했다. 다음 순간 그는 다행히 제대로 떨어졌음을 깨달았다. 두 손은 얼얼했고 무릎에는 멍이 들었을 테지만, 그래도 다른 데는 이상이 없었다.

잠시 후 그는 돌무더기에서 기어내려와 마지막 몇 십 센티미터를 남기고 훌쩍 뛰어내렸다.

무사했다. 안도감으로 맥이 풀렸다. 다시 한번 울고 싶어졌다. 마침내 도망쳐나온 것이다. 가슴이 뿌듯했다. 얼마나 아슬아슬한 모험이었던가!

그러나 위험은 아직 끝나지 않았다. 이곳 바깥에서는 연기를 내뿜는 훅훅 소리만이 들렸고, 지붕 밑에서 그토록 귀를 먹먹하게 했던 화재의 소음도 아득한 곳을 지나는 바람 소리처럼 들려올 뿐이었다. 창문 뒤에서 벌겋게 이글거리는 불길만이 성당이 불타고 있음을 입증해주고 있었다. 그렇다 하더라도 조금 전에 일어난 진동은 누군가의 잠을 깨울 것이 분명했다. 이제 어느 순간에라도 눈도 제대로 뜨지 못한 수사가, 자신이 느꼈던 지진이 진짜인지 아니면 단지 꿈이었는지 의아해하면서 숙사 밖으로 비틀비틀 걸어나올 수 있었다. 잭이 성당에 불을 지른 것, 그것은 수사의 입장에서 보면 극히 가증스러운 죄악이었다. 어서 그곳에서 도망쳐야 했다.

잭은 풀밭을 가로질러 객사로 달려갔다. 사방은 여전히 고요했다. 그는 숨을 헐떡거리며 객사 밖에서 걸음을 멈췄다. 이렇게 헐떡거린다면 가족들이 모두 깰지도 몰랐다. 가라앉히려고 애를 썼지만 그럴수록 숨소리는 더 크게 나는 것 같았다. 그는 거칠어진 숨이 정상으로 돌아올 때까지 꼼짝없이 그 자리에서 기다릴 수밖에 없었다.

그 순간 종이 울렸다. 종은 고요한 어둠을 꿰뚫고 다급하게 계속해서 울려퍼졌다. 분명 비상 신호였다. 잭은 몸이 뻣뻣해졌다. 만약 그가 지금 방 안으로 들어간다면 가족들 모두가 알아차릴 것이었다. 하지만 들어가지 않는다면—

그때 객사의 문이 열리며 마사가 나왔다. 잭은 겁에 질린 채 그녀의 얼굴을 뚫어지게 보기만 했다.

"어디 갔다 온 거야?" 마사가 부드럽게 물었다. "오빠한테서 연기 냄새가 나는걸."

순간 그럴 듯한 거짓말이 잭의 머릿속에 떠올랐다. "그냥 나와봤어. 종소리가 나잖아." 그가 필사적으로 대답했다.

"거짓말." 마사가 말했다. "오랫동안 나가 있었잖아. 나 안 자고 있었어."

그는 더 그녀를 속일 수 없다는 것을 깨달았다. "너 말고 깨어 있는 사람이 있니?" 그는 두려움에 찬 목소리로 물었다.

"아니, 나뿐이야."

"내가 나갔었다는 말 아무한테도 하면 안 돼, 알았지?"

그녀는 잭의 목소리가 떨리고 있다는 것을 알고 안심시켜주듯 말했다. "알았어. 비밀 지켜줄게. 걱정 마."

"고마워!"

바로 그때 톰이 머리를 긁적이면서 밖으로 나왔다.

잭은 두려웠다. 톰 아저씨는 어떻게 생각할까?

"무슨 일이지?" 톰이 졸린 목소리로 말했다. 그는 코를 킁킁거렸다. "연기 냄새잖아."

잭은 떨리는 팔로 성당 쪽을 가리켰다. "저기……" 그는 침을 꿀꺽 삼켰다. 이젠 모든 것이 뜻대로 잘되어가고 있었다. 그는 마음을 놓았다. 톰은 그가 마사보다 조금 일찍 일어났을 뿐이라고 생각할 것이었다. 잭은 이번에는 좀더 자신 있는 목소리로 말했다. "성당을 좀 보세요. 불이 난 것 같아요."

2

필립은 여전히 혼자 자는 데 익숙지 않았다. 숙사의 텁텁한 공기, 다른 사람들이 뒤척이고 코 고는 소리, 그리고 늙은 수사가 변소에 가기 위해 부산 떠는 소리(그러면 대개 다른 늙은 수사들도 뒤따라가게 마련이라 질서정연한 행렬을 이루게 되는데, 이 일은 언제나 젊은 수사들을 즐겁게 했다)가 그리웠다. 피곤에 지친 어스름 녘에는 혼자 있는 것이 그런대로 괜찮았지만, 미사 때문에 완전히 잠이 깬 한밤중에는 다시 잠을 청하기가 무척 힘들었다. 그럴 때면 그는 크고 푹신한 침대에 돌아가 눕는 대신(자신이 언제쯤이나 그런 침대에 익숙해질지 생각하면 곤혹스러운 느낌마저 들었다), 난롯불을 돋우고 촛불 밑에서 책을 읽거나 무릎을 꿇고 기도하거나 아니면 그저 이런저런 생각에 잠겨 앉아 있었다.

생각해야 할 것은 많았다. 수도원의 재정은 예상보다 훨씬 좋지 않았다. 아마도 주된 이유는 수도원 전체 조직이 현금을 거의 만들어내지 못하는 데 있을 터였다. 수도원은 막대한 토지를 소유하고 있었지만, 많은 농토들이 오랜 기간 저렴한 소작료로 임대된데다 많은 농가들이 그 액수에 해당하는 몇 포대의 밀가루나 몇 통의 사과, 몇 바리의 순무로 소작료를 지불했던 것이다. 소작을 주지 않은 농토는 수사들이 경작하고 있었는데, 먹고 남아 팔 정도의 잉여물은 생산하지 못하고 있는 듯했다. 수도원의 다른 주요 자산은 수도원에 속해 있는 성당들로, 그곳들에서는 교구세를 받고 있었다. 불행히도 이 교구세 대부분은 성구 관리인이 관리하고 있었기 때문에, 필립은 그가 어느 정도의 교구세를 받아 어디에 어떻게 쓰고 있는지 정확히 알아내기가 어려웠다. 장부 같은 것도 없었다. 그러나 비록 여러 해에 걸쳐 보석 박힌 용기라든가 장식품 같은 수집품들을 놀라울 정도로 끌어모았다 하더라도, 대성당을 제대로 보수할 수 있을 정도로 수입이 많지 않다는 것은 분명했다. 아니면 그가 제대로 관리를 하지 못하는 것일지도 몰랐다.

필립은 나중에 멀리 흩어져 있는 수도원 소유지들을 둘러보고 모든 상세한 내용을 알 수 있게 되었지만, 윤곽은 이미 확실하게 드러나 있었다. 전임 수도원장은 매일의 경비를 충당하기 위해 윈체스터와 런던에 있는 대금업자들에게서 여러 해 동안 돈을 빌려 써왔던 것이다. 필립은 그것이 얼마나 잘못된 일인가를 깨닫고 몹시 울적해졌다.

그러나 그 문제에 대해 생각과 기도를 거듭한 끝에 해결의 실마리를 발견했다. 필립은 3단계에 걸친 계획을 세웠다. 먼저 수도원의 재정을 한 사람이 관리하도록 했다. 현재는 임원 각자가 수도원의 소유지를 따로 맡아 그 재산에서 나오는 수입으로 자신의 책무를 이행하고 있었다. 저장실 관리인, 성구 관리인, 객실 담당, 수련수사 교사, 그리고 진료인 모두 각기 '자신의' 농토와 성당을 소유하고 있었다. 그러므로 그들 중 한 사람이라도 돈이 남아돌아도 그 사실을 밝히지 않을 것임은 당연했다. 그들은 남아도는 돈이 생기면 다른 사람에게 빼앗기기 전에 은밀히 써버렸다. 필립은 회계관이라는 새로운 직책을 만들기로 마음먹었다. 그 회계관은 수도원의 모든 수입을 각 임원에게 필요한 만큼 분배해주는 일을 맡게 될 것이었다.

회계관은 물론 필립이 신임하는 사람이어야 했다. 처음에는 저장실 관리인인 흰머리 커스버트에게 그 직책을 맡길까 했지만, 곧 그가 기록하는 것을 싫어한다는 점을 상기했다. 그렇다면 좋은 생각이 아니었다. 지금부터는 모든 수입과 지출이 빠짐없이 장부에 기록되어야 했다. 필립은 결국 젊은 요리장인 밀리우스 형제를 회계관으로 임명하기로 마음먹었다. 수도원의 다른 임원들은 누가 그 직책을 맡든 그런 발상 자체를 좋아하지 않겠지만, 그것을 결정하는 것은 필립이었다. 아무튼 수도원의 재정 상태가 심각하다는 것을 알고 있거나 혹은 어렴풋이나마 느끼고 있는 대부분의 수사들은 그러한 개혁을 지지할 터였다.

일단 모든 돈을 관리하게 되면 필립은 두번째 계획을 실행할 생각이었다.

멀리 떨어져 있는 모든 농토들은 현금으로 소작료를 받는다는 조건으로 임대한다는 것이었다. 그렇게 하면 먼 거리에서부터 물품을 수송하는 데 드는 비용이 절감될 터였다. 수도원의 소유지 중에는 요크셔 지방에 있는 것도 있었는데, 그 '소작료'는 양 열두 마리로 대신하고 있었다. 양들의 값보다 수송비가 더 많이 드는데도 해마다 빠짐없이 양 열두 마리가 킹스브리지까지 먼 거리로 수송되었고, 그들 중 절반은 도중에 죽어버렸다. 앞으로는 가까운 농토에서만 수도원에서 사용할 식량을 조달할 것이다.

그는 또한 농장마다 모든 물품을 취급해 곡식 얼마, 고기 얼마, 우유 얼마 하는 식으로 소량으로 생산하도록 되어 있는 현재의 체제를 바꿀 계획도 세웠다. 이러한 체제가 얼마나 많은 낭비를 낳는지 필립은 지난 몇 년간 절감하고 있었다. 각각의 농장에서는 이런 모든 생산물을 농장 자체에 필요한 만큼만 생산해왔다. 혹은 좀더 정확히 말하자면, 농장들은 자체 생산량만큼만 소비해왔다. 필립은 각 농장에서 한 가지 생산물만을 집중적으로 생산하게 하고 싶었다. 수도원 소유의 방앗간이 몇 채 있는 서머싯의 촌락들에서는 모든 종류의 곡물을 경작하게 할 계획이었다. 월트셔의 목초 무성한 언덕에서는 버터와 고기를 얻을 소를 기르게 할 것이다. 작은 수도원인 숲속의 성 요한 분원에서는 염소들을 키워 치즈를 만들게 할 것이다.

그러나 그중에서도 가장 중요한 계획은 중질의 농토, 특히 언덕바지에 있는 메마르고 척박한 농토를 모두 목양 농장으로 바꾸는 것이었다.

필립은 소년 시절을 양을 치는 수도원(웨일스 지방의 그 지역에서는 모두가 양을 쳤다)에서 보냈고, 예전부터 해마다 조금씩이긴 하지만 양모 가격이 꾸준히 오르고 있다는 걸 알고 있었다. 양이야말로 수도원의 현금 사정을 지속적으로, 혹은 단기에 해결해줄 재정적인 원천이 될 것이다.

그것이 두번째 계획이었다. 세번째는 대성당을 부수고 새 성당을 짓는 것이었다.

현재의 성당은 오래되어 낡고 보기 흉할 뿐 아니라 실용적이지 못했다. 더구나 북서쪽 탑이 붕괴되었다는 사실은 건물의 전체 구조가 튼튼하지 못하다는 증거였다. 근래에 지은 성당들은 보다 높고 길쭉했고, 가장 중요한 차이점이 있었으니 실내가 훨씬 밝게 건축된다는 것이었다. 또한 그런 성당들은 중요한 인물의 무덤이나 성유물聖遺物들을 전시해서 순례자들이 볼 수 있도록 설계되었다. 요즈음에는 점점 더 많은 성당들이 별도로 소규모 제단과 특정 성자에게 봉헌된 특별 예배당을 갖추고 있었다. 신도들의 다양한 요구에 맞춰 잘 고안한 성당을 지으면, 현재보다 훨씬 더 많은 신도들과 순례자들을 킹스브리지 성당에 모을 터였다. 그렇게만 된다면 결국 성당 자체 내에서 경비를 충당할 수도 있으리라. 수도원의 재정을 확고하게 다져놓고 난 다음, 필립은 킹스브리지의 갱생을 상징하는 새 대성당을 지을 작정이었다.

그리고 그것은 그의 최후를 장식할 업적이 될 것이다.

십 년 정도면 새 성당을 지을 만한 충분한 돈을 모으게 될 것 같았다. 그러나 너무 소극적인 생각이었다. 그때가 되면 벌써 나이 마흔에 가까울 것이 아닌가! 하지만 그는 약 일 년 안에 혹은 내후년 성령강림절까지는, 완벽하게까지는 아니더라도 보기 싫지 않을 정도로 대성당을 보수할 만한 여유가 생기기를 바랐다.

계획을 세우고 나자 다시금 모든 것이 희망적으로 보여 기분이 좋아졌다. 세부 계획들을 곰곰 생각하고 있는데, 어디선가 커다란 문이 쾅 닫히는 것 같은 소리가 어렴풋이 들렸다. 누군가 자리에서 일어나 숙사나 클로이스터를 돌아다니고 있는 듯했다. 무슨 일이 있다면 자신이 가장 먼저 알게 되리라고 생각하면서 필립은 다시 소작료와 교구세에 대한 생각에 빠져들었다. 수도원 재산의 또다른 중요 출처는 수련수사로 들어오는 소년들의 부모에게서 받는 기부금이었다. 하지만 수도원에 필요한 수준의 수련수사들을 끌어모으려면 제법 큰 학교가 있어야 했다—

이번에는 방이 조금 흔들릴 정도로 커다란 소리가 났다. 그의 생각은 다시 끊어졌다. 문 닫히는 소리는 분명 아닌데, 그는 생각했다. 무슨 일이 생긴 거지? 그는 창가로 가서 덧문을 열었다. 차가운 밤공기가 들어오자 몸이 떨렸다. 그는 성당 건물과 집회소, 클로이스터, 숙사, 취사장 건물 등을 두루 살펴보았다. 건물들은 모두 달빛 아래 평화로워 보였다. 공기가 얼어붙을 듯이 차가워서 숨을 쉴 때마다 이가 시렸다. 그런데 왠지 공기가 좀 이상했다. 그는 코를 킁킁거렸다. 연기 냄새였다.

그는 불안한 듯 얼굴을 찌푸렸다. 하지만 어디서도 불길 같은 것은 보이지 않았다.

방 안에 피워놓은 난로에서 나는 냄새가 아닐까, 그는 다시 방 안으로 고개를 돌려 냄새를 맡아보았지만 난로에서는 그런 냄새가 나지 않았다.

필립은 영문을 모른 채 깜짝 놀라 재빨리 부츠를 신고 외투를 집어들고 사택 밖으로 달려나왔다.

풀밭을 지나 클로이스터 쪽으로 달려갈수록 연기 냄새는 짙어졌다. 수도원 어딘가에 불이 난 것이 분명했다. 처음에는 취사장에서 불이 난 것이 틀림없다고 생각했다. 대부분의 화재는 취사장에서 시작되었다. 그는 남쪽 익랑과 집회소 건물 사이의 통로를 지나 클로이스터의 광장을 가로질러 달려갔다. 낮이었다면 식당을 지나 취사장 안뜰로 갔을 테지만, 밤에는 식당 문이 잠겨 있어 남쪽 보도의 아치를 거쳐 오른쪽으로 돌아 취사장 뒤편으로 가야 했다. 취사장이나 양조장, 제빵소, 어디에도 불이 난 흔적이 없었고 연기 냄새도 그리 심하지 않았다. 그는 좀더 뛰어가 양조장 모퉁이를 지나 풀밭을 가로질러 객사와 마구간까지 둘러보았다. 거기도 모든 것이 조용했다.

숙사에서 불이 날 수도 있을까? 숙사는 난로가 있는 유일한 건물이었다. 그런 생각이 들자 소름이 끼쳤다. 클로이스터로 되돌아가는 그의 머릿속에 불이 난 것도 모르는 채 연기에 휩싸여 수사들이 잠자리에 누워 있는 끔찍한 장면이 떠올랐다. 그는 숙사 문으로 달려갔다. 그가 막 그곳에 이르렀을 때, 문이 열리더니 흰머리 커스버트가 골풀 초를 들고 밖으로 나왔다.

커스버트는 그를 보자마자 물었다. "원장님께서도 연기 냄새를 맡았습니까?"

"네. 그런데 수사들은 무사합니까?"

"불이 난 곳은 이곳이 아닙니다."

필립은 안심했다. 적어도 형제들은 무사한 것이었다. "그렇다면 어딜까요?"

"취사장은 어떻습니까?" 커스버트가 물었다.

"그쪽은 아닙니다. 이미 확인했습니다." 모두가 무사하다는 것을 알고 나자 이제는 수도원의 재산이 걱정되기 시작했다. 조금 전에도 재정에 대해 생각하고 있었기 때문에 지금 당장 건물을 보수한다는 게 불가능하다는 것을 알고 있었다. 그는 성당을 바라보았다. 창문으로 붉은 불꽃이 희미하게나마 보이지 않을까?

필립이 말했다. "커스버트 형제, 성구 관리인에게 가서 성당 열쇠를 가져오십시오."

커스버트는 필립보다 한 발 앞서 있었다. "여기 열쇠가 있습니다."

"잘됐군요."

그들은 동쪽 보도를 따라 남쪽 익랑에 있는 문으로 황급히 달려갔다. 커스버트가 서둘러 문을 열었다. 문이 열리는 순간 연기가 굽이치듯 흘러나왔다.

필립은 심장이 멎는 듯했다. 첫눈에는 온통 혼란의 도가니로만 보였다. 성당 바닥과 제단 주변, 그리고 이곳 남쪽 익랑 할 것 없이 거대한 목재들이 떨어져 불타고 있었다. 대체 이 나무들이 어디서 나왔단 말인가? 그것들이 어떻게 그처럼 많은 연기를 내뿜을 수 있을까? 게다가 엄청난 불이라도 난 것처럼 울렸던 그 요란한 소리는 무엇이었을까?

그때 커스버트가 소리쳤다. "위를 보세요!"

위를 쳐다보니 그제야 의문이 풀렸다. 천장이 무서운 기세로 타오르고 있었다. 필립은 공포에 사로잡힌 눈으로 그 광경을 뚫어지게 쳐다보았다. 천장은 마치 지옥의 밑바닥 같았다. 채색된 천장 대부분은 이미 타버려 검게 그을린 지붕의 앙상한 삼각 뼈대만 드러나 있었고, 화염과 연기가 광란의 춤을 추듯 뛰어오르며 소용돌이치고 있었다. 필립은 너무 놀라 그 자리에 얼어붙은 채, 고개가 아프도록 위를 쳐다보며 서 있었다. 이윽고 그는 정신을 차렸다.

그는 교차부 한가운데로 달려가 제단 앞에 서서 성당 전체를 둘러보았다. 서쪽 문에서 동쪽 끝까지, 그리고 양쪽 익랑에 걸쳐 있는 지붕 전체가 화염에 싸여 있었다. 돌연한 공포 속에도 그는 생각했다. 어떻게 저 꼭대기까지 물을 끌어올릴 수 있을 것인가? 양동이를 들고 통로를 따라 줄지어 달려가는 수사들의 모습을 머릿속에 그려보고는 그것이 불가능하다는 것을 깨달았다. 설사 백 명이 동원된다 해도 이토록 거침없이 타오르는 지옥불을 잡을 만큼의 물을 지붕 꼭대기까지 나를 수는 없었다. 곧 지붕 전체가 무너져내릴 것이라고 생각하자 가슴이 철렁 내려앉았다. 그러면 지붕을 새로 만들 돈을 구할 때까지 성당 안으로 비와 눈이 들이칠 것은 자명했다.

어디선가 와르르 무너지는 소리가 나서 그는 위를 올려다보았다. 바로 그의 머리 위에서 거대한 목재 하나가 서서히 기울어져 그의 머리 위로 떨어질 참이었다. 그는 커스버트가 겁에 질린 채 서 있는 남쪽 익랑으로 내달았다.

들보와 서까래로 이루어진 세 개의 삼각틀에, 다시 거기에 고정된 연판까지, 지붕의 한 부분 전체가 무너져내리고 있었다. 필립과 커스버트는 자신들의 안전도 잊은 채, 그 자리에 못 박힌 듯 서서 그 광경을 지켜보았다. 지붕은 교차부의 큼직한 둥근 아치들 가운데 하나로 떨어졌다. 떨어지는 나무와 함석의 어마어마한 무게로 아치의 석조물은 천둥 같은 폭음을 내며 부서져버렸다. 모든 일은 서서히 진행되었다. 들보가 서서히 떨어지자 아치가 서서히 무너져내렸고, 부서진 석조물의 파편은 서서히 공중으로 날아오르다 떨어졌다. 더 많은 지붕의 들보가 느슨해졌고, 이어서 천둥처럼 느릿느릿 끄는 소리를 내면서 성단소 북쪽 벽 전체가 떨리더니 북쪽 익랑 쪽으로 서서히 무너졌다.

필립은 소름이 끼쳤다. 그토록 거대한 건물이 파괴되는 광경은 기이하리만치 충격적이었다. 마치 산이 무너지고 강물이 마르는 광경을 지켜보기라도 한 것 같았다. 그런 일이 정말로 일어날 수 있으리라고는 상상조차 못했던 것이다. 자신의 눈을 믿을 수가 없었다. 그는 방향감각을 잃었을 뿐 아니라 어찌해야 좋을지 알 수 없었다.

커스버트가 필립의 소매를 잡아당기며 외쳤다. "나가시죠!"

그러나 필립은 그 자리에서 발을 떼어놓을 수가 없었다. 수도원이 탄탄한 재정적 발판을 마련하기 위해서는 십 년간 절약하고 열심히 일해야 한다고 예상했던 일이 떠올랐다. 그런데 갑자기 지금 당장 지붕뿐 아니라 북쪽 벽을 새로 올려야 할 형편이 되고 말았다. 게다가 계속 이렇게 무너져내린다면…… 이건 악마의 소행이 틀림없어, 그는 생각했다. 악마가 아니고야 얼어붙을 듯이 추운 1월의 한밤중에 어떻게 지붕에 불을 낼 수 있단 말인가?

"여기 있다간 죽을 거예요!" 커스버트가 소리쳤다. 공포에 질린 그의 목소리에 필립은 정신이 번쩍 들었다. 그는 화염에서 고개를 돌렸다. 그러고는 커스버트와 함께 성당을 빠져나가 클로이스터로 달려갔다.

수사들은 이미 경보를 듣고 숙사 밖으로 줄지어 빠져나오고 있었다. 밖으로 나온 수사들은 당연히 걸음을 멈추고 성당을 보고 싶어했다. 요리장 밀리우스는 입구에 서서 길을 막지 말고 성당에서 먼 클로이스터의 남쪽 보도로 가라고 외치고 있었다. 클로이스터 남쪽 보도 중간쯤에서는 건축장이 톰이 서서 아치 밑으로 빠져나가라고 외치고 있었다.

"객사로 가세요. 성당에서 물러나세요!"

필립은 톰이 지레 겁을 먹고 있다고 생각했다. 이곳 클로이스터에 서 있기만 해도 안전하지 않을까? 하지만 조심해서 나쁠 것은 없었다. 아마도 톰은 일어날 수 있는 사고를 미연에 막자는 것이리라. 사실 그것은 자신이 했어야 할 일이라고 필립은 생각했다.

그러나 톰이 주의를 주는 소리를 듣고 나서야 필립은 붕괴 부분이 어느 정도까지 확산될지 궁금해지기 시작했다. 클로이스터도 안전하지 못하다면, 집회소는 어찌될 것인가? 집회소는 두꺼운 돌벽으로 된 작은 곁방으로, 창문도 없었다. 그래서 그들은 가지고 있는 얼마 안 되는 현금을 쇠테를 두른 참나무 상자에 넣어 그곳에 보관하고 있었다. 그 밖에도 상자 안에는 보석이 박힌 용기와 수도원의 귀중한 강령서와 소유증서도 들어 있었다. 얼마 후 성구 관리인과 함께 일하는 보물 관리인인 젊은 수사 앨런이 보였다. 필립은 그를 불렀다. "집회소에서 귀중품들을 꺼내야겠는데 성구 관리인은 어디 있습니까?"

"보이지 않습니다, 원장님."

"성구 관리인을 찾아 열쇠를 받으세요. 그런 다음 집회소에서 귀중품을 꺼내다 객사로 옮겨놓으세요. 어서, 서둘러요!"

앨런은 달려갔다. 필립은 커스버트에게로 몸을 돌렸다. "그가 제대로 하는지 형제님이 확인해보는 게 좋겠습니다." 커스버트는 고개를 끄덕이고는 앨런을 뒤따랐다.

필립은 성당을 돌아보았다. 잠시 한눈을 파는 사이에 불길은 더욱 거세졌고, 이제 모든 창문은 불빛으로 환해져 있었다. 성구 관리인은 자신의 안전에만 급급할 것이 아니라 귀중품들을 염려했어야 했다. 그 밖에 빠뜨린 것이 또 뭐가 있을까? 모든 것이 너무나 순식간에 일어난 일이라, 필립은 체계적으로 생각하기가 어려웠다. 수사들은 안전한 장소로 대피중이고, 귀중품도 무사할 테고—

그는 성인에 대해서는 까맣게 잊고 있었다.

성당 동쪽 끝 주교 자리 아래에는 초기 영국의 순교자였던 성 아돌푸스의 석묘가 있었다. 그 묘 속에는 성인의 유골을 안치한 목관이 있었다. 그들은 관을 전시하기 위해 정기적으로 묘의 뚜껑을 열어놓았다. 요즈음에는 과거처럼 인기는 없었지만, 예전에는 병자가 그 관을 만지면 기적적으로 병이 나았다. 성인의 유골은 성당에 참배객이나 순례객을 끌어들이는 견인차 역할을 했다. 그런 유골들로 많은 돈을 모을 수 있었기 때문에, 수치스럽게도 다른 성당에서 성유물을 훔쳐오는 수사들도 있었다. 아돌푸스에 대한 관심을 되살리는 일 역시 필립의 계획에 들어 있었다. 유골을 구해내야 했다.

무덤의 뚜껑을 열고 관을 옮기려면 도움이 필요했다. 이 문제도 사실은 성구 관리인이 염려해야 할 일이었다. 그런데 그는 어디에도 보이지 않았다. 다음으로 숙사에서 나온 사람은 거만한 부수도원장 레미기우스였다. 부수도원장이라도 이 일을 거들어야 하리라. 필립은 그를 불러 말했다. "성인의 유골을 구해야 하니 도와주십시오."

레미기우스는 두려움에 가득 찬 연녹색 눈으로 불타는 성당을 바라보며 잠시 머뭇거리다가 필립을 따랐다. 두 사람은 동쪽 보도를 지나 문으로 들어갔다.

필립은 안에 들어서자마자 걸음을 멈췄다. 성당에서 나온 지 얼마 되지도 않았는데, 화재는 훨씬 더 많이 진행되어 있었다. 타는 냄새가 코를 자극하자, 그는 썩지 않도록 지붕 목재에 송진이 발라져 있음을 깨달았다. 뜨거운 불길에도 불구하고 어디선가 찬바람이 느껴졌다. 지붕에 난 구멍으로 연기가 빠져나가고 차가운 공기가 창을 통해 들어오고 있었던 것이다. 이렇게 위로 통풍이 되고 있었기 때문에 불길에 부채질을 하는 셈이었다. 그때 이글거리는 잔화殘火가 성당 바닥으로 비처럼 우수수 쏟아졌고, 지붕에서 타오르는 큼직한 목재 몇 개 역시 금방이라도 떨어져내릴 것 같았다. 바로 그 순간까지도 필립은 맨 먼저 수사들을, 그다음으로는 수도원 재산을 걱정했지만, 이제 처음으로 자신의 안전에 생각이 미치자 그 지옥 속으로 더 나아가는 것을 주저하지 않을 수 없었다.

꾸물거리는 시간이 길어질수록 그만큼 위험은 더 커질 터였다. 게다가 그런 위험에 대해 더 생각하다가는 미쳐버릴 것만 같았다. 그는 수사복을 끌어올리면서 외쳤다. "나를 따라오세요!" 그리고 익랑으로 달려갔다. 그는 자신이 언제 떨어지는 지붕 들보에 깔릴지 모른다고 생각하면서, 바닥에 군데군데 타오르고 있는 조그만 모닥불들을 피해가며 달렸다. 달리면서 너무 긴장한 나머지 비명을 지르고 싶은 충동이 일었다. 어느 순간 필립은 안전한 반대편 측랑에 이르렀다.

그는 거기서 발걸음을 멈췄다. 측랑들은 천장이 돌로 되어 있어 불이 붙지 않았다. 레미기우스는 필립의 오른쪽에 서 있었다. 필립은 헐떡거리다가 연기가 목으로 들어와 기침을 해댔다. 익랑을 가로지르는 데는 몇 분도 걸리지 않았지만, 그에게는 그 시간이 지정미사보다 더 길게 느껴졌다.

"이러다간 죽을지도 몰라요!" 레미기우스가 말했다.

"하느님께서 도와주실 겁니다." 그런 다음 필립은 생각했다. 그렇다면 나는 왜 겁을 내고 있는 걸까?

지금은 신학 이론 따위를 생각해볼 여유가 없었다.

필립은 익랑을 따라 걷다가 모퉁이를 돌아 성단소를 향해 나아갔다. 여전히 측랑 곁의 통로에서 벗어나지 않은 채였다. 성가대석 중앙에서 활활 타고 있는 나무의자에서 뜨거운 열기가 느껴졌다. 그 광경을 본 필립은 가슴이 에이는 상실감을 맛보았다. 제작하는 데 많은 돈이 든, 아름다운 조각으로 장식한 성가대석이었다. 필립은 마음속에서 그 생각을 털어내고 당면한 문제에 집중했다. 그는 동쪽 끝의 성단소로 달려올라갔다.

성인의 묘는 성당의 중간에 있었다. 야트막한 대 위에 커다란 석곽石槨이 올려져 있었다. 필립과 레미기우스는 먼저 돌 뚜껑을 들어 한쪽으로 치워놓고 관을 묘에서 꺼낸 다음 측랑 쪽으로 옮겨야 할 것이었다. 그러는 동안 그들의 머리 위에 있는 지붕이 무너져내릴 수도 있었다. 필립은 레미기우스를 바라보았다. 부원장의 불거진 녹색 눈은 공포로 둥그레져 있었다. 필립은 레미기우스를 안심시키기 위해 자신의 두려움을 애써 내색하지 않았다. "저쪽 끝을 잡으세요. 나는 이쪽을 잡을 테니." 필립은 손가락으로 위치를 가리키면서 상대방이 미처 무슨 말을 할 사이도 없이 묘로 달려갔다.

레미기우스는 필립의 뒤를 따랐다.

그들은 양쪽 끝에 서서 돌 뚜껑을 잡은 다음 힘껏 들어올렸다.

뚜껑은 꼼짝도 하지 않았다.

필립은 수사들을 더 데려왔어야 했음을 깨달았다. 행동을 멈추고 생각할 여유가 없었던 것이다. 하지만 그러기엔 너무 늦었다. 만약 그가 도움을 청하러 밖으로 나간다면, 되돌아올 때쯤에는 익랑은 통과할 수 없을 지경일 것이었다. 그렇다고 해서 성인의 유골을 여기에 이대로 놓아둔 채 가버릴 수도 없었다. 들보가 내려앉아 묘를 부수면, 목관에 불이 붙을 터였다. 그러면 유골은 재가 되어 바람에 흩어지고 말리라. 그것은 무서운 신성모독이자, 성당으로서는 엄청난 손실일 것이었다.

마침 묘안이 떠올랐다. 필립은 무덤 측면으로 돌아가서, 레미기우스에게 자기 옆에 서라고 손짓을 했다. 그는 무릎을 꿇고 앉아 두 손으로 돌출된 뚜껑의 모서리를 잡은 다음, 있는 힘을 다해 위로 밀어올렸다.

레미기우스가 합세하자 마침내 뚜껑이 들렸다. 그들은 천천히 뚜껑을 높이 들어올렸다. 필립은 한쪽 무릎으로 일어서야 했다. 레미기우스도 필립이 하는 대로 따라했다. 그다음에 그들은 일어섰다. 뚜껑이 수직으로 세워지자, 그들은 한 번 더 힘을 주어 밀었다. 그 순간 뚜껑이 기우뚱하더니 묘의 반대쪽 바닥에 떨어지면서 두 조각으로 깨졌다.

필립은 묘의 내부를 들여다보았다. 관의 상태는 좋았다. 목재는 여전히 견고했고, 관에 달린 쇠 손잡이도 표면만 녹슬었을 뿐이었다. 필립은 한쪽 끝에 서서 허리를 숙이고 관의 양 손잡이를 잡았다. 레미기우스도 반대쪽 끝에 서서 똑같이 손잡이를 잡았다. 그들은 관을 약간 위로 들어올렸으나, 그것은 필립이 예상했던 것보다 훨씬 무거웠다. 잠시 후 레미기우스는 손을 놓고 말했다. "못 하겠습니다. 난 원장님보다 나이가 많아요."

필립은 화가 나서 뭐라고 해주려다 참았다. 관의 테두리는 아마 납으로 되어 있는 모양이었다. 하지만 무덤 뚜껑을 깨뜨렸기 때문에 이젠 관이 손상될 위험이 그만큼 더 높았다. "이리 오세요." 필립이 레미기우스에게 소리쳤다. "관을 똑바로 세워봅시다."

레미기우스는 묘를 한 바퀴 돌아와 필립의 옆에 섰다. 그들은 툭 튀어나와 있는 쇠고리 하나를 함께 잡고 들어올렸다. 끝을 들어올리기는 비교적 쉬웠다. 그들은 관을 묘의 상부까지 들어올린 다음 관의 한쪽을 들어올린 채 앞쪽으로 걸어가며 관을 높이 치켜세웠다. 이윽고 한쪽 끝을 위로 하고 관을 세웠다. 두 사람은 잠시 하던 일을 멈췄다. 필립은 관의 발치 쪽을 들어올리는 바람에 성자의 머리가 아래에 놓이게 되었다는 걸 깨달았다. 그는 마음속으로 성자에게 사과했다. 그들 주위로는 불붙은 작은 나뭇조각들이 끊임없이 떨어졌다. 레미기우스는 작은 불티들이 수사복에 떨어질 때마다 불티가 완전히 떨어질 때까지 신경질적으로 털어내면서, 틈만 나면 불길에 싸여 있는 지붕을 겁에 질린 눈으로 힐끗힐끗 쳐다보았다. 부수도원장은 눈에 띄게 겁을 내고 있었다.

그들은 관을 기울여 묘 안쪽에 기댔고, 조금씩 밀었다. 다른 한쪽 끝이 바닥에서 떨어지자 관은 묘 가장자리에서 앞뒤로 흔들렸다. 두 사람은 다른 한쪽 끝이 땅바닥에 닿도록 천천히 관을 내렸다. 그런 다음 반대쪽 끝을 들어올려 머리 쪽이 위로 오게 했다. 성스러운 유골이 컵 속에 든 주사위처럼 덜그럭거리며 이리저리 움직이겠군, 필립은 생각했다. 내가 한 일 중 가장 신성모독에 가깝지만 달리 어쩔 수가 없지.

관을 세워놓은 다음, 그들은 각지 손잡이를 하나씩 잡고 비교적 안전한 측랑 쪽으로 관을 끌고 가기 시작했다. 쇠로 된 관 모서리가 다져놓은 흙바닥에 얕은 이랑을 파놓았다. 그들이 측랑 가까이 왔을 때, 지붕의 한 부분인 불붙은 목재와 뜨겁게 달구어진 함석 덩어리가 텅 빈 성인의 묘를 향해 곧바로 무너져내렸다. 그 소리에 귀가 먹먹해졌고, 그 충격으로 바닥이 심하게 떨렸다. 석묘는 산산조각났다. 그 순간 큼직한 들보 하나가 튀어오르면서 필립과 레미기우스를 아슬아슬하게 스치며 관을 치는 바람에, 두 사람은 관을 떨어뜨렸다. 레미기우스로서는 이런 일을 감당할 수가 없었다. "이건 악마의 짓이야!" 그는 신경질적으로 고함을 지르고 그대로 달아나버렸다.

필립 자신도 하마터면 레미기우스를 따라 달아날 뻔했다. 실제로 악마가 오늘 밤 활약하고 있는 것이라면, 앞으로 무슨 일이 일어날지 장담할 수 없었다. 필립은 여태까지 마귀를 본 적은 없었지만, 마귀에 씐 사람들에 관한 이야기라면 많이 들었다. 그러나 수사라면 사탄에게서 도망칠 것이 아니라 그에 맞서 싸워야 한다고, 필립은 자신에게 엄하게 타일렀다. 그는 간절한 눈빛으로 안전한 측랑을 한번 바라본 다음, 마음을 다지고 관의 손잡이를 잡아 들어올렸다.

그는 가까스로 들보 밑에 깔린 관을 끌어냈다. 관의 나무 부분이 움푹 패고 금이 가기는 했지만, 심하게 부서진 건 아니었다. 그는 관을 조금씩 끌고 갔다. 작은 불티들이 주위로 소나기처럼 쏟아졌다. 그는 지붕을 올려다보았다. 두 다리를 가진 괴물이 불길 속에서 춤을 추며 장난치듯 날뛰고 있는 건 아닐까? 아니면 단지 연기가 너울거리는 걸까? 다시 시선을 아래로 향한 필립은 자신의 옷에 불이 붙었음을 알았다. 그는 무릎을 꿇고 앉아 불붙은 자락을 땅바닥에 대고 문지른 다음 손으로 불꽃을 털어냈다. 불꽃은 금방 사그라들었다. "성 아돌푸스여, 저를 보호해주소서." 필립은 헐떡거리며 중얼거리고 나서 다시 관 손잡이를 잡았다.

필립은 땅 위로 관을 조금씩 끌었다. 악마는 한동안 그를 놓아주었다. 그는 위를 쳐다보지 않았다. 악마라면 보지 않는 편이 차라리 더 나을 것이었다. 드디어 안전한 측랑에 다다르자 한결 마음이 놓였다. 허리가 아파서 그는 얼마간 끌기를 멈추고 서서 허리를 펴야 했다.

그가 서 있는 지점에서 가장 가까운 문은 남쪽 익랑에 있었지만, 그곳까지도 상당한 거리였다. 지붕 전체가 무너져내리기 전에 그렇게 먼 거리까지 관을 끌고 갈 수 있을지 확신이 안 섰다. 필립은 어쩔 수 없이 다시 한번 불길에 눈길을 주었다. 필립이 본 바로 그 순간, 다리가 둘 달린 괴물이 그을린 들보 위에서 연기에 휩싸여 뛰쳐나오는 것처럼 보였다. 저 악마는 내가 이 일을 할 수 없을 거라고 여기고 있다, 필립은 생각했다. 그는 성인을 포기하고 자신의 목숨을 지키기 위해 그대로 도망쳐버리고 싶은 충동을 느끼며 측랑 쪽으로 고개를 돌렸다. 그 순간 그를 도와주기 위해 뛰어오는, 육신을 갖춘 세 개의 형체가 보였다. 밀리우스 형제와 흰머리 커스버트, 그리고 톰이었다. 그의 가슴은 기쁨으로 뛰었다. 문득 지붕에 마귀 같은 것이 있다는 사실 따위는 거짓으로 느껴졌다.

"주님, 감사합니다!" 필립이 말했다. "이렇게 저를 도와주시다니." 그는 필요도 없는 말을 덧붙였다.

건축장이 톰은 불타는 지붕을 어림이라도 하듯 재빨리 한번 쳐다보았다. 그는 악마 따윈 본 것 같지 않았지만 이렇게 말했다. "서둘러야 해요."

그들은 제각기 한 귀퉁이를 잡고 관을 어깨 위로 들어올렸다. 관은 네 사람이 들어올리기에도 다소 무거웠다. 필립이 외쳤다. "자, 갑시다!" 그들은 무거운 짐에 눌려 구부정한 자세로, 될 수 있는 한 빨리 측랑을 지나갔다.

남쪽 익랑에 다다르자 톰이 외쳤다. "잠깐만 기다려요!" 그쪽 바닥은 온통 작은 불덩이들로 뒤덮여 지나갈 수 없을 정도였고, 게다가 불붙은 나뭇조각들이 끊임없이 떨어지고 있었다. 필립은 불길을 뚫고 지나갈 통로를 만들어보려고 틈을 찾았다. 그들이 잠시 멈추어 있는 동안, 성당 서쪽 끝에서 우르르 무너지는 소리가 나기 시작했다. 필립은 겁에 질린 눈으로 위를 올려다보았다. 소리는 천둥소리처럼 커지고 있었다.

톰은 수수께끼 같은 말을 중얼거렸다. "그쪽도 역시 약하군."

"무엇이 말이오?" 필립이 소리쳤다.

"남서쪽에 있는 탑 말입니다."

"오, 맙소사."

천둥 치는 듯한 소리는 점점 더 커졌다. 성당 서쪽 끝 전체가, 마치 하느님이 손으로 내려치기라도 한 것처럼 1미터쯤 앞으로 기우뚱하는 것을 필립은 공포에 질린 눈으로 바라보았다. 그 순간 10여 미터나 되는 지붕이 신랑으로 떨어지면서 지진 같은 충격을 가했다. 그러자 남서쪽 탑 전체가 마치 산사태처럼 성당 안쪽을 향해 무너져내리는 듯했다.

필립은 충격으로 제정신이 아니었다. 그의 성당이 바로 눈앞에서 붕괴되고 있었다. 돈이 생긴다 해도 그것을 보수하는 데는 여러 해가 걸릴 것이다. 그러면 어떻게 해야 좋을까? 수도원을 어떻게 이끌어갈 것인가? 이것이 킹스브리지 수도원의 최후란 말인가?

다른 세 사람이 앞쪽으로 나아가면서 어깨 위에 얹혀 있던 관이 움직이자, 그는 퍼뜩 정신이 들었다. 필립은 그들이 가는 대로 따라갔다. 톰은 불길의 미로 속을 뚫고 지나가기로 결정했다. 타다 남은 나뭇조각 하나가 불이 붙은 채 관 위에 떨어졌지만, 다행히 네 사람의 몸에는 닿지 않고 바닥으로 미끄러져 떨어졌다. 잠시 후 그들은 맞은편에 이르러 문을 지나 성당 밖의 차가운 밤공기 속으로 빠져나왔다.

필립은 성당이 파괴된 것에 너무 상심한 나머지, 위험에서 빠져나온 후인데도 안도감을 느끼지 못했다. 그들은 서둘러 클로이스터를 돌아 남쪽 아치를 빠져나갔다. 건물에서 꽤 멀리 벗어나자 톰이 말했다. "이젠 된 것 같군요." 감사하는 마음으로 그들은 얼어붙은 땅바닥에 관을 내려놓았다.

필립은 잠시 숨을 가라앉혔다. 그러는 순간에도 그는 이렇게 넋 놓고 있을 시간이 없음을 깨달았다. 그는 수도원장이었고, 이곳의 책임자였다. 다음에 해야 할 일은 무엇인가? 수사들을 모두 안전하게 대피시킨 것은 분명 현명한 처사였다. 그는 한 번 더 숨을 깊이 들이쉬고는, 어깨를 펴고 나머지 사람들을 보았다. "커스버트 형제, 형제님은 여기 남아서 성인의 관을 지키십시오. 나머지 사람들은 나를 따라오세요."

그는 사람들을 데리고 취사장 건물 뒤를 돌아 양조장과 방앗간 사이를 지난 다음 풀밭을 지나 객사로 갔다. 수사들과 톰의 가족, 그리고 대부분의 마을 사람들이 낮은 소리로 얘기를 주고받으며 휘둥그레진 눈으로 성당을 지켜보면서 여기저기 무리 지어 있었다. 필립은 그들에게 뭐라고 말을 붙이기 전에 자신도 고개를 돌려 성당을 바라보았다. 가슴 아픈 광경이었다. 성당의 서쪽 끝 전체가 산산조각나 돌더미를 이루고 있었고, 아직 무너지지 않은 지붕에서는 여전히 거대한 불기둥이 솟구치고 있었다.

필립은 가까스로 시선을 뗐다. "모두 모였습니까?" 그가 크게 소리쳤다. "이 자리에 빠진 사람이 있는 것 같으면 그 사람 이름을 크게 불러보십시오."

누군가 말했다. "흰머리 커스버트요."

"그는 성인의 유골을 지키고 있습니다. 또다른 사람은 없습니까?"

그 밖에 빠진 사람은 없었다.

필립은 밀리우스에게 지시했다. "형제들의 수를 세어서 확인해보세요. 형제와 나를 포함해 마흔다섯 명이어야 합니다." 그는 밀리우스가 믿음직한 사람이라는 걸 알고 있기에 마음속에서 그 일을 제쳐놓고 건축장이 톰에게로 몸을 돌렸다. "당신의 가족들은 모두 여기 있습니까?"

톰은 고개를 끄덕이고 손가락으로 가족들을 가리켰다. 그들은 객사 벽에 붙어 서 있었다. 여인과 다 큰 아들, 그리고 두 어린아이였다. 작은 남자 아이가 겁에 질린 표정으로 필립을 쳐다보았다. 이 아이들한텐 이 일이 무시무시한 경험이었겠지, 필립은 생각했다.

성구 관리인은 쇠테가 두른 보물상자를 깔고 앉아 있었다. 필립은 그것을 잊고 있었다. 그는 상자가 안전한 것을 보고 마음을 놓았다. 그는 성구 관리인에게 말을 걸었다. "앤드루 형제, 성 아돌푸스의 관이 식당 뒤에 있습니다. 형제님을 도울 몇 명의 형제들과 함께 그 관을……" 그는 잠시 생각해보았다. 가장 안전한 장소는 아마 수도원장의 사택일 것이었다. "그 관을 내 사택에 가져다놓으십시오."

"원장님의 사택 말인가요?" 앤드루가 따지듯 물었다. "유물들은 원장님이 아니라 제 소관인데요."

"그렇다면 형제가 성당에서 가지고 나왔어야 하지 않소?" 필립이 발끈 성을 냈다. "여러 말 말고 내 말대로 하십시오!"

성구 관리인은 화난 표정으로 마지못해 일어섰다.

"보시오, 서둘러야 합니다. 그러지 않으면 지금 여기서라도 당신을 면직시키겠소!" 그는 앤드루에게 등을 돌리고 밀리우스에게 물었다. "몇 명이지요?"

"마흔네 명에다 커스버트 형제를 더하면 됩니다. 수련수사가 열한 명, 방문객이 다섯입니다. 전부 있는 셈이죠."

"고마운 일입니다." 필립은 맹렬히 타오르는 불을 바라보았다. 그들 모두가 살아 있고 아무도 다치지 않았다는 것은 거의 기적에 가까웠다. 그는 자신이 지쳤음을 깨달았지만, 너무 걱정이 되어 휴식을 취할 수가 없었다. "건져내야 할 중요한 물건이 또 있나요? 보물과 성인의 유품들은 이미 구했고……"

젊은 보물 담당자 앨런이 소리 높여 물었다. "책은 어떻게 됐을까요?"

필립은 신음했다. 당연히 책들이 있었다. 그 책들은 참사회 집회소 문 옆에 있는 동쪽 클로이스터의 열쇠로 채워진 벽장 안에 있었는데, 공부 시간 중에 수사들은 그곳에서 책을 꺼내볼 수 있었다. 벽장에서 책을 한 권씩 빼내오려면 위험할 정도로 오랜 시간이 걸릴 터였다. 아마도 건장한 젊은 수사 몇 명이라면 책장을 통째로 안전한 곳으로 옮길 수 있을 것이었다. 필립은 주위를 돌아보았다. 성구 관리인이 관을 운반할 수사 대여섯 명을 뽑아 그들과 함께 이미 풀밭을 가로지르고 있었다. 필립은 그 자리에서 젊은 수사 세 사람과 나이가 찼다 싶은 수련수사 세 사람을 뽑아 자신을 따라오라고 일렀다.

그는 불길이 타오르는 성당 앞의 공터를 가로질러 온 길을 되돌아갔다. 너무 지쳐 있어서 뛰어갈 수가 없었다. 그들은 제분소와 양조장 사이를 지나 취사장과 식당의 뒤편으로 돌아갔다. 흰머리 커스버트와 성구 관리인이 관을 옮기는 일을 감독하고 있었다. 필립은 일행을 식당과 숙사 사이에 난 통로를 따라 남쪽 아치 통로 아래편의 클로이스터로 이끌었다.

불길이 내뿜는 열기가 느껴졌다. 커다란 책장 문에는 석판을 들고 있는 모세가 조각되어 있었다. 필립은 젊은 수사들에게 책장을 앞으로 기울인 다음 어깨 위에 메도록 지시했다. 그들은 클로이스터를 돌아 남쪽의 아치 통로로 책장을 운반했다. 그들이 계속 걸어가고 있는 동안, 필립은 발을 멈추고 뒤를 돌아보았다. 폐허가 된 성당을 보자 그의 마음은 비탄으로 가득 찼다. 이제 연기는 줄어든 대신 불꽃은 더욱 거세져 있었다. 위로 쭉 뻗어 있던 지붕 전체가 없어져버렸다. 지켜보고 있는 동안 교차부 위쪽의 지붕이 처져 늘어지는 듯했다. 그는 다음 순간 그것이 무너져내릴 것임을 깨달았다. 지금까지 무너졌던 그 무엇보다도 커다란, 우레 같은 소리를 내며 남쪽 익랑의 지붕이 내려앉았다. 필립은 마치 자신의 몸이 불타고 있기라도 한 것처럼 거의 육체적인 고통을 느꼈다. 잠시 후면 익랑의 벽이 클로이스터 너머로 솟아나올 것 같았다. 하느님, 우리를 돌보소서, 저것이 곧 무너져내립니다, 필립은 생각했다. 석조물이 무너지며 돌조각이 흩어지기 시작했을 때에야 그것이 자기 위로 무너져내리고 있다는 것을 깨닫고는 피하려고 몸을 돌렸다. 그러나 채 세 걸음도 떼기 전에 무엇인가 그의 뒷머리를 내리쳤고, 그는 의식을 잃었다.

톰에게 지금 킹스브리지 대성당을 파괴하고 있는 격렬한 불길은 희망의 횃불과도 같았다.

그는 풀밭 너머 성당의 폐허 위로 높이 치솟은 거대한 불길을 바라보았다. 그가 생각할 수 있는 것은 단 하나, 자기 일이 생길 거라는 사실뿐이었다.

흐릿한 눈으로 객사에서 나와 성당 창문에 비치는 희미한 붉은빛을 본 이래로 그 생각이 마음 이면에 감추어져 있었다. 서둘러 수사들을 위험에서 건져내고, 필립 수도원장을 찾아 불타는 성당 안으로 뛰어들어 성인의 관을 밖으로 가지고 나오는 동안, 줄곧 그의 마음은 뻔뻔스럽게도 행복한 희망으로 부풀어오르고 있었다.

곰곰 생각해볼 여유가 생긴 지금에야 성당이 불타고 있는 걸 기뻐해서는 안 된다는 생각이 떠올랐다. 하지만 다음 순간 그는 생각했다. 부상자가 아무도 없고, 수도원의 보물도 건져낸데다 어차피 성당은 낡아 허물어져가고 있었잖은가? 그렇다면 기뻐해서는 안 될 이유가 무엇인가?

젊은 수사들이 무거운 책장을 들고 풀밭을 가로질러 돌아왔다. 지금부터 내가 해야 할 일은 이 성당을 새로 짓는 일을 내가 맡는다는 것을 확실히 해두는 것이다, 톰은 생각했다. 그리고 필립 수도원장에게 그 이야기를 할 때는 바로 지금이었다.

그러나 필립은 책장을 나르고 있는 수사들과 함께 있지 않았다. 그들은 객사에 도착하자 책장을 땅에 내려놓았다. "수도원장님은 어디에 계시죠?" 톰이 그들에게 물었다.

그들 중 가장 나이 많은 사람이 놀라며 뒤를 돌아보았다. "모르겠군요. 뒤에 오고 계시는 줄 알았는데."

아마도 불길을 지켜보기 위해서 뒤에 남았을 거라고 톰은 생각했다. 하지만 혹시 곤경에 처해 있을지도 모르는 일이었다.

더 생각해볼 것도 없이 톰은 곧장 풀밭으로 내달려 취사장 뒤편으로 돌아갔다. 그는 필립이 무사하기를 간절히 바랐는데, 필립이 좋은 사람일뿐더러 그가 조너선의 보호자이기 때문이었다. 필립이 없다면 아기에게 무슨 일이 일어날지 알 수 없었다.

톰은 식당과 숙소 사이에 있는 통로에서 필립을 발견했다. 다행히 수도원장은 바닥에 주저앉은 채 멍한 눈빛을 하고 있기는 했지만 다친 데는 없었다. 톰은 그를 부축해 일으켜세웠다.

"뭔가 머리를 내리쳤어요." 필립이 비틀거리며 말했다.

톰은 그 너머를 바라보았다. 남쪽 익랑이 클로이스터 안으로 내려앉아 있었다. "천만다행으로 사셨군요. 하느님께서 원장님께 뜻하신 바가 있는 게 분명합니다."

필립은 정신을 차리려고 고개를 흔들었다. "잠시 의식을 잃었어요. 지금은 괜찮군요. 책들은 어디에 있죠?"

"객사에 옮겨놓았더군요."

"그곳으로 돌아갑시다."

톰은 필립의 팔을 부축해 함께 걸어나왔다. 수도원장은 심하게 다치지는 않았지만 머리가 혼란스러운 상태라는 것을 톰은 알 수 있었다.

그들이 객사로 돌아왔을 무렵엔 성당 안의 불길도 한풀 꺾여서, 불꽃은 조금 사그라들어 있었다. 그런데도 사람들의 얼굴이 아주 똑똑히 보였다. 톰은 날이 밝았음을 깨닫고 조금 놀랐다.

필립은 다시 일들을 처리하기 시작했다. 그는 요리장 밀리우스에게 사람들이 먹을 수프를 만들라고 이르고 흰머리 커스버트에게는 그동안 사람들이 몸을 녹일 수 있도록 진한 포도주 한 통을 열어도 좋다는 허락을 내렸다. 그가 객사에 불을 지피라고 지시하자, 나이 든 수사들은 추위를 피해 안으로 들어갔다. 비가 내리기 시작했다. 바람을 동반한 얼음 같은 비가 퍼붓자, 폐허가 된 성당 안에 남아 있던 불꽃들은 재빨리 사그라들었다.

모든 사람들이 다시 분주해지자 수도원장 필립은 혼자 힘으로 객사를 나와 성당으로 향했다. 톰은 그를 발견하고 뒤따랐다. 이때가 기회였다.

이 기회를 잘 잡기만 한다면 몇 년 동안 이곳에서 일할 수 있을 것이다.

필립은 선 채로 성당 정면이 있던 자리를 망연히 바라보며, 마치 자신의 인생이 그 안에 있기라도 한 표정으로 잔해 앞에서 슬픈 듯이 고개를 내저었다. 톰은 말없이 그의 옆에 서 있었다. 잠시 후 필립은 몸을 움직여 묘지를 지나 신랑의 북쪽 측면을 따라 걸어갔다. 톰도 그와 함께 걸으면서 손상된 정도를 살펴보았다.

신랑의 북쪽 벽은 여전히 남아 있었지만, 북쪽 익랑과 성단소 북쪽 벽의 일부는 무너져버렸다. 성당의 동쪽 끝부분은 아직 건재했다. 그들은 맨 끝에 이르자 몸을 돌려 남쪽 측면을 바라보았다. 남쪽 벽의 대부분은 내려앉았으며, 남쪽 익랑은 클로이스터 안으로 무너져 있었다. 참사회 집회소는 여전히 남아 있었다.

그들은 클로이스터의 동쪽 보도를 통하는 아치 통로로 걸어갔다. 그 이상은 쌓여 있는 돌더미 때문에 더 나아갈 수가 없었다. 마치 쓰레기 더미처럼 보였지만, 숙련된 톰의 눈은 클로이스터의 보도 자체는 그다지 심하게 파손되진 않았고 무너진 잔해에 묻혀 있을 뿐임을 알아보았다. 그는 부서진 돌더미 위로 기어올라가 성당 안을 들여다보았다. 제단 바로 뒤에는 지하실로 내려가는 반쯤 은폐된 계단이 있었다. 지하실은 성가대석 바로 아래에 있었던 것이다. 톰은 안을 자세히 들여다보며 지하실 위쪽의 돌바닥에 갈라진 흔적이 있는지 살펴보았다. 그런 흔적은 찾아볼 수 없었다. 지하실이 본래대로 고스란히 남아 있다는 것은 행운이었다. 그는 아직은 필립에게 그 사실을 말하지 않을 작정이었다. 결정적인 순간을 위해 이 사실을 혼자만 알고 있을 것이다.

필립은 계속해서 숙사 뒤편을 돌아가고 있었다. 톰은 걸음을 서둘러 그를 따라잡았다. 그들은 숙사에는 별다른 손상이 없음을 확인했다. 계속 걸어가면서 식당, 취사장, 제빵소와 양조장 등 수도원의 다른 건물들은 별로 손상되지 않았음을 확인했다. 필립은 그것으로 다소 위안을 얻었을 텐데도 여전히 침통한 기색이었다.

이윽고 그들은 한마디 말없이 수도원 경내 전체를 돌고는 처음 출발했던 성당 정면부 폐허에 이르렀다. 필립이 무거운 한숨을 내쉬며 침묵을 깼다. "이건 악마의 짓이오!"

톰은 지금이야말로 기회라고 생각했다. 그는 숨을 깊게 들이쉬고는 말했다. "하느님의 사업일 수도 있지요."

필립은 놀란 눈으로 톰을 바라보았다. "어째서 그렇소?"

톰은 조심스럽게 말했다. "아무도 다친 사람이 없습니다. 책과 보물과 성인의 유골도 무사합니다. 오직 성당만이 무너졌죠. 아마도 하느님께서 새 성당을 원하시는지도 모릅니다."

필립은 믿기지 않는다는 듯 미소를 띠었다. "그리고 하느님께서는 당신이 새 성당을 짓기를 원하고 계신다는 거죠." 그는 톰이 생각하는 방향이 이기적일 수도 있음을 모를 정도로 넋이 나가 있지는 않았다.

톰은 주장을 굽히지 않았다. "그럴지도 모르죠." 그의 어조는 완강했다. "교회가 불타 무너지는 날 밤에 건축 책임자를 이곳으로 보낸 것은 악마의 짓이 아닙니다."

필립은 눈길을 돌렸다. "글쎄요. 새 성당이 세워지기는 하겠지요. 하지만 그때가 언제가 될는지 모르겠군요. 게다가 그동안 내가 무슨 일을 할 수 있겠어요? 수도원 생활을 무슨 수로 계속할 수 있겠어요? 우리가 이곳을 위해 할 수 있는 일은 오직 경배와 노력뿐입니다."

필립은 절망에 빠져 있었다. 지금이야말로 톰이 그에게 새로운 희망을 불어넣어줄 때였다. "내 아들과 내가 일주일 안에 클로이스터를 깨끗이 치워 사용할 수 있게 해드리겠습니다." 그는 실제보다 더 자신 있게 들리도록 목소리를 가다듬어 말했다.

필립은 깜짝 놀랐다. "그게 정말이오?" 다음 순간 그의 표정은 한 번 더 바뀌어 다시 절망적이 되었다. "하지만 성당을 대신할 만한 게 어디 있겠소?"

"지하실은 어떻습니까? 그곳에서 미사를 집전하실 수 있지 않을까요?"

"그래요. 충분히 그럴 수 있을 거예요."

"지하실은 심하게 손상되지 않았다고 단언할 수 있습니다." 그것은 사실에 가까웠다. 그는 거의 확신하고 있었다.

필립은 마치 자비의 천사라도 바라보는 눈으로 톰을 바라보았다.

"클로이스터에서부터 지하실 계단까지 덮인 돌 부스러기를 치워 통로를 깨끗이 하는 데는 오랜 시간이 걸리지 않을 겁니다." 톰은 계속했다. "성당 그쪽 측면의 대부분이 완전히 허물어져버린 게 차라리 다행이죠. 이상하게 들리시겠지만 더는 무너져내릴 위험이 없다는 걸 뜻하니까요. 아직 무너지지 않은 벽들은 조사해봐야 합니다. 몇몇 벽은 떠받쳐야 할 필요가 있을지도 모르거든요. 그런 다음 날마다 새로 생긴 균열은 없는지 점검해야 하지요. 그렇다 하더라도 성당 안에서는 큰 소리를 내지 말아야 합니다." 이 모든 것은 중요한 일이었지만 톰은 필립이 그것을 납득하지 못하고 있음을 알 수 있었다. 지금 필립이 톰에게 원하는 것은 그의 원기를 회복시켜줄 긍정적인 소식이었다. 그리고 톰이 고용되는 길은 그가 원하는 것을 주는 데 있었다. 톰은 어조를 바꾸었다. "젊은 수사 몇 사람만 저와 함께 일하도록 해주신다면, 대강 이 주 내에 정상적인 수도원 생활을 회복할 수 있도록 모든 것을 손보겠습니다."

필립은 뚫어지게 그를 바라보았다. "이 주라고요?"

"우리 가족이 먹고 잘 수만 있게 해주세요. 그리고 급료는 돈이 생기면 주셔도 좋습니다."

"정말 이 주 내로 수도원을 내게 되돌려줄 수 있단 말이오?" 필립은 믿기지 않는다는 듯 되풀이했다.

톰은 할 수 있을지 확신할 수 없었지만, 삼 주가 걸린다고 해도 그 때문에 사람이 죽는 일은 없을 터였다. "이 주입니다." 톰이 단호하게 대답했다. "그후에는 남아 있는 벽들을 허물 수 있습니다. 들어보세요. 안전하게 하려면 기술을 요하는 작업입니다. 그런 다음 돌 부스러기를 치우는 한편 다시 사용할 수 있는 돌들을 따로 모아 쌓을 겁니다. 그러는 가운데 우리는 새로운 성당에 대한 계획을 세울 수 있고요." 톰은 숨을 죽였다. 최선을 다했다. 이제 분명히 필립은 그를 고용할 것이다!

필립은 처음으로 미소를 띠며 고개를 끄덕였다. "나는 하느님께서 당신을 보내셨다고 생각합니다. 아침을 먹읍시다. 그래야 일을 시작할 수 있을 테니까."

톰은 안도하여 떨리는 숨을 내쉬었다. "고맙습니다." 그 목소리에는 억누를 길 없는 떨림이 배어 있었지만, 문득 그런 것에 개의치 않고 싶었다. 그는 목이 메어오는 것을 가까스로 억제하며 말했다. "그것이 제게 얼마나 큰 의미를 갖는 일인지 이루 말할 수가 없습니다."

아침식사 후 필립은 취사장 아래에 있는 커스버트의 저장실에서 임시 참사회를 열었다. 수사들은 흥분으로 신경이 곤두서 있었다. 그들은 안전하고 예측 가능하며 지루한 생활을 스스로 선택했거나 그런 생활에 만족하고 있었던 사람들이었기에, 대부분 방향을 잃고 갈피를 잡지 못하고 있었다. 당황하는 그들의 모습에 필립은 가슴이 저렸다. 그는 어느 때보다 자신이 목자처럼 느껴졌는데, 목자의 소임이야말로 어리석고 힘없는 양떼를 돌보는 것이었다. 그들이 말 못하는 동물들이 아니라는 것 외에는 다를 것이 없었다. 그들은 필립의 형제들이었고, 그는 그들을 사랑했다. 그들을 위로하는 길은 앞으로 어떤 일이 일어날 건지 이야기해주고, 힘든 노동으로 불안을 발산하게 함으로써 가능한 한 빨리 정상적인 일상생활로 돌아가게 하는 것이라고 그는 결론을 내렸다.

비상시였음에도 필립은 참사회의 의식 절차를 줄이지 않았다. 그는 그날의 순교사史를 봉독하도록 지시했고, 그다음에는 위령기도가 뒤따랐다. 그것은 수도원의 존재 이유였다. 기도는 곧 수도원의 정당성을 증명하는 것이었다. 그럼에도 불구하고 몇몇 수사들이 이에 반발했으므로, 그는 일명 '기도에 대한 경의'라고 불리는 성 베네딕투스 규율서의 제20장을 선택했다. 곧이어 수도원에 있다가 사망한 수사들의 명부 낭독이 이어졌다. 친숙한 의식은 날카로워진 신경을 진정시켜주었다. 그는 자신들의 세계가 끝장난 게 아님을 깨달은 수사들의 표정이 차츰 풀리기 시작하는 것을 눈치챘다.

마지막으로 필립이 일어나 말했다. "어젯밤 우리에게 닥친 재난은 결국 물질적인 것이었을 뿐입니다." 그는 목소리에 되도록 많은 온기와 안도를 담아 말을 시작했다. "우리의 삶은 영적인 것입니다. 우리의 소임은 기도와 경배, 그리고 명상에 있습니다." 그는 가능한 한 많은 이들과 눈을 마주침으로써 관심을 확실히 집중시키면서 잠시 사방을 둘러보았다. "우리는 며칠 내로 그 소임을 다시 시작할 수 있을 것입니다. 나는 그것을 여러분께 약속합니다."

그들이 그 말을 가슴속에 새기도록 잠시 말을 중단했을 때, 그는 방안의 긴장이 풀어지고 있다는 걸 거의 확신할 수 있었다. 필립은 그들에게 잠시 시간을 준 다음 말을 계속했다. "하느님께서는 당신 지혜로 우리를 도와, 이 위기를 극복할 건축 책임자를 어젯밤 우리에게 보내주셨습니다. 우리가 지시에 따라 일한다면 일주일 안으로 평소처럼 클로이스터를 사용할 수 있다고 그는 내게 장담했습니다."

놀라움과 기쁨의 술렁거림이 나지막하게 일었다.

"나는 우리 성당에서 다시는 미사를 올릴 수 없게 될까봐 염려했습니다. 성당은 새로 건축되어야 할 것이고, 물론 그렇게 하는 데는 여러 해가 걸릴 것입니다. 그러나 건축 책임자 톰은 지하실이 손상을 입지 않았을 거라고 믿고 있습니다. 지하실은 신성한 곳이므로 우리는 그곳에서 미사를 드릴 수 있습니다. 톰은 클로이스터 수리를 끝낸 후, 일주일 내로 그곳을 안전하게 수리해주겠다고 했습니다. 그렇게 되면, 여러분도 아시겠지만, 우리는 사순절 전주 일요일에 때맞추어 정상적인 미사를 다시 드릴 수 있게 됩니다."

다시 한번 수사들이 안도의 숨을 내쉬는 소리가 들려왔다. 필립은 자신이 그들을 위로하고 안심시키는 데 성공했음을 깨달았다. 참사회가 처음 시작될 때 수사들은 겁에 질린 채 혼란스러워하고 있었다. 이제 그들은 침착함을 되찾았고 희망에 차 있었다. 필립은 덧붙였다. "스스로 자신이 너무 허약해서 육체노동을 감당할 수 없다고 판단되는 형제들은 의무에서 면제될 수 있습니다. 하루 종일 건축장이 톰과 같이 일하는 형제들에게는 고기와 포도주를 허락할 것입니다."

필립은 자리에 앉았다. 첫번째로 입을 연 사람은 레미기우스였다. "우리는 그 건축 책임자에게 얼마를 지불해야 합니까?" 그가 의심스러운 듯 물었다.

레미기우스가 트집을 잡으려 한다는 것은 누구나 알 수 있었다. "아직은 아무것도 지불할 필요가 없습니다." 필립이 대답했다. "톰은 우리가 가난하다는 것을 알고 있습니다. 그는 우리가 그의 급료를 지불할 수 있을 때까지 자신과 가족들에게 음식과 잠잘 곳만 주어지면 일할 것입니다." 그 조건이 모호하다는 것을 필립은 깨달았다. 그것은 수도원이 임금을 지불할 수 있을 때까지는 톰이 임금을 받을 권리가 없다는 뜻이 될 수도 있는 반면, 사실상 오늘부터 시작해서 그가 일하는 날마다 수도원이 그에게 임금을 빚지는 셈이기도 했다. 그러나 필립이 이 계약 조건을 명확히 하기도 전에, 레미기우스가 다시 말했다.

"그러면 그들은 어디서 묵을 건가요?"

"그들에게 객사를 내주었습니다."

"마을에 있는 집을 하나 골라 같이 묵게 할 수도 있을 텐데요."

"톰은 우리에게 후한 제의를 한 겁니다." 필립이 더는 참지 못하겠다는 듯 말했다. "우리가 그를 고용하게 된 것은 행운이란 말입니다. 엄연히 객사가 비어 있는데 그로 하여금 염소나 돼지들 틈에 끼어서 잠자도록 하고 싶지는 않습니다."

"그의 가족 중에는 여자가 둘이나 있어서—"

"그의 아내와 어린 딸이죠." 필립이 그의 말을 정정해주었다.

"그렇다면 여자가 하나지요. 우리는 여인이 이 수도원 안에 거하는 것을 원치 않는다고요!"

수사들이 그 말에 반발하듯 웅얼거렸다. 그들은 레미기우스의 허튼소리를 좋아하지 않았다. 필립이 말했다. "여인이 객사에 머무는 것은 아주 정상적인 일입니다."

"그래도 그 여자는 안 됩니다!" 레미기우스는 내뱉듯이 말했지만, 곧 그것을 후회하는 것처럼 보였다.

필립은 얼굴을 찌푸렸다. "형제는 그 여인을 알고 있습니까?"

"그녀는 한때 이 부근에서 살았어요." 레미기우스가 마지못해 대답했다.

필립은 부쩍 호기심을 느꼈다. 그 건축장이의 아내 때문에 비슷한 일이 일어난 것이 벌써 두번째였다. 웨일런 바이가드 또한 그녀를 보자 동요했다. "그 여인에게 무슨 문제라도 있습니까?"

레미기우스가 채 대답하기 전에 다리를 지키는 늙은 수사 폴 형제가 큰 소리로 말했다. "나도 기억합니다." 그가 다소 꿈꾸는 듯한 어조로 말했다. "이 근방의 거친 숲속에 소녀가 하나 살았지요. 그러니까 십오 년 전의 일임에 틀림없어요. 그 여인을 보니 그 소녀가 생각났습니다. 아마 바로 그 여자일 거예요. 소녀가 자란 거지요."

"사람들은 그녀가 마녀라고들 합니다. 우리는 마녀를 수도원에서 살게 할 수는 없다고요!" 레미기우스가 말했다.

"그런 이야기는 잘 모르겠군요." 폴 형제는 여전히 느리고 생각에 잠긴 것 같은 어조로 말했다. "제멋대로 사는 여자라면 누구든지 조만간 마녀로 불리게 되지요. 사람들의 말이 반드시 사실은 아니랍니다. 그녀가 위험인물인지 아닌지는 필립 수도원장님의 지혜에 맡겨두는 것이 좋을 듯합니다."

"수도원 운영의 임무를 맡자마자 지혜가 생기는 것은 아니지요." 레미기우스가 딱딱거렸다.

"물론 그렇지요." 폴 형제는 느릿느릿 말하고는 레미기우스를 똑바로 쳐다보았다. "때로는 지혜가 전혀 생기지 않는 경우도 있고요."

이 재치 있는 대꾸에 수사들이 웃음을 터뜨렸다. 뜻밖의 곳에서 그런 반격이 나와 훨씬 더 재미있었던 것이다. 필립은 짐짓 불쾌한 표정을 짓지 않을 수 없었다. 그는 손뼉을 쳐서 모두를 진정시켰다. "그만하십시오! 이 문제는 진지한 것입니다. 내가 그 여인에게 알아보겠습니다. 자, 이제 우리의 의무를 다하러 갑시다. 부역에서 면제되고자 하는 사람은 진료실로 물러가 기도와 묵상을 하기 바랍니다. 나머지 형제들은 나를 따라오십시오."

그는 저장실에서 나와 취사장 건물 뒤를 돌아 클로이스터로 통하는 남쪽 아치 통로로 걸어갔다. 수사들 몇 명이 한데 몰려 진료실을 향해 걸어가고 있었는데, 그중에는 레미기우스와 성구 관리인인 앤드루도 끼어 있었다. 두 사람 중 어느 쪽도 허약한 편은 아니라고 필립은 생각했지만, 그들이 일꾼 대열에 합류하면 말썽을 일으킬 것이 분명하니 다행이다 싶기도 했다. 대부분의 수사들은 필립을 따라왔다.

톰은 벌써 수도원의 하인들을 집합시켜 일을 시작하고 있었다. 그는 손에 커다란 분필 조각을 들고 클로이스터의 네모난 마당 안에 쌓여 있는 돌더미 위에 서서, 돌 위에 자신의 이름 첫 글자인 T자를 표시하고 있었다.

처음으로, 필립은 그 커다란 돌들을 어떻게 움직일지 궁금해졌다. 한 사람이 들어올리기에는 너무 컸던 것이다. 그는 해답을 곧 알 수 있었다. 긴 장대 두 개를 바닥에 나란히 놓고, 돌 하나를 굴려 장대 중간에 놓았다. 그런 다음 두 사람이 장대 끝을 잡고 들어올리는 것이었다. 건축장이 톰이 그들에게 시범을 보여 그 방법을 가르쳐준 것이 분명했다.

작업은 신속히 진행되고 있었다. 수도원에 있는 예순 명가량의 하인들 대부분이 그 일을 돕는 가운데, 돌을 날라다놓고 다시 가지러 오는 사람들이 물결을 이루고 있었다. 그 광경에 필립은 원기를 회복했고, 건축장이 톰을 보내준 데 대해 마음속으로 감사기도를 드렸다.

톰은 필립을 보자 돌더미에서 내려왔다. 필립에게 말을 걸기 전에 그는 먼저 하인들 중 수사들의 옷을 바느질하는 재봉사에게 말했다. "수사들에게 돌을 나르기 시작하라고 하세요. 내가 표시해놓은 돌만 운반해야 한다고 분명히 전해야 합니다. 그러지 않으면 돌더미가 무너져 누군가 깔려 죽을 수도 있으니까요." 그는 필립에게로 몸을 돌렸다. "수사들이 한동안 나를 만큼 표시해두었습니다."

"돌을 어디로 나르고 있는 건가요?"

"가서 보여드리지요. 제대로 쌓고 있는지도 점검해봐야 하니까요."

필립은 톰과 함께 걸어갔다. 돌들은 수도원 경내의 동쪽으로 옮겨지고 있었다. "하인들 가운데 몇 사람은 하던 일을 계속해야 합니다." 필립은 걸으면서 말했다. "마구간 일꾼들은 계속해서 말을 돌봐야 하고, 요리사들은 식사 준비를 해야 하고, 땔나무를 나르고 닭에게 모이를 주거나 시장에 갈 사람도 있어야 합니다. 하지만 그동안에도 일손이 남을 정도였으니, 절반 정도는 없어도 지낼 수 있어요. 뿐만 아니라 서른 명가량의 수사도 일에 동원할 수 있을 겁니다."

톰은 고개를 끄덕였다. "그것으로 충분할 겁니다."

그들은 성당의 후면을 지났다. 일꾼들이 아직 열기가 남아 있는 돌을 진료실과 수도원장 사택에서 몇 미터 떨어져 있는 수도원 경내의 동쪽 벽에 붙여 쌓아올리고 있었다. 톰이 말했다. "오래된 돌은 새 성당을 짓기 위해 아껴두어야 합니다. 벽에는 쓸 수 없지만, 재사용되는 돌들은 잘 풍화되지 않기 때문에 기초를 놓는 데 쓰이게 될 겁니다. 깨진 돌 역시 모두 남겨두어야 합니다. 그것들을 회반죽에 섞어 새로 짓는 벽 사이에 쏟아부으면 벽의 속 재료로 쓸 수 있으니까요."

"알았소." 필립은 일꾼들에게 돌더미가 무너지지 않도록 돌을 맞물려 쌓는 방법을 가르치는 톰의 모습을 지켜보았다. 그의 전문적인 기술과 지식이 필수적이라는 것은 이미 자명한 사실이었다.

톰이 만족스럽게 그 일을 마치자, 필립은 그의 팔을 잡고 성당 둘레를 돌아 북쪽 측면에 있는 묘지 근처로 이끌었다. 비는 그쳤지만, 묘비들은 여전히 젖어 있었다. 수사들은 이 묘지의 동쪽 끝에, 마을 사람들은 서쪽 끝에 묻히게 되어 있었다. 그 경계선은 성당의 돌출된 북쪽 익랑이었는데, 지금은 폐허 속에 묻혀 있었다. 필립과 톰은 그 앞에서 걸음을 멈추었다. 구름 사이로 희미한 태양이 나타났다. 대낮에 보니 검게 그을린 목재들은 전혀 불길해 보이지 않았다. 필립 자신이 어젯밤 악마를 보았다고 생각한 것이 부끄러울 정도였다.

"몇몇 수사들이 수도원 경내에 여자가 사는 것을 꺼림칙하게 여기고 있소." 그러자 톰의 얼굴에 단순한 불안 이상의 긴장된 표정이 떠올랐다. 그는 겁먹은 듯했고 당황하기까지 한 것 같았다. 이 사람은 정말로 아내를 사랑하고 있는 모양이로군, 필립은 생각했다. 그는 서둘러 말을 이었다. "하지만 나는 당신을 마을에 있는 다른 사람의 가족과 함께 움막에서 지내게 하고 싶지는 않습니다. 말썽을 피하기 위해서는 당신의 아내가 좀더 신중하게 행동하는 편이 현명할 듯합니다. 가능한 한 수사들, 특히 젊은 수사들 가까이 있지 말라고 말해주십시오. 경내를 지나다닐 일이 있으면 얼굴을 가려야 하고요. 무엇보다도 마법을 지녔다는 의심을 살 만한 행동을 해서는 안 됩니다."

"그렇게 하겠습니다." 그의 목소리는 결연했고, 표정은 조금 풀이 죽어 있었다. 필립은 그의 아내가 자기 주관을 갖고 있는 명석한 여자임을 상기했다. 그녀는 눈에 띄지 않도록 조심하라는 말을 좋게 받아들이지 않을지도 몰랐다. 그러나 그녀의 가족들은 어제까지만 해도 곤궁한 상태에 처해 있었으므로, 그녀는 이러한 구속을 잠자리와 안락한 생활에 치러야 할 작은 대가로 여길 수도 있었다.

그들은 걸음을 계속했다. 어젯밤 필립은 이 모든 파괴를 초자연적인 비극이자, 교화와 진실한 신앙의 끔찍스러운 패배이자, 그가 지금까지 이루어놓은 일에 대한 치명적인 타격으로 생각했다. 이제 그것은 자신이 해결해야 할 하나의 문제에 지나지 않아 보였다. 물론 만만찮은 문제였다. 기가 꺾이기도 했다. 하지만 사람이 할 수 없는 일은 아니었다. 이러한 변화는 단연 톰 덕택에 생겨났다. 필립은 진심으로 톰에게 고마움을 느꼈다.

그들은 서쪽 끝에 다다랐다. 필립은 마구간의 날랜 말 한 필에 안장이 얹혀 있는 것을 보고, 하필이면 이런 날 여행을 떠나려는 사람이 누구인지 궁금했다. 그는 톰에게 클로이스터로 돌아가라고 이르고는 무슨 일인지 알아보기 위해 마구간으로 갔다.

성구 관리인의 조수 한 사람이 말에 타려 하고 있었다. 바로 참사회 집회소에서 보물 상자를 구해낸 젊은 수사 앨런이었다. "형제님은 어딜 가려는 것입니까?" 필립이 물었다.

"주교 관저에 갑니다. 앤드루 형제가 양초와 성수 그리고 성체聖體를 가져오라고 해서요. 모두 불에 타버렸는데, 가능한 한 빨리 다시 미사를 드려야 하잖습니까."

이치에 맞는 말이었다. 그 모든 비축품은 모두 성가대석이 있는 상자에 잠긴 채 보관되어 있었고, 그 상자는 분명 불에 타버렸을 터였다. 필립은 성구 관리인이 변화에 잘 대처하고 있다는 게 기뻤다. "좋아요. 하지만 잠시 기다리세요. 형제가 주교 관저에 간다면 웨일런 주교님께 내 편지를 전해줄 수 있겠군요." 교활한 웨일런 바이가드는 다소 꺼림칙한 책략 덕택으로 주교 당선자가 되어 있었다. 그러나 필립은 이제 와서 그를 지지하지 않을 수 없었고, 웨일런을 주교로 대우하지 않을 수도 없었다. "주교님께 화재 보고서를 제출해야 하니까요."

"네, 원장님. 하지만 저는 이미 주교님께 드릴 레미기우스 형제의 서한을 갖고 있는데요."

"그래요?" 필립은 놀라지 않을 수 없었다. 레미기우스가 그렇게 의욕을 보이다니, 필립은 생각했다. "좋아요. 그럼 조심해서 다녀오십시오. 하느님께서 항상 형제님과 함께하시기를."

"고맙습니다, 원장님."

필립은 성당을 향해 되돌아 걸었다. 레미기우스가 재난의 상흔을 그리도 재빨리 떨어버리다니. 왜 그와 성구 관리인은 그렇게 서둘렀던 걸까? 사소하지만 필립의 마음을 불편하게 하기에 충분한 문제였다. 그

서한에는 성당의 화재에 대한 내용만이 담겨 있는 걸까? 아니면 무언가 다른 내용도 있는 것일까?

필립은 풀밭을 가로지르다 중간에서 걸음을 멈추고 뒤를 돌아다보았다. 직권으로 당연히 앨런에게서 그 편지를 달라고 해서 읽어볼 수 있었다. 그러나 너무 늦었다. 앨런은 정문을 지나 빠르게 말을 달리고 있었다. 필립은 가벼운 낭패감을 느끼며 그의 뒷모습을 응시했다. 그때 톰의 아내가 난로에서 퍼낸 재가 담겨 있음직한 석탄통을 들고 객사에서 나왔다. 그녀는 마구간 옆에 있는 두엄 더미 쪽으로 몸을 돌렸다. 필립은 그녀를 지켜보았다. 그녀의 걸음걸이는 마치 건강한 말이 걷는 듯 경쾌해 보였다.

그는 다시 웨일런에게 보내는 레미기우스의 서한에 대해 생각했다. 어쩐지 그는 그 전갈의 주요 취지가 사실은 화재에 관한 것이 아니리라는, 직관에 가까운 걱정스러운 의심을 떨쳐버릴 수가 없었다.

확실한 근거도 없이 그는, 그 편지가 석수의 아내에 대한 것이리라고 확신했다.

3

잭은 첫새벽에 잠이 깼다. 그는 눈을 뜨고는 톰이 일어나는 것을 보았다. 그러고는 계속 누워서 톰이 문 밖의 땅에서 오줌 누는 소리를 들었다. 톰이 비워놓은 따뜻한 자리로 가 엄마 곁에서 웅크리고 자고 싶었지만, 그렇게 한다면 앨프레드가 가차 없이 조롱하리라는 걸 알고 있었기에 그대로 누워 있었다. 톰은 안으로 다시 들어와 앨프레드를 흔들어 깨웠다.

톰과 앨프레드는 어제 저녁에 먹고 남은 맥주를 마시고 곰팡내 나는 호스브레드를 조금 먹은 다음 밖으로 나갔다. 약간의 빵이 남자 잭은 오늘만은 그걸 그대로 두고 나가주기를 바랐으나, 실망하지 않을 수 없었다. 언제나처럼 앨프레드는 남은 빵마저도 가져가버렸다.

앨프레드는 아버지와 함께 성당 부지에서 하루 종일 일했다. 잭과 그의 어머니는 때때로 낮에 숲속으로 갔다. 잭이 새총으로 오리를 쫓는 동안 어머니는 덫을 놓았다. 무엇이 잡히든 그들은 그것을 마을 사람들이

나 저장실 관리인 커스버트에게 팔았다. 톰이 급료를 받지 못하는 상황이라 이것이 돈을 만드는 유일한 방법이었다. 어머니는 그 돈으로 옷감이나 가죽, 동물 기름 등을 사다가 숲에 가지 않는 날이면 신발이나 내의, 양초, 모자 따위를 만들었고, 그동안 잭과 마사는 마을 아이들과 놀았다. 일요일이면 미사가 끝난 다음, 톰과 잭의 어머니는 즐겨 불가에 앉아 이야기를 나눴다. 때때로 그들은 입을 맞추고 톰이 어머니의 옷 속으로 손을 넣기도 했는데, 그러면 그들은 잠시 동안 아이들을 밖으로 내보내고 문에 빗장을 질렀다. 이때야말로 한 주일을 통틀어 최악의 시간이었다. 그럴 때마다 앨프레드는 기분이 나빠져서 잭과 마사를 괴롭혔기 때문이었다.

그렇지만 오늘은 평일이었으므로, 앨프레드는 동틀 때부터 어두워질 때까지 바쁠 것이다. 잭은 자리에서 일어나 밖으로 나갔다. 날씨는 춥고 건조했다. 잠시 후 마사가 밖으로 나왔다. 폐허가 된 대성당은 돌을 나르고, 돌더미를 삽으로 퍼내고, 불안성한 벽에 버팀목을 대고, 너무 많이 상해서 살려낼 수 없는 벽들을 부수는 인부들로 이미 혼잡해져 있었다.

마을 사람들과 수사들 사이에선 그 불은 악마가 놓은 것이라는 추측이 일반적으로 받아들여지고 있었고, 오랜 시간이 흐르자 잭도 자신이 불을 지른 장본인이라는 걸 잊어버렸다. 그 일을 돌이켜볼 때면 그는 흠칫 놀라 숨이 멎었는데, 그다음에는 이상하게도 만족스러운 기분에 젖었다. 그는 위험천만한 일을 저질렀지만 거기에서 무사히 빠져나올 수 있었고, 가족을 굶주림에서 구해낸 것이었다.

수사들이 먼저 아침식사를 하고 나서 참사회에 들어갈 때까지 성직자가 아닌 인부들은 아무것도 먹지 못했다. 마사와 잭에게는 지겹도록 긴 기다림이었다. 잭은 늘 배가 고파서 잠을 깼고, 쌀쌀한 아침공기는 그의 식욕을 부채질했다.

“취사장 뜰로 가자.” 잭이 말했다. 취사장에서 일하는 사람들이 그들에게 먹다 남은 음식을 줄지도 몰랐다. 마사도 기꺼이 찬성했다. 그녀는 잭이 훌륭하다고 생각했으므로, 그의 제안이라면 무엇이든 따랐다.

취사장 근처에 도착했을 때, 그들은 제빵소 일을 맡고 있는 버나드 수사가 오늘분의 빵을 굽고 있다는 걸 알게 되었다. 조수들이 모두 성당 공사장에서 일하고 있어서 버나드 혼자서 땔나무를 나르고 있었다. 그는 젊었지만 살집이 좀 있는 편이라 장작더미 아래서 숨을 헐떡이며 땀을 흘리고 있었다. “수사님, 우리가 땔나무를 가져올게요.” 잭이 제안했다.

버나드는 화덕 옆에 땔나무를 부려놓고 넓고 납작한 바구니를 잭에게 내밀었다. “착한 아이로구나.” 그는 헐떡거리며 말했다. “하느님께서 축복해주실 거다.”

잭은 바구니를 들었다. 두 아이는 취사장 뒤의 땔나무가 쌓여 있는 곳으로 달려갔다. 그리고 장작을 바구니에 가득 담아 그 무거운 짐을 함께 날랐다.

그들이 되돌아왔을 때 화덕은 이미 뜨거워져 있었다. 버나드는 그들의 바구니를 곧장 불속에 쏟아 비운 다음, 가서 더 가져오라고 일렀다. 잭은 팔이 휘도록 힘이 들었지만, 배고픔이 더 컸기에 서둘러 다시 한번 바구니를 채웠다.

두번째로 그들이 돌아왔을 때, 버나드는 조그만 반죽덩이들을 쟁반 위에 놓고 있었다. “한 바구니만 더 갖다주렴. 그럼 따뜻한 롤빵을 먹게 해주마.” 잭은 군침이 돌았다.

그들은 세번째로 바구니에 땔나무를 아주 높이 쌓은 다음, 손잡이를 하나씩 나눠잡고 비틀거리며 걸음을 옮겼다. 뜰에 이르렀을 때 그들은 물통을 든 앨프레드를 만났다. 물방아를 돌리기 위해 만든 저수지에서부터 풀밭을 가로질러 양조장 옆의 땅 속으로 사라지는 수로로 물을 길러 가는 길인 듯했다. 잭이 앨프레드가 먹을 맥주에 죽은 새를 넣은 이후로, 앨프레드는 더욱더 그를 미워했다. 여느 때라면 잭은 그를 보고 무의식적으로 몸을 돌려 다른 길로 갔을 것이었다. 지금 그는 바구니를 버리고 도망갈까 하는 생각도 들었지만, 그러면 비겁해 보일지도 몰랐다. 게다가 제빵소에서는 갓 구운 빵의 향긋한 냄새가 흘러나오고 있었고, 배가 몹시 고팠다. 그래서 그는 마음을 졸이며 서둘러 걸음을 옮겼다.

앨프레드는 자기 같으면 혼자서도 쉽게 나를 수 있는 무게에 비틀거리는 그들을 보고 비웃었다. 아이들은 그를 멀찍이 피해갔지만, 그는 그들을 향해 두어 걸음 다가와 잭을 밀어젖혔다. 잭은 등뼈가 고통스럽게 비틀리는 것을 느끼며 그 자리에서 엉덩방아를 찧었다. 그가 바구니 손잡이를 놓치자, 땔나무들은 와르르 땅에 쏟아지고 말았다. 그의 눈에 눈물이 고였다. 아픔이라기보다는 차라리 분노 때문이었다. 시비도 걸지 않았는데 앨프레드가 거리낌 없이 그런 짓을 할 수 있고, 그러고도 벌을 받지 않는다는 건 너무 부당한 일이었다. 잭은 몸을 일으켜 마사의 도움도 모른 체하며 참을성 있게 바구니에 땔나무를 담았다. 그들은 다시 바구니를 들고 제빵소로 걸음을 계속했다.

그곳에서 그들은 보상을 받았다. 롤빵이 담긴 쟁반이 돌선반 위에서 식어가고 있었다. 그들이 들어오자 버나드는 롤빵 하나를 집어 입안 가득 넣은 다음 말했다. "맛있구나. 너희도 먹어라. 하지만 조심해야 한다. 뜨거우니까."

잭과 마사는 각각 롤빵을 하나씩 집었다. 잭은 입안을 델까봐 시험 삼아 조금 베어 물었지만 너무 맛이 있어서 순식간에 다 먹어버렸다. 그는 남아 있는 건포도 빵을 보았다. 아홉 개가 남아 있었다. 잭은 그를 보며 빙그레 웃고 있는 버나드 형제를 올려다보았다. "더 먹으렴, 어서."

잭은 외투자락을 걷어올려 남은 빵을 쌌다. "우리, 어머니에게 갖다드리자." 그가 마사에게 말했다.

"착하구나. 그럼, 어서 가보거라."

"고맙습니다, 수사님."

그들은 제빵소를 나와 객사로 향했다. 잭은 기쁨으로 몸이 떨렸다. 어머니는 이런 예기치 않은 선물을 받고 기뻐할 것이다. 어머니에게 건네주기 전에 롤빵을 하나 더 먹고 싶었지만, 그는 유혹을 억눌렀다. 어머니께 많이 갖다드리는 편이 더 좋았다.

풀밭을 가로지르는데 다시 앨프레드와 마주쳤다.

양동이에 채웠던 물을 공사장에 쏟아붓고 다시 양동이를 채우기 위해 되돌아오고 있는 것이 분명했다. 잭은 태연한 체하기로 마음먹고는 앨프레드가 그냥 지나쳐주기를 바랐다. 하지만 외투자락에 빵을 싸서 가져가는 그의 모습은 금방 눈에 띄어 도저히 숨길 수가 없었다. 이번에도 앨프레드는 그들에게 다가왔다.

잭은 그에게 롤빵을 하나 줄 수도 있었지만, 앨프레드가 기회만 된다면 그 빵을 모두 빼앗아가리라는 걸 알고 있었다. 잭은 갑자기 뛰기 시작했다.

앨프레드는 곧 그를 따라잡았다. 앨프레드가 한 발로 다리를 걸자, 잭은 나동그라지고 말았다. 따뜻한 빵은 땅바닥 위에 모두 흩어졌다.

앨프레드는 롤빵 하나를 집어 흙먼지를 털어내고 입속에 넣었다. 그의 눈은 놀라움으로 커다래졌다. "방금 구워낸 빵이잖아." 그는 다른 빵들도 줍기 시작했다.

잭은 얼른 일어서서 땅에 떨어진 롤빵 하나를 집으려 했지만, 앨프레드는 손바닥으로 그를 거세게 후려쳐 다시 한번 넘어뜨렸다. 앨프레드는 재빨리 나머지 빵을 다 주워 입안에 넣고 우물거리며 가버렸다. 잭은 울음을 터뜨렸다.

마사는 그를 동정하고 있는 것 같았지만, 잭은 동정을 원하지 않았다. 다른 무엇보다도 모욕을 받았다는 것이 고통스러웠다. 잭이 걸어가자 마사가 뒤따랐다. 그는 그녀 쪽으로 몸을 돌리고 말했다. "따라오지 마!" 마사는 마음이 상한 듯했지만 그 자리에 서서 그가 가도록 내버려 두었다.

잭은 옷소매로 눈물을 닦으며 폐허가 된 성당 쪽으로 걸어갔다. 그는 살인에 대해 생각하고 있었다. 나는 대성당도 불태웠어, 그러니까 앨프레드를 죽일 수도 있어, 그는 생각했다.

그날 아침, 사람들은 폐허가 된 성당 주변을 깨끗이 청소하고 정돈하고 있었다. 잭은 고위 성직자 몇 사람이 피해 상황을 조사하기 위해 올 거라는 사실을 떠올렸다.

무엇보다도 화가 나는 건 앨프레드가 신체적으로 우위에 있다는 것이었다. 그는 몸집이 아주 커서 하고 싶은 대로 할 수 있었다. 앨프레드가 성당 안에 있을 때 그 모든 돌들이 무너져내리기를 바라면서, 잭은 들끓는 마음으로 한동안 근처를 서성거렸다.

결국 그는 앨프레드를 다시 만났다. 앨프레드는 북쪽 익랑에서 돌조각들을 손수레에 삽으로 퍼담고 있었다. 온몸에 먼지를 뒤집어써 회색 형체로 보였다. 손수레 근처에 검댕으로 그슬려 검어지기만 했을 뿐 거의 손상되지 않은 지붕 목재가 하나 놓여 있었다. 잭이 손가락으로 그 들보의 표면을 문지르자 희끄무레한 선이 생겼다. 문득 그는 좋은 생각이 떠올라 그 검댕 위에 글씨를 썼다. '앨프레드는 돼지다.'

잡역부 몇 명이 그것을 보았다. 그들은 잭이 글을 쓸 줄 안다는 것에 놀랐다. 한 젊은 잡역부가 물었다. "거 뭐라고 쓴 게냐?"

"앨프레드에게 물어보세요."

앨프레드는 글씨를 자세히 들여다보며 곤혹스러운 듯 얼굴을 찌푸렸다. 그가 자신의 이름만을 읽을 수 있을 뿐 나머지 글자들은 읽지 못한다는 것을 잭은 알고 있었다. 앨프레드는 짜증이 났다. 그는 자신이 모욕당했다는 것을 알았지만, 그곳에 뭐라고 씌어 있는지 알 수가 없었다. 그 사실 자체가 더 치욕적이었다. 그는 조금 바보스러워 보였다. 잭은 화가 약간 풀어지는 것을 느꼈다. 앨프레드는 몸집이 더 컸지만, 잭은 그보다 똑똑했다.

아직 아무도 그곳에 씌어진 글씨가 무슨 뜻인지 알지 못했다. 이윽고 수련수사 하나가 지나가다가 그 글을 읽고 웃으며 물었다. "앨프레드가 누구지?"

"저 사람이에요." 잭이 엄지손가락으로 불쑥 그를 가리키며 말했다. 앨프레드는 더더욱 화가 난 것 같았지만, 어떻게 해야 할지 모르겠다는 듯 미련한 모습으로 삽에 몸을 기댔다.

수련수사는 웃음을 터뜨렸다. "돼지라고, 응? 뭘 찾으려고 삽질을 하는 건가, 도토리?"

"틀림없이 그럴 거예요." 잭은 동조자를 만난 것에 기뻐하며 말했다.

앨프레드가 삽을 놓고 잭을 움켜잡으려 했다.

잭은 이미 대비 태세를 갖추고 있었으므로, 시위를 떠난 화살처럼 빠져나갔다. 수련수사가 양편 모두에게 공평하게 심술을 부리려는 듯 발을 뻗어 잭의 다리를 걸었지만, 잭은 날렵하게 그것을 뛰어넘었다. 그는 성단소가 있었던 자리를 따라 내달려, 깨진 돌더미를 피해 허물어진 지붕 목재들 위로 뛰어올라갔다. 거친 발소리에 이어 바로 뒤에서 앨프레드의 씩씩거리는 숨소리가 들려오자 그는 두려움에 질려 더욱 빠르게 뛰었다.

잠시 후 그는 길을 잘못 들었음을 깨달았다. 그곳 성당 끝에는 나가는 길이 없었다. 실수였다. 그는 곧 당하리라는 것을 깨닫고 가슴이 철렁 내려앉았다.

성당 동쪽 끝 윗부분의 반은 허물어져 있었고, 돌들은 남아 있는 벽에 기대어 쌓여 있었다. 앨프레드가 바짝 추격해오는데 달리 갈 곳이 없어진 잭은 돌더미 위로 기어올라갔다. 꼭대기에 다다랐을 때, 그의 눈앞에 4, 5미터 정도 되는 낭떠러지가 나타났다. 그는 겁에 질려 주저하지 않을 수 없었다. 너무 까마득한 거리라 다치지 않고 뛰어내리기란 불가능했다. 그 순간 앨프레드가 그의 발목을 잡아챘다. 잭은 균형을 잃었다. 잠시 동안 그는 한 발은 공중에 다른 한 발은 벽 위에 놓은 자세로 발붙일 곳을 찾느라 허우적거렸다. 앨프레드는 계속 그의 발목을 잡고 있었다. 잭은 자기의 몸이 낭떠러지 쪽으로 떨어지는 것을 느꼈다. 앨프레드는 잠시 더 잡고 있다가 잭이 좀더 몸의 균형을 잃는 순간 손을 놓았다. 몸을 바로잡지 못한 채 허공으로 떨어지며 잭의 귀에 자신의 비명 소리가 들렸다. 그의 몸이 땅에 닿았다. 그 충격은 무시무시했다. 불운하게도 그는 얼굴을 돌에 찧었다.

순간 모든 것이 캄캄해졌다.

그가 눈을 떴을 때 앨프레드는 그를 내려다보고 서 있었고—어떻게든 벽을 기어내려온 것이 분명했다—그의 옆에는 수도원에서 가장 나이 든 수사 중 하나가 서 있었다. 잭은 그 수사가 누군지 알 수 있었다. 부수도원장인 레미기우스였다. 레미기우스가 그의 눈을 들여다보며 말했다. "애야, 일어나거라."

잭은 자신이 움직일 수 있을지 알 수 없었다. 왼팔이 움직여지지 않았다. 왼쪽 얼굴의 감각도 없었다. 그는 일어나 앉았다. 자신이 죽을 거라고 생각했기에, 움직일 수 있다는 것이 놀라웠다. 그는 오른팔로 몸을 밀어올리는 한편 오른 다리에 몸무게를 싣고 고통스럽게 발을 허우적거렸다. 마비가 풀리면서 아픔이 느껴지기 시작했다.

레미기우스가 그의 왼팔을 잡았다. 잭은 아파서 비명을 질렀다. 레미기우스는 무시하고는 앨프레드의 귀를 잡았다. 아마도 우리 둘 모두에게 어떤 무서운 벌을 줄 모양인가봐, 잭은 생각했다. 하지만 너무도 상처가 심해서 그런 것을 걱정할 겨를이 없었다.

레미기우스가 앨프레드에게 말했다. "자, 이 녀석, 왜 동생을 죽이려는 거냐?"

"그애는 내 동생이 아니에요."

레미기우스의 표정이 변했다. "네 동생이 아니라고? 너희는 부모가 같잖아?"

"그 여자는 우리 어머니가 아니에요. 우리 어머니는 죽었어요."

레미기우스의 얼굴에 교활한 표정이 떠올랐다. "너희 어머니는 언제 돌아가셨지?"

"크리스마스에요."

"지난 크리스마스 말이냐?"

"맞아요."

아픔에도 불구하고 잭은 레미기우스가 무슨 이유에서인지 그 말에 깊은 관심을 나타내고 있음을 알 수 있었다. 수사의 목소리는 흥분을 억누르느라 떨리고 있었다. "그러니까 너희 아버지는 이애의 어머니를 아주 최근에 만났단 말이지?"

"그래요."

"그러면 그들이 함께 산 이후에…… 그들의 결합을 엄숙하게 하기 위하여 사제에게 간 적이 있었느냐?"

"음…… 잘 모르겠는데요." 앨프레드가 말뜻을 이해하지 못하고 있다고 잭은 생각했다. 그것은 잭도 마찬가지였다.

레미기우스가 참을성 있게 물었다. "그러면 그들이 결혼식을 했느냐?"

"아뇨."

"알겠다." 잭은 그가 성난 표정을 지을 거라고 생각했지만, 레미기우스는 기뻐하는 것 같았다. 수사의 얼굴에는 오히려 만족스러운 표정이 떠올라 있었다. 그는 잠시 말없이 생각에 잠겼다가, 이윽고 두 소년에게 생각이 미친 것 같았다. "자, 수도원에 머물며 수사들의 음식을 얻어먹고 싶다면 싸워서는 안 된다. 아무리 너희가 친형제가 아니라고 해도 말이다. 우리 하느님의 사람들은 유혈극을 봐서는 안 된다. 그것이 우리가 세상과 떨어져 살고 있는 이유 중 하나니까." 짧은 연설을 한 레미기우스는 그들을 둘 다 놓아주고 가버렸고, 잭은 마침내 어머니에게로 달려갈 수 있었다.

톰이 지하실을 임시 성당으로 사용할 수 있도록 하는 데는 이 주가 아니라 삼 주가 걸렸고, 오늘은 주교 당선자가 그곳에서 첫 미사를 주재하기 위해 오기로 되어 있었다. 클로이스터의 깨진 돌들은 말끔히 치워졌고, 톰은 파손된 부분들을 보수했다. 클로이스터는 단순히 보도 위에 지붕만 덮인 간단한 구조였으므로 작업은 수월했다. 성당의 나머지는 대부분 폐허 더미일 뿐으로, 아직 버티고 있는 몇 군데 벽도 무너질 위험이 있었다. 톰은 클로이스터에서 남쪽 익랑이 있었던 곳을 지나 지하실 층계로 이어지는 통로를 깨끗이 청소했다.

톰은 주위를 둘러보았다. 지하실은 약 15미터 정도의 너비로, 수사들이 미사를 보기에 충분할 만큼 넓었다. 그곳은 육중한 기둥과 낮고 둥근 천장으로 이루어진, 약간 어둑하긴 했지만 견고하게 지어진 공간이었다. 화재에서 버틸 수 있었던 건 그 덕분이었다. 수사들은 제단으로 사용할 가대식架臺式 탁자를 옮겨왔다. 수사들이 앉을 성직자석으로 쓰려고 식당에서 긴 의자를 가져왔다. 성구 관리인이 수놓은 제단보와 보석으로 장식된 촛대를 가져다놓으면 그럴듯해 보일 터였다.

미사가 다시 재개되면 톰의 영향력은 줄어들 것이다. 대부분의 수사들은 저희만의 경건한 삶으로 되돌아갈 테고, 노동을 하던 사람들 중 많은 이들도 농사나 행정 업무에 다시 착수하게 될 것이다. 그렇지만 여전히 수도원 하인의 반수 정도는 톰의 밑에서 잡역부로 일할 것이다. 필립 수도원장은 하인들에게 강경한 방침을 취해왔다. 그는 수도원에 너무 많은 하인들이 있다고 생각했기 때문에, 누구라도 마부들이나 취사장 일꾼처럼 하던 일을 바꾸려 들지 않을 경우에는 언제라도 해고할 준비가 되어 있었다. 그 결과 몇 명은 떠났지만, 대다수는 남아 있었다.

수도원은 이미 톰에게 삼 주치 급료를 빚지고 있었다. 정식 건축 책임자의 급료가 하루당 4펜스임을 감안하면 72펜스나 됐다. 빚은 날이 갈수록 불어났기 때문에, 필립 수도원장이 톰에게 급료를 지불하기는 점점 더 어려워질 터였다. 톰은 반년쯤 지나고 나서부터 급료 지불을 요구할 생각이었다. 그때쯤이면 은 2파운드 반을 받아야 할 것이고, 필립은 그 은을 마련해야만 톰을 해고할 수 있을 것이다. 받을 돈이 있다는 것에 톰의 마음은 안정되었다.

이번 일은 하나의 기회라고 해도 좋았다. 감히 생각도 할 수 없는 일이었지만, 어쩌면 이것은 자신이 평생을 두고 계속할 만한 일이 될지도 몰랐다. 요컨대 새 대성당을 짓는 일로, 만약 교회 당국이 장중한 새 건물을 짓기로 결정하고 또 거기 지불할 비용을 마련해줄 수만 있다면, 수십 년간 수십 명의 석수들이 동원되는, 나라에서 가장 커다란 건축 계획이 될 수 있을 터였다.

정말이지 바라기에는 너무도 벅찬 일이었다. 수사들이나 마을 사람들과 대화를 나눠본 끝에, 톰은 킹스브리지가 결코 중요한 대성당이 아니라는 것을 알게 되었다. 보잘것없는 마을에 외따로 떨어져 있는 킹스브리지는 계속 야심 없는 주교들을 맞이해오며 서서히 쇠퇴해가고 있는 것이 분명했다. 수도원은 평범했고 무일푼이었다. 몇몇 수도원은 사치스러운 접대와 높은 수준의 학교, 방대한 도서관, 수사 철학자들의 연구 업적이나 수도원장과 대수도원장의 박식함으로 왕과 대주교들의 관심을 끌었다. 그러나 킹스브리지는 그런 명성 중 어느 것도 갖고 있지 않았다. 생각할 수 있는 가능성은 필립 수도원장이 단순한 구조와 수수한 설비를 갖춘 자그마한 성당을 지으리라는 것뿐이었다. 그리고 그 일은 십 년 이상 걸리지는 않을 것이었다.

그렇다고 하더라도 톰은 그 일에 제격이었다.

그는 심지어 불에 탄 폐허가 채 식기도 전에 이것이야말로 자기 손으로 대성당을 건축할 기회라고 생각하지 않았던가.

필립 수도원장은 하느님이 톰을 킹스브리지로 보냈다고 이미 확신하고 있었다. 톰도 자신이 효율적인 방법으로 불탄 대성당을 깨끗이 치우고 수도원을 다시 사용할 수 있도록 했기 때문에 필립의 신임을 얻었다는 걸 알고 있었다. 알맞은 기회가 오면, 그는 새 건물의 설계에 대해 필립과 의논을 시작할 생각이었다. 신중하게 대처하기만 한다면 필립이 그에게 설계도를 그려달라고 요청할 만한 가능성은 얼마든지 있었다. 새 성당이 아주 소박하게 지어질 가능성이 높다는 사실은 성당 설계가 대성당 건축 경험이 많은 건축가보다 톰에게 맡겨지리라는 예상을 더욱 뒷받침해주었다. 톰은 기대로 부풀어올랐다.

참사회를 알리는 종이 울렸다. 이 소리는 성직자가 아닌 일꾼들이 아침식사를 해야 한다는 신호이기도 했다. 톰은 지하실을 나와 식당으로 향했다. 도중에 그는 엘렌과 마주쳤다.

그녀는 화가 나서 길을 가로막듯 그의 앞에 버티고 섰는데, 눈빛이 심상치 않았다. 마사와 잭도 그녀와 함께였다. 잭은 끔찍한 모습이었다.

한쪽 눈은 감기고 왼쪽 얼굴은 멍이 들고 부풀어오른데다, 왼쪽 다리는 전혀 쓰지 못하는 것처럼 오른쪽 다리에 의지하고 서 있었다. 톰은 측은한 생각이 들었다. "너, 어떻게 된 게냐?"

엘렌이 대답했다. "앨프레드가 이 지경으로 만들었어요."

톰은 속으로 신음했다. 잠시 동안 잭보다 몸집이 훨씬 더 큰 앨프레드가 부끄럽게 여겨졌다. 그러나 잭도 천사는 아니었다. 아마도 잭이 앨프레드를 성나게 했을 터였다. 톰은 앨프레드를 찾아 주위를 둘러보다가 먼지를 뒤집어쓴 채 식당으로 걸어가는 아들을 발견했다. "앨프레드!" 그가 큰 소리로 불렀다. "이리 오너라."

앨프레드는 뒤를 돌아보고 모여 있는 가족을 발견하자 죄지은 표정으로 천천히 다가왔다.

톰이 그에게 물었다. "네가 이랬니?"

"잭이 벽에서 떨어진 거예요." 앨프레드가 부루퉁하게 대답했다.

"네가 밀었지?"

"전 잭을 쫓아간 것뿐이에요."

"누가 먼저 시작했지?"

"잭이 내게 욕을 했어요."

퉁퉁 부어오른 입술로 잭이 말했다. "우리 빵을 빼앗아갔기 때문에 돼지라고 했을 뿐예요."

"빵이라니? 아침식사도 하기 전에 빵이 어디서 났지?"

"제빵소에 있는 버나드 수사님이 준 거예요. 우리가 땔나무를 날라다 주었거든요."

"앨프레드와 나눠먹었어야지."

"그러려고 했어요."

앨프레드가 말했다. "그런데 왜 도망친 건데?"

"어머니께 드리려고 가는 길이었어요." 잭이 항변했다. "그런데 앨프레드가 모조리 먹어버렸단 말예요!"

한창 자라는 열네 살짜리 아이들을 보며 톰은 아이들 싸움에서는 잘잘못을 가릴 수 없음을 깨달았다. "너희 셋 모두 아침 먹으러 가거라. 그리고 만약 오늘 한 번만 더 싸우면 앨프레드, 이번에는 네 얼굴이 잭처럼 될 거다. 내가 널 그렇게 만들어놓을 거란 말이다. 자, 어서들 가거라."

아이들은 가버렸다.

톰과 엘렌은 좀더 느린 걸음으로 뒤를 따랐다. 잠시 후 엘렌이 말했다. "할 말이 그것밖에 없어요?"

톰은 그녀를 힐끗 바라보았다. 그녀는 여전히 화가 나 있었으나 그는 달리 어쩔 도리가 없었다. 그는 어깨를 으쓱했다. "언제나처럼 두 애 모두에게 잘못이 있소."

"톰! 어떻게 그렇게 말할 수가 있어요?"

"둘 다 똑같이 나쁘니까."

"앨프레드가 그애들의 빵을 빼앗았어요. 그리고 잭이 그에게 돼지라고 욕을 했고요. 그건 피를 볼 정도로 싸울 일이 아니에요!"

톰은 머리를 흔들었다. "남자아이들은 항상 싸우는 거요. 당신은 애들 싸움을 말리다 평생을 다 보내려는 거요? 애들 일은 애들에게 맡기는 게 상책이오."

"그렇게는 못해요, 톰." 그녀의 어조는 험악했다. "잭의 얼굴을 좀 보세요. 앨프레드의 얼굴도요. 그게 어디 애들 싸움이라고 할 수 있나요? 다 큰 어른이 악감을 품고 아이를 때린 거라고요."

톰은 그녀의 태도에 화가 났다. 앨프레드가 결점이 있다는 건 알고 있었지만 그것은 잭도 마찬가지였다. 톰은 잭을 버릇없는 응석받이로 키우고 싶지 않았다. "앨프레드는 다 큰 어른이 아니오. 열네 살짜리 아이

일 뿐이지. 하지만 그는 지금 일을 거들고 있소. 가족의 생계를 돕고 있다고. 하지만 잭은 그렇지 않잖소. 어린아이처럼 하루 종일 놀기만 하지. 나는 오히려 잭이 앨프레드에게 존경을 표해야 한다고 생각하오. 하지만 그애가 그렇지 않다는 건 당신도 알고 있을 거요."

"난 그런 거 몰라요!" 엘렌이 발칵 화를 냈다. "당신은 당신 좋을 대로 말할 수 있겠지만, 내 아들은 끔찍하게 멍이 들었고, 더 심각하게 다칠 수도 있었어요. 나라면 그렇게 내버려두지 않을 거라고요!" 그녀는 울기 시작했다. 잠시 후, 조금 낮아졌지만 여전히 화가 난 목소리로 그녀가 말했다. "그애는 내 아들이에요. 그래서 그애가 그런 꼴 당하는 걸 참을 수가 없어요."

톰은 그녀에게 연민을 느꼈고 그녀를 위로해주고 싶었지만, 양보하고 싶지는 않았다. 그는 이러한 대화가 전환점이 될 수도 있으리라고 느꼈다. 어머니와 단둘이 살면서 잭은 언제나 과잉보호를 받아왔다. 톰은 잭이 일상생활 중에 으레 당하게 되는 매질에서 보호받아야 한다는 걸 인정하고 싶지 않았다. 그걸 인정한다면 해를 거듭해서 끝없는 문제를 야기할 전례를 남기는 셈이었다. 사실 톰도 이번에는 앨프레드가 지나쳤다는 걸 알고 있었다. 그래서 앞으로는 잭에게 손을 대지 못하도록 해야겠다고 다짐한 터였다. 하지만 그렇다는 걸 입 밖에 내서 말하는 건 쉬운 일이 아니었다. "때리고 맞는 것도 삶의 일부요." 그가 엘렌에게 말했다. "잭은 때릴 줄도 알고 매를 피할 줄도 알아야 하오. 그애를 보호하느라 내 삶을 다 보낼 수는 없잖소."

"약자를 괴롭히는 깡패 같은 당신 아들에게서 보호해줄 순 있잖아요!"

톰은 주춤했다. 그녀가 앨프레드를 깡패라고 부르는 것이 싫었다. "그럴 수도 있겠지만 난 그렇게 하지 않겠소." 그가 화가 나서 말했다. "잭은 스스로를 보호하는 법을 배워야 해."

"하, 관둬요." 엘렌은 몸을 돌려 가버렸다.

톰은 식당으로 들어갔다. 보통 때 막일꾼들이 식사를 하던 나무 오두막은 남서쪽 탑이 무너지는 바람에 부서졌고, 그 때문에 그들은 수사들이 식사를 끝내고 나간 후 식당에서 식사를 해야 했다. 톰은 사람들과 어울리고 싶지 않은 기분이라 다른 사람들과 떨어져 앉았다. 취사장 일꾼 하나가 맥주 한 항아리와 빵 몇 조각이 든 바구니를 가져다주었다. 그는 빵 한 쪽을 맥주에 적셔 부드럽게 한 다음 먹기 시작했다.

앨프레드는 기운 넘치는 사내대장부야, 톰은 다정한 마음으로 생각했다. 그는 맥주 항아리에 대고 한숨을 쉬었다. 그 아이에게 다소 깡패 같은 기질이 있다는 건 톰도 알고 있었다. 그러나 앨프레드는 머지않아 침착해질 것이다. 또한 그는 자식들로 하여금 새로 들어온 아이에게 특별대우를 해주도록 강요할 생각은 없었다. 그 아이들은 이미 너무 많이 참아왔다. 친어머니를 잃었고, 길거리를 방랑했고, 죽을 지경까지 굶기도 했다. 할 수만 있다면 아이들에게 그 이상의 짐을 지우고 싶지 않았다. 그들에겐 어느 정도의 관대함을 누릴 권리가 있었다. 잭이 앨프레드를 피하기만 하면 될 일이었다. 그런다고 해서 잭이 죽지는 않을 터였다.

엘렌과 불화할 때면 언제나 톰의 마음은 무거워졌다. 이번 경우는 개중에도 가장 심한 편에 속했다. 그들은 몇 번인가 말다툼을 했는데, 대개가 아이들 문제 때문이었다. 그녀의 얼굴이 굳어지고 적의를 띨 때면, 그는 바로 조금 전까지도 그녀와 열정적으로 사랑을 나누고 싶었다는 게 믿기지 않았다. 그럴 때면 그녀는 그의 평화로운 삶에 침입한 성난 이방인처럼 보였다.

그는 첫 아내와는 그렇게 격하고 모진 싸움을 한 적이 없었다. 돌이켜 보면 그와 애그니스는 모든 중요한 문제에 의견이 일치했고, 서로 의견이 다를 때에도 그것 때문에 화낼 일은 없었다. 남편과 아내 사이라면 응당 그래야 했다. 엘렌은 엄밀히 말해 자신이 그 가족의 일원이 아님을 깨달아야 하는데도 제멋대로 행동하고 있었다.

엘렌이 가장 심하게 화를 내고 있을 때조차 진심으로 그녀가 떠나길 원한 적은 결단코 없었지만, 그런 경우에 부딪히면 그는 종종 회한이 가득한 마음으로 애그니스를 생각했다. 애그니스와는 성인이 된 이후의 삶을 거의 함께 해왔으므로, 그녀가 없는 생활은 언제나 어딘지 허전한 느낌을 주었다. 애그니스가 살아 있는 동안 톰은 그녀를 얻게 된 것이 특별한 행운이라고 생각해본 적도, 고마움을 느껴본 적도 없었다. 그녀가 죽고 난 지금, 그는 그녀가 그리웠고 그녀와의 생활을 당연한 것으로 여겼던 것에 부끄러움을 느꼈다.

하루 중 조용한 시간, 모든 일꾼들이 제각기 지시에 따라 공사장 주위에서 바삐 일하고 자신은 좀더 기술을 요하는 작업, 이를테면 클로이스터 벽의 한 부분을 다시 세우거나 지하실의 기둥을 수리할 때면 톰은 때때로 애그니스와 상상 속에서 대화를 나눴다. 화제의 대부분은 그들의 아기 조너선에 관한 것이었다. 거의 매일 톰은 취사장에서 음식을 받아먹거나 누군가에게 안겨 클로이스터를 지나거나 수사들의 숙사에서 잠자리에 든 자신의 아들을 보았다. 아기는 아주 건강하고 행복해 보였고, 엘렌을 제외한 어느 누구도 톰이 그 아이에게 특별한 관심을 갖고 있다는 것을 알지도, 눈치채지도 못했다. 톰은 애그니스에게 그녀가 살아 있을 때처럼 앨프레드와 필립 수도원장, 심지어 엘렌에 대해서 이야기했고, 그들에 대한 자신의 감정까지(엘렌의 경우는 예외였다) 털어놓기도 했다. 또한 앞으로의 실제적인 계획도 그녀에게 이야기했다. 그는 생각 속에서, 몇 년간 이곳에서 일했으면 하는 기대와 새 대성당을 설계하고 건축하겠노라는 그의 꿈에 대한 그녀의 대답과 질문을 들었다. 애그니스는 기뻐하고 용기를 북돋아주고 황홀해하기도 했다가, 미심쩍어하고 불만스러워하기도 했다. 톰은 어떤 때는 그녀가 옳고, 또 어떤 때는 그녀가 그르다고 생각했다. 만약 그가 누군가에게 이런 대화에 대해 이야기한다면, 그들은 그가 귀신과 대화한다고 할 것이고 사제들은 성수를 뿌리고 구마驅魔 기도를 한답시고 한바탕 소동을 부릴 것이었다. 그러나 톰은 모든 일에 초자연적인 것은 없다는 걸 알고 있었다. 단지 그가 애그니스를 너무 잘 알고 있어서, 그녀가 어떤 상황에 어떻게 느끼고 말할 것인지를 상상할 수 있었던 것에 지나지 않았다.

애그니스는 뜻밖의 시간에 그의 마음에 떠올랐다. 어린 마사에게 단도로 배를 깎아줄 때면, 과일 껍질이 끊어지지 않게 깎으려 애쓰는 그의 모습에 애그니스가 언제나 웃음을 터뜨렸던 일이 생각났다. 무엇인가를 쓸 때도 그녀 생각이 났는데, 그녀가 사제였던 자기 아버지에게서 배운 것을 모두 그에게 가르쳐주었기 때문이었다. 또한 그녀가 깃촉 펜을 손질하는 방법과 '석수'라는 뜻의 라틴어 철자를 가르쳐주던 일도 떠올랐다. 일요일마다 세수를 하며 비누로 수염을 문지를 때면, 수염을 청결히 해야 얼굴에 이나 부스럼이 생기지 않는다고 젊은 시절 그녀가 한 말을 회상했다. 그런 사소한 일들 때문에 하루도 거르지 않고 마음속에 생생히 그녀를 떠올렸다.

톰은 엘렌을 만난 것이 행운이라는 걸 잘 알았다. 그가 그녀를 있는 그대로 받아들이는 데는 아무런 어려움이 없었다. 엘렌은 독특한 존재였다. 그녀에게는 평범한 사람과는 다른 무언가가 있었는데, 그점이 그녀의 매력이기도 했다. 톰은 애그니스가 죽은 다음 날 아침, 슬픔에 잠겨 있던 자신을 위로해준 그녀에게 감사했다. 그러나 때로는 아내가 묻히고 몇 시간 후가 아니라 며칠 후에 그녀를 만났더라면 더 좋았으리라는 생각이 들었다. 그랬다면 혼자 애도할 시간을 가질 수 있었을 것이다. 그렇다고 추모 기간을 지키지는 않았을 테지만—영주나 수사들은 그 기간을 지켰지만 평민들은 그러지 않았다—엘렌과 함께 사는 데 익숙해지기 전에 애그니스가 없다는 사실에 익숙해질 만큼의 여유는 가졌으리라. 굶주림의 위협과 엘렌으로부터 얻는 성적 쾌락이 한데 뒤섞여, 마치 세상이 끝장나기라도 한 것 같은 발작적인 흥분에 빠져 있었던 처음 얼마간은 그런 생각이 들지 않았다. 그러나 일을 갖고 안정을 찾게 되면서부터 격심한 후회가 밀려오며 고통스러워지기 시작했다. 그리고 때때로 이렇게 애그니스를 생각할 때면, 그녀에 대한 그리움뿐 아니라 지나가버린 자신의 젊음에 대한 아쉬움도 한데 섞여드는 듯했다. 애그니스와 처음 사랑에 빠졌을 때만큼 순수하고 적극적이며 또 그만큼 갈망으로 타오르는 일은 두 번 다시 없을 터였다.

톰은 식사를 마치고 다른 사람들보다 먼저 식당을 나서서 클로이스터로 갔다. 그는 이곳 일이 만족스러웠다. 이 사각형 안뜰이 불과 삼 주 전만 해도 돌더미에 묻혀 있었다니 상상이 안 갔다. 유일하게 남아 있는 재난의 흔적은 갈아끼울 만한 대용품을 발견하지 못해 그대로 둔 쪼개진 포석뿐이었다.

그럼에도 사방이 온통 흙먼지였다. 클로이스터를 다시 쓸어내고 물을 뿌려야 할 것이다. 그는 폐허가 된 성당을 가로질러 걸어갔다. 북쪽 익랑에서 그을린 대들보에 씌어 있는 글자가 보였다. 톰은 천천히 그것을 읽었다. 거기에는 이렇게 씌어 있었다. "앨프레드는 돼지다." 그러니까 이것 때문에 앨프레드가 화를 낸 것이다. 지붕에서 떨어진 목재들은 재가 될 정도로 연소하지 않고 검게 그을리기만 한 채 여기저기 뒹굴고 있었다. 톰은 일꾼들 몇 명에게 그 목재들을 모두 모아 땔나무 창고로 옮기라고 지시해야겠다고 마음먹었다. "공사장이 깨끗해 보이도록 해놓으세요." 애그니스는 중요한 사람의 방문이 있을 때면 말했다. '톰, 그들이 당신에게 맡기길 잘했다고 생각하길 당신도 바라잖아요.' 물론이지, 여보, 톰은 마음속으로 대답했다. 그런 다음 그는 혼자 미소를 지으며 일에 착수했다.

1킬로미터쯤 떨어진 들판 저편에 웨일런 바이가드 일행이 보였다. 그들은 모두 세 명으로, 빠른 속도로 말을 달리고 있었다. 선두에서 흑마를 타고 달리는 웨일런의 등 뒤로 검은 외투자락이 휘날렸다. 필립과 수도원의 선임 임원들은 그들을 환영하기 위해 마구간 옆에서 기다렸다.

필립은 웨일런을 어떻게 대해야 할지 알 수 없었다. 웨일런은 주교가 죽었다는 말을 미리 하지 않음으로써 명백하게 필립을 기만했다. 그러나 그 사실이 밝혀지고 나서도 웨일런은 전혀 부끄러워하는 기색이 아니었다. 그래서 그때 필립은 그에게 할 말을 찾을 수가 없었다. 지금도 어찌해야 좋을지 알 수 없었지만, 그때 일을 항의한다고 해서 얻을 것은 없을 듯했다. 어쨌든 그런 일련의 사건들도 화재라는 대재난에 묻히고 말았다. 필립은 그서 차후에는 웨일런을 신중히 대하기로 마음먹었다.

웨일런의 말은 몇 킬로미터를 달렸음에도 여전히 생기 넘치고 팔팔했다. 그는 마구간을 향해 말을 천천히 몰고 오면서 말머리 아래쪽을 단단히 붙잡았다. 필립은 못마땅했다. 성직자란 말을 타고 허세를 부릴 필요가 없었고, 하느님의 사람이라면 대부분 좀더 수수한 말을 골랐을 것이다.

웨일런은 유연한 동작으로 말에서 훌쩍 뛰어내려 마부에게 고삐를 주었다. 필립은 그에게 형식적으로 인사했다. 웨일런은 몸을 돌려 폐허가 된 성당을 훑어보았다. 황폐한 정경이 시야에 들어오자 그가 말했다. "값비싼 대가를 치른 화재였던 것 같소, 필립 형제." 그가 진심으로 애통해하는 것 같았으므로 필립은 조금 놀랐다.

필립이 미처 대답하기도 전에 레미기우스가 먼저 말했다. "악마의 소행이죠, 주교 예하."

"이게 악마의 소행이란 말이오? 내 경험으로는, 조과 때 냉기를 가시게 하려고 성당 안에 불을 피우거나 부주의로 종탑에 촛불을 켜두는 수사들이 종종 악마를 돕는 것 같네만."

필립은 레미기우스가 무안당하는 것을 보자 기분이 나쁘지 않았지만, 그 말 속에 내포된 웨일런의 암시를 간과할 수는 없었다. "화재의 원인이 될 만한 것은 모두 조사했습니다. 그날 밤 성당에 불을 피운 사람은 아무도 없었습니다— 저 자신 조과에 참석해서 확신할 수 있습니다. 그리고 이전 몇 달 동안 지붕 쪽으로 올라간 사람도 없습니다."

"그럼 당신의 설명은 무슨 뜻이오— 번개라도 쳤단 말이오?" 웨일런이 의심스럽다는 듯이 물었다.

필립은 고개를 저었다. "폭풍우는 치지 않았습니다. 불은 교차부 근처에서 시작된 듯합니다. 보통 때처럼 미사 후 제단에 촛불을 켜두었으니까요. 제단보에 불이 붙고, 불꽃이 상승기류를 타고 나무 천장으로 번졌을 가능성이 있습니다. 천장은 아주 오래된데다 건조했으니까요." 필립은 어깨를 으쓱했다. "만족할 만한 설명은 아니지만 이것이 우리가 찾아낼 수 있는 가장 합리적인 설명입니다."

웨일런이 고개를 끄덕였다. "화재 현장에 좀더 가까이 가봅시다."

그들은 성당 쪽으로 걸어갔다. 웨일런의 일행 두 명은 군사와 젊은 사제였다. 군사는 말을 돌보기 위해 뒤에 남았다. 웨일런은 필립에게 자신을 따라오는 사제를 볼드윈 교구 주임신부라고 소개했다. 그들이 성당으로 가기 위해 풀밭을 가로지르고 있을 때 레미기우스가 웨일런의 팔을 잡아 세우며 말했다. "보시다시피 객사는 타지 않았답니다."

모두 걸음을 멈추고 돌아보았다. 필립은 레미기우스가 대체 무슨 꿍꿍이속으로 그런 행동을 하는지 알 수 없었다. 객사가 피해를 입지 않았다고 해서 걸음을 멈추고 그것을 바라보아야 하는 이유는 무엇일까? 때마침 건축장이의 아내가 취사장에서 걸어나왔다. 그들 모두 객사로 들어가는 그녀를 지켜보았다. 필립은 웨일런을 힐끗 보았다. 그는 다소 충격을 받은 듯했다. 필립은 그 순간 지난날 주교 관저에서 웨일런이 건축장이의 아내를 보고 겁에 질린 표정을 지었던 일을 상기했다.

웨일런은 재빨리 레미기우스에게 시선을 돌리고 거의 알아챌 수 없을 정도로 고개를 끄덕인 다음 필립을 돌아보았다. "누가 저곳에 살고 있소?"

필립은 웨일런이 그녀를 알아보았다는 걸 확신했지만 이렇게 말했다. "건축 책임자와 그의 가족입니다."

웨일런은 그 말에 고개를 끄덕였고, 그들은 걸음을 계속했다. 이제 필립은 레미기우스가 왜 객사로 관심을 돌리게 했는지 알 수 있었다. 웨일런에게 그 여자를 보여주고 싶었던 것이 분명했다. 필립은 되도록 빨리 그녀에게 어찌된 일인지 물어보리라 생각했다.

그들은 폐허가 된 성당 안으로 들어갔다. 수사 몇 명과 비슷한 수의 수도원 일꾼 일고여덟 명이 톰의 지휘 아래 반쯤 탄 지붕의 들보를 늘어올리고 있었다. 전체 공사장은 분주해 보였지만 말끔히 정돈되어 있었다. 이미 톰의 책임하에 작업이 진행되고 있기는 했어도 부산하고 효율적인 움직임을 보니 톰이 더욱 미더웠다.

톰이 다가왔다. 그는 모인 사람들 중 가장 키가 컸다. 필립이 웨일런에게 말했다. "이 사람이 건축 책임자 톰입니다. 이미 클로이스터와 지하실을 다시 사용할 수 있도록 손봐주었지요. 우리는 그에게 정말 고마워하고 있습니다.

"당신을 이미 알고 있소." 웨일런이 톰에게 말했다. "크리스마스 직후에 나를 찾아왔지. 그때 내겐 당신을 고용할 만한 일거리가 없었소."

"맞습니다." 톰이 차분하면서 사무적인 어조로 말했다. "하느님께서 필립 수도원장님이 곤경에 처할 때 도울 수 있도록 저를 예비해두신 모양입니다."

"신학자 같은 건축장이로군." 웨일런이 조롱했다.

그 말에 먼지투성이인 톰의 얼굴이 약간 붉어졌다. 아무리 웨일런이 주교이고 톰은 일개 석수에 불과하다 할지라도, 그렇게 덩치 큰 사람을 조롱한다는 것은 여간 담대한 신경으로는 할 수 없는 일이라고 필립은 생각했다.

"다음 할 일은 무엇이오?"

"남은 벽들을 허물어 벽이 무너져 누군가 다치지 않도록 안전하게 만드는 것입니다." 톰이 유순하게 대답했다. "그다음에는 새 성당을 지을 수 있도록 부지를 깨끗이 치워야 합니다. 가능한 한 빨리 새 지붕의 목재로 쓸 큰 나무들을 찾아내야지요. 오래된 나무일수록 더 좋은 지붕을 만들 수 있습니다."

필립이 서둘러 말했다. "나무를 베기 전에 먼저 건축에 필요한 자금을 구해야 합니다."

"그 문제에 관해서는 나중에 이야기합시다." 웨일런의 대답은 수수께끼 같았다.

그 말이 필립의 관심을 끌었다. 그는 웨일런에게 성당 신축 자금을 구할 계획이 있기를 바랐다. 만약 수도원 자체 재원에만 의존해야 한다면, 몇 년이 지나도 공사를 시작하지 못할 공산이 컸다. 필립은 지난 삼 주 동안 이 문제로 고민했지만 아직도 해결 방안을 찾지 못한 채였다.

그는 비록 부서지기는 했어도 말끔하게 청소된 길을 지나 클로이스터로 일행을 안내했다. 이곳이 말끔히 정돈되어 있음을 웨일런이 깨닫는 데는 한번 둘러보는 것만으로도 충분했다. 그들은 풀밭을 지나 경내의 남서쪽 모서리에 있는 수도원장 사택으로 갔다.

안에 들어서자마자 웨일런은 외투를 벗고 자리에 앉아 창백한 손을 난롯불에 녹였다. 요리장 밀리우스 형제가 작은 나무그릇에 뜨겁고 향기로운 포도주를 내왔다. 웨일런은 포도주를 마시며 필립에게 물었다. "건축장이 톰이 일자리를 얻기 위해 불을 냈을지도 모른다는 생각은 안 해봤소?"

"예, 해봤습니다." 필립이 대답했다. "그러나 그가 그런 것 같진 않습니다. 불을 지르려면 성당 안에 들어가야 하는데 성당은 확실히 잠겨 있었습니다."

"낮 동안에 들어와 몸을 숨기고 있을 수도 있잖소?"

"그랬다면 불을 지른 후 밖으로 나오지 못했을 겁니다." 필립은 고개를 저었다. 반드시 그런 점 때문에 톰에게 죄가 없다고 생각하는 것은 아니었다. "어쨌든 그가 그런 일을 했으리라고는 생각지 않습니다. 그는 현명한 사람입니다. 주교님께서 언뜻 생각하시는 것보다 훨씬 더 그렇지요. 그렇지만 교활하지는 않습니다. 내 생각으로 그는, 그의 눈을 바라보며 화재의 원인이 무엇인 것 같냐고 물었을 때 나타나는 표정만 보고도 죄가 있는지를 알 수 있는 그런 사람입니다."

웨일런이 그 말에 즉각 동의하자 필립은 조금 놀랐다. "당신 말이 맞소. 어찌됐건 그가 성당에 불을 질렀다고는 나도 생각하지 않소. 그는 그런 유의 사람이 아니오."

"아마도 어떻게 해서 불이 났는지 정확히 알아낼 수는 없을 겁니다. 하지만 우리는 새 성당을 지을 기금을 모으는 문제에 직면해 있습니다. 저로서는 어떻게 해야 좋을지—"

"알았소." 웨일런이 손을 들어 필립의 말을 막았다. 그는 방 안에 있는 다른 사람들을 둘러보았다. "필립 수도원장과 단둘이 이야기하고 싶소. 우리 두 사람만 남게 해주시오."

필립은 신경이 곤두섰다. 웨일런이 왜 이 문제를 단둘이 이야기하려는 것인지 알 수 없었다.

레미기우스가 말했다. "주교 예하, 우리 형제들이 예하께 말씀드리도록 제게 부탁한 것이 있습니다."

필립은 생각했다. 무슨 일일까?

웨일런은 미심쩍은 듯 눈썹을 치켜올렸다. "그런데 왜 수도원장이 아니라 내게 문제를 제기하는 거지요?"

"필립 수도원장님은 형제의 불평에 귀를 막고 있기 때문이지요."

필립은 화가 나기도 했고 어리둥절하기도 했다. 수도원 내에 불평은 없었다. 레미기우스는 주교 당선자 앞에서 소동을 일으켜 필립을 곤란하게 하려는 것뿐이었다. 웨일런은 심문하는 시선으로 필립을 바라보았다. 필립은 어깨를 으쓱하고 태연한 표정을 지으려 애썼다. "나로서는 불평을 듣는 데 쓸 시간이 많지 않소. 말해보시오, 레미기우스 형제. 주교가 관심을 가져야 할 만큼 중요한 문제라고 확신한다면."

레미기우스가 말했다. "수도원 안에 여자가 살고 있습니다."

"그 이야기는 다시 꺼내지 마시오." 필립이 격앙된 목소리로 말했다. "그 여자는 건축장이의 아내이고, 객사에서 살고 있어요."

"그 여자는 마녀입니다."

필립은 왜 레미기우스가 이런 소동을 벌이는 것인지 의아했다. 레미기우스는 전에도 한 번 이런 식으로 주목을 끌기 위한 행동을 한 적이 있었으나 무산되고 말았다. 그 문제는 논의할 여지가 있기는 했지만 문제를 처리할 권한은 수도원장에게 있었다. 그러므로 레미기우스가 필립과 의견이 다를 때마다 문제를 해결해달라는 요청을 받고 싶지 않다면 웨일런은 필립을 지지해야 했다. 피곤한 어조로 필립이 말했다. "그녀는 마녀가 아니오."

"원장님께선 그 여자를 조사해본 적이 있으신지요?" 레미기우스가 물었다.

필립은 자신이 그녀를 조사해보겠노라고 약속한 일을 상기했다. 그는 그렇게 하지는 않았다. 그저 그녀의 남편을 만나서 그녀가 신중하게 행동해줄 것을 당부했을 뿐, 그 여자에게 직접 그런 말을 한 적은 없었다. 애석한 일이지만 그것 때문에 레미기우스는 한 점을 딴 셈이다. 하지만 그야말로 한 점에 지나지 않았으므로 그 때문에 웨일런이 레미기우스를 편들지는 않으리라고 필립은 확신했다. "나는 그 여자를 조사하지는 않았소." 필립이 인정했다. "하지만 마법의 증거는 없소. 그 가족들은 모두 아주 정직한 신자들이오."

"그 여자는 마녀이고 간통자입니다." 레미기우스가 잘난 체하며 분을 참을 수 없다는 듯 얼굴을 붉혔다.

"뭐라고요?" 필립이 비럭 화를 냈다. "그 여자가 누구와 간통했단 말이오?"

"그 건축장이와 말입니다."

"그는 그 여자의 남편이오. 어떻게 그런 바보 같은 말을 하시오!"

"아닙니다. 그는 그 여자의 남편이 아닙니다." 레미기우스가 의기양양하게 말했다. "그들은 결혼하지도 않았고 서로 안 지도 겨우 한 달밖에 되지 않았습니다."

필립은 당황했다. 그점은 결코 의심해본 적이 없었다. 레미기우스는 그에게 완전한 기습을 가한 것이었다.

만약 레미기우스의 말이 사실이라면 법률상으로 그 여자는 간통자였다. 그것은 흔히 간과되고 있는 간통이었다. 많은 남녀들이 한동안 함께 산 이후에야, 때로는 첫아기를 임신하게 된 후에야 결합을 축복받기 위해 사제에게 왔다. 사실 아주 가난하거나 시골 외진 곳에 사는 사람들은 수십 년 동안 남편과 아내로서 아이들을 기르고 살다가, 손자들이 태어날 무렵 사제들이 방문해 이제 종교의식을 갖춰 결혼식을 거행하라고 하면 깜짝 놀랐다. 그렇지만 그것은 해당 교구의 사제가 변두리 지역에 사는 가난한 사람들에게 태만했음을 보여주는 한 가지 예에 불과했고, 수도원의 중요한 고용인이 수도원 경내에서 그런 행위를 저지른 것은 전혀 다른 문제였다.

"무엇 때문에 그들이 결혼하지 않았다고 생각하시오?" 필립은 레미기우스가 웨일런 앞에서 말하기 전에 사실을 확인해보았으리라고 생각하면서도 미심쩍은 어조로 물었다.

"그들의 아이들이 서로 싸우는 것을 보았습니다. 그애들은 자신들이 형제가 아니라고 하더군요. 그래서 모든 사실이 밝혀졌지요."

필립은 톰에게 실망을 느꼈다. 간통은 흔히 있는 죄였지만, 모든 육체적인 것들을 금하고 있는 수사들에게는 특히나 혐오스러운 것이었다. 톰이 어떻게 그런 일을 할 수 있었을까? 그는 그것이 필립이 극도로 싫어하는 일이라는 것을 알았어야 했다. 필립은 레미기우스보다도 톰에게 더 화가 났다. 그러나 레미기우스는 비열했다. 필립은 그에게 물었다. "이 일에 관해 수도원장인 나에게 왜 말하지 않았소?"

"오늘 아침에야 그 말을 들었답니다."

필립은 자신이 졌음을 알고 의자 깊숙이 몸을 묻었다. 레미기우스는 그를 완패시킨 것이었다. 필립은 바보가 된 기분이었다. 선거에서 패배한 것에 대한 레미기우스의 복수였다. 필립은 웨일런을 바라보았다. 웨일런은 불평을 호소받은 심판자로서 판결을 내릴 것이다.

웨일런은 주저하지 않았다. "이 사건은 아주 명백하오. 그 여자는 자기 죄를 고해하고 공개적으로 속죄해야 하오. 그런 다음 수도원을 떠나

일 년 동안 그 건축장이와 떨어져 살며 정절을 지켜야만 하오. 그래야 그들은 결혼할 수 있소."

일 년 동안 떨어져 살아야 한다는 것은 가혹한 판결이었다. 필립은 수도원을 모독한 죄로 그녀가 그 벌을 받을 만하다고 생각했다. 그러나 과연 그 여자가 받아들일 것인지 걱정스러웠다. "그녀가 판결에 승복하지 않을지 모릅니다."

웨일런은 어깨를 으쓱했다. "그렇다면 그녀는 지옥불에 떨어질 것이오."

"그 여자가 킹스브리지를 떠나면 톰이 그녀와 함께 가버리지 않을까 걱정입니다."

"건축장이들은 많소."

"물론 그렇죠." 톰을 잃는다는 것은 필립으로서는 애석한 일일 터였다. 그렇지만 그는 웨일런의 표정으로 보아 톰과 그 여자가 킹스브리지를 떠나 다시는 돌아오지 않는다고 해도 그가 조금도 개의치 않으리라는 것을 알 수 있었다. 그러자 왜 그 여자가 그렇게 중요한 문제가 되는지 다시 궁금해졌다.

웨일런이 말했다. "자, 모두 나가주시오. 수도원장과 할 이야기가 있소."

"잠깐만." 필립이 날카롭게 말했다. 이곳은 그의 수도원이었고, 그들은 그의 수사들이었다. 그들을 불러들이거나 물러가게 할 사람은 웨일런이 아니라 필립이었다. "이 문제에 대해서는 내가 직접 그 건축장이에게 말하겠소. 여러분 가운데 누구도 이 문제를 발설하지 마시오. 알았소? 이 말에 불복종한다면 엄중한 벌이 있을 것이오. 알았소, 레미기우스 형제?"

"알았습니다."

필립은 아무 말 없이 미심쩍은 시선으로 레미기우스를 주시했다. 잠시 의미심장한 침묵이 흘렀다.

"잘 알았습니다, 원장님." 이윽고 레미기우스가 말했다.

"좋아요. 모두 나가시오."

레미기우스, 앤드루, 밀리우스, 커스버트, 그리고 교구 주임신부 볼드윈 모두가 물러갔다. 웨일런은 뜨거운 포도주를 몇 모금 더 마시고는 발을 난로 쪽으로 뻗었다. "여자들은 늘 문제를 일으킨단 말이오. 마구간에 발정난 암말이 있으면 종마들이 마부를 물어뜯기 시작하고 축사를 발로 차며 말썽을 일으키는 법이오. 심지어 거세된 것들까지 엉뚱한 짓을 하게 되지. 수사들이란 거세된 말과 같소. 육체적 욕망은 금지당했지만 아직 여자 냄새를 맡을 수는 있단 말이오."

필립은 당황했다. 그렇게까지 노골적으로 말할 필요는 없는 일이었다. 필립은 자기 손을 내려다보았다. "성당을 새로 짓는 일에 대해 하실 말씀이 있다고요?"

"그렇소. 우선 당신이 나를 만나러 왔던 그 일, 바살러뮤 백작과 그 공모자들이 교회가 추대한 스티븐 왕에 반대했던 일이 우리에게 유리하게 결말지어졌다는 소식은 이미 들었을 테지요?"

"네." 필립은 두려움에 떨었다. 교회가 추대한 왕에 대한 음모를 전하기 위해 주교 관저를 방문했던 것이 아주 오래전 일 같았다. "퍼시 햄리가 백작의 성을 습격해서 백작을 사로잡았다는 말을 들었습니다."

"바로 그렇소. 바살러뮤는 지금 윈체스터의 지하감옥에서 최후를 기다리고 있소." 웨일런이 흡족한 어조로 말했다.

"글로스터의 로버트 백작은 어떻게 됐나요? 그가 더 막강한 권력을 지닌 음모자가 아니던가요."

"그래서 그에게는 가벼운 벌밖에 내려지지 않았소. 사실 아무 벌도 받지 않은 셈이오. 그는 스티븐 왕에게 충성을 맹세했소. 그래서 반역 음모자들 중에서 그의 편은…… 관대한 처분을 받았소."

"그런데 그 일이 우리 성당과 무슨 관계가 있습니까?"

웨일런은 일어서서 창가로 갔다. 황폐한 성당을 바라보는 그의 눈빛에 진정한 슬픔이 떠올라 있었으므로, 필립은 웨일런의 모든 세속적인 사고방식에도 불구하고 그의 마음속에는 순수한 신앙이 자리잡고 있음을 깨달았다. "바살러뮤의 패배에 우리가 한몫했으므로 스티븐 왕은 우리에게 빚을 진 셈이오. 곧 원장과 나는 왕을 알현하게 될 것이오."

'왕을 알현하다니!' 필립은 생각만으로도 조금 겁이 났다.

"왕께서는 우리의 행동에 대한 보상으로 원하는 것이 무엇이냐고 물으실 것이오."

그제야 필립은 웨일런의 의도를 짐작하고 전율했다. "그러면 그때 우리가 왕께……"

웨일런은 창가에서 몸을 돌려 필립을 보았다. 검은 보석 같은 그의 눈동자는 야망으로 번득이고 있었다. "우리는 킹스브리지에 새로운 대성당을 원한다고 왕께 아뢸 것이오."

톰은 엘렌이 불같이 화를 내리라는 것을 알고 있었다.

그녀는 잭에게 일어난 일로 이미 화가 나 있었다. 톰이 그녀를 달래주어야 할 상황이었다. 그런데 이제 그녀가 '속죄'를 해야 한다는 소식을 전하면 화를 있는 대로 돋우는 셈이었다. 그는 그녀가 화를 가라앉힐 시간을 갖도록 하루나 이틀 정도 그 말을 미루고 싶었다. 그렇지만 필립 수도원장이 해질녘까지는 그녀가 수도원 경내를 떠나야 한다고 했으므로 그럴 수가 없었다. 필립이 톰에게 그 말을 한 것은 정오 무렵이었다. 이제 곧 그 말을 해야 했다. 톰은 저녁식사 도중에 말을 꺼냈다.

그들은 수사들이 저녁식사를 끝내고 나간 다음 수도원에 고용된 다른 인부들과 함께 식당으로 갔다. 식탁은 사람들로 붐볐지만 톰은 그런 상황이 나쁘지 않을지 모른다고 생각했다. 다른 사람들이 있는 곳에서라면 그녀도 조금쯤 자제할 터였다.

그러나 그것이 오산이었음을 곧 깨닫게 됐다.

톰은 되도록 차근차근 그 소식을 전하려 했다. 우선 이렇게 말을 꺼냈다. "수사들이 우리가 결혼하지 않았다는 걸 알게 됐소."

"누가 얘기했죠?" 그녀가 화난 어조로 물었다. "어떤 말썽장이냐고요?"

"앨프레드라오. 그애를 비난하지 마시오. 교활한 레미기우스 수사가 그 말을 하도록 유도한 거니까. 어쨌든 우리가 아이들에게 비밀을 지키라고 말한 적은 없지 않소."

"그애를 비난하지는 않겠어요." 그녀가 조금 차분하게 말했다. "그래, 그들이 뭐라고 하던가요?"

그는 식탁 위로 몸을 기울이며 낮은 소리로 말했다. "그들은 당신이 간통자라고 했소." 톰은 아무도 그 말을 듣지 못하기를 바라며 말했다.

"간통자라고요?" 그녀가 큰 소리로 반문했다. "당신에게는 뭐라고 했죠? 수사들은 간통을 하는 데 두 사람이 필요하다는 걸 모르나보죠?"

가까이에 앉아 있던 사람들이 웃기 시작했다.

"쉿, 그들은 우리가 결혼해야 한다고 했소."

그녀는 사나운 눈길로 그를 바라보았다. "그 이야기가 전부라면 당신이 그렇게 안절부절못할 리가 없어요. 톰, 내게 모두 말해요."

"그들은 당신이 죄를 고해하기를 원하오."

"위선적인 변태들 같으니라고." 그녀는 구역질이 난다는 투로 말했다. "자신들은 동성애로 밤을 지새우면서 뻔뻔스럽게도 우리가 죄를 짓고 있다는 거로군요."

그 말에 더 많은 사람들이 웃었다. 사람들은 엘렌의 말을 들으려고 대화를 멈추기까지 했다.

"좀 조용히 하시오." 톰이 사정했다.

"짐작건대 그들은 내가 속죄하기를 바라겠군요. 그것으로 창피를 주자는 거겠죠. 그들이 무엇을 바라던가요? 어서 사실을 말해요. 나 같은 마녀에게 거짓말을 할 수는 없어요."

"그렇게 말하지 마오." 톰이 소리를 낮추어 말했다. "그러면 사태가 더욱 나빠질 뿐이오."

"그러니까 말하라고요."

"우리는 일 년 동안 떨어져 살아야 하고 당신은 정절을 지켜야—"

"오줌이나 싸라지." 엘렌이 소리쳤다.

이제는 모든 사람이 그들을 보고 있었다.

"오줌이나 먹어요, 톰." 그녀는 사람들이 자기 말을 듣고 있다는 것을 알아차렸나. "당신들도 모두 오줌이나 드시라고들." 사람들은 그저 싱글거리기만 했다. 아마도 붉게 달아오른 얼굴과 크게 뜬 황금빛 눈 때문에 그녀가 너무 사랑스럽게 보여 화를 내기가 어려웠을 것이다. 그녀는 자리에서 일어섰다. "킹스브리지 수도원에 오줌이나 싸겠어!" 엘렌이 식탁 위로 뛰어올라가자 박수가 터져나왔다. 그녀는 식탁 위를 걷기 시작했다. 식사를 하던 사람들은 웃으면서 그녀가 지나가도록 수프 그릇과 맥주잔을 치웠다가 도로 놓았다. "수도원장한테 대고 오줌이나 싸라고!" 그녀가 소리쳤다. "부수도원장에게, 성구 관리인에게, 성가대 지휘자에게, 보물 관리인, 그리고 그들의 모든 증서와 면허장에, 은화로 가득 찬 그들의 상자에도 오줌이나 싸라지!" 그녀가 마지막 식탁에 이르렀다. 그 너머에는 좀더 작은 탁자가 있었다. 그 탁자는 수사들이 식사하는 동안 큰 소리로 기도서를 낭독하는 낭독대로, 그 위에는 책이 펼쳐져 있었다. 엘렌이 식탁에서 낭독대로 풀쩍 뛰었다.

문득 톰은 그녀가 무슨 짓을 하려는지 알아챘다. "엘렌!" 그가 외쳤다. "그러지 마, 제발—"

"성 베네딕투스 규율서에 오줌이나 싸라고!" 그녀가 한껏 소리쳤다. 그런 다음 치마를 끌어올리고 쭈그리고 앉아 펼쳐진 책 위에 오줌을 누기 시작했다.

사람들은 웃으며 고함을 치고 식탁을 두들겨대고 야유하고 휘파람을 불며 환호했다. 톰은 그들이 수도원의 규율서를 모욕한 것에 공감하는 것인지, 아름다운 여인이 자신의 몸을 노출시키는 모습을 즐기는 건지 분간할 수가 없었다. 그러나 수사들이 그토록 신성시하는 책을 누군가 공개적으로 능욕하는 광경을 본다는 것 또한 흥미진진한 일이 아닐 수 없었다. 이유야 어찌됐던 그들은 그녀의 행동에 찬사를 보냈다.

그녀는 식탁 위에서 뛰어내려 요란한 환호에 에워싸인 채 문 밖으로 달려나갔다.

사람들은 동시에 왁자지껄 떠들기 시작했다. 일찍이 누구도 이와 같은 장면을 본 적이 없었다. 톰은 두려웠고 당혹스러웠다. 이 일이 끔찍한 결과를 낳으리라는 사실을 그는 알고 있었다. 그러나 한편으로 정말 얼마나 대단한 여자인가!

잠시 후, 잭이 부어오른 얼굴에 웃음기를 담고 일어나 그의 어머니를 따라 식당 밖으로 나갔다.

톰은 앨프레드와 마사를 바라보았다. 앨프레드는 당황한 기색이었지만, 마사는 킥킥 웃고 있었다. "너희 둘 다 이리 오거라." 톰이 말했다. 세 사람은 식당을 빠져나왔다.

밖에 나왔을 때 엘렌은 보이지 않았다. 그들은 풀밭을 지나 객사로 갔다. 엘렌은 그곳에 있었다. 그녀는 의자에 앉아 그를 기다리고 있었다.

외투를 입고 꽤 큰 가죽가방을 들고 있었다. 냉정하고 조용하고 침착해 보였다. 가방을 보자 톰은 가슴이 서늘해졌지만 애써 못 본 체했다. "그 대가로 지옥에 갈 거요."

"나는 지옥을 믿지 않아요."

"당신이 고해하고 속죄하도록 수사들이 허락했으면 좋겠소."

"난 고해하지 않아요."

그의 자제력이 무너졌다. "엘렌, 가지 마!"

그녀는 슬픈 표정을 지었다. "들어보세요, 톰. 당신을 만나기 전에 내게는 먹을 음식과 살 곳이 있었어요. 안전하고 걱정 없이 자족하며 살고 있었죠. 아무도 필요하지 않았어요. 당신과 함께 있게 된 이후로 난 내 평생 그 어느 때보다 굶주렸어요. 당신은 이제 일자리를 얻었지만 안정적이라고는 할 수 없어요. 수도원에 새 성당을 지을 돈이 없다면 올겨울에 당신은 다시 거리로 나앉을 수도 있어요."

"필립 수도원장님은 어떻게든 돈을 끌어올 거요. 난 그러리라고 확신하오."

"확신할 수 없는 일이에요."

"당신은 믿지 않는군." 톰이 씁쓸하게 말했다. 그런 다음 자제력을 잃고 이렇게 덧붙였다. "당신도 애그니스와 똑같아. 당신 역시 내가 대성당을 지을 수 있다는 걸 믿지 않아."

"오, 톰. 내가 혼자라면 머물렀을 거예요." 그녀가 슬픈 표정으로 말했다. "그렇지만 내 아들을 보세요."

톰은 잭을 바라보았다. 잭의 얼굴은 멍이 들어 자줏빛이었고, 귀는 부어올라 평소의 두 배는 되어 보였고, 콧구멍에는 마른 피가 가득 차 있고 앞니는 부러져 있었다.

엘렌이 말했다. "우리가 계속 숲에서 살면 저애가 짐승처럼 자라게 될까봐 두려웠어요. 그렇지만 사람들과 함께 어울려 사는 법을 가르치는 대가가 이런 거라면 도저히 감당할 수 없네요. 난 숲으로 돌아가겠어요."

"그런 말 하지 마오." 톰이 절망적인 심정으로 말했다. "함께 의논해 봅시다. 성급하게 결정하지 말고—"

"성급한 게 아니에요. 그런 게 아니라니까요, 톰." 그녀가 서글프게 말했다. "너무 슬퍼서 더 화를 낼 수도 없어요. 나는 정말로 당신의 아내가 되고 싶었어요. 그러나 그것 때문에 이 모든 대가를 치를 수는 없어요."

만약 앨프레드가 잭을 뒤쫓지 않았더라면 이런 일은 생기지 않았을 텐데, 톰은 생각했다. 그러나 그저 아이들 싸움이잖은가? 아니면 자신이 앨프레드에 대해서 맹목적이라는 엘렌의 말이 옳은 것일까? 어쩌면 자신의 잘못인지도 모르겠다는 생각이 들었다. 앨프레드에게 좀더 엄한 태도를 취했어야 했는지도 몰랐다. 아이들 싸움은 늘 있는 일이었지만, 잭과 마사는 앨프레드보다 어렸다. 앨프레드는 필시 깡패처럼 힘으로 그들을 을러댔을 것이다.

그러나 상황을 바꾸기에는 이미 너무 늦었다. "마을에 머물러주오." 톰은 절망적인 심정에서 말했다. "조금 기다려보면 무슨 수가 생길 거야."

"이제는 수사들이 날 가만 내버려두지 않을 거예요."

톰은 그녀의 말이 옳다는 것을 깨달았다. 마을은 수도원 소유였고, 모든 거주자들은 수사들에게 지대를 지불하고 있었다. 대부분은 날품으로 지불했다. 그런 이유로 수사들은 마음에 들지 않는 가구를 마을에서 쫓아낼 수도 있었다. 엘렌을 거부한다 해도 비난할 사람은 없을 것이다. 일단 결정을 내린 그녀는 자신의 결정을 돌이킬 기회에 말 그대로 오줌을 끼얹은 것이었다.

"그러면 나도 당신과 함께 가겠소. 수도원은 이미 나에게 72펜스의 빛이 있소. 우리 다시 길거리에 나갑시다. 어쩌면 우린 얼마 동안……"

"당신 아이들은 어떻게 하고요?" 그녀가 부드럽게 말했다.

톰은 마사가 배고픔으로 얼마나 울었던가를 기억했다. 그는 자신이 다시는 아이에게 그런 일을 겪게 할 수는 없으리라는 걸 알고 있었다. 그리고 수사들과 함께 이곳에서 살고 있는 그의 어린 아들 조너선도 있었다. 다시는 그 아이 곁을 떠나고 싶지 않았다. 이미 한번 그런 짓을 한 자신을 혐오하지 않았던가.

그러나 엘렌을 잃는다는 생각에 견딜 수가 없었다.

"자신을 괴롭히지 마세요. 난 당신과 다시 길거리를 헤매지 않을 거예요. 그것은 해결책이 아니에요. 모든 면에서 지금보다 훨씬 나빠질 거예요. 난 숲으로 돌아가겠어요. 당신이 나와 함께 갈 수는 없어요."

그는 엘렌을 응시했다. 그녀가 숲으로 돌아가지 않을 거라고 믿고 싶었지만, 그녀의 얼굴을 보니 기어코 그렇게 하리라는 것을 알았다. 그녀를 붙잡을 말이 떠오르지 않았다. 그는 말을 하려고 입을 벌렸으나 아무 말도 나오지 않았다. 무력감을 느꼈다. 그녀도 감정에 겨워 호흡이 거칠어졌고, 그 때문에 가슴도 함께 오르내렸다. 문득 톰은 그녀의 몸을 만지고 싶었지만 그녀가 원하지 않을 것 같았다. 다시는 그녀를 안을 수 없겠지, 그는 생각했다. 믿기지 않는 일이었다. 몇 주 동안 매일 밤 그녀와 함께 잠자리에 들었고, 자신의 몸만큼이나 익숙하게 그녀를 어루만졌다. 그런데 이제 갑자기 그 일을 하지 못하게 된 것이다. 그녀가 낯선 사람처럼 느껴졌다.

"그렇게 슬픈 눈으로 바라보지 말아요." 그녀의 눈에는 눈물이 가득 고여 있었다.

"어쩔 수 없소. 난 슬프다오."

"당신을 슬프게 해서 미안해요."

"그 때문에 미안해하지 마시오. 당신이 나를 너무 행복하게 해주었던 것이 잘못이지. 여자가 이렇게 아픈 상처가 될 수 있다니. 당신은 여자로서 나를 너무나 행복하게 해주었소."

그녀의 입에서 흐느낌이 새어나왔다. 그녀는 돌아서서 더는 아무 말 없이 그 자리를 떠났다.

잭과 마사가 그녀를 쫓아 밖으로 나갔다. 앨프레드는 어색한 얼굴로 잠시 주저하더니 그들을 뒤따랐다.

톰은 그녀가 앉았던 의자를 응시한 채 서 있었다. 아니야! 그는 생각했다. 이것은 사실이 아니야. 그녀는 내 곁을 떠나지 않을 거야.

그는 의자에 앉았다. 의자는 그녀의 몸, 그가 그토록 사랑했던 그녀의 체온으로 아직 따뜻했다. 그는 눈물을 멈추려고 이를 악물었다.

이제는 그녀가 마음을 바꾸지 않으리라는 것을 알고 있었다. 엘렌은 결코 흔들리지 않을 것이었다. 그녀는 일단 결정하면 그대로 실행하는 사람이었다.

그렇지만 그녀는 결국 후회하게 되리라.

톰은 그것에 일말의 희망을 품었다. 그녀가 그를 사랑한다는 것을 그는 알고 있었다. 그 점에는 변함이 없었다. 바로 어젯밤에도 그녀는 심한 갈증을 풀려는 사람처럼 미친 듯이 그와 사랑을 나누지 않았던가. 그가 만족하고 난 후 그녀는 그의 몸 위로 올라와 쾌락으로 기운이 빠져 더는 계속할 수 없을 때까지 주린 듯이 그에게 키스했고, 절정에 이를 때마다 몇 번이고 그의 수염 속에서 숨을 헐떡였다. 그녀가 좋아하는 것은 단지 성교만이 아니었다. 그들은 언제나 함께하는 시간을 즐겼다. 그들은 옛날에 그와 애그니스가 했던 것보다도 훨씬 많이, 끊임없이 이야기를 나눴다. 내가 그녀를 그리워하는 만큼 그녀도 나를 그리워할 거야, 톰은 생각했다. 시간이 조금 흘러 화가 가라앉고 새로운 일상에 익숙해지게 되면, 함께 이야기하고 단단한 몸을 만지며 수염 난 얼굴에 입을 맞춰줄 누군가를 갈망하게 될 것이다. 그러면 나를 생각하겠지.

그러나 엘렌은 자존심이 강한 여자였다. 돌아오고 싶어져도 자존심 때문에 그러지 않을지도 몰랐다.

그는 의자에서 벌떡 일어났다. 마음속에 떠오른 말을 그녀에게 해야 했다. 그는 객사 밖으로 나갔다. 수도원의 정문 앞에서 그녀는 마사에게 작별 인사를 하고 있었다. 톰은 달려서 마구간을 지나 그녀를 따라잡았다.

그녀는 그를 보고 슬픈 미소를 지었다. "잘 있어요. 톰."

그는 그녀의 손을 잡았다. "언젠가는 돌아오겠지, 우리를 보러? 당신이 아주 가버리는 게 아니라면, 내가 언젠가는 당신을 다시 볼 수 있다면, 그게 아주 잠시 동안이라면— 그렇다면 나는 참을 수 있을 거요."

그녀는 망설였다.

"제발."

"알았어요."

"맹세해."

"나는 맹세를 믿지 않아요."

"그러나 나는 믿소."

"좋아요, 맹세하겠어요."

"고마워." 그는 그녀를 부드럽게 끌어안았다. 그녀는 저항하지 않았다. 그녀를 껴안자 그의 자제력은 무너지고 말았다. 눈물이 그의 얼굴을 타고 흘러내렸다. 마침내 그녀가 몸을 뺐다. 어쩔 수 없이 그는 그녀를 놓아주었다. 그녀는 문을 향해 돌아섰다.

그때 마구간에서 말 한 마리가 반항하며 발을 구르고 기운차게 콧김을 내뿜어대는 소리가 들려왔다. 반사적으로 그들 모두 고개를 돌려 그 쪽을 향했다. 그 말은 웨일런 바이가드의 검은 종마로, 주교가 막 말에 오르는 참이었다. 엘렌과 눈이 마주치자, 웨일런은 그 자리에 얼어붙고 말았다.

그 순간 그녀가 노래를 부르기 시작했다.

톰은 때때로 그녀의 노래를 들은 적이 있었지만, 지금 이 노래는 처음 듣는 것이었다. 가슴이 찢어지도록 슬픈 가락의 노래였다. 가사는 프랑스어였지만 그는 내용을 이해할 수 있었다.

사냥꾼의 그물에 사로잡힌 종다리 한 마리
그 어느 때보다 감미롭게 노래했네,
흘러나오는 선율이 날갯짓하여
그물을 잘라주기라도 할 듯이.

톰은 그녀로부터 주교에게로 시선을 옮겼다. 웨일런은 겁에 질려 있었다. 그의 입은 벌어졌고, 눈은 휘둥그레졌고, 얼굴은 죽은 사람처럼 핏기가 가셨다. 톰은 깜짝 놀랐다. 단순한 노래 한 곡에 저런 사람을 놀라게 할 힘이 있단 말인가?

해질녘 사냥꾼은 희생물을 잡았지.
이제 종다리는 두번 다시 자유를 얻지 못하리.
새도 인간도 언젠가는 죽게 마련
하지만 노래는 영원하리.

엘렌은 소리쳤다. "잘 있어요, 웨일런 바이가드. 나는 킹스브리지를 떠나지만, 당신을 그대로 두진 않을 거예요. 당신 꿈속에라도 나타날 거라고요."

그리고 내 꿈속에도 나타날 거요, 톰은 생각했다.

잠시 동안 아무도 움직이지 않았다.

엘렌은 잭의 손을 잡고 돌아섰다. 그들은 수도원의 문을 지나 짙어가는 황혼 속으로 사라지는 그녀를 말없이 지켜보았다.

(2권으로 이어집니다.)

옮긴이 **한기찬**

연세대학교 국문과를 졸업했다. 『현대문학』을 통해 시인으로 등단한 뒤 번역가로 활동하고 있다. 『끝없는 세상』 『월든』 『뉴욕 3부작』 『반지의 제왕』 『캐리』 『유빅』 『카뮈, 지상의 인간』 『인간적인 너무나 인간적인』 등 100여 권의 책을 우리말로 옮겼다.

문학동네 블랙펜 클럽

대지의 기둥 1

1판 1쇄 2010년 9월 27일 | 1판 5쇄 2020년 7월 15일

지은이 켄 폴릿 | 옮긴이 한기찬 | 펴낸이 염현숙
기획 김지연 | 책임편집 김지연 | 독자 모니터 전혜진
디자인 송윤형 이원경 | 저작권 한문숙 김지영 이영은
마케팅 정민호 정진아 함유지 김혜연 김수현 | 홍보 김희숙 김상만 지문희 우상희 김현지
제작 강신은 김동욱 임현식 | 제작처 영신사

펴낸곳 (주)문학동네
출판등록 1993년 10월 22일 제406-2003-000045호
주소 10881 경기도 파주시 회동길 210
전자우편 editor@munhak.com | 대표전화 031) 955-8888 | 팩스 031) 955-8855
문의전화 031) 955-8896(마케팅) 031) 955-2654(편집)
문학동네카페 http://cafe.naver.com/mhdn | 트위터 @munhakdongne
북클럽문학동네 http://bookclubmunhak.com

ISBN 978-89-546-1283-8 04840
978-89-546-1282-1 (세트)

잘못된 책은 구입하신 서점에서 교환해드립니다.
기타 교환 문의 031) 955-2661, 3580

www.munhak.com